新出图证（鄂）字 10 号

图书在版编目（CIP）数据

黄曼君论著选/黄曼君著；张岩泉编. —武汉：华中师范大学出版社，2023.8

（华大经典文库）

ISBN 978-7-5769-0180-1

Ⅰ．①黄⋯　Ⅱ．①黄⋯　②张⋯　Ⅲ．①中国文学—文学评论—文集　Ⅳ．①I206-53

中国国家版本馆 CIP 数据核字（2023）第 164021 号

编 辑 室：	综合编辑室
电　　话：	027-67867370
责任编辑：	向　力
责任校对：	肖　阳
封面设计：	甘　英　胡　灿
出版发行：	华中师范大学出版社有限责任公司
社　　址：	湖北省武汉市洪山区珞喻路 152 号
销售电话：	027-67861549
邮　　编：	430079
网　　址：	http://press.ccnu.edu.cn
印　　刷：	湖北新华印务有限公司
督　　印：	刘　敏
开　　本：	710mm×1000mm　1/16
印　　张：	31.25
字　　数：	420 千字
版　　次：	2023 年 8 月第 1 版
印　　次：	2023 年 8 月第 1 次印刷
定　　价：	126.00 元

敬告读者：欢迎举报盗版，请打举报电话 027-67867353

华中师范大学120周年校庆丛书
华大经典文库
HUADA JINGDIAN WENKU

黄曼君论著选

黄曼君 / 著　张岩泉 / 编

华中师范大学120周年校庆丛书编委会

主　任：夏立新
常务副主任：彭南生
副主任：查道林　陈厚丰　任友洲　彭双阶
　　　　李鸿飞　陈迪明
委　员（按姓氏音序排列）：
　　　　董中锋　段　锐　段　维　范　军
　　　　符　平　付　强　付义朝　郭　庆
　　　　廖卫鹏　刘从德　吴海涛　周挥辉

目 录
CONTENTS

成长自述

003　反思重构中探寻
　　　——我的学术之路

主潮言说

027　《中国现代文坛的"双子星座"——鲁迅、郭沫若与新文学主潮》前言

039　《现代化与中国20世纪文学》绪论

051　新文学何以形成自身传统

063　中国20世纪文学理论批评的总体特征

090　回归中的超越
　　　——对"五四"文化精神的反思与辨析

106　左翼文学创作方法问题略议

117　民族新文学性格的重塑与再造
　　　——浅议四十年代现代化、民族化的历史进程

126　文艺经典现代性言说
　　　——纪念毛泽东《在延安文艺座谈会上的讲话》发表60周年

目 录 CONTENTS

135 中国现代文学语境与古代文学资源
159 现代中国文学史·绪论

经典阐释

187 回到经典，重释经典
　　——关于20世纪中国新文学经典化问题
202 中国现代文学经典的诞生与延传
222 中外文化视野中的文艺经典话语
233 中西文化交汇中的鲁迅早期浪漫诗学
264 鲁迅后期文学意识形态观探源
272 人·泛神论·浪漫主义艺术
　　——郭沫若前期诗歌思想与艺术综论
293 《女神》创作灵感试论
309 闻一多文化诗学论
328 胡风与"七月派"的现代性重读
350 论沙汀小说艺术再现的特征
368 余光中现代诗学品格论

名篇解读

385 暴露抗战痼疾的讽刺艺术精品
　　——《在其香居茶馆里》等短篇小说

目录

395　《创业史》的长篇结构和人物描写

406　现代民族文化品格的弘扬与铸造
　　　　——赵淑侠海外华人题材小说论

419　文化溯源与历史重构
　　　　——评杨书案三部长篇历史小说新作

435　母亲文化：深沉、激越的"寻根"浩歌
　　　　——评岳恒寿的中篇小说《跪乳》

教学探索

447　中国新文论学科性质问题

461　新文学"以美引真臻于善"教学体系刍议

476　文学教学改革的跨世纪建构
　　　　——"20世纪中国文学"教学体系的阐发
　　　　　与运作

486　后记

成长自述

反思重构中探寻
——我的学术之路

从 1956 年至 2006 年,我在高等学校执教已过了 50 周年。在这半个世纪里,我以科研引领教学,以教学促进科研,在中国现当代文学和文学理论批评领域中进行了某种学术层面的探讨。回想起来,20 世纪 80 年代中期"方法论"热对我的影响最大。从这以后,新时期多种文学思潮的起伏更替促使我以"现代性"为中心,以较为明晰的"问题意识"对我从事的学术工作进行重新审视,从而较之过去获得了较多的成果。下面,我从自身的学术道路的几个阶段来看其中的体会经验、问题教训,概括起来,在几个阶段中有如下几个方面的经验体会。

一、传统理论在回归中出新
——以《论沙汀的现实主义创作》[①] 为主的阶段

我们在学术研究中经常遇到这样两个方面的问题:一方面重在微观局部、考证体验和实在本体的定位研究,另一方面则偏重于宏观整体、思理论说和关系本体的阐释探讨。如何处理好这些关系是科研能否奠下扎实基础,又能否进行创新发展的关键的问题。在这个问题上我的体会是,虽然在某个阶段中,在某种情况下,研究的重点会偏于某一方面,

---

① 黄曼君:《论沙汀的现实主义创作》,长江文艺出版社,1982 年版。

但必须认识到这两个方面在科研中都各有自己的重要性和必要性，因此两个方面都应该考虑与照顾到，要重视两个方面的联结与交融。

年轻的时候，我与许多搞现代文学教学和研究的人一样，开始接触并实际进行的大都是单个的作家作品和某种具体的文学现象的研究，至于着眼于文学的某种整体，规范某种带倾向性的文学现象并进行特定语境下的宏大叙事则考虑得很少。开始我研究的作家作品主要是郭沫若、沙汀、鲁迅以及当下的一些作品。我的第一篇正式论文是在《长江文艺》1959年5月号上发表的《五四时代精神的号角——论郭沫若的诗集〈女神〉》。"十七年"中我还发表过《〈创业史〉的长篇结构与人物描写》、《一部充满革命激情的新评书——评〈烈火金刚〉》等论文和大量书评、影评。跨越"十七年"和新时期，我自始至终参加了唐弢、严家炎主编的《中国现代文学史》的编撰工作。在这一工作中，对于现代文学史的通盘思路虽然学到不少东西，但所写的章节仍然是具体的作家作品。粉碎"四人帮"前后几年中，我参加了"武汉鲁迅研究小组"①的工作，所致力的仍然是具体作家的研究。新时期我写的第一本专著《论沙汀的现实主义创作》（后简称为《论沙汀》），虽然在体验性研究中有体系性特点，在局部研究中有整体性把握，但仍然是作家个案的专门研究。

写于20世纪70年代末、80年代初，出版于1982年的专著《论沙汀的现实主义创作》是我这一段时间的代表作。此书由已故中国现代文学研究会会长王瑶先生写序，新文学大师茅盾先生题写书名（据说是茅盾先生生命最后一段时间的墨迹。书名十个字已不能连续写下来，而是一张纸一个字地写下的）。出版后《中国社会科学》、《中国现代文学研究丛刊》、《文学评论》以及香港《大公报》等重要报刊均发表了专门书评进行肯定性评价和推荐。这本书如下几个方面是有价值的：

一是对现实主义的探讨。本书以现实主义思潮和创作方法为中心命

---

① "武汉鲁迅研究小组"，粉碎"四人帮"前后几年间根据中央文件建立的研究机构，该组组长为当时中共湖北省委宣传部副部长陈扶生，副组长为黄曼君、易竹贤。

题,纵向上将沙汀在左联、抗战、国统区以及社会主义新阶段各个历史时期对现实主义的探索和深化与独特艺术风格的形成和发展,联系政治背景和文化语境进行了系统考察;横向上除了"引言"、"五十年创作生活结语"以外,还辟专章论述他的作品的现实主义特色,并对其所谓"客观主义"问题进行辨析。应该看到,当时正值批判"文革"伪现实主义,需要恢复现实主义的活力,回归现实主义的迫切关键时刻,本书由现实的需要获得"问题意识",通过作家的典型个案,比较系统深入地论述和探讨了现实主义问题。沙汀是一位以揭露 20 世纪 40 年代国统区政治黑暗为主的批判暴露型作家。对他在这方面成就的经验总结和肯定性研究,不仅是对于文艺的真实性和倾向性相统一的规律的揭示,而且,对 20 世纪 80 年代初文坛盛行"歌德"风,认为进步的、革命的文艺,特别是社会主义文艺只能写理想,不能揭露矛盾,只能写光明,不能暴露黑暗的倾向,也是一种针砭。

二是对作家独特文学道路、创作个性和艺术风格的重视和揭示。当时现代文学作家沈从文、徐志摩、张爱玲等远未恢复文学史上应有的地位,即使是一些革命的进步的作家因为他们在所谓主流作家中创作道路独特、艺术个性迥异,不符合主流文学某些"最高规范"的要求,也被视为边缘作家而不被重视。如萧红,她的行踪到了西安而未与同伴一起去延安,却流落香港,其作品内容以揭露封建思想对农村的统治,鞭笞农民愚昧落后的国民性为主,很少正面写农民的阶级觉醒和民族觉醒。还有孙犁,常置身于民族战争和革命战争的漩涡之中,写的又是战争题材,然而作品中却往往将战争淡化,只是在战争的背景上以抒写农民的人性美为主,作品风格又非雄浑激昂而是恬淡清新。再就是本书所写的沙汀了。正如本书所写,沙汀的文学道路更是特别:他是在大革命时期便参加了中国共产党的老党员,抗战时期他与何其芳等人一起到延安,还随军转战晋西北,写过关于贺龙的报告文学和关于解放区战斗生活的中篇小说,但他却很快便从解放区回到了四川,以后一直蛰居家乡,全力写他熟悉的川西北乡镇生活，而且是以对现实黑暗的暴露讽刺为主的。正如王瑶先生在该书的"序"中所说："书中还对一些有关创作的问题提到理论的高度进行了探讨，并且提出了自己的见解"，"艺术分析相当深入"等。这些都表明，本书在揭示沙汀作品人性的深度、风格的独特和艺术的圆熟上为左翼作家作品的评价提供了思想和艺术、内容和形式统一的范例。

三是本书注意到了研究方法的科学性。这所谓科学性既是指的历史科学和历史哲学，又是指的文学理论、文学史和文学评论的交融。当然，这种对科学性的理解在当时并不是很明确。我之所以在这方面比较注意，是得益于参加唐弢先生主编的《中国现代文学史》的编撰工作。那时候，主持文科教材编写的周扬、何其芳等领导人以及主编唐弢、我所参加的抗战文学编写小组的组长王瑶等都再三强调文学史的历史科学的特征，如要将作家作品放在历史潮流中去考察、定位，要弄清它们的来龙去脉与前后左右的关系，不要急于作结论，要将观点寓于史的叙述之中，由史见论。这些方法论方面的见解给我非常深刻的印象，一直影响我以后的科研工作。《论沙汀》一书因为属于史论结合"综合研究"的著作，是作家专论，因此较之一般的文学史，"论"的方面比较强，但也深受上述"史"的方面影响。概括起来，本书在史论关系的科学方法上注意到了如下方面：

首先，注意到历史的原生态，回到历史的原初语境。在这方面本书很重视历史资料的原始性和完整性。无论是沙汀的作品文本、文学活动，还是对作家作品最早的读解和研究，大多找到了最初发表的刊物、版本，考证时间，寻绎出作家活动和彼此交往的本真情况。除了查阅书刊资料以外，还通过访问作家获得资料。所谓史料的完整性则是指要深入各历史阶段政治文化、文学思潮、作家群体和文本世界的原生态活动环境与发展演变的背景中去。特别是要构思虚拟的原生态场景，研究者要回到特定的历史时代和历史氛围中，以"了解的同情"的态度去感受、理解作家作品独特丰富的心灵内涵。譬如，沙汀最初写《俄国煤油》等身边琐事的作品受到鲁迅的批评后，转而写如《法律外的航线》这样"大潮流冲击圈"内题材的作品。而他这时被称为文坛新人，其对生活的浮光掠影的反映和印象式的写法又使他自己都感觉不像是写小说，茅盾在公开发表评论对其作品进行肯定性评价以后，还写了一个字条通过周扬转交给沙汀，说不同意他的写法，指出他的作品的缺陷。恰好沙汀这时因母亲去世回家乡一趟，当时四川农村仍触目惊心地存在的"中世纪式的黑暗统治"震撼着他，调动起他最熟悉的川西北农村生活的积累。以后，又随着时代的发展，将不断翻新的政治要求与文化内涵渗透到他最得心应手的题材中去，终于写出了像《在其香居茶馆里》、《淘金记》这样的名篇来。

其次，注意到了历史的视界与阐释者的视界的融合。本来，沙汀作为一位走着自己独特道路的左翼革命作家，对他的存在的理解就不可能是纯客观的，而只能是一种过程和关系，是主客体的交融和统一。而在历史的发展重新提出问题时，对这些问题的答案的构造就不可能停留在历史视界内，必然加进提问人的视界，从而进入视界融合、重新构造文本的过程中。而且，问题有不同的提法，更会有许多不同的可能的答案，因此也会有许多不同文本的构造，《论沙汀》一书对这种阐释关系很重视，比较详细地引述了鲁迅、茅盾、周扬、侍桁、周立波、卞之琳、李长之、冰菱（路翎）、杨晦等人在各个历史时期对沙汀的不同的甚至是相反的评价，使视界的融合不断进入新的视界从而不断引入新的阐释和意义。

再次，注意到了当下语境对历史的"激活"。上面，无论是回到历史的原生态，还是重视视界融合的阐释关系，都还只是"史"的研究。"史"的研究是研究工作的前提和基础，不是它的全部。"史"的研究要推动"论"的发展，"论"的阐发和发展则更有利于"史"的激活和深层把握。我在上面提到的在20世纪八九十年代现实主义回归浪潮中对现实主义理论的探讨，人道主义和审美自主主义浪潮中对人性和审美理论的探讨，都对沙汀"史"的研究起到了激活和推动的作用，这样也就可以使沙汀研究介入当下的文艺思潮，从而大大增强研究工作的现实感。

二、新潮视野在开拓中交融
——以《中国现代文坛的"双子星座"——鲁迅、郭沫若与新文学主潮》[①] 为主的阶段

20世纪八九十年代各种新潮理论的引进与运用，20世纪大文学史观的提出，文学理论、文学史和文学评论的交融，等等，大大开拓了我的研究工作的史和论的视野。我开始由体验性研究向体系性研究，微观局部研究向宏观整体性研究，单学科研究向多学科研究的方向发展。搜集在《中国现代文坛的"双子星座"——鲁迅、郭沫若与新文学主潮》（后简称为《"双子星座"》）中关于郭沫若、鲁迅及阶段性思潮的论文等，都属于这一类。这本书搜集了我的关于鲁迅研究的论文7篇，关于郭沫若研究的论文13篇，"五四"、左联、抗战、《在延安文艺座谈会上的讲话》以及评严家炎的《中国现代小说流派史》的文章5篇。这是一部专题性研究著作。对于上述这些过去常有的研究对象，研究工作的关键是要有新的问题意识，新的理论和观念。这些新的理论和观念的获取和研究，既可以使历史文本曾被忽视、误解甚至被遗忘的事实和观点重新定位，又可以使历史文本中许多事实和观念获得新的阐释，从而在新的当代意义中诞生新的话语。《"双子星座"》一书概括起来有如下几个特点：

一是从文学观念上看，重视现实主义、浪漫主义与现代主义共生交融，重视由此引发出的文艺学术研究的新视角。文学观念的新变与新的

[①] 黄曼君：《中国现代文坛的"双子星座"——鲁迅、郭沫若与新文学主潮》，华中师范大学出版社，1992年版。

问题的提出、敞开与应答密切相关。而这种新的问题意识的产生是新的现实实践萌生了新的事实,而这种新的事实又难以用旧的观念和旧的理论去解释,因而发现了这些观念和理论的缺陷。正是把准这些缺陷,新的理论超越陈规并进行新的建构才有着力点和凝聚点,新的观念和理论才能得以激活。20世纪80年代中期,创作上出现了现代派文学、寻根文学、先锋文学、市民文学等多元新潮文学,反映在文学观念和创作方法上则是以存在主义为哲学基础的现代主义思潮与方法的出现。新的文艺实践促使文学研究、文学史研究中新的问题的提出。我用浪漫主义与象征主义、表现主义相结合的观点研究郭沫若"五四"时期的诗歌创作,写出了《论〈女神〉中象征性形象的创造》、《表现·创造·变形——郭沫若诗歌艺术新论》、《郭沫若"寄托小说"新探》等文。用现实主义与浪漫主义、现代主义的结合揭示鲁迅前期文艺思想的丰富性和复杂性,写出了《深切表现·"遵命文学"·悲剧风格——鲁迅前期的现实主义文艺观》、《鲁迅论创作思维的特征》等文。这些论文突破了我在80年代初单纯的现实主义视野,给予了浪漫主义、现代主义与现实主义同等重要的地位。这种观点的转变在现在看来似乎是不值一提的事,而且对于当时一些中青年学者来说,接受这种转变也似乎是很自然的,但对于当时我们这些过了"天命"年的较老一代学者来说,从视现代派为颓废、没落的异物到将它们视为开拓思想艺术视野的新潮而充分肯定,确实经历了艺术观的剧烈震动和冲突,是一个前后有着截然不同的艺术世界的很大的变化。关于这个问题,只要看看胡风,当然他是较之我们更上一代的人,但他的文艺思想那么丰富多彩,具有强烈的启蒙甚至超越启蒙的现代感,然而在20世纪四五十年代以政治权力为中心的文化、文艺总体化运动中,在特定的政治文化氛围中,他对现代主义、现代派仍然是持彻底否定的态度的,甚至较之二三十年代公开、明确地接受现代主义影响的鲁迅、郭沫若还退了一步(鲁、郭是处在"五四"新潮多元文化的格局之中)。由此可见,特定的政治气候、文化氛围和时代环境对于一个人的影响有多么大!

二是在人的哲学范畴中,打破谈"人"色变的禁区,充分重视人的主体的丰富性和复杂性,这也可使文学和文学史的研究别开生面。20世纪80年代初期,以社会反思、伦理反思和女性文学为代表的"人的文学"观和人道主义文学思潮对政治文学的概念进行了冲击和消融,中期关于人物性格组合论与文学主体性问题的讨论更深化和扩展了"文学是人学"的理论命题。这些探讨对于我研究现代文学史的人物和文学现象如何注重人的主体性问题有很大的启示。如在《论鲁迅创作思维的特征》一文中,从作家主体来说重视鲁迅"真诚地,深入地,大胆地看取人生并写出它的血和肉来"的主体精神。鲁迅称赞唐传奇的作者"尽幻设语"、"作意好奇"(引胡应麟语),首肯《苦闷的象征》的作者厨川白村的观点,认为应将"时代精神"、"时运的大势"与"无意识心理"、"具象化的心象"结合起来凝聚于作家胸中。从作品人物主体来看,本文认为鲁迅重视人物性格发展的内在逻辑,用鲁迅的话说,作家写人物,往往"令人难以放下笔。一气写下来,这人物就逐渐活动起来,尽了它的任务"。关于郭沫若的几篇,如《人·泛神论·浪漫主义艺术》、《论郭沫若前期浪漫诗学主体的复杂性和独特性》、《论郭沫若前期强调精神主体的文化观和泛神论思想》等篇,仅从标题上就可看到,这里论述的是人、人的主体、浪漫诗学主体,强调的是精神主体、灵感爆发状态的主体、显示着复杂性和独特性的主体。其中关于斯宾诺莎机械自然观的泛神论如何融入康德的人的主体性,郭沫若如何接受二者的影响,将泛神论的动的观念与"我即是神"、"神即自然"的强调自我的观点融合起来,与浪漫主义艺术特征结合起来,关于创作灵感的系统论述等在郭沫若研究中都是比较独特的。

三是从学术的多维视野看,多学科的综合是理论上融通、研究上出新的重要条件,这也是我的学术研究能勃发生机的一个重要因素。我20世纪80年代初研究沙汀等作家的时候,学术视野大多停留在现实主义、艺术风格、文学的地方色彩等单纯的文学理论的传统范围内。而在《"双子星座"》一书中则注意了多学科的复合视角,在关于郭沫若的几篇论文中这种特点较为清楚。如郭沫若的注重个体、情感的主体性的泛神论思想,将斯宾诺莎的机械唯物论的泛神论与康德的强调人的主体性的浪漫诗学哲理交融起来;郭沫若诗歌中的总体象征、深层暗示等特征所显示的表现、创造、变形的现代美学观念,论《女神》的创作灵感时所运用的现代心理学理论等。特别是《自然科学的时代精神与郭沫若的泛神论思想》一文更从自然科学的历史发展来看郭沫若泛神论思想的形成与特征。此文论述了从19世纪中叶自然科学的三大发现到20世纪初以量子力学与相对论为代表的物理学大革命如何影响了郭沫若的运动观、物质观和时空观,当时科学哲学中诸如"电子有自由意志"之类否定因果律的非决定论观点如何影响了他的诗歌中"天问"式的怀疑精神和忧患意识。而我对这一问题的重视又是与20世纪80年代我国思想文化界曾一度热衷于西方科学家海森堡(或译海森伯格)的量子力学观念有关。海森堡强调人的存在和感觉,质疑外界的客观性、独立性的后现代科学观,对于当时质疑和动摇传统的认识论思维模式的思潮正是一个特殊意义的支撑。

三、整体研究于建构中解构
——以《现代化视野中的中国20世纪文学》① 等论文为主的阶段

大约是始于20世纪90年代,我在"现代性"的总命题下,接受大历史观、大文学史观和一些哲学人文、美学文艺思潮的综合影响,开始从事整体研究的大叙事探讨。这里首先要提到的是我的长篇论文《现代化视野中的中国20世纪文学》。此文是我在20世纪中国文学与理论批

---

① 黄曼君:《现代化视野中的中国20世纪文学》,载《华中师范大学学报》1997年第8期。

评国际学术研讨会（1997年）上所作的主题报告，后发表出来被转载多次摘要并获奖。同时，世纪之交我在自己主编的国家教委社科基金重点项目《中国近百年文学理论批评史》、国家社科基金重点项目《毛泽东文艺思想与中国文艺实践》以及《中国现代文学流派》等大规模著作中陆续撰写了各种长达四五万字的"导论"或"绪论"，这些文字也大多以论文的形式发表过。此后，新世纪初陆续发表了《中国现代文学何以形成新型传统？》[①]、《中国现代文学经典的诞生与延传》[②]、《回到经典，重释经典——中国20世纪文学的经典化问题》[③] 等论文，在《新华文摘》、《中国社会科学》、《文学评论》等权威刊物上发表和转载，于论文质量上了一个新台阶，产生了较大的影响。这一阶段，从总体发展来说，我已开始由体验性研究向体系性研究，微观局部研究向宏观整体研究，单学科研究向多学科研究的方向发展。我以为，我的宏观整体研究有如下一些特点：

一是从世纪性现代精神文化的高度进行中国现代文学史论的思考和建构。这里，涉及文化的现代转型，文学的现代化、现代性问题，也是我进行文学整体研究的一种角度和视野。我对现代性的看法有如下几点认识：首先，我将文学的现代化、现代性看成一种关系，一种过程，一种当下世界仍在持续着的历史演进，因此，我在概览全局，建构某种历史大叙事和解释框架时，不仅回顾20世纪文学，回响着20世纪文坛的风雷，可从中看到其风云的变幻；而且着眼于新的世纪，跟踪与把握跨世纪诗神的腾挪变幻。我在1996年下半年写的《"现代化"视野与现代文学"新"的特质》（发表于《中国现代文学研究丛刊》1997年第1期）一文中说："只要中国现代化的过程仍在继续，中国现代文学

[①] 黄曼君：《中国现代文学何以形成新型传统？》，《福建论坛》2001年第4期，《新华文摘》2004年第12期转载。
[②] 黄曼君：《中国现代文学经典的诞生与延传》，《中国社会科学》2004年第3期。
[③] 黄曼君：《回到经典，重释经典——中国20世纪文学的经典化问题》，《文学评论》2004年第4期。

'新'的特质仍会发展。因此,在这个意义上说,用20世纪中国文学的概念还不如用中国现代文学的概念。因为前者无法概括中国文学现代化未来发展的全过程,而后者的'现代'概念则可与社会和文学现代化过程相适应。"后来,我们华中师范大学中国现当代文学博士点提出以"现代中国文学"的概念,与"古代中国文学"的概念相对应,来代替过去中国近、现、当代文学分离格局的提法。应该说,这种提法是与20世纪中国文学的概念有所不同的。其次,现代化或现代性虽然在思维模式上强调人的主体性和理性精神,在社会运行模式上强调合法性、科层化,是具有确定价值的现代普适性概念,并确有解放的功能;但现代化、现代性决不是一种僵化的总体性历史元叙事,它提供一种新的总体性视角,它具有反思性与多元性,以它为轴心,可以辐射出一幅幅多重话语的精神地形图。再次,自从现代化和现代性诞生以来,几乎是如影随形,出现了反思现代性的种种思潮,如审美现代性及种种反现代性思潮,特别是后现代思潮,但它们并非回归到前现代的境况中去。它们并不超越或颠覆现代性,只是提出现代化和现代性中的问题,以期更新与发展现代化和现代性。毋宁说文学的现代性正存在于现代性与种种反思现代性思潮的张力场中。复次,由于中国的现代化或现代性是一个以现代生产力、经济发展、社会现代转型为中心内容的,包括革命在内而不排斥革命的综合分析模式,因此,作为中国现代化进程一个组成部分的中国文学的现代化,它由古典形态向现代形态的转变,必然受到中国现代化独特历史进程的制约和推动,同时又反映着中国现代化历史进程,涵纳着中国现代化历史主题的独特内容。

二是在现代性的视野中突出诗性、诗学、文化,注重"诗、思、史"的关系和结构,在三者统一逻辑链条上展开对文学现象的探究与论述。这种理论思路与理论自觉最明显地表现在上面提到的我关于新文学传统和新文学经典的几篇论文上。与对新文学的现代化和现代性的理解相一致,我对中国新文学传统的论述,有如下两个特点:其一是与过去大多从政治意识形态上来看待新文学传统（如"五四"新文学传统、左翼文学传统、《在延安文艺座谈会上的讲话》以来的革命文学传统等）不同，现在的研究则是将这个传统作为一个现代性的整体，以现代性在中国的发生发展为线索，将其形成、发展的过程分为转型、构型和定型三个阶段加以论述，回答了新文学有没有传统？如果有，它是如何从中国古代文学中转换和蜕变过来的？它形成的条件和特征是什么？有什么必然性和意义？从而论述了现代化大叙事对于研究新文学传统的作用和局限。其二是也与过去新文学史撰写缺乏自觉的传统意识不同，现在的研究在论述中将文学史学与传统学相结合，既与文学史学相联系，从文学传统独特的读解系统与阐释空间，研究传统被继承革新的历史过程；又与传统学相联系，揭示出中国新文学传统与古典文学传统相区别的基本资质，从而确定新文学传统的特殊范型。

与新文学传统紧密相连的是关于新文学经典的诞生、延传与阐释、读解问题，因为新文学传统之所以不同于古典文学传统，他的新的"卡里斯玛"特质主要就表现在新文学经典上。我在两篇关于经典的论文中对于20世纪新文学经典进行了概括的论述。这里的论述以突出精神文化与"诗性转向"的思、诗、史关系结构为线索，从精神意蕴、审美诗性与史的定位等三个方面对文学经典的含义进行了界定，认为文学经典是以诗性为核心的思、诗、史的结晶。因为与历史和哲学经典相比，它更具有文学性，更富有心灵的感动，更具有审美的内容，更强调从艺术和审美的角度来理解人。以对经典的界定为基础，论述中揭示出中国20世纪新文学经典化复杂的历史变动与阐释中的新文学经典世界，并对"思"的诗化与实用理性化的不同倾向进行辨析，展示出思、诗、史关系的不同组合带来的经典之间、经典阐释之间以及新文学史之间的类型区分与矛盾冲突局面。

三是在现代性的总体框架内不回避革命性问题，并对革命性在文学现代化中的作用进行了比较新颖的、充分的、肯定性的阐述。长期以来，学术界在"革命话语"这个问题上大都是采取了简单批判的态度,似乎中国现代文学的问题多多,根子就在于"革命"的意识形态与主流的理论话语对文学艺术的介入和伤害,"告别革命"甚至已经成了时尚的文化标签。当然,近几年来这种情形有很大的变化,左翼文学、延安文学的研究不断升温乃至成为热点。可是我那时主编国家社会科学基金重点项目《毛泽东文艺思想与中国文艺实践》① 时,还在20世纪90年代。这个项目的批准固然是在1989—1990年的政治气候下,但它的编撰过程却在整个90年代。在这一段时间里,这种内容的书很难找到编写人员,好不容易书在90年代末写好了又找不到地方出版。华中师范大学出版社独具慧眼愿意出版又不得不从原稿的80万字删削到50万字。书出版后无人写评论也无法组织评论。从书中抽写的论文不易发表,尤其是权威刊物。因此获奖也难。我个人也因主编此书受到某种非议甚至在一些场合受到冷落。直到2003年12月在华中师范大学召开的"毛泽东文艺思想与中国20世纪文学理论批评国际学术研讨会"上与会者人手一册,一些人翻阅了此书又听了大会有关阐述此书精神的许多发言,才给予了高度评价,特别是对于我所写的"绪论"部分。现在看来,从我和胡亚敏同志对此书的主编工作以及全书的内容来看,我们对毛泽东文艺思想以及有关的"革命话语"是以认真地科学分析的态度进行了现代诠释的。因为从我个人来说,我从80年代开始研究现代性问题时起,我就是把"革命性"作为"现代性"的一个"题中应有之意"来加以关注和讨论的(第108页),例如,我认为,仅从新文学的精神内涵看,一方面,现代化涵盖了革命化,却不能取消革命化;另一方面,革命化推动了现代化,却不能替代现代化。革命化与现代化相辅相成,交织发展,最终汇入到现代化的历史总进程中去。因此,中国新文学的现代化或现代性的精神内涵始终离不开革命叙事和抒写,革命化与

---

① 黄曼君:《毛泽东文艺思想与中国文艺实践》,华中师范大学出版社,2002年版。

新文学现代化和现代性是血肉相关，密不可分的。

如上所述，我注意了对文学史论的宏观把握与整体建构，在某种程度上以总揽全局的视角，基于一定的历史观念与逻辑结构，对一个时段文学及文化进行了多方位的观照。这种总体性大叙事便于建构某种历史理论和解释框架，通过对复杂的史实和关系的把握，梳理文学史书写的脉络，概括规律、总结经验。但是，这种整体性大叙事的问题在于：一则它所提供的是关于历史本质的定义观念，而且往往是观念先行，先入为主，有着趋于同一性的决定论色彩。因此从事这种整体性大叙事研究，很容易忽视个性化的经验性、体验性小叙事探讨，从而失去文学史书写的丰富性和多样性；再则，在对史实的把握上因为思维和视野总在宏阔高远的领域转悠，因而很容易忽视历史原生态的把握，忽视第一手史料的发掘，同时缺乏"点"的深入和突破，也容易导致科研质量大而化之平庸的缺陷。

四、范式"层累"于多元中开放
——以专题著作《新文学传统与经典阐释》[①] 为主的阶段

20世纪中国新文学研究历来存在着革命化、现代化与审美个体化等多种范式。我在深感整体大叙事研究的缺陷而孜孜于具体小叙事并进行实际操作时，总在时时提醒自己不要忘记大叙事宏观整体把握的重要性；同时还要求自己看到多种研究范式的综合效应。也就是说，新文学研究范式的转换，不是一个替代另一个，一个兴起来，另一个被废掉。新旧范式的转换像"层累地"造成古史那样，各个范式由于彼此交融，互动互渗，各自愈到后来愈得到丰富和发展。基于这样的理解，我这一阶段所进行的具体作家作品和文学现象的研究，在注重实证体验的同

---

① 黄曼君：《新文学传统与经典阐释》，湖北教育出版社，2005年版。

时,也注意了思想理论的概括,眼界较之过去要开阔得多。这些成果都集中在《新文学传统与经典阐释》一书中。此书出版后,《文学评论》、《人民日报》等报刊都发表了专门评论进行了较高的评价。下面,对我本阶段的代表著作作一些介绍和阐发。

如在"新文学成果的经典性特征"部分,这里展示的鲁迅、郭沫若与闻一多等人不仅是"五四"新文学经典诞生的标志,而且其经典性特征的深远影响笼罩整个20世纪,乃至指向未来。我们从中可以看到,中国现代文化在知识、价值、意识形态、审美等方面的分殊发展,经过维新改良运动特别是"五四"新文化运动和文学革命的洗礼,出现了新的内容和形态,促成了新文学经典的形成和诞生。"五四"新文学的精神模式作为一个整体,它的追求个性解放和生命价值的主体意识,自我反省与文化反思相交融的理性精神,反迷信反盲从反依附的科学态度和学理意识,改造国民性的启蒙主义、关心民众的平民主义、投身改革与革命的参与激情,以及文学回归自身并进行语言文体变革的形式追求和新的艺术精神的觉醒等,都是富有新的时代特色和超越精神的经典形态与模式。正是在"五四"精神模式的"意义空间"中,出现了鲁迅、郭沫若等"开山"的新文学大师和经典。他们的作品确实呈现出文学经典在思想内涵、精神意蕴和审美品格上所必需的新锐性和前卫性,原创性与独特性,丰富性和多义性,超越性与恒定性。虽然鲁迅、郭沫若等人进行创作的艺术方法、体裁样式不同,艺术风格、气质个性各异,体现文学经典的方面和程度都不一样,但他们作为语言艺术大师,他们的作品作为文学经典所具有的异乎寻常的、能够产生不朽艺术魅力的"卡里斯玛"特质,却是大多数新文学研究工作者所认可的。从本书的鲁迅研究可以看到,鲁迅在精神意蕴上,他对人的自信与希望是与对人的解剖与批判结合在一起的,进化论的观点是与历史的悲剧感甚至荒诞意识结合在一起的;从鲁迅身上,不仅可以看到"民族魂"与"世界民","思想启蒙"与"政治救亡","形而上"与"形而下"等多种维度上的精神品格的交织，而且是一个有着自己独特的情感血肉、性格心理素质和思维方式的精神个体。他的对个体存在意义的追求与对国民性的改造、批判，以及执着于现实的民族危机感和政治参与意识相融合，使鲁迅具有真正现代型的深沉的历史悲剧意识和人类命运意识。从文学观念和创作方法上看，鲁迅是将浪漫主义、现实主义与现代主义糅合在一起的。他的浪漫主义与现实主义文艺思想与他的基于生命哲学的"一切皆流"、"一切都是中间物"的思想密切结合，执着于现在。他认为作家笔下的人物应该是"灵魂的拷问者"，作家也应是"犯人"。因此他有着"画出国人的灵魂"的杰出的人物创造，加以他的富于原创性的"画眼睛"、"写灵魂"的技巧等，这些都展示出他的重视个性和审美自由，将"酒神精神"与"日神精神"结合起来的新的审美意识和知识系统，特别是对人的精神的荒漠化的揭示更能与西方现代主义大师媲美而又自有特色；审美类型上有悲剧，也有悲剧性的崇高，有悲凉，也有悲凉中的焦灼，而且由此铸造出了"外冷内热"的独特的艺术风格。文学形式上，鲁迅竭力创造新形式，他的大多数小说从题目、体裁，到风格、样式，几乎一篇有一篇新的形式。语言上，纯净的白话中交融着精确性、解析性、逻辑性强的欧化句法，又吸纳了饱含着文化意蕴而又精练含蓄文言文的特征。

郭沫若堪称经典的作品，既有"五四"时期开一代诗风的诗集——《女神》，又有20世纪40年代以《屈原》、《虎符》为代表的历史剧。从《女神》的精神意蕴看，不仅表现出"五四"时代的强音、乐观精神和理想化的激昂，而且贯穿着忧患怀疑与自省忏悔意识。他在"五四"高潮时期写下的一系列诗篇，所追求的新生是死亡废墟中诞生的新生，所呼唤的创造是彻底毁坏的创造，所向往的光明是黑暗中破晓的光明，所歌颂的欢乐是极度痛苦之后的欢乐。从文学思潮与创作方法看，《女神》既有浪漫主义激情倾吐、直抒胸臆的一面，又有注重浪漫主义艺术表现并将浪漫主义与象征主义、表现主义相交融的另一面。他不仅从总体艺术观上沟通了浪漫主义和现代主义，又从特征性的艺术手法上吸取了象征、暗示、怪诞、变形等形式和方法。在诗歌形式上，郭沫若更以情绪的自然表现为出发点，以内在神韵、内在韵律为内容，以无形式的形式和全体都是韵的"情绪的自然消涨"为形式，比较全面地阐释了自由诗的主张。但同时在他的《女神》中也有现代格律诗与半格律半自由等诗体的试验。郭沫若40年代由以个人为本位转变到以人民为本位，而他的《屈原》等历史剧，则仍然喷发着"火山爆发式的内发感情"，呈现出鲜明的浪漫主义艺术个性。他发掘出历史人物与现时代相通的美好品格，写出这些美好品格遭到暂时还占优势的黑暗势力的毁灭，激发出强大的悲剧力量。史剧中那些浪漫主义特有的手法，如大起大落、大开大阖的戏剧冲突，炽烈雄浑、豪迈奔放的诗情等，因为蕴含着更为丰富的现实的历史的内涵而另有一番激励斗志、启人深思的崇高美。

本书对闻一多的民族文化性格和现代人格精神的揭示，集中点是他对文化诗学特征的把握。他一方面有广阔的文化视野，另一方面又有独特的审美品格，其诗其文，文化阐释与审美阐释，文化人格精神与诗性审美把握，两方面往往融会贯通又互相映衬，在独特的现代性上达到了很好的结合。其现代性突出地表现在他将世界思想史上理性的转向与诗性的转向结合起来，将诗中的历史与历史中的诗性结合起来，将现代文化精神与富于原创性的审美、诗学命题结合起来。书中涉及闻一多曾接受基督教影响，他接受的也不是基督教形式，而是基督教文化，是知识分子人格自我完善的一种方式，看重的是宗教精神凝聚人心的理论意义。到了40年代，闻一多的愈益鲜明地呈现出来的"义所当为，毅然为之"的铁骨铮铮人格，显然也融合着一种宗教精神。

胡风与沙汀，一位文学理论家，一位小说创作家，他们有着共同特点，即一方面都有着较强的政治意识形态性，都属于左翼革命作家的营垒；另一方面他们又都走着各自独立发展的道路，并都有着鲜明的理论个性或创作个性。胡风坚持以揭示"精神奴役的创伤"为核心的启蒙主义，坚持以发扬"主观战斗精神"为核心的现实主义，在20世纪40年代和50年代，因为与主流政治话语发生矛盾而步履艰难，甚至遭到灭顶之灾；80年代随着启蒙主义、现实主义的回归，胡风研究曾经热过一阵，而在90年代和世纪之交，又因为现代主义与后现代主义涌入中国，胡风的启蒙主义与现实主义似乎又显得不合时宜。书中论述认为，胡风文艺思想的研究应该回到历史的原初语境，避免随一时潮流而将其文艺思想拔高或贬低的倾向。通过回到马克思主义的原初语境，回到左翼文学思潮产生、发展的具体历史语境，回到胡风思想的文本本身，可以看出胡风文艺思想具有回归、创新、开放的"延异"性存在特征。关于沙汀，这里的沙汀研究从两个方面弥补了20世纪80年代所写《论沙汀的现实主义创作》一书的缺陷和不足，一是从革命文化、民俗文化与审美文化三者的结合上探讨了沙汀创作中所体现的文化意识及这种文化意识与现实主义的关系，指出他的现实主义因为渗透着经过整合的鲜活丰厚的文化内涵，特别是渗透着川西北农村富于"泥滋味、土气息"的民俗文化风习，因而使其现实主义的革命的政治的要求为人性的审美的诗性意蕴所充溢，从而大大增强了作品的艺术魅力。二是运用了"艺术与视知觉"的观点，从审美心理描述的角度揭示了沙汀小说客观再现的特征。沙汀小说客观观察的视觉形象不是机械、单纯的模仿与复制，而是通过艺术家的视觉组织与整个心灵的交融创造性地把握现实，把握到有丰富的想象性、创造性、敏锐性的美的形象。他对小说形象内涵的概括、提炼和表达，也不是单纯地以思想主题和技巧匠心取胜，而是像"母体怀胎"、"蜜蜂酿蜜"一样将自己生命的汁液——主观的情绪、情感、情性、情趣全部倾注于生活素材之中，融合成生气灌注的心血的结晶，创造出富有生气和活力，具有光泽和风韵的艺术品。因此，沙汀小说艺术再现的特征是在长期生活积累的基础上，在某种媒介的触发中，往昔的思维定式经过思维主体的作用而在创作过程中产生的定式效应，一种对世界的现实主义的艺术把握方式。

新中国成立后17年的文学创作成就，特别是小说创作的成就不可低估。我以为，在这一段时期的小说创作中，柳青的长篇小说《创业史》堪称第一流的经典之作。人物性格的多方面立体塑造,厚重深邃的现实的历史的内涵,浑融的生活蕴涵中透着思想的闪光,史诗的宏大建构,史诗的磅礴气势。这一切又与他继承和借鉴古今中外文学经典的艺术经验分不开。本书着重论述了《创业史》在长篇结构和人物描写上对中国古典小说艺术经验的接受和创造性转换,这是通过文本本身的解析透视小说独特的艺术概括的一种努力。

本书涉及台、港、澳及海外华文文学的有上一部分中的"海峡两岸暨港澳文学理论批评的跨越与整合"和这一部分中的"余光中的现代诗学品格"、"赵淑侠的海外华人题材小说"等篇章。这些内容是本书以现代化为核心的、贯穿着新文学传统与经典阐释线索的整体构架的一个组成部分。要说文学现代化、现代性,余光中、赵淑侠生活往返于华洋之间,既有深厚的中国古代文化、古典文学的素养,又有对西方文化和文学的亲身感受与长期研究,这些都通过他们的艺术个性,创造性地转换与融合到他们的丰富多彩的创作内涵中。无论是余光中的新古典主义,还是赵淑侠的现实主义,都有着开放多元的艺术思维空间:西方希腊罗马时期的古典主义、近代浪漫主义、现代主义中的种种思潮都对他们有影响。他们还有一个共同之处是,都对音乐、美术感兴趣、有研究,并对他们的文学创造增添新的因素。至于他们的新文学传统观,他们很少谈到"五四"以来的新文学,谈到时也往往持批评态度;他们也与海外华人文艺理论家钟情于清末民初的文学资源不同,因为那时的文学成就并不算高,对他们的创作不可能产生什么影响。他们生活和工作在较之于中国大陆现代性更强的、特殊的社会政治环境和文化语境中,几乎是直接从中国古代的土壤和西方的风雨中吸取文化和文学的营养,各自发挥自己的创造。在中国当代文学中,他们的作品堪称经典。因此他们的文学活动与创作成就实际上构成了中国新文学传统的一个组成部分,他们的成就与中国大陆相互补充、相互影响、相互辉映。

在新时期大陆的历史小说中,杨书案的作品可以说是独树一帜。这里选析的他的三部长篇历史小说以华夏民族的远祖——孔子、老子及更古远的炎、黄文化为题材，是别具一格的文化溯源小说。这三部作品在现实的时代精神与历史精神的结合部进行艺术构思，为古远的历史人物赋形、造血、生肌，鲜活地再现出我华夏"轴心期"文明的历史真实与生活状貌。孔、老是"轴心期"文明的代表，炎、黄则是这个文明的源头。由于"人类一直靠轴心时代所产生的思考创造一切而生存，每一次新的飞跃都回顾这一时期，并被它重新燃烧起火焰"①，因此，作者在今天新的"轴心期"火焰的光照下，将一以贯之的华夏"轴心期"文明的来龙去脉加以梳理，从三个维度、三度空间进行"知、情、意"三个方面视界融合的艺术概括，便能使人获得新的艺术感染，燃烧起新的火焰来。

　　本书第一部分曾经谈到革命化、政治意识形态性，是中国文学现代化和现代性的题中应有之义，因此，在本书的第三部分"主流话语的经典品格"中，便于新文学传统与经典的阐释的同时，对毛泽东文艺思想的现代经典性特征进行了新的观照。本书认为，对毛泽东文艺思想进行现代性观照，应该看到它在现在和未来都起作用的"活的灵魂"。而毛泽东文艺思想的"活的灵魂"应该与中共中央《关于建国以来若干历史问题的决议》中将毛泽东思想的"活的灵魂"概括为实事求是、群众路线和自力更生相适应，也大致可以概括为文艺的实践性原则、文艺的人民本位观和文艺的中国民族特性等三个方面。这三个方面的根本思想包含着毛泽东一系列著名的文艺观点，如文艺为人民首先是为工农兵的方向的观点；文艺的"百花齐放、百家争鸣"的道路的观点；文艺工作者深入人民生活、深入实际斗争改造世界观并获得创作源泉的观点；作家艺术家必须先做人民的学生，再做人民的先生的观点；生活美与艺术美的辩证关系的观点；正确的政治思想内容与尽可能完美的艺术形式相统一的观点；对中外文学遗产"古为今用"、"洋为中用"、"推陈出新"的观点；"以中国的东西为主"、创造为中国人喜闻乐见的中国作风与中国气派的观点；"诗要用形象思维"的观点等等。这三个方面的根本思想

---

① 雅斯贝尔斯：《历史的起源与目标》，华夏出版社，1989年版，第14页。

作为毛泽东文艺思想的"活的灵魂"是长时间经常性起作用的。它们对于中国进步的、革命的文化和文学起着推动和指导作用,因而也是富于现代性特征的。这种现代性,从精神内涵看,离不开革命和改革:革命,是无法告别的革命;改革,是不可逆转的改革。从审美特征看,离不开人的现代化,其中包括人的社会意识、个体意识与审美意识的现代化。所以,把握住了毛泽东文艺思想的"活的灵魂",就是从重要方面把握住了它的现代性。正是以毛泽东文艺思想的"活的灵魂"为核心内容进行构思,本书就文艺经典话语现代阐释的诸多方法论问题,中国共产党几代领导人文艺指导思想的逻辑发展与现代观照问题,毛泽东关于文艺本性和文学批评观的现代阐释与历史局限问题,《在延安文艺座谈会上的讲话》的现代性重读问题,以及从中外文艺的广阔视野来审视毛泽东文艺思想的继承借鉴关系的问题等,进行了比较系统深入的探讨。

再看本书的第四部分——"学科建设的现代性探讨"。这一部分主要涉及的是中国现当代文学学科的建设。这门学科的建设,新中国成立初开始的是中国现代文学部分。到 20 世纪 50 年代后半期,这门学科得以建立;但新中国成立后的当代部分因尚在发展中未能纳入学科建设中去。50 年代末 60 年代初,当代部分随着教材的编写与讲座性质课程的开设而逐渐发展。从 80 年代后半期开始,先是分成现代与当代两门课程,不久便由国家教委作为与文艺学、中国古代文学、汉语等一样的二级学科而定为中国现当代文学学科。这门学科在整个新时期发展都很快。仅从这门学科的教材和教学的内容看,正如我上面所谈到的,总体范式的变化明显的就有三次:一是注重意识形态叙事的新文学史(包括现代与当代);二是以文学的现代化为中轴的注重现代性、世界性和共同性的新文学史(即 20 世纪文学史观);三是注重个体化叙事的新文学史(如各种体裁、题材和创作方法的新文学史)。这里的"王瑶学术思想初探",除了对王瑶整个学术成就和学术思想进行探讨外,更着重探讨了他作为中国现代文学学科奠基人的成就和贡献。他出版于新中国成立初的《中国新文学史稿》基本上是第一种范式,也有越出这种范式的地方。他后来关于鲁迅、巴金等现代文学现象的研究则基本上属于第二、第三种范式的范畴。他去世前不久更自觉、明确地提出了文学现代化的范式。"中国新文论学科性质问题"在论及新文论的学科性质时基本上采取的是第二种范式的框架,即从中国新文论现代品格的确立,它的转型和发展来论述新文论的性质和特点;但也不脱离政治意识形态,如在历史分期上就考虑到五四运动、中华人民共和国成立等重要政治背景。"新文学'以美引真臻于善'教学体系刍议"与"'20世纪中国文学'教学体系的阐发与运作"两个内容,无论是教学体系的建构,还是教学观念和内容、设计和方法的具体阐发;无论是伴随着知识体系传授的方法论引领和信息获取,还是通过教学进行的教书育人的实践,都既考虑到中国现当代文学学科本身的观念革新与方法革新,又考虑到现代信息社会中教师和学生知识结构的大幅度更新和思想观念、思维方式的变化。这些都是与"面向现代化、面向世界、面向未来"的教育模式密不可分的。本书最后四个篇章大多是20世纪末文学的研究,因为着重于文本的题材、体裁以及技巧、风格的研究,所以主要属于第三种审美个体化叙事;而且还有一个共同特征是都从文学的发展上追溯文本形式的现代化历程,因此颇具历史感。

  上面从四个方面对我近半个世纪的中国现当代文学研究进行了反思和重构。这是一个历史的逻辑的发展过程。从纵向发展的时间序列上看,可以大致分为四个阶段,体现了我的学术之路的具体历史面貌;从横向的逻辑结构所展示的问题意识来看,是我对于时代的要求、审美的召唤的出于自我学术个性的一种应答。在这纵横交织的时空维度中,有经验,有教训,也有一些规律性的东西,不揣冒昧,贡献于同仁方家,以期求得新的理性升华。

2007年4月22日于武汉桂子山
(原载《东方论坛》2007年第3期)

主潮言说

《中国现代文坛的"双子星座"——鲁迅、郭沫若与新文学主潮》前言

仰望璀璨的星空,黄道十二星座之一的"双子星座"地位显赫。"双子星座"中有两颗星最为明亮。群星璨烂、纷繁幽深的中国现代文坛的"星空",革命文艺的"双子星座"最为独特,占着突出的地位。其中也有两颗星最为耀眼,这就是鲁迅和郭沫若。

作为伟大的文化巨人和文学巨匠,鲁迅和郭沫若最鲜明地体现着中国现代文学主潮的特点。从中国新文化、新文学本身的特点及它与世界文学相互关系的横向联结上看,在时代环境和政治思想上,他们生活在二十世纪世界社会主义革命与民族解放运动蓬勃兴起的年代。作为世界无产阶级社会主义文化革命的一部分,中国文化自"五四"以后进入了无产阶级领导的人民大众的反帝反封建的新民主主义文化的时代。从"五四"时期起,鲁迅和郭沫若便成为代表时代潮流前进方向的"完全崭新的文化生力军"的伟大旗手和卓越代表。他们的生平活动、思想发展和文学创作都与新民主主义各个历史时期的人民民主和民族解放运动血肉相连。在文学思潮和创作方法上,鲁迅是现实主义小说的奠基人,郭沫若为浪漫主义诗歌和戏剧的开拓者。正是从他开始,中国有了真正现代性和民族性相交融的现实主义和浪漫主义作品,显示了"五四"以来新文学主潮的实绩,在中外文化和文学的继承借鉴上,他们都面向世

界潮流，有着开放的知识结构和文学素养，是中外文化汇集处、"百科全书式"的文化巨人。他们共同体现着中国新文化、新文学的现代化、革命化和民族化、群众化进程的方向。从新文学的兴起、展开、衍化、变迁的纵向发展上看，他们都跨越了旧民主主义革命和新民主主义革命两个历史阶段，郭沫若的生活和创作还延伸到了社会主义时代。他们立足当代，统摄古今，融合中外，在由古代文学向现代文学的转型、过渡中，把师承与创新交织在一起，在新的历史条件下，在新的时代审美要求的激发下，以各自卓越的文学活动和现实主义、浪漫主义创作成就，更新和发展了中国民族文学的传统，使这一传统成为与外来文化相互影响、自身前后持续又发生了质的变化的民族文学生命系统。中国新文学经过近代文学的启蒙，到现代文学的各个历史时期——"五四"文学、左翼文学、抗战文学乃至解放区的工农兵文学，国统区的革命文学，民族文学的生命系统在这一文学主潮中获得了划时代的重大发展。在这一历史性的重大发展中，鲁迅是一面光辉旗帜，郭沫若是继鲁迅之后又一面光辉旗帜。

如果作较具体的考察可以看到，同是作为新文学主潮突出代表的鲁迅和郭沫若又有不同的思想特征、文化性格和创作个性。就以"五四"时期的情况来说，鲁迅和郭沫若一位着眼于国民的大层，将人道主义与革命民主主义交融起来，坚持改造国民性；一位受时代精神感召，在反抗破坏、自由创造的历史强音中热烈地追求个性解放，他们都不同程度地对"五四"时期与反帝救亡紧密结合的思想启蒙工作做出了杰出的贡献。他们的哲学人文思想，一位本着战斗的进取的进化论思想，真诚、深入、大胆地看取人生并写出它的血和肉来；一位以融合着个性精神、群体意识的泛神论哲理使"自我"在"与神合体，超绝时空"的想象境界中驰骋，他们都在自己的哲学思想中突出和强调人的主体作用而又都与传统文化紧相衔接，显出各自文化性格的中国特色来，在文艺思想和创作方法上，鲁迅主张"由外而内"，从客观现实、国民大层中获取强大的现实战斗精神，显示出以"表现的深切"为特征的严峻的现实主义真实性；郭沫若则"由内而外"，用植根于时代大潮中的主观心情去综合、去创造具有鲜明的革命浪漫主义特色。在美的类型上，鲁迅基于对现实、历史的悲剧矛盾的深入发掘和深沉的生命悲剧意识，表现出具有深远的历史高度和开广的心灵幅度的崇高美来，再加上他的审美特质、个性气质等复杂因素，形成了鲁迅以大憎与大爱，严冷与火炽，孤独悲凉与乐观奋进，超人的昂扬与入世的沉重相交融为内涵，以"外冷内热"为表现形态的独特悲剧风格；郭沫若则偏于弘扬正面的积极进取精神，以雄浑的、豪放的、宏朗的调子掀起紧张、激动、奋发的情感风暴，猛烈地冲决封建罗网，以"药石的猛和鞭策的力"，冲破东方古典文艺灰青、忧郁的"中和"美，也冲破了西方世纪末文学的感伤、颓丧氛围，表现出东方二十世纪黎明期新世纪呼唤者、时代精神礼赞者的乐观情调和崇高精神，呈现出高昂明朗、雄浑凌厉的风格特征。总之，他们的文学品格都反映或表现了壮阔的时代精神，他们的思想都在时代的最高水平线上。但他们作为"五四"新思潮中觉醒的普通的一员，都呈现出精神个体的相当的复杂性。在世纪的转折点上，他们都是现代中国文坛最富有个人特色、时代精神和世界眼光的文化巨人和文学巨匠。在中西外延最广、内涵最丰富的两大文化体系空前交汇的情况下，他们都以某种世界性形象而出现。但是，从总体上看，鲁迅更显出伟大思想家的特色，而郭沫若则更以敏感的哲人和热烈、开放的歌手而著称。

二十世纪二十年代末三十年代初，鲁迅和郭沫若都经过马列主义理论学习、参加实际斗争和对自己思想的严格解剖而由革命民主主义者转变成为共产主义者。他们虽然各有自己不同的生活经历和不同的思想特点，但都走着共同的历史必由之路：他们都是在"五四"那场伟大的思想解放运动中开始感受到马列主义这个新生事物的生命力；都是在二十世纪二十年代最初几年中国共产党领导下工农群众运动蓬勃开展的形势推动下开始学习马列主义理论的；更重要的是，他们都是在大革命失败后，中国革命处于严重历史转折的关头，更自觉地表现出探求马列主义的勇气和毅力。列宁曾经指出：

> 很多"自由时期的社会民主主义者"是在狂欢节般的日子里，在口号鲜明的日子里，在无产阶级获得胜利的日子里（连纯粹资产阶级的知识分子也被这些胜利冲昏了头脑）第一次成为社会民主主义者的。他们开始认真地学习，学习马克思主义，学习进行无产阶级的坚韧不拔的工作，他们终于成为社会民主主义者和马克思主义者。另外一些人，除了会熟背一些词句，死记几个"鲜明的"口号，空谈两句"抵制主义"、"冲激主义"等等而外，则没有来得及或者没有本事从无产阶级政党那里学到任何东西。①

鲁迅和郭沫若都是在革命高潮中开始认真学习马列主义，而且从这时候开始到终于成为马列主义者，又都经历了一番"坚韧不拔"的努力。然而在思想的发展和世界观根本转变的问题上，他们二人又有着不同的特点。郭沫若步履急骤欠稳健，鲁迅则步履沉实稳健。郭沫若重视马列主义理论的学习，但他曾一度认为读一两本马列主义理论书籍就可以很快地成为马列主义者，忽视了世界观改造的长期性、艰巨性和复杂性，同时在解剖自己批判过去的思想和作品时，往往偏到另一极端，如视自己过去的个性解放思想和浪漫主义创作方法为"反动"，并甘愿作"标语人"、"口号人"，降低对自己诗歌创作的美学要求。在创造社、太阳社同鲁迅的论战中他也犯过宗派主义的错误。只有当他投身到大革命的政治军事斗争的漩涡中，经历了政治风云的变幻之后，他过去所翻译和学习的社会科学和马列主义理论著作才发挥了作用，使自己的世界观发生根本转变，坚定地站到无产阶级立场上来。鲁迅则认为学习马列主

---

① 列宁：《列宁全集》第16卷，人民出版社，1959年版，第49~50页。

义理论不但要看原著,"从基本的书籍上——钩剔出来",而且强调"应该知道革命的实际",强调"无情面地解剖我自己",指出作家"感情难变",仅有理论是不够的,从而清楚地看到了世界观转变的艰巨性和长期性。更重要的是,鲁迅在实现由革命民主主义向共产主义的转变中,虽然极为重视实际的政治斗争乃至"火与剑"的军事斗争,但仍不失思想家的本色,仍然把改造国民性、改变人的精神、建构民族文化心理结构放在极为重要的位置上。他们间之所以有这种不同,一则是因为一位是浪漫主义者,其有浪漫诗学所熔铸的敏感、热烈的个性,因而情感波动幅度大;一位是现实主义者,能够冷静客观地对待包括自我在内的一切主客观事物,因而思想的承传性、稳定性强。再则更深层的原因是他们对于传统文化的认同不一样。郭沫若"五四"时期作为猛烈冲决封建思想罗网的利器的,固然主要是接受西方资产阶级个性自由、人的解放的思潮,但同时也从中国传统文化观念中吸取注重群体联系中的个体的思想。他于1923年所发表的《论中德文化书》和《中国文化之传统精神》中对孔子的歌颂就是以此为内容的。鲁迅则着力于对中国传统文化的解剖和批判。他前期的以解放个性、改造国民性为主要内容的许多有独特价值的思想观点,如基于进化论思想的以青年与下层人民为本位的观点,以现实 未来为本位的观点,以与大众共性相统 的个性为本位的观点,仍然保留下来,并在辩证唯物主义与历史唯物主义的基础上得到更新、改造而同他的马克思主义思想整合在一起,因而显示出自己的特色来。

鲁迅、郭沫若作为新文学主潮的突出代表既如上述,那么,长期以来对这一新文学主潮的认识是否有模糊与迷惘之处呢?应该说,这种情形是存在的。这主要表现在以下两方面:

一种情形是庸俗社会学、机械论观点所导致的对新文学主潮认识的模糊和迷惘。在二十世纪五十年代,不是将中国现代文学看为沿着社会主义现实主义道路发展过来的,就是将文艺战线上无产阶级与资产阶级两条路线的斗争看作新文学发展的贯穿线索，显示出变新文学的新民主主义性质为社会主义性质的跨越历史阶段的"左"的偏向。在"文革"中，"否定一切，打倒一切"的极左思潮，以偏狭的、武断的政治论断代替文学史的研究，新文学主潮的内容被粗暴地否定，整个新文学的面貌更成为一片空白。新时期经过拨乱反正重新认定了新文学"无产阶级领导的人民大众的反帝反封建"的新民主主义性质，新文学主潮终于在作家的世界观和文学现象、作品创作的思想倾向上恢复了它的本来面目。但如何从新文学内容表现人的思想情感的更丰富的层次上，从文学本身的特殊规律的层次上进行新文学的研究则较少见到。这种情形在鲁迅、郭沫若等新文学主潮代表人物的研究上也表现出来：从政治斗争的角度去研究他们，或者从某种中心工作、中心任务的需要来作实用主义的考察等现象较为普遍地存在着。

另一种情形是出于抽象的非历史和超历史的观点的对新文学主潮的模糊认识和迷惘心绪。例如一则离开中国新民主主义革命的历史现实，离开新文学与人民民主、民族解放的客观历史进程相一致的根本特征，把政治救亡与思想启蒙割裂和对立起来，看不到中国现代思想启蒙与西欧启蒙主义的本质区别。本来，中国现代思想启蒙为解决民族危机与社会危机而产生，又为反帝反封建的政治救亡作准备；而反帝反封建的政治救亡则反过来推动和深化着思想启蒙。在中国新文学中，政治思想或民族意识的启蒙，总是重于、大于个性、理智和情感的启蒙的，这在鲁迅、郭沫若的创作中都表现得很鲜明。再则，把文学的审美特征与文学对社会生活的本质反映互不相容地对立起来，强调文学回到它自身，单纯从审美的视角观察文学，包括中国现代文学史。然而这种理论也不可能付诸实行，至今尚未看到过一部纯粹审美的中国新文学史就是明证。第三，是返回自我，返回历史研究者内心，把自我所作的历史评论与他人的思维模式，他人的范畴、概念，与独立于我的意识之外的对象分割开来，片面地强调我的意识所思考的对象，主体所创造和阐释的对象。

这三个方面问题的共同点是背弃历史唯物主义理论和马列主义关于文学的意识形态的理论，使文学成为一种脱离具体历史的唯心的空想。在这种唯心史观指导下，注目于体现主潮特征的作家就会出现不同程度的曲解，如评价鲁迅和郭沫若，容易把他们作为革命家、政治家的特点，与作为思想家、文学家的特点分割开来。而这样，脱离中国新民主主义革命发展的客观必然趋势，脱离对特定社会本质生活的探究，他们作为思想家或文学家的特征就会成为一种没有深刻历史内容的、空虚的东西。诸如"我之鲁迅观"、"我之郭沫若观"一类文章和课题，如果从强调研究者的研究个性和独到见解来看是有益的，但如果脱离鲁迅、郭沫若所生活、战斗和创作的时代环境、文化背景、文学潮流来孤立地突出"我心目中的鲁迅"、"我心目中的郭沫若"，就容易导致研究工作的极大的主观随意性，因而容易曲解鲁迅和郭沫若，也容易模糊对新文学主潮的认识。而用这种唯心史观来指导与主潮相联系的或距主潮较远的作家作品的研究工作，也会对他们脱离历史本质特征的自我情感世界、艺术形象世界作孤立的、不实事求是的评价，人为地抬高他们作品的思想艺术价值和他们在新文学史上的品位，其结果，也必然会模糊或贬低新文学主潮及其代表作家的作用。

除上述两种导致新文学主潮变异的倾向以外，从研究工作的总体看，在对待新文学主潮的认识和把握上一条正确的发展路径仍然是主要的。在二十世纪三十年代的左翼文学运动中，鲁迅、瞿秋白、周扬等人在传播马克思主义文艺理论并以之与中国革命文艺具体实际相结合的过程中，便自觉倡导并进行了开创性的工作。四十年代毛泽东在一系列哲学、社会政治学、文艺学著作中，以马克思主义的经典性论述确定了这条线路，成为一种完备的理论体系，以后通过中国共产党的文艺方针政策的制定，遂成为指导整个文艺事业的规范。解放后十七年及新时期十年，党在文艺方面的领导人和广大新文学研究工作者，在对上述两种变异倾向的论争和辨析中，基本上正确地把握住了对这一主潮的认识和理解。总结对新文学主潮认识和理解的正反两方面的经验，我以为要恢复新文学主潮的面目，使新文学主潮在今天发展社会主义文学中起到重要的借鉴作用，更好地焕发生命的活力，应注意以下四个方面：

首先，要将对新文学主潮的认识和理解牢固地放置在历史唯物主义哲学理论和马列主义文艺理论的基础之上。按照唯物史观和马列文论的要求，文学是一种属于上层建筑范围内的意识形态，而且是一种具有审美价值的特殊的意识形态，因此文学史在很大程度上是意识形态化的文学史，它必须体现历史的和美学的批评研究精神。所谓历史的批评研究规律，对于中国现代文学来说，就是要认定它的无产阶级领导的人民大众的反帝反封建的新民主主义文化性质。用超时代的眼光将这一文化性质看成是社会主义性质或沿着社会主义现实主义道路前进的；或者用简单抽象的理解，将它的思想启蒙性质、作家自我情感世界与实际的革命运动割裂开来，看不到特定时期政治、经济与文学的辩证关系；或者单从审美的角度，把意识形态化的历史与文学的审美历史对立起来，孤立地看待新文学史的审美规律，这些都是脱离中国现代历史发展客观必然趋势的非意识形态化思潮的表现。但是，在对待中国现代文学主潮的问题上既要看到新文学在根本上为中国现代特定的经济关系和社会历史运动所制约的意识形态性质，又要看到文学反作用于政治经济必然通过社会心理、民族性格、国民精神和习俗风俗等意识形态的中介环节来实现的特征，因此要在文学的内容上看到在众多社会关系的"合力"中所显示的人的丰富性、复杂性和完整性，其中包括阶级性、社会性、人类性，以阶级性为主而又有更大的涵盖面。所谓美学的规律，即新文学史在研究和阐释文学现象、作家作品时，应该看到它们如何按照美的规律实现对世界的审美反映或审美掌握。离开了美的规律，就离开了文艺本身，就谈不上有文艺的创造。在文学史上，美的规律受着历史的普遍规律的制约，美的发展史虽然不能完全脱离意识形态化的文学史，然而它又有相对独立性，离开文学史的美学发展规律，也谈不上文学史，更谈不上对文学主潮的把握。

其次，在文学思潮和创作方法上，既要看到新文学主潮是进步的、革命的现实主义和积极的、革命的浪漫主义，又要看到这一主潮对其他文学思潮和创作方法的择取、融合和吸收的开放形态。将进步的、革命的现实主义看作三十年新文学主潮的一个最重要的组成部分，因为这是客观存在的事实，因而很少有异议，只是一则不能把现实主义视为与文学现代化进程相背离的仅仅与中外现实主义传统相衔接的东西，相反，应该看到现实主义在"五四"后新的时代条件下的发展，从而把它看作中国新文学现代化在文学思潮和创作方法上的主要体现；再则，还应该看到现实主义对浪漫主义、现代主义的融合、吸收的大量事实。正因为现实主义是在进步的、革命的世界观光照下的一种充溢着现代意识的开放体系，它又是新文学史上客观存在的事实，所以对新文学中现实主义思潮及创作方法的研究，仍然是恢复和重建文学主潮的最重要的课题。关于浪漫主义在新文学主潮中的地位和作用则是争议较多的。这里，关于浪漫主义的问题应该注意以下几个方面：一是要看到"五四"时期浪漫主义作为文学主潮的体现非常明显。然而，从二十世纪二十年代后期开始直至四十年代后期，浪漫主义都受到了批判。其中有政治性强的现实主义（后期创造社）对浪漫主义的批判；有人文主义、古典主义（如新月社中的梁实秋）对浪漫主义的批判；还有现代主义（如"九叶"诗人）对浪漫主义的批判①。这种种批判是被中国现实时代和文艺思潮的特点决定的。所以在中国浪漫主义不可能像西方那样经历了整整一个历史时代，作为一个诗学体系，它从二十世纪二十年代后期便开始解体。二是要看到浪漫主义在二十世纪三四十年代的新文学主潮中仍是一个重要组成部分，特别是当我们把它不仅是看成一种文学思潮和创作方法，而且当作一种人生哲学、人的存在方式来看的时候。也就是说，真正作

---

① 参见罗成琰：《现代中国的浪漫诗学》，《中国社会科学》1989 年第 6 期。

为浪漫诗学来看，所谓文学上的浪漫主义，范围就会更广阔一些。还有，浪漫主义也常常作为一个重要组成部分融合到许多现实主义和革命现实主义作家的作品中，这也是为一些左翼文学理论家（如周扬）所提倡并在创作实践中有着鲜明表现（如艾芜、沈从文的作品，又如《白毛女》）的事实。由上所述，可见加强浪漫主义在中国新文学中的地位、特征和作用的研究，仍然是把握新文学主潮的一个不可忽视的重要内容。至于现代主义文学思潮和方法，它不能典型地体现出中国新文学主潮的内容，这是显而易见的；但是这种思潮和方法在新文学发展中存在着而且为以现实主义或浪漫主义为主导的作家所吸取和融合却是客观的事实。鲁迅的文艺思想和创作受过象征主义文学的影响，又译介过厨川白村的美学文艺理论著作《苦闷的象征》，而这本著作受弗洛伊德精神分析说的影响是很大的。郭沫若在二十世纪二十年代初写过一系列文艺论文介绍西方现代派文艺，从象征主义、意识流、未来主义到表现主义。他的浪漫主义诗歌中融合着象征主义、表现主义的形式和方法；小说中试用过"潜在的意识的流动"的形式和方法，是他自己也明确地说过的。而且，鲁迅和郭沫若都曾推荐过尼采，郭沫若还曾受过柏格森生命哲学的影响。他们都研究过人类精神世界中非理性的东西，还从以非理性哲学为基础的现代主义文学创作中吸取了有益成分。从对现代文学中非理性的东西的研究状况来看，我们现在的情形不是研究过多，而是研究得不够。本来，人的精神世界实质上是以理性为主导的兼有非理性的统一体。唯有人类才有情感、直觉、灵感、意志、顿悟等具有非理性因素的成分。过去的现代文学研究，特别缺乏对理性因素与非理性因素之间的制约、渗透、交叉的相互关系进行深入研究，而对非理性因素，也大多只进行个别的或彼此孤立的探究，未能将它们作为一个整体加以探讨。当然，在对非理性的东西进行研究时同样必须坚持历史唯物主义观点。也就是说，必须看到任何非理性因素的产生，都有一定的、必要的客观物质前提，同时，又必须从实践观点出发，唯物地阐明非理性因素的能动性和创造性，清除非理性因素上的种种神秘色彩。这些，都是我们与西方非理性主义者研究非理性因素的根本不同之点。

再次，必须从文学的现代化和民族化的双向进程、双重内涵上去认识和把握新文学的主潮。三十年新文学主潮的发展表明：新文学既要面向世界文化和文学，又要认真对待民族文化和文学传统。这里的关键是，要从现代中国的国情和文艺实际出发，对中外文化和文学传统进行批判、择取、吸收和融合。这就是说，在古今关系上，既反对以今蔑古，又反对颂古非今；在中外关系上，既不同于封闭自守，又与全盘西化迥异。正如鲁迅所说："外之既不后于世界思潮，内之仍弗失固有之血脉"，其目的在于"取今复古，别立新宗"；使"新者日新，其古亦不死"①。他所总结概括的对待中外文化、文学遗产的"拿来主义"态度，正是从本民族现实斗争生活的需求出发，从建构和发展新的民族文学的需求出发而提出的。郭沫若在"五四"时期便主张从东西文化之间"开出一条通路"②，提出既要"吸吮欧洲的纯粹科学的甘乳"，又应"唤醒我国固有的文化精神"③，并强调对我国固有文明、对西方资本主义文明均应持分析的态度：他一方面认为"要善于利用科学文明而不受资本主义的毒害"④，主张把科学本身的价值同资本主义制度利用科学的事加以区分，另一方面，则提出了中国固有文明是入世的，而非出世的；是动态的，而非静观的；是进取的而非消沉的观点。对于周秦之际我国的固有文明，特别是孔子的学说极为推崇，认为中国科学技术的发达远较欧洲为高⑤。鲁迅、郭沫若对待中外文化、文学的这种分析态度和精辟见解，在中国新文学的进步的、革命的作家和文艺理论、美学工作者中是最为突出的，但也不是仅见的。待到毛泽东运用唯物辩证法的观点

---

① 鲁迅：《坟·文化偏至论》，《鲁迅全集》第1卷，人民文学出版社，1956年版。
② 郭沫若：《伟大的精神生活者王阳明》，《文艺论集》，上海光华书局，1925年版。
③ 郭沫若：《论中德文化书》，《文艺论集》，上海光华书局，1925年版。
④ 郭沫若：《伟大的精神生活者王阳明》，《文艺论集》，上海光华书局，1925年版。
⑤ 郭沫若：《论中德文化书》，《文艺论集》，上海光华书局，1925年版。

对中外文化、文学遗产的批判继承，革新创造提出了系统的、经典性的理论之后，更有了这方面的指导性的意见。在中国新文学的三十年中，虽然在不同的历史时期，对中外文化、文学的继承借鉴，在理论观点和创作实践上各有特色和得失，但中国新文学主潮正是在现代化和民族化的双向进程中得到了健康的发展的。

复次，在"面"上开拓新文学研究领域的同时，仍需在"点"上集中精力研究能体现新文学主潮的作家，如鲁迅、郭沫若、茅盾、巴金、老舍、曹禺、赵树理等。前几年在这些主要作家的研究上并非没有新的见解和某种程度的突破，但也有一些见解偏离了马克思主义理论指导的研究道路和方向，这也是有目共睹的。如何在中西文化、文学思潮冲撞、汇合的背景上，以历史唯物主义的科学理论和马列文论为指导，把站在当代理性高度之上的具有宏观视野与阔大气度的体系性批评研究与烛幽索隐、细密具体的感受体验性批评研究结合起来，以取得对这些作家研究的更大的突破，仍然是值得努力探讨的课题。

这本书有关鲁迅、郭沫若和论述新文学主潮的一些论文，企图在这方面作出自己的努力，但综合性的突破性成就还有待于不断开拓前进的同行的研究工作者。

《现代化与中国 20 世纪文学》绪论

中国文学的现代化从上个世纪之交（19 世纪末 20 世纪初）到这个世纪之交（20 世纪末 21 世纪初），已经整整一个世纪，而这个现代化从"五四"算起应该说是加快了步伐。2009 年和 2008 年，分别是五四运动 90 周年、中华人民共和国成立 60 周年和新时期改革开放 30 周年。五四运动、中华人民共和国成立、新时期改革开放这三个重要历史时刻"以来"正是中国文学现代化研究所要进入的最为灿烂的历史时空，我的这本书的出版可以说是对这三个重要历史时刻的纪念，这也是我在本书扉页上写上将本书献给这三个事件的原因。

世纪回眸：历史背景与文化语境

20 世纪中国文学现代化，特别是三个"以来"的大的背景和语境，有如下几个特点，这对于我们探讨 20 世纪中国文学现代化的历程和特点甚为重要。

1. 现代性与革命性交融

现代性、现代化偏于建设，革命性、革命化偏于破坏，它们二者是常处于矛盾对立中的，但它们又有对立统一的特征。特别是在中国，应该说，革命性是现代性中的题中应有之义，现代性也是革命性必不可少的前提条件。这就是说，一方面，是革命推动了现代化，现代化的权力分配和资源配置就是在革命和战争中进行的，现代政治共同体也是在这一斗争过程中取得和建立的。这种革命化过程作为一种意识形态体系、精神动力和价值指向，为新的时代的意识形态话语所融合，并贯穿经济腾飞和社会文明结构转型的现代化高潮。另一方面又要看到，革命化推动了现代化，却不能替代现代化。现代化对革命化有着涵盖、渗透和终极指导的作用，因为无论革命化道路如何曲折漫长，它自身不是目的。革命的目的是为了解放生产力，促进经济增长、制度变革和文化建设，满足广大民众的物质和精神文化需求。因此，革命化与现代化相辅相成、交织发展，最汇入现代化的历史总进程中去。

2. 人本性与科学性的交融

人的发现与科学的发现是20世纪中国最重要的发现。现代化最根本的是人的现代化，是科学理性精神的弘扬。现代性也有启蒙现代性与审美现代性的互动互渗。科学理性的自觉精神可以使人的个体摆脱前现代的经验文化模式，超越纯粹的自在自发的生存状态，促使个体的主体性和自我意识的生成和走向自觉，形成理性化和契约化的公共文化精神，乃至建构意识形态化的社会历史叙事；但科学、理性走向极端，则成为"科学主义"与唯理主义，这时候，更具人本性特色的审美现代性便出现了。审美现代性强调感性、俗世、此岸，强调个体生命的当下体验与沉醉。总之，一个"日神精神"一个"酒神精神"，二者的交融才是人的真正现代化。而这也正是我们从事文学研究的前提。

3. 三个"以来"的交融

在三个"以来"的时段里，产生了三次人的思想解放运动。正是现代性与革命性交融、人本性与科学性的交融促成了这三次人的思想解放运动。从维新变法到五四运动是第一次；延安整风至中华人民共和国成立是第二次；新时期改革开放是第三次。这三次思想解放运动的"关键词"，它们各自的特征及相互关系，充分体现了现代性与革命性交融、人本性与科学性的交融的特征。

"五四"以来的关键词：爱国、进步、民主、科学。

中华人民共和国成立以来的关键词：人民本位、独立自主（民族特色）、双百方针。

新时期改革开放以来的关键词：改革开放、实事求是、解放思想、"三个代表"、以人为本、科学发展。

这三个"以来"的关键词既各有时代特色，又是相互贯通的，它们的交融，指导着20世纪以来的中国文学的现代化研究。上面关于"民主"、"人民本位"、"百花齐放、百家争鸣"、"解放思想"、"三个代表"、"以人为本"等都是关于人的自由的人学构造，我们的20世纪文学现代化研究就是研究文学史上如何艺术地再现当时人的思想感情、生存状态，特别是现代化过程中人的精神面貌的变化，所以研究者首先必须了解人、熟悉人，在人的现代化上下一番功夫；而从"科学"、"实事求是"到"科学发展"等则要求我们对事物在科学的、逻辑的、实证的分析上下功夫。这样，将人的解放与科学理性精神结合起来，才能将文学现代化的研究推向前进。

沧桑反思：文化变迁与范式转换

从社会文化变迁的历史眼光看，在中国文学现代化世纪性跨越的历程中，我国社会文化发展经历了多次大的变革转型。我们的中国文学现代化研究，其研究的对象、思路和成果都离不开社会的变革转型，这里有一个研究范式转换的问题。如中华人民共和国成立60年中的前30年，我们的社会是一个政治文化主导型社会，文化的各个门类包括文学都处于为政治服务的总体化运动中。后30年又大致可分为前15年和后15年，前15年为现代文化大发展的时期，思想文化界到处都有一个大写的"人"字；后15年是后现代文化思潮涌入并与现代思潮混杂在一起的时期，反中心、反本质的解构主义促使思想文化的多元化，小写的"人"字又到处出现。

与20世纪社会文化的变迁相适应，中国文学的现代化研究也发生了变化，这不仅是具体的观念和方法的变化，而且是一种对待中国现当代文学研究的总体性活动方式、最基本的方式和路数的变化，我把这种大的变化称为研究范式的转换。这里所谓"范式"源于美国科学哲学家托马斯·库恩的《科学革命的结构》一书。在库恩看来，范式作为科学成就具有两个基本特征："它们的成就空前地吸引一批坚定的拥护者，使他们脱离科学活动的其他竞争模式。同时，这些成就又足以无限制地为重新组成的一批实践者留下有待解决的种种问题。凡是具有这两个特征的成就，我以后便称之为'范式'。"[①] 根据这种关于范式的解说，我以为，60年来的中国现当代文学研究经历了这样几种范式的转换：一是社会政治化范式，二是精神文化范式，三是个体审美化范式。这三种范式大体相当于上面三个文化变迁的时段，它们各自出现在三个不同的时段，又往往超越时段交织在一起。

下面我们以鲁迅研究与中国现代文学史的编撰来说明上述三种范式在不同时期的转换。

在中国现当代文学经典中，研究阐释覆盖面最广，震撼力最为强烈，视角变换最大最频繁，阐释空间中差异和矛盾最为显著，延传时间最为恒定持久的，鲁迅研究是第一个。

首先是鲁迅研究的社会政治化范式。在鲁迅的阐释世界中，这一类是很引人注目的。20世纪30年代的瞿秋白、40年代及"十七年"的毛泽东是对鲁迅及新文化、新文学进行马克思主义阐释的代表人物。他们作为居于领袖地位的政治家、思想家，从中国近现代以来社会与文化的革命性变迁的角度，对鲁迅在现代中国的历史地位进行了崇高、科学的

[①] 托马斯·萨弥尔·库恩：《科学革命的结构》，金吾伦、胡新和译，北京大学出版社，2003年版，第10页。

评价。这种评价主要从政治意识形态上肯定了鲁迅的历史地位。无论是瞿秋白还是毛泽东，他们都很少谈论鲁迅前期的现实主义小说，这与瞿秋白否定"五四"，要一个"无产阶级的'五四'"①的观点是一致的。毛泽东更是明确地说："鲁迅表现农民看重黑暗面、封建主义的一面，忽略其英勇斗争、反抗地主，即民主主义的一面。"②这实际上是对鲁迅小说现实主义的质疑。因为在他们看来，现实主义是高度政治化的，必须是革命的现实主义，或者社会主义现实主义，等等，它的功能才不至于只是揭露的、批判的，而是表现现实的积极、光明面并指向未来的。同为对鲁迅经典进行马克思主义阐释的学者胡风、陈涌等却有明显的不同。如胡风作为一位文艺美学家虽然也接受了马克思主义有关意识形态、市民社会、封建的亚细亚生产方式等具体观点，但他更关注马克思主义有关人的存在、发展和解放的实践观点。胡风的以"主观战斗精神"为核心的文学观念内涵，在主体和客体、情感和思想、感性和理性诸关系中强调的是主体、情感和感性。因此他认为，鲁迅作为一个"思想家"，应该注重他"这里面的活的过程和丰富的内容，只有在作为战士的他的道路以及作为诗人的他的道路的有机的联系里面，才能构成这个'现代革命圣人'底俯视一代的巨像"③。应该看到，胡风对鲁迅经典的阐释，往往看重的是革命政治家们所忽略的鲁迅前期的现实主义小说。而这种现实主义主张正是他在理论上背离主流话语的重要原因。陈涌一方面承接政治阐释的思路，在新民主主义革命的史论框架中读解鲁迅；另一方面他将阐释重点放在鲁迅的小说和鲁迅对文学之外的其他艺术门类的研究上，坚持用"不加粉饰"的艺术"真实性"以及"现实主义的胜利"等理论，揭示鲁迅作品现实主义的深刻性、丰富性和复杂

---

① 瞿秋白：《欧化文艺》，《瞿秋白文集》第2卷，人民文学出版社，1953年版，第886页。
② 转引自郁之：《大书小识又四则》，《读书》1992年第5期。
③ 胡风：《作为思想家的鲁迅》，《胡风评论集》中卷，人民文学出版社，1984年版，第175页。

性。可以看到，陈涌是"自内而外"地揭示现实主义的特殊规律和本体特征，不是"自外而内"地将"革命"、"社会主义"等头衔硬装到现实主义的身上去。由此可见，对文学经典的不同阐释在特定历史环境中会产生怎样尖锐剧烈的冲突！

其次是鲁迅研究的现代启蒙文化与后现代生命哲学研究范式。新时期，在改革开放的环境中，王富仁、钱理群、汪晖、王乾坤等人，将鲁迅阐释全方位地纳入世界文化潮流，与世界文化思潮的诗性转向相一致，更好地向诗之思与诗之史转变。他们在思想观念上超越了政治意识形态，从启蒙主义到存在主义、生命哲学，创作方法上突破了现实主义的一统天下，浪漫主义、特别是现代主义成为切入鲁迅本体的新角度；审美类型则于悲剧、崇高中融入悲凉、荒诞与焦灼；历史观上也打破了单纯进化论线性发展观与政治经济决定论观念，重视偶然、无序、断裂及多重话语、回环往复的发展观，因此，他们都成为鲁迅经典宏观体系性阐释取得突破性进展的代表人物。再细分，王富仁、钱理群、汪晖、王乾坤等人又有现代、后现代之分，前二人为超越政治意识形态的现代启蒙文化派，而后二人则为超越启蒙文化的后现代生命哲学派。他们可以说是不同的两种研究范式，分别将鲁迅研究推进了一大步。

阐释研究中的中国现当代文学世界还表现在各种新文学史的编撰中。它们将新文学经典及经典阐释连缀成各种体系，使之系统化、规范化，更具有权威性和普及性。由于治史者的主体性，特别是20世纪史学观对主体性的强调，任何文学史都是具有理论负荷与价值负荷的阐释的文学史，因此，根据不同组合，这些文学史仍有如下类型：

一类是意识形态化的文学史。这类新文学史，以毛泽东《新民主主义论》关于中国"五四"以来新文化性质的论述为指导思想，构成史论框架，以突出其政治内涵。由于与中国新文学密切联系的新民主主义的政治概括符合历史的真实，加以几本重要的新文学史撰写者、主编者的深厚文艺学养在几个相对宽松时期（20世纪50年代初的王瑶，50年代中期的刘绶松，60年代初和80年代初的唐弢、严家炎）的创造性发挥，使得这些文学史在特定的政治意识形态范围内实现了思想倾向性与学理性的融合。正是经过以王瑶、刘绶松、唐弢、严家炎等为代表的新文学研究者的努力，鲁迅、郭沫若、茅盾、巴金、老舍、曹禺等的经典地位被确定下来，直到今天仍有价值。但这一类型的文学史存在着两方面的问题：一是从极左的方面提出问题，即对上述经典的选择和评价是在新民主主义的史论框架内，当时的主流政治话语似乎并不满意，因为当时已经是社会主义社会了，应该强调社会主义因素；另一方面是从今天开放的视野提出的问题，这与鲁迅阐释提出的问题相似，即无论从文学史观、思想与审美价值取向来看，还是从创作方法的提倡、编写体例来看，都因为文艺为政治服务观念的渗透和束缚，使经典的选择和评价显得保守、褊狭，与新文学史本身的丰富、复杂的生命系统不符。

另一类是现代精神文化的新文学史。自从20世纪80年代王瑶提出新文学史的现代化课题，钱理群等人提出中国20世纪文学史观，又于90年代撰写了《中国现代文学30年》并作为文科教材在高校广泛使用以后，这一类文学史（包括文学史、文学理论批评史、美学史等）逐渐多起来。这类新文学史的主要特点是超越政治意识形态，以现代精神文化为核心概念和贯穿线索，将人的解放和民族灵魂的改造的基本精神文化现象，融合到中国社会现代转型带来的各种现代化主题中去。它们还注重审美的自由，注重文学观念创作方法、艺术风格多元化的独立品格。因此这种文学史特征符合诗性转向的世界潮流也成为新文学经典与经典阐释具有现代性的基本保证。具体地说这类新文学史对经典的选择和阐释有如下几个新的内容：一是对鲁迅、郭沫若、茅盾、老舍、巴金等进行重新审视重释经典，走近大师，将他们看作一个个包含了生活本身的多面性、立体性、复杂性的丰富精神个体，祛除过去加于其上的单纯的政治光环，突出其审美原创性和精神感召力对其经典形象进行了重塑和定位；或者对他们进行质疑、问难、挑战，甚至于消解、戏拟、拼贴,从而使其以一种新的存在方式成为话语言说乃至于公众关注的中心。二是对于在左翼革命文学和社会主义文学中处于边缘或遭受政治打击的作家,前者如萧红、孙犁,后者如艾青、丁玲、王蒙等也给予重新审视,使其经典地位得到确认。三是发掘过去被湮没的经典,祛除单一政治意识形态话语对它们的种种遮蔽,恢复其本来的历史面貌和艺术价值,作家如沈从文、徐志摩、张爱玲、穆旦,文论家如王国维、胡适、宗白华、朱光潜、钱锺书等。

再一类是注重审美独立品格的个体化的文学史。上述意识形态化的文学史和精神文化现代化的文学史,作为一种注重宏观、整体把握的大文学史观,它们基于先在的历史观念与逻辑结构,建构某种历史理论与解释框架,便于梳理文学史脉络,概括规律、总结经验。但这种文学史观偏于文学与政治、文学与文化的文学的外部关系,而且具有浓厚的趋于共同性的决定论色彩。一些学者经过对现代性文化的反思,质疑大文化批评研究观念,主张突出文学内在的审美诗性品格,主张以文学的"个体化世界"和"文学的原创性"穿越政治和文化,建构多元、个体化的富于原创性的文学史。这种文学史当然更注重"诗"的品格,而它的诗之思则接近于海德格尔的"非规定性的思"或"存在之思",接近于后结构主义的拆解或解构。正是与这种非规定性的多元的诗之思的思路相一致,21世纪八九十年代出现了大量走近文学本体的文学史,如各种文体流变史、创作方法史、形象史、语言史等。文体流变史以杨义的《中国现代小说史》与《中国新文学图志》(与人合著)、冯光廉主编的《中国近百年文学体式流变史》较有特色。尤其是《中国新文学图志》一书,是一部史为经,图为纬,意蕴形式很强的文学史,通过有"神采"的文、有"情趣"的图及文图的"互动、互映",将鲁迅的《呐喊》、《彷徨》,徐志摩的《志摩的诗》,萧红的《生死场》,张爱玲的《传奇》,钱锺书的《围城》,赵树理的《小二黑结婚》、《李有才板话》等文学经典从新的角度进行了揭示。创作方法史特色显著的有王富仁的论文《中国现代主义文学论》与朱寿桐的《中国现代主义文学史》。这一论一史的最大特点是突出现代主义在中国新文学史上的地位并彰显现代主义的中国特色，或者径直就称为"中国的现代主义"。它们不仅将现代主义与现实主义、浪漫主义鼎足而立，厘清现代主义在现代中国的发生发展的脉络，概括其基本规律，而且还往往将现实主义、浪漫主义的东西纳入现代主义之中，对它们作现代主义的理解。在这种"非规定之思"所达成的独特思路中，许多新文学经典得到了新的理解。如"从拆除语言障壁，在自我与世界的直接联系中创造属于自己的语言和诗歌"①的角度评价胡适的文学改良与白话文主张；如从"在绝望中反抗绝望，在相对中体验绝对，在迷惘中寻求明确，在无意义中把握意义，在荒诞中看取真实，通过死亡意识生命"②的角度去理解鲁迅，将鲁迅称为"中国现代主义的奠基人"；如从人的"本能，特别是性本能"角度，从"对现代大工业的力量，现代城市的力量"③的"崇拜"的角度去评价茅盾的《蚀》和《子夜》等作品，这些见解都是极新颖和有说服力的。

综上所述，任何一种中国20世纪文学研究范式都可能有其所长与局限之处，因此，从更有效地进行中国文学现代化研究的意义上看，为了能在20世纪以来已有的研究范式的基础上发挥新的创造，已有的几种研究范式必须各尽所长而又吸取和容纳它者之所长，在马克思主义指导下，多维共存，互补交融，竞相发展。这里，更重要的是关于问题意识的理解。

当下镜像：问题意识与研究创新

中国文学现代化研究要取得新的发展，有所创新，必须不断地有新

---

① 参见王富仁：《中国现代主义文学论》，王晓明主编：《二十世纪中国文学史论》，中国出版集团东方出版中心，2003年版，第261~263页。
② 参见王富仁：《中国现代主义文学论》，王晓明主编：《二十世纪中国文学史论》，中国出版集团东方出版中心，2003年版，第265页。
③ 参见王富仁：《中国现代主义文学论》，王晓明主编：《二十世纪中国文学史论》，中国出版集团东方出版中心，2003年版，第273页。

的问题意识，这也是转换和发展范式的内在需求。上述几种范式都各有所长，又都存在着局限和问题，必须将问题意识作为一个重要问题提出来。这里，问题意识之所以重要，是因为人文科学的研究不同于自然科学的一个重要特点，在于前者"研究的主题和对象实际上是由探究的动机所构成的"①。这说明人文科学的研究对象不是一个在研究尚未展开之前就存在于某处的"自在之物"，而是在"问题意识"引导下的一种发现。也可以说，没有问题意识就没有人文科学研究独特的对象、主题和思路。这又正如伽达默尔所说："问题的决定是通向知识之路"，"提问就是进行开放"②，所以提出问题意味着开辟了一种全新的视野。然而问题的提出又必当立足于当代，即离不开提问者的此在性时空坐标。下面就上述几个范式中存在的问题提出来加以说明。

首先，社会政治化范式中意识形态化、政治化问题。这里要从当前流行的文化研究问题谈起。由于文化研究是文学的外部研究，又因为当前的文化研究往往将文学话语作为政治话语来读解，于是许多人以为文学研究又回到传统的外部研究——社会政治研究的老路上去了。这样一来，问题出来了，究竟当前文化研究自身的特点是什么？人文学（包括中国文学现代化研究）研究工作是否还需要坚持社会意识形态（包括政治意识形态）的价值取向？我们都知道，当前文化研究是作为后现代文化的一种从西方传来的法兰克福学派的"批判理论"是促成文化研究"问题意识"形成的重要来源。与经典马克思主义把经济基础、生产关系视为社会革命的基础不同，法兰克福学派把批判资本主义的上层建筑即文化视为解决当代社会问题的根本。在他们看来，科学技术的发展和统治策略的调整，使当代资本主义的统治方式发生了重大变化，资本主义统治已从赤裸的经济剥削和阶级压迫，转向了对社会大众的精神控制

---

① 汉斯·格奥尔格·伽达默尔：《真理与方法》上卷，洪汉鼎译，上海译文出版社，1999年版，第365页。

② 汉斯·格奥尔格·伽达默尔：《真理与方法》上卷，洪汉鼎译，上海译文出版社，1999年版，第468、466页。

和文化渗透。把资本主义社会的精神生产和文化消费视为一种统治手段，这就是文化研究提出的问题，这是属于文化"软实力"的重大政治问题，也就是它产生的新的"问题意识"。作为文学研究的一种新模式文化研究之所以不再把文学仅仅视为单纯的审美活动的产物，之所以将文学话语作为政治话语来读解，之所以将批判的重点放在对大众文化和日常生活的解剖上，都是源于他们的新的问题意识①。这些观点对我们有很大的启示，它不仅使我们看到了西方文化渗透的政治实质，还作为一种新的文学研究的模式打开了我们的眼界。这就是说我们的文学研究不仅与审美相关，还可以探索有关文学的多种问题，如文化作为"软实力"的问题，又如我们前面谈到的中国文学现代化研究的社会政治化范式由此可以在新的历史条件下得到充实。当然我们也可由此较全面、客观地评价当前文化研究意识形态化、政治化问题的长短得失。

其次，现代化范式中的整体性大叙事问题。20 世纪 80 年代中期，黄子平、陈平原、钱理群等提出了"20 世纪中国文学"观念。这一观念是应学术界、文学界解放思想，突破政治对文学的束缚的时代性要求而产生的。它以现代性作为贯穿线索，以"改造民族灵魂"为 20 世纪中国文学的总主题，以"悲凉、焦灼"为 20 世纪中国文学的总体审美特征并且与世界潮流接轨、具有西方史学"牛鉴派"大历史观的特点，拥有世界性、全球性的研究胸怀和视野。但是，这种现代化范式所强调的现代性、共同性、世界性等特征大多是文学与文化、文学与政治等的文学外部问题，这种文化、政治的外部问题是否会起到束缚、掩盖文学的内在特征的作用呢？正是基于这种问题意识，于是有人批评"20 世纪中国文学"观念是一个"非文学性的命题"，提出要以"文学穿越文化政治"的思路代替"文化政治推动文学"的思维②，提出以"非逻辑

---

① 参阅孙文宪：《文化研究与问题意识》，《文艺报》2007 年 2 月 3 日，第 3 版。
② 吴炫：《一个非文学的命题——"20 世纪中国文学"观局限分析》，《中国社会科学》2000 年第 5 期。

之思"的小叙事来补充有决定论色彩的大叙事。这样,便有个体审美化范式的诞生。

再次,个体审美化范式中坚持文学的审美独立品格问题。这里的问题是在两个极端倾向之间的张力场中提出的。在20世纪80年代,审美独立品格的强调、审美价值的追求,曾对于文艺服务于政治的总体化运动起过冲决罗网的作用。90年代,文艺审美的这种自由创造精神和艺术创新精神,对于现代化大叙事,也起过解构作用,但同时,发展到极端,也出现了"纯艺术论"、"纯审美论"或"文艺审美本性论",及与这些理论相配合的"实验写作"、"先锋文学"等"圈子化写作"的倾向,这是向精英化极端发展的一种倾向。但这时又有另一种走向极端的倾向出现,即由精英化审美转向大众化审美,而这种大众化审美走向极端,又出现了"俗化"和"泛化"的倾向。于是,在这两种极端的倾向之间便凸现出一个如何坚持文学的独立审美品格的问题。这就是说,精英化艺术倾向除一部分继续进行艺术探索以外,大部分则要从"象牙塔"里走出来,融合大众审美的特征;而另一方面大众化也必须真正做到艺术审美,不能只是"满足大众",还必须"引领大众"[①]。这两个方面是坚持文学的审美品格之所需,也是个体审美化范式不断发展的内驱力。

在从问题意识的角度对几种范式的问题进行了辨析之后,这里应该特别注意的是多种范式的综合效应问题,要做到在马克思主义指导下,几种范式多维共存,互补交融,竞相发展。这就是说,每一种范式的发展,延续的时间越长,研究越深入(各范式之间交织互渗是很重要的一个方面),它就可以更丰富而不失其惯有的特色。我想,中国文学现代化多种研究范式的发展也应作如是观。笔者在本书"绪论"中提出这些问题也是期望在全书的论述中得到回应和解答。

---

① 参阅赖大仁:《以历史反思观照当代文艺价值理念》,《文艺报》2009年7月25日,第2版。

新文学何以形成自身传统

传统与现代的对话和互动一直伴随着20世纪中国文学现代化的历程。当然，在全球化浪潮的剧烈冲击下，各民族文学如何维护和更新、变革和完善自身的传统，更成为十分尖锐的问题。在这种文化语境中，有关中国现代文学传统的许多问题被提了出来，如，中国现代文学究竟有没有传统？如果有，这种传统是怎样从中国古代文学传统中蜕变和转换过来的？它形成的条件与特征是什么？在当下世界和国内文化语境中还有没有价值，是否值得继承并发扬？美国著名社会学家爱德华·希尔斯曾经指出，传统作为"围绕人类的不同活动领域而形成的代代相传的行事方式"，作为"人类在历史长河中的创造性想象的沉淀"，"从操作意义上来说，延传三代以上的、被人类赋予价值和意义的事物都可以看作是传统"①。我认为，中国现代文学在短短的30多年时间里取得了巨大的成就，造就了至少三代作家。按照希尔斯的观点，已经有了形成传统的资格。我想通过对这个传统的形成过程的描述，表达我对上述由传统所引发的一系列问题的部分思考。这个过程大体可分为三个阶段：中国现代文学传统的现代转型、现代构型和现代定型。

现代转型：新旧传统转换的复杂历程

关于中国文学的现代转型有广义与狭义的两种含义：广义地说，这

---

① E. 希尔斯：《论传统·译序》，上海人民出版社，1991年版，第2页。

种转型与中国社会和文化的现代化历程相始终，因而可以说这种转型至今尚在进行；狭义地说，则仅指从戊戌变法至五四运动这一段中国现代化加速的时期。本文所谓"转型"取后一种含义。中国现代文学传统的形成，它由古代传统向现代传统的转型必须具备两个前提条件。其一是旧传统自身的矛盾，这是内在根据；其二是受西方思潮的冲击和影响，这是外在条件。自明中叶以后，中国文学明显地由抒情言志的文学向叙事的文学转变。李白、苏轼、柳永这样的诗词方面的才子为汤显祖、曹雪芹、蒲松龄这样的戏曲小说方面的才子所取代。即便在戏曲内部，也是更为体现古典诗词意境的典雅的昆曲渐趋衰微，而被称为"花部"的更为通俗、更接近生活的地方戏大为兴盛。市民逐渐成为和士大夫一样的文学欣赏主体之一。由于文人不可能以其创作的小说戏曲获得功名，从而使文学从某种程度上向着自身回归。中国古典文学向来讲究"文以载道"，文已开始转变，道又如何呢？明后期有个海瑞，此人是儒家道统的彻底实践者，也是其理想人格精神的完美体现者。他的结局是被皇帝保留一个高贵的虚职而不让他担当实际的工作。皇帝说他"虽当局任事，恐非所长，而用以镇雅俗，励颓风，未为无补"[①]。那么，"为什么可以镇雅俗、励颓风的节操偏偏成为当局任事的障碍？可见我们帝国的政治措施至此已和立法精神脱节，道德伦理是道德伦理，做事时则另有妙法"[②]。当一个社会普遍对其遵奉的道德伦理采取两面派的态度时，这种道德伦理作为一种传统所拥有的令人敬畏和服从的"克里斯玛"特质就要开始打折扣了。毛泽东认为："如果没有外国资本主义的影响，中国也将缓慢地发展到资本主义社会。"[③] 同样，即便没有西方文化文学思潮的影响，中国古典文学的传统也将逐渐衰落，新的传统也将逐步形成。这是由旧传统的内在矛盾决定的。

---

① 《神宗实录》第3188~3189页。
② 黄仁宇：《万历十五年》，中华书局，1982年版，第160页。
③ 毛泽东：《毛泽东选集（一卷本）》，人民出版社，1964年版，第589页。

西方列强的坚船利炮加剧了中国旧传统的内在矛盾，也加速了它的自我否定。首先是以大刀长矛等冷兵器为代表的器物文化传统被否定，接着是以君主专制为代表的制度文化传统被否定。最后，一批有识之士认识到当时中国人低下的素质才是造成落后局面的更为本质的原因。梁启超说："今之策中国者，必曰兴民权。兴民权斯固然矣，然民权非可以旦夕而成也。权者生于智者也"①，"今日之中国，其大患总在民智不开"②。所以，正是以国民性为连接制度文化和精神文化的中间环节，以此为切入点，开始了精神文化传统的变革。这个切入点对今后新文学传统的形成影响深远。这也正是美国比较现代化学者布莱克所谓的现代化之第一阶段：现代化的挑战，现代观念和制度，现代化拥护者出现的时期。

在中国文学传统转型的过程中，先后出现了两种模式，即文学改良模式和文学革命模式。我们知道，传统之所以为若干代人所继承和信仰，是因为它具有一种神圣的克里斯玛特质。中国人几千年来面对"夷蛮之邦"时的文化上的优越感，充分说明了对传统的敬仰、服从，说明了中国旧的文化传统所具备的极为强大的克里斯玛特质。中国文学也有着由一系列文学经典构成的历史悠久、辉煌灿烂的传统。然而，这一时期，随着中国人在文化上优越感的丧失，文学在表现现代生活、揭示现代人的心灵等方面也显现出很大的局限，暴露出很大的弱点。但是，这时候，无论是改良派，还是革命派，在文学问题上都是采取改良的态度的。从思想内容上说，主要是从"新民"入手，倡导"国民"群体意识，着重于在文化承传关系的前提下调和"东""西"，实行"渐变"；在文学形式上其主张则可以用他们提倡的"旧风格含新意境（维新派）"、"须从旧锦翻新样（革命派）"来概括。总之文学上是力图在传统

---

① 梁启超：《论湖南应办之事》，《梁启超选集》，上海人民出版社，1984年版，第72页。
② 梁启超：《湖南时务学堂札记批》，《梁启超选集》，上海人民出版社，1984年版，第61页。

文学内部进行调整变通。比如林译小说之所以大受欢迎，既源于对新的艺术世界的介绍，也源于对读者既有语言形式审美习惯的迎合。而革命模式产生并在制度文化的层面上付诸实践后，严复、康有为等就产生了某种"复古"的意识，其目的在于恢复社会秩序，因为他们认为一个分裂的社会共同体是不可能强大的。

到了"五四"时期，则不仅觉悟到在破除制度文化的传统之后，还要破除精神文化的传统，而且更重要的是以个体意识取代了国民群体意识，追求个性解放和人性解放，并将对人性的追求和解放与对民族灵魂的改造和重铸结合起来。在文学形式上，"五四"文学革命的发难就是从破除古代书面语言僵死的语言体式和文学形式入手的。在提出思想革命后，又把传统文学的内容与形式当成一个整体来对待，冲破了数千年凝结着我国传统文化深层价值观念的文言文符号系统，改造了文言文所负载的诗歌、小说、戏剧、散文、文论等传统的结构形式。与"五四"语言变革紧密联系的是文体的变革。"五四"文体变革已经深入到语言体式和语象世界的深层结构之中。这在诗歌、小说、戏剧、散文等方面都是如此。当然，"五四"文学革命作为新文学传统的一种模式也有它自身的弊端，这就是无论在内容还是形式上都有着因绝对化的形而上学的思维方式而带来的一些缺陷。这已经为近几年来许多学者所指出，这里就不必赘言了。总之，无论文学改良和文学革命都各有利弊和成败，这里充分显示出中国现代文学传统在形成中新旧交替的复杂性和回环性。

现在，讨论改良与革命的孰是孰非成为热门话题。文学革命的确有其不成熟之处。所谓"激进主义""全盘西化"在新文化的建设上也不乏负面作用，并给以后的文学发展带来了一些隐患。事实上，当某种文学因素被整合而成为传统的一部分时，多少会因为被赋予了那神圣的特质而异化。旧传统的消亡可以使其中包含的诸因素获得还原和自由，而被新的传统选择吸收。比如古典文学中的中和之美，我们所反对的是作为必须遵循的传统的一部分的中和之美。因为此时它以无上的权威压抑了我们对生活的感受，甚至有时发展为虚伪。当它失去了神圣光环后，反而以其本来面目赢得我们的喜爱，并成为我们的选择之一。当文学改良的倡导者过分强调传统的内聚性作用和共时性特征时，不妨回顾一下西方的启蒙时代。启蒙主义之前的西方是以宗教传统为克里斯玛，为凝聚社会的纽带。故西方张扬个性、尊重人权，即从反宗教传统入手。卢梭、伏尔泰都曾被教会指斥为伤风败俗。文学在西方并不处在整个国家精神意识形态系统的核心位置，故而西方只有宗教革命而无文学革命。而在中国，文学的传统，伦理道德的传统，政治秩序的传统是三位一体的，牵一发而动全身。这个三位一体就是中国的克里斯玛，在中国起着和当时西方的宗教同样的统治与规范作用，就是中国的"宗教"。所以，在现代化进程的某个特殊阶段和"临界点"，也要进行中国的"宗教"革命。

现代构型："五四"克里斯玛特质的开放性与变异性

文学革命与新文化运动相辅相成，形成了"五四"精神。"五四就好比是给中国现代历史打上了一个结，此前的种种历史线索都收拢于此，此后的种种历史线索又都发端于此。"[①] 这是一个中国文学传统的现代构型期。"五四"精神是中国人精神文化实现现代化的标志，是自近代以来几代中国人创造探索的精神能量经过积聚以后的总爆发。它具有构建新传统所必需的超过旧传统的双倍的克里斯玛特质，它不是一种单一的精神，而是一个多面体，有着多层次与多侧面的复杂内涵。它涵盖哲学、社会政治思潮、文艺思潮、语言本体及符号表现系统，它包容了政治意识形态的、启蒙的、生命价值本位的、审美独立性的、文化守成的等多种文学观与创作观。这些因子就其单独而言，均缺乏形成传统所必需的克里斯玛特质，但这些不同层次不同侧面所共同形成的"五

---

① 刘东：《北大学统与五四传统》，《知识分子立场——激进与保守之间的动荡》，时代文艺出版社，2000年版，第246页。

四"精神本体以其鲜明的多元共生、互补交融的特性,以其对旧传统的最终消解并成为新一代知识者话语中心的实际效果,获得了成为构建新传统的基石的资格。

从哲学思想看,马克思主义哲学、实用主义哲学、生命哲学、唯意志论哲学、人文主义哲学、"泛神论"哲学等均被介绍进来,与中国思想传统中的一些成分融合,分别影响到一些学术大家;从自然科学、自然观来看,以传统力学为基础的机械自然观、以19世纪三大发现为基础的有机论自然观和以量子力学相对论为基础的新的带有非理性色彩的自然观均得到中国知识分子不同程度的吸收;从社会政治思想来看,"五四"时代各种不同层次内涵的民主主义思想、无政府主义思想,以及形形色色的社会主义思想都同时并存,互相交错;从文艺思潮看,现实主义,浪漫主义,各种现代主义(如象征主义、唯美主义及表现主义等)竞相发展;从语言符号表现系统看,将引进西方包含大量新术语、新名法、逻辑性强的语言系统和古代汉语以表意为主,单文独义,单音词丰富等特点相交融,创立现代汉语,以及在此基础上的多种现代文体,如散文、杂文、新诗、话剧、现代短篇小说、散文诗等。

对于这种种的不同流派,新文化与新文学的倡导者们也许各有不同的主张,但并没有因此而否认其他思想或艺术表现手法存在的权力。不同意见之间的争论均在正常的学术争论范畴内展开。事实上,这些主张也都在"多元"之中自由地汲取、融合。在新传统的构建问题上,他们是开辟了一个现代性的方向,而非规定具体的条条框框。周作人说:"他们(指'国粹派'——作者注)有一种国粹优胜的偏见,只在这条件之上才容纳若干无伤大体的改革,我却以遗传的国民性为素地,尽他本质上的可能的量去承受各方面的影响,使其融合沁透,合为一体,连续变化下去,造成一个永久而常新的国民性……"①

---

① 周作人:《自己的园地》,岳麓书社,1987年版,第13页。

上述种种思想、观念、方法均在"五四"时期的文学创作中得到体现。在具体创作中，作家们一方面运用从西方引进的新文体新方法新观念，一方面也从中国古典的文化资源中寻找自己的所需。如鲁迅小说刻画人物时对我们民族的审美原则的借鉴；又如闻一多的新诗"三美"就出自"中国艺术中最大的一个特质是均齐，而这个特质在其建筑与诗中尤为显著，中国底这两种艺术底美可说就是均齐地美——中国式的美"①。"为人生"的作品有文研会作家的乡土小说；"为艺术而艺术"的唯美之作有《女神》中的《春蚕》、《死的诱惑》、《Venus》等诸篇。"人生的艺术派"可见周作人的散文集《自己的园地》。所有的作品中都或显或暗地充溢着理性与非理性交织的矛盾、疑惑、思索和质问，而且其指向从社会到人生，从政治到伦理，从世象风俗到国民性，从个人到宇宙，从个性到人性，从情感到情欲。这是"人的发现"，是人的灵魂的追求、冒险、挣扎，是"求道"，而与中国古典文学的以"悟道"为主的精神境界有着截然的不同，开辟了古典文学中从未有过的新领域，开创了古典文学中从未有过的新的审美境界。这就是"五四"文学和"五四"精神所铸就的新的克里斯玛——多元、自主、自由、独立的"自我"。它体现了"五四"新传统构型中的开放性特征。

然而"五四"精神的多元话语中声音大小是不同的。一个宽泛的概念——"平民主义"渐渐成为人们竞相追逐的词汇。首先，它和个性自由的主张有密切联系，因为自由的个性应该是平等的。由此，从前的"下等人"应当获得社会同样的尊敬。于是政治上有"平民主义"，经济上有"平民工厂"，教育上要实行"平民教育"等等。其次，它又和无政府主义及形形色色的社会主义思潮有联系。因此，在平民主义的范畴下，有一个风靡一时的口号"劳工神圣"。其三，中国的知识分子向来有心系天下、经世致用的实践传统。现在终于找到了新的实践领域：工

---

① 闻一多：《律诗的研究》，《闻一多全集》第10卷，湖北人民出版社，1993年版，第159～160页。

厂、农村。1923年郁达夫的《春风沉醉的晚上》就是这样近距离地描写了一位女工，被普遍认为是他由内转外的标志。"平民主义"使启蒙有了特定政治意义上的对象。但是启蒙的结果是启蒙者反被启蒙对象启蒙。比如《春风沉醉的晚上》中的"我"，先是被陈二妹误认为小偷，接着发现自己在精神上并不比对方有优势，也不能帮助对方，最后终于决定："就去作筋肉的劳动吧。"其四，"平民主义"使"五四"诸思潮中政治功利性最强的救亡意识找到了新的力量源泉。就是这样，"自我"、"个性"经过不断的演绎，最后在不知不觉中否定了自己。这就是从"五四"到"五卅"的过程，而五卅运动实际上给前者画上了句号，从此，中国社会和中国文学都进入了疾风骤雨的"斗争时代"。而当政治思想成为一种权力话语以后，它就要把文学纳入自己的范畴，从而成为文学的桎梏。中国的知识分子过分推崇实用理性，总是要文学承载过多的使命。他们对西方思潮的多元引进，并非出自纯粹审美的纯粹学理的爱好，而是拿它们作药方"治病"。在他们的多元视野背后，隐藏着一元的实用理性的检验标准。因此，从"五四"走向"五卅"就成了必然。20世纪20年代中后期，"五四"文学超越世俗生活与政治的、自我冥想的、向内心深处探索式的作品渐渐为描写知识分子从自我走向社会的作品所取代。这一转变，既是小我向大我的扩张，同时也暗含了最终丧失自我的可能。由此，我们发现了"五四"所构建的新文学克里斯玛存在着一个悖论。然而正是这个悖论，才使后人可以从"五四"精神中各取所需，不断地阐释它，不断以它为话语中心，从而使之成为克里斯玛，成其为传统。这些，就是"五四"新传统构型中的变异性特征。

现代定型：反思中新文学传统的多元格局

从20世纪20年代中后期到40年代末，是中国现代文学传统的定型期。在这段时间里，作家评论家们围绕"五四"及其所提出来的诸命题,如启蒙、救亡、文学的审美独立性等,进行了各自的发挥,形成了希尔斯所谓的"延传变体链"。那么,传统的定型意味着什么呢?意味着"传统是围绕被接受和相传的主题的一系列变体。这些变体间的联系在于他们的共同主题……传统也可能经历某些变化。它的基本因素保存了下来……"① 这个"共同主题"和"基本因素"就是传统的定型。那么,中国现代文学的新传统定型于何处呢?笔者认为,应定在以下两个方面:

首先是充满反思的精神品格。产生于"五卅"之后,而兴盛于20年代末的革命文学是对"五四"最早的反思:"'五四'文化革命运动是资产阶级领导的反对封建阶级的运动,这次运动对无产阶级毫无实效"②;"'五四'的新文化运动对于民众仿佛是白费了似的。'五四'式的新文言(所谓白话)的文学……劳动民众是没有福气吃的"③。甚至连"五四"之子郭沫若都在忏悔:"我从前是尊重个性,景仰自由的人,但在最近一两年之内与水平线下的悲惨社会略略有所接触,觉得在大多数人完全不自主地失掉了自由,失掉了个性的时代,有少数的人要来主张个性,主张自由未免出于僭妄。"④ 这是由尖锐的阶级斗争引起的反思。1935年《中国新文学大系》的编选和"导言"针对文坛上弥漫的从"左"的和复古的两方面对"五四"文学革命的否定,全面回顾和总结了"五四"新文学的成就,使这部《大系》不单是旧材料的整理,而且成为历史上的评述工作。强调文学的时代性与社会性是这次反思的主线,同时,又反对文学过于"观念化",重视文学的形式技巧。值得注意的是,《大系》各编的导言作者来自不同"阵营",而由蔡元培做总序,堪称"五四"新文学阵营分裂十余年后的一次重聚。这足以证明

---

① E.希尔斯:《论传统》,上海人民出版社,1991年版,第17、18页。
② 彭康:《五四运动与今后的文化运动》,《流沙》1928年5月第4期。
③ 宋阳:《大众文艺的问题》,《文艺月报》创刊号,1932年6月10日。
④ 郭沫若:《文艺论集·序》,《郭沫若全集》文学编第15卷,人民文学出版社,1990年版,第146页。

"五四"的凝聚力。

这种反思的精神在抗日战争中达到高潮。人们以鲜明的民族自审意识，从政治文化救亡的高度反省过去，与民族共忏悔共忧患。而这，也正是一种文学的民族性之所在。有的作家把政治反思和文化反思融合在一起，有的作家则离开政治较远，注重个人情感的发掘，并由此达到某种文化反思的境界。前者如《四世同堂》，贯穿着鲜明的民族自审意识，其笔触不仅深入到传统的文化心理结构之中，而且浓墨重彩地勾画出战火中国人文化心理的震动和变化，表现出新时代振奋的民族精神。后者如《围城》、《呼兰河传》、《姜步畏家史》（第一部）等，与抗击外来侵略、抨击政治黑暗的时代主流有较大距离，更注重把作者自己或人物当作独立的精神个体来揭示和描绘。在贪欲与道德、物质和精神、逸乐和痛苦的微妙冲突和历史行进中，这些作品从各自不同的角度显示出与时代的多种独特联系。在破除了"左翼"文学中某种狭隘的政治功利束缚后，作家们既放眼于整个民族精神，瞩目于民族优良品格的发扬和民族劣根性的剖析，又不同程度地注意到在新的时代和世界观的基础上个性解放精神的挖掘。空前的民族浩劫迫使人们迅速地连同自身一道进入巨大的民族反思之中。这种反思的深入必然要求构成民族群体的每一个个体的积极参与，从而唤起他们的主体意识和自身的历史使命感与社会责任感，达到对民族灵魂的重铸。由此我们可以清楚地看到一条由关注个性到关注阶级性再到关注民族灵魂的嬗变轨迹。而前两项实际上可以为民族灵魂这个更大的范畴所涵盖。

其二，中国现代文学的新传统定型于多元性的创作空间与批评视野。"五四"精神的本体就是多元共生互补交融的。20世纪20年代末到30年代初，这一特点在激化的阶级斗争的格局下有所削弱，成了左中右的对立并峙。随着抗日救亡运动的兴起，以"两个口号"的争论为标志，文学的阶级视野向民族视野转变。在"民族命运"的大背景下，作家和批评家的反思不断深入，形成了多层次思维和多角度、全方位观察的新格局。同时，由于国家被分裂为国统区、解放区、孤岛及沦陷区，使得文学显现出相应的不同风貌，而作家们也从统一战线里的党派斗争中，获得某种程度的创作自由。作家们或直接描写抗日风云，或写大后方的贫穷黑暗对人们灵魂的摧残与腐蚀，或写大都市里平常人生背后惊心动魄的人性扭曲，或借历史以讽今。巴金的《寒夜》、钱锺书的《围城》对都市题材与知识分子题材的处理就有很大的不同。萧红《呼兰河传》里的东北农村更和丁玲笔下的暖水屯有天壤之别。张爱玲笔下充满心机的"倾城之恋"和中国那一头王贵与李香香经过尖锐革命斗争考验的爱情不啻是两个世界。中国新诗派追求戏剧性的客观化处境，而七月派则强调主观突入现实，拥抱生活。就"民族文学"而论，既有延安的"科学的"、"大众的"民族文学，也有大西南战国策派非理性主义的、"争于力"的民族文学。甚至在左翼文学内部，也存在多元的话语。周扬是"正统教义派"，冯雪峰更看重"欧化"，而胡风不赞成把人民大众当新偶像顶礼膜拜，说他们身上有"精神奴役的创伤"。这一时期也存在多次文学论争，但为着统一战线和争夺"中间地带"的需要，都还尽量克制在学术争鸣的范畴内，更没有"不彻底消灭敌人绝不收兵"式的穷追猛打，从而保证了文艺的多元格局。马克思主义的批评、民主主义和自由主义的批评、审美感悟的批评乃至"十里洋场"上或通俗或先锋的批评均各得其所。20世纪40年代，许多作家在过去多次中西文化文艺思想交流、汇合中积累了丰富的创作经验，艺术个性趋于成熟。其突出表现就是长篇叙事文学的繁荣，而这也正是中国现代文学达到成熟的标志。如茅盾的《霜叶红似二月花》、巴金的《寒夜》、路翎的《财主底儿女们》、老舍的《四世同堂》、曹禺的《北京人》等，或从个人的，或从家族的，或从某一生活空间的变迁出发，沿不同的视角、循不同的文学观，力求把握深广的社会生活。文艺的多元格局与繁荣发展在这一时期互相促进，形成了良性互动，充分体现了对"五四"精神的继承和弘扬。

通过对中国现代文学传统的形成过程的描述，我们可以得出以下结论：中国现代文学形成了不同于古典文学的新型传统。它体现在两个方面。首先是新传统中包含着新的文化因素，包括文学语言本体的不同、文学形象体系与塑造方式的不同、由语言和形象所体现的作品意蕴的不同以及由此衍生的文学批评观念和批评方法的不同。其二，也是更为重要的是，新传统体现了全新的传统观。传统不再是某种固定的、必须遵循的模式，不再是外在于创作主体的权力中心，而是由主体通过自主反思和选择所形成的开放、多元的格局。这是一种新型的克里斯玛，它将一直向当代、向未来延伸，从而显现出传统在不断整合中的变异、同一和延续。正因为此，我们的文学在今天才能做到"与时俱进"，容纳着从寻根到主旋律到后现代的解构游戏等种种形态各异的思潮和创作，不断发展，不断成熟。

中国 20 世纪文学理论批评的总体特征

由于中西文化的空前交汇和撞击，处于由古代向现代转型期的中国 20 世纪文学理论批评呈现出复杂的内涵和面貌。它既要反思历史，又要面向未来；既要民族化，又要现代化；既要面向世界，又要立足于中国本土的文化和文学传统。因此，文学理论批评从观念、类型到形态、文体各方面都经历着重大变革。从近百年各个历史时期看，文学理论批评显示着复杂多样的阶段性特征；但由于处在 20 世纪历史文化的共同背景下，有着新文学发展的共同依据，还面临着共同的课题，因而中国 20 世纪文学理论批评又显示出贯穿全过程的总体特征。

一、审美的社会价值论观念

在文学理论批评的观念和内容上，以审美的社会价值论作为评价文学的基本观念和准则，并从多种特定角度对文学的人学内涵进行审视和阐发，这是中国 20 世纪文学理论批评在总体上所显示的首要特征和主导倾向。

认识中国 20 世纪文学理论批评的这一总体特征和主导倾向，必须将它放在西方近现代文论与中国古代传统文论纵横交织的时空中来作比较审视。

从与西方文学理论批评的关系看。时间上直接对应的西方现代文论对中国 20 世纪文学理论批评有着横向影响，但影响更大的则是呈纵向异时对应关系、时间跨度约有数十年之隔的西方近代文论。如果说，西方现代理论批评主要是基于文学的诸多构成性关系（如作者、作品、读者及社会等）和文学的诸多构成因素（如心理、语言、文本、文化等）从不同的方面分途对文学进行研究的话，那么，西方近代理论批评则大多基于哲学立场和社会思想，将文学纳入哲学体系或社会思想体系中来进行研究。同时，从内容和形式的关系看，前者在总体上更重视文学的形式，将形式本身看作"有意味"的，是"完成了的内容"，从而将形式提到高于内容的特殊重要地位上；而后者则大多遵循着内容决定形式，形式反作用于内容的观点，而将文学的内容放在首要地位上。中国 20 世纪理论批评在总体上受到西方近现代理论批评的影响，尤其与西方近代理论批评有较多相似之处。但在总体上不同于整个西方的一个重要特点，是它适应着新文学与时代、与民众的密切关系的要求，具有为中华民族救亡图存、思想启蒙服务的社会功利价值观，因而它与中国旧民主主义革命、新民主主义革命和社会主义革命、社会主义改革事业等社会变动，特别是政治变动有着密切的关系。同时，它又重视文学的人学内涵，与新文学"改造民族灵魂"的总的人学主题相一致。在西方近现代各种文化思潮影响下，中国 20 世纪的文学理论批评接受了西方人本主义、科学主义的哲学观点以及个性主义、人道主义社会思想的影响，也注意到西方现代哲学、美学、文学所揭示的主体与客体、人与自然、个性与社会、感性与理性的对峙和分裂，重视文学对人与外部世界、人与自身内部世界的矛盾冲突的揭示。但是相比较而言，中国近百年文学理论批评更追求个性与社会、感性与理性等关系的和谐，这既与中国的文化传统有关，也与后来的唯物史观较好地阐释了人的主体性与客观世界、个体存在与社会群体、感性与理性的辩证统一有关。这是与西方文化思想特别是现代文化思想的大不相同之处。文学的审美价值与社会功利价值的关系，文学的思想内容与艺术形式的关系问题，这是构成中国20世纪文学理论批评价值观念的又一重要课题。在中国20世纪理论批评的价值取向上，固然存在强调文学的审美价值，文学向本身回归，重视艺术形式本身的独立性等观点，但是正如同很少强调绝对的个性自由，为自我而艺术一样，近百年来的文学理论批评中也很少有单纯强调文学的审美特性和艺术形式的独立性的。在西方曾风靡一时的为艺术而艺术的思潮，在中国只能在短时期内存在，而且它们本身往往就是以社会现实、作品内容为起点和归宿的。脱离现实、否定作品社会内容的艺术观点在中国实际上始终没有形成气候。这一特点与将个性精神绝对化、把艺术的自足性提到首要地位的西方现代艺术理论相比，区别则更为分明。

中国20世纪文学理论批评在与西方文学理论批评发生异时对应关系的同时，还与我国古代文学理论批评发生历时相承的关系。由于历史和传统的继承性，中国20世纪理论批评更显出它独有的内涵。中国古代文学理论批评在"执两用中"、"怨而不怒"的"中和"的审美原则影响下，不仅注重文学内容上人与自然、个体与社会、感性与理性的和谐统一，而且注重内容与形式以及诸形式之间的和谐统一。在文学的审美价值与社会功利价值的关系上，注重美与善的统一，甚至以善为美，主张文学发挥劝善惩恶的伦理教化作用，将审美看作促进个性与社会统一的重要途径。中国20世纪文学理论批评经过数度变革，价值观念也发生了深刻的变化。对于个性的张扬，情感的宣泄都给予了充分肯定。既与古代理论批评强调人学的道德内涵不同，又与古代理论批评混淆美善或以善为美的观念迥异；同时，又将文学的意识形态性与审美特殊性结合起来，从而对文学的美学价值和艺术本身的规律有了自觉的、明晰的揭示。但还须看到，中国20世纪文学理论批评在总体上超越古代理论批评的同时，又有对它认同的一面，即它在美善关系及文学的内容和形式的关系上仍然是讲求和谐的，尽管这种和谐是承认矛盾对立、分裂冲突前提下的和谐，是一种更高层次的和谐。在这种和谐中，意识到了的个性被自觉地统一于社会性；意识到了的审美价值被统一于社会功利价值，构成了既不同于中国古典，又不同于西方近现代的文学理论批评价值观。

在中国 20 世纪文学理论批评的前半个世纪里，上述总体特征在鲁迅的文学理论观念和批评活动中体现得最为充分。他在辛亥革命前夕便既主张"剖物质而张灵明，任个人而排众数"①，又呼唤"人各有己，群之大觉近矣"②，就是在文学内容上提倡个人意识的觉醒，而又在更高层次上主张群己的统一。在美与善的关系上，既充分阐释文学"兴感怡悦"、具有"增人感"的"不用之用"③ 的特殊审美作用，又强调文学须"撄人心"以干预人的灵魂而发生社会效应。他推举欧洲 19 世纪初的摩罗诗派和 19 世纪末、20 世纪初的"新神诗宗"，认为他们或"争天拒俗"、"抱诚守真"，或"崇奉主观"、"张皇意力"，中国正需要这样的"精神界之战士"，以达到"立人"、"立国"④ 的目的。在"五四"时期，鲁迅一方面认为文学要喊出"醒过来的人的真声音"⑤，呼唤"真的人"⑥，另一方面又主张"遵命文学"，充分重视文学的社会作用，将文艺看作"引导国民精神的前途的灯火"⑦。后期鲁迅更把文艺提到马克思主义特殊意识形态论的高度来认识和评价。他继续着力于改

---

① 鲁迅：《坟·文化偏至论》，《鲁迅全集》第 1 卷，人民文学出版社，1956 年版，第 181 页。
② 鲁迅：《集外集拾遗·破恶声论》，《鲁迅全集》第 7 卷，人民文学出版社，1956 年版，第 236 页。
③ 鲁迅：《坟·摩罗诗力说》，《鲁迅全集》第 1 卷，人民文学出版社，1956 年版，第 203 页。
④ 鲁迅：《坟·摩罗诗力说》，《鲁迅全集》第 1 卷，人民文学出版社，1956 年版，第 234 页。
⑤ 鲁迅：《热风·四十》，《鲁迅全集》第 1 卷，人民文学出版社，1956 年版，第 397 页。
⑥ 鲁迅：《呐喊·狂人日记》，《鲁迅全集》第 1 卷，人民文学出版社，1956 年版，第 16、18、19 页。
⑦ 鲁迅：《坟·论睁了眼看》，《鲁迅全集》第 1 卷，人民文学出版社，1956 年版，第 332 页。

造国民精神，把风俗、习惯和社会心理的变革放在重要位置上，担负着广泛的社会批判的重任，集思想家、革命家与文学家于一身，显示出"民族魂"的博大心灵。在20世纪前半个世纪里，除鲁迅以外，还有周作人、郭沫若、茅盾、瞿秋白等人，尽管他们在许多具体的理论观点上有所区别，但在重视"人学"的社会内涵，主张审美的社会价值论的批评观念上却与鲁迅一致，从而体现出理论批评的主要流向。20世纪初的梁启超和王国维，前者从文学与群治的关系出发，主张文学为改良主义政治服务，他阐述的文艺的"熏"、"浸"、"提"、"刺"等艺术功能有着明确的政治功利目的，并被提到"新国"、"新民"的"杠杆"作用的高度。后者追求人的审美意识的独立，强调文学本体的作用，将对文学的审美特性的论证与对人的自由本性的关注联结起来，并以人的个性感性存在否定超绝的伦理理性。他深入地研究并运用了西方美学文艺理论，不仅从现代理论高度上对传统以中和为核心的古代审美意识和美善混同、以善代美的美学原则进行了否定，而且对代表着古代美学最高成就的意境理论进行了改造和转换。他的理论批评观点和批评实践都与中国社会现实和时代精神距离较远。一个世纪以来，他的文论批评未能成为中国文论批评主流的代表，这仍是客观存在的事实。梁、王的理论批评可以说是从不同的角度和侧面，补充和融入了中国20世纪文学理论批评的主导倾向之中。二三十年代早期共产党人和后期创造社、太阳社中一些人的理论批评观点以及朱光潜、梁宗岱等人的理论批评观点，也是从两个相反的倾向上展示了这半个世纪的中国理论批评的丰富内涵的。

在20世纪后半个世纪里，最能代表上述文学批评的主导倾向的是毛泽东的文学理论批评观点。毛泽东从马克思主义政治家和思想家的角度看待"人"的问题，认为人的个性解放必须借助政治之力，以社会解放、民族解放为前提。他说："有些人怀疑中国共产党人不赞成发展个性……其实是不对的。民族压迫和封建压迫残酷地束缚着中国人民的个性发展……我们主张的新民主主义制度的任务，则正是解除这些束缚和停止这种破坏，保障广大人民能够自由发展其在共同生活中的个性……"① 这不仅表明了他的与人民大众的集体主义相交融的个性发展观，而且明确地指出了达到这种个性发展的道路。在文艺的人学内容上，他从文艺的生活客体和作家主体两方面审视"人"的问题时，都贯穿了革命的政治功利观。这就是说，基于文艺"是一定的社会生活在人类头脑中的反映的产物"的马克思主义反映论观点，认为作家、艺术家必须深入到作为革命和建设的主力军——人民群众的火热斗争生活中去，"熟悉人"，并"观察、体验、研究、分析一切人、一切阶级、一切群众"②，从而获得创作源泉，并改造世界观、转变思想感情。他十分重视作家灵魂深处的情感世界问题，而作家的情感世界必须在与人民群众打成一片的过程中实现转化，从而创作出对无产阶级政治和人民事业有利的作品来。正是在对待文艺与生活、个性和社会、作家与群众、感性与理性等一系列关系上，毛泽东表现出关于人学问题的历史唯物主义观点。在文艺的艺术价值与政治功利、艺术形式与思想内容的关系上，毛泽东主张"政治和艺术的统一，内容和形式的统一，革命的政治内容和尽可能完美的艺术形式的统一"③，提出了"政治标准第一，艺术标准第二"的批评标准。毛泽东的观点在一个很长的时期内对理论批评的审美社会价值论观念发生着持久的支配性的影响和作用。在这后半个世纪中，周扬、胡风、冯雪峰、何其芳等理论批评家，或者将审美的价值论观念导入到创作过程主、客体相互作用的探讨中（如胡风），或者与民族形式和人的异化问题结合起来（如周扬），或者用以阐说"世界

---

① 毛泽东：《论联合政府》，《毛泽东选集》第 3 卷，人民出版社，1964 年版，第 1058 页。

② 毛泽东：《在延安文艺座谈会的讲话》，《毛泽东选集》第 3 卷，人民出版社，1964 年版，第 862 页。

③ 毛泽东：《在延安文艺座谈会的讲话》，《毛泽东选集》第 3 卷，人民出版社，1964 年版，第 871 页。

化"、"现代化"问题（如冯雪峰）。至于说，如同上半个世纪王国维、朱光潜这样大量移植和运用西方美学文艺理论，在文学理论批评上作出了独特贡献的文论家，在这个时期则属少见。40年代有倡言"文学本位"、"生命本位"的"九叶"诗论，曾独树一帜，但在当时的国内政治文化形势下，成就和影响都不能可与王、朱等人相比。新中国成立后，即使像胡风、冯雪峰、周扬等在文学批评主流中占着重要地位的文学理论批评家，都先后在不同的境遇下受到批判和冷落。

这里，应该注意的是，我们指出了中国20世纪文学理论批评的基本观念和准则，阐述了它的主要发展趋向，并不是说它在各个历史时期都是观念和趋向一体化的呈现。总的来说，前半个世纪，特别是"五四"时期较之后半个世纪，文学观念和文学批评观念的多样化和多向性更为明显。后半个世纪的社会主义新时期，这个特点也很显著。在这多样化和多向性的文学观念和文学批评观念中，与基本观念和主导趋向相反的倾向也长期存在。这主要表现在两个趋于极端方面的倾向，一是来自复古主义和资产阶级文艺营垒方面的倾向，如20年代"学衡"、"甲寅"及梁实秋的古典主义批评，30年代"人性论"、"文艺自由论"、"民族主义文学"等观点，社会主义新时期出现的"为人类而艺术"、"为自我而艺术"、"为艺术而艺术"等西方自由化倾向的表现。这些倾向的形成除了主要体现为意识形态领域阶级矛盾和冲突的反映以外，对中国古代"中和"审美意识和西方人性、人道主义和新人文主义等观点的无批判地继承和移用也是一个重要原因。二是来自革命文艺阵营方面的倾向。如20年代末期创造社和太阳社的一些人彻底否定个性主义、人道主义思想，用空洞集体主义的阶级意识来取代前二者，否定以个性主义为基础、注重情感和想象的浪漫主义，否定以人道主义为基础、强调感性和人的主观情感态度的现实主义；他们还把文学与政治、与阶级、与作家世界观的联系变成脱离现实、脱离艺术特征的机械关系。这样便在文学的人的内涵上以群体阶级意识取代了个性自由和情感感性，在美善关系上以善取代了美。这种观点的形成有大革命失败后小资产阶级革命急性病的政治上"左"的因素，同时也受到苏联、日本左倾文化在思想意识和思想方法上庸俗社会学和机械论的影响，在思想深层里还与中国古代文化意识以及"文以载道"、以善代美的观点有一脉相通之处。这种理论批评的观念和方法一直或隐或显地存留在此后的革命文学运动中，新中国成立后17年更有大的发展，以至于每个真正的马克思主义文艺理论家都不能不与之划清界限并进行反复的斗争。中国20世纪文学理论批评的审美的社会价值论的基本观念和主导倾向正是在与上述两种趋于极端的倾向相比较而存在，相斗争而发展的。

　　如前所述，由于中国20世纪文学理论批评中审美的社会价值论观念的确立，因而相应的在批评方法上也主要是社会学批评或美学的历史的批评方法。同时，由于形成文学批评方法的因素是复杂多样的，因而在这诸多因素的影响下，即以社会学的批评方法来说，也往往呈现出不同的面貌。仅"五四"时期，就有胡适在实用主义和文学进化观念指引下注重实证分析的社会学批评，茅盾在实证主义与文学为人生观念指引下注重现实状况考察的社会学批评，以及鲁迅在启蒙主义和清醒的现实主义指引下，将主观精神与社会批判相结合的社会学批评等。到了30年代，则出现了以马克思主义为指导的美学的、历史的批评。40年代，胡风更在美学的、历史的批评方法中注入了心理现实主义的观点，使其社会学批评方法深入到创作主体与客体的相互关系之中。在毛泽东、周扬等人的理论批评活动中，则突出文学与政治的关系，形成了审美的社会政治学的批评方法。

　　这里，在批评方法上还有一个重要态势，这就是，在整个中国20世纪文学理论批评领域中，特别是在社会主义新时期的文学理论批评领域中，从西方引进了大量新的批评模式和方法，如形式主义批评、心理学批评、接受理论批评、比较文学批评等。社会历史批评与这些新的批评方法交汇的结果，一方面，社会历史批评向各种新引进的批评方法渗透,引起各种新的批评方法在中国特殊情势下的变异,向社会历史批评归趋;另一方面,各种新的批评方法又丰富和发展了社会历史批评,形成了社会历史批评的开放形态。例如,形式主义批评与社会历史批评交融的结果,不仅像形式主义批评那样注重文本结构和艺术形式,而且看到文化的一面,将文本与文化沟通起来,既从文本结构看到文化因素在作品中的具体构成,又看到文化诸多因素是怎样通过文本方式而被熔铸建构,从而形成作品的实体。又如社会历史的批评融合了心理学批评方法,则在注重作家个体心理对创作影响的同时,又看到了个性心理所具有的社会制约性、历史构成性与传统积淀性。这些地方都显示出诸多新的批评方法的合理性,又显示出社会历史批评方法的开放性。

二、注重主观选择的理论形态与批评类型

与审美的社会价值论观念相一致,在理论形态上注重主观情感态度和价值选择,并贯穿到以客观再现为主,客观再现与主观表现两种并存的基本批评类型之中,呈现出批评研究的多向格局和多样化形态,这是20世纪文学理论批评的又一总体特征。

在中国新文学实践中,存在着注重客观再现的文学类型的主导倾向。同时主观表现的文学类型也不可忽视。它以不同于中国古典文学重情、主情这一传统的内涵而与新文学的客观再现类型相互辉映。这两种基本文学类型反映在文学理论批评上,也出现了以注重文学的客观再现为主,客观再现与主观表现两种评价文学的基本类型,而这两种基本批评类型在理论形态上则离不开审美的社会价值观念。批评家对文学主观情感态度和社会价值选择的重视成为这种理论形态的突出特征。中国20世纪文学理论批评这种理论形态特征的出现,原因是多方面的,主要原因是,由于中国近百年社会处于由古代向近现代转型的大变动时期,西方的科技—工业—市场文化对我国古代自给自足的农业型文化产

生了冲击。因此,与我国古代人与自然、个体与社会、感性与理性、善与美和谐统一的文化范式相对立,这几对关系分裂对峙的重主体、重分析的文化范式开始出现,也带来了文学理论批评观念重主体、重分析,主、客体两方面对峙展开的理论形态和批评实践。中国古代文论有着偏重主观表现的传统,主张通过情感表现达到人与自然、个性与社会、感性与理性、美与善的和谐统一。与此相对立,强化主体性原则的中国近现代文论从主客体两方面的分裂、对峙出发,将强调主体实践、理性认知、感性直觉、审美感受的客观再现的文学倾向推到最为重要的位置上;又将注重内在表现和感情抒发的古代主观表现类型的理论批评进行更新和转换,使之具有主体存在、感性意欲、理性观照、审美理想等方面新的特点。因此,正是在大动荡、大变革时代生活中人们新的审美感受和审美理想以及中西文化、文学观念的交汇、撞击,决定了近现代以来文学理论批评的基本观念和基本类型。因此,无论是客观再现或主观表现的类型模式,都突出了主体的审美把握方式,即都关注人的理论课题,要求在真实地再现现实的矛盾冲突中,或者在真实地揭示内心的隐秘和灵魂的搏斗中体现主体性原则。在这种重主体、重分析的近代思想总体特征的前提下来看客观再现与主观表现两种文学理论批评类型,才能对它们有别于中国古代文论的现代性特征作出客观的审视和整体的把握。

同是在重主体、重分析的批评观念和思维方式下产生的文学理论批评类型和模式,20世纪中国文学理论批评又明显地不同于西方。与近代西方的不同,不仅在于西方近代客观再现和主观表现类型的文学理论批评相继出现而各领风骚几乎构成了整整一个文学时代,而中国近百年则是客观再现、主观表现批评类型同时出现、并立互渗;而且还在于,中西两方在内容特征上也有明显的不同之处。西方近代的客观再现偏重于"按照生活的本来面貌来反映生活"的摹仿特征,中国客观再现的理论批评则更看重作家的主观情感态度或主观意志;西方主观表现批评更看重个性的独立特行、真率不羁，并在情感与想象两个表现因素上更偏于后者，中国近百年的主观表现理论批评更注重通过个性人格本体建构，由内而外地沟通现实人生，表现时代精神，并在情感和想象两个表现因素上更偏于前者。较之西方20世纪文学理论批评，中西的差异更为明显。西方现代文学理论批评因为经过本体反省，因而具有了极强的自主性，进入了创造批评的阶段。这种创造批评的最大特点是批评意识的强化。自觉的批评意识往往与某一种或数种学术思潮或科学方法相结合，率先建构模式、框架，明确地在作者、作品、读者与社会文化的四维空间中来研究文艺，出现了或侧重心理分析，或偏向作品研究，或关注读者系统，或重视社会经验，或看重文化与文艺的关系种种批评类型和模式。中国20世纪的理论批评虽然已在近代主体性文学观念和思维方式导引下，由批评类型主客体分化的特征而呈现出批评意识的自主性和真正觉醒，但其特点离不开审美的社会价值论观念。对文学和理论批评的本体审视较少，加以又不能从多方面吸取新的哲学观念、语言学、心理学乃至自然科学的理论成果，缺乏现代思想自由和信息交流的条件，因此，不能在文艺学本体构成的总体构架和多维空间中，形成彼此独立又互相渗透的众多理论批评类型、模式和流派。但中国20世纪理论批评毕竟已经进入20世纪的历史时代，其类型、模式的择取必然会或多或少、或隐或显地接受上述四个向度的批评类型的影响，并将它们纳入客观再现或主观表现的两个大的类型之中，从而，形成自身独有的理论批评类型体系。

在这个体系中，居于首要地位的是重视文学的客观再现的理论批评模式。这种批评模式始于近代，"五四"时期已成为主要批评类型。马列文论在中国传播后，它更一直占着主导地位。近百年来一些有影响的文学理论批评家如梁启超、鲁迅、周作人、陈独秀、胡适、茅盾、瞿秋白、钱杏邨、周扬、冯雪峰、胡风、陈涌、钱谷融、刘再复等等，尽管他们的理论批评观点彼此存在着差异甚至对立之处，但他们的共同点是：一方面，偏于客观、再现的思想路线，强调文学对社会人生的再现和社会发展规律的揭示，注重文艺表现人民的欲求和愿望、反抗和奋斗，注重文学以复合的、主体的典型概括来把握客观真实；另一方面又都有着关注现实的强烈的政治激情和主观情感态度，都以社会进步或人民解放的历史要求作为自己文学批评的出发点和归宿。具有这两个方面内涵的客观再现类型的文学理论批评，固然明显地借鉴于西方传统现实主义的"按照生活的本来面貌来反映生活"的艺术观，并受到西方20世纪重主体、重分析科学思维方式和文学主体性理论的总体特征的影响；但更重要的是由基于中国近百年急剧发展变动的历史现实，产生出强烈的历史使命感和迫切的社会政治功利要求；同时，我国古代"文以载道"、"以意逆志"等重意志实践和实用理性的文学传统和理论批评传统，对文学批评家深层心理文化的构成也起了重要作用。

结合作家、作品、读者、社会—文化四个维度来作进一步的辨析，可以看出客观再现的文学理论批评倾向中又有两种不同的类型。

第一种类型在注目于文艺的客观性、从作品与现实的关系进行阐释活动的同时，又看重审美关系中的情感、感性因素，看重作家的主观世界与客观世界的联结情况和联结程度。这一类型的代表人物有鲁迅、胡风、冯雪峰、陈涌等人。如鲁迅在早期便有着"超脱古范、直抒所信"、"率真行诚、无所讳掩"的重视创作主体的浪漫主义艺术表现观；"五四"时期，他呼唤作家"真诚地，深入地，大胆地看取人生并且写出它的血和肉来"，认为"非有天马行空似的大精神即无大艺术的产生"[①]。其现实主义艺术观呈现出"深切"表现和"影印"再现相交融的特征。鲁迅后期在作家和作品的关系上则强调"根本问题在作家可是一个'革命人'"，作家应成为"战斗的无产者"，但这不是指作家的抽象立场和世界观，而是指出作家"必须和革命共同着生命，或深切地感受着革命

---

① 鲁迅：《苦闷的象征·引言》，《鲁迅全集》第10卷，人民文学出版社，1981年版，第232页。

的脉搏"。同时要求作家将自己的个体同社会交融起来,认为作家"须有直抒己见的诚心和勇气"[①],"肯吐露本心","要真的神往的心"[②],才能谈得上"意识",作家进行创作也必须有鲜明强烈的情感活动,即"连自己也烧在这里面,自己一定深深感觉到"。与鲁迅一脉相承,胡风在客观再现的理论批评框架中,从作品与作家关系上对作家作为创作主体的阐释有了进一步的理论建树。他提出"用……心来体认世界",以此为出发点强调主体审美感受的能动性,强调作家在生活和创造过程中的"主观战斗精神"。他并未把作家主体与被反映的客体对立起来,也不否认现实生活对于文学创作所具有的本源性意义,而是把作家主观性的发挥和文学向现实生活的突进看作统一的要求。他认为文学批评的主要问题不单是考察作品与其所反映的现实之间的关系,更重要的是考察作家主体精神状态、作家与客观生活的联结情况和联结程度。此外如茅盾、冯雪峰、陈涌等也重视作家主体在创作过程中的能动作用,注重艺术的审美特征和美学规律,如坚持考察文艺本身"是否有文艺价值",重视"意象"、"至情"(茅盾),提倡"主观力"(冯雪峰),"反对虚伪,要求真诚"(陈涌)等。基于对作家主体的重视,他们还于提倡现实主义之外,或倡导过"新浪漫主义"(如茅盾),或推崇过"浪漫主义"(如陈涌)。自然,他们的这种主观审美心理都离不开认识、思维、观念等审美意识的理智因素方面,如强调作家"凝视现实、分析现实、揭破现实",洞察作品里如何"藏着整个中国社会"的理性精神(茅盾),把文艺批评看成"首先就是生活的批评、社会的批评、思想的批评"(冯雪峰),"艺术的真实要求现实斗争的需要和作者自己主观的认识,作者自己的主观的准备相统一"(陈涌)等等。

客观再现理论批评倾向的第二种类型,是从价值论的批评观念出发

---

① 鲁迅:《三闲集・叶永蓁作〈小小十年〉小引》,《鲁迅全集》第4卷,人民文学出版社,1957年版,第116页。

② 鲁迅:《集外集拾遗・〈十二个〉后记》,《鲁迅全集》第7卷,人民文学出版社,1956年版,第399页。

强调作家的思想倾向、意志实践，看重文学所表达的政治意识形态和具备的社会功利价值；对于文学的特殊规律，是从文学为政治服务或作为审美的意识形态来揭示其本质。在文学与政治、与革命的关系上，则力图以现实主义或革命现实主义作为契合点。这种类型从戊戌变法前后的梁启超即可见端倪，以后的代表人物有瞿秋白，后期鲁迅和茅盾、毛泽东、周扬等人。梁启超的"艺术政治功利化"的文学观是在开启民智的国民群体意识的基础上重在为改良主义政治服务的，他尚未认识到文学创作中客观再现原则的重要性，尚未找到文学和政治在创作方法上的中介。瞿秋白是在反对后期创造社和太阳社的庸俗社会学和机械论的文学倾向中提出自己的客观再现的理论批评模式的。他致力于提出一种与西欧现实主义乃至"五四"时期现实主义有着明显区别的新的现实主义理论批评，因此，特别看重作家世界观的作用，认为作家"始终是某一阶级意识形态的代表"①，同时又主张"写出社会的实际生活"，赞成"客观的现实主义的文学"。他对鲁迅"清醒的现实主义"和"反虚伪精神"的肯定，对揭示了30年代时代重大课题的茅盾的革命现实主义巨著《子夜》的肯定，对绥拉菲莫维支的《铁流》的"真实地和平心静气记事本末"特征的肯定，以及相反地对《地泉》和《三人行》等作品的公式化概念化倾向的剖析和批评，都表明了他理论批评的倾向性。毛泽东则一方面明确提出文艺为政治和政治路线服务，文艺的工农兵方向，明确地提出作家必须无产阶级化，另一方面提出作家的世界观只能包括而不能代替文艺创作中的现实主义问题，文艺作品应该源于生活又高于生活的问题等，从而在新的群众的时代，在文艺为"工农兵"，为"最广大的人民大众"的方向下，为突出思想倾向和意志实践的客观再现的文学理论批评拓开了新的领域和道路。周扬早在30年代中期将苏联的社会主义现实主义最早介绍进中国并据此提出"新现实主义"概念的时

---

① 瞿秋白：《文艺的自由与文艺家的不自由》，《瞿秋白文集》第2卷，人民文学出版社，1953年版，第961页。

候，就把作家是否拥有正确的世界观与作品是否具有革命倾向性作为区别"新"、"旧"现实主义的根本标志。并且要以理想性去照耀现实，充实现实，做到对"现实的梦想的实现"①，因而提倡革命浪漫主义，作为对现实主义的补充。他所理解的浪漫主义主要是在革命世界观指引下的理想主义，一种强化主观意志实践的乐观主义精神。他曾一度把革命的现实主义与革命的浪漫主义相结合的创作方法看作是最正确的方向，而对"两结合"的解释，也是强调"其基本精神就是革命理想主义，是革命的理想主义在文艺方法上的表现"②。

与在总体上注重作品与现实关系的客观再现的文学理论批评不同，中国近百年中还存在和发展着在总体上注重作家与作品关系的主观表现的文学理论批评。这种文学理论批评的总的倾向是，注重作家个性和主观世界的表现，认为文学是以作家的内在情感形态为准去塑造形象，它要求于文学的也正是情感表现的真率性和艺术性。中国近百年在西方现代人文哲学思潮和浪漫主义、现代主义文学思潮影响下的文学理论批评大都属于这种主观表现类型。强调主观表现的文学理论批评与强调客观再现的文学理论批评中注重作家主观世界与客观世界"拥合"能力的模式不同，因为后者从根本上说，是认为主观来自客观，来自对现实的深刻感受，他们强调主观精神、主体性一般不脱离这个总体框架，而前者则认为文艺的本质就是作家心灵的主观表现，文艺的基础和源泉存在于文艺家的主观精神世界，要求主体成为对客观世界进行精神和情感放射的中心。

如果从作者、作品、读者及社会文化四个维度进行考察，又可在主观表现的倾向中看到比较注重自我与外在客观世界的联系和比较注重自我反观内照联系于抽象的宇宙生命意识的两个类型。

---

① 周扬：《关于"社会主义现实主义与革命的浪漫主义"》，《周扬文集》第1卷，人民文学出版社，1984年版，第113页。
② 周扬：《我国社会主义文学艺术的道路》，《中国文学艺术工作者第三次代表大会文件》，人民文学出版社，1960年版，第52页。

第一种类型既注重自我表现和艺术本身的规律，又"由内而外"，从作品与客观世界的关系上揭示主观情感的内在丰富性、完整性，从作品与读者的关系上揭示文艺的社会功利价值，鲜明地表现了时代精神。这一类型的代表人物，在辛亥革命时期有鲁迅，在"五四"时期有郭沫若、周作人，闻一多等；在三四十年代有"京派"理论批评家李健吾、"九叶"诗论家袁可嘉等；在新时期有高尔泰等人。郭沫若曾明确认定："文艺的本质是主观的，表现的，而不是没我的，摹仿的。"① 他的自我与神、自然合一的泛神论思想更加强了这种主观表现的文艺观。与这种强调个性自由的主观表现文艺观相一致，他很注重文艺的审美特征，甚至具有某些为艺术而艺术的观点，但又重视文艺的社会政治作用，甚至夸大文艺的社会功能。在具体的文学批评上，既将文学批评看作是"发见的事业"，"天才的创作"②，强调主体性；又认为批评中"客观的检察和主观的欣赏"应"互相联贯"③。主张批评主体性应有限度、应反对主观随意性，应注重"自内而外"客观的检察。再看李健吾，他一方面强调自我、张扬个性，认为"批评的成就就是自我的发见和价值的决定"④，"最后决定一切的"是评论家"自己的存亡，一种完整无缺的精神作用"，因而主张"批评的独立"，"批评本身就是一种艺术"⑤；另一方面又不忽视文学的社会历史价值，认为"社会革命放宽我们的视野"⑥，要"不由自主，满足艺术的要求"，把批评看成是对社会现实和艺术规律的客观把握。"九叶"诗人袁可嘉是以现代主义文学和诗歌理论批评的建树和应用而显示出主观表现的特征的。与"五四"时期人道主义思潮一脉相承，他明确地宣布自己是"人的文学"的信奉者，认为

---

① 郭沫若：《文学的本质》，《学艺》杂志第7卷第1号。
② 郭沫若：《批评与梦》，《创造季刊》1923年第2卷第1期。
③ 郭沫若：《批评——欣赏——检察》，《创造周报》第25号。
④ 李健吾：《序一》，《李健吾文学评论选》，宁夏人民出版社，1983年版，第1页。
⑤ 李健吾：《李健吾文学评论选》，宁夏人民出版社，1983年版，第40页。
⑥ 李健吾：《李健吾文学评论选》，宁夏人民出版社，1983年版，第159页。

这种文学的基本精神是强调个人、生命本位，坚持文学的艺术本位，既把文学的成熟看作"心的成熟"、"生命的成熟"，"诗的道路即心的道路"，要"能抒出自内发的心理需求"，同时又认为文学和诗应有"对当前世界人生的坚定把握"。诗人的"情感、意志"应该"戏剧化"，即要寄托于相当的外界事物以寻求诗歌表现的"客观性与间接性"。基于此，他提出了"戏剧主义"的批评模式，以建立"现实、象征和玄学的综合传统"，阐述了坚持文学本身价值和独立传统的"内在的"批评标准。社会主义新时期"美在主观"论的代表高尔泰一方面基于"美是自由的象征"的美学观点，把审美的批评放在突出位置上，认为"美的王国"是"与政治的、哲学的、宗教的信仰"等"异化结构"相对立的"中介结构"。是"一种和伪价值（指异化结构）相对立的真正的价值"，"只有在美的王国"，才能"始终保持着自己的人的本质——自由"①；另一方面他又强调批评的价值观念和社会学的批评，认为"价值观念，这是文学批评的灵魂"，"在任何深刻而正确的审美批评中，都可以引申出相应的社会学结构"，"评论家必须自觉地立足于自己时代的现实，具有激情、价值和倾向性"②。这种对社会倾向性和批评价值观念的强调与他对美的至高无上的尊崇是矛盾的。然而这正是主观表现批评类型中浪漫主义批评共有的倾向。早在辛亥革命时期的鲁迅和"五四"时期郭沫若的文学思想和批评观念中都存在着这种矛盾现象。不过，与鲁迅和郭沫若当时的时代条件和世界观、文艺观大不相同，高尔泰的这种矛盾来源于他对社会主义新人的本质和异化问题的独特看法。

第二个类型的特点是，强调作家自我本位和文艺的独立品质，主张文学表现人性的永恒品格和形而上学的精神意蕴，取消或否定文艺的外在社会功利作用，以超越的眼光看待文艺与时代、现实的联系。这个类

---

① 高尔泰：《美是自由的象征》，《美是自由的象征》，人民文学出版社，1986年版，第69页。
② 高尔泰：《为"社会学的"评论一辩》，《美是自由的象征》，人民文学出版社，1986年版，第27页。

型的文艺批评准则，主要是文艺家狭隘的自我、抽象的精神和艺术的潜在价值。代表这个类型的有王国维、周作人（30年代）、朱光潜、梁宗岱等人。近代的王国维在康德、叔本华和老庄哲学、美学思想的影响下，认定"可爱玩而不可利用"为文艺的美学本质，美的"价值亦存在于美之自身，而不存乎其外"；他还充分肯定与伦理相对立的个体感性存在，将人的自由意识与文艺的审美特性联系起来，强调用"哲学的"、"宇宙的"、"文学的"观点评价《红楼梦》等作品，将西方现代悲剧意识引入中国文学研究领域中，并从开发人的性灵、强调情感作用的角度提出"意境"说，开拓出了中国古代诗歌美学的新境界。王国维在美学文艺理论上的这些贡献表明主观表现理论批评的这一类型确有其独特的价值，而他完全否定从"政治的"、"国民的"、"历史的"角度评价文学作品的认识价值和时代意义也可以明显地看出这一类批评活动的偏颇和局限。在30年代，朱光潜和梁宗岱的文学观点和批评活动也基本上属于这一理论批评类型。朱光潜倡言"直觉论"，认为艺术在现实面前，"要替人生造出一个避风息凉的处所，它和实际人生之中应该有一种'距离'"，因此他否认"直觉"的理性内涵，把"直觉"看成"孤立绝缘"、"不旁迁它涉"的非理性的单纯想象活动。他的诗论以克罗齐的"直觉即表现"的主观论为基础，大量介绍引征西方诗人学者的诗学观点，运用"距离说"、"移情说"对诗歌及其他文学作品中的静穆圆熟的艺术特色及其所表现的闲情逸致和谐趣进行鉴赏，在当时不失为一种独特的美学批评风格。与朱光潜比较，梁宗岱在崇奉文艺是自我表现的同时，并不忽视文艺的"传达与价值"[①]的作用。但无论是对诗人身内的一切或是身外的一切，自我本身，自我与非我的联系等，都如他所说，系于"启示宇宙与人生底玄机"[②]。他对于西方名家如歌德的《浮士

[①] 梁宗岱：《论崇高》，《诗与真·诗与真二集》，外国文学出版社，1984年版，第116页。
[②] 梁宗岱：《文坛那里去》，《诗与真·诗与真二集》，外国文学出版社，1984年版，第55页。

德》、梵乐希(即瓦莱里)的作品的评价,对中国古典文学中屈原、陶渊明、李白等名家名著的评价,也从"真切地感到宇宙底精神"①,"参悟宇宙和人生的奥义"② 的精神视角和"元气浑合"的艺术视角,从整体把握上进行阐发,很少涉及作品的历史时代和社会生活内容,因此,他与朱光潜等人又同属于一个主观表现的理论批评类型。新中国成立后十七年,由于重意志实践和政治意识形态的批评类型占据着统治地位,连从作品客观写实特点和作家的主观个性特征以反映和表现时代精神的理论批评也往往被排斥。这种专注"自我"个性和情感、富于哲理意蕴和宇宙情绪,在艺术上有独特追求的创作思想和理论批评观点当然更在被否定之列了。

从整体上审视上述理论批评类型,还需注意以下几个问题:一是无论客观的批评、主观的批评,还是这两大理论系列中的任何批评类型,都是近百年中国理论批评现代化行程中的组成部分,它们都从不同角度、不同层次切入了文学和文学批评的内部去揭示文学批评本质规律。二是在中西文化汇合中近百年文学理论批评现代化、民族化双向选择的契机是现实生活的需要,是中国社会由传统向现代的转型而带来的历史启示。批评主体意识的增强,主、客体分裂对峙所形成的主观批评和客观批评两大类型系列,从现实契机看,正是现代中国人将个性存在、生命意义交融于社会历史的大潮,向内寻求现代人格建构,往外沟通时代、人生的结果。三是一些具有开阔的理论视野的理论批评,如在鲁迅、茅盾等人那里,往往是几种批评类型兼而有之,一些批评家在不同历史时期也取不同的批评类型;但这种批评家往往更有个性,更加自由自主并富于开创性。他们往往在选择和运用某种特定的批评类型的同时,而又交融着其他批评类型的长处。

---

① 梁宗岱:《论诗》,《诗与真·诗与真二集》,外国文学出版社,1984年版,第33页。
② 梁宗岱:《谈诗》,《诗与真二集》,外国文学出版社,1984年版,第107页。

三、趋于科学化的思维方式与概念、范畴系统

在文学理论批评的文体上，从思维结构、思维方式到概念、范畴、语言等符号系统，发生了根本上有别于中国古代文学批评的科学化、现代化变革，这是中国20世纪文学理论批评的又一重要特征。

结合一定的历史条件、文化环境和文艺思潮范围，以思维方式和概念、范畴的科学化、现代化进程为线索，对批评文体的演变进行探讨和考察，可以看到，它经历了从清末文学改良到"五四"文学革命，从无产阶级革命文学运动到工农兵文学运动，从十七年社会主义文学运动到新时期文学运动三个不同阶段。批评文体的变革与上述三个不同时期中发生的三次思想解放运动及诸多文学运动有着密切联系。

从清末文学改良到"五四"文学革命期间的第一次思想解放运动是以"五四"文化革命、文学革命为标志的。这一思想解放运动的主要内容是反对文言文，反对封建主义老八股、旧教条，提倡白话文，提倡科学与民主。其发难就是从破除古代书面语言僵死的语言体式和文学形式入手的。接着，提出思想革命后，又把传统文学的内容与形式当成一个整体对待，冲破了数千年凝结着我国传统文化深层价值观念的文言文符号系统，打破了文言文所负载的包括理论批评在内的各种文体的结构体式。我国古代文论，其正面，由于其直觉思维和整体把握的方式及长于辩证逻辑，使得它用许多成对的美学范畴诸如情与理、形与神、虚与实等来对文学艺术的特征、构成、布局予以把握和描述，而这些范畴大多却"只可意会，不可言传"，具有相当大的弹性和张力；还有许多概念、术语如气、神韵、风骨、情采、性灵等同样显示出灵活性、多义性、多功能性、整体性的特点。但作为古代文论的负面，又有许多老八股、老教条的东西，这不仅表现在其文言符号系统和文体格式中充塞着"文以载道"传统而积淀着"忠"、"孝"、"仁"、"义"等封建主义伦理观念和

"原道"、"明道"、"传道"、"载道"等说教要求,而且其思维方式上的表现是:统于一尊的经学思维方式遏制了思维的个性化,神秘的直觉代替了思维的理性化,笼统的整体直观妨碍了思维的精确性。滥觞于清末文学改良、勃兴于"五四"文学革命的文体变革,在思维方式上,与"文以载道"、"代圣贤立言"的传统文艺观念、文论体系相抗衡,与"守一"、"齐一"、"归一"的经学思维方式相对立。也为了打破传统整体直觉思维的格局,引入了西方科学思维方式,如孔德的实证哲学,泰纳的科学实证方法,左拉的自然主义理论,马克思主义的意识形态论等等,使文学批评出现了重事实、重演绎,强调理性分析和逻辑实证的特征;在概念范畴上则力求遣词造句的严密准确,使之具有稳定性、精确性和解析性。西方包含着大量新术语、新句法、逻辑性强的语言系统开始引进,在中国来自现实生活、出于人们口头的白话的基础上加以改造,这对于纠正古代汉语言文分家,许多概念范畴含混不精确,系统推理缺乏明确的规范程序的弊病有很大作用。同时,它们又逐步与古汉语以表意为主、单文独义、单音词丰富等特点相交融,使文学批评语言注入了新鲜活力,也具有了更精确、丰富的内涵。如"五四"时期"人生派"和"艺术派"的分裂对峙、左联时期与"人性论"相对立的阶级分析和社会剖析方法的兴盛,以及与这些科学分析思维方式相对应的各批评类型流派所特有的文论概念和范畴的发展等等,都体现了这种文体变革的特征。又如在探讨"文学是什么"的本质特征时,批评家们也运用了将文学与其他意识形态相分离的科学分析方法,将本体意义的"文学"与历来的"文"或"文学"的模糊混乱含义区别开来。探讨"新文学"的内涵时,又出现了"国民文学"、"平民文学"、"为人生"的写实主义文学,"唯真唯美"的浪漫主义文学,"无产阶级革命文学"等多角度的界定。

在二三十年代的无产阶级革命文学运动到40年代的工农兵文艺运动期间发生的思想解放运动是以包括文艺整风在内的延安整风为标志

的。这次思想解放运动的主要内容是反对洋八股、党八股，提倡马克思主义与中国实际相结合的学风，提倡文论的科学化、民族化和大众化等。洋八股、党八股在批评思维方式上主要表现为："好就是绝对的好，坏就是绝对坏"，即"非此即彼"的形而上学机械、简单的"形式主义"。如对中外文艺的继承借鉴，既将中外对立起来，又把古今加以分割，或全盘西化，面对西方事物不加选择地接受，割断民族传统；或复古倒退，食古不化，忽视对民族文艺传统的批判。在主体与客体、个性与社会以及文艺与政治、文学的艺术形式与思想内容的关系上也有绝对割裂倾向，或"为自我而艺术"、"为人类而艺术"、"为艺术而艺术"，走上远离社会、时代、人生的虚玄道路；或者用社会价值、政治功利、阶级意识代替主体意识、创作个性和艺术真实，用作家的世界观代替艺术创作方法，用作品的思想内容取代作品的艺术形式等。思维方式的另一种表现是直线性或跳跃式粗糙硬性还原思维特征，这表现为生硬搬用外国和中国古代的新教条和老八股。鲁迅说："不肯具体地切实地运用科学所求得的公式，去解释每天的新的事实，新的现实，而只抄一遍公式，往一切事实上乱凑。这也是一种八股。"[①] 如将文学作品还原凑合成一定阶级心理的具体写照，将作者还原凑合为一定阶级的代言人，而作品的艺术技巧、语言风格和结构韵律等也成了文学向经济形态、政治功利还原凑合的简单的工具。而这正是典型的庸俗社会学和机械论的思维方式。在语言表现上，这种洋八股和党八股往往堆砌概念，对新名词、新术语生吞活剥，其间更有"空话连篇，言之无物"与"装腔作势，借以吓人"[②]，武断地乱贴政治标签，甚至以"判决"来替代论辩说理。毛泽东在《改造我们的学习》、《反对党八股》和《在延安文艺座谈会上的讲话》等论文中对上述洋八股、党八股的弊害从思维方式到表

---

① 鲁迅：《伪自由书·〈透底〉附录回祝秀侠信》，《鲁迅全集》第5卷，人民文学出版社，1957年版，第86页。

② 毛泽东：《反对党八股》，《毛泽东选集》第3卷，人民出版社，1964年版，第835页。

现形式进行了深入剖析和有力批判。他在延安整风期间提出了著名的"实事求是"的观点，对这个有着儒家"经世致用"的"实学"传统的概念，从马克思主义哲学的唯物论、认识论和辩证法三个方面作了崭新的科学解释，从而树立了新的学风和新的思想路线。正是基于这种唯物辩证法的科学思维方式，他在建构中国化的马克思主义文艺理论批评体系上提出了"源与流"、"普及与提高"、"继承借鉴与革新创造"、"生活美与艺术美"、"歌颂与暴露"、"推陈出新"、"古为今用、洋为中用"、"百花齐放"、"形象思维和逻辑思维"等概念、范畴，其中大部分概念、范畴是成对子的情况表明其思维方式正是在科学分析的更高层次上对古代朴素辩证思维的继承和提升。此外，周扬、胡风、冯雪峰、何其芳等一批马克思主义文学理论批评工作者在反对洋八股、党八股，运用唯物辩证法思维方式和更新概念范畴语言表现系统上，均作出了各自独特的贡献。

　　从十七年社会主义文艺运动到新时期文艺运动，其间发生的第三次思想解放运动是以实践是检验真理的标准的大讨论为主要标志的。这一思想解放运动的主要内容是批判"左"的思潮和僵化的教条主义，恢复"实事求是"的思想原则，坚持实践是检验真理的唯一科学标准，用唯物辩证法的科学系统思维方法观察问题。"四人帮"的文化专制主义和文化蒙昧主义是"左"的倾向和教条主义的恶性发展，其思维格局的特点是用唯我独尊的独断主义和现代迷信去代替科学的分析和实践的检验。毛泽东在《反对党八股》中所批判的"残酷斗争"、"无情打击"等吓人战术，在"四人帮"那里发展成为大一统的"大批判"文体。"封、资、修"，"名、洋、古"，"正面人物"、"反面人物"、"中间人物"以及"三突出"等概念和范畴，将直线式、硬性还原性思维推到了极端。拨乱反正后不久，特别是80年代中期，又出现了新的洋八股，新的"非此即彼"的形而上学思维格局和方法，如在横向借鉴和纵向继承的关系上，一方面对西方的批评方法论和思维方式采取了无批判、无选择的移植态度；另一方面，则对我国民族文化传统、民族审美意识、民族文论和艺术经验取轻视否定态度，在个体意识和群体意识，批评主体与客体的关系上也都有只重前者而否定后者的极端态度等。主体和个体无限膨胀的结果，一切都是怪圈，万物皆为模糊，无处不有悖论，批评即过程，甚至批评即怀疑，只有怀疑才是真理等等。于是，文论批评成了虚无主义否定一切的思维怪物。在术语、概念、范畴上则出现了新名词爆炸现象。一时间，东方的和西方的，人文科学的和自然科学的各种方法和理论，概念和范畴，如"模糊数学"、"耗散结构"、"拓扑学"、"心理对应效应率"以及诸如"内宇宙"、"外宇宙"之类都往往生硬地被移植和借用。生吞活剥的态度导致思维发展速度超越正常限度而形成病态的早熟思维状态。新时期理论批评的正确思维格局应该是以"实事求是"为核心和贯穿着辩证法的系统思维方式，即马克思主义的唯物辩证法的思维方式，它用科学的态度研究新时期的新事物、新问题，既保持着思维的弹性和张力，以开放的态度容纳新机，又不脱离实际。如邓小平关于文艺与政治关系的看法，既不以文艺为政治服务、为政治路线服务的过时的、狭隘的观点来束缚文艺发展；又认为文艺最终不能脱离政治，文艺为人民、为社会主义服务也包含着合理的政治要求。在新时期，正是以马克思主义为指导，经过文艺与政治的关系问题、文艺的现实主义问题、文艺的文化视角问题、文艺的方法论问题、文艺的主体性问题、现代派问题等等讨论，充分吸收讨论中的积极成果，建构起了以意识形态为逻辑起点，以美学的、历史的批评为核心内容的马克思主义文艺理论当代形态体系。

概括上述三个阶段性的变化和发展，中国20世纪文学理论批评在包括思维方式与概念、范畴在内的文体变革上，有如下三个特点和问题值得引起注意。

首先，呈现出科学化、现代化的明显特征。从"五四"时期的实证主义到30年代马克思主义的意识形态论，从延安时期"实事求是"科学原则的提出，到社会主义新时期"实事求是"精神的恢复以及多种自然科学、人文科学研究方法的运用，这些科学方法论引进文学理论批评领域，在文学理论批评的思维方式和概念、范畴上出现了科学化、逻辑化的明显趋势，而这正是文学理论批评现代化的明显标志。这种科学化、现代化的进程，在审美的社会价值论观念指引下，既与中国近百年思想文化发展的历史进程紧密结合，而其本身又呈现出中西并存、古今杂糅的特征。与中国古代文论发展大多反复承袭沿用又不断充实丰富，形成了一整套独特性、稳定性强的概念、范畴不同，大变革、大转折时期的中国近百年文学理论批评的发展呈打破常规，否定既成规范的突变反拨方式。在大量输入西方文论时，则往往将西方古代、近代、现代各种"主义"的术语、概念、范畴及相应的思维方式一古脑儿"拿来"，而中国古代理论批评的概念、范畴又仍然为批评家所运用，于是中西并存，古今杂糅便成为中国20世纪批评文体变革中的一个突出现象。

其次，一些在文学理论批评文体上有个人独特创造、具有鲜明理论个性色彩的理论批评家开始出现。如王国维以追求审美意识独立的非功利文学观为逻辑起点，否定儒家看重诗词文学教化作用和道德意义的"载道"倾向，以美"可爱玩而不可利用"为理论建构支柱，在作品的内容与形式的关系上提出"优美"、"古雅"、"眩惑"等范畴，在作家观察体验人生的方法上则以"入乎其内"、"出乎其外"的术语来表达；在诗学上，不仅在古代诗论的基础上概括出"境界"的中心范畴，还围绕这个中心范畴，提出了"有我之境"与"无我之境"，"造境"与"写境"，"写实派"与"理想派"，"主观之诗人"与"客观之诗人"，"隔与不隔"等有关区分境界和创造境界的范畴。在"五四"时期和30年代，鲁迅对中国传统文学贯穿着中庸之道的文学思想和创作，用"瞒和骗"的概念进行了精辟的概括，用"真诚地、深入地，大胆地看取人生并且写出它的血和肉来"的系列性范畴概括出他的注重主观表现和现实战斗精神的现实主义文艺思想。还提出诸如"遵命文学"、"做革命人"、"战斗的无产者"等作品思想精神方面的概念,"拿来主义"、"杭育派"及"剜烂苹果"等有关继承借鉴、文艺起源及批评方法方面的概念,提出"具象化"、"静默观察,烂熟于心"、"凝神结想,一挥而就"等形象思维方面的概念,"写灵魂"、"画眼睛"、"杂取种种人"等创造典型方面的范畴等等。毛泽东个人创造又通行了整整一个文学时代的有关文学方向道路、作家世界观、对中外遗产继承借鉴以及作品内容与形式、创作方法等方面的概念、范畴已如上述。胡风则以"主观战斗精神"为中心范畴,突出作家主体的"人格力量"、"仁爱的胸怀",用"相生相克"、"血肉追求"、"拥合"、"突入"、"肉搏"等一系列特有的概念,深入地阐释和揭示作家主体对客观对象既体现又克服,既肯定又批评,在把握客体的同时,又引起主体"深刻的自我战斗"的双向运动过程;还用"反映一代的心理动态",写人民"精神奴役的创伤"的概念系列,表达他的"心理现实主义"的特征,除了上述几位理论批评家以外,还有梁启超的小说"教"、"入"、"喻"、"治"等政治功利范畴,"熏"、"浸"、"提"、"刺"等艺术感染力范畴,以及"现境界"、"他境界"等小说审美效应范畴;郭沫若的情感的"自然流泻"、"自发其心花"、"全人格创造"等浪漫主义诗歌范畴;冯雪峰的文学"现代化"、"主观力"、"他化力"等范畴;何其芳的"典型共名"说范畴;钱锺书的文学作品中感官可以沟通互用的"通感"以及比较诗学方面"一贯"、"万殊"、和"不同"、"谐而不一"等范畴;陈涌的"不加粉饰地反映现实"和"毫不让步"地揭露矛盾冲突的现实主义范畴;刘再复的"性格的二重组合"、"文学主体性"范畴等等。以上这些文学批评家的术语、概念、范畴大都具有思维独有的概括、统摄能力,具有帮助人们认识、掌握文学对象和客观世界的"现象之网"的"网上的纽结"的作用,是理论批评主体艺术感受和人生体验的理性升华。从思维方式上看,理论批评家对于这些术语、概念、范畴的提炼和运用,既有着形象思维被逻辑化的独有力量,也充满了形象思维的抽象思维的魅力。他们艺术感敏锐,直觉思维发达，然而又能够用科学思维去整理、加工，对艺术感受和直觉思维进行提升、概括，使之上升到理论的高度。

再次，中国20世纪文学理论批评文体变革也存在着一些突出问题。从总体上看，主要是从文学本体构成（如作家、作品、读者、时空等角度）和文学本体特征（如语言、心理、社会、道德、接受等特征）方面所引申、提炼的稳定性大的、有普遍意义的术语、概念和范畴比较少，以哲学含义和政治判断性的概念、范畴取代文艺美学、文学理论批评独特性的概念、范畴的现象很突出。与文学本体构成和特性有关的术语、概念、范畴大多借用西方的，或者少量承袭中国传统的。在思维方式、思维格局上最缺乏的仍然是科学分析的思维方法，如运用心理学、语言学、文化学、神话学、接受理论乃至自然科学等科学主义和人本主义诸学科的科学方法和思维方式来研究文艺、进行批评仍不多见。另一方面，纯理性的理论思辨、理论批评体系的思考也做得很不够。这两个方面的缺陷，对于中国化的马克思主义文学理论批评的当代形态，对于在马克思主义指导下多种学派的文艺批评体系的建立，都会构成障碍。当然也必然影响到理论批评文体的现代形态的发展。在新时期，特别是80年代，中国理论批评已有很大的进展，包含着理论体系和多学科研究在内的多向性研究格局已经形成。它们对于纠正中国20世纪理论批评多功利、非本体，多实用、少思辨，多直观、少实证的弊端，并循着立足当代、统摄古今、融合中外的道路发展必将起到重大作用。

（原载《中国文化研究》1995年第2期）

回归中的超越
——对"五四"文化精神的反思与辨析

一、"五四"本体的多层次复杂内涵

"五四"新文化以其开放多元的特征,多层次多侧面的复杂内涵,在源远流长的中国文化史和思想史上写下了辉煌的篇章。70年来,它不仅史诗般地存在着,而且不断地被不同的主体意识化——处于被阐释、被发现和再创造的动态过程。

在20世纪初东方黎明期出现的"五四"时代,在本质上是全球性的资本主义——社会主义的时代。在这个时代里,出现了东西方形成的外延最宽广、内涵最丰富的两大文化体系的空前交汇。东西方文化一方面双方都在抛弃传统,又都在向被对方所抛弃的传统靠拢;另一方面双方又都以重构民族文化精神为中心,用更新了的现代意识重新审视、评估、认可本民族的文化传统,从而使本民族传统文化呈现出新的活力与价值。如果说,第一次世界大战以后,背弃了西方文艺复兴后传统文化的西方现代文化所面对的主要是中国传统文化,即试图从东方物我合一与神秘主义的思想中找到克服传统文化的局限,进一步推动现代科学发展的助力的话;那么,中国新世纪文化所面对的则不仅是西方文艺复兴以来所形成的传统文化,而且还包括19世纪后半期以及20世纪形成的现代文化。在西方,由于时间差异造成的两种文化的对立和冲突,在中

国的同一空间里却变得并存不悖。因此,立足于中国的现实国情,对本土传统文化进行重新审定和重构时,便有着西方传统的和现代的两种文化的参照系。这样,便使"五四"新文化出现了极其复杂的内涵和面貌:它既要反思历史,又要面向未来;既要民族化,又要现代化;既要走向世界,又不能脱离中国的基点。"五四"的一代知识精英、学术大家、文学巨匠虽然当时还是青年人(即以1919年为例,陈独秀、李大钊、鲁迅、胡适、郭沫若、茅盾、梁漱溟、朱谦之、闻一多、冰心),但都有相当的文化积累和文化准备:都有留学经历,通几门外语,学贯中西,才华横溢。正是他们,一方面深深认识到中国传统文化的落后,它对个体精神自由的严重桎梏,促使民族步入危机的深渊,看到只有西方文化才是与中国传统文化在总体上根本对立的另一种体系;另一方面与西方先进文化随之而来的是被掠夺、被奴役,感受到被帝国主义侵略的屈辱。正是在这种极其矛盾复杂的痛苦心情中,他们不断地向西方追求真理,亲身经历了"欧风美雨"的荡涤,带来了异质的外来文化对本土文化的强大冲激,又按照自己的"民族文化圈"对外来文化加以收容、重整和融汇,从而以崭新的民族文化心态创造了多元开放的"五四"新文化,使之具有了多层次、多侧面的复杂内涵,文化的各个领域出现了空前活跃、繁荣的局面。

从哲学思想看,除了马克思主义哲学思想的传播外,在非马克思主义的哲学思潮中,不仅有亚里士多德和柏拉图、狄德罗和伏尔泰、黑格尔和费尔巴哈;而且影响更大的还有康德、尼采、叔本华、柏格森、詹姆斯、杜威、倭铿、达尔文以及罗素等,从古希腊罗马时期的哲学到法国资产阶级革命前后的哲学,从德国古典哲学到西方现代哲学都被一一介绍过来。中国儒、道文化传统中人对自然能动地适应、遵循,精神、心性作为本体与宇宙自然相通合一的"天人合一"观,特别是道家的以主体自身的虚怀去体接本体的观点,乃至印度的"梵我一如"弃世解脱的哲学,大多与上述西方思潮交汇,被注入了新的内容。于是,实用主义哲学、生命哲学、人文主义哲学、自然科学唯物主义哲学、唯意志论哲学、"唯情论"哲学、"泛神论"哲学等思潮,以及佛学唯心主义和儒道互补哲学观,都分别影响到一些学术大家,交融在他们的独特思想体系中。

从自然科学、自然观来看,虽然在"五四"时期起主要作用的还是以哥白尼、牛顿的科学成就为基础的传统的机械自然观,但以19世纪中叶的三大发现——能量转化和守恒律、细胞学说、生物进化论为代表的有机论自然观,以及20世纪以相对论和量子论为代表的自然科学大革命已经引起"五四"时期一些敏感的自然科学家、哲人和学术文艺家的关注。这种体现了20世纪自然科学时代精神的科学成果和自然观,改变了经典物理学的物质观、时空观和运动观、它们作为现代意识一个组成部分或隐或显地对"五四"时期中国知识分子的观念和思维方式发生作用,促使他们运用系统整体观,动态网络式的思维方法,从事物的内在联系和永恒运动的总体上去把握时代特征,去对纷至沓来的西方思想以及复杂交错的中西思想汇聚进行总体的整合和认同。

从社会政治思想看,众所周知,"五四"时期各种不同层次内涵的民主主义思想、无政府主义思想以及各种型号的社会主义思想都同时并存并互相交错。不同于辛亥革命时期的强烈的国民群体意识,"五四"时期的社会政治思想虽然有的偏重于思想启蒙,有的偏重于政治救亡,但它们大都贯穿着民主和科学的精神,其间有着鲜明清醒的个性意识,即以人的自由独立、尊严为中心的个体启蒙观念。虽然自1923年以后,随着群众性的政治斗争的激烈开展,在思想革命和政治救亡两端出现了强烈地向政治救亡的倾斜,但个体思想启蒙始终未被完全抑制和淹没,这也是"五四"不同于中国现代史上以后几个历史时期的地方。

从文艺思潮看,现实主义,浪漫主义和现代主义(如象征主义、唯美主义、表现主义、意识流文学……)等西方纵向演变的文化思潮都同时影响"五四"新文学。"五四"新文学家兼收并蓄的拿来主义使不同"主义"所带来的艺术倾向竞相发展,而又互相渗透。鲁迅、郭沫若、郁达夫、周作人等人的作品在再现客观现实和表现人的精神世界方面都显示出多种主义经过各自艺术个性熔铸而产生的独特风格。它们在20世纪东方黎明期的特定时空范围内,以现代意识的独特内涵谱写出中国文学史上真正的现代意义的客观再现或主观表现的新篇章。

从语言的文体和符号表现系统来看，由于"五四"时期处于客观世界变革急剧、文化信息量激增、思维对对象世界的把握要求突进的时候，因此掀起了一场以语言和文章本体结构重大变革为标志的白话文和现代新文体运动。它冲破了数千年凝结着我国传统文化深层价值观念的文言文符号系统，打破了文言文所负载的诗歌、散文、小说等结构体式。这中间随着西方实证精神和理性主义的传入，西方也含着大量新术语（概念与范畴）、新句法、逻辑性强的语言系统开始引进，它对于纠正古代汉语言文分家、不严密、不科学的弊病有很大作用，但又逐步与古汉语以表意为主、单文独义、单音词丰富等特点相交融，使白话文和各种新文体表现力日益增强，成为人们说理抒情的有力工具。散文、杂文、新诗、话剧、现代短篇小说、散文诗等新文体大量出现，从而实现了汉语表现体系全面性的变革。

上述"五四"新文化在各个领域所显示的复杂内涵是一个动态系统。一方面，"五四"新文化随着革命形势的变化而发展，从"五四"前几年（1915年至1919年）出现的新文化运动开始，经过1919年五四爱国运动和1925年五卅运动的爆发，"五四"新文化明显地显示出自身不同的发展阶段；另一方面"五四"前后数次中西文化问题的大论战更使新文化在主导倾向日益鲜明的情况下显示出多元并进、相激相荡的演进特征。开始是西方派在新思潮涌入中异军突起，以比较东西文明的优劣为主要内容的"西化"与"孔化"之争，接着是因梁启超的《欧游心影录》的发表和梁漱溟《东西文化及其哲学》的出版而引起的以探讨中国向何处去问题为主题的东西文化大论战；再下去就是从西化派中分化出来的资本主义"西化"与社会主义"俄化"的论争。在这一过程中，马克思主义思想的传播，马克思主义文化思想启蒙运动的出现是一个在"五四"新文化运动中带整体性并指向未来的极为重要的发展态势。应该看到，从本真意义上说，马克思主义的辩证唯物论和历史唯物论在西方思潮中是最为先进的。一方面，它不像西方现代哲学和现代主义文学思潮那样的背弃传统，它不否定人的个体价值和个性自由的意义，不否定人的精神主体对客体的能动和超越作用，相信有创造意识和超越意识的人改变着时代和社会面貌正是它的基本观点；另一方面它不像人文主义、启蒙主义那样对人盲目自信，不像古典主义哲学和浪漫主义那样扩张和夸大自我的作用，它强调人的主体能动性的现实物质活动，不脱离历史具体的人类物质生产的客观规定性，因而人的主体性不是随心所欲的唯意志论，而要受到客观历史条件的制约。但是，由于"五四"时期马克思主义的传入中国非常急促，缺乏思想上的准备、理论上的修养，加以它与种种民主主义的东西夹杂在一起，又渗入了中国文化传统中的实用理性，道德主义的倾向和从农民立场出发否定资本主义的浓厚的民粹主义倾向，所以"五四"时中国先进知识分子大多是基于实际政治斗争的需要，从阶级斗争和无产阶级专政的角度来接受马克思主义的。马克思列宁主义的实践性品格借助苏联十月革命推翻沙皇专制的政治斗争的胜利而得到证实，更非常符合处于反帝反封建斗争中的中国人民救亡图存的需要。正因如此，尽管马克思主义本应"是一个活生生的思想体，又是一系列现实的政治实践。它既受到世界上各种变化的影响，又以参与改变世界为目标"[①]，但上述马克思主义在"五四"时期传入中国的情形又使它在"五四"后很容易受到国际国内教条主义、机械论的影响而导致对它的庸俗化的理解，并在文化问题上出现政治高于一切、重于一切的失重现象。

二、意识化的"五四"观辨析

正因为"五四"新文化本身就是一个多元开放，充满着深刻矛盾的多侧面、多层次的本体，而"五四"后70年来接近和审视"五四"本体的人们又处于20世纪世界文化息息相通的时代环境中，他们在不同的具体时空范围内基于不同的哲学视野、文化教养和人生体验，从不同

[①] 安纳·杰弗森、戴维·罗比：《西方现代文学理论概述与比较》，湖南文艺出版社，1986年版。

的角度、侧面去接近"五四"新文化本体，就会借助各自对"五四"新文化的阐释、发挥、再创造而构成一个不断接近"五四"新文化本体，又不断丰富"五四"新文化本体的动态系统。这个动态系统中所产生的不同的"五四"观，使"五四"精神作为一个复杂整体得到发扬。通过对不同"五四"观的梳理和辨析可以进一步把握"五四"精神的意义。我认为，70多年来的"五四"观主要有以下四种。

一是主要从政治和政治意识形态的角度去评价"五四"。谈"五四"文化，也把它看作是为政治所决定并从属于政治的，忽视甚至否定"五四"文化中思想启蒙、人的解放的内涵。20年代末期创造社和太阳社执行的"文化批判"，其批判对象就是"个性"、"自由"等"五四"思想启蒙的成果，把人性的解放、个性主义当着"个人主义的自由主义"，声言对此"要根本铲除"，宁愿作政治的"一个留声机器"①。30年代初，瞿秋白对"五四"的评价是："五四的娘家是洋场"②，鲁迅等人是"和愚民隔离着"的"学阀"③。他认为"五四"新文化运动"是一个资产阶级自由主义启蒙主义的文艺运动"而对之加以否定，他说："要有一个无产阶级的'五四'，这应当是无产阶级的革命主义社会主义的文艺运动"④，模糊了以"五四"为发端的包含资产阶级启蒙主义在内的新文化的民主主义性质。30年代末40年代初，毛泽东在对五四运动进行总结时有一个众所周知的著名观点，就是把知识分子是否愿意并实行同工农民众相结合看成是"革命的或不革命的或反革命的知识分子的最后的分界"⑤。他在《新民主主义论》中深入系统地论述了"五四"后新文化的性质和作用，但主要是把"五四"后新文化当作为新民主主义政治、经济所决定又为其服务的一个组成部分来看待的，而政治和军事斗争的主力军又是工农，所以"五四"以来的知识分子必须像他在《在延安文

---

① 郭沫若：《留声机器的回音》，《沫若文集》第10卷。
② 瞿秋白：《学阀万岁》，《瞿秋白文集》第2卷，人民文学出版社，1953年版，第609页。
③ 瞿秋白：《学阀万岁》，《瞿秋白文集》第2卷，人民文学出版社，1953年版，第619页。
④ 瞿秋白：《普洛大众文艺的现实问题》，《瞿秋白文集》第2卷，人民文学出版社，1953年版，第867页。
⑤ 毛泽东：《五四运动》，《毛泽东选集》第2卷，人民出版社，1952年版。

艺座谈会上的讲话》中所指出的那样彻底转变立场，批判资产阶级、小资产阶级的"自我表现"、"人性论"、"人类之爱"等观点，"彻头彻尾，彻里彻外"地荡涤自己的灵魂的污浊，向工农认同，这样才能与"拿枪的军队"一样发挥"文化军队"的作用。这样，相对地说，这就贬低了文化的作用，特别是完全否定了，包括科学与民主精神在内的资产阶级、小资产阶级启蒙思想的进步意义。上述这些观点明显的是通过对"五四"的评价来发挥新文化对现实政治斗争的配合作用。如果说，这在无产阶级夺取政权的政治斗争和革命战争的环境里是可以理解的，还有其明显的必要性的话，那么，在新中国成立后十七年强化民主政治，发展科学技术的和平环境里，仍然将上述启蒙思想当作资产阶级、小资产阶级的劣根性来彻底批判不一定是正确的了。而事实正是这样，文化方面许多党的领导人在评价"五四"精神时，号召知识分子到工农群众中去，改造世界观，就是以贬低和否定知识分子的作用、否定"五四"新文化的科学、民主精神为前提的。"文化大革命"中打着马列旗号的封建主义复辟是"五四"精神的直接反动。社会主义新时期的开始，在因反革命政治长期严重禁锢而使文化失去自身调节功能的时候，仍需借助政治之力来打破这种禁锢，以使文化、思想启蒙能有重新萌生的机遇。因此，从"四五"运动到粉碎"四人帮"后几年内，评价"五四"仍主要着眼于政治，"五四"精神的发扬是伴随着对"文化大革命"乃至十七年的政治反思、政治批判一同进行的。以后，随着以人道主义异化问题为核心的哲学反思、哲学批判而出现的"思想热"，以及以"人的现代化"为核心对传统文化全面反思而出现的"文化热"，人的问题才成为思想文化界注目的中心。虽然坚持四项基本原则，改革、开放、搞活是我们时代的最大政治，然而思想启蒙、精神文明建设已经提到相当重要的位置上来。总之，从政治着眼来评价"五四"的人们是从自己不同的政治和政治路线的立场来重塑"五四"新文化的形象的。他们把"五四"新文化当作政治的工具和武器的思路是相同的，但对"五四"的发现和重构的侧面各不相同，在再创造中，对"五四"的褒贬角度也不相同，甚至是相反的。

二是在"五四"思想启蒙和政治救亡的双重变奏中侧重于从思想启蒙、人的解放的角度来评价"五四"。这种倾向把人性解放、人的主体性的发掘以及国民性的改造、民族文化心理结构的探讨放在突出的地位上。他们也关注政治,未能走出渗透在文化各领域中的泛政治意识形态的范围,只是把思想启蒙、人的解放当作涵盖现实政治,指向未来的更高层次来看。在"五四"新文化运动中,陈独秀开始是在中国首次提出"民主"与"科学"口号的杰出的启蒙主义者,后来逐渐转向专注于政治。鲁迅一生则自始至终是一个伟大的启蒙主义思想家的一生。"五四"前他早期思想中就由"任个人而排众数、掊物质而张灵明"① 的观点,他这时主张个体主体性,对于多数人的民主持分析批判的态度,致力于探讨什么是最理想的人性。"五四"后他面向国民大众,为剔除国民性的病根而对中国传统文化、中国人的传统文化心理进行了深入剖析和有力的批判,他狠狠地揭露"瞒"和"骗"的文艺,提出要"真诚地、深入地、大胆地看取人生并且写出他的血和肉来"② 的观点。他的这种启蒙主义文艺观和著名创作都既包蕴着执着地面对现实、冷静地解剖人生的理性精神,又熔铸着炽烈的个性情感和冲破传统思想罗网的独创精神。对传统思想的深入解剖和彻底批判使他在接受马克思主义时,不是仅从政治实践着眼,仍然能把改造人的灵魂的工作放在重要位置上。他前期的以解放个性、改造国民性为重要内容的许多有独特价值的思想观点,如幼者本位观、现实—未来本位观,与大众共性相统一的个性本位观,仍然保留下来,并得到更新、改造而同他的马克思主义思想整合在一起,从而显示出自己独有的特色来。这时,作为马克思主义者的鲁迅,对"五四"的评价,虽然指出其许多不足之处,但仍然认定"五四""文学革命者的要求是人性的解放"③,对他"五四"时期写小说抱着揭出痛苦、引起疗救的注意的"启蒙主义"的态度仍然加以肯定。40

---

① 鲁迅:《坟·文化偏至论》,《鲁迅全集》第1卷,人民文学出版社,1956年版。
② 鲁迅:《坟·论睁了眼看》,《鲁迅全集》第1卷,人民文学出版社,1956年版。
③ 鲁迅:《且介亭杂文·〈草鞋脚〉小引》,《鲁迅全集》第6卷,人民文学出版社,1958年版。

年代的胡风也是"五四"启蒙主义传统的捍卫者和阐发者。他再三强调"人性解放",突出"五四"、"人底发现"的意义。他的文学作品要写人民精神奴役创伤的观点就是对鲁迅改造国民性的观点在新的历史条件下的继续和发扬。他在反帝爱国斗争中坚持以"五四"精神反对封建主义,反对渗入马列主义中带封建色彩的小生产意识的民粹主义倾向,提出"要用'科学'和'民主'把亚细亚的封建残余摧毁"①。他坚持在现实人生的深入解剖中发扬"五四"现实主义文学的传统,并且把"五四"时期的个性解放的精神创造性地转换为现实主义文学中的主观战斗精神,把现实主义文学理论推到了一个新的高峰。在延安还有一位王实味,他也认为要发扬"五四"反封建的思想启蒙精神,认为"在中国,人底灵魂改造对社会制度改造有更大的反作用;它不仅决定革命成功底迅速,也关系着革命事业底成败"②。胡风与王实味的理论,他们对"五四"精神的阐发,由于与政治对文化的要求相悖,在40年代就受到批判并付出了沉重的代价,但他们的理论却随着时间的推移而显示出强大的生命力。新中国成立后十七年,"五四"启蒙主义的传统、民主和科学的精神由于被视为资产阶级意识形态,更是屡遭批判。在社会主义新时期情形有了根本的改观。在以人的问题的探讨为中心的"思想热"和"文化热"中孕育出来了《河殇》。近几年,某些文化界人士又倡导新的启蒙运动,使"五四"的启蒙精神在新的时代精神的高度上和对传统文化反思的深度上得到发扬。《河殇》中有这样一段话:"一九一九年的'五四'运动,第一次以彻底的不妥协精神,亮出了'科学'与'民主'的旗帜,包括马克思主义在内的西方文化思想,在中国广泛传播。但是,这种激进的文化潮流,并没有冲洗掉政治上、经济上和人格上的封建主义积淀。几十年来,时而沉渣泛起,时而一片冰封。中国的许多事情,似乎都必须从'五四'重新开始。"这一段心情沉重的话说明了中国反封建思想启蒙的任务仍然极其艰巨。

---

① 胡风:《文学上的五四》,《胡风评论集》(中),人民文学出版社,1984年版。
② 王实味:《政治家·艺术家》。

第三种"五四"观是力图超越政治、超越思想启蒙,走出泛政治意识形态的。这种观点把"五四"新文化中关注反帝救亡和民主革命斗争的危机意识与参与意识,以个体觉醒为核心的个体主义,面向国民大众,改造国民性的人道主义,以及民主、科学启蒙精神放在20世纪世界文化的总格局中加以考察,发现它们在西方是早已过时的东西,其局限性早已暴露无遗。因此通过对理性启蒙、理性崇拜的反思,高扬个体主体性,致力于探究个体存在的意义,对个人的利益、价值和目的给予高度评价。这种"五四"观是从启蒙出发又超越启蒙的,它对"五四"的基本精神感到不满足。上述《河殇》对"五四"的评价就流露出深沉的慨叹。其实,这种深受20世纪西方现代思潮影响的哲学文化观点在"五四"时期就已存在,只是没有成为主要的东西,如鲁迅在"五四"时的思想就达到了"提倡启蒙、超越启蒙"的程度。在他的思想性格和全部作品中,往往有一种对人生超越意义的探索而产生的看透了人生的孤独、悲凉感和对于死与生的强烈感受。他的对个体存在意义的追求与对国民性的改造、批判以及执着于现实的民族危机感、政治参与意识相融合,使鲁迅具有真正中国现代型的深沉的历史悲剧意识和人类命运意识。从《野草》那具有荒诞变形特征的艺术形象中可以最鲜明地看到鲁迅这种复杂的精神个体。而《狂人日记》、《阿Q正传》等作品中,人物性格那种高度哲理性升华和象征意蕴与他的形而上的超越感也不无联系。郭沫若、茅盾在"五四"时期都曾一度大力提倡过现代主义文学思潮,写下了一系列推荐现代主义的论文,只是不久即看到它们不适合中国的国情和文艺现状的需要而被搁置起来了。三四十年代,这条思想线路只是在文学中的象征派、现代派、新感觉派中有某种微弱的反映,而同时,也出现了利用这种现代思潮反对和否定"五四"新文化运动,宣扬反动法西斯主义观点的情况,如40年代的哲学、文学上的"战国策派"就是以宣扬尼采的权力意志论标榜自己的。在社会主义新时期,特别是近几年来,上述提倡启蒙又超越启蒙的思想线路随着新一代学者的对文化问题的探索，而形成一种新的思潮。如刘晓波对李泽厚关于理性积淀和社会主体性的批判，并主张张扬情感、感性和生命意识，突出个体主体性和个体存在主义；陈燕谷、靳大成对刘再复肯定主体性和人道主义价值的批判；朱大可、李劼对谢晋表现人性和人道主义的导演思想的批判等都属于这一倾向。这一思潮要求人们认识到理性的相对性和局限性，认识到理性创造价值的双重性，清醒地对待自己的理性活动，谨慎地对待自己的理性创造。这种对思想的再思考，对理论的再审察的反思精神是可贵的。

第四种"五四"观是指的现代新儒家对"五四"的总体看法。他们从崇儒的立场出发，把"五四"新文化看成是造成传统文化断裂、全盘西化的运动，同时又认为"五四"新文化为新的时代条件下儒学吸收和融汇西方文化创造了条件。这是在曲解了"五四"批判文化旧传统的基本精神的前提下，对"五四"新文化的某种认同。现代新儒家是在20世纪20年代产生的，强调继承、发扬孔孟程朱的儒学，力图以儒学为主体，融汇、改造西方近代思想和学说以谋求中国社会、政治、文化现代化的一个学术思想流派，其作为先驱的代表是梁漱溟、熊十力、贺麟、冯友兰等人。50年代后港台新儒学代表人物有唐君毅、牟宗三、徐复观、钱穆等人。80年代美籍华人林毓生、杜维明等人也宣扬了现代新儒学的观点。现代新儒学虽然在总体上否定五四运动的思想方向，但毕竟与直接批判"五四"新文化运动的林纾以及"学衡"、"甲寅"等复古派有所不同，他们在很大程度上是借助"五四"新文化运动之力来推行现代新儒家的观点的。在这方面，贺麟的观点较有代表性。他说："五四时代的新文化运动，可以说是促进儒家思想新发展的一个大转机。……新文化运动之最大贡献，在破坏扫除儒家的僵化部分的躯壳形式末节，和束缚个性的传统腐化部分。他们并没有打倒孔孟的真精神，真意思，真学术。反而因他们的洗刷扫除的功夫，使得孔孟程朱的真面目更是显露出来。"又说："推翻传统的旧道德，实为建设新儒家的新道德作预备工夫。西洋文化之输入，无疑地亦将大大地促进儒家思想之新开展。"① 但他们强调的是中学为体，对于西方文化来说，中国文化有很强的适用性和同化力。熊十力说："吾于五四运动以后，菲薄固有，完全西化之倾向，窃有所未安焉。"② 正是由于这种心态，他认为"五四"后，人们对西方科学技术的追求，实际上只是情绪化地执着于西方思想的皮毛，要求对西方的认识必须与中国价值系统的重建相结合。梁漱溟也说："有人以五四而来的新文化运动为中国的文艺复兴，其实这新运动只是西洋化在中国的兴起，怎能算得中国的文艺复兴？若真中国的文艺复兴，应当是中国自己人生态度的复兴，那只有如我现在所说可以当得起。"③ 近几年，美籍华裔学者如杜维明等也认为"五四"是全盘否定传统文化和主张全盘西化的，因此把五四运动跟义和团运动相提并论，说成是偏颇的两极，还说"五四"时期的知识分子，甚至包括最温和的胡适在内都是"感情用事"的。林毓生还认为"五四"的全盘性反传统主义本身就是根源于中国的"传统思维模式"④。这些观点都导致了对"五四"新文化基本精神的否定。

三、"五四"精神影响下文化心态的现代化

虽然在不同的时代背景下，对"五四"精神所强调的重点不同，但上述四种"五四"观不仅是具体内容不同，更重要的是价值观念和思维方式的迥异。从政治着眼的、侧重于思想启蒙的、偏于超前理想化的和重在传统文化的连续性的，四种有着不同价值观念和思维方式（包括思维结构和基本思路）的"五四"观在今天的中国几乎是同时并存，形成了一种互相渗透、分途发展的局面。这四种"五四"观又有着不同的参

---

① 贺麟：《儒家思想的新开展》，《中国现代思想史资料简编》第4卷，浙江人民出版社，1983年版，第612~613页。
② 熊十力：《十力语要初续》，台北乐天出版社，1971年翻印本，第14~16页。
③ 梁漱溟：《东西文化及其哲学》，商务印书馆，1935年版，第213页。
④ 转引自王元化：《为五四精神一辩》，载《时代与选择》。

照系：第一种主要是苏联 30 年代的政治文化，有时还追溯到俄国别林斯基、车尔尼雪夫斯基和杜勃洛留波夫的文化、文艺思想；第二种主要是西方 18～19 世纪从启蒙主义浪漫主义的文化、文艺思想；第三种多与西方现代思潮发生横向联系；第四种则重在揭示与中国传统文化思想的纵向承传关系。对这四种不同的"五四"观进行梳理和辨析当然不仅是为了对"五四"新文化这一多元开放、有着多层次复杂内涵的客体，有着更接近历史本来面目的了解，更重要的是有助于从今天时代精神的高度，从多侧面的整体上发展"五四"精神，实现对"五四"精神的真正超越，从而有助于加速现代化的历史进程。

同历史上任何一个伟大变革都要突出人的问题一样，我国今天的现代化也要把人和人的主体性从沉沦中崛起、确认和高扬人的主体性当作核心问题来对待。因此，反思"五四"新文化，发扬"五四"精神，便必须把"五四"提倡的以思想启蒙、人的解放为主要内容的民主、科学精神放首要位置上。

"五四"前，在中国现代化历程开始之时，先进的中国人多把目光和精力集中在富国强兵、实业救国、政治救亡之上，因此由洋务运动的御夷保国、戊戌维新的变法图强到辛亥革命的种族革命，它们的相继失败才换来了知识精英的新觉醒。对西方文明的认识由器物层次上升到制度层次，又由制度层次上升到精神领域，这才有了中国历史上首次真正的"人的发现"——由陈独秀、胡适、鲁迅等人发动和参加的"五四"新文化运动的诞生。然而，与东方农业文明根本对立的西方工业文明，它在意识形态上所应有的个性解放、人权自由和政治民主等在中国尚未来得及发育又因政治的强化、革命战争的需要而不得不削弱乃至湮没。现在在改革开放的时代才又迎来了中国历史上第二次"人的发现"。当前，现代化每一项成就和失误都能从人的解放、人的素质上，即从文化精神和意识形态的现代化程度上找到深层原因。

正因为现代化的历程主要是人的现代化，是这一进程中人的重新塑造问题，因此"五四"后对于人的解放、人的思想启蒙的关注，对于"五四"精神的文化反思，这种屡遭批判挞伐的观念，这条屡被否定切断的思路就显得极其难能可贵。在上述四种不同的"五四"观中，第二、三种对于人的问题的阐释和发扬的观点在今天显得更为重要。走出泛政治意识形态，使文化、精神摆脱对政治的依附，具有向本身回归的独立价值，这仍然是今天所要努力探索的课题。应该知道，积极地确立人自身的主体意识，全面地培养人的主体能力，使社会成员人人自尊、自爱、自主、自信，并在此基础上爱人、利人、信任人，才能有真正现代民主社会的出现。所谓民主精神并非仅指政治决策中的民主程序，它应该包含人的主体意识的增强和人的全面发展所带来的人的精神主体内在自由的实现；所谓科学精神也并非仅指科学技术、物质文明，还应包括由面向真实的勇气、指向明晰实证的思维方式和严密的逻辑思维方法所带来的解决问题的缜密的科学态度。今天振兴民族大业所需要的正是这种为民主、科学精神所武装起来的现代人、现代意识。我们大力提倡的爱国主义之所以不是封闭的狭隘的民族主义，之所以具有真正的凝聚力，也因为它是面向世界大潮、发挥着社会成员个体生命创造活力的开放型的爱国主义。

人的问题的探索，人的思想启蒙，个体主体意识的增强，又决然离不开特定时空范围内的政治和经济。较之辛亥革命时期以国民群体意识为重和"五四"后现代史上几个时期以阶级群体意识为重的情形，"五四"更重视思想启蒙、人的解放，更重视民主、科学精神的发扬。"五四"新文化这个主要特征的影响，遍及整个20世纪中国的历史。但是"五四"在这个问题上的缺陷也是明显的。一方面，这种启蒙是西方人用军舰、大炮强行打开中国的大门之后中国人被迫适应世界现代化挑战过程中不得不采取的行动，因而是被动的、缺乏内在自觉的；另一方面，由于"五四"启蒙者不仅对资本主义缺乏认识，而且在欧战后西方资本主义弊端明显暴露的情况下对资本主义大加挞伐，因此很少探讨思想启蒙，人的解放赖以产生的资本主义的经济条件。当时对中心出路问题的讨论也很少涉及商品经济、私有财产、竞争原则等经济问题。这也是反封建的启蒙主义思潮在"五四"时期盛行一时又长期衰落的重要原因。今天中国的情形则不同。人们不仅因为对打着马列主义旗号的封建主义复辟的痛切反思而自觉地意识到再度重视"赛先生"和"德先生"的必要性,而且基于对工业社会中,资本主义与社会主义既对立又互补的共同特征的认识,引进了商品经济、法制建设、竞争机制。它们在社会主义初级阶段的中国现实土壤中植根、生长、开花,形成了中国特有的与传统的农业文明相对立的科技、工业、市场的文化形态。在这种从精神到物质全面演进的现代化历程中,向"五四"回归,弘扬"五四"的民主、科学精神,甚至提倡一种新的启蒙运动,它便必然超越"五四",成为推动今天现代化进程的强大的精神力量。

人的重新塑造、人的主体性的弘扬还会涉及传统与现代性的关系问题。因为从根本上说,现代化中传统因素与现代因素的冲突与交汇是集中地体现在人的文化心理结构之中的。"五四"激进的反传统主义导致对传统文化心理的深入剖析和批判。启蒙者借西方之火烛照前辈民族的灵魂,取得了重大的思想成果。我们发扬"五四"精神,还将继续全面地批判传统,深入地对民族文化心理结构进行解剖,在对传统文化心理"积淀"进行清理、辨析中融合新机,使传统因素与现代因素相反相成,成为人的现代化的双向运动过程,从而实现人格塑造创造性的转换。较之"五四",今天在人格的重塑和再造中还必须面对更复杂的情况。如果说"五四"所面对的是旧文化的远传统,那么今天人们所面临的既有"五四"前的远传统,又有"五四"后的近传统,而且远传统与近传统往往交织在一起,共同对今天人的文化心理结构的塑造发生作用。今天中国人的心灵中往往不仅有古老中国文化心理的积淀,而且有近代中国文化心态的融入。所以,从消极方面看,中国人的精神个体不仅常被远传统中的封建礼教及种种陈旧习俗所包裹,而且由于封建因素浸入近现代中国的政治和政治意识形态，这也使人在"左"的政治所造成的疑惧、隔阂中被加上更多的虚假的东西。这就使行动在当今中国重重社会关系中的人，失去了人的精神主体的本真状态。因此，必须通过辨析，发扬远传统和近传统中有利于铸造人的积极因素，冲决束缚人的重重精神桎梏，充分发掘人的精神深层的生命意识和创造意识，并使之融入社会的历史的具体内容。

人的意识的现代化、人的解放是一个笼罩全体、指向未来的高层次的哲理问题，但不是抽象、空洞、苍白的概念性东西。现代化历程的每一步进展，都赋予它以新颖独特、生动丰富的内涵，使它成为时代的精华，从而使一个托出了中华民族全人格、高扬个体主体精神的大写的"人"字在世界历史上，闪耀出夺目的光辉。

（原载《华中师范大学学报》1989 年第 3 期）

左翼文学创作方法问题略议

二十世纪三十年代中国左翼文学的创作方法问题是总结左翼文学历史经验的一个重要方面，因为创作方法是构成文学家之所以为文学家的特征所在，对它的研究直接关系到如何对左翼文学创作"实绩"进行评价的问题。

创作方法作为作家自觉地或不自觉地用来指引他们进行创作的原则和途径、精神和手法，与作家对现实的审美态度和倾向关系密切，因此，是否对时代生活有真切的感受和深切的把握，是掌握进步的创作方法的重要一环。鲁迅在区别十九世纪前后的欧洲文艺时说："……以前的文艺好象写别一个社会，我们只要鉴赏，现在的文艺，就在写我们自己的社会，连我们自己也写进去，在小说里可以发现社会，也可以发现我们自己；以前的文艺如隔岸观火，没有什么切身联系，现在的文艺，连自己也烧在里面，自己一定深深感觉到，一到自己感觉到，一定要参加到社会去。"[1]

从文艺作品中可以"发现社会"、"发现我们自己"，"连自己也烧在里面"，这正道出了近代文艺进步创作方法富于生命力的活的灵魂！

十月革命，五四运动后的中国革命是彻底地、不妥协地反帝反封的新民主主义革命。包括左翼文学在内的中国现代文学正是通过直接或间

---

[1] 鲁迅：《集外集·文艺与政治的歧途》，《鲁迅全集》第7卷，人民文学出版社，1958年版，第109页。

接地反映这一运动,燃烧起民主主义的激情,以达到和社会、人生紧密结合的。如果把握不住我国现代特定的历史条件,认不清我国现阶段革命的性质,要真正创造出与时代、人民心搏相连,能使人感到"连自己也烧在里面"的文艺,是决不可能的。

在革命文学倡导时期和左联初期,文艺思潮和创作倾向受到了苏联拉普派唯物辩证法方法的影响,出现了严重的公式化、概念化倾向,很重要的一个原因就是许多倡导者和作家没有能够把准时代的特征,他们或是企图越过民主革命的进程,写"超时代"的作品,或者脱离生活、坐在亭子间里硬编硬写;或者违背艺术规律,"踏了文学是宣传的梯子爬进唯心的城堡里去"。在这种思想的指导下,许多作品便不能反映现实中人民的民主主义革命要求,标语口号倾向严重,在艺术上,拙劣到连报章记事都不如,当然无法具有"发见社会"、"发见我们自己"的真实感人的力量。三十年代初,左联在自己的决议和实际斗争中,不适当地提出"反资产阶级","反对失掉社会地位的小资产阶级的倾向"的口号,又再三强调"反右倾"。这样,对现阶段反帝反封建的任务和新民主主义革命的性质认识不清,就会在文艺运动、创作思想上带来一些错误,且不说组织上的关门主义,政治行动上的盲动冒险,就以创作思想、艺术方法来说,许多提法就直接违背了现实主义的原则,例如,一九三一年十一月在左联执委会上通过的《中国无产阶级革命文学的新任务》这个概括了左联对文学的一贯主张,指导了左联相当长时期活动的重要文件中,就明确地提倡作家在创作方法上要"成为一个唯物的辩证法论者",仍然表现了苏联"拉普"的机械论文艺观点的影响。在题材上则要求作家写"那些最能完成目前新任务的题材",文件中列举了五个方面的题材:"1. 作家必须抓取反帝国主义的题材";"2. 作家必须抓取反对军阀地主资本家政权以及军阀混战的题材";"3. 作家必须抓取苏维埃运动";"4. 作家必须描写白色军队剿共的杀人放火";"5. 作家还必须描写农村经济的动摇和变化"。文件强调指出:"只有这些才是大众的、现代中国无产阶级革命文学所必须采用的题材。"这种硬性的要求，对于在白色恐怖下没有接触工农群众和斗争生活自由的作家来说，无疑是不切实际的。作家们的革命的或进步的民主主义要求本来是血肉交融地渗透在他们各自的生活遭际、独特环境之中的，文艺作品的千差万别，多样化的题材正是在他们对生活的独特感受和激情的灌注中形成的。不在独特的形象感受中点燃激情，激情又不通过独特的形象的中介而活动、推移，必然结果便是人物形象苍白无力，主题显出人为的"拔高"，艺术上也失去了动人的魅力。

事实表明，左翼文学是在克服机械论文艺观点和概念化、公式化创作倾向的过程中，继承和发扬了"五四"现实主义文学的传统，反映革命斗争和时代精神，从而进一步显示了革命现实主义文学的实绩。大家知道，鲁迅在《对于左翼作家联盟的意见》、《上海文艺之一瞥》、《关于小说题材的通信》等重要文章中，总结了革命文学倡导期和左联时期的经验教训，针对当时存在的"左"的倾向，就建设中国左翼文学的许多关键问题，提出了精辟的意见，清楚地表明了马克思主义的思想与中国左翼革命文艺运动的实际相结合的威力。左联的其他领导人如瞿秋白、茅盾、周起应等，虽然在理论上也有各种偏颇，但总的来说，都批判了创作思想上的"左"的倾向。他们都强调了要将文学的政治倾向性和真实性、艺术性统一起来。他们不满于"被虚伪的空喊的'英勇'所代替的革命的团圆主义"[①]，尖锐地指出："一切人物都是理想化的，没有真实的生命的"，"一切事变都会百事如意的得着好的结果"[②] 的模式化的作品，"描写不合于实际生活""缺乏感情地去影响读者的艺术手腕"，"就没有深切感人的力量"[③]。他们将作家世界观、艺术观的改造，文艺的真实性以及文艺的形象的特征三者有机统一在作家的社会实践上，强调了现实生

---

① 瞿秋白：《马克思主义文艺底断片后记》，《瞿秋白文集》第2卷，人民文学出版社，1953年版，第1007页。
② 瞿秋白：《地泉序·革命的浪漫蒂克》，《地泉》，上海平凡书局，1932年第2版。
③ 茅盾：《〈地泉〉读后感》，《地泉》，上海平凡书局，1932年第2版。

活对创作的决定作用。如有的文章写道:"艺术的特殊性——就是'借形象的思维';若没有形象,艺术就不能存在……艺术家是从现实中,从生活中汲取自己的形象,所以决定艺术家的创作倾向的,并不完全是艺术家的哲学的观点(世界观),而是形成并发展他的哲学、艺术观、艺术家的资质等的,在一定时代的他的社会的(阶级的)实践"①,这些文章都切中要害地批评了创作上的主要错误倾向,对现实主义的根本原则进行了精辟的阐述。

从创作上看,茅盾的长篇小说《子夜》和鲁迅后期的杂文是左翼革命文学里程碑式的巨著。这两种作品鲜明地显示出了作者对于当代生活的深邃的洞察力和高度的艺术综合能力。它们与三十年代的当代生活几乎是同步的,但不是用知性分析法来褊狭地、简单地看待生活,而是在广阔的思想、艺术视野中把握住了文学的当代性,从生活的全部复杂性和历史的纵深里"发见社会"。同时,也正如雨果所说:"时代是按照诗人的形象而产生的",这些作品充分地体现了文学的时代性和作家创作个性的辩证统一,使创作个性在和时代生活的独特联系中得到"开拓",从而产生把人"烧"进去的强大艺术魅力。此外,一大批左翼青年作家涌现出来,如殷夫、柔石、张天翼、丁玲、沙汀、艾芜、叶紫、周文等。他们都是中国左翼作家联盟的成员和骨干分子。作为在同一文学运动中结合的一群,他们在思想、生活和创作上具有某种共同的特征。左翼文学运动的成就和弱点对他们有着直接的影响。他们明确地认识到文学必须为无产阶级领导的革命事业服务,力图用无产阶级社会革命的观点观察问题。他们又大多来自生活的底层,各有自己最熟悉的生活面,如丁玲与追求个性解放而又有着灵和肉的矛盾的女知识青年的生活;张天翼与小市民的灰色生活和知识分子的庸俗空虚的生活;沙汀与四川农村地方土豪劣绅和知识分子的生活;艾芜与西南边陲底层劳动人民的生活;周

---

① 周起应:《关于"社会主义现实主义与革命的浪漫主义"》,《现代》1933年第4卷第1期。

文与川康边境军阀部队官兵的生活等等。这些作家在"左"的干扰下曾有过种种矛盾和苦恼，创作也经历过曲折艰难的探索过程，但终于找到了自己独特的描写领域，写自己熟悉深知的生活，又有着各自的艺术追求，因此创造出了各具独特风格的作品来。他们大多都有着远大的发展前途，对文学事业做出了独特的贡献。从总体上看，他们的作品使"五四"后新文学的题材扩大了，主题发生了深刻的变化。新的时代特色和战斗激情，显示了新文学前所未有的进展。

但是，同属青年作家，如果将他们与左联以外的巴金、老舍、曹禺等人作一个比较，则他们的局限和不足也是十分明显的。例如，这些左翼作家不仅在"左"的思潮影响和干扰下，发生过写什么的苦恼和矛盾（如沙汀、艾芜、周文等人几乎在同时就自己所苦恼的题材问题求教于鲁迅），而且在怎样写的问题上有些人还受到过苏联"拉普"或"同路人"的作品的影响，热衷于写人物群像和集体生活场景，不重视题材的精选和主题的开掘，忽视人物性格的集中塑造。还有他们接受外来影响不够广泛，文艺思想显得有些"俭啬"，艺术视野不够开阔，这也和左联对待国外文学的某种封闭状态（如对欧美文艺思潮、流派、方法等就基本上采取排斥的态度）有关系，这也影响了他们的现实主义向深度和广度的扩展。巴金、老舍、曹禺则与他们不同。巴金的《家》、老舍的《骆驼祥子》、曹禺的《雷雨》等作品出现在这个时期，说明这些作家对于现实主义的思考和运用已经到了成熟的阶段。他们虽然不能像左翼作家那样自觉地用革命的阶级斗争的观点去观察问题，但有着强烈的民主主义的要求。他们都不同程度地受到中国共产党领导的革命斗争的影响，受到左翼文艺思潮的推动，但是，他们仍然从各自的起点出发，经过独特的道路，探索为时代、为人民服务的途径，从自己切身的感受中深切地认识到文艺在现阶段是为反帝反封建的民主革命服务，而不去脱离实际地写那些"超时代"的或自己不熟悉的东西，因此，他们在创作思想上，很少受到像左翼作家那样的束缚。再则，他们有着丰富的人生阅历，开阔的艺术视野和深厚的知识修养。巴金和老舍都曾较长时间生活在国外,在欧美各种文艺思潮起伏更替中,他们身临其境,从中汲取了丰富的创作营养。曹禺对于西方戏剧遗产吸取之丰富,也是为人熟知的。对现实中民主革命要求和情绪的感同身受地把握以及对中外艺术经验的丰富知识,对艺术规律的深刻了解,促使他们在创作中特别注意现实主义的真实性问题,注意典型环境中典型人物的塑造。巴金说:"我写小说连提纲也没有,从来没有想过我要写什么主义的作品,我只想反映我熟悉的生活,倾吐我真挚的感情。"① 他说他写《家》就是"过去的生活逼着我拿起笔来","向一个垂死的制度叫出我的'我控诉'"②。老舍在谈到自己的创作经历时,这样写道:"我看见在当时的革命文学作品里,往往内容并不充实,人物并不生动,而且有不少激烈的口号,象几个捡煤核的孩子,拣着拣着煤核儿,便忽然喊起:我们必须革命。我不愿这么写。"③ 他所遵循的原则是同《骆驼祥子》中刻画祥子这个人物一样,"都必有生活与生命上的根据"④。曹禺在写作《雷雨》时,甚至"没有明显地意识着"是"要匡正,讽刺或攻击些什么"。他认为只有将自己整个心灵泡在生活里的那种真实的生活感受,才是推动他去进行艺术创造的力量,这就是他所说的:"隐隐仿佛有一种情感的汹涌的流来推动我,我在发泄着被压抑的愤懑,毁谤着中国的家庭和社会。"⑤ 这些作家的创作经验表明,他们之所以写出了历世不衰的优秀作品,一个重要原因是因为他们特别注重文学创作的"真",作者思想感情的"真",生活的"真",典型性格的"真",这种"真"由于融合着他们对时代的责任感和使命感,融合着强烈的民主主义革命要求,又有着丰富的生活经验和动人心魄的艺术魅力,因此,便在真善美的统一上显示出了现实主义的广度和深度。虽然在对

---

① 巴金:《随想录》第1集,人民文学出版社,1980年版,第35页。
② 巴金:《〈家〉十版代序》,《序跋集》,花城出版社,1982年版,第214页。
③ 老舍:《〈老舍选集〉自序》,《老舍论创作》,上海文艺出版社,第142页。
④ 老舍:《我怎样写〈骆驼祥子〉》,《老舍论创作》,上海文艺出版社,第45页。
⑤ 曹禺:《〈雷雨〉序》,《雷雨》,人民文学出版社,1980年版。

迫切的当代生活的关注方面，在文学观念与时代思潮的心理默契和审美格调的与时俱进等方面，他们的现实主义不及鲁迅、茅盾那样富于时代精神，具有统摄全局的发展的历史意识，但较之与他们同属青年的左翼作家群来说，在现实主义的思考和运用上却要成熟得多。

二十世纪三十年代左翼文学在创作方法上还存在着一个问题，就是在理论和创作实践上对创作方法多样性注意不够，例如对浪漫主义创作方法就是如此。当时一般只提倡现实主义或社会主义现实主义，甚至错误地鼓吹唯物辩证法的创作方法，却很少提倡浪漫主义，甚至还将浪漫主义当作错误的倾向进行批判。例如上述左联执委会决议在提倡"唯物辩证法"方法的同时，就提出"特别要和观念论及浪漫主义斗争"，有一些左联领导人虽然不同意决议的这种提法，认为"文学上的现实主义和浪漫主义并不是和哲学上的唯物论和观念论一致的"，"所以，把浪漫主义和现实主义当作主观的观念论的创作方法和客观的现实主义的创作方法而对立起来，显然是错误的"[①]；但就当时左翼文学的整体来说，浪漫主义作为一种独立的创作方法是没有地位的，有个别作家的作品具有明显的革命浪漫主义倾向，但却矢口否认自己是浪漫主义作家。直到现在，还流行着一种观点，即认为我国二十世纪三十年代现实愈益黑暗，政治斗争愈益残酷，而浪漫主义却是昂首天外、脱离环境条件而独立的，所以这种创作方法在这个时期不易发展起来。这种看法是否正确，还值得研究。从文艺史上的事实看，浪漫主义的兴盛时期总是和现实发生巨变、历史临到重大转折关头的激烈斗争生活紧密联系在一起的。鲁迅所说能把人"烧"进去的欧洲十九世纪以后的文艺显然包括十九世纪初曾经席卷欧洲的浪漫主义文艺思潮以及与席勒、歌德、雨果、乔治·桑、雪莱、拜伦、密茨凯维支、普希金等浪漫主义作家的名字相联系的作品在内的，而文学上这股浪漫主义潮流又是与以法国革命为中心的资产阶级大革命

[①] 周起应：《关于"社会主义现实主义与革命的浪漫主义"》，《现代》1933年第4卷第1期。

联系在一起的。这些浪漫主义作品出现了巨人般的非凡的人物，天堂与地狱的产物，时间与空间的化身，显示人类潜力的象征，看来似乎是"脱离"甚至"逃避"了现实，然而事实上它们却是借助离奇的幻想、象征手法对大时代的基本精神进行了客观的、浪漫主义的概括。因此，这种浪漫主义仍然保持着对社会生活的尖锐而紧张的注意，历史和社会政治生活波澜壮阔地进入了浪漫主义的艺术世界。与资产阶级大革命相联系，整个欧洲封建君主制的崩溃，决定了浪漫主义者的社会政治和美学思维的不寻常的宏大气势。正是在现实的社会政治范围内，浪漫主义实现了它对"个性"的开拓。在"五四"时期，以郭沫若、郁达夫的创作为代表的浪漫主义，从美学气质上说，无论是偏于崇高，还是偏于感伤，他们的激情都来源于现实，处于历史转折时期整个动荡的革命生活都使他们激动不安，人们在动荡时代的精神世界的复杂的、充满矛盾的冲动和情绪的内在完整性都通过他们的作品鲜明地表现出来。鲁迅的文艺思想也有由浪漫主义向现实主义转化的历程，他的创作——从二十世纪二十年代的小说、散文诗到三十年代的诗歌都有许多明显的浪漫主义的东西。

然而，应该看到，二十世纪三十年代左翼文学中浪漫主义的作品确实很少，这又是什么原因呢？我想，这并非单纯的时代因素，而主要应该从文艺工作者的思想认识上去找。其原因之一还是与用世界观来代替创作方法的机械论的倾向分不开。从二十世纪二十年代末某些革命文学倡导者把浪漫主义与个人主义和主观唯心主义等同起来（如郭沫若在自己世界观转变的过程中就曾持有这种看法），到上述左联执委会决议中把"观念论"与"浪漫主义"等同起来的提法，都明显地表明了这种机械论倾向。同时，也是出于这种倾向，又把现实主义与唯物论等同起来，于是就将浪漫主义（不管它是积极浪漫主义还是消极浪漫主义）放在与现实主义完全对立的位置上而对它加以否定。还有一点也很重要，就是由于"左"的思想影响，忽略了资产阶级民主主义和个性解放思想在新的历史条件下仍然具有的反对封建专制、反对封建思想的作用和意义，这对于浪漫主义经常强调的"自我"——那以强大的精神力量对现存事物提出挑战，并把个性自由与人民、民族的独主、自由紧密联结在一起的"自我"，显然是一种约束和扼制。如果说由于提倡写人物群像和集体场景，在许多被认为是现实主义的作品中出现了忽视典型性格集中塑造的情形，那么浪漫主义"自我"的强烈主观抒发就更被视为歧途了。此外，对浪漫主义文艺的忽略还与当时文艺接受外来影响不够开放的缺点有关。作为十九世纪浪漫主义理论基础的德国古典哲学和美学很少介绍，不受重视，当然更谈不上经过分析择取吸收其中大量合理的、精辟的内容。在二十世纪二十年代，鲁迅和郭沫若都很重视研究和介绍外国资产阶级文艺理论中有借鉴意义的东西（如对厨川白村《苦闷的象征》的翻译和介绍），而在左联的文艺活动中却在介绍马克思主义文艺理论和车尔尼雪夫斯基等人的革命民主主义美学思想的同时，几乎完全忽略了对资产阶级唯心主义美学思想和文艺理论的批判和择取，这不能不说是一个很大的损失。

自然，尽管左联在创作方法上对浪漫主义采取了不加分析的全盘否定的态度，却仍然不能完全限制作家从自己独特的生活遭遇、艺术爱好、性格气质和创作个性出发运用自己热爱的创作方法，创作出浪漫主义的作品来。这里，左翼文学中最突出的，就是艾芜的以《南行记》及其续集为代表的积极浪漫主义的小说，这些小说经过强烈的"自我"抒发，将边陲"野人山"中底层流浪劳动者的充满原始活力和野性的美与真率自然、明丽酣畅的格调交融在一起，表达出作者对人生苦难的哀愁，对现实丑恶的控诉和对劳动者人性美的追求。这些内容形成了艾芜创作中最独特的部分，在中国现代文学史上以其特有的风貌而使人感到美不胜收。再往后看，到了二十世纪四十年代，又有郭沫若的以《屈原》、《南冠草》等为代表的浪漫主义历史剧，在国统区白色恐怖严重的环境里，如奇峰突起，具有强大的思想、艺术力量。这一切都说明，中国现代文学浪漫主义的传统并不因现实的黑暗和斗争的残酷而被切断。只是应该看到，自左翼文学以后，浪漫主义作品已与"五四"时期不同，它在新的时代环境里，以新的世界观作指引，具有了新的形象的内涵（如现实生活的基础更坚实了，革命理想也趋于明确了），在艺术上则仍然注重强烈的主观抒发，心灵的真和美，手法也仍然有奇丽的想象、飞翔的幻想、瑰丽的色彩、激昂的音调等。

理论上提倡单一的创作方法，并不能完全束缚住作家多样化的创作实践，这在左翼文学内部是如此，从整个二十世纪三十年代的创作来看更是如此。例如这个时期取得了较高创作成就的沈从文的作品，是很难完全用现实主义或浪漫主义来概括的，同时，也不能一概目之为反现实主义或消极浪漫主义而给予否定，其创作方法在作品艺术世界中所呈现的复杂性和丰富性是很值得深入研究的。此外，"在上海还有以施蛰存主编的《现代》杂志为中心的少数作家，他们在小说方面接受日本新感觉派影响，诗歌方面则提倡象征派、意象派的创作方法，因而被称为'现代派'"①。这些客观存在的复杂文学现象，都值得我们注意。

近现代社会生活和人的心灵日益复杂多样，决定了作家创作方法多样化的面貌。被鲁迅称为能把人"烧"进去的十九世纪以后的文艺就是运用多种创作方法进行创作的、能和时代紧密结合的文艺。十九世纪的欧洲，浪漫主义和现实主义的文艺思潮的出现，相互交织，紧相衔接；"五四"时期我国现代文学浪漫主义和现实主义也是双峰并起、齐头并进的。至于那些"象征派"、"意象派"等属于"现代派"的文艺，虽然在艺术上某些探索不无可取之处，也吐纳出某种时代气息，但毕竟离时代生活较远，不宜加以提倡。我们所需要大力提倡的是现实主义和积极浪漫主义的文艺传统，这才是真正能"发见社会"，"发见我们自己"的文艺。鲁迅用把自己"烧"进去来形容，正形象而有力地说明了这种文

---

① 严家炎：《中国现代文学发展中的几个问题》，《求实集》，北京大学出版社，1983年版。

艺与时代、人民血肉交融的程度。

　　总之，从左翼文学创作方法的理论和实践上总结其成就和问题，不仅是关于中国现代文学研究的重要课题，而且对于发展社会主义文学创作也有其现实意义。例如，如何在新的时代条件下把准时代特征，发挥艺术独创性，坚持革命的现实主义问题；如何坚持革命现实主义的主流又不忽略革命浪漫主义并对多种艺术形式进行探索和创新的问题等等，都可以从左翼文学的经验教训中得到启发。让我们发扬"五四"以来中国现代文学现实主义和浪漫主义的优秀传统，创造出无愧于我们时代的社会主义文艺。

（原载《中国现代文学研究丛刊》1985年第2期）

民族新文学性格的重塑与再造
——浅议四十年代现代化、民族化的历史进程

二十世纪四十年代的抗日和人民解放战争时期，是我国民族意识进一步觉醒、民族革命精神大发扬的时代，也是重新发现、重新铸造民族灵魂的时代。与"五四"文学多方面接受世界文学的影响不同，也与左翼文学同苏俄文学的密切关系迥异，这个时期的中国新文学出现了更深入地构造民族文学的新阶段。提起建设本民族文学，很容易便会出现这样的问题——这种民族文学较之过去的新文学，是与世界文学潮流隔绝、拘因于狭小天地，以封闭型的特征出现，还是代表民族意识精华的艺术、哲理思维更加深入到错综复杂的动态的历史现实和文化生活中去，从而更牢实地奠定新文学面向世界、走向世界的基点。这是一个关系到对本时期文学作总体评价的重大问题，对这个问题进行探讨，可以促使我们拓展本时期文学诸多问题的研究视野。

从思想精神和社会内涵看，本时期文学一方面继续着"五四"以来新文学感应世界思潮、注重人的意识现代化的历史进程，另一方面也更加深入到本民族生活和斗争中去，是作家和群众进一步更广泛、更深入地结合起来的时期。我们知道，中国近现代以来，由于救亡图存、国家独立成为首要课题，中国新文学的内容不可能像西方那样，仅仅反映为个人的自由、平等，独立、人权而斗争的个性解放、个性自由的内容。在中国，个性的自由和解放，作为反帝反封建的民主主义思想的一个组

成部分，它总是与民族民主革命斗争紧密结合在一起的。"五四"以来，作为思想启蒙的新文化运动与作为政治救亡的爱国反帝斗争紧密胶结在一起，仅仅强调思想启蒙，看不到思想启蒙与政治斗争相交融的特点，不符合中国现代社会生活的客观历史进程。同时，随着政治形势的发展，文学的社会内涵也显出阶段性的变化。如果说，在"五四"时期的文学中，个体存在价值和社会群体意识相融合、人的解放和民族解放相融合的双重主题是对时代精神的鲜明反映；在左联时期的文学中，个体意识与阶级政治意识相融合，人的解放与革命的阶级斗争观点相融合的双重主题代表了特定历史时期审美要求的主导倾向；那么，在二十世纪四十年代民族民主革命战争时期的文学中，上述双重主题则出现了更加复杂的多层次的内涵。这个时期的文学，是个体意识与民族群体意识、社会政治意识交融叠合，人的解放和民族解放、人民解放交融叠合。自然，上述各个时期，包括二十世纪四十年代文学主题的交融叠合是就总体倾向而言的。不同的时期，文学内容的侧重面不同；同一时期，不同地区、不同性质的文学，又有各不相同的侧重点。如"五四"文学，追求个性解放的色彩、张扬个体主观精神的内容，就比以后几个时期的文学都要强烈。而相对来说，这个时期的文学则大多不同程度地存在非政治的倾向。以后两个时期的文学则在加强社会政治意识和民族意识的同时，多少忽略了个性解放的主题。但如果说后两个时期的文学中完全抹去了个体精神价值和人的解放的思想，也是不符合文学的实际的。特别是二十世纪四十年代，文学破除了左翼文学中某种狭隘的政治功利的束缚后，作家们既放眼于整个民族精神，瞩目于民族民主革命战争中民族优良品格的发扬和民族劣根性的剖析，又程度不同地注意到了在新的时代和世界观的基础上对个性解放精神的发掘。空前民族浩劫的造成，一方面固然由于日寇的入侵，另一方面中国无法有效地抗击侵略者，也反映了本民族政治、经济、军事、文化多方面的问题。于是，民族危亡的剧烈震荡，迫使人们迅速地连同自身一道进入巨大的民族反思之中。鲁迅在"九一八"事变后两年写的杂文《沙》中说中国是"沙皇治小民",使"全中国成为一盘散沙",因而侵略者"如入无人之境的走进来";又说"小民虽然不学,见事也许不明,但知道关于本身利害时,何尝不会团结。先前有跪香、民变、造反;现在也还有请愿之类"①。这里,鲁迅"五四"时期着眼于人性解放的启蒙主义思想,改造国民性的一贯思路,便在新的历史条件下由于与政治斗争、民族解放相结合而焕发出新的光彩。郭沫若于战争烽火逼近的1936年,在就自己过去的创作答诗人蒲风之问时,又一次声言自己写作《女神》、《星空》的思想,"稍为一贯的是情绪的解放",说"我主张过尊重个性,但这种主张就在目前也依然适用"②。他又重新肯定创作中"浪漫主义"的重要性③,不再像二十世纪二十年代末那样把个性解放思想、浪漫主义文学视为妨碍人们作"政治的留声机器"的反动的东西了。1943年,他在谈到《虎符》、《屈原》等四个历史剧时,也是把人性的解放与政治斗争联结在一起来阐发的。他说:"要得真正把人当成人,历史还须得再向前发展,还须得有更多的志士仁人的血流洒出来,灌溉这株现实的蟠桃,因此聂擎、聂政姊弟的血向这儿洒了,屈原、女须也是这样,信陵君与如姬,高渐离与家大人,无一不是这样。"④ 这样,他便不仅从"以个人为本位"转到"以人民为本位"的立场上来,而且更新、改造了过去个性解放、个性自由的思想,使其革命人道主义的激情在政治斗争中爆发出来。抗战文学在民族灾难面前的反思主要是政治反思。但这种反思的深入,必然要求构成民族群体的每一个个体的积极参与,而在个体的参与中,每一个民族成员一旦主体意识觉醒,就会意识到自身的历史使命感和社会

---

① 鲁迅:《沙·南腔北调集》,《鲁迅全集》第4卷,人民文学出版社,1957年版,第418页。
② 郭沫若:《诗作谈》,《郭沫若论创作》,上海文艺出版社,1983年版,第219页。
③ 郭沫若:《七请》,《郭沫若论创作》,上海文艺出版社,1983年版,第261页。
④ 郭沫若:《献给现实的蟠桃》,《郭沫若论创作》,上海文艺出版社,1983年版,第422页。

责任感。就是说，一方面向内探索自我，要求"把人当成人"，追求人格的独立、尊严；另一方面则向外探索阻碍每一个个体觉醒的社会政治原因，从而猛烈地抨击那不"把人当成人"的政治黑暗，追求民族的新生和光明的前途。到了人民解放战争时期，个性的解放更是交融在直接为人民共和国的诞生、人民大众为夺取政权而作的斗争中。毛泽东同志于1945年在《论联合政府》一文中说，"有些人怀疑中国共产党人不赞成发展个性……其实是不对的。民族压迫和封建压迫残酷地束缚着中国人民的个性发展……我们主张的新民主主义制度的任务，则正是解除这些束缚和停止这种破坏，保障广大人民能够自由发展其在共同生活中的个性"，他还把"几万万人民的个性的解放和个性的发展"看成是"在殖民地半殖民地半封建的废墟上建立起社会主义社会"的必要条件之一①。无论是国统区文学主要致力于对现实政治黑暗的暴露、讽刺、战斗，还是解放区文学主要致力于对新的群众的时代的礼赞和讴歌，都是在破除阻碍人民大众个性发展的政治障碍、迎接新的个性可能得到普遍发展的新的时代的到来。在民族民主革命战争所激起的重铸民族灵魂的政治反思中，这十年的文学在反映民族矛盾和阶级斗争上达到了新的深度和广度。这是重新塑造民族文学性格的核心内容，也是我国新文学走向世界文学的基点的进一步加强。毛泽东同志的《在延安文艺座谈会上的讲话》的发表，有力地促进了这一深入地建构民族文学、以其独特品格汇入世界潮流的趋向，因为正是《讲话》从作家的世界观和创作源泉两方面解决了创作中的根本问题。毛泽东同志指出，作家必须长期地深入火热的斗争生活中去，"观察、体验、研究、分析一切人，一切阶级，一切群众，一切生动的生活形式和斗争形式"。正是从此时此地的人民生活出发，他指出："我们必须继承一切优秀的文学艺术遗产，批判地吸收其中一切有益的东西，作为我们从此时此地人民生活中的文学艺术

---

① 毛泽东：《论联合政府》，《毛泽东选集》第3卷，人民出版社，1964年版，第1058~1061页。

原料创造作品时候的借鉴。有这个借鉴和没有这个借鉴是不同的,这里有文野之分,粗细之分,高低之分,快慢之分。所以我们决不可能拒绝继承和借鉴古人和外国人,哪怕是封建阶级和资产阶级的东西。但是继承和借鉴决不可以变成替代自己的创造,这是决不能替代的。"① 这样,既反对了全盘西化和复古主义,又阐述了借鉴西方文化和继承古代文化的重要意义。这一继承借鉴和革新创造的辩证观点为中西文化思想的汇合提供了有力的思想武器。在二十世纪四十年代关于民族形式问题的讨论中,讨论者也注意到了文学现代化和民族化双向发展的辩证关系。一些作家和理论工作者一方面对"五四"新文学与民族传统"断裂"的观点进行了批判,否定了文化上全盘西化的"移植"论,反对民族虚无主义,肯定新文艺批判地吸取民族遗产的历史继承性,主张不放弃民族文学汇入世界文学的民族个性。另一方面,又反对所谓以某种中国所固有的东西为"中心源泉"、一切都要重新来过的"排外"论,肯定"五四"后新文艺面向世界潮流、融合新机的历史进程,认为新质与旧质的蜕变关系不是完全依靠本身的力量,外来的东西经过消化和习惯之后,可以成为民族的东西,民族形式是要反映民族的特殊性以推进内容的普遍性。这些观点都是很明确地主张通过建设民族新文学以取得民族形式的开放形态,从而使民族文学并立于世界各民族文学之林。

　　从上述奠定民族文学基点以汇入世界文学的观点出发,如果视野更开阔些,还可以看到二十世纪四十年代民族新文学在内容上的丰富性和多样性。在抗战烽火和人民解放战争风暴面前,有的作家把政治反思和文化反思融合在一起,有的作家则离开政治较远,他们注重对个人的情感的发掘,并由此达到某种文化反思的境界。前者如老舍的《四世同堂》,这是一部从文化的视角高度概括地反映了抗日民族战争的作品。这部巨著贯穿着鲜明的民族自审意识。作家同小说中许多人物一道,从

---

① 毛泽东:《在延安文艺座谈会上的讲话》,《毛泽东选集》第 3 卷,人民出版社,1964 年版,第 862 页。

政治文化救亡的高度上反省过去，与民族共忏悔共忧思，而文化性反思的结果，笔触不仅深入传统的文化心理结构之中，而且浓墨重彩地勾画出战火中国人文化心理的震动和变化，表现出新时代振奋的民族精神。路翎的《财主的儿女们》也没有离开民族战争的政治生活，但作者也同小说中的主要人物——蒋少祖、蒋纯祖一道表现出内心激烈的矛盾，这种"孤独"、"高傲"同他们所认为的集体"教条"的冲突，是战争所激起的自审性反思，然而又远远超越了战争这目前政治的含义。蒋纯祖沉痛地诉说："……我们中国，也许到了现在，更需要个性解放的吧；但是压死了，压死了……一直到现在，在中国，没有人底觉醒，至少我是找不到！"这是一个极端的自我中心主义者的声音。作品通过这种无法排解的忏悔和忧思，不仅表现了一个不和群众斗争相结合的个性主义者的悲剧，而且提出了在新的时代条件下如何更新、改造个性解放思想的问题。钱锺书的《围城》、张爱玲的《传奇》以及萧红的《呼兰河传》、师陀的《果园城记》、骆宾基的《姜步畏家史》（第一部）等小说，则与抗击日本帝国主义、抨击政治黑暗的时代主流有较大距离，更注重把作者自己或人物当作独立的精神个体来揭示和描绘。这些作品中的各色人物，或浑浑噩噩地生活，或含辛茹苦地生活，或闲适守旧地生活，或尔虞我诈地生活。他们中许多人并不缺少善良心地、淳朴品质和真挚情意等传统的美好品德，然而这一切都随着旧时代的崩塌、现代化的历史进程而逝去。正是在贪欲与道德、物质和精神、逸乐和苦痛的二律背反的微妙冲突和历史行进中，这些作品从各自不同的角度显示出与时代的多种独特联系。就是说，这些作品也仍然不仅向内探索个性世界，追求自我发现，而且从内向外"发见社会"，感应时代潮流，从而成为二十世纪四十年代重铸民族灵魂的文学内涵中一个不可或缺的组成部分。

由上所述，可见二十世纪四十年代文学由于民族崇高爱国主义热潮的高涨，虽然在人的内在精神建构和个性解放、个性自由的追求上不及"五四"时期，但也与辛亥革命时期在文学思想上仅讲求狭隘的政治功利性,在创作上仅高歌铁血、表现激昂慷慨的国民群体意识不同;本时期,个性意识与社会群体意识,人的解放与民族解放、阶级解放的关系,或者是同频共振,通过抨击政治黑暗、弘扬民族革命精神,致力于推翻旧制度、建立人民共和国,以寻求获得人民大众个性解放的最根本的前提;或者揭示它们的内在矛盾,在表现个性解放与集体主义的尖锐冲突中寻求二者在新的基础上的发展和统一;或者着力揭示个体精神的复杂内涵,注重人格本体的真诚和袒露。同时,与政治反思和文化反思相适应,文学自身的反思也在进行。"五四"以来文学观念的更新本时期仍在继续。许多作家不仅注意文学的"善",而且从不同程度、不同角度注意文学本身的价值,力求做到真、善、美在新的时代条件下的统一。例如本时期提出的文学艺术应有"新鲜活泼的为中国老百姓所喜闻乐见的中国作风和中国气派"的观点,正如参加"民族形式"问题讨论的一些同志所指出的,它与"习闻常见"不同,它要求作家在深刻熟悉人民斗争生活和语言、风习、信仰、趣味的基础上,"在活生生的真实性上写出中国人来"①,且看到"民间形式本身的发展","外来形式经过充分的中国化",也"可以成为民族形式乃至民间形式"②。这种对民族形式的理解,就是以对文艺的真、善、美的统一为基础的。在二十世纪四十年代,由于许多作家在过去多次中西文化、文艺思想交流、汇合中积累了较为丰富的创作经验,艺术个性趋于成熟,因此,他们把文学真正作为文学来看待,在观念上出现了文学对于自身的复归的特点。他们并非不关心社会和政治,而是看到了文学的特殊使命,即通过审美途径,通过提高人的精神境界,以独特的方式去关心社会和政治,使文学功利的追求和文化价值、审美价值追求更好地结合起来。解放区赵树理、丁玲、周立波、孙犁等作家,国统区、"孤岛"的张天翼、沙汀、

---

① 周扬:《对旧形式利用在文学上的一个看法》,《中国文化》创刊号,1940年2月15日。
② 郭沫若:《"民族形式"商兑》,《文学运动史料选》第四册,上海教育出版社,1979年版,第442页。

茅盾、夏衍、艾青、钱锺书、张爱玲、骆宾基、萧红、端木蕻良等作家的各具审美个性的创作，组成了二十世纪四十年代文学绚丽多彩的艺术画廊，就是这种文学观念更新的结果。

应该看到，民族文学面向世界潮流的现代化进程与加强民族文学走向世界的基点的民族化进程，这种双向发展的辩证运动，不仅是二十世纪四十年代文学的重要特征之一，而且体现了各民族文学相互关系的共同规律。世界文学的历史和现状的许多事例说明了这一点。例如，十八世纪末十九世纪初的欧洲各国文学就是在同风靡欧洲的法国古典主义的教条统治的斗争中发展了各民族文学的特征，而走向了独立发展的时期；同时，这各具特色的民族国别文学又汇成了足以代表整整一个历史时代的浪漫主义文学洪流。罗素在谈到欧洲浪漫主义运动时说："在革命（指法国大革命）后的时代，他们（指欧洲各国的浪漫主义者）通过民族主义逐渐进到政治里：他们感觉每个民族有一个团体魂，只要国家的疆界和民族的界限不一样，团体魂就不可能自由。在十九世纪上半期，民族主义是最有声势的革命原则，大部分浪漫主义者热烈支持它。"[①] 然而，正是这种发展了民族特征的文学真正走向了世界，当时文学上的浪漫主义运动不仅席卷欧洲，而且影响到世界其他国家，产生了深远的影响。在现代世界文学中，最需要消除等级、种族壁垒的第三世界的文学，在汇入世界文学潮流时，更是特别保留和发展了本民族文学的特征。只要看看马尔克斯的《百年孤独》和略萨的《青楼》等被称作"爆炸文学"（意即兴隆畅销之意）的作品，应该是拉丁美洲文学中最具有开放性思维特征的世界性作品了，但这些作品中所凝注的本民族文化的特征是何等明显。就以其中经常运用的魔幻现实主义的形式和方法来说，就和非洲、拉丁美洲本土文化中的巫术、神话、传说的文化传统分不开。这种巫术、神话、传说与欧美现代派中的夸张、荒谬、变形

---

① 罗素：《西方哲学史》（下卷），商务印书馆，1982年版，第216页。

的手法相融合，就成为表现他们特有的民族生活的东西了。事实正是这样，在阶级、国家消亡之前，所谓统一的、单一的世界文学是不可能出现的。因为在二十世纪的世界文学中，随着民族个性意识的日趋自觉，各民族文学意识到只有保持和更新自己的文学品格，根据文学所面临的社会历史课题、时代的要求，在审视自身文化传统的同时，从世界文学中吸取进步的现代精神、世界意识和艺术技巧，才能确定本民族文学对世界文学系统的开放度和选择性，从而以自身的具体性和特殊性汇入世界文学，使世界各民族文学得以互相借鉴、共同繁荣。

（原载《中国现代文学研究丛刊》1987年第4期）

文艺经典现代性言说

——纪念毛泽东《在延安文艺座谈会上的讲话》发表 60 周年

经过 60 年的风风雨雨,《在延安文艺座谈会上的讲话》(后简称《延座讲话》)已经成为一种经典性的存在。在毛泽东文艺思想的发展过程中,先后出现过两个高峰,一个是在 40 年代以《新民主主义论》、《在延安文艺座谈会上的讲话》等著作的发表为标志的时期,它将马克思主义、马克思主义文艺理论与中国实际、中国文艺实际结合起来,概括和总结了"五四"以来新文学,特别是左翼文学运动的规律和经验,对中国文艺实践进行新的观照,赋予了它以新的内容、新的方法和新的审美艺术特征,从而将"五四"以来的新文学运动推到了一个新的发展阶段。毛泽东的文艺思想发展的另一个高峰期是在五十年代以"百花齐放、百家争鸣"方针的提出和毛泽东的《同音乐工作者的谈话》的发表为标志的。这些政策与著作总结了我国社会主义革命和社会主义建设的经验,提出了社会主义文化建设的新任务,对于坚持文艺为社会主义服务、为广大人民群众服务的方向起到了重要作用。

我们说《延座讲话》是一篇具有重要历史意义的文艺经典,并非是说其中哪一条具体论述将成为万世不移的教条,而是侧重于其内在的精神,侧重于其中穿越具体历史时空的活的灵魂。那么,使《延座讲话》成为文艺经典的活的灵魂是什么?是其中包含的现代性。过去研究《延座讲话》,主要将它与革命史相联系,通过以革命为中心的模式来进行。而以现代化为中心的研究模式,则以现代生产力、经济发展,社会现代转型为中心内容,是一个包括革命在内而不是排斥革命的新的综合分析框架。在当今中国大陆现代化浪潮掀起之际,后一种模式的运用更有利于现代性的观照,即能够更好地考虑到社会现代化和文艺现代化的时代要求。中国现代化不仅要面对西方殖民主义者霸权威胁带来的国家四分五裂和严重的民族危机,而且要面对封建帝国衰落、崩溃所带来的国家和文化重建的危机。中国在一定的历史条件下,只有革命化才能推动现代化,或者说革命化成为现代化的一种特殊形式,是现代化进程中的题中应有之义。作为一部文艺经典,《延座讲话》包含了多重话语。我们过去侧重的是其中与特定历史时空相联系的革命话语、政治话语。如果换一个视角,从生产力和经济发展的角度,从现代化的视野来看问题,便可以看到,作为毛泽东文艺思想成熟标志的《延座讲话》必然在总体上包含了体现中国现代化历史主题的现代性话语,具有适应于中国国情的独创的现代意识。既如此,那么,《延座讲话》的现代性,它的现代意识究竟表现在何处呢?回答这个问题,可以从一个历史掌故谈起。

毛泽东《延座讲话》发表后,他曾专门征求一些文化名人的意见。不久,在重庆的郭沫若表示,"凡事有经有权"①,认为《延座讲话》谈论文艺问题有经常的道理,也有权宜之计。其实扩大来说,"有经有权"的思路对于毛泽东文艺思想的现代性问题,也应作如是观,即毛泽东文艺思想的基本原理和一般方法的内容不同于属于权宜之计的某些个别观点、某些词句,是经常的道理,是过去、今天乃至将来一个长时期都起作用的。

应该看到,关于毛泽东文艺思想的某些原理,它考察文艺问题的立场、观点、方法,应该是属于"经常的道理",是于今天和将来仍然

---

① 陈晋:《文人毛泽东》,上海人民出版社,1997年版,第241页。

"有用"的具有"现代性"的理论和方法。这种"现代性"理论和方法在关于《建国以来党的若干历史问题的决议》中称它为毛泽东思想的"活的灵魂",总结为三个方面,即实事求是、群众路线、独立自主。应该说,这三个方面的根本原理和方法同样是贯穿到《延座讲话》的各个方面内容之中的,其表现即文艺的实践性原则、文艺的人民本位观以及文艺的中国特色。这就是对《延座讲话》的现代性观照,或者说是其根本的现代品格。

一、现代观照之一:文艺的实践性原则

实事求是是毛泽东思想科学体系的精髓,用它来考察文艺问题则表现为文艺的实践性原则。实事求是的思想路线、文艺的实践性原则之所以具有"现代性",最根本的是因为它的哲学基础是具有现代新的世界观特征的实践唯物主义理论。毛泽东批判和否定旧的机械唯物主义理论,坚持和发展马克思主义的实践唯物论观点,强调人的能动的主体性。这种实践唯物论的哲学创新带来了实践性原则的文学上的创新。他强调人的能动主体性带来了一系列文艺上的新观点。在文艺与外在世界的关系上,基于实践唯物论通过实践的中介反映外部客体,强调人在实践中变革对象从而获得外部对象的真知的观点,他认定艺术美的根基和源泉是人类的实践活动。他说,"作为观念形态的文艺作品,都是一定的社会生活在人类头脑中的反映的产物"[①],"文学艺术的取之不尽、用之不竭的源泉"是"人民生活"[②]。在文艺与文艺家主体的关系上,毛泽东从实践唯物论的观点出发,认为这一主体也必然受实践的制约,在实践过程中"实现主体与客体的辩证法的统一,改变外在,同时又改变自己"。据此他认为,新文艺家来到延安解放区则必须"到工农兵中去,到火热的斗争

---

① 毛泽东:《毛泽东论文艺》(增订本),人民文学出版社,1992年版,第48页。
② 毛泽东:《毛泽东论文艺》(增订本),人民文学出版社,1992年版,第48页。

中去,到惟一的最广大最丰富的源泉中去,观察、体验,研究,分析一切人,一切阶级,一切群众,一切生动的生活形式和斗争形式,一切文学和艺术的原始材料"①,由此既获得创作的源泉又改造世界观,转移立足点,从而研究现状、研究历史、研究马克思主义理论,以获得新的知识结构和思想感情。上述实践唯物论的原理运用于文艺继承与借鉴关系,则有毛泽东的"源"与"流"这一对辩证观念和范畴的提出。他认为中国古代文艺与外国文艺对于今天的文艺来说都是"流",而不是"源",它们是彼时彼地的人民生活的产物,今天的文艺只能植根于今天人民的生活。此时此地今天人民的生活实践对文艺家的艺术创造来说才是首要的、根本的。正如毛泽东所说:"向古人学习是为现在的活人,向外国人学习是为了今天的中国人。"② 这就是说,立足当代,继承传统使之现代化,借鉴外国使之本土化,实行现代化与民族化的双重选择,这是创造具有中国特色的社会主义新文艺的极其重要的条件。

应该看到,在毛泽东文艺思想的基本原理和方法中,文艺与政治的关系是文艺与生活的关系在特定历史时空中的凝聚。因为在中国20世纪的特定社会时空之中,民族独立、政治救亡是时代的中心课题,而这种关系又并不仅仅是现实的政治功利的需要,它一方面与我国伦理道德教化的文化传统和重人生讲入世的功利文艺观,如诗文可以明道、载道、文道合一,经世致用等有着内在的沟通和联系;另一方面与当代世界西方文化、文艺思潮对文艺社会学特征的强调也有着某种对应和契合。因此,中国当代政治意识形态强烈的文化、文艺思潮也可以说是当代世界文化、文艺潮流的一个组成部分。当然,毛泽东关于"文艺从属于政治","属于一定的政治路线"的观点在当时就属于权宜之计因而具有明显的局限性。这个观点很容易取消和简化社会生活与人的精神世界的丰富性,取消或忽视文学本身的艺术特征。正因为这个命题本身的局

---

① 毛泽东:《毛泽东论文艺》(增订本),人民文学出版社,1992年版,第49页。
② 毛泽东:《毛泽东论文艺》(增订本),人民文学出版社,1992年版,第97页。

限性,它在"十七年"中便受到质疑,而在社会主义新时期,文艺与政治的关系得到调整,而代之以"文艺为人民服务,为社会主义服务"的口号,就是必然的了。

二、现代性观照之二:文艺的人民本位观

毛泽东作为政治思想家,他无论对于革命化,还是对于现代化的考察往往都具有哲理审视的高度。我们从他对现代化"社会动员"的认同,对于文化和文艺的人民本位观的确认背后,可以看到他在人民"是创造世界历史的动力"的历史唯物主义观点指引下,由注重工农大众的生存状况、实际利益和物质生活条件,到主张政治经济先行和文化思想后变,从而突出了将工农大众特别是农民作为革命和建设主力军的重大作用。正是基于上述毛泽东的文学观念,他对人的现代主体意识的弘扬,对人的生命存在,实际命运的关注,特别是人民本位观念的形成和农民作为新兴主体文化本土资源的确认,使得作为毛泽东文艺思想核心组成部分的文艺的人民本位观具有"现代性"基础。从现代性内涵来看,毛泽东文艺思想的人民本位观包括文艺为群众及如何为群众这两个不可分割、辩证统一的方面。

从文艺为群众的方面说,首先,与"五四"后文艺大众化讨论中"人民"的概念相继承,提出文艺首先是为最广大的人民——工农兵服务的。应该说,这是对于"五四"新文化运动中提出的"平民"、"国民"、"大众"、"民众"等观点在新的历史条件下的一种发展。其次,一方面,毛泽东坚持反封建,认为封建主义思想统治"钳制人民数千年之久,使个性发展丝毫无有"[①],后来又同意列宁的观点,认为"严重的问题是教育农民",这样便使他与"五四"后许多文艺大众化倡导者相

[①] 毛泽东:《在农讲所的讲义记录稿(1926—1927)》,转引自陈晋:《毛泽东的文化性格》,中国青年出版社,1991年版,第130页。

同，看到了文艺工作者对大众进行启蒙、教育、改造的重要性；另一方面，毛泽东又从当时革命与战争需要充分发挥农民革命主力军作用的要求出发，强调文艺工作者向大众学习的一面，从而提出了文艺工作者要"深入工农兵群众，深入实际的斗争"，与人民群众相结合，提出了文艺工作者要"把自己当作群众的忠实的代言人……只有代表群众才能教育群众，只有做群众的学生才能做群众的先生"的观点。从文艺的人民本位观出发，在文艺与政治的关系上，毛泽东在注重政治的时候，又提出"这政治是阶级的政治、群众的政治，不是所谓少数政治家的政治"，提出"文艺的政治性与真实性"应该"一致"的观点。

在文艺如何为群众的问题上，毛泽东提出在普及的基础上提高，在提高指导下的普及的辩证观点。他还明确地提出了"文艺作品的接受者"的概念，指出包括文艺作品在内的"任何一种东西，必须能使人民群众得到真实的利益，才是好的东西"。虽然毛泽东在这里强调的是革命的功利主义，即是着眼于阶级意识和政治态度来看接受者的，但在他看来，文学作品的价值和意义并不主要在于文学作品自身，而取决于文学作品是否能为接受者所接受、认可，突出了接受者在文学的生产、流通、消费过程中的地位。在这一点上，他接近了现代文学理论批评中把视线从作品移至文学接受者的思路，将文学作品的价值和意义看作由作者和读者或作品和接受者来共同实现。

由上所述，可见，正是在延安时期，作为毛泽东文艺思想的核心组成部分的文艺的人民本位观，是被赋予最富于原创活力、坚实的内涵的。从此，毛泽东文艺思想便因为具有关心农民的启蒙教育，将新文艺的现代精神和现代艺术普及于人民特别是工农民众的理论和实践而为中国社会的现代化和文艺的现代化注入了新的活力和内容。

三、现代观照之三：文艺的中国民族特性

毛泽东从实践唯物主义出发，重视研究矛盾的特殊性，不仅将作为

观念形态的文艺与其他意识形态区别开来,重视文艺的艺术特征、艺术的特殊规律,而且看到世界上文艺有共同性,又有各个民族自己的特殊性,这就是文艺的民族特性。正如现代化不只存在西方早发内生型一种模式,各民族的现代化也有自身特殊的价值取向和模式选择一样,文艺的现代化也各有自己民族的特性。毛泽东一贯反对"全盘西化"和"教条的马克思主义",提出了建设"民族的、科学的、大众的新文化"的纲领。我们要建设新文化新文艺,首先必须"是我们这个民族的",必须"带有我们这个民族的特性"。这就如同搞革命运动和经济建设一样,必须具备独立自主的精神,必须在事实上做到独立自主。当今,在全球化、多极化的浪潮席卷世界,冷战后的世界社会主义运动转入重新组合,在困难中重新探索谋求新的发展的时候,各个社会主义国家更应该在指导思想和发展模式上摆脱"统一模式",强调从本国的实际出发,探索适合本国特色的社会主义政治、经济、文化的道路。因此,毛泽东这一重视中国特色的思想便必然具有现代世界性意义。

  对古代文化、文学遗产要批判地继承,要"古为今用",要反对"保守主义"。最后,"中国自己的东西"更主要的是它还包括中国现实需要的东西。继承中国古代,借鉴外国,"但继承借鉴决不可以变成替代自己的创造",要"以中国艺术为基础,吸收一些外国的东西进行自己的创造"。现在的创造"应该'标新立异',为群众所欢迎的标新立异",要有"新鲜活泼的、为中国老百姓所喜闻乐见的中国作风和中国气派"[①]。"鲁迅的小说,既不同外国的,也不同于中国古代的,它是中国现代的"[②]。毛泽东主张文艺要有中国特色,要有民族形式,文艺的民族化是一个民族化与现代化的双向选择过程,是要使外国的东西变为民族的本土的,使中国传统的变成现代的,其最终目的是为了文学现代化。需要着重指出的

[①] 毛泽东:《中国共产党在民族战争中的地位》,《毛泽东选集》第2卷,人民出版社,1991年版,第534页。
[②] 毛泽东:《同音乐工作者的谈话》(1956年8月24日),《毛泽东论文艺》(增订本),人民文学出版社,1958年版。

是，毛泽东所提倡的文艺的"中国特色"有别于我们通常所说的"民族化"，其特征不是单纯的"化外为内"，将外国的东西拿进来加以调整，然后运用之。"中国特色"的真正含义在于"化内为外"，强调在充分吸取的基础上创造出新的具有民族特色的精神财富而拿出去，贡献于世界。在新时期，现代化已经成为民族文学发展的战略性口号，它将会在一个更高的意义上唤醒、激发民族的自豪感，并继承借鉴民族古代和外国优秀文艺的精华，从而创造出崭新的民族文学。

如前所述，以现代化模式观照和研究《延座讲话》，是一个不排斥革命内容，但又以现代生产力、经济发展、社会现代转型为重心的综合分析框架。也就是说，毛泽东所经历和领导的民主革命和社会主义革命本身，既是存在于中国社会现代化进程之中，也是以现代化为最终旨归的。那么，邓小平作为新中国第二代领导集体的核心，他所提出的建设有中国特色的社会主义理论与此相联系的文艺思想，则对应着中国改革开放新的历史条件，置身于世界和平发展的现代化高潮时期，是对毛泽东思想的继承和发展，二者明显存在着连续性和契合点。同时也应该看到，这种继承与发展又不是在一个平面上静态地进行，而是深层次地动态地进行，是批判性的继承和创造性的发展。对于邓小平在新时期的文艺思想，我们也应作同样理解和认识。

党的十四大以来，以江泽民为核心的第三代中央领导集体继续以毛泽东、邓小平文艺思想为指导，在改革开放和繁荣社会主义文艺的实践中勤于思考，锐意创新，进一步丰富和发展了党的文艺方针政策。2000年2月，江泽民在广东考察工作时指出："只要我们党始终成为中国先进社会生产力的发展要求，中国先进文化的前进方向，中国最广大人民的根本利益的忠实代表，我们党就能永远立于不败之地，永远得到全国各族人民的衷心拥护并带领人民不断前进。"① "三个代表"的重要思想

---

① 李中杰：《"三个代表"重要思想学习全书》第1卷，光明日报出版社，2000年版，第1页。

把党的思想建设和文化建设结合起来,是党的建设理论的重要发展,也是文化理论建设的重要发展。江泽民对党的指导思想的发展和创新正是以此为中心,围绕社会主义市场经济条件下党的文艺方针政策的发展和完善,围绕什么是中国先进文化前进和怎样坚持先进文化前进方向来展开的。

我们今天学习和重温《延座讲话》,既是历史经典品格的沉淀和定位,又是现实开放形态的弘扬和再建。《延座讲话》的现代品格特征是其自身历史的结果,是在中外文化和文学思潮的大冲撞、大汇合中凸现出来的;同时又是在新时期现代化浪潮席卷神州大地的情况下,从新的世界观和文艺观高度进行审视的结果,正因如此,它的现代品格特征便有着继往开来的作用。我们相信,即使在21世纪,《延座讲话》也将与新的发展的现实相结合,闪现出耀眼的光辉。

(原载《长江文艺》2002年第5期)

中国现代文学语境与古代文学资源

随着中国社会的现代转型，文化的现代性变迁，中国现代文学在现代和传统、外国和本土相交合的时空中得以生成和发展。中国现代文学进入中国古代文学资源的问题是怎样在现代性语境中被提出与激活的？这种进入和激活基于何种传统价值观和"对话"的坐标系？应怎样在传统价值观的范式转换中把握古今文学演变和贯通的内在联系与线索？传统价值观转换的主要条件和关键因素是什么？这些问题都值得我们认真对待和探讨。

现代性语境与古代资源重振

首先要看到的是，进入和转换古代文学资源是文学现代性的题中应有之义。当今世界各国、各民族的文学进入本民族古代文学资源不仅是现代性发展的必然要求，而且，正是文学的现代性激活了这一源泉，使之得到转换与重造。现代性作为一种关涉政治、经济、社会、文化四种历史进程的富有张力和互动关系的整体性概念，它本身具有解放和异化的双重特性：一方面它是一个富于时代意识与理性精神的进步的概念，个人自主意识的扩大以及市场经济、民主政治是它的基本特征；另一方面它又是一个富于反思性的危机概念，人口、资源、生态和精神等危机，特别是精神危机显示着资本主义、工业化、科技理性带来的风险和不安全感。"疏离感"、"意义的失落"、"心灵的飘泊"乃至"生活世界的殖民化"成为现代性带来的苦果。在当今世界，人们如何"诗意地栖居于世"？人类何以恢复并保持自己的本质的丰富性和全面性？在这些既有实际意义又上升到精神价值层面的问题面前，人们反视传统，从传统中获取弥补人性缺失、心灵创伤的资源就是很自然的了。没有古代文学资源的利用，不能从传统中汲取力量，文学的现代性就不能得到长足发展；拒绝现代性，没有现代性语境的营构，也无法进入与激活古代文学资源，这是一个相辅相成的双向互动运动。在国外，即使如尼采这样宣言"上帝死了"、"要重估一切价值"的激进的反传统者，也有后起的艺术大师不由自主地改变了前人艺术作品的评价和意义的观点[1]；后现代解构主义大师，认定多元、歧异、常变、运动为宇宙万物活动规律的德里达，也认为认识的"踪迹"必然要回归传统并"重新振兴源头的激情"[2]。他们这是强调现代，强调现代对于传统的改造作用，但其前提就是并非目无传统。与他们相反，注目于传统宗教伦理对现代文明作用的马克斯·韦伯则是从现代文化异化现实出发来追溯传统宗教伦理的，他认为艺术也像宗教一样，具有"救赎"功能，但是是世俗救赎功能[3]；文学上的古典主义者、政治上的保皇党艾略特强调传统和历史意识对于作家、艺术家才能的作用，但他也认为不仅要"理解过去的过去性，而且还要理解过去的现存性"，"过去因现在而改变，正如现在为过去所指引"[4]。因此他认为一个新的文艺作品的出世可以改变和调整文艺传统的位置和秩序。他们强调的是传统，但也清楚地看到现代对传统

---

[1] 参见钱锺书：《七缀集》，上海古籍出版社，1994年版，第28页。

[2] 雅克·德里达：《书写与差异》，张宁译，生活·读书·新知三联书店，2001年版，第295页。

[3] H. H. Gerth, C. W. Mills, eds., From Max Weber: Essays in Sociology, New York: Oxford University Press, 1946, p. 342.

[4] 托马斯·斯特恩斯·艾略特：《传统与个人才能》，戴维·洛奇编：《二十世纪文学评论》上册，葛林等译，上海译文出版社，1987年版，第130、131页。

转换的催化作用。中国的现代性更有其作为后发外生型现代化国家的特点。19~20世纪，中国面对着西方殖民主义者霸权威胁与文明示范同时到来的局面，现代中国的知识分子与文学家面对世界潮流，以开放的心态选取和接受西方思潮和文化价值观念，从启蒙主义到生命价值观念，从个性主义到社会革命论，从唯美主义到实证主义、实用主义文学思潮，从浪漫主义、现实主义到现代主义文学方法等都加以接受；但面对着列强的侵略和掠夺，他们充满了救亡图存、国家富强的民族主义激情，在文化上要他们数典忘祖，忘记和抛弃本民族的文化传统是不可能的。因此，中国20世纪每一次激进的文化和文学改革运动或革命运动之后，总有文化守成主义、乡土主义甚至复古主义思潮出现；每一次激进的改革或革命运动本身也有着对待传统或摧毁或剖析或守护的复杂情况；而这些运动的参加者，从个体来说，又存在着或反传统又保留传统，或自觉地反传统又自发地与传统发生着深刻联系等情形。由此可知，关注传统作为现代性的必然要求，在中国有着与西方许多早发内生型现代化国家很不相同的特殊内涵。

正是在现代性语境中，对外开放与外国思潮对中国传统资源的激活显得极为重要。中国20世纪文学在现代性语境中进入古代文学资源，其中重要的条件是外来势力与外国思潮对于这一资源的激活。从19世纪末20世纪初开始延续到整个20世纪，中西文化在中国的交流和冲突，其震荡之剧烈，变化之迅疾，覆盖面之广阔，影响之深远，在中国历史上前所未有，在世界历史上也较为罕见。这种冲突和交汇，一方面表明西方现代化已具备全球化的明显特征。发轫于19世纪中叶、20世纪20年代至60年代进入中后期、世纪末显示出成熟和强劲趋势的全球化作为一个极具扩张性力量的现代性概念，从个人、社会、国际关系和全人类四重结构上全面展开，一种在全球文化背景下的"全球人类"意识或"全球场"观念得以形成和凸显①。全球化以强势政治、经济、军

---

① 参见万俊人：《经济全球化与文化多元论》，《中国社会科学》2001年第2期。

事和文化的力量磅礴于世界，也猛烈地震撼和冲击着古老的中国；另一方面，这种冲突与融合既说明中国传统的危机需要大的变革，也表明传统的力量。它蕴蓄着能在变革中再造、更新的潜在能量，具有融入新文化的特殊而又稳定的素质，因为外来势力和文化所遇到的既不是传统薄弱的国度，又不是文化传统曾中断过的文明古国，它遇到的是人类历史上唯一的一个既历史悠久、传统深厚，又从未中断过文化发展的国家和民族。因此，虽然近几个世纪以来传统显出颓势，文化暴露出严重危机，却仍然爆发出两种文化体系的剧烈冲突与大规模交流。正是在这种冲突和交流中，形成了中国特有的现代性语境。这种现代性语境虽然还不能如法国诗人韩波所说的那样，无法在短时期内做到"绝对的现代"，但也不是如同欧洲17世纪"古今之争"中保守主义者所嘲笑的那样，现代性只是传统"巨人肩上的侏儒"。不是，它不是"侏儒"，而是一条即将腾飞的巨龙。在整个20世纪中国，现代性曲折迂回而又不可逆转地向前发展着。因为从根本上说，这种现代性虽然是中国的却是强调主体性和具有开放性特征的。这种对外开放又是以中国自身的传统和现实为内在依据的。中国传统的力求实用、不尚虚玄以及整体思考、普遍联系的思维特征具有很大的包容性。中国文化传统之所以源远流长从未中断，与它"有容乃大"、长于吸纳外来思想和文化有着重要关系。从东汉开始通过佛教接受印度文化，明清之际通过基督教吸纳西方文化就是明证。在20世纪中西文化的大冲撞大交汇中，新文化的先驱们面对传统文化的危机与西方的强势文化而奋起向西方学习时，既激发了民族情感，为现代民族国家的创建鼓舞欢呼，而同时，上述传统的思维方式也必然起着潜在的作用。处于这种现代性语境中的20世纪中国文学，无论是文化上的激进主义者如陈独秀、鲁迅、郭沫若等，自由主义者如胡适、林语堂等，还是保守主义者如吴宓、梁实秋等，都接受外国思潮的荡涤，各有其接受外来思潮的独特方面，同时又因外来思潮的"激活"而对本国传统采取或毁破剖析或改良变革或图新的态度。

20世纪30至70年代，中国的社会转型更加深入民族政治、经济和文化等复杂矛盾的现实中,在这一段比较长的时期中,中国大陆已不似"五四"时期那样多方面地对外开放,但十月革命一声炮响送来马克思列宁主义也是一种开放,一种深刻的带有根本指导意义的开放。在二三十年代,这个开放过程开始启动。此后,马克思主义不仅与中国革命和改革的现实相结合,而且与中国传统文化也发生了深刻的联系。中国传统文化"吾日三省吾身",注重内在品格和心性培养的"内圣"与亲身践履、兼济天下、经世致用的"外王"精神,与马克思主义的既改造客观世界,又在改造客观世界的同时改造自己主观世界的实践性品格,是有着内在的一致性的。任何外来思潮如果没有既与现实又与传统的两种结合,在中国是不可能植下根的。因此,在现代性语境中,外来思想能"激活"民族的现实与传统,而本民族的现实和传统也能够赋予外来思想以植根于本土的鲜活生命力。二者是双向选择、互动互渗的。

还要看到的是,现代语境的凸显、西方思潮的冲击,它们所面对的中国古代文化和文学,是作为一种有着丰富性、复杂性与多样性的"资源"而存在的。首先,这种"资源"的存在形态是丰富多样的,有注重原生态史料(包括离历史最近的原始记载和某一学说的初始形态),原生态环境(包括历史活动的背景、历史氛围的营造、原生态场景的构思),原生态价值(包括历史发生时所处环境中的价值观念和评价标准)的原生形态,有注重在视界融合中进行多元阐释,从史料中寻绎出共性因素,揭示通与变规律的阐释形态,还有注重从史论结合中激活史的研究,促使史的转换与重释的现代形态等。

其次,从"资源"存在的特征、内涵来看,也是多方面的。例如,或是将传统看成被人类赋予价值和意义并展示出世代相传的事物之变体链的;或是将传统看成包括对宗教、家庭、家乡、祖先等的怀念、敬重之情的被称为实质性传统的①;或是所谓"大传统"和"小传统"的二

---

① 爱德华·希尔斯:《论传统》,傅铿、吕乐译,上海人民出版社,1991年版,第3、5页。

元对立思维模式所展示的上层主流和民间凡俗的不同传统内涵的；更有另一种视角展示出这样的内涵，即既非精英和经典的思想，亦非普通社会和生活的"集体无意识"，而是一种由"一般知识、思想与信仰的世界"的延续所展示的传统境界①。总之，进入中国古代文化和文学资源，就是进入具有丰富复杂形态和内涵的传统，进入丰富复杂的历史变动本身。应该看到，当代社会对古代传统和资源的观念和态度受到功利性"权力话语"的困扰，这种观念和态度带有强烈的目的性和明确的利益相关性，使古代文化和文学传统、资源在相当程度上成为利益关系的平衡物，甚至牺牲品。特别是当今高科技时代的到来，在给文学艺术带来新的发展契机的同时，也出现了前所未有的问题，如在"零距离"、"等距离"的时空中将古今中外的"事物"推到"同一"的"屏幕"上，表象的及时呈现掩盖了事物存在的本身，这对于需要有时空"距离"的文艺审美，特别是古典美来说，更是面临"消亡"的巨大危机。因此，"'事物自身'在'时间'的'绵延'中，'文学艺术'……要想不使'时间''缩水'，就要'参与''时间'进程，'进入''时间'。'进入''时间'是'接近''事物本身'的唯一方式"②。这里，重要的就是要看到，中国古代文化、文学艺术"资源"，在形态和内涵上，是呈现出丰富、复杂和多样的特征的。

进入古代文学资源的多种范式

西方近现代文化的发展打破了以宗教为中心的社会格局，使科学、道德、艺术得到分途发展。这种文化子系统自律、独立的观念传入中国，使中国传统的"体、用、文"等子系统统一于政治、伦理一体化的

---

① 葛兆光：《中国思想史》第1卷，复旦大学出版社，1998年版，第13、14页。
② 叶秀山：《"进入""时间"是"接近""事物本身"的唯一方式》，《学术月刊》2006年第1期，第1页。

人治主义政治模式被打破，知识系统、意义系统、审美系统和意识形态等子系统开始获得独立品格，并在向政治意识形态归趋的一体化和多元共存的矛盾冲突中艰难地发展。从文化参与者的主体看，又有激进主义、自由主义与守成主义的不同的文化意识、文化态度的区别。这种语境便成为多种文学传统观范式得以形成的多维文化空间。在文学思潮和创作方法上，浪漫主义、现实主义、现代主义乃至新古典主义多元并存，而文学现象纷繁多样，仅从整体性文学形态看，就有"五四"文学、左翼文学、抗战文学等具有不同时代内涵的文学形态；有通俗文学、民间文学、大众文学等不同于雅文学、精英文学、严肃文学的具有不同功能效应的文学形态；有大陆和台、港、澳等不同地域、地区的文学形态。这样，文学创作和思潮的原则和途径、精神和方法既不相同，而文学活动参与者所置身相处的文学形态又有迥然不同的特征，因此，当人们面对古代文化和文学资源，与传统发生"对话"时，便必然形成不同的传统观。这种传统观还不仅是具体的对待传统的观念和方法，而且是一种对待传统的总体性的活动方式。它涉及对待文学传统的理性的、诗性的活动的各个基本方面，即是指对待文学传统的理性分析、反思和批判，诗性的感受、拥有和创化的最基本的方式和路数。这样，便形成了进入中国古代文学资源传统观的不同范式。

这里所谓范式源于美国科学哲学家托马斯·库恩的《科学革命的结构》一书。在库恩看来，范式作为科学成就具有两个基本特征，"它们的成就空前地吸引一批坚定的拥护者，使他们脱离科学活动的其他竞争模式。同时，这些成就又足以无限制地为重新组成的一批实践者留下有待解决的种种问题。凡是具有这两个特征的成就，我以后便称之为'范式'"①。一些美学家、文艺理论批评家仿照科学范式理论提出构架，企图描述文学研究和批评的范式转换与发展过程，如姚斯便指出18世纪

---

① 托马斯·萨弥尔·库恩：《科学革命的结构》，北京大学出版社，2003年版，第10页。

以来先后连续出现了"古典主义—人文主义"范式、"历史主义—实证主义"范式、"审美形式主义"范式以及"读者接受"等,并概括出各种范式的基本特征。韦伯斯特还运用范式理论进一步描述了每个范式兴衰变迁的不同发展阶段:意识萌芽阶段、批评革命阶段、常规阶段和危机阶段,并对各阶段的阶段性特征作了阐述①。这些论述对于我们探讨文学传统观各个范式的演变及其特征都富有启发性。概括地说,20世纪中国现代文学与中国古代文学"对话"的传统观,形成了范式的大致有以下几种:

其一,以"精华糟粕"说为代表的社会政治化文学传统观范式。

这种范式大致萌生于梁启超的文学的政治功利主义文艺美学思想。他受西方进化论哲学思想和现代民族国家政治思想的影响,认为文学应该为以"群治"为内涵、以"新民"为理想的改良主义政治服务。从这种强烈的现实政治要求出发,他猛烈抨击封建传统政治历史观:"知有朝廷而不知有国家","知有个人(指帝王将相之正统)而不知有群体","知有陈迹而不知有今务"②;也是基于改良主义的政治要求,他对传统文学的剖析与改革表现在他发动和领导的以"诗界革命"、"文界革命"、"小说界革命"和"戏曲改良"为内容的文学改良运动。20世纪二三十年代可以说是社会政治范式文学传统观的"革命"阶段。无产阶级革命文学运动和左翼文学运动的倡导者们,其中的激进的革命民主主义者与早期马克思主义者虽然曾经热烈地推崇西方文化并猛烈抨击中国传统文化,然而他们既不同于固守中国传统文化的"东方派",也不同于"全盘西化"的"西洋派"。马克思主义者瞿秋白、作为左翼文学运动领导人的鲁迅,或以政治家,或以思想家、文学家的身份出现。他们于马克思主义在中国的传播时期,便运用经济基础与上层建筑的唯物史观的学

---

① 参见王先霈、王又平主编:《文学理论批评术语汇释》,高等教育出版社,2006年版,第198页。
② 梁启超:《新史学(节录)》,《梁启超选集》,上海人民出版社,1984年版,第278、279页。

说，介入中国传统文化现代化领域，这绝不仅仅表现为文化发展在内容上的先后延续，而是文化传播上的一种质的变迁，是一种创新。这种向中国文化内在机能的介入促成了中国传统文化现代化的必然性与合法性，为中国传统文化的现代化开辟了一条崭新的道路。正是在这种政治文化传统观的基础上，在文学理论上，他们实际上建构起了审美的意识形态论的理论框架，认定文学是一种审美的意识形态，强调文学与革命和政治的密切关系，认定革命文学创作的根本问题"是在作者可是一个'革命人'"①，成为"战斗的无产者"②的问题。这里，瞿秋白、鲁迅两位有着深厚文化蕴涵、文艺学术素养的左翼文学权威的出现，对于文学传统观范式的转换起了重要作用。

再看20世纪40至80年代这长达半个世纪的时段，毛泽东在《新民主主义论》、《在延安文艺座谈会上的讲话》等重要文献中，从反映论的观点来看文化，提出了对待中国古代文化和文学要"剔除其封建性的糟粕，吸取其民主性的精华"③，提出"必须继承一切优秀的文学艺术遗产，批判地吸收其中一切有益的东西……但是继承和借鉴决不可以变成替代自己的创造"④。这种对待中国古代文化和外国文化、艺术要区别其精华、糟粕，从而以批判继承、革新创造的态度对待的观点，正是社会政治化文学传统观这一范式的基本观点。对于这一基本观点的阐释，一方面以它为核心，形成了一个概念、范畴群（还有"源与流"、"古为今用"、"洋为中用"、"推陈出新"等概念和范畴），具有理论上的原创性；另一方面又成为国家文艺路线、方针、政策的一个组成部分，

---

① 鲁迅：《而已集·革命文学》，《鲁迅全集》第3卷，人民文学出版社，2005年版，第568页。
② 鲁迅：《二心集·关于小说题材的通信》，《鲁迅全集》第4卷，人民文学出版社，2005年版，第376页。
③ 毛泽东：《新民主主义论》，《毛泽东选集》第2卷，人民出版社，1991年版，第707页。
④ 毛泽东：《在延安文艺座谈会上的讲话》，《毛泽东选集》第3卷，人民出版社，1991年版，第860页。

有着丰富的实践性。但是，应该看到，随着这一文学传统观范式的"常规阶段"的到来和发展，范式转换中一个重要概念——"例外"开始不断出现：在"十七年文学"中，便不断有对这一社会政治化文学传统观范式的质疑、问难和挑战。新时期文学中，随着外国人文、文学思潮的大量涌入，在各种新的文学传统观的冲击下，这一范式处于范式"危机阶段"的浪潮中。这时候，有关社会政治化传统观范式中的一些问题被提出来，并开始进行认真的探讨。例如，开始更多地反思单一化、总体化地强调文艺和文化被政治决定又服务于政治的情况，对于某些非人本化、非审美化、非学理化的倾向进行纠偏，更多地关注传统的人文精神、审美品格与学理内涵。同时，反思政治路线、方针政策或社会潮流、思想倾向发生偏向时，精华与糟粕如何辨析的问题。另一个问题是，糟粕和精华本是同一文化结构中互相依存的有机构成因素，如果加以拆解，缺陷的弥补与替代，优质的发扬与蜕变，都会成为另一种文化结构中的不同质素，因此，这种替代与蜕变都可能失去传统。但如果以囫囵化的笼统思维方式坚持传统文化的不可分性，又绝无新的综合创造的可能。因此，从理论预设到实际运作，所谓批判继承、革新创造又需要在实践中做深入细致的探讨。以文艺与政治关系为核心的文艺方针、政策的调整，为解决这些问题提供了思想解放的前提，而多种文学传统观的互动互渗、协调发展，又逐渐使这一社会政治化范式在解构中获得重构，获得新的生命活力。

其二，以"新文学源流"说为代表的精神启蒙型的文学传统观范式。

19世纪末20世纪初，特别是"五四"前后，这种传统观范式以西方思潮中"人的发现"、"个人的发现"和"人性的解放"、"个性的解放"为核心内容，并从这种新的视角审视传统。精神启蒙的文学传统观作为一种范式的形成，其最明显、最重要的标志是1932年周作人的《中国新文学的源流》的发表。这本书的重要性表现在：一是它对中国新文学发生的本民族传统内在依据的探求，比较系统深入，而且是首创；二是从人的文学这一"五四"文学乃至整个中国新文学的核心观念出发进入传统，不仅将"五四"文学人的解放、个性的解放的潮流与明末"独抒性灵，不拘格套"和"信腕信口，皆成律度"的伸张个性的潮流衔接起来，而且划出了古代文学"言志派"和"载道派"两条线索①。虽然这种划分不尽妥当，但毕竟提取出我国古今文学某种精华的部分并以之作为贯穿线索。到了八九十年代，随着文艺与政治关系的调整，随着新人文、新启蒙、新理性精神的呼唤，文学中精神启蒙的价值取向融进社会历史的研究格局之中，这一文学传统观范式，也被注入新的活力而获得重构②。

其三，以科学释古与现代审美相结合为特征的"释古立美"类文学传统观范式。

应该看到，上面两种范式对待传统的态度主要是从外界挑战和冲击传统：或是遵照历史的辩证发展，从政治意识形态的角度进行审视与考察，或是立足于新旧文化冲突的场域，运用西方某种观念和理论楔入传统中相应的领域，找到与西方共同的特质从而激活传统。这两种态度的共同特点是以深刻的片面的思维方式突出了对传统的批判性。然而在20世纪的中国，还有一种更普遍的对待传统的态度，这就是释古学或称解释学。这种传统观着重从传统内部进行解释和转化、更新和创造，它也有现代性语境的激发，也运用新的观念和方法，但与我国传统的从汉学和宋学、古文经学和今文经学中产生出来的解释学更有着内在的联系。由于在20世纪的中国，这种现代解释学涉及文史哲多种学科，又在指导思想和学风上有较大的差异，因此在这里只选择与文学关系较大的有着共同理念、共同研究理路和风格，又能寻绎出发展脉络的一种现

---

① 参见周作人：《中国新文学的源流》，华东师范大学出版社，1995年版，第17、23、25页。

② 参见黄曼君：《关于中国新文学源流的思考——对古今文学"对话"的一种现代传统观范式的考察》，《河北学刊》2006年第5期。

代解释学范式,可称之为"释古立美"文学传统观范式。这种范式往往运用西方观念和科学方法,与传统的朴学精神相衔接,对传统进行消解和阐释,同时又在感知、理智、情感、想象等心理功能的动态综合上进行审美建构,与传统在人的内在的、潜存的而又无限广阔的心灵世界上进行沟通与拥合。

这种传统观范式在其萌生阶段便出现了王国维这样的大师。王国维以传统文学作为研究对象,既钻研、运用西方哲人康德、叔本华的著作,又推崇乾嘉学派,从"思之得其真,纪之得其实"等特征上称誉"乾嘉之学精"[①];在《人间词话》中,王国维以系统、明确的现代美学观念对中国传统的"境界"说进行了转换和改造,从而从"美"的独立品格的体认中进入中国古代文学资源。但是王国维释古立美与审美的人生哲学观念在当时受到冷落。这一文学传统观范式由萌生到革命阶段的转换是随着"五四"新文化运动的开展而到来的。胡适就是这一阶段的权威性代表人物。还在"五四"文学革命处于高潮期的1919年,胡适便由倡导文学革命转而提倡"整理国故",并认为后者有"新思潮的意义",是文学革命运动深入发展的题中应有之义。他将杜威的实用主义与清代的朴学思想结合起来,鲜明地提出"大胆假设,小心求证"的整理、研究传统的方法。正如他所说"假设不大胆,不能有新发明,证据不充分,不能使人信仰"[②],还提出了对证据进行具体分析的种种条件。他极力推崇的方法,在中国人根深蒂固的崇古、拟古、复古的传统观念中,有力地鼓励了疑古的探索精神,而且揭示了从信古到疑古再到释古这一历史观"正、反、合"的辩证发展过程。他将这种科学方法付诸实践,取得了一系列富有开创性的成果,如"白话文学史"和"古文传统史"、"双线平行发展",又将前者称为"活文学"后者目为"死文学"

---

① 参见王国维:《沈乙庵先生七十寿序》,《王国维文学美学论集》,北岳文艺出版社,1987年版,第180~181、247页。
② 参见胡适:《清代学者的治学方法》,《胡适文存》1集卷2,亚东图书馆,1921年版,第216、220、242页。

的双线文学观;打破"影射说"等"秘奇的观念",开辟"红学"新思路的《红楼梦》"自传说"等。胡适除了在疑古、释古等"史"的方面的成就和贡献以外,他在对待和处理文学史的文学审美的"立美"的贡献上也是有整体价值和重要意义的。我们知道,我国古代的文言文与格律诗发展到近现代已经逐渐僵化,它们严重阻碍了当下的"活文学"的创造,而白话文的提倡与文学改良的主张,正是为了拆除横亘在现代人与当下世界之间的语言的厚障壁而为"人的"、"自由的"、"活文学"创造根本条件的。胡适也正是以这样的"立美"标准来看待和衡量传统文学的"死"与"活"的问题的。

20世纪30至40年代,"释古立美"传统观范式进入常规阶段。郭沫若、闻一多、钱锺书、朱自清等人的传统观揭示了这一范式的共同特征,这些特征大致表现为以下两个方面:

一是传统考据、历史意识与现代科学、当代精神的结合。如郭沫若展示了"失事求似"① 的史剧观、辨伪证谬的历史翻案观等。他重视历史的"大关节目"的真实,致力于"失"去非历史的假"事"、非本质的琐"事"的考据功夫。他将这种工作置于科学的唯物史观的指引之下,在历史剧的创作中,坚持从历史和现实的时代精神息息相通之处构思、立意,"复活""时代的愤怒",凸现出富于现实意义的主题。闻一多在进行伏羲神话、《诗经》、《楚辞》等研究时,为自己规定了说明背景、诠释词义、校正文字三项任务,进行了大量创造性的考据和校勘工作,同时又运用社会学、文化人类学、语言学、文艺发生学、心理分析学等现代理论和科学方法从当时最新的角度进行研究。而其研究的目的十分明确,他瞩目于中国古代文化是"为了探求'这民族,这文化'的源头……要借这原始的集体的力给后代的散漫和萎靡来个对症下药"②。

---

① 郭沫若:《历史·史剧·现实》,《郭沫若全集》文学编第19卷,人民文学出版社,1992年版,第296页。
② 朱自清:《开明版〈闻一多全集〉序》,闻一多:《闻一多全集》第12卷,湖北人民出版社,1993年版,第446页。

钱锺书突破了传统的考据学与西方的实证主义,他极其重视文艺文本,注目于文艺作品的"体裁"、"格调"、"体格性分"、"调"、"音"等各层面"趣"的总和,而他所涉及的现代理论和科学方法,既有阐释学,又有接受美学,既有结构主义思潮下的文本形式观念,又有后结构主义思潮下的解构主义观念。他既重视作品又重视读者,重视作品接受的主观能动性,强调"我们的兴趣和研究是现代的",要"认识到过去东西的现实意义"①。他这个时期的著作《谈艺录》以及后来写的《管锥编》便是充满当下生命活力而又体大思精、知识渊博、领悟玄奇的反体系创构。朱自清也将考据注疏看成现代精神的实践。他的特点是明确地提出文学研究特别是诗歌研究的现代化问题,而且认为现代化首先要"欧化",同时要"带我们本土的色彩……利用民族形式"②。二是艺术自律、审美观照与现代视野、主体精神的交融。代表性人物如闻一多,他对于"圣人们""点化"得最多的《诗经》,认为其"功利"、"政治"、"道学"、"离诗很远","训诂"、"历史"是求真,但距"求美"甚远,应该把"经"还原为"诗",要"用'诗'的眼光读《诗经》","认真的把它当文艺看"③。这样,便有力地揭示了意识形态和单纯考证对情感与诗性的封杀与窒息。此外,如郭沫若历史剧有着宽阔浪漫主义艺术幅度的悲剧性的崇高美;钱锺书的"就诗论诗"、"诗必取足于己"④,认定史蕴诗心的古典艺术研究自足性的观点;朱自清的将"言志"、"诗教"、"比兴"、"正变"等古诗论纳入西方文化"史"的观念⑤,赋予其

---

① 钱锺书:《古典文学研究在现代中国》,《钱锺书研究》第二辑,文化艺术出版社,1990年版,第4页。
② 朱自清:《新诗杂话·真诗》,《朱自清全集》第2卷,江苏教育出版社,1990年版,第387页。
③ 闻一多:《匡斋尺牍》,《闻一多全集》第3卷,湖北人民出版社,1994年版,第214、215页。
④ 钱锺书:《谈艺录·诗分唐宋》,《谈艺录》,中华书局,1984年版,第1页;《管锥编·毛诗正义六〇则·狡童》,《管锥编》第1册,中华书局,1979年版,第109页。
⑤ 参见朱自清:《诗言志辨·序》,《朱自清序跋书评集》,生活·读书·新知三联书店,1983年版,第30页。

浓郁的现代气息的研究方法等,这些观念和方法都体现出鲜明的现代审美的特点。

其四,以日常生活叙事为特征的民间常态化文学传统观范式。

这种传统观作为日常生活叙事,具有更明显的继承性与平凡性。就传统观而言,它更多地与希尔斯所说的按照经验、常识、习俗、惯例而自在自发地存在的"实质性传统"相连。这种范式主要出现在新时期,特别是20世纪与21世纪之交。其中最突出的是海外汉学家夏志清、李欧梵、王德威等人。他们都将"五四"文学、左翼文学的叙事作为自己的文学史叙事的"他者"。从夏志清的启蒙——纯文学叙事,到李欧梵的颓废——审美叙事,再到王德威的晚清现代性叙事,日常生活叙事这条线索日益清晰,而以王德威的观点最为突出。王德威一方面认为,晚清文学日常生活叙事如狎邪艳情、侠义公案、谴责黑幕、科幻奇谈等类小说具有多重现代性,只是长期以来受到了"五四"文学、左翼文学大叙事的压抑,因而是一种被压抑了的现代性;另一方面认为晚清文学被压抑的现代性"代表一个文学传统内生生不息的创造力",又认为西方现代性"被引入中国时,它们与华夏本土的丰富传统杂糅对抗,注定会产生出更为'多重的现代性'"①。这便充分地看到了古典文学与现代文学在转换中继承创新的复杂性、多样性和回环往复的关系。

在对上述几种传统观进行了论述之后,这里应该特别注意的是多种传统观的综合效应问题。由上所述可见,任何一种文学传统观范式都可能有其所长与局限之处,因此,从更有效地进入古代文学资源,促进古今文学"对话"的意义上看,为了能在20世纪中国已有传统观探索的基础上发挥新的创造,已有的多种现代传统观必须各尽所长而又吸取、容纳它之所长,在马克思主义指导下,多维共存、互补交融、竞相发展。这就是说,每一种范式的发展,延续的时间越长,研究越深入(各模式

---

① 王德威:《被压抑的现代性》,北京大学出版社,2005年版,第25、10页。

之间交织互渗是很重要的一个方面），它就可以更丰富而不失其惯有的特色。我想，20世纪中国多种文学传统观范式的发展也应作如是观。

凸显问题意识与重建现实生命

在古今文学资源的生命流程中，所谓传统与现代的互动指的是，一方面，传统有其过去的历史性，又有其过去中的现存性，即传统因现代而获得生命；另一方面，现代顺应传统，受传统影响，承续着传统，又有改变传统秩序、凸显传统新貌的创化性，因而能从传统中体悟到永恒。

从前一方面看，最重要的问题便是：我们为何而寻找过去？我们为何要进入古代传统？我们是为了当下而回到过去，还是为了过去而回到过去？对此问题的不同回答自然导致对古今演变、古今关系这个问题的不同言说。笔者的立场是：为了当下而回到过去。中国现代文学进入、激活古代文学传统，必须和复古划清界限。复古者，将古典视为现代与古典沟通的终极坐标，并以之衡量现代沟通、进入古典的成败得失。任何对所谓古典、传统之"原意"的修正都被视为不可接受的歪曲。应该说，很多学者都自觉不自觉地抱着这样的观念。他们对于时下成为热点的某些经典的重读往往也以"误读"名号冠之，甚至斥之为"恶搞"。然而，即便是古代出现的最为"正宗"的复古运动，其核心也莫不是为了当下生活服务的。比如韩愈所发起的古文运动，难道是为复古而复古吗？他提倡复兴道统是有所指的，其所指正是当时藩镇割据导致中央政权孱弱无力的现实，他希望通过古文与儒学的复兴重振中央政权的权威。没有现实目标的所谓复古从来就是毫无生气可言的。因此，中国现代文学进入古代文学传统，首先必须和狭隘的为复古而复古划清界限，必须正确认识"源流"关系，应以当下生活为"源"。其实前文所述的20世纪中国现代文学与中国古代文学"对话"的几种传统观范式，莫不联系着对中国当下命运的不同考量。如果没有这种当下考量作为指向,所谓现代进入传统之种种将成为一个伪命题。

于是接下来必须解决的问题是:怎样回到过去?怎样激活古代传统?如果我们仍然仅仅是静态地列举现代之中的种种过去的因子,而不将更鲜活的历史发生过程纳入研究的视野,那么我们最终还是将走上为复古而复古的老路。艾略特说过,要激活古代传统,必须把握过去传统中的这种"现存性"。如何把握呢?我想只能"以我为主",从而实现开放的姿态,既向着过去开放,也向着西方开放——不论是传统,还是西方,还是其他什么,它们都被当下的我的需要赋予了生命,和向着未来延伸的当下共同成长。被激活的传统的根本生命实际上是当下的生命,由此我们不难看出,和现代结合在一起的传统,现代眼光观照下的传统,较之那些未经过西方文艺思潮荡涤、仅读过唐诗的眼睛里的传统,不同之处即在于其活性。此活性的表现如上面所说的情形,即古典和传统是包含着现代因素即包含着"过去的现存性"的古典和传统。

这种"包含"有三个层次。第一个层次是意象、语言和技巧上的。古典诗歌中也有现代诗所常用的,甚至引以为标志的艺术手法。例如,这里可以举出余光中以现代眼光解读唐诗的例子。余光中说:"是以这首诗(指贾岛的《寻隐者不遇》),在时间上是由现在到过去,复由过去到现在,在空间上是由小而大,由固定到游移。这种时空的不断变化,赋此诗以戏剧的生命,而寓动于静,百读不厌……同样地,从抽象画的趣味看古典诗,也有许多快乐的印证……如'大漠孤烟直,长河落日圆'两句,便是一个高度秩序化了的富于几何美的世界。'大漠孤烟直'可以看成一个大半面上的一根垂直线,'长河落日圆'可以看成与一圆形交于一点的一根切线,这种境界岂非康定斯基的画面?'大漠孤烟直'甚至超越康定斯基,因为它是立体的。"[①] 第二个层次是精神意境上的。

---

① 余光中:《从一首唐诗说起》,《余光中文集》第7卷,百花文艺出版社,2004年版,第65~66页。

余光中认为,学习传统并不等于照本宣科。比如要学习贾岛的《寻隐者不遇》,并不是说还要写这样的诗,"哪一个现代人会去深山中访问隐者呢?哪一个现代人会隐居在深山中,而且采集草药呢?……文学反映生活,无此生活而有此诗,是虚伪的,因而也是不艺术的",所以"复古是不会成功的"①。这就在新古典之古典和复古之古典间划清了一条界线。但是不复古又并不等于弃古。"那么中国古典诗真的落伍了么?曰又不然。我们固然没有那种闲逸的生活,不可写那种诗,可是我们的性灵之中,仍保持对于那种闲逸气质的向往","真正好的旧诗,在生活背景上是陈旧的,但在美感经验上却恒是新的"②。此即说古典和传统中同样包含着现代人的精神气韵。第三个层次是就第二个层次进一步来说,古典和传统中包含着人性思索,它贯穿古今,此即古典、传统所包含的现代气韵之源。艾略特说,一个诗人在他完全成熟时期的创作中即使是最个人的部分,也是充满了"他前辈诗人最有力地表明他们的不朽的地方"。这就是说传统是不可以背弃的。但同时,"如果传统的方式仅限于追随前一代,或仅限于盲目地或胆怯地墨守前一代成功的方法,'传统'自然是不足称道了"。这就是说不能把传统当作死的教条,应该有自己的创新。这两者的结合也就是艾略特所说的"历史意识":"是对于永久的意识,也是对于暂时的意识,也是对于永久和暂时的合起来的意识。"因此它一方面使作家成为"传统性"的,同时又使作家"敏锐地意识到自己在时间中的地位,自己和当代的关系",从而能有所创新③。

再从后一方面看,现代之所以顺应、承接着传统,同时又改变传统,可以从传统中体悟永恒,是因为无论是传统还是现代都是活生生的存在,

---

① 余光中:《从一首唐诗说起》,《余光中文集》第7卷,百花文艺出版社,2004年版,第61页。

② 余光中:《从一首唐诗说起》,《余光中文集》第7卷,百花文艺出版社,2004年版,第62页。

③ 参见托马斯·斯特恩斯·艾略特:《传统与个人才能》,戴维·洛奇编:《二十世纪文学评论》上册,葛林等译,上海译文出版社,1987年版,第130页。

古今文学资源是一种常动不息的生命之流。传统不仅具有时间上的延续性，影响上的权威性，而且它还是一个开放的动态系统。它在时空中延续和发展，不仅以过去的方式存在着，而且包含着现在，存在于现代人的行为和思想方式之中。它开拓着未来，并作为一种强大的力量使现代人及现代观念不能不对它顺应和服从。而从"现代"（包括现代化、现代性）来看，新锐性和前卫性固然是它的首要特征，但也要注意它的互动性和反思性、多元性与复杂性，它与旧传统"断裂"的绝对速度、变化的剧烈、变迁跨度的长时程、覆盖领域的众多，以及前所未有的现代形态等都表明了这种特征。成为现代的，就是指进入现代，不只是民族国家和社会，也不只是少数社会精英，而是现代社会公民在现代化、现代性这一历史巨变中普遍的生存状态与特定体验，他们的个体主体性与自我意识的生成和走向自觉，使他们在现代巨变中能体验到恒在的分裂与抗争、痛楚与向往、惶恐与激情。正因为传统与现代两方面都是"活"的存在，二者之间的关系才能是双向选择、互动回环的关系，才能形成生命之流。特别是从逆向上看，现代的出现还意味着一种新的艺术秩序。由于新的观念、意象和技巧、方法的出现，既有的秩序将因此而调整。但是这种调整不是说抛弃以前的秩序，而是互相适应，产生一件新艺术作品。这样的现代在开放中将新的一切艺术体验纳入既有的经典和传统秩序中，同时又改造着既有的经典和传统秩序，在纳入中改造，在改造中纳入，二者相反相成。因此现代在变动不居的当下表现中渗透了一以贯之又不断成长和丰富的永恒。它一方面更新着传统，一方面又延续着传统；一方面更新着个体的感受体验，一方面又将个体此时此地的感受体验与另一时空下的个体，乃至古往今来整个人类的感受体验相沟通。

　　论述到这里，便可以进一步明确一个认识，即现代与传统的双向选择、互动回环之所以得以形成，古今文学之所以得以贯通并形成生命之流的存在，现代之所以得以与传统结合并实现传统的现代转换，关键之处在于，关注当代现实问题的特殊性并进行原创性的努力。这里所谓

"原创"的含义，与经验科学的积累性不同，不是通过积少成多，最后孕育着总体上的质的突破。这就是说，在现代与传统关系问题上的原创性创新，既不是在现代性和传统性以及它们的关系上有多少材料和观点的积聚，不是只关注有多少现实现象的描述，也不是多元化的现代或后现代语境提供了多少可供选择的路向。这里的原创性创新归根结底应该是一种元理论层面上的重建。这种元理论的原创性创新，突出地表现在问题意识的凸显以及与之相关的话语转型上。

因为传统与现代的互动虽然已经具有古今中外会通的可能性，却总不能否定现实问题的感受和问题发现的首要性与本根性。道理很清楚，传统渗透到现代却不能导致现实问题的发现，现代顺应传统却无法直面现实感受内容的特殊性。只有立足现实生活，而非现有的文学话语；只有关注、导引现实而不是依附、描述现实；只有拥有当下生命体验与创造性生命存在，而非既成的自然的生命状态，才能返回当下现实原点，并在梳理、探究已有难题的基础上真正发现和把握现实生活和生命状态的真问题，从而打破古今中外话语资源的封闭状态，建构属于自己的独特的话语系统。下面举几个例子来加以说明。

关于"青春版"昆曲《牡丹亭》的创造性改编。2004年4月，由著名作家白先勇主持制作，海峡两岸艺术家携手打造的"青春版"昆曲《牡丹亭》开始在世界各地巡演，给古老的艺术以青春的喜悦和生命，堪称一次由"青春的现代"到"美丽的古典"的完美创新。

我们可以从白先勇为自己制作《牡丹亭》并定性为"青春版"所秉承的"宗旨"以及其他一些资料来看编导者是怎样立足当下，进入和激活我国古代文学艺术资源的。

从改编的意图看，是从我国文艺实际和改编者生活欲求的实际来提出问题的。文艺实际是昆曲舞台演出逐渐老化，现代剧场审美观念与昆曲古典美学产生了矛盾，昆曲面临失传的危险，青年演员与青年观众都难以为继，而昆曲被列为19项世界文化遗产之首的荣誉又带来了巨大的压力，加以白先勇从小喜爱昆曲，长期以来有着复活昆曲，特别是昆曲《牡丹亭》的美好愿望，因此改编的意图又包含着多年来"圆梦"的欲求。当然，这种圆梦欲求的深处则是《牡丹亭》青春生命、生生死死爱情主题的激发与召唤。

从艺术审美的要求看，是从广大观众，特别是青年观众的审美需求出发的。昆曲长期以来脱离观众是事实，布景老是"一桌二椅"，演员不注意形象的靓丽，折子戏剧本太长，许多天才能演完一个戏。"青春版"《牡丹亭》则从灯光、布景、音乐、舞台调度等方面充分考虑观众特别是青年观众的审美习惯。剧本由55折撮其精华改为29折，演员起用与剧中人物年龄相当的演员，注重形象、动作与服装的美，如昆曲的绝活儿甩袖经过细心编排成为勾人心魄的重要动作。所以，"青春版"《牡丹亭》在艺术审美上既保留了旧昆曲的"原汤原汁"，又融合、渗透着新的艺术精神和艺术韵味，这样，便给今天的观众带来突出的新鲜感，从语言和艺术形式上造成了"陌生化"的效果。演出获得了巨大成功："许多观众赞叹演出是人美、词美、唱腔美、音乐美、舞台美、服装美。纯正的昆曲表演和中国传统的诗、书、画、刺绣完美地统一在抽象写意的舞台上，优美动人的音乐和现代意境的灯光结合在一起，凸显了昆曲表演的极致美感。巡演是一次成功的中国文化的国际推广。"① 由此可见，要有新的艺术效果，就要有符合现代的新的制作观念。

从精神的、情感的内涵看，是充分考虑到现代人的精神状态和情感需要的。现代人精神上的缺失，或者表现为人为物役、物欲横流，缺乏忠贞的爱情；或者表现为精神的荒漠化，封闭自我、不谈爱情，这都需要浓郁的情感的滋育。《牡丹亭》原剧的主旨本来就在于突出"青春生命"，突出生生死死的"爱情"，而"青春版"更是在"青春"和"爱情"上下功夫，即所谓"情至"、"情真"、"情深"的理念，以此来推动

---

① 蔡少华：《中国传统艺术，世人共赞其美》，《光明日报》2007年1月8日，第7版。

剧情的发展：第一本启蒙于"梦中情"，第二本转折为"人鬼情"，第三本归结到"人间情"。在《牡丹亭》中，爱情可以超越生死，冲破礼教，感动冥府、朝廷，得到最后胜利。如此大团圆的结局既符合中国人的欣赏习惯，又给予了爱情以最高的礼赞。这应该说是对情感缺失的现代人的极大的安慰，也是新编剧受到广大观众，特别是青年观众热烈欢迎的重要原因。

关于鲁迅作品的生命创造。鲁迅曾说："人多是'生命之川'之中的一滴。承着过去，向着未来。"[①] 而这"一滴"又不是封闭自身，而是能动地、无限地敞开自己。在强调个体的能动性的同时，他拒绝和反对"普遍、永久、完全"的终极"至善"和"至境"，宁愿做不断前行的"过客"与易腐朽的"野草"。鲁迅之所以成为伟大的文学家和思想家，外国哲学人文思潮与文学思潮、文艺作品的影响是重要的。他自觉追求的还有中国古代哲学人文思想、文艺作品的内在熏陶和修养。然而，"外之既不后于世界之思潮，内之仍弗失固有之血脉"，是为了"取今复古，别立新宗"[②]。这里，最重要的、起根本作用的是鲜活现实的生命体验。一些事情是鲁迅一生难以忘怀的。他还清楚地记得他少年时期父亲中年早逝临终时，他企图唤回父亲时的叫喊声，这饱含着生命血泪的呼喊时时在他内心激荡，成为他以文学救治社会"病苦"的内驱力；他不能忘记在白色恐怖中冒着生命危险参加种种左翼政治活动，准备以生命来殉自己的事业时"老归大泽菰蒲尽，梦坠空云齿发寒"的生存困境与"横眉冷对千夫指，俯首甘为孺子牛"的鲜明爱憎和坚韧的生命强力[③]……正是这一切生命的状态、活动、体验所形成的生命活水，

---

① 鲁迅：《集外集拾遗·后记》，《鲁迅全集》第 7 卷，人民文学出版社，2005 年版，第 312 页。

② 鲁迅：《坟·文化偏至论》，《鲁迅全集》第 1 卷，人民文学出版社，2005 年版，第 57 页。

③ 鲁迅：《集外集拾遗·亥年残秋偶作》，《鲁迅全集》第 7 卷，人民文学出版社，2005 年版，第 475 页。

激发他立足当下，具有了对现实问题的鲜活感受和独特发现。他在创作中主张"真诚地，深入地，大胆地看取人生并且写出他的血和肉来"①呼唤"天马行空似的大艺术"等，都是基于对社会人生的洞察和生命的强力而获取的原创性思维。

关于郭沫若诗歌的生死反思。与鲁迅同为新文学巨擘的郭沫若，他开一代诗风的《女神》的创作，也有着来自饱含着生活血肉的生命体验。写《女神》前的五四运动前后，当时正是他留学日本初期，由于包办婚姻带来的痛苦，大病后引起生理缺陷而导致医学事业的受挫，以及旅居异国受到的民族歧视等原因，使他在精神上正处于"最彷徨不定而且最危险的时候。有时候想去自杀，有时候又想去当和尚"。他说："我时常问自己，是肯定我一切的本能来执着这个世界呢？还是否定我一切的本能去追求那个世界？"② 这样，生活中实际问题的触发和生命最终意义的哲理探讨，使他的忧患、怀疑意识从世界观深处产生出来，而且，这种忧患、怀疑意识不是一般的悲凉、焦灼心情，而是表现为以生死反思为特征的一种情感。他 1916 至 1918 年写的一系列短诗几乎每一篇都提到死，如"寻死"、"决死"、"早死"、"万死"、"欲死"等③。正因为郭沫若在"五四"前有这样深沉的孤独、忧患的生命感受，所以他在"五四"高潮期写下的《女神》中的一系列诗篇，所追求的新生是死亡废墟中诞生的新生，所呼唤的创造是彻底毁坏的创造，所向往的光明是黑暗中破晓的光明，所歌颂的欢乐是极度痛苦之后的欢乐。因此，正是基于"五四"的时代精神与个人的生命体验的意识，郭沫若无论是"五四"高潮时期的反抗破坏、自由创造，还是"五四"退潮时期的怀

---

① 鲁迅：《坟·论睁了眼看》，《鲁迅全集》第 1 卷，人民文学出版社，2005 年版，第 255 页。
② 郭沫若：《泰戈尔来华之我见》，《郭沫若全集》文学编第 15 卷，人民文学出版社，1990 年版，第 270 页。
③ 郭沫若：《三叶集·寻死、夜哭、春寒》，《郭沫若全集》文学编第 15 卷，人民文学出版社，1990 年版，第 17 页。

古的幽思、幻美的追寻，都继承了传统又发挥了新的创造。他对待传统的"凤凰涅槃"式的革命性改造，正是一种渗透了生命意识的现实价值重建。正如他所说："我们要唤醒我们固有的精神，而吸吮欧西的纯粹科学的甘乳"，是为了"要在我们这个新时代里制造一个普遍的明了的意识：我们要乘着……进取的同时是超然物外的坚决精神，一直向真理猛进！"①

这里之所以较多地论及经典作品"青春版"《牡丹亭》，论及鲁迅、郭沫若两位中国新文学大师以及他们的经典作品，是因为作为新文学经典，他们那种似乎断裂似的原创性和标新立异精神，具有当下性、涵容性和开放性、超越性的突出特点。文学经典作为一种实在本体和关系本体相结合的特殊本体，它们将过去、现在和未来聚焦于在场时域并融合成为生态生命之流。与古代文学、外国文学经典比较，中国新文学经典由于它所处的大变动的特定时代环境，所积淀的丰厚的文化、人性内蕴和审美追求，更是与特定历史时期鲜活的时代感以及当下意识交融在一起的。同时，这种原创性和标新立异精神也启示后来的经典创造，在原创性的努力中，摆脱过去经典的"影响的焦虑"，创造出新的经典。正是在这种不断的原创性的努力中，传统才能在古今生命之流中实现创造性转换。

（原载《中国社会科学》2009年第4期）

---

① 郭沫若：《文艺论集·论中德文化书》，《郭沫若全集》文学编第15卷，人民文学出版社，1990年版，第157页。

现代中国文学史·绪论

一、现代中国文学的源流

这里所谓的"现代中国文学",主要有四层含义:从空间范围看,它是发生在"现代中国"民族和主权国家之范围内的文学;从时间跨度看,它是发生在"现代中国"政治共同体之形成、演化、发展过程中的文学;从主体角度看,它是以现代中国之国民为创造主体和接受主体的文学;从文学性质看,它是与中国现代化进程尤其是文学现代化进程直接或间接相关的,并从不同角度有助于这种现代化之进程的文学。

关于现代中国文学的源流有广义与狭义之分。广义的文学源流可从宏大视角把中国文学史整体认同为现代中国文学的源流;从狭义讲,它仅指与现代中国文学关系相对紧密的此前文学史。本文的文学源流取后一种含义。

对于现代中国文学的源流,学界至今研究不够。如果说现代中国文学与域外文学的关系研究取得引人注目的成果,那么现代中国文学与本土文学传统的渊源关系的探究则较为薄弱。对于现代中国文学的源流作出较早评述并引起较大影响的,是周作人所著的《中国新文学的源流》,这是他1932年在北平辅仁大学所作的讲演,并于同年9月由人文书店出版。周作人把中国文学分为"载道"、"言志"两派。所谓"道",指的是思想；所谓"志"，指的是感情。"言志"就是抒发情感。"载道派"和"言志派"作为不同潮流，在中国文学史上交替出现，轮流占主导地位，构成了中国文学史的发展过程。明末的公安派、竟陵派，作为此前的"前后七子"复古倾向的反动而出现，是"言志派"取代"载道派"。他们主张"独抒性灵，不拘格套"，"信腕信口，皆成律度"。到了清代，他们被乾嘉学者否定，文学又向着与此相反的方向发展，"载道派"又占了统治地位，以桐城派为其代表。"五四"新文学反对桐城派，反对"文以载道"，又回到公安、竟陵的传统上来。因此，"我们可以这样说：明末的文学，是现代这次文学运动的来源，而清朝的文学，则是这次文学运动的原因"①。周作人把几千年中国文学史分为"载道"与"言志"两派，未必妥当，但他把晚明以来的文学作为中国新文学的源流的观点，一直影响着后来的论者。

然而本书所论现代中国文学的源流较之周作人从晚明又上溯到元代，以为现代中国文学直接源于元明清文学。"因为从元代以来与新文学相关联的变异因素的成长较为连贯和明显。"② 元代文学一开始就摆脱了宋代文学以理智态度自我敛约的特点，走向情感的活跃与解放。这一势头在明代前期约一百年的时间里受到封建专制文化的强大抑制，几乎进入冰封状态。从明代中叶开始，要求解放个性、积极表现自我的创造精神的文学思潮重新抬头，至晚明达到高峰，并取得丰富的成果。明末至清代前期，这股思潮再次受到封建正统文化的反拨和抑制。但这一次却没有达到明代前期的那种效果，晚明文学的种种特点在低潮状态中得到顽强的延续。这表明中国文学中的变异因素已经广泛而深入地浸染人心，不可能加以彻底清除。如此延伸到清代中期，发展成一个新的文学高峰。从晚明到清中期，虽然经历挫折和起伏，文学的发展步履维艰，但所取得的成果都是巨大的，它给中国文学的面貌带来了显著的改

---

① 周作人：《中国新文学的源流》，人文书店，1932年版，第55页。
② 章培恒、骆玉明主编：《中国文学史》（下），复旦大学出版社，1996年版，第626页。

变。在这一过程中,李贽和龚自珍这两位伟大的启蒙思想家前后呼应,对封建文化的黑暗与愚昧发动了激烈的攻击。而龚自珍的思想与文学在不同程度、不同意义上影响了康有为、梁启超、谭嗣同、黄遵宪、陈三立、苏曼殊等人,启发了中国文学对现代性的追求,中国文学开始由古代传统向现代精神转型。

从戊戌变法时代裘廷梁提出的"崇白话而废文言"、白话为"维新之本",到"五四"时代提倡白话文,反对文言文,白话文学为"中国文学之正宗",其必要的前提是白话文在中国文学本身已经有了充分的成长。虽然胡适把历史上"白话文学"的范围定得很广(见《逼上梁山》),但应该说,只有到元代以后,它才成为比较有意识的创作,并且形成大致连续不断的历史进程。在广义的诗歌中,元代散曲较早大量使用了活泼的口语,后来明代众多散曲家都继承了这一传统。明代中后期许多诗人对民歌俗曲的大力推崇,成为文学史上的突出现象。这也反映了诗人对典雅的古诗语言和体式的不满,唐寅和公安派的部分诗作对此作了破坏性的尝试。清代诗歌虽以精雅为主导,然而像袁枚、龚自珍等诗人均有不少率意之作。到清末黄遵宪等人,更扩大了诗歌语言自由度和白话化。

元代戏曲和明清小说的白话化程度逐步增强。元明以来的戏剧包含着大量白话成分,而白话小说的意义尤为重要。从元末的《三国演义》、《水浒》,明代的《西游记》、《金瓶梅》、《醒世姻缘传》、"三言"、"二拍",到清代的《儒林外史》、《红楼梦》、《海上花列传》这些具有代表性的小说,可以看出它的发展趋向是传奇性逐渐减小,故事情节突出了对人物的刻画,而人物性格越来越平凡和多样化。作者要借此描绘出越来越富于真实感的人物形象与生活场景,必须使用鲜活的语言,追求文字表达的生动、细腻、形象。由此不断增强了白话运用于艺术表现的力量,为现代中国文学提供了可靠的语言基础。因此,可以这样说,现代中国文学的白话语言是从元明清以来白话文的基础上发展而来的。这应该是不争的史实。

由于元代以来出现了半白话或准白话的写作，也必定带来文人思维方式的变化。有的论者从中国文学思想的阶段性推论出中国文学发展的不同历史时期，认为从中国进入文字时代到先秦时代的文学思维为"单文思维"（即指思维材料以单个文字为主体的文学思维），从两汉以降到唐宋的文学思维为"合文思维"（指思维材料以单个文字与组合文字相结合而进行的文学思维）。元代方登大雅之堂到明清以来为"语文思维"的时代，所谓语文思维指思维材料以口语与文言相互结合并能描述语言的思维。语文思维材料既非纯粹的口语也非纯粹的文言，它以口语为主又吸收了大量文言，是一种"雅化"的口语。其"雅化"的程度随时间的推移而不断地减弱，即愈古愈雅，愈近愈口语化①。

文学思维的变化引出文学观念的变革，从元代开始，文学中就有很多新的因素出现，但文学思想方面某些鲜明的革新主张到晚明才形成。从李贽的"童心说"到袁宏道等人的"性灵说"以及汤显祖等人的"尊情说"，都是把文学视为真实的个性与情感的自由表现，而排斥一切与之相对立的因素——包括服务于政教的功用、通行的知识与道理、文学的典范与法度等。"真"、"奇"、"趣"一类纯粹是审美感受的价值标准被提到首位（戏曲、小说、民歌等向来不登大雅之堂的文学类型在这时受到高度重视，也与此有关）。"载道"的文学观受到一次沉重的打击，文学发展的合理方向，经过晚明可以说变得明确了。到清代像袁枚之重倡"性灵"、龚自珍之讴歌"童心"，都是晚明文学思想的延续。这些文学思想是影响现代中国文学思想观念、文学理念形成的传统思想资源。

现代中国文学转型期的文学创作的基本思想特征是倡导个性解放和个人主义，肯定人的生活欲望和人性的自由发展。较为突出地表现为反抗专制、批判礼教，要求恋爱自由、男女平等、自我张扬以及对下层民

---

① 刘晓明：《"语""文"的离合与中国文学思维特征的演进》，《中国社会科学》2002年第1期。

众生存状态的关注。这种作者个人主体性意识的觉醒在元明清是连续而不断强化的。在元代杨维桢诗文对自我精神形象的夸张性描述中，在高启诗文经常表现出的无端的惊惧中，都可以感受到作者深层心理上的自我觉醒，而明中期产生的基本内涵仍颇为陈旧的阳明心学之所以重要，就在于它以内在"良知"并合外在"天理"，在理论形式上把确认真理的权利交还给自我。晚明李贽由此引申出他的异端学说，蔑视六经，声称"不知孔子何自可尊"（《圣教小引》），掀起了思想史上前所未有的反权威运动。袁宏道的《徐文长传》把他的文学前辈——一生潦倒的徐渭描绘成一种新时代的英雄，也是着眼于他不肯依傍任何人的"王者气"。这一趋向在龚自珍那里有了更强烈的表述："虽天地之久定位，亦心审而后知许其然。苟心察而弗许，我安能颔彼久定之云？"（《定盦八箴·文体箴》）这意味着，在个人作出"心审"之前，没有任何"当然如此"的事实。所谓"天地之久定位"是儒家学说中君尊臣卑之类的"纲常名教"的基础，可以看出龚氏思想内在的强大冲击力。尽管由于长期的专制历史造成的压抑深重，但以个人意志为中心的意识还是在不断增长的。

与此相适应，中国文学从元代开始，文学创作表现世俗生活欲望的内容显著增多。到了晚明，"好货"、"好色"作为人性的合理要求，鲜明地成为文学作品的思想内容，继而延伸到清代。以自然情性排拒非人性教条压迫的作品，构成了元明清文学区别于前代（尤其是宋代）文学的显著特色。其中最为突出的且与现代中国文学关系最明显的是一系列肯定情欲、赞美爱情的作品。"情"和作为其基础的"欲"原本是人性中最活跃的因素，它在文学中的活跃，直接表现了对人性和人的自由意志的肯定。以在这方面最为突出的晚明文学而言，《金瓶梅》可以说是以邪恶的形态反映了"欲"的不可抑制，而在《牡丹亭》、《西厢记》等戏剧和"三言"、"二拍"的一些小说中，爱情和情欲则被当作受压抑的生命的自我肯定的力量来歌颂。清代文学不像明代文学那样粗犷，但在《红楼梦》以及龚自珍等人的诗中，对情的赞美与向往，也是为在社会中不断丧失的自我保存最后一片天地，与现代中国文学是血脉相连的。

二、现代中国文学的历史发展

现代中国文学的历史发展可划分为现代转型期、现代构型期和现代定型期三个历史时期。

1. 现代转型期：新旧传统转换的复杂历程

关于中国文学的现代转型也有广义与狭义的两种含义：广义地说，这种转型与中国社会和文化的现代化历程相始终，因而可以说这种转型至今尚在进行；狭义地说，则仅指从戊戌变法至五四运动这一段中国现代化加速的时期。本书所谓"转型"取后一种含义。

现代中国文学传统的形成，它由古代传统向现代传统的转型必须具备两个前提条件。其一是旧传统自身的矛盾，这是内在根据；其二是受西方思潮的冲击和影响，这是外在条件。自明中叶以后，中国文学明显地由抒情言志的文学向叙事的文学转变。李白、苏轼、柳永这样的诗词方面的才子为汤显祖、曹雪芹、蒲松龄这样的戏曲小说方面的才子所取代。即便在戏曲内部，也是更为体现古典诗词意境的典雅的昆曲渐趋衰微，而被称为"花部"的更为通俗、更接近生活的地方戏大为兴盛。市民逐渐成为和士大夫一样的文学欣赏主体之一。由于文人不可能以其创作的小说、戏曲获得功名，从而使文学从某种程度上向着自身回归。中国古典文学向来讲究"文以载道"，文已开始转变，道又如何呢？明后期有个海瑞，此人是儒家道统的彻底实践者，也是其理想人格精神的完美体现者。他的结局是被皇帝保留一个高贵的虚职而不让他担当实际的工作。皇帝说他"虽当局任事，恐非所长，而用以镇雅俗、励颓风，未为无补"①。那么"为什么可以镇雅俗、励颓风的节操偏偏成为当局任

---

① 《神宗实录》，第3188~3199页。

事的障碍？可见我们帝国的政治措施至此已和立法精神脱节，道德伦理是道德伦理，做事时则另有妙法"①。当一个社会普遍对其遵奉的道德伦理采取两面派的态度时，这种道德伦理作为一种传统所拥有的令人敬畏和服从的"克里斯玛"特质就要开始打折扣了。毛泽东认为："如果没有外国资本主义的影响，中国也将缓慢地发展到资本主义社会。"②同样，即便没有西方文化文学思潮的影响，中国古典文学的传统也将逐渐衰落，新的传统也将逐步形成。这是由旧传统的内在矛盾决定的。

西方列强的坚船利炮加剧了中国旧传统的内在矛盾，也加速了它的自我否定。首先是以大刀长矛等冷兵器为代表的器物文化传统被否定；接着是以君主专制为代表的制度文化传统被否定；最后，一批有识之士认识到当时的部分中国人素质不高才是造成落后局面的更为本质的原因。梁启超说，"今日策中国者，必曰兴民权。兴民权斯固然矣，然民权非可以旦夕而成也。权者生于智者也"③；"今日之中国，其大患总在民智不开"④。所以，正是以国民性为连接制度文化和精神文化传统的变革。这个切入点对今后新文学传统的形成影响深远。这也正是美国比较现代化学者布莱克所谓的现代化之第一阶段：现代性的挑战，现代观念和制度，现代化拥护者出现的时期。

在中国文学传统转型的过程中，先后出现了两种模式，即文学改良模式和文学革命模式。我们知道，传统之所以为若干代人所继承和信仰，是因为它具有一种神圣的"克里斯玛"特质。中国人几千年来面对"夷蛮之邦"时的文化上的优越感，充分说明了对传统的敬仰、服从，说明了中国旧的文化传统所具备的极为强大的"克里斯玛"特质。中国文学也有着由一系列文学经典构成的历史悠久、辉煌灿烂的传统。然

---

① 黄仁宇：《万历十五年》，中华书局，1982年版，第160页。
② 毛泽东：《毛泽东选集》（一卷本），人民出版社，1964年版，第589页。
③ 梁启超：《论湖南应办之事》，《梁启超选集》，上海人民出版社，1984年版，第72页。
④ 梁启超：《湖南时务学堂札记批》，《梁启超选集》，上海人民出版社，1984年版，第72页。

而，这一时期，随着中国人在文化上优越感的丧失，文学在表现现代生活、揭示现代人的心灵等方面也显现出很大的局限，暴露出很大的弱点。但是，这时候，无论是改良派还是革命派，在文学问题上都是采取改良的态度。从思想内容上说，主要是从"新民"入手，倡导"国民"群体意识，在着重于文化承传关系的前提下调和"东"、"西"，实行"渐变"；在文学形式上其主张则可以用他们提倡的"旧风格含新意境"（维新派）、"须从旧锦翻新样"（革命派）来概括。总之，文学上是力图在传统文学内部进行调整变通。比如林译小说，之所以大受欢迎，既源于对新的艺术世界的介绍，也源于对读者既有语言形式审美习惯的迎合。而革命模式产生并在制度文化的层面上付诸实践后，严复、康有为等就产生了某种"复古"的意识，其目的在于恢复社会秩序，因为他们认为一个分裂的社会共同体是不可能强大的。

到了"五四"时期，先进的中国人则不仅觉悟到在破除制度文化的传统之后，还要破除精神文化的传统，而且更重要的是以个体意识取代了国民群体意识，追求个性解放和人性解放，并将以人性的追求和解放与对民族灵魂的改造和重铸结合起来；在文学形式上，"五四"文学革命的发难就是从破除古代书面僵死的语言体式和文学形式入手的。在提出思想革命后，又把传统文学的内容与形式当成一个整体来对待，冲破了数千年凝结着我国传统文化深层价值观念的文言文符号系统，改造了文言文所负载的诗歌、小说、戏剧、散文、文论等传统的结构形式。与"五四"语言变革紧密联系的是文体的变革。"五四"文体变革已经深入语言体式和语象世界的深层结构之中，这在诗歌、小说、戏剧、散文等方面都是如此。当然，"五四"文学革命作为新文学传统的一种模式也有它自身的弊端，这就是无论在内容还是形式上都有着因绝对化的形而上学的思维方式而带来的一些缺陷。这已经为近几年来许多学者所指出，这里就不必赘言了。总之，文学改良和文学革命都各有利弊和成败，这里充分显示出现代中国文学传统在形成中新旧交替的复杂性和回环性。

现在,讨论改良与革命的孰是孰非成为热门话题。文学革命的确有其不成熟之处。所谓"激进主义"、"全盘西化"在新文化的建设上也不乏负面作用,并给以后的文学发展带来了一些隐患。事实上,当某种文学因素被整合而成为传统的一部分时,多少会因为被赋予了那神圣的特质而异化。旧传统的消亡可以使其中包含的诸因素获得还原和自由,而被新的传统选择吸收。比如古典文学中的中和之美,我们所反对的是作为必须遵循的传统的一部分的中和之美。因为此时它以无上的权威压抑我们对生活的感受,甚至有时发展为虚伪。当它失去了神圣光环后,反而以其本来面目赢得我们的喜爱,并成为我们的选择之一。当文学改良的倡导者过分强调传统的内聚性作用和共时性特征时,不妨回顾一下西方的启蒙时代。启蒙主义之前的西方是以宗教传统为"克里斯玛",为凝聚社会的纽带。故西方张扬个性、尊重人权,即从反宗教传统入手。卢梭、伏尔泰都曾被教会指斥为伤风败俗。文学在西方并不处在整个国家精神意识形态系统的核心位置,故而西方只有宗教革命而无文学革命。而在中国,文学的传统、伦理道德的传统、政治秩序的传统是三位一体的,牵一发而动全身。这个三位一体就是中国的"克里斯玛",在中国起着和当时西方的宗教同样的统治与规范作用,就是中国的"宗教"。所以,在现代化进程的某个特殊阶段和"临界点",也要进行中国的"宗教"革命。

2. 现代构型期:"五四"、"克里斯玛"特质的开放性与变异性

文学革命与新文化运动相辅相成,形成了"五四"精神。"五四就好比是给中国现代历史打上了一个结,此前的种种历史线索都收拢于此,此后的种种历史线索又都发端于此。"① 这是一个中国文学新传统的现代构型期。"五四"精神是中国人精神文化实现现代化的标志,是

---

① 汪叔潜:《新旧问题》,《青年杂志》1915 年第 1 卷第 1 期。

自近代以来几代中国人创造探索的精神能量经过积聚以后的总爆发。它具有构建新传统所必需的超过旧传统的双倍的"克里斯玛"特质，它不是一种单一的精神，而是一个多面体，有着多层次与多侧面的复杂内涵。它涵盖哲学、社会政治思潮、文艺思潮、语言本体及符号表现系统；它包容了政治意识形态的、启蒙的、生命价值本位的、审美独立性的、文化守成的等多种文学观与创作观。这些因子就其单独而言，均缺乏形成传统所必需的"克里斯玛"特质，但这些不同层次、不同侧面所共同形成的"五四"精神本体，以其鲜明的多元共生、互补交融的特性，以其对旧传统的最终消解并成为新一代知识分子话语中心的实际效果，获得了成为构建新传统的基石的资格。

从哲学思想看，马克思主义哲学、实用主义哲学、生命哲学、唯意志论哲学、人文主义哲学、"泛神论"哲学等均被介绍到中国，与中国思想传统中的一些成分融合，分别影响到一些学术大家；从自然科学、自然观来看，以传统力学为基础的机械自然观，以 19 世纪三大发现为基础的有机论自然观，以及以量子力学相对论为基础的新的带有非理性色彩的自然观，均得到中国知识分子不同程度的吸收；从社会政治思想来看，"五四"时代各种不同层次内涵的民主主义思想、无政府主义思想以及形形色色的社会主义思想都同时并存，互相交错；从文艺思潮来看，现实主义，浪漫主义，各种现代主义（如象征主义、唯美主义及表现主义等）竞相发展；从语言符号表现系统来看，将引进的包含大量新术语、新句法、逻辑性强的西方语言系统和古代汉语以表意为主、单文独义、单音词丰富等特点相交融，创立现代汉语以及在此基础上的多种现代文体，如散文、杂文、新诗、话剧、现代短篇小说、散文诗等。

对于这种种的不同流派，新文化与新文学的倡导者们也许各有不同的主张，但并没有因此而否认其他思想或艺术表现手法存在的权力。不同意见之间的争论均在正常的学术争鸣范畴内展开。事实上，他们自己也都在"多元"之中自由地汲取、融合。在新传统的构建问题上，他们是开辟了一个现代性的方向，而非规定具体的条条框框。周作人说："他们（指国粹派——作者注）有一种国粹优胜的偏见，只在这条件之上才容纳若干无伤大体的改革，我却以遗传的国民性为素地，尽他本质上的可能的量去承受各方面的影响，使其融合沁透，合为一体，连续变化下去，造成一个永久而常新的国民性……"①

上述各种思想、观念、方法均在"五四"时期的文学创作中得到体现。在具体创作中，作家们一方面运用从西方引进的新文体、新方法、新观念，另一方面也从中国古典的文化资源中寻找自己的所需。如鲁迅小说刻画人物时对我们民族的审美原则的借鉴；又如闻一多的新诗"三美"就出自中国艺术中最大的一个特质均齐地美——中国式的美②。"为人生"的作品有文研会作家的乡土小说；"为艺术而艺术"的唯美之作有《女神》中的《春蚕》、《死的诱惑》、Venus 诸篇。"人生的艺术派"可见周作人的散文集《自己的园地》。所有的作品中都或显或暗地充溢着理性与非理性交织的矛盾、疑惑、思索和质问，而且其指向涵盖从社会到人生，从政治到伦理，从世象风俗到国民性，从个人到宇宙，从个性到人性，从情感到情欲。这是"人的发现"，是人的灵魂的追求、冒险、挣扎，是"求道"，而与中国古典文学的以"悟道"为主的精神境界有着截然的不同，开辟了古典文学中从未有过的新的审美境界。这就是"五四"文学和"五四"精神所铸就的新的"克里斯玛"——多元、自主、自由、独立的"自我"。它体现了"五四"新传统构型中的开放性特征。

然而"五四"精神的多元话语中声音大小是不同的。一个宽泛的概念——"平民主义"渐渐成为人们竞相追逐的词汇。其一，它和个性自由的主张有密切联系，因为自由的个性应该是平等的。由此，从前的

---

① 周作人：《国粹与欧化》，《自己的园地·雨天的书》，人民文学出版社，1988年版，第12～13页。
② 闻一多：《律诗的研究》，《闻一多全集》第10卷，湖北人民出版社，1994年版，第159页。

"下等人"应当获得社会同样的尊敬。于是政治上有"平民主义",经济上有"平民工厂",教育上要实行"平民教育"等。其二,它又和无政府主义及形形色色的社会主义思潮有联系。因此,在平民主义的范畴下,有一个风靡一时的口号"劳工神圣"。其三,中国的知识分子向来有心系天下、经世致用的实践传统。现在终于找到了新的实践领域——工厂农村。1923年郁达夫的《春风沉醉的晚上》就是这样近距离地描写了一位女工,被普遍认为是他由内转外的标志。"平民主义"使启蒙有了特定政治意义上的对象,但是启蒙的结果是启蒙者反被启蒙对象启蒙。比如《春风沉醉的晚上》中的"我",先是被陈二妹误认为小偷,接着发现自己在精神上并不比对方有优势,也不能帮助对方,最后终于决定:"就去作筋肉的劳动吧。"其四,"平民主义"使"五四"诸思潮中政治功利性最强的救亡意识找到了新的力量源泉。就是这样,"自我"、"个性"经过不断的演绎,最后在不知不觉中否定了自己。这就是从"五四"到"五卅"的过程,而"五卅"运动实际上给前者画上了句号,从此,中国社会和中国文学都进入了疾风骤雨的时代。而当政治思想成为一种权力话语以后,它就要把文学纳入自己的范畴,从而成为文学的桎梏。中国的知识分子过分推崇实用理性,总是要文学承载过多的使命。他们对西方思潮的多元引进,并非出自纯粹审美的纯粹学理的爱好,而是拿它们作药方"治病"。在他们的多元视野背后,隐藏着一元的实用理性的检验标准。因此,从"五四"走向"五卅"就成了必然。20世纪20年代中后期,"五四"文学超越世俗生活与政治的、自我冥想的、向内心深处探索式的作品渐渐为描写知识分子从自我走向社会的作品所取代。这一转变,既是小我向大我的扩张,同时也暗含了最终丧失自我的可能。由此,我们发现了"五四"所构建的新文学"克里斯玛"存在着一个悖论。然而正是这个悖论,才使后人尽可以从"五四"精神中各取所需,不断地阐释它,不断以它为话语中心,从而使之成其为"克里斯玛",成其为传统。这些,就是"五四"新传统构型中的变异性特征。

3. 现代定型期：反思中新文学传统的多元格局

从 20 世纪 20 年代中后期到 20 世纪 40 年代末，是现代中国文学传统的定型期。在这段时间里，作家、评论家们围绕"五四"及其所提出来的诸命题，如启蒙、救亡、文学的审美独立性等，进行了各自的发挥，形成了希尔斯所谓的"延传变体链"。那么，传统的定型意味着什么呢？意味着"传统是围绕被接受和相传的主题的一系列变体。这些变体间的联系在于他们的共同主题……传统也可能经历某些变化。它的基本因素保存下来……"① 这个"共同主题"和"基本因素"就是传统的定型。那么，现代中国文学的新传统定型于何处呢？我们认为，应定在以下两个方面：

其一，充满反思的精神品格。

产生于"五卅"之后，而兴盛于 20 世纪 20 年代末的革命文学是对"五四"最早的反思："'五四'文化革命运动是资产阶级领导的反对封建阶级的运动，这次运动对无产阶级毫无实效"②；"'五四'的新文化运动对于民众仿佛是白费了似的。'五四'式的新文言（所谓白话）的文……劳动民众是没有福气吃的"③。甚至连"五四"之子郭沫若都在忏悔："我从前是尊重个性，景仰自由的人，但在最近一两年之内与水平线下的悲惨社会略略有些接触，觉得在大多数人完全不自主地失掉了自由，失掉了个性的时代，有少数的人要来主张个性，主张自由，总不免有几分僭妄。"④ 这是由尖锐的阶级斗争引起的反思。1935 年《中国新文学大系》的编选和"导言"针对文坛上弥漫的从"左"的和复古的两方面对"五四"文学革命的否定，全面回顾和总结了"五四"新文学

---

① 希尔斯：《论传统》，傅铿、吕乐译，上海人民出版社，1991 年版，第 17、18 页。
② 彭康：《五四运动与今后的文化运动》，《流沙》1928 年第 4 期。
③ 宋阳：《大众文艺的问题》，《文艺月报》创刊号 1932 年 6 月 10 日。
④ 郭沫若：《文艺论集·序》，《郭沫若文集》第 15 卷，人民文学出版社，1990 年版，第 144 页。

的成就，"使这部《大系》不单是旧材料的整理，而且成为历史上的评述工作"①。它强调文学的时代性与社会性是这次反思的主线，同时，又反对文学过于"观念化"，重视文学的形式技巧。值得注意的是，《大系》各编的导言作者来自不同"阵营"，而由蔡元培作总序，堪称"五四"新文学阵营分裂十余年后的一次重聚。这足以证明"五四"的凝聚力。

这种反思的精神在抗日战争中达到高潮。人们以鲜明的民族自审意识，从政治文化救亡的高度反省过去，与民族共忏悔共忧患。而这，也正是一种文学的民族性之所在。有的作家把政治反思和文化反思融合在一起，有的作家则离开政治较远，注重个人情感的发掘，并由此达到某种文化反思的境界。前者如《四世同堂》，贯穿着鲜明的民族自审意识，其笔触不仅深入传统的文化心理结构之中，而且浓墨重彩地勾画出战火对中国人文化心理的震动和变化，表现出新时代振奋的民族精神。后者如《围城》、《呼兰河传》等，与抗击外来侵略、抨击政治黑暗的时代主流有较大距离，更注重把作者自己或人物当作独立的精神个体来揭示和描绘。在贪欲与道德、物质和精神、逸乐和痛苦的微妙冲突和历史进程中，这些作品从各自不同的角度显示出与时代的多种独特联系。在破除了左翼文学中某种狭隘的政治功利束缚后，作家们既放眼于整个民族精神，瞩目于对民族优良品格的发扬和民族劣根性的剖析，又不同程度地注意到在新的时代和世界观的基础上对个性解放精神的挖掘。空前的民族浩劫迫使人们迅速地连同自身一道进入巨大的民族反思之中。这种反思的深入必然要求构成民族群体的每一个个体的积极参与，从而唤起他们的主体意识和自身的历史使命感与社会责任感，达到对民族灵魂的重铸。由此我们可以清楚地看到一条由关注个性到关注阶级性再到关注民族灵魂的嬗变轨迹。而前两项实际上可以为民族灵魂这个更大的范畴所

---

① 赵家璧：《编辑忆旧》，生活·读书·新知三联书店，1984年版，第208页。

涵盖。

其二，现代中国文学的新传统定型于多元性的创作空间与批评视野。

"五四"精神的本体就是多元共生互补交融的。20世纪20年代末30年代初，这一特点在激化的阶级斗争的格局下有所削弱，成了左中右的对立并峙。随着抗日救亡运动的兴起，以"两个口号"的争论为标志，文学的阶级视野向民族视野转变。在"民族命运"的大背景下，作家和批评家的反思不断深入，形成了多层次思维和多角度、全方位观察的新格局。同时，由于国家被分裂为国统区、解放区、孤岛及沦陷区，文学显现出相应的不同风貌，而作家们也从统一战线里的党派斗争中，获得某种程度的创作自由。作家们或直接描写抗日风云，或写大后方的贫穷黑暗对人们灵魂的摧残与腐蚀，或写大都市里平常人生背后惊心动魄的人性扭曲，或借历史以讽今。巴金的《寒夜》、钱锺书的《围城》对都市题材与知识分子题材的处理就有很大不同。萧红《呼兰河传》里的东北农村更和丁玲笔下的暖水屯有天壤之别。张爱玲笔下充满心机的"倾城之恋"和中国那一头王贵与李香香经过尖锐革命斗争考验的爱情不啻是两个世界。中国新诗派追求戏剧性的客观化处境，而七月派则强调主观突入现实，拥抱生活。就"民族文学"而论，既有延安的"科学的"、"大众的"民族文学，也有大西南战国策派非理性主义的、"争于力"的民族文学。甚至在左翼文学内部，也存在多元的话语。周扬是"正统教义派"，冯雪峰更看重"欧化"，而胡风不赞成把人民大众当新偶像顶礼膜拜，说他们身上有"精神奴役的创伤"。这一时期也存在多次文学论争，但为着统一战线和争夺"中间地带"的需要，都还尽量克制在学术争鸣的范畴内，更没有"不彻底消灭敌人绝不收兵"式的穷追猛打，从而保证了文艺的多元格局。马克思主义的批评、民主主义和自由主义的批评、审美感悟的批评乃至"十里洋场"上或通俗或先锋的批评均各得其所。20世纪40年代，许多作家在过去多次中西文化文艺思想交流、汇合中积累了丰富的创作经验，艺术个性趋于成熟，其突出表现就是长篇叙事文学的繁荣。而这也正是现代中国文学达到成熟的标志。如茅盾的《霜叶红似二月花》、巴金的《寒夜》、路翎的《财主底儿女们》、老舍的《四世同堂》、曹禺的《北京人》等，或从个人的，或从家族的，或从某一生活空间的变迁出发，沿不同的视角，循不同的文学观，力求把握深广的社会生活。文艺的多元格局与繁荣发展在这一时期互相促进，形成了良性互动，充分体现了对"五四"精神的继承和弘扬。

通过对现代中国文学传统的形成过程的描述，我们可以得出以下结论：现代中国文学形成了不同于古典文学的新型传统。它体现在两个方面。首先是新传统中包含着新的文化因素，包括文学语言本体的不同、文学形象体系与塑造方式的不同、由语言和形象所体现的作品意蕴的不同以及由此衍生的文学批评观念和批评方法的不同。其次，也是更为重要的，新传统体现了全新的传统观。传统不再是某种固定的、必须遵循的模式，不再是外在于创作主体的权力中心，而是由主体通过自主反思和选择所形成的开放、多元的格局。这是一种新型的"克里斯玛"，它将一直向当代、向未来延伸，从而显现出传统在不断整合中的变异、同一和延续。

三、现代中国文学的基本特征

1. 现代性：中国文学现代化与民族化的双向选择特征

关于现代化的发展阶段和历史主题，美国比较现代化学者布莱克的观点有着普遍意义。他认为，所谓现代化，一是现代性的挑战：现代观念和制度，现代化拥护者的出现；二是现代化领导的稳固：权力从传统领袖向现代化领袖转移，须经过几代人的斗争才能实现；三是经济和社会的转型：由以农业为主的生活方式向以工业为主的生活方式的转向；

四是社会整合：经济和社会的转型导致整个社会文明结构的重新塑造和重新组合。概括地说，现代化的实现就是要在回应挑战、现代因素聚积的基础上，重建政治共同体和实现以经济腾飞为动力的文明结构转型。这是两个彼此相关、相互衔接的大的历史段落，又是贯穿现代化始终的基本历史主题①。

中国作为"后发外生型现代化"国家，不同于西方许多"早发内生型现代化"国家，它由于自身封建体制和文化的全面衰落，由于在西方霸权威胁下沦为半殖民地的事实，因而为建立现代政治共同体而斗争的革命化过程特别漫长曲折、尖锐剧烈，社会全面现代转型的步伐多次被延误、阻隔和中断，现代化高潮迟至今日才到来。但从整个20世纪看，中国毕竟已被纳入世界现代化潮流之中。布莱克所设定和概括的现代化的发展阶段和历史主题在中国也有大体相似的体现。作为中国现代化进程一个组成部分的中国文学的现代化，它由古典形态向现代形态的转变，必然受到中国现代化历史进程的制约和推动，同时又反映着中国现代化历史进程，涵纳着中国现代化历史主题的独特内容。也正因如此，现代中国文学的独特的不可逆转的现代性特征正是在现代化与民族化的双向选择中得以呈现出来的。

我们知道，现代中国文学是在中国社会内部发生历史性转折、变化的条件下，在中外文化思潮、文学思潮的空前冲撞、汇合中，在传统和外国的、历史和现实的参照系之中形成的。现代中国文学将自身置于全球现代化和世界文学总体格局的这一现代化历史进程中。鲁迅说，"世界的时代思潮早已六面袭来，而自己还拘禁在三千年陈旧的桎梏里。于是觉醒、挣扎、反叛，要出而参与世界的事业"，其中就包括"文化之业"②。当然，正如各个国家的现代化具有不同的价值取向模式选择

---

① 许纪霖、陈达凯主编：《中国现代化史》第1卷，上海三联书店，1995年版，第5页。
② 鲁迅：《当陶元庆君的绘画展览时》，《鲁迅全集》第3卷，人民文学出版社，1982年版，第549页。

一样，中国文学的现代化也有一个如何在现代与传统、外国与本土的维度上实现现代化与民族化的双向选择问题，也就是有一个将现代意识、现代思维方式与民族精神、民族形式结合起来以建构有中国特色的新文学的现代品格问题。所以文学的现代化绝不是西化，传统与现代的关系也绝不是传统—抗拒、现代—发展的二元对立模式，文学的现代化是现代化、民族化的双向选择及传统与现代交错发展的复杂过程。

中国现代化的启动始于外部势力发起挑战的鸦片战争时期，然而社会内部现代化因素和集团的大量出现和凝聚，特别是现代化由器物到制度进而进入思想文化层面，则是在甲午战争后中西文化汇合空前加剧的维新改良运动才开始。文学的现代化也应该说是从这个时候起步。谁也无法将梁启超这个时期的文学活动，包括以他为主将的文界、小说界革命等划到文学现代化因素以外去。他这个时期的政治活动，也与张之洞的"政治思维"明显不同，具有"文化思维"的特点。而王国维和鲁迅当时的文艺思想已超前地主张与群体意识相对立的个体自由、人格独立、个性解放，主张审美意识的独立并引进了与传统中和美相对立的悲剧、崇高等范畴。"五四"时期是激烈地反传统和全方位向西方开放的时期，然而也是自觉地创造性地继承和转换传统最有成效的时期。"五四"时期的现代思想启蒙，既包括热烈地追求个性解放、倡导科学与民主、张扬理性精神、呼唤改造国民性；又主张人们在反帝爱国斗争中建功立业，具有参与社会历史发展的强烈的社会责任感和历史使命感。在文学本身的发展上，既认定文学自身独立之价值，又不忽视文学社会政治功能，同时更应具有"世界民"的人性的眼光。滥觞于近代，形成于"五四"时期的这种"五四"精神和思维方式，作为一种具有强烈"现代性"的转型模式，影响深远。正是这种转型模式及其在各个时期的变异、丰富和发展，形成了贯穿现代中国文学的以现代化追求为旨归的现代品格特征。这种现代品格特征，从人文精神和思想内涵来说，以爱国主义、民主主义为旗帜，注重时代性、意识形态性的同时，又楔入民族灵魂重铸的核心，注重对人格独立、人性解放、生命意识的深层揭示。从文学思潮和创作方法看，以现实主义为主，又有着浪漫主义、现代主义的多元发展和交织融合。在总体审美特征上，有着崇高、悲凉、焦灼、和谐等多重审美特征的并存互渗，加以文体形式上，各种文体实验、多种话语体系以及白话文作为文学语言所激活的生命力……这些特征共同铸造了现代中国文学主流突出而又形态多样的现代化品格。

关于中国现代文学是具有"近代性"还是具有"现代性"，人们曾有不同的看法，我们认为现代中国文学是与中国现代化的特殊进程相一致的具有"现代性"的文学，它有自身独特的现代品格。这里有两点要注意：一是要注重中国新文学的"现代性"的独特品格。正如社会现代化不只是西方发达国家一种模式一样，文学的现代化、文学的"现代性"特征也不会与西方文学具有同一模式。以西方文学的固有模式来框定中国文学是不同文化语境话语的误用，超越和背离了中国的实际。中国文学的现代化虽然不成熟、不充分，但不足以导致对它的否定和无视，毋宁说现代中国文学的现代性正存在于中外古今多种文学观点所形成的多维度空间的悖论和张力之中。我们看到，现代中国文学，在其发展过程中往往出现充满悖论和张力的"现代性"情结。例如，既要向西方大幅度开放，全盘地反传统，又痛心于西方物质文明带来的偏颇，时时强调要回归传统，不断掀起"寻根"浪潮和返璞归真运动，或注重建构现实的、历史的民族基点。既认定文学与革命化、现代化时代主题的密切关系，强调群体意识、集体精神，高扬民族主义、民主主义，反映救国、建国为建立和完善现代政治共同体而作的斗争，又不能忘却文学思想启蒙、改造国民性的任务，仍时时需要发现人，揭示个体心灵的丰富和复杂。既要求文学具有审美的功利价值观和意识形态性，又追求文学之所以为文学的艺术独立品格，时时强调文学向自身回归，乃至封闭于文学的文本本体之内。既要坚持和发展作为主流文化和精英文化一个组成部分的精英文学、严肃文学和纯文学，又要充分估计作为世俗文化、消费文化一个组成部分的通俗文学、大众文学和杂文学的独立价值和商品性特征。

一是，西化与中化、救亡与启蒙、现代与传统、功利与审美、雅和俗种种"现代性"情结是现代中国中西文化冲撞、交汇中特定时空的产物，其间相互对立的文学观念、思潮既向两个极端倾斜，又不可能像西方那样各自得到充分发展，但从它们之间的悖论和张力、纠结和交错中可以看到，现代中国文学在文学观念、思想内涵、创作方法和艺术形式等方面，都呈现出以现代化追求为旨归的主要品格特征，同时又吸收与融合了前现代传统文学思潮和现代非理性文学思潮许多合理因素而展示出主导倾向鲜明又开放多彩的面貌。二是要注意不能对现代中国文学的现代品格作片面的理解。就是说，绝不能简单地移植西方某一种文学思潮，片面地理解现代中国文学的现代品格，还把它作为否定现代中国文学"现代性"的依据。应该看到，这种观点所提出的西方的现代主义、非理性主义文学和文学现代化不是同一等级同一层面的概念，以前者的兴衰沉浮和多少有无来限定后者明显地牵强不当。当然，中国文学现代化内涵是包含着现代主义文学和非理性主义文学的，它们一直是贯穿现代中国文学的一条线索，这已经为现代文学研究者所公认。但不能因此否定现实主义、浪漫主义的"现代性"，因为现代中国文学的现实主义、浪漫主义具有开放性特征，它们随着时代和文学本身的发展一再表现出顽强、鲜活的生命力。例如，浪漫主义思潮，有强调个体意识和情绪表现的浪漫主义，有注重群体意识、重铸民族灵魂的启蒙浪漫主义，有政治功利性较强的革命浪漫主义，还有田园牧歌式的抒情的浪漫主义。

总之，现代中国文学的"现代性"和"现代品格"，是几经周折，在多元化和一体化起伏消长的文化语境中，向西方思潮全方位开放，继承和转换传统并与中国的社会实际、文化实际相结合而产生和形成的。忽视它的独特内涵，或对它作片面的理解，都会对中国文学的"现代性"和"现代品格"起到消解和抹杀的作用。

2. 革命性：中国文学现代化的题中应有之义

关于现代中国文学"现代性"或"现代品格"的独特内涵，还有一个重要内容就是文学的革命性叙述问题。

大家都知道，在现代中国文学的叙述中自始至终存在着一种革命性叙述。从梁启超到资产阶级革命派文学，从后期创造社、太阳社、早期中国共产党人到左翼文学运动、工农兵文艺运动都采取了明显的革命性叙述。在这一革命性叙述的发展过程中，一些有着深厚的文艺修养、新的知识结构的文学家、思想家、革命家、政治家参加到革命性叙述的文学行列中来，如毛泽东、鲁迅、郭沫若、茅盾、周扬、冯雪峰、何其芳、赵树理、孙犁等。他们认为文学是革命的一部分或革命的工具，文学理论批评是意识形态性强的文学阐释、评价和规范活动，他们都程度不同地关注文学的审美特性，但在文学的审美特征要从属于文学的革命性叙述上则是较为一致的。他们主要受苏俄马列文论的影响，当然也有着自己与中国社会实际和文艺实际相结合的创造，其中一些重要成果，如毛泽东的文艺思想体系，鲁迅后期的杂文，茅盾长短篇小说和文学批评活动，郭沫若的历史剧，周扬、冯雪峰、何其芳的文艺论著，赵树理的坚持现实主义真实性的小说，孙犁的风格独特的小说等。一些民主主义作家如巴金、老舍、曹禺等，他们的反帝爱国精神，其作品中反封建的深广内涵，都不能不说与反帝反封建的革命性叙述有关。如上所述，在反帝救亡成为现代主题的情形下，文学的革命性叙述在整个现代中国文学中不能不占有极为重要的地位。也正因为如此，在中国社会和文学现代化的历史进程和基本主题中，革命是现代化的题中应有之义；革命性、政治性、意识形态性也是中国文学现代化的题中应有之义。总结现代中国社会和文学的现代化历程，必须采取实事求是的态度。

如前所述，布莱克曾经将世界现代化的进程和历史主题表述为在回应挑战的基础上，建立政治共同体和实现以经济腾飞为动力的文明结构转型这样两个大的历史段落和两大基本主题。他还指出，在现代化进程中，前一段落的主题，即从传统领袖向现代化领袖的权力转移，建立一个具有现代导向的、高效率的、开放的政治共同体，为未来的经济腾飞和文明结构转型创造前提，其间尖锐的革命斗争通常可达数代人之久。这在西方是这样，在中国更因为现代化运作背景的严酷——人口过剩的负累、民族的生存危机以及当时国家的四分五裂，这半殖民地社会带来的种种恶果，使得为建立现代政治共同体而作的斗争变得漫长曲折、尖锐剧烈。其间，有着两次重建现代国家（中华民国取代清王朝、中华人民共和国取代中华民国）的斗争和国家形态内部更换领导集团或领导核心的斗争。由此可见，正是为中国现代化道路和主题的特殊性所决定，一方面，现代化涵盖了革命化，却不能取消革命化。革命化在中国被极度地强化，因而是革命推动了现代化，现代化的权力分配和资源配置就是在革命和战争中进行的，现代政治共同体也是在这一斗争过程中取得和建立的。另一方面又要看到，革命化推动了现代化，却不能替代现代化。现代化对革命化有着涵盖、渗透和终极指导的作用，因为无论革命化道路如何曲折漫长，它自身不是目的，革命的目的是解放生产力，促进经济增长、制度变革和文化建设，满足广大民众的物质和精神文化需求。因此，革命化与现代化相辅相成，交织发展，最终汇入现代化的历史总进程中去。我们既应该珍视现代中国文学史上各种文学现象和作家作品的革命化因素，同时又要发掘出过去在革命化过程中被湮没了的现代化因素，用现代化眼光重新透视革命化过程，进一步总结其间的经验、教训，概括出新的发展规律。

如对鲁迅，就应该从"民族魂"与"世界人"、"思想启蒙"与"政治救亡"、"形而下"与"形而上"等多种维度上将他当作一个具有深邃复杂的现代意识的精神个体来研究。鲁迅不仅是伟大的民族英雄、我们民族优秀精神的集合体，而且是一个有着自己独特的性格、情感、心理素质和思维方式的精神个体，他有人类普通一员的矛盾、焦躁、激愤和痛苦，而这种普通人的情感与心态又是世界的、人类的，他是探索人类真理的代表。"五四"时期面向国民大众所持的"启蒙主义"态度自不待言，即使在他实现世界观转变乃至已成为共产主义者的后期，在他十分重视政治、强调政治的威力的时候，仍然不停止深沉的文化反思，坚持改造国民性，注重文艺作品涵盖政治的现实的历史内容。他的思想启蒙观点始终与民族救亡的危机感和使命感交融在一起，然而他在任何时候都不忘对人的灵魂改造这一最根本的任务。他的文化反思启蒙工作往往超越了政治救亡、思想斗争等"形而下"的层次而带有探索、发掘、塑造人的灵魂的"形而上"的性质，既反对文学简单地追随政治，又主张以深远的历史高度和开阔的心灵幅度来看待文学和政治的统一。再则，在"形而上"的层次上，他还达到了超越启蒙的程度。他一生都对人生存在的意义进行着带有哲理意味的思考。在他的思想性格和全部作品中，往往有一种对人生超越意义的探索而产生的看透了人生的孤独、悲凉感和对于死和生的强烈感受。他的对个体存在意义的追求与对国民性的改造、批判以及执著于现实的民族危机感、政治参与意识相融合，使鲁迅具有真正中国现代型的深沉的历史悲剧意识和人类命运意识。从现代化的视野来观照和研究鲁迅，就可以看到鲁迅人格和作品形象世界涵蓄着纷繁的政治、伦理因素而又展示出开阔深邃的境界，鲁迅研究就必须从这个角度出发，揭示出人的心灵变化中人的意识现代化历史。基于现代化视界的鲁迅研究就必然在现代心灵探索的历程中显示出无穷的生命力。

3. 人本性：重铸民族灵魂的现代人学核心

现代化，归根结底离不开人的现代化。现代中国文学的现代转型，它的现代化，必须建构新的人学结构，楔入民族灵魂重铸的现代人学核心，才能探索文学现代品格特征的底蕴。关于文学现代化问题，王瑶先生曾经有过精辟的论述。他认为文学的现代化包括"语言现代化"、"思想现代化"和"人的现代化"，而在这三个方面中，"人的现代化"是

"更重要的目标",这个目标体现了"五四"的时代精神①。

王瑶的论述是很有见地的。因为我们知道,"文学是人学"这个命题现代含义的一个重要内容,就是要强调文学中人的主体性,不仅是外在行为的主体性,而且是以不同个性为基础的、体现着人性复杂深广和情感丰富多变的内在情性的主体性。由行为的主体性到情性的主体性再到深层多样的情性的主体性,这正是在现代文明迅猛发展情形下人类认识运动的重心转向自身,不断认识自身,丰富、完善和发展自身的结果,这也正是在实现社会现代化的同时实现人的现代化的结果。中国古代文学发展到清末,由于政治、伦理一体化的封建官僚帝国体制的超稳定性统治和以儒学为主的文化传统出现全面危机,明末清初曾一度兴起的个性思潮和实学思潮遭扼制,文学也在提倡宋学、汉学等复古浪潮中失去了对人生的观照与对人文理想的探索,失去重情、求变、师心、抒愤的个性意识,文学的人学核心被挖空,因而导致主体性失落,出现严重僵化状态。在中国现代化特别是人的现代化历程中,中国文学由古典形态向现代形态的转变,表现为具有现代意义的人的自觉与文的自觉,而人的自觉又具有首要意义。这就是说,从中国现代化启动之时起,中国现代化的历史主题一直潜在地支配着、制约着现代中国文学的发展。而这种对文学的支配和制约,最根本的就是要在人的现代化的基础上,在作家、作品、社会(文化)和读者的诸多维度上,建构起文学的人学核心。也就是说,要在文学活动多维度的空间里将人与自然、个性与社会、感情与理性、审美与功利等"人"的内涵中的诸多关系,加以区分对峙又互补交融起来,以呈示生气灌注而又杂多丰富的人的精神主体。显然,这种精神主体是在中西哲学和人文、文艺美学思潮中形成的。仅从文学思潮来看,在现代中国,就不仅贯穿着文学的政治功利价值和意识形态化思潮,贯穿着倡导现代理性精神、主张科学与民主、进行现代

---

① 王瑶:《〈在东西古今的碰撞中〉序》,中国现代文学研究会编:《在东西古今的碰撞中》,中国城市出版社,1989年版。

人的发现的启蒙主义思潮，而且贯穿着注重个体生存的悲剧，对启蒙主义理性原则持怀疑反叛态度，在人的发现的同时意识到人的分裂的非理性主义思潮。这里，应该特别看到，从现代中国文学特有的人学复杂建构中发现这种思潮是更能体现"现代性"人学特征的。这种思潮从其渊源关系上说，它既是西方现代文明走向危机阶段的产物，又是对这种文明的深刻反思和强烈抗议。"现代性"并不是一个静止的概念，而是不断发展、更新的动态概念。在现代中国文学"人"的概念中，不仅个性意识与群体意识、民族观念，人性解放与启蒙思想、意识形态性是对立统一地结合在一起的，而且人的发现、人的讴歌与人的怀疑、人的分裂，自我歌颂、个性张扬与自我审察、个性批判也是对立统一地结合在一起的。这一切关于"人"的丰富性和复杂性都交汇到现代中国文学民族灵魂重铸的人学主题中去。

我们认为，在现代中国，基于复杂丰富的现代人学结构，在重铸民族灵魂的启蒙思想主题激发下，兴起了两次大规模的全民性反思活动，也出现了两次现代意识鲜明强烈的文化再造和文学繁荣时期。第一次是维新改良、辛亥革命连续失败后引起的剧烈震动和民族反思。这时候西方霸权威胁加紧，中国急剧陷入半殖民地社会，人们对现代化的认识经历了由器物到制度再到思想文化的转变。从维新改良到"五四"思想启蒙的先驱者们对"人"的理解，将西方近代启蒙主义思潮、浪漫主义思潮与西方20世纪初的现代派思潮融合起来，不仅接受了与神权、王权对立启蒙式的"人"的类概念，而且将个体、自我、心灵、精神放在了首要地位，并感染到了现代主义对人的怀疑以及人的孤独、焦灼、精神缺失的"世纪末"情绪。这样，便不仅以"人"的名义对外在封建伦理、政治和传统文化进行了冲击和反抗，更重要的是，基于进化论的发展观，由个人到民族贯穿着内省的、反思的思维方式，也就是说，每一个个体作为历史活动参与者的自我反省、自我批判与全民族的深刻反思融合在一起，从而由呼唤"精神界之战士"以"新民"、"改造国民性"，到强调个体意识个体生命价值，以展示爱国救亡观念、"世界性"的视界、"人类之爱"的渴求。在这种对现代人的复杂概念认识的前提下，从维新时期的诗界革命、文界革命、小说界革命到"五四"时期的语言革命、思想革命、文学革命，促进了具有真正现代意义的新文学的诞生，为现代中国文学的现代化奠定了基础。第二次是抗日战争引起的反思。这种反思无论是政治反思，还是文化反思，都是以人的反思为前提的。人们以鲜明的民族自审意识，从政治文化救亡的高度反省过去，与民族共忏悔共忧思。而这种反思的结果，使人们清晰地看到了个性意识与民族群体意识、人的解放与民族解放、阶级解放关系中的种种问题。与人的反思相一致，作家的创作个性明显地趋于成熟，代表着民族意识精华的艺术、哲理思维更加深入错综复杂的动态的历史现实和文化生活中去，进一步奠定新文学面向世界、走向世界的基点，这是新文学经过现代化与民族化的双向选择走向成熟的时期，创作上出现了丰收局面，如长篇小说、长篇叙事诗、多幕话剧和历史剧的涌现，其数量之多、质量之高是此前时期不可比拟的。在文学理论批评上，具有个性特色的文论体系和批评家、诗论家，乃至文学理论批评流派、诗歌理论流派开始出现。

概括地说，现代中国文学在现代化历程中显示出它独有的"现代品格"。研究这种"现代性"和"现代品格"，把握它一贯的发展脉络和共同的基本特征，才能在全球化语境下，探索其真谛，为中国文学的发展提供新的文学资源。

经典阐释

回到经典,重释经典
——关于 20 世纪中国新文学经典化问题

一、经典的言说

从 20 世纪中国文学的现实来看,无论是对现代文学有无经典的讨论,还是对现代文学经典的焦虑与危机感,都与对经典的涵义的理解有极大的关系。那么,应该怎样对这个概念进行界定呢?我以为,概括起来说,可以从思、诗、史三个方面来把握。

第一,在精神意蕴上,文学经典闪耀着思想的光芒。它往往既植根于时代,展示出鲜明的时代精神,具有历史的现实的品格,又概括、揭示了深远丰厚的文化内涵和人性的意蕴,具有超越的开放的品格。它常常提出诸如人与自然、人与社会、人与人、人与自我、灵与肉等人类精神生活中某种根本性的问题。同时,经典与经典阐释有着如影随形的密切关系,经典必须持续不断地被汇集整理、接受传播、称引崇奉,才能成其为经典。原创性的经典还需要原创性的阐释,而原创性的阐释又可能成为新的经典或具有新的经典性特征。如朱熹的《四书集注》之于孔孟儒家经典;胡适、俞平伯的新红学,20 世纪中国家族小说经典如巴金的《家》、《春》、《秋》,老舍的《四世同堂》等之于《红楼梦》,都有程度不同的原创性,具有新的经典性特征。

第二，从艺术审美来看，文学经典应该有着"诗性"的内涵。它是在作家个人独特的世界观渗透下不可重复的艺术世界的创造，能够提供某种前人未曾提供过的审美经验。它是基于感性生命、精神需要乃至个人和集体无意识的一种对于世界的独特的审美把握。这种审美把握通过原创性努力，涵纳丰富多彩的心灵世界与鲜活丰满的本真生命，而且还以生成着、行动着的"在场时域"将过去和未来的生命吸纳于当下。这样创造出来的文学经典能使人性、人心相通，文心、诗心相通，从而使不同时期的文化和文学得到深层沟通。

第三，从民族特色来看，文学经典还往往在民族文学史上翻开了新篇章，具有"史"的价值。这也就是说，文学经典，特别是那些可称为"元典"的文学经典，能促使一个民族的语言和思想登上一个新的平台。正如莎士比亚之于英语和英国文学的现代性，普希金之于俄语和俄罗斯文学的现代性一样，鲁迅和"五四"新文学经典模式也是通过现代汉语独创的艺术世界，把我们民族的语言和思想推向了一个新的高度、新的平台。这样才有可能让我们整个现代文学的作家和理论家们在这个平台上共同操作、交流和创造，进而出现一系列的经典性的成果。

由上可见，文学经典是特定历史时空与文化语境中思、诗、史相交融的结晶。西方自柏拉图直至近代，思想史上主要是"思"与科学、宗教（非原宗教的上帝，而是科学理性所制造的僵死的上帝）的对话，少有思与诗、思与史的对话。思与诗、思与史的分离推向极端，"思"只承认科学认知与宗教认知经验。于是，"思"愈来愈"纯粹理性化"、"哲学化"。滥觞于康德，从 19 世纪末至 20 世纪，随着尼采"上帝死了"的呼声，宗教没落，"纯粹理性"受到扬弃，西方现代思想开始了"诗性转向"。"思"的对话对象由科学、宗教转而为诗，诗学成为一种重建价值、重新解释人生的新的文明、新的存在方式。而作为诗学这种自由意志产物的复写品的历史学，也不是过去仅凭史料和因果规律起作用的领域，而进入了有着自由意志的精神科学的领域。随着中国社会在现代转型中，由器物到制度再到精神文化的发展，西方突出"诗性转向"的思、诗、史相交融的现代思想传入和影响中国，中国社会文化汇入世界潮流，也发生了向重主体、重精神的转变。思、诗、史相融合的新文学经典便是在这种"诗性转向"中诞生。但是，文学的革命叙事与救亡主题却往往使这种"诗性"出现问题，革命、救亡主题中虽然也包含着主体实践、主观意志的"诗性"成分，但当意识形态与科学主义胶结在一起而强势地一元化，政治成为新的"上帝"时，知识无法"中立"，价值不能实现精神超越，审美也不能形成独立品格。这样，"思"的实用理性化，思、诗、史隔离对立、发生矛盾冲突，便使经典之间，经典阐释之间，乃至对经典与经典阐释进行系统整理、系列考察的新文学史之间也出现矛盾复杂局面。具体地说这种矛盾复杂局面表现在以下两个方面：

一方面，要看到与现代性紧密结合在一起的新文学经典，它作为特定时空的一种历史话语，有着被确认的权威的价值和地位。这里，先从现代性的确定性特征谈起。在西方，现代性寄寓着人的启蒙理性和主体性原则，人成为意义的唯一来源；而且它还为新的社会生活和社会组织模式提供建构与运作的合理性依据。在中国，现代性的特殊性表现为，个人主义和国民性等启蒙话语与民族国家观念相融合；由器物而制度而思想文化的现代性发展导致人的发现、新的艺术精神的觉醒与科学的发现；接着政治、经济先行思想文化后变以及由此带来的人的精神的缺失的局面，又导致在政治意识形态制约下人的精神价值与审美自由追求的受限，科学理性和知识系统"价值中立"立场的丧失。正是这种由革命、审美、学理、崇众、尚用等多种维度构成的意义空间，赋予了新文学经典以特定的内涵，使其具有历史品格与现实品格；同时，这些经典创造者又以其个人独特的世界观和原创的艺术世界，揭示了丰厚久远的文化内涵与人性意蕴，使其具有超越品格与恒久品格。正是这样，20世纪中国新文学经过文学的生产、传播和接受，特别是经过文学史的历史叙述，这种文学制度因素的共同作用，在萌生与勃兴、发展与曲折、成熟与繁荣的历史进程中，铸就了一批权威性的文学经典，新文学整体也成为一种经典性的存在。

另一方面要看到，由于体现了反思性和问题意识的现代性特征的作用，新文学经典又并非凝固不变的绝对化和终极化事物，它们在被阐释、被接受、被解构中显示出特有的开放性和多元性特征。与西方每一个时代有一种从内部生长的主要的社会哲学思潮和文艺美学思潮不同，在中国，由于西方近代的现代的乃至古代的种种思潮的同时传入，又与中国传统文化思潮发生冲撞和交汇，因此种种思潮纷繁多样而又发展不充分。如大陆的现实主义由于与政治意识形态结合而发展不充分，以至到了新时期有那么多的现实主义品种出现。但大陆另有浪漫主义、现代主义文学思潮，台、港、澳也有多种文学思潮。这样，在20世纪的中国，由于各种文学思潮和创作方法没有获得充分发展的完备形态，因而体现了现代性而又能与世界文学媲美的文学大师和经典为数较少；同时，受多种思潮左右地对经典的阐释更是多种多样。各种文学思潮和流派对经典的确认与阐释呈现出明显的相对性特征。到了有批评家和广大读者参与创造，以批评家和读者的主动性来实现文本的完整性的接受美学评价时，文本开放的自由度和阐释的空间又要大得多。20世纪八九十年代"重读大师"热中种种对大师与经典的重新排名和民意测试等，便有着明显的个人阅读与接受的特征。后现代解构思潮的影响，其价值多元、意义的不确定、阐释的冲突等主张，作为解构策略，展开文本差异，促使文本裂变，更对经典进行拆解、戏拟、拼贴。但是，以相对主义甚至虚无主义的态度对待新文学经典，只能将历史与现实对立起来，将个人阅读与公众空间对立起来。这样做的结果必然使人沉溺于"影响的焦虑"之中，而孤立绝缘的当下个人趣味和阅读也无法阻断经典的超越性多元性的延传。同时，种种个人接受和言说，种种拆解和戏拟，也不符合接受美学与解构理论的原意。因此，用机械的眼光来看新文学经典，看不到它们的延传变异的特点，不符合经典本身的含义，也违背了20世纪中国文学经典化的历史事实；而相反的极端，只要"当下"没有"往昔"，只有"我"没有"我们"的绝对化个人阅读，则无法操作、交流和创造，无法进行经典阐释，也是从根本上否定了经典化的历史的。

二、回到经典化的历史变动本身

回到经典、重释经典，要以"了解之同情"的态度，与"立说"的历史人物"处于同一境界"①。20世纪中国新文学经典既然是在特定的历史语境中思、诗、史对立统一关系的体现，而这种关系在不同的历史阶段又有不同的特征，因此，以当下现代性的言说，重新整合的历史视域与返本开新的态度，对新文学经典的古今转换以及它的诞生、延传与重构的过程，进行梳理与考察，是很有必要的。我以为这一经典化的历程可以分为以下四个阶段来看：

第一阶段，承受"欧风美雨"，冲击千年陈规，在求新、主逆、尚变中转换中国古今文学经典（1898—1918年）。

中国古代文学经典主要是文中哲杂糅、文笔混沌的杂文学经典。现代意义上文学性强的诗、词、曲，特别是小说、杂剧等是不能被称为经典的。19世纪末20世纪初，较早摆脱了中世纪一统形态的西方文化，实现了类似于思、诗、史关系的科学、道德和艺术的分离和重组，它们各自自律而又互动互渗。作为人文主义一个组成部分的西方美学思想开始促使中国传统的文艺审美观念向现代转换，促成了文学的自律和现代艺术精神的觉醒，促成了由古代杂文学作品向现代意义新文学作品的转换；作为科学主义一个组成部分的理性解析精神和逻辑实证方法，促成

---

① 陈寅恪：《冯友兰〈中国哲学史〉上册审查报告》，《国故新知论》，中国广播电视出版社，1995年版，第432页。

了现代知识结构和学理精神的发扬，从而为新文学经典化创造了必要条件。例如，王国维便是一位审美独立品格论者。他的长篇论文《〈红楼梦〉评论》以西方悲剧理论解读《红楼梦》，凸显出个性与审美的自由，揭示出人的存在的悲剧性。它从知识范畴上突破了传统的文质、道技等关系，形式上表现出重逻辑、重分析和理性化的叙述模式。这些都是对传统知识系统载体的扬弃。他的另一著作《人间词话》虽然脱胎于古典美学精神，却充溢着新的美学意蕴，他在解说前人诗论的基础上刷新了关于诗歌的"境界"说。围绕真感情、真景物的核心观念，王国维将受西方浪漫主义和现实主义影响的"造境"与"写境"的概念，与中国传统文论演化的"有我之境"与"无我之境"① 结合起来，因此王国维的《人间词话》也就成了中国古今文论过渡转换时期的经典。如果说王国维主要以对古代文学经典的解读为古今文学经典的转换进行美学理论的准备的话，那么，"五四"新文化运动最初几年的胡适便试图通过文学改良与白话文的提倡，沟通古今文学经典，使它们发生对接与转换。他发表《文学改良刍议》、《建设的文学革命论》等论文及一些书信时，鲁迅的《狂人日记》尚未发表。而他这时候已经一方面将过去许多文言经典归为"死文学"而加以否定；另一方面则将元代以来的白话文学作品如《水浒》、《西游记》、《儒林外史》、《红楼梦》及关汉卿的戏曲等视为"活文学"而加以肯定。他不仅将后者视为"足比世界第一流文学"②的经典，而且认为现实中吴趼人、李伯元、刘鹗等人的作品是受古代白话经典的影响而成为新的"第一流"③ 作品的。

第二阶段，广纳世界思潮，借助政治推动，在"五四"精神模式建

---

① 王国维：《人间词话》，《王国维文集》第1卷，中国文史出版社，1997年版，第141、142页。

② 胡适：《文学改良刍议》、《白话文言之优劣比较》，姜义华主编：《胡适学术文集·新文化运动》，中华书局，1993年版，第28、8、22页。

③ 胡适：《文学改良刍议》、《白话文言之优劣比较》，姜义华主编：《胡适学术文集·新文化运动》，中华书局，1993年版，第28、8、22页。

构中新文学经典的诞生（1918—1928 年）。

中国现代文化在思、诗、史等方面的分野发展和重新组合，经过维新改良运动特别是"五四"新文化运动和文学革命的洗礼，出现了新的内容和形态，促成了新文学经典的形成和诞生。"五四"新文学的精神模式作为一个整体，它的追求个性解放和生命价值的主体意识，自我反省与文化反思相交融的理性精神，反迷信反盲从反依附的科学态度和学理意识，改造国民性的启蒙主义、关心民众的平民主义、投身改革与革命的参与激情，以及文学回归自身、进行语言文体变革的形式追求和新的艺术精神的觉醒等，都是富有新的时代特色和超越精神的经典形态与模式。正是在"五四"精神模式的"意义空间"中，出现了鲁迅、郭沫若、周作人等"开山"的新文学大师和经典。他们的作品确实呈现出文学经典在精神意蕴、审美品格和史的定位上所必需的新锐性和前卫性，原创性与独特性，丰富性和多义性，超越性与恒定性。虽然鲁迅、郭沫若、周作人等人进行创作的艺术方法、体裁样式不同，艺术风格、气质个性各异，体现文学经典的方面和程度都不一样，但他们作为语言艺术大师，他们的作品作为文学经典所具有的异乎寻常的、能够产生不朽艺术魅力的"卡里斯玛"特质，却是大多数新文学研究工作者和新文学史家所认可的。正因为《呐喊》、《彷徨》、《女神》等文学经典具有丰富复杂的内涵，以它们为代表，集中凸显和体现了"五四"新文学独特的精神审美模式，因此将清末至"五四"的文学变革成果推到民族语言思想的一个新的"平台"。有了这个"平台"，不仅呈开放多元特征多层面、多角度对经典进行的阐释、接受是在这个"平台"上；对经典的质疑、问难与挑战，消解、戏拟与重构是在这个"平台"上；而且，文学经典与文学经典之间交流、联络与影响，革新、创造和独立，也是在这个"平台"上。

第三阶段，凸显救亡意识，深入民族现实，在多维阐释空间中新文学经典的延传（1928—1978 年）。

这个延传过程存在三对关系：革命与审美的关系、民族化与现代化的关系、精英化与大众化的关系。这三对关系比较充分地体现了在强调主体、精神和审美的"诗性转向"前提下思、诗、史的变化组合。这就形成了几个系统的经典：一是政治社会系统，这个系统的经典有茅盾的《子夜》，艾青的诗歌，郭沫若的历史剧，毛泽东的《在延安文艺座谈会上的讲话》等；二是精神启蒙系统，包括胡风、冯雪峰的文艺思想，鲁迅的杂文，巴金、老舍、曹禺的创作；三是审美感悟系统，沈从文、徐志摩、张爱玲与穆旦的创作，朱光潜、刘西渭的文论属于此类；四是学理认知系统，以梁实秋、钱锺书为代表。此外还有以张恨水《金粉世家》、《啼笑因缘》为代表的通俗文学经典。这些经典有时交错，有时对立，而在这一过程中，革命的、民族的、大众的倾向逐步压倒了审美的、现代的和精英的倾向，形成了政治意识形态与现实主义一统天下的局面。

但是，尽管审美、学理在不断膨胀的"革命话语"的压迫下，越来越成为一种"潜话语"，但在这样的"潜话语"之下，20世纪30年代前后有沈从文，40年代有张爱玲、钱锺书这样的经典作家，坚持文学的独立审美品格与学理品格，超越现实人生，深入到生命的审美形态或学理形态中。沈从文的《边城》并不是仅仅给我们展现一幅民俗风情画，带我们去一个美丽的地方旅行，而意在从喧扰纷繁的现实中抽取出一种坚守自然人性的生命形式，赋予其永恒的神性。张爱玲的《金锁记》也不同于巴金的《家》，其意不在于表达对某一制度的憎恨，而是通过曹七巧和她的儿女两代人的命运，感悟人的生命世界在轮回中毫无所得，只有失去，以致空虚，以致毁灭的苍凉。而在钱锺书的《围城》中，方鸿渐则象征了人被抛入一种境遇后身不由己进退失据的尴尬处境，具有存在主义的品格。钱锺书的文艺学术巨著《谈艺录》、《管锥编》等则以其体大思精、知识渊博、领悟玄奇、思理邃密与反体系的创构而成为现代文论与学术的经典。至于巴金、老舍、曹禺、艾青的作品，则是属于在革命与审美的张力下比较执中的一类经典，一方面有倾向革命一边的进步倾向，因而被冠以"民主主义"的称号；另一方面又不是为了某一特定的政治团体和思想主义而创作，一定程度上保持着艺术的独立性，表现出较高的审美价值。因此其命运要平坦得多。不论是过去重视政治的时候还是当今淡化政治的时候，他们的经典地位一直是比较稳固的。

第四阶段，大幅度对外开放，深度回归传统，在多元共生、歧异消解中新文学经典的重构（1978—2004年①）。

社会主义新时期文学经典的延传与重构体现了思、诗、史关系的重新组合。在各人文学科的专业领域和文化文艺领域里，政治意识形态与科学主义相胶结的强势一元化态势逐渐淡化和边缘化，主体、精神、审美的诗性特征日益彰显。这次新文学经典的重构有以下两个明显的特点：

一是文学的存在空间由一元单质到多元异质。由于政治的开放，过去处于相互隔绝状态的大陆文学和台港澳文学实现了交流与互动。台港澳文学及海外华人文学进入和冲击大陆文学，不仅带来了同样建立在现代汉语基础上的不同的、新鲜的文学观念和思维方式，而且，更重要的是海外华人文学在创作上有着杰出成就，如白先勇的小说创作等。与这三位海外经典作家的创作同时，大陆的文学则处于相对狭隘的意识形态的一元视角下，整个的文化格局也处于相对封闭状态中。

二是在西方思潮大规模涌入与全方位开放（包括方法热、多学科交叉、透视、新的美学原则的崛起、多种人文学科的引进等）的同时，兴起了"国学热"，展示了向传统深度回归的新景观。它与20世纪20年代的"整理国故"当然有相似与联系，但是它所面对的是已经臻于成熟并形成了自己的传统的新文学，是已经不平衡地进入现代市场经济，已经

---

① 2004年为编辑所加，本文原载《文学评论》2004年第4期。

不平衡地现代化,并在某些地区某些领域呈现出一定的后现代特征的特殊社会形态,因此它站在与"整理国故"不同的高度之上,以更为阔大的世界文化视野重新审视传统文化。"国学热"的出现,使得世纪末的中国文学经典化呈现出一种整合的态势,即立足于时代的要求,在全球化语境下,在向西方引进、拿来的同时,大规模地向传统回归。这种回归就是整合,这种整合又被推向世界,成为全球化语境下人类共同文化的重要组成部分。不但在对鲁迅、老舍、沈从文、张爱玲等作家的经典重读中我们可以感受到这样的整合,而且新时期以来文学创作真正具有经典价值,可以积淀下来的作品也是这种整合的体现,或符合这种整合要求。陈忠实的《白鹿原》正是这样,吸取了西方现代主义思潮中对人本身,对人的生命欲望、对历史的荒诞与非理性的探索,从而以新的视角来观照反思浸透了厚重传统文化的一段地域和家族的历史,如一股生活之流,在展现生活原生态的同时,全方位地穿透了生活的社会属性、文化属性和自然属性。这部作品在对待传统文化的心态上具有过渡性的特征,既有留恋与沉醉,也有严峻的拷问和批判。这一切都体现出了它产生于尚未完成的经典重构过程中的特征。经典重构正是这样一个过程,一个在多元和开放中进行反思的整合过程。

三、阐释中的新文学经典世界

20世纪中国文学经典化的历史进程密切地伴随着对经典的阐释进程。只要我们将经典阐释的眼光深入到历史上经典与阐释的关系上去,便可以看到一个丰富多彩而又绵延变异的阐释中的新文学经典世界。这个阐释的经典世界摈弃了抽象机械的教条与极端个人化主观随意性的伪阐释,它既要求回到经典文本本身以及产生它的历史原初语境,是一种向经典本身趋于还原的阐释的科学形态;又因为20世纪文化主体性增强、转型中中国社会变化发展迅速,经典阐释的视角转换多、幅度大,诸多阐释之间往往发生矛盾冲突，因而这种阐释又呈现出开放、多元和超越性特征。本文上两节曾谈到新文学经典是体现着主体性精神的思、诗、史的融合，这里，对新文学经典的开放、多元、持续的阐释也贯穿着主体性精神，却存在着偏于思的思之诗、思之史，与偏于诗的诗之思、诗之史的宏观体系性阐释，以及诗、思、史三者多重组合的体验性阐释等类型。

在新文学经典中，阐释世界覆盖面最广，震撼力最为强烈，视角变换最大最频繁，阐释空间中差异和矛盾最为显著，延传时间最为恒定持久的当然首推鲁迅。在鲁迅的阐释世界中，最引人注目的就是上述两类偏于思的与偏于诗的体系性阐释。20世纪30年代的瞿秋白、40年代的毛泽东是对鲁迅及新文化、新文学进行马克思主义阐释的代表人物。他们作为居于领袖地位的政治家、思想家，从中国近现代以来社会与文化的革命性变迁的角度，对鲁迅在现代中国的历史地位进行了崇高、科学的评价。这种评价主要从政治意识形态上肯定了鲁迅的历史地位。无论是瞿秋白还是毛泽东，他们都很少谈论鲁迅前期的现实主义小说，这与瞿秋白否定"五四"，要一个"无产阶级的'五四'"① 的观点是一致的；毛泽东更是明确地说"鲁迅表现农民看重黑暗面、封建主义的一面，忽略其英勇斗争、反抗地主，即民主主义的一面"②。这实际上是对鲁迅小说现实主义的质疑。因为在他们看来，现实主义是高度政治化的，必须是革命的现实主义，或者社会主义现实主义，等等，它的功能才不至于只是揭露的、批判的，而是表现现实的积极、光明面并指向未来的。这种高度政治化的"思"必然导致对"诗"的封杀。同为对鲁迅经典进行马克思主义阐释的胡风、陈涌等便在思、诗、史关系的处理上有明显的不同。如胡风作为一位文艺美学家虽然也接受了马克思主义有

---

① 瞿秋白：《欧化文艺》，《瞿秋白文集》第2卷，人民文学出版社，1953年版，第886页。
② 郁之：《大书小识又四则》，《读书》1992年第5期。

关意识形态、市民社会、封建的亚细亚生产方式等具体观点,但他更关注马克思主义有关人的存在、发展和解放的实践观点。胡风的以"主观战斗精神"为核心的文学观念内涵,在主体和客体,情感和思想,感性和理性诸关系中强调的是主体、情感和感性。因此他认为,鲁迅作为一个"思想家",应该注重他"这里面的活的过程和丰富的内容,只有在和作为战士的他的道路以及作为诗人的他的道路有机的联系里面,才能构成这个'现代革命圣人'底俯视一代的巨像"①。应该看到,胡风对鲁迅经典的阐释,往往看重的是革命政治家们所忽略的鲁迅前期的现实主义小说。如他关于阿Q在法庭上画圆圈的一段著名论述②,充分表明了胡风关于鲁迅阐释地注重"诗"的"诗之思"与"诗之史"的说服力与感染力。而这种现实主义主张正是他在理论上背离主流话语的重要原因,他也因此而获罪。陈涌一方面承接政治阐释的思路,在新民主主义革命的史论框架中读解鲁迅;另一方面他将阐释重点放在鲁迅的小说和鲁迅对文学之外的其他艺术门类的研究上,坚持用"不加粉饰"的艺术"真实性"以及"现实主义的胜利"等理论,揭示鲁迅作品现实主义的深刻性、丰富性和复杂性③。可以看到,陈涌是"自内而外"地揭示现实主义的特殊规律和本体特征,不是"自外而内"地将"革命"、"社会主义"等头衔硬装到现实主义的身上去。然而,陈涌也正是因为他的"不加粉饰的现实主义"等主张背离了主流话语而招致了厄运,被打成右派分子。由此可见,对文学经典的不同阐释在特定历史环境中会产生怎样尖锐剧烈的冲突!新时期,在改革开放的环境中王富仁、钱理群、汪晖、王乾坤等人,将鲁迅阐释全方位地纳入世界文化潮流,与世界文

---

① 胡风:《作为思想家的鲁迅》,《胡风评论集》中卷,人民文学出版社,1984年版,第175页。

② 胡风:《论现实主义的路》,《胡风评论集》下卷,人民文学出版社,1985年版,第350~351页。

③ 陈涌:《论鲁迅小说的现实主义》,《为文学艺术的现实主义而斗争的鲁迅》,《陈涌文学论集》,上海文艺出版社,1984年版,第183、306页。

化思潮的诗性转向相一致，更好地向诗之思与诗之史转变。他们在思想观念上超越了政治意识形态，从启蒙主义到存在主义、生命哲学，创作方法上突破了现实主义的一统天下，浪漫主义特别是现代主义成为切入鲁迅本体的新角度；审美类型则于悲剧、崇高中融入悲凉、荒诞与焦灼；历史观上也打破了单纯进化论线性发展观与政治经济决定论观念，重视偶然、无序、断裂及多重话语、回环往复的发展观，因此，他们都成为鲁迅经典宏观体系性阐释取得突破性进展的代表人物。

阐释中的新文学经典世界还表现在各种新文学史、经典研究史与阐释史中。它们将新文学经典及经典阐释连缀成各种体系，使之系统化、规范化，更具有权威性和普及性。由于治史者的主体性，特别是20世纪史学观对主体性的强调，任何文学史都是具有理论负荷与价值负荷的阐释的文学史，因此，根据思、诗、史关系的不同组合，这些文学史仍有如下类型：

一类是意识形态化的文学史。这类新文学史，以毛泽东《新民主主义论》关于中国"五四"以来新文化性质的论述为指导思想，构成史论框架，以突出其政治内涵的思将诗与史联结起来。由于与中国新文学密切联系的新民主主义的政治概括符合历史的真实，加以几本重要的新文学史撰写者、主编者的深厚文艺学养在几个相对宽松时期（20世纪50年代初的王瑶，50年代中期的刘绶松，60年代初和80年代初的唐弢、严家炎）的创造性发挥，使得这些文学史能在特定的政治意识形态范围内实现思和诗、思和史的对话，达到思之诗、思之史的融合。正是经过以王瑶、刘绶松、唐弢、严家炎等为代表的新文学研究家的努力，鲁迅、郭沫若、茅盾、巴金、老舍、曹禺等的经典地位被确定下来，直到今天仍有价值。但这一类型的文学史存在着两方面的问题：一是从极端"左"的政治化方面提出问题，即对上述经典的选择和评价是在新民主主义的史论框架内，当时的主流政治话语似乎并不满意；另一方面是从今天开放的视野提出的问题，这与鲁迅阐释提出的问题相似，即无论从文学史观、思想与审美价值取向来看，还是从创作方法的提倡、编写体例来看，都因为文艺为政治服务观念的渗透和束缚，使经典的选择和评价显得保守、褊狭，与新文学史本身的丰富、复杂的生命系统不符。另一类是现代精神文化的新文学史。自从80年代王瑶提出新文学史的现代化课题，钱理群等人提出中国20世纪文学史观，又于90年代撰写了《中国现代文学30年》并作为文科教材在高校广泛使用以后，这一类文学史（包括文学史、文学理论批评史、美学史等）逐渐多起来。这类新文学史的主要特点是超越政治意识形态，以现代精神文化为核心概念和贯穿线索，将人的解放和民族灵魂的改造的基本精神文化现象，融合到中国社会现代转型带来的各种现代化主题中去。它们还注重审美的自由，注重文学观念、创作方法、艺术风格多元化的独立品格。因此这种突出诗的诗之思和诗之史的特征符合诗性转向的世界潮流，也成为新文学经典与经典阐释具有现代性的基本保证。具体说这类新文学史对经典的选择和阐释有如下几个新的内容：一是对鲁迅、郭沫若、茅盾、老舍、巴金等进行重新审视、重释经典，走近大师，将其看作包含了生活本身的多面性、立体性、复杂性的丰富精神个体，祛除过去加于其上的单纯的政治光环，突出其审美原创性和精神感召力，对其经典形象进行了重塑和定位；或者对他们进行质疑、问难、挑战，甚至于消解、戏拟、拼贴，从而使其以一种新的存在方式成为话语言说乃至于公众关注的中心。二是对于在左翼革命文学和社会主义文学中处于边缘或遭受政治打击的作家，前者如萧红、孙犁，后者如艾青、丁玲、王蒙也重新受到重视，给予经典地位的确认。三是发掘过去被湮没的经典，祛除单一政治意识形态话语对它们的种种遮蔽，恢复其本来的历史面貌和艺术价值，作家如沈从文、徐志摩、张爱玲、穆旦，文论家如王国维、胡适、宗白华、朱光潜、钱锺书等。

再一类是注重审美独立品格的个体化的文学史。上述意识形态化的文学史和精神文化现代化的文学史，作为一种注重宏观、整体把握的大文学史观，它们基于先在的历史观念与逻辑结构，建构某种历史理论与解释框架，便于梳理文学史脉络，概括规律、总结经验。但这种文学史观偏于文学与政治、文学与文化的文学的外部关系，而且具有浓厚的趋于共同性的决定论色彩。一些学者经过对现代性文化的反思，质疑大文化批评研究观念，主张突出文学内在的审美诗性品格，主张以文学的"个体化世界"和"文学的原创性"穿越政治和文化，建构多元、个体化的富于原创性的文学史。这种文学史当然更注重"诗"的品格，而它的诗之思则接近于海德格尔的"非规定性的思"或"存在之思"，接近于后结构主义的拆解或解构。正是与这种非规定性的多元的诗之思的思路相一致，20世纪八九十年代出现了大量走近文学本体的文学史，如各种文体流变史、创作方法史、形象史、语言史等。

总之，经典的阐释是丰富多彩又说不完道不尽的，文学史的书写也总是要重写的。任何对经典的阐释与重写不能只是对其进行演绎、注疏与讴歌。要有对经典的平常心态，对其进行体验、对话和探索，进行心灵的沟通。只要是真正的科学学理态度、人文审美精神与以心传心、心心相印的渗透，做到思、诗、史的融合，才能使经典阐释与文学史书写在个性化基础上不断出新和发展。

（原载《文学评论》2004年第4期）

中国现代文学经典的诞生与延传

任何一种文学传统都是经典不断出现和对经典进行阐释的过程。正是对经典的阐释效法、领悟欣赏、转换创造，构成了文学史和文学传统的主要线索和独特品格。中国现代文学经过萌生与勃兴，发展与曲折，成熟与繁荣，铸就了一批权威性的超越时空的文学经典，中国现代文学整体也成为一种经典性的存在。本文基于对文学经典的理解，着重对中国现代文学经典的形成与诞生、延传与变异以及相关问题进行考察和探讨。

一、经典的概念、特征和意义

迄今为止，人们对于经典的理解还处于模糊状态，难以给予具体而准确的界说和概括，从而产生了严重的焦虑和危机感。这主要表现在对其理解上存在着一系列的悖论：既是永恒和绝对的，又是暂时和相对的；既是自足和本体的，又是开放和超越的；既是群体的，又是个人化的。两种相反的倾向，一是消解大师、告别和否定经典；另一种是试图寻找大师、重释经典。不过，这两种倾向都存在着盲目性，都涉及对经典和文学经典的认识问题，而这些悖论，归根到底又源于关于经典究竟是实在本体还是关系本体的矛盾态度。

经典的概念，来自拉丁文 classicus，意为"第一流的"，指"公认的堪称楷模的优秀文学和艺术作品，对本国和世界文化具有永恒的价值"①。显然，这一定义反映了一般人对经典的理解，它主要从实在本体论角度来看待经典，将其视为因内部固有的崇高特性而存在的实体。近代以来，许多理论家更倾向于从关系本体论的角度来看待经典，将它视为一个被确认的过程，一种在阐释中获得生命的存在。如伽达默尔说："'古典型'这词所表现的正是这样一点，即一部作品继续存在的直接表达力基本上是无界限的。"② 这里所说的"古典型"具有经典的意思，而"无界限"则强调其无确定性，实际上就是处于不断的阐释之中。

就个人而言，我倾向于认为经典既是一种实在本体又是一种关系本体的特殊本体，亦即是那些能够产生持久影响的伟大作品，它具有原创性、典范性和历史穿透性，并且包含着巨大的阐释空间。其内涵和特征至少应该从如下三个方面把握：

首先，从本体特征看，是原创性文本与独特性阐释的结合。经典通过个人独特的世界观和不可重复的创造，凸显出丰厚的文化积淀与人性内涵，提出一些人类精神生活的根本性问题。它们与特定历史时期鲜活的时代感以及当下意识交融在一起，富有原创性和持久的震撼力，从而形成重要的思想文化传统。同时，经典是阐释者与被阐释文本之间互动的结果。经典只有持续不断地被解释、接受、传播，它内在的潜力才能得以开发。如《红楼梦》被称为"红学"即离不开一代又一代人的重新解释，又如"说不尽"的莎士比亚也是此意。可以说，富有原创性的文本也需要富有原创性的阐释对之进行塑造和定位。因此，经典的本体特征呈现于经典文本与独特阐释的结合中。对经典的独特的读解系统与阐释空间，是它得以持续延传、反复出现、变异衍生，真正成为经典的必由之路。

---

① 普罗霍罗夫总编：《苏联百科词典》，《苏联百科词典》译审委员会，中国大百科全书出版社，1986年版，第625页。

② 伽达默尔：《真理与方法》（上卷），洪汉鼎译，上海译文出版社，1999年版，第372页。

其次，在存在形态上具有开放性、超越性和多元性的特征。经典作为人的精神个体和艺术原创世界的结晶物，它诉诸人的主体性的发挥，是公众话语与个人言说、理性与感性以及意识与无意识相结合的产物。如果说对经典的阐释大多借助上面三对关系的前项，那么，这些关系的后项，即个人的阅读、感性经验和无意识（包括集体无意识和个人无意识）则是经典具有超越性，开放多元的重要途径。特别是文学经典的审美把握，通过主题内蕴、心理情感、意境营构、人物塑造、修辞方式等努力，容纳了丰富多彩的心灵世界与鲜活丰满的本真生命，这样创造出来的经典既具有自身的特质，又包含了文化、人性的内容，从而使不同时期的文化和文学得到深层沟通，在文化和文学生命信息的传递中实现对话、互通和互动。唯其如此，经典才能出现"共鸣"现象，成为多数人的共识。

再次，从价值定位看，经典必须成为民族语言和思想的象征符号。如莎士比亚之于英语与英国文学，普希金之于俄语与俄罗斯文学，鲁迅之于中国与中国新文学，他们的经典都远远超出了个人的意义，而富于民族的精神气质。也是在此意义上说，鲁迅被称为"民族魂"。无论是所谓古代"轴心期"文明，或是在古代向现代转型期的文明，伴随着经典的出现和阐释，往往会出现能体现中国文化特有的人生体验结构、价值观念和审美风尚的"意义场"和"意义空间"。这里具有双面性：一是在社会文化"长时段"的深层结构中形成了经典阐释的土壤和背景；二是经典阐释又反过来推动社会和文化变革。

需要说明的是，文学经典除具有一般的经典特质外，还有自身的特点，因为与历史和哲学经典相比，它更具有文学性，更富有心灵的感动，更具有审美的内容，所以，文学经典更强调从艺术和审美的角度来理解"人"。从这个意义上说，文学经典一方面作为实在本体，是文学艺术的高峰；另一方面又是关系本体，意味着一种新的文学传承阐释关系，从而也就意味着一段新的历史。因此它是一个国家、民族，一个历史时段的文学取得合理性存在价值，并形成独特的思想艺术传统的根本依据和保证。白话文的倡导，小说界与诗界革命的呼唤，启蒙救亡意识的发端，西方哲学、文艺思潮与文学作品的引进，实际上从19世纪末的维新变法时期就开始了，但为什么经历了20年，而文坛并无根本性改观，这一时段的文学仍然被视为过渡性的"近代文学"呢？这是因为没有出现新的文学经典。而从1918年《狂人日记》的发表，到1921年《女神》的诞生只不过两三年时间，但整个文学格局却为之一变，新文学诸流派纷出，争奇斗艳：乡土题材、知识分子题材成为这些流派的主要外在内容；思索、苦闷、欲望成为这些流派的主要内在情绪，现代语言形式和多种现代艺术手法成为这些流派的总体特征；而现代人、现代生活、现代感受成为这些流派的整个范畴。现代文学已不再是《文学改良刍议》、《文学革命论》中的理论倡导，而成为谁也无法否认的现实（不论赞同者还是反对者）；有关讨论也不再是外视点式的从外部对新文学诞生的呼唤，而转为内视点式的关乎其内部规律与如何发展的探讨。这一切都说明，只有新文学经典的出现，才是新旧文学最终完成质变的标志。

对文学经典进行厘定和研究，是一个非常重要的问题。其意义主要表现在三个方面：一是它的恒久性，因为经典本身就意味着它是经过历史检验和证明的优秀之作，对它的探讨必然大有裨益于文学的发展。二是时下对经典的认识还模糊混乱，未能达成共识，这在概念的运用和指导原则上有明显的表现。比如，文学经典重读和编选成为当前的一个热门话题，但许多人所使用的概念和遵从的原则并不明确，这就给读者带来了极大的困惑与危害。三是有助于拓展文学经典的研究，因为长期以来这是一个处女地，一向为学者忽略，而没有文学经典意识的文学史则是不成熟的。正因为文学经典有如上的意义，因此它也成为建构内在的趋于文学本体特征的文学史书写的基本线索。不论是过去以意识形态为主线的文学史观，还是新时期以来的以现代化、现代性为主线的文学史观①，它

---

① 吴炫：《一个非文学性命题——"20世纪中国文学"观局限分析》，《中国社会科学》2000年第5期。

们所依据的都是外在于文学审美的社会学和文化学命题。持另一观点的学者则认为文学是独立的，有自己的规律与传统的承续，文学史应该是一种基于"个体化艺术世界"的创造的"经典关系"结构，也就是建立一种"以经典文学为龙头"的文学经典之间"不同、并立、相互尊重"的"空间结构"①。这一文学史观体现出对外在政治、文化的超越性，也更贴近了文学史本身的轨迹，给我们的文学史书写打开了新的思路。但正如前文所说，对于文学经典，不能孤立地将其视为实在本体，而要同时将其视为关系本体。它不能脱离自身作为经典得以确立的语境。所以，"经典关系"结构固然要反映不同的经典文本之间的历史流变，但更重要的是要反映经典文本的出现与历史接受之间的关系，并经由接受这个中间环节，与后来的创作取得联系。

因此，如果要全面把握文学经典在文学史书写上的价值意义，我们应该建构一种文学经典阐释史、影响史。因为任何文学史，不论是外在还是内在，较之于文学经典本身来说都是不充分的，有的甚至还显得苍白无力。文学经典涉及人类精神生活中的根本性问题，借由鲜活的当下性而达至深远的永久性，从而包含了多重话语多重意蕴，启发同代人和后人不断给予阐释，也不断影响着后人的创作，如鲁迅笔下的国民性主题就影响了路翎笔下的精神奴役创伤主题。而影响也有如何接受的问题，比如王鲁彦和路翎都接受鲁迅的影响，但接受的方式不一样。因此，如何接受影响实际上也可归结为如何阐释，只是这样的阐释有别于理论批评，而是通过创作间接表现的。总之，这些对经典的接受阐释因其中包含的原创性也可能成为新的经典。将这样的流变过程展现出来，可以实现文学史的内在化、本体化，从而让文学史和它所负载的文学经典一样具有立体性、多样性和丰富性。这也是哲学上之有儒学史、老学史、庄学史，文学上之有红学史、鲁迅学史的原因。

---

① 黄子平等：《论二十世纪中国文学》，《文学评论》1985 年第 5 期。

二、现代文学经典的诞生

中国现代文学首先形成了自己新的知识系统。早在中国现代文学的滥觞期，王国维便开始用西方的悲剧理论解读《红楼梦》。这种解读既从宇宙观突破了"天人合一"，形成了"天人相分"凸显个性的观念；又从知识论的范畴突破传统的文质、道技等关系；还从形式上表现出重逻辑、分析和理性化的叙述特点。另有鲁迅、周作人、蔡元培等人，他们同样将西方近代以来的学术、文化、思想和文学资源大量介绍到中国。还有"学衡派"这样的文化守成主义派在此也做出了突出贡献。学衡派诸人已不在古典系统的"此山中"，而是置身其外，站在中西比较的高度来审视、整理传统文化，从文化的深层结构出发，看到西方文化与中国文化各自的两重性。总之，在"五四"时期得以建构起来的这个新的知识系统被称为"新学"，它融合中西，在知识体系上既与传统中国旧学体系迥然有别，又区别于单纯的西学，从整体特征上呈现出开放、多元的特征，是一个新型的知识系统。

由新的知识系统所带来的新的价值观也在逐渐冲击着既有的价值系统，促进新价值系统的形成，其核心就是人的发现与科学的发现。如郁达夫短篇小说《沉沦》里充满对贫弱的国家的直接诅咒："祖国呀，祖国！我的死是你害我的！你快富起来，强起来吧！"① 这里体现的就是新的以个人为中心的价值观，不是个人为社会国家，而是社会国家要为个人的发展创造条件。科学在古典价值系统中被归入从属于"道"的"技"的范畴，而在新的价值系统中，它的地位又如何呢？鲁迅称："盖科学者，以其知识，历探自然见象之深微，久而得效，改革遂及于社会。"② 不再

---

① 郁达夫：《沉沦》，《郁达夫文集》第1卷，花城出版社，1982年版，第53页。
② 鲁迅：《科学史教篇》，《鲁迅全集》第1卷，人民文学出版社，1956年版，第178页。

是"天道"而是科学推动着社会的发展。这个新的价值核心的两方面既有契合，因为科学实际上是"人之道"，是"人性之光"，源于被解放的个体；但同时又有矛盾，即鲁迅所言："盖使举世惟知识之崇，人生必大归于枯寂。"① 如同新的知识系统一样，新的价值系统也是独立而非孤立于古典价值系统之外。第一次世界大战的惨烈使西方文明遭遇前所未有的危机，以梁启超的《欧游心影录》、梁漱溟的《东西文化及其哲学》等为标志，中国的文化守成主义者在新的语境下，在质疑西方文明缺陷的同时，又将中国古典价值系统由一种无往而不包的全能型体系，改造为补西方物质文明之缺的功能型体系。而且他们的价值探讨方式显然也是文化比较、分析的方式，具有现代意识。所以，这一派的价值观同样应属于新的价值系统的一部分。

至于新的意识形态系统开始出现的根本标志，是建立在血缘基础上的道统宗法体系的崩溃。国家不再是"家"的放大，在承认个体独立价值的基础上现代的民族国家观念形成了。由此才有了启蒙，启的不是家族体系中的"子民"之蒙，而是现代民族国家中的"国民"之蒙；由此也有了救亡，所救不是哪一家的"家天下"之亡，而是中华民族之亡。

以上这些系统影响了中国现代文学经典之出现，但不是直接导致，而是经过了一个至关重要的环节即"审美"。在天人相分、彰显个体、主张进化的知识、价值与意识形态体系中，旧的以中正平和为核心的审美体系迅速受到挑战。所谓"平和为物，不见于人间。其强谓之平和者，不过战事方已或未始之时，……故观之天然，则和风拂林，甘雨润物，……然烈火在下，出为地囟，一旦偾兴，万有同坏"②。西方的悲剧型、冲突型、力量型的美学观逐步更新着人们的审美取向。中国旧的叙事文学中的程式化套路和大团圆模式开始招人厌弃。应该说，在20

---

① 鲁迅：《科学史教篇》，《鲁迅全集》第1卷，人民文学出版社，1956年版，第167页。

② 鲁迅：《摩罗诗力说》，《鲁迅全集》第1卷，人民文学出版社，1981年版，第197～198页。

世纪的头 20 年,这是一次真正的新的美学原则的崛起。正是从新的美学原则中诞生了新文学的经典之作,如鲁迅的《呐喊》、《彷徨》,郭沫若的《女神》等。

如上所述,既然新旧系统之间有着许多具体差异,那么,新系统之不同于旧系统的本质特征是什么呢?是现代性。现代性进入文学史言说所引起的争议,关键在于现代性究竟是不是一个文学的内在范畴,究竟适不适合描述文学的演进。有这样一个颇有意味的事例,在"五四"时期的著名杂志《新青年》上首次出现"现代性"这个词,是出于周作人翻译的推荐陀思妥耶夫斯基作品的一篇文章。周作人通过这篇名为《陀思妥夫斯奇之小说》的翻译文章说:"陀氏著作,近来忽然复活,其复活的缘故,就因为有非常明确的现代性。……陀氏专写下等人堕落的灵魂,此是陀氏著作的精义。"① 鲁迅曾称陀思妥耶夫斯基为"人的灵魂的伟大的审问者",认为"他所处理的乃是人的全灵魂"②。周作人在翻译文章中,更早地表达了与鲁迅同样的意思,也表达了"五四"时代人们对经典作品的新要求,这就是,新的文学经典作品要有现代性,要写出现代人的复杂的心灵!这正是基于文学写人的灵魂的内在特征来看待现代性的。德国思想家哈贝马斯对现代性的认识较为全面,他认为现代性包含了两种不同向度,即思想模式的向度和社会运行模式的向度。就前者而言,现代性指人文主义通过史无前例地对人的自然力的强调,摧毁将宇宙、人和超验因素结合起来的传统综合,人成为意义的唯一来源,自然降低为客体,经验代替了超验和先验。人的理性为自然立法,一切都要放在理性的审判台前。就后者而言,现代性主要指近代以来西方所形成的新的社会生活和社会组织模式,如民主共和的政治体制、市场机制的经济运行方式等,作为适应生产力发展的产物,它直接导致了旧的社会结构的分化③。

---

① 周作人:《陀思妥夫斯奇之小说》,《新青年》第 4 卷第 1 期(1918 年 1 月)。
② 鲁迅:《〈穷人〉小引》,《鲁迅全集》第 7 卷,人民文学出版社,1958 年版,第 95 页。
③ Juergen Habermas, The Philosophical Discourse of Modernity: Twelve Lectures. Translated by Frederick Lawrence, Cambridge: Polity Press, 1987, p. 1.

我们可以看到，这里的现代性是对应着知识系统、价值系统和意识形态系统的。正如以上三个系统不能直接导致中国现代文学的产生一样，这样的现代性也不能直接导致现代文学的产生，必须有一个审美的过程。文学的独立性在于它的审美特质，但问题在于审美并非空中楼阁。它有自身内在积淀的一面，也有与外在现实相联系的一面。对于现代中国来说，新知识、新价值、新意识形态所体现出的现代性是"启蒙现代性"，它立足于社会的改造、思想精神的更新，立足于"新人"的培养。正是在启蒙现代性的孕育之下，诞生了新的审美精神，即审美现代性。就文学而言，审美现代性产生之后，还对功利、现实的启蒙现代性进行超功利的、终极的反思。比如《狂人日记》中有这么一段话："我翻开历史一查，这历史没有年代，歪歪斜斜的每页上都写着'仁义道德'几个字。我横竖睡不着，仔细看了半夜，才从字缝里看出字来，满本都写着两个字是'吃人'！"① 通常人们都从启蒙文化的角度看待这段话，认为它是对封建文化礼教本质的揭露，抨击几千年来的所谓仁义道德，其本质不过是吃人。这段话的确也可以说是典型的启蒙话语，然而人们往往忽视了其中的这十几个字："我翻开历史一查，这历史没有年代"。这十几个字的内容和意蕴似乎不是"启蒙"所能包含的，它表达的是一种独特的历史感。这历史没有年代，也就没有过去，没有过去也就没有现在和将来。中国人是没有历史的，只有轮回。这是一种独特的鲁迅哲学，是不能为启蒙文化所涵盖的。因为启蒙者总相信先进将战胜落后，而鲁迅却有隐忧：不论怎样新，最后还是旧，中国的历史总在惊人地重复。这种历史感构成了这部作品的悲剧意识。同时，在《狂人日记》中，发现真理的是个疯子，而且，从文中的描写我们甚至感到，主人公只有处于那样的疯癫状态才能发现真理②，一旦他病好了，也就"赴某地候补矣"（这又是轮回）。此外，作品中还有痛切的自我解剖与

---

① 鲁迅：《狂人日记》，《鲁迅全集》第1卷，人民文学出版社，1956年版，第12页。
② 鲁迅：《狂人日记》，《鲁迅全集》第1卷，人民文学出版社，1956年版，第9页。

反省。当"狂人"诘责大哥的吃人哲学,疑心自己要被吃掉时,却突然发现自己可能当初也吃了人,而且被吃者竟是自己的亲妹妹。这里真正令人感到惊心动魄的正是这样一种扭曲,即当你去谴责罪恶时,却发现自己并非正义,而是与这罪恶一样有牵连,从而显示出人性的分裂与破产。所以小说结尾"救救孩子"的呼唤实在是痛入骨髓的呐喊,而非"斗志昂扬"。也因此小说中的恐怖决不只是肉体的、物理的恐怖,而是真正灵魂的、心理的恐怖,给我们带来全新的现代的扭曲美和冲突美。由此,在这部作品的启蒙话语背后,我们又体会到了一种荒诞意识。这种悲剧意识与荒诞意识的结合,构成了作品绝望、严峻、冷酷的独到意境。这样一种审美现代性是生之于启蒙现代性,而又有着比启蒙现代性更直觉同时也更深刻的清醒。

如果说《呐喊》、《彷徨》是 20 世纪中国叙事文学的经典的话,那么《女神》就是 20 世纪中国抒情文学的经典。如《天狗》一诗,"天狗"——自我吞月、吞日、吞星球、吞全宇宙,又将月、日、星球的光和全宇宙的能量化为自我的能量①,这种自我扩张精神是迥异于古典文学的。古典文学里的个体是通过消融于苍茫阔大的天地宇宙来获得表现的,因而在个体的呈示中又悖论地体现出个体的消解。事实上,那体现了特定价值与意识形态的"道"和"气"才是古典文学的经典要表现的本体。而郭沫若的"天狗"不是个体投入宇宙,而是吞万物于个体胸中,将宇宙纳入自我,将宇宙的力量化为自我的力量。前者所最终体现出的美学精神是浑然完整,而后者的美学精神则是狂飙突进,充满了力之美。但《天狗》还不止于此,它还要剥自己的皮、食自己的肉、吸自己的血、啮自己的心肝,它不但向外扩张,还向内扩张,在自己的"神经上"、"脊髓上"、"脑筋上"飞跑,终于达到就要"爆了"的境界②。

---

① 郭沫若:《天狗》,《郭沫若全集》第 1 卷,人民文学出版社,1982 年版,第 54～55 页。
② 郭沫若:《天狗》,《郭沫若全集》第 1 卷,人民文学出版社,1982 年版,第 54～55 页。

这是一种向自我的深层开拓、解剖、反思的精神,更是古典文学所缺乏的。又如《凤凰涅槃》一诗,其死后复生的构思也不同于古典文学中死亡只是一个暂时中断的因果链的观念。这里的死亡是一个真正的结束,死后更生的世界是一个崭新的世界①。因此以凤凰集香木自焚为界,诗的前后两部分呈现出强烈的张力。这种挣脱旧我实现新我的张力,同样是现代审美精神的体现,是建立在新的知识与价值背景之上的。

新文学经典的出现既包括经典文本的创作,也包括对这样的文本的经典性接受。在《呐喊》诞生之初,大量的评论同时都指出了鲁迅创作的"灰暗"色调,而这种色调背后乃是写实的精神。问题在于从中国人古典的审美接受来说,都喜欢感情、色彩或浓烈鲜艳或淡泊空灵。而《呐喊》中的"灰暗"色调与古典审美情调的差异还不仅在平面色彩的差别,更主要的是它的"灰暗"背后有立体的层次:"灰暗"背后有灵魂的扭结和挣扎,有穿透现实而显示地对一个熟视无睹的世界的让人震惊的发现,如同刺痛了惯于黑夜之眼睛的阳光。这就如张定璜在《鲁迅先生》一文中所说:"读《狂人日记》时,我们就譬如从薄暗的古庙的灯明底下骤然间走到夏日的炎光里来,我们由中世纪跨进了现代。"②郭沫若的《女神》也是轰动一时,引发了许多评论和研究。闻一多的《〈女神〉之时代精神》和《〈女神〉之地方色彩》两文不仅对《女神》的时代精神和新知识系统进行了高度赞誉,而且认为它们对新诗的审美见解本身也是独创并具有经典性意义的③。正是在以上的接受评论中,新经典的地位与新的知识、价值、意识形态与审美精神得到广泛传播和确立。

新文学经典地位与新系统确立的另一表现是,新文学经典及其阐释

---

① 郭沫若:《凤凰涅槃》,《郭沫若全集》第1卷,人民文学出版社,1982年版,第34~46页。

② 张定璜:《鲁迅先生》(上),《现代评论》第1卷第7期,1925年1月24日。

③ 闻一多:《〈女神〉之时代精神》、《〈女神〉之地方色彩》,《闻一多全集》第2卷,湖北人民出版社,1993年版,第110~124页。

的出现感召和催生了一大批新文学作品,而这些作品的创作和对这些作品的研究则进一步丰富了新经典、新系统,并从一个新的层面取代了旧经典、旧系统的地位,如鲁迅创作对文研会乡土小说的影响。也有的新创作表现出与新文学经典不同的趋向,如新月社的创作更多注重传统因素,提倡现代格律诗与新诗的"三美"——"音乐的美"、"绘画的美"、"建筑的美"①。这就与郭沫若的创作有明显的差异。但是这些理论与创作的提出不是凭空的,而是有感而发,郭沫若在此仍发挥着一个"话语平台"的作用。即便不赞成他创作方法的人,也不再回到从前,而是在新系统的范畴内另寻路数,更多地将传统融入现代的诸系统,特别是审美系统中。经典在这里就好像一个原点,从这个原点辐射出不同的光线,将这个原点所开辟的新的空间不断拓展。

至此,中国现代文学经典得以生成。通常研究者喜欢用更加简练的一个象征来描述这一事件,即"五四"创造了经典。这话当然不错,但同时正因为有了这样的结果,"五四"才凸显它作为文学运动的价值和意义。所以,如果以文学本身为本体来描述历史的话,更确切的说法是经典创造了"五四"。

三、多维阐释空间与新文学经典的延传

在"五四"前后经过现代文化的发展和整合(以价值和审美为中心的整合),中国现代文学经典得以诞生。与此相适应,随着时代和文化的发展与变迁,到了20世纪30至40年代,中国现代文学经典进入了一个更广阔的阐释空间,展示出复杂的关系。此时,虽然出现了政治意识形态与科学主义胶结在一起的一元化发展态势,但因为全民抗战造成的不同社区的分野,作家与理论家仍有很大的创作与写作自由,因而其

---

① 闻一多:《诗的格律》,《闻一多全集》第2卷,湖北人民出版社,1993年版,第141页。

文学活动体现出多维度和多向度的流变，从而使中国现代文学经典在这样的流变中得到延传。

在这一多维阐释空间中，第一是革命与审美的关系。鲁迅作品作为经典，首先遭到主张"革命文学"的成仿吾等人的批判，究其原因在于，鲁迅的作品是"以趣味为中心的文艺"，而要建立"革命文学"就必须反对"趣味文学"①。后来鲁迅终于成为左翼文学的旗帜，而对他的经典接受，仍然是从革命出发："鲁迅……是封建社会的逆子，是绅士阶级的贰臣，而同时也是一些浪漫蒂克的革命家的诤友！……他这种为着将来和大众牺牲的精神，贯穿着他的各个时期，一直到现在，在一切问题上都是如此。"② 在这样的阐释语境下，鲁迅杂感可以说取代了其小说，而成为鲁迅经典的最高峰。20世纪30年代左翼文学与新月派、"民族主义"文学、"第三种人"，以及与林语堂的论争，都是不同程度地从革命与审美的双重架构中展开。左翼文学以意识形态批判后者，而后者则一面从意识形态上回击，一面攻击前者审美之幼稚。后者从审美上承认鲁迅小说的经典性，而否认鲁迅杂文的经典性。这些论争从文学本身的角度而言，其实质就是争夺文学经典在确认与阐释上的话语权。到40年代，毛泽东《在延安文艺座谈会上的讲话》突出了文艺为政治服务的革命功利主义价值观，新中国成立前夕以香港的《大众文艺丛刊》为主对沈从文乃至于胡风文艺思想等的批判，都是为了以"革命"，而且是正统的"革命"为标准，对文学经典重新确认。革命性成为经典确认的显话语。首先是鲁迅、郭沫若这样新文学的第一代经典大师创造的经典被加以革命化的阐释；同时，在这样的阐释空间影响下，30年代诞生了新文学的第二代经典如茅盾的《子夜》，40年代诞生了新文学的第三代经典如赵树理的《小二黑结婚》、《李有才板话》等，它们属于保持文学审美特性较好的左翼文学经典或工农兵文学经典。

---

① 成仿吾：《完成我们的文学革命》，《洪水》第3卷第25期，1927年1月16日。
② 瞿秋白：《鲁迅杂感选集序言》，《鲁迅杂感选集》，上海清光书店，1933年版。

尽管审美在不断膨胀的"革命话语"制约下，越来越成为一种"潜话语"，但在这样的"潜话语"下，30年代前后有沈从文，40年代有张爱玲、钱锺书这样的经典作家，坚持文学的独立审美品格，超越现实人生，深入到生命的审美形态中。但是这一类经典在政治意识形态占主导地位的情况下，长期得不到承认。而当政治意识形态淡化，文学独立的审美品格重新得到重视后，他们的经典地位才得到普遍认同和重新确认。鲁迅杂文的情况要复杂一些，既受到了不少人否定，又有不少人从中发掘出过去为意识形态遮蔽的生命审美价值，重新阐发了鲁迅杂文的经典意义。至于巴金、老舍、曹禺、艾青的作品，则属于在革命与审美的张力下比较执中的一类经典：一方面有着倾向革命的进步倾向，因而被冠以"民主主义"的称号；另一方面又不是为某一特定政治团体和思想主义而创作，一定程度上保持着艺术的独立性，表现出较高的审美价值，因此其命运要风顺得多。

中国现代文学经典延传牵涉的第二个问题是民族化与现代化的关系。民族化既联系着民族传统，又关注着民族现实。民族化与现代化之间有契合，都有着在现代世界中实现民族自强的目标；民族化与现代化又有矛盾，民族化更关注在这一过程中民族特性的保持与发扬，对现代化，特别是西化中的种种弊端更为敏感和关注。陈寅恪提出他的中国文化本位思想："其真能于思想上自成系统，有所创获者，必须一方面吸收输入外来之学说，一方面不忘本来民族之地位。"① 他将此归结为一种"相反相成"的态度。这一关系在"相反相成"中运作的结果，是从诗歌上形成了不同于《女神》，以新月派徐志摩、闻一多为代表，讲究和谐、均齐的诗歌经典，其方法是，在吸收西方意象派与象征主义手法的同时，又与中国古典诗歌的美学风格相契合；在小说上形成不同于海派，以老舍、沈从文为代表的京派小说经典，其特点是，批判现代化带

---

① 陈寅恪：《冯友兰中国哲学史下册审查报告》，《陈寅恪集·金明馆丛稿二编》，生活·读书·新知三联书店，2001年版，第284～285页。

来的"都市文明病",而对正在逝去的民族文化传统和美德抱留恋心态,并形成独具民俗意趣的叙述文体;在散文方面则有鲁迅的杂文,深沉凝重与泼辣犀利并重,描摹世象,辨古识今,剖析自我,承魏晋风度和古典文学以线描勾勒人物的神韵,譬喻取类,这与林语堂的英国式幽默形成鲜明对照。总体说来,此时期,纯粹的现代化、西化和狂飙突进的精神逐渐淡化,继中国现代文学第一代经典后出现的第二代经典,主要体现的是以民族化涵盖现代化的审美精神。

抗日战争的爆发使民族化更具有凝聚力和精神动员的现实功能,从而意识形态化了。毛泽东的《新民主主义论》提出要建立"民族的科学的大众的文化"①。中国共产党领导的左翼革命文学发展到延安文学时期,实际上是通过革命化,将民族化与现代化联系起来。赵树理的小说就是在与意识形态密切相联的民族化要求下创出的经典,他的作品体现的是立足于本乡本土的农民在政治革命的影响下如何获得做人的尊严,而这种人的觉醒有别于"五四",是通过民族觉醒、阶级觉醒体现的。

国统区创作的民族化则主要体现在对民族文化蕴涵的传统美德的回归上。以妇女形象而言,"五四"时歌颂的是娜拉式的女性,而这时歌颂的则是具有坚韧品格的贤妻良母,如曹禺改编的《家》和老舍的《四世同堂》。比较这一时期的文学经典与第一代文学经典背后的知识系统、价值系统、意识形态系统和审美系统,就可发现其中的嬗变。这种情形自然引起坚持"五四"开放精神和国民性批判精神的作家和理论家的不安。胡风和路翎是其代表。胡风的"精神奴役创伤"说和"世界进步文艺支流"说,实际是针对已经过分偏离"五四"文学经典精神的文艺现状而发。路翎小说具有的"陀斯妥耶夫斯基"气质更接近于现代化这一面。在他的《财主底儿女们》中,最后"民族化"的蒋少祖,成了一个复古消沉的、被批判的对象,几乎要成为年轻的"遗老遗少"了。而此

---

① 毛泽东:《新民主主义论》,《毛泽东选集》第2卷,人民出版社,1952年版,第702页。

时，身处沦陷区的张爱玲则在民族化与现代化张力下进行选择，她在精神内涵上以现代性的深刻眼光审视以旧家族为象征的民族传统文化，揭示了现代都市中沉淀的阴暗与丑陋，而在文体语言上她的小说则承续了《红楼梦》等古典小说的韵味。

中国现代文学经典延传所牵涉的第三个问题是大众化与精英化的关系。在新文学倡导者看来，新文学相对于古典文学，本身就是大众化的；白话文运动实际上就是文学语言的大众化运动。新文学的倡导者大力推崇小说、戏剧等叙事文学，部分原因就是因为它们为广大群众喜闻乐见，是大众化的文体。新文学的第一代经典所体现的"人的文学"、"为人生的文学"就是这一阶段大众化的核心。但是，新文化运动一直存在精英化与大众化的悖论。其原因之一是，新文化运动的发动者尽管成分复杂，但总的来说，处于较高的社会地位，不是大学教授、政府官员，就是留学生。中国的知识分子，除了在元朝曾一度沦入"九儒十丐"的境地，一向是处于高于大众的"士"的地位，而到了现代，就是所谓"社会精英"。他们要改造国民性，要立新人，他们掌握着破与立的话语权。大众化实际上就成了"化大众"，在大众化的背后，又有精英化的另一面。这就是说，新文学的第一代经典内部存在着大众化与精英化的悖论。这个悖论产生的第二个原因是个性解放的提倡。 方面，个性解放尊重的是每个人的个性，当然也包括长期以来受到封建专制奴役的大众；另一方面，个性解放同时也意味着个性的平等，普通人，特别是乡土中国的农民的喜怒哀乐应该得到文学的充分表现。但是个性解放同时又强调个性间的差异。这其实也反映了文学的审美独特性、个体性与大众的普遍接受之间的矛盾。这个悖论产生的第三个原因在于中国新文学发生的特殊性，即中国新文学的发生虽有本土文化资源嬗变的内在根据，但外来文化和文学的引进和冲击毕竟是必不可少的重要条件。它不论怎样标榜自身的大众化特征，相对本民族终究是外来异质的东西多。那些有条件有眼光汲取西方文化资源的人都是"精英化"的。因此中国新文学的确立与西方相比，缺乏一种本土民间资源的支撑。同时，西方文化对中国的影响，不仅仅是标举自由、科学、民主、进化的启蒙文化，还有各种唯美、颓废的世纪末思潮，反映出对西方理性社会破产的反思，与启蒙文化是对立的。后者曾对新文学产生过较广泛的影响，如对郭沫若及创造社的影响比较显著。一个颇有意味的例子是，他们笔下的人物也许物质上困顿，但都具有精神贵族的内在品格，即使痛苦，也是高傲的痛苦。总之，对于中国现代文学的第一代经典，精英化和大众化是处于内在的矛盾与悖论之中，即都承认大众化的方向，并作着大众化的努力，但不知不觉还是在"化大众"中成为精英化的典范。"普罗文学"的兴起标志了大众化与精英化由隐性的内在冲突变成显性的外在对立。郁达夫在1928年创办了《大众文艺》，希望推动文艺成为"大众的东西"①。从"普罗文学"到左翼文学，虽然文艺观有一定的调整，但大体上其大众化的文艺观主要是在阶级化、政治化前提下的大众化。而与之对立的，则有新月派、"论语派"、"第三种人"等，皆强调文艺的审美独立性、超阶级的普遍人性、追求多样化而精致的审美风格。因此这里就出现了两个矛盾：一是在鲁迅已被奉为旗帜的左翼文学阵营里，对其早期小说的评价反不如对立的阵营；二是鲁迅自己，一方面从理论上支持大众化，比如在《论"旧形式的采用"》中就用了"真正的生产者的艺术"的概念，和"高等有闲者的艺术"相对立，但他又承认"文学总是一种余裕的产物"。所以他说："许多动听的话，不过文人的聊以自慰罢了。"② 因此，"大众化"的期待视野并未导致相应经典的产生。左翼文学中成为经典的，倒是没有正面描写工农斗争的《子夜》。

抗日战争的爆发，似乎给已入困境的大众化注入新的强大动力。抗日所必需的对全民族的动员成了大众化的终极理由。这时候民众的地位和"五四"时期相比有了微妙的变化，即民众本身蕴藏着无穷的力量。

---

① 郁达夫：《大众文艺释名》，《大众文艺》第1卷1号，1928年9月20日。
② 鲁迅：《文艺的大众化》，《鲁迅全集》第7卷，人民文学出版社，1958年版，第580页。

如果说此前的大众化并不成功的话，那是由于根本的路子不对。因此毛泽东提出作家要在深入工农兵的同时改造自己的思想。这时候由于战争原因，中国文学被分割为解放区文学、国统区大后方文学、孤岛文学和沦陷区文学。在前两个地域，毛泽东《在延安文艺座谈会上的讲话》对文艺大众化的号召、提出文艺的工农兵方向，实际上逐渐成为主流文学的指导方针。大众化与民族化、大众化与意识形态化紧密结合，成为产生中国现代文学第三代经典的主要语境之一。这一语境一直延续到20世纪70年代末。赵树理等第三代经典就诞生于其中。而此时的沦陷区、孤岛文学，相对远离民族斗争的风暴。承续30年代模仿痕迹还很浓厚的海派文学，以现代化都市中的现代男女为自己的读者群，实际上走了另一条都市大众化的路子。这一路子的特点是：远离政治意识形态，不写人性飞扬而写其沉静的一面；适应市民既求新求异，又在变化的大时代下的怀旧心理，将西方小说技巧、现代都市节奏和中国古典文学的色彩意境相结合。张爱玲就是在这样的语境下产生的经典作家。张爱玲关于"雅俗交融"的观点以及她在这方面的创作显示，协调大众化与精英化的关系很有价值。她说，好的创作应该"完全贴近大众的心，甚至于就像从他们心里生长出来的，同时又是高等的艺术"①。她还认为，好的作品"又要惊人，眩人，又要哄人，媚人，稳住了人"。她虽然把这看作是"妾妇之道"，但仍认为是"较为安全"的办法②。

在由革命与审美、民族与现代、大众与精英这三对关系构成的阐释空间中，最后往往是革命、民族、大众压倒审美、现代、精英。在特殊的语境中这一倾向无可厚非，关键在于当二元关系中的一元畸形膨胀时，就会导致阐释空间的僵化，而文学的多元性渐渐变形乃至于异化，活力与创造被遏制。一方面，是少数符合革命政治意识形态标准的作品被不恰当地经典化到极致，变得神不可犯；另一方面，也是此类作品被

---

① 张爱玲：《我看苏青》，《张爱玲文集》第4卷，安徽文艺出版社，1992年版，第227页。
② 张爱玲：《论写作》，《张爱玲文集》第4卷，安徽文艺出版社，1992年版，第81页。

按照一定标准、先验地片面地受到歪曲，这是对新文学经典的最大破坏。这种情形直到改革开放后才逐渐得到改观。现代文学经典在此时期获得了重构。

20世纪八九十年代以来，人们对经典的观念发生了重大变化，对1949年以前的中国现代文学经典也有了新的看法。首先，改变单一的以政治意识形态划定和解读经典的做法，突出审美和学理的维度。文学观念和审美风尚呈多元化态势，西方各种人文社会科学从学理上被横向移植。在新的时代环境与文化语境中，经典接受的主体性更加突出。个人的阅读诉求、感性体验在经典阐释中的作用得以凸显，由此带来的是面对经典时的平常心态，亦即平等对话和自由探索的精神，而非过去的仰视、讴歌。同时这种平常心还摈弃了单纯的情绪性感受和意气用事，而辅之以理性的节制、客观的把握、冷静的审视和了解之同情。在这种情况下，对待现代文学经典出现了几种新情况：一是对鲁迅、郭沫若、茅盾、老舍、巴金等进行重新审视、重释经典，走近大师，将其看作包含了生活本身的多面性、立体性、复杂性的丰富精神个体，祛除过去加于其上的单纯的政治光环，突出其审美原创性和精神感召力，对其经典形象进行重塑和定位；或者对他们进行质疑、问难、挑战，甚至于消解、戏拟、拼贴，从而使其以一种新的存在方式成为话语言说乃至公众关注的中心。在这一重释与消解过程中，特别是鲁迅，显示出更浓郁的经典魅力。在鲁迅研究上，开始有鲁迅学的提倡与创立，诞生了如《中国鲁迅学通史》[①] 这样大型的学术质量颇高的著作。这类著作主要不是对鲁迅及其经典文本本身的阐释，而是将重点放在经典文本与阐释的关系，阐释的独创性如何体现，阐释对"五四"精神文化传统及审美艺术传统形成和发展的影响等内容上。从鲁迅经典延传的普适性形态看，如一则消息称：在2003年新浪网评选的20世纪中国十大文化偶像评选

---

① 张梦阳：《中国鲁迅学通史》上卷、下卷、索引卷，广东教育出版社，2001年版、2002年版、2003年版。

中，鲁迅排名第一，而排在第十的，则是流行歌星王菲①。在20世纪末许多这类群众性评选活动中，鲁迅及其作品的评价往往都名列前茅。由此可见，鲁迅作为中国现代文学"开山"的大师和经典也被泛化和生活化了。二是发掘过去被湮没的经典，除去单一政治意识形态话语对它们的种种遮蔽，恢复其本来的历史面貌和艺术价值，作家如周作人、沈从文、徐志摩、张爱玲、穆旦，文论家如王国维、胡适、宗白华、朱光潜、钱锺书等。上述对现代文学经典的重新认识与发现首先是中国大陆的研究者和作家在多元化的文化语境下，充分发挥个人言说而得来的成果；其次也与台港澳学者和海外汉学界观念方法的影响有关。由于政治的开放，过去处于相互隔绝状态的大陆和台港澳文学研究以及海外文学研究实现了交流与互动，带来了同样建立在现代汉语基础上的不同的、新鲜的文学观念和思维方式。如夏志清之于沈从文、张爱玲的研究，司马长风之于沈从文、刘西渭的研究，李欧梵对鲁迅、茅盾的研究，余光中对戴望舒、朱自清、艾青等的重读，又如新加坡的王润华对鲁迅、老舍、沈从文的版本研究和重新评价。

以上对中国现代文学经典的重构，是在回归新文学经典本体的基础上，将时代精神、传统文化和文学的审美特性进行的全方位整合。这种整合又被推向世界，成为全球化语境下人类共同文化的重要组成部分。经典重构正是这样一个过程，一个在多元和开放中进行反思的整合过程。经典重构在反思中实现了文学对本体自身的回归，而反思是一个过程，而非结论。这是一个不会结束的过程，中国现代文学也将因此而长久地保持生命的活力。

（原载《中国社会科学》2004年第3期）

---

① "中国十大文化偶像评选"活动从2003年6月6日起至6月20日截止，由新浪网的新浪文化发起，和《南方都市报》等全国20多家传媒联合推出，参加投票的有14万多人，鲁迅以38.61%的得票率荣登榜首。

中外文化视野中的文艺经典话语

毛泽东文艺思想是"人类在资本主义社会、地主社会和官僚社会压迫下创造出来的全部知识合乎规律的发展"[①]，具有包括西方文化（主要是马克思列宁主义）、中国古代传统文化与"五四"现代新文化在内的极为开放的文化渊源。面对如此众多互不相同甚至相矛盾的文化，毛泽东以中国革命和建设的实践需要作为选择的标准，合我者用，不合我者去，学于古而不泥于古，取于西而不迷于西。在毛泽东文艺思想形成诸因素中，我们既要看到它在"五四"思潮冲激下反对封建统治、接受西方思潮洗礼的因素，又要看到它反对全盘西化、与中国传统文化相承接和契合的因素。在"五四"思潮的影响中，既要看到毛泽东及早期中国共产党人对马克思主义的选择，又要看到当时在多种西方思潮涌入中国的情势下毛泽东对外国非马克思主义思潮的接受和转换。在与中国文化、文艺传统的关系中，我们既要看到毛泽东文艺思想与中国古代哲学、美学"远传统"的渊源关系，又要看到它与中国近百年新文学"近传统"的继承关系。这种多角度、全方位融合的情形正如毛泽东曾提出的所谓"古今中外法"，就是只要屁股坐在实践上，就可以四处求取自己所需要的东西，不怕被它们同化。这样就创造出一种生气勃勃、古今中外从未有过的新文化，他所提出的"古为今用，洋为中用，推陈出

[①] 列宁：《青年团的任务》，《列宁选集》，人民出版社，1972年版，第348页。

新"一系列方针都有助于这种局面的形成。这样便使得包括中国文艺实践在内的新文化建设在取向和选择上不拘一格,不圈成规,既反对教条主义,也反对保守主义;有吸收有继承,更有发展和超越。

在这种种文化中,经典马列主义文论和苏联社会主义现实主义文论是毛泽东文艺思想的当然选择。马克思主义具有强烈的现实性和实践性品格。它的一些基本观点和思想方法都为毛泽东所继承,例如它的艺术本体论——文艺属于上层建筑,为经济基础所决定,又对经济基础有所作用;又如它的艺术价值论——强调文艺的社会作用;它的创作思想论——强调现实主义典型化理论等等。但马列主义中的文艺思想往往散见于他们的著作中,零散而缺乏系统性,而且更像是哲学演绎推理结论;与毛泽东从建设人民政权、建设无产阶级新文艺的实践中概括出来的基本观点和方法,在致思的方式和形成的路径上是有所不同的。也就是说,毛泽东在革命、建设实践和文化、文艺实践中对马列文论许多方面加以发展,往往把片言只语发展成完整系统的理论,把朦胧的设想发展成具体的操作方案,其间,对马列观点的强化、改革和丰富、发展是很突出的。例如文艺的阶级性与人民本位观问题,文学的革命功利性与文艺的特殊规律相统一的问题,作家从实际生活中获得创作源泉并改造世界观的问题,文艺的生活美与艺术美、源和流、继承借鉴与革新创造、普及与提高等各个成对子的辩证命题的问题等等,都是证明。同时,比起经典马列主义,毛泽东文艺思想更具有政治色彩和实用的特征,更重视上层建筑在社会变迁中的重要性,也更具有自身独特丰富的形态。

在一个长时期内,来自苏联社会主义现实主义文论的影响也不可忽视。20世纪30年代经鲁迅、瞿秋白、冯雪峰等人的积极评价,别、车、杜和高尔基、卢那察尔斯基的著作都进入了中国,其关于文学的意识形态性质,文学与生活的关系,文学与世界观的关系,文学批评的政治标准与艺术标准等等基本理论、概念,是毛泽东《在延安文艺座谈会讲话》的一个重要理论来源,在新中国成立后也成了中国文艺理论的标准模式。甚至在中苏关系恶化后毛泽东提出的"两个结合"理论，虽然一些中国文艺理论家竭力把它说成独立的，也还是有苏联的渊源，高尔基就曾论述过这个问题。但苏联文论中一些极左的倾向，例如以阶级斗争为中心，夸大文艺的社会作用，忽视艺术本身规律，强化政治意识，粗暴干预文艺创作等，也导致了中国长期以来文艺政策上的偏颇；苏联的"拉普"派和日丹诺夫等人的这些片面的教条的马克思主义，甚至非马克思主义的东西，曾一度是被当作马列文论的主流来接受的。除了以上两个部分，西方文化中的古代文化和现代资本主义文化，中国古代传统文化也与毛泽东文艺思想有着借鉴和渊源关系。对这两个部分的吸收，更是一种批判继承。在《新民主主义论》中，毛泽东提出了两个反对，反对帝国主义文化和反对半封建文化，也提出了两个吸收，吸收大量的外国进步文化，包括外国的古代文化，例如各资本主义国家启蒙时代的文化；吸收中国长期封建社会中创造的古代文化。

事实上，毛泽东最早接触的西方理论，还是通过"五四"新文化运动所接受的西方资产阶级思潮。他从18岁到长沙起，"读了六年级资产阶级的书，24岁才知道马克思"。这六年来，他广泛涉猎了十八九世纪欧洲资产阶级的社会科学、自然科学著作及一些希腊、罗马文学作品，接受了一次系统的西方文化启蒙教育。当时西方流行一些人文思潮，也对他产生了冲击，其中包括霍布士的个人主义理论、《天演论》的"世道必进后胜于今"的进化观，《新青年》杂志空前规模引进的资产阶级民主、自由、人权、科学的概念。一些空想性质的理论，如克鲁泡特金的无政府主义，或小路实笃的新村主义、杜威的实用主义、罗素的社会改良主义，更引起他实践的兴趣。后来他在一生中一直没有停止过阅读西方哲学书籍，从苏格拉底、柏拉图、亚里士多德到费尔巴哈、黑格尔、康德，他都涉猎过。对这些西方文化的了解是他接受和理解马克思主义的基础。西方文论重理性、重逻辑分析，有严密的概念范畴体系的特点，毛泽东是在读马克思主义著作和西方文化哲学书籍的时候接受的。即使是其中的空想"乌托邦",对毛泽东注目未来的诗意设想也打上了印痕,而且他在晚年还付诸实践,虽然是不太成功的实践。应该看到,这些过去较少提到的西方思潮的思想材料,对于毛泽东思想、毛泽东文艺思想的形成和发展又是有着重要的参照价值和意义的。例如,毛泽东成为马克思主义者以后,强调文艺工作要深入工农兵,深入实际斗争,但他并非不懂得或不重视人的个性发展和文艺创作个性自由的空间。他早年曾将"个人"、"个体"、"自我"、"自存"等放在首要地位而崇奉过个性主义。他甚至充分肯定创作中非理性的"自然之冲动",是由"利已"而"利他",以"自然之冲动"为本位而将它与义务感情、群体意识结合起来。他后来则是将集体主义、文艺的政治功利性与人的个性发展、创作个性融合起来而更强调了前者。1945年,毛泽东在《论联合政府》一文中说:"有些人怀疑中国共产党人不赞成发展个性……其实是不对的,民族压迫和封建压迫残酷地束缚着中国人民的个性发展……我们主张的新民主主义制度的任务,则正是解除这些束缚和停止这种破坏,保障广大人民能够自由发展其共同生活中的个性。"他还把几万万人民的个性的解放和个性的发展看成是"在殖民地半殖民地半封建的废墟上建立社会主义社会"的必要条件之一[1]。毛泽东晚年较高评价了司汤达的《红与黑》,认为于连"雄心勃勃"的个人奋斗精神和感情是"值得赞扬的"[2]。这和他这个时候与人谈普希金的《渔夫和金鱼的故事》一样,他认为这篇童话诗中那位老太婆的"贪婪"有其"可爱的一面",这也是在肯定个人欲望的合理性因素[3]。他还深谙并重视艺术规律,他成为马克思主义者以后,在诗论上提出"诗要用形象思维"。在诗歌创作上更不缺乏个体情绪化、情感性浓烈的浪漫主义色彩。由此可见,认清毛泽东文艺思想的复杂因素对于我们全面地了解和把握

---

[1] 毛泽东:《毛泽东选集》第3卷,人民出版社,1964年版,第1058、1060页。
[2] 郭金荣:《毛泽东的黄昏岁月》,学苑出版社,1993年版,第198页。
[3] 郭金荣:《毛泽东的黄昏岁月》,学苑出版社,1993年版,第166页。

毛泽东文艺思想是有益处的。当然，毛泽东后来强调无产阶级集体主义，强调武装的革命反对武装的反革命，强调文艺为政治服务的功利主义和人民本位的群体意识，而对个性主义、改良主义和文艺审美自由特征加以贬抑批判。但是近许多年来，一些人在剖析包括文艺思想在内的功利主义、群体意识，并将这一切纳入封建意识、专制主义的同时，叨叨不休大谈个性主义、改良主义，大谈为人性而艺术、为自我而艺术、为艺术而艺术的重要性，似乎我国半个世纪的进步革命的文艺实践及其代表人物完全不懂这一些，应该说，这是很不切实际的。而且，这里还提出了这样一个问题，像毛泽东这样的伟大的人物既然知道西方非马克思主义种种思潮观念的重要性，为何仍摒弃和否定它们，而选择马克思主义，选择马克思主义与中国实际、马克思主义文艺理论与中国文艺实际相结合的道路，这难道不是引人深思的问题吗？

可以说，毛泽东文艺思想的结构体系、范畴理念甚至目标、方针政策与他对外国的哲学、美学、文艺思想的借鉴分不开，但在毛泽东文艺思想整个体系背后隐而不显的文化性格、思维方式等支持力量，都采自中国的传统文化。毛泽东对西方文化的一些选择取舍，都与民族精神之间存在着联系。毛泽东曾经激烈地反传统，但他并不是一个忽视传统、不了解传统的人。中国古代的哲学思想中，儒、道、法、墨各家，他都兼收并蓄，各各汲取有益的成分。

对儒家，他是颇为不满的，毛泽东厌恶"礼"对人的自由意志的压制，厌憎守成、世故、虚伪、矫情的陋习，厌憎忠孝至上的纲常伦理，但对儒家思想还是有所继承的。如儒家的大同理想，民本主义思想，崇尚理性、经世致用的实践（兼实用）精神，以政治功利为核心，关注民生疾苦等。重视指导性终极理念的建设，重视人的精神力量、道德追求，也来自儒家。朱熹认为宇宙间所有一切现象，悉自最终极的一个大原则产生。毛泽东1917年提出要以"大本大源"号召天下，有承此而来的因素。马克思主义在这一点上很近似大本大源。正如詹姆逊所说，马克思主义是一种远胜于其他系统的"伟大的带有普遍性的体系"①。历史上儒家那些德业俱全、垂教立功的圣贤君子，如范仲淹、曾国藩，也曾经是毛泽东所追求的理想人格。

毛泽东的浪漫、诗意化的性格，则使他接近道家。当然不是接近老庄的自然无为，而是道家生命意识的潇洒脱俗，主体情怀的自由飞扬。儒家思想的影响更多地表现在毛泽东的社会人格上，道家思想的影响则更多地表现在他的个体人格上。在涉及个人喜好的一些问题上，例如诗歌，他对道家影响下的"三李"诗歌一往情深，却不太喜欢杜甫、白居易。此外，老庄思想中的哲学成就——辩证法思想，"有无相生，难易相成"等等，也在毛泽东的矛盾论中被吸收进来。

毛泽东曾经承认自己的个性中有虎气，也有猴气。正如有的论者所说，猴气是源于道家的，虎气则似乎大半来自法家，类似秦始皇的雄浑豪放，一股凛然的帝王之气②。法家与儒家都是中国文化中进行政治实践的流派，但法家比儒家更加"明功求利"而不重视精神信仰。法家提倡的是"能法之士，必强毅而劲直，不劲直不能矫奸"（韩非子），提的是"治世不一道，便国不法古"（商鞅）的改革之路。作为一个立国领袖需要实现政治意图，建功立业、除旧布新，需要令行禁止、雷厉风行的政治操作，更需法家的精神。儒家则显得因循守旧，缺乏革新热情和创新精神。对毛泽东文化性格影响最深，却最少人注意的是墨家。墨家在先秦是与儒家并列的两大显学之一，但它是平民的显学。墨子及其门徒大都是手工业者和自耕农，有丰富的自然科学知识，在实践中呈现出朴素的辩证唯物主义的色彩。毛泽东曾在1939年2月给陈伯达的信中，称赞陈的《墨子哲学思想》一文"在中国找出赫拉克利特来了"，并建议把标题改为"古代辩证唯物哲学"③，可见毛泽东对墨子是比较推崇

中外文化视野中的文艺经典话语

---

① 詹明信（詹姆逊）：《晚期资本主义的文化逻辑》，生活·读书·新知三联书店，1997年版，第21页。
② 参见许纪霖：《许纪霖自选集》，广西师范大学出版，1999年版，第214页。
③ 毛泽东：《关于〈墨子哲学思想〉一文给陈伯达的信》，《毛泽东文集》第2卷，人民出版社，1993年版，第156页。

的。墨家"摩顶放踵利天下而为之"的不畏艰苦不畏牺牲的人格精神，也是毛泽东的人格理想。再有，墨家重视劳动生产，提倡节用，尊重劳动者，以兼相爱、交相利、平等互助的大同思想为政治理想，以"尚贤尚同"，任用贤能为领袖，"一同天下议"，以仁义统一意识形态，为政治组织运行模式，以及墨家近乎宗教的集体主义意识，与毛泽东晚年的主张是惊人的相似。墨家从汉起就已式微，但在底层的民间社会还保存着关于墨家的记忆，通过侠义之道或农民起义一再复现与传承。来自民间，好读侠义小说和农民战争历史的革命家毛泽东，也许是从民间而不是从书本上接受了更多的墨家思想。

这些中国传统的哲学思想，被毛泽东取舍吸收之后，成为毛泽东文艺思想的内在逻辑构成的一些合理化因素。概括起来，毛泽东文艺思想与中国古代哲学人文、美学文艺思想有如下几方面的渊源关系：一是充溢着使命感和责任感的"民胞物与"、"仁民爱物"的"民本"群体意识，"文以载道"、"文以明道"的功利主义文艺观与毛泽东文艺为人民为社会主义服务、文艺为政治服务的文艺的革命功利主义文学观的关系；二是以主体亲身践履为基础的知行统一观，重"实践理性"、"经世致用"的实学思想，"重人事"的人文审美观与毛泽东的重主体实践的客观再现的文艺思想，也就是重视作家主体的认知实践、理想追求的革命现实主义文艺思想的关系；三是主张"法天贵真"、"率真行诚"，注重"诗言志"，追求"大美"、"无限美"的文艺思想与毛泽东的"主我"、"重情"的主观表现，即浪漫主义的文艺思想的关系；四是传统的"相反相成"、"执两用中"、"反者道之动"的对立面相互转换以及中庸适度、整体和谐的思辨特色，与毛泽东文艺思想中辩证范畴的应用和辩证发展的思路，如"源与流"，"普及与提高"，"继承借鉴与革新创造"，"百花齐放、百家争鸣"，"古为今用、洋为中用"，"生活美与艺术美"等成对子的概念范畴的选取和运用。循着以上四个方面的关系进行探讨，可以就毛泽东文艺思想与我国古代美学文艺遗产的关系进行比较清晰的梳理；并进一步看到，在批判继承、革新创造中吸取了哪些合理成分，又如何实行更新创造和转换，从而概括出毛泽东文艺思想在促进文学现代转型中的地位和作用。

毛泽东文艺思想产生之后，它也曾走出国门，影响了世界。这种影响突出地表现在国外对毛泽东的研究和评价上。从纵的时间跨度上看，从20世纪30年代斯诺的《西行漫记》起直到现在已经经历了半个多世纪[①]；从横的空间广度上看，研究几乎遍及世界各地，而且在外国形成了美国、日本、澳大利亚等三个研究中心地带；从研究的程度上看，除了生平事业的一般研究和资料的大量收集整理以外，对毛泽东思想的来源，毛泽东思想的核心和特征等都进行了深入探讨。在美国这一研究中心地带形成了毛泽东思想研究的一些学派，它们之间展开辩论，大大促进了研究工作的深入开展。粗略作一些分析，可以看到，外国的毛泽东研究大约经历了三个阶段，一是从新中国成立前的30年代、40年代到新中国成立后的50年代，外国研究主要集中在毛泽东作为一个古老民族的伟大觉醒和新生的开拓者。这些研究以新奇的资料、生动鲜明的描写与赞赏支持的评价为特征。二是60年代、70年代，主要集中在毛泽东的"大跃进"、"人民公社"和"文化大革命"的研究上，其中许多观点是从西方工业化时代的后现代眼光来研究毛泽东。对毛泽东的哲学著作如《实践论》、《矛盾论》也有较多的研究和阐述，而总的说是以颂扬的评价将毛泽东推到极高的地位上，对于违背毛泽东思想、毛泽东文艺思想的毛泽东的"左"倾错误也当作正确的东西来论述。这种研究还留下了弥足珍贵的思想史上的资料，如对民粹主义乌托邦的研究等。这个时期，一些世界著名的思想家如萨特、阿尔杜塞、马尔库塞等都对毛泽东有高度评价。这两个阶段内，毛泽东文艺思想主要是《在延安文艺座谈会上的讲话》与"双百方针"在世界上产生了较大的影响。世界文学

---

① 这里的时间是指作者本篇文章首次出版的时间。

大师如布莱希特、海明威，都研读过毛泽东的著作，进行过较公允新颖的评价。三是社会主义新时期的 80 年代、90 年代，是对毛泽东的成功与失败进行综合研究，对毛泽东思想的科学体系与毛泽东个人错误及阐释者的错误进行辨析的科学分析的阶段。这种研究受中共十一届三中全会的影响，也受世界和平与发展时代中心课题的影响。这个时期一些现代主义和后现代大师，包括西方马克思主义者对毛泽东 60 年代、70 年代的思想仍有高度评价，但已是有分析的，看到它们对前现代或现代化正起步的中国所带来的影响，又肯定它们对西方现代、后现代社会的作用。这一阶段较之上阶段更清楚地看到了毛泽东思想，以及"大跃进"、"文革"等与 60 年代、70 年代席卷全球的社会、文化动荡，它们彼此之间所存在着的深刻的历史与整体的联系。应该说，这与我们今天对当代世界的文化与全球化的思考，也是紧密相关的。一些西方学者看到，新中国成立后的毛泽东并非不要现代化，而是急于现代化，并尽力想避免西方现代化中的种种弊端。美国学者弗雷德理克·C. 泰韦斯说："大跃进时期的毛泽东，受到如下设想的激励，设想要迅速发展经济，设想完成一个由群众的创造性与大胆灵活的领导相结合而促进的技术革命，设想构造一个以空前的速度消灭种种不公平的社会。"① 这就是说，当毛泽东想越过市场经济阶段，背离商品价值规律，以革命化乃至军事化手段高速发展经济，以实现所谓"一张白纸，没有负担，好写最新最美的文字"的乌托邦时，他的意愿是在短暂的时间内实现中国式的现代化，实现共产主义天堂。而同时，又避免西方资本主义世界由于现代化而带来的弊端，如重物质轻精神，贫富悬殊，殖民主义扩张，帝国主义战争等。正因如此，一些西方思想家敏锐地看到了毛泽东这一 20 世纪人类稀有的乌托邦的宏大构想和大规模实践作为思想史资料的重大意义。当今著名美国马克思主义批评家弗雷德里克·詹姆逊把毛泽东思想

---

① 弗雷德理克·C. 泰韦斯：《1949—1965 年毛泽东思想轨迹》，《西方学者论毛泽东》，厦门大学出版社，1993 年版，第 156 页。

说成是"这个60年代所有伟大的意识形态领域中最丰富多彩的思想"①。60年代的学生运动中，欧美有些学生甚至也像中国学生一样举着小红书。在今天，许多当年卷入其中的知识分子，正是学术界文化界的重要人物，涉及后现代主义、后殖民主义以及女权主义各种文艺思潮。至于西方马克思主义，也是在那时开始受到毛泽东思想的深刻影响。毛泽东关注意识形态和文化领域，承认文艺的社会意识形态性质，强调文艺学的社会学特征等，这些也都是西方马克思主义者所承认和关注的焦点，在毛泽东的思想里受到许多启发。西方马克思主义的重要人物阿尔杜塞的一些理论吸收了毛泽东的《矛盾论》，被詹姆逊说成是"在对毛主席的原材料进行了加工整理之后产生了修正版本"②。詹姆逊自己，身兼后现代理论家与马克思主义文化批评家，对中国社会、对毛泽东也都有充分的了解。

中西方的社会背景是不同的，詹姆逊等人更有兴趣的是毛泽东在新中国成立后甚至是"文革"时的思想。詹姆逊也说："马克思主义在一个资本主义社会里的作用和在一个革命成功后的社会，在一个社会主义社会所需要做的有很大的不同。……"③西方面对的是个"人类生活业已急剧地压缩为理性化、技术、市场这类事物"的时代，连审美也被商品化了——审美本具有批判现实的力量，文化知识分子则陷在专业和官僚的术语中。詹姆逊甚至有点夸张地认为，他们就像是睡在鲁迅所说的铁屋子里面。毛泽东就是在这个要对消费社会的异化和庸俗化现象进行审美抗议的背景下被接受的。毛泽东建立了关于集体的意识形态，为整个社会集体构造了一个十分有号召力的关于未来的远景；即使是"文化大革命"也有合理的初衷：他看到了建立在工业文明基础上的法理型、

---

① 詹明信（詹姆逊）：《晚期资本主义的文化逻辑》，生活·读书·新知三联书店，1997年版，第358页。
② 詹明信（詹姆逊）：《晚期资本主义的文化逻辑》，生活·读书·新知三联书店，1997年版，第364页。
③ 李泽厚：《世纪新梦》，安徽文艺出版社，1998年版，第220页。

科层化组织系统对人的异化,看到了资本主义工业文明所带来的对社会和伦理的危害。

詹姆逊说:"如果中国产生出一种理想社会的新的乌托邦观念,我以为这也是非常有意义的。因为我想这恰恰是当代西方社会不断失落的东西。"① 文化间的误读是难免的,而且误读也自有它的价值。现代的中国,随着经济的发展,国门的开放,也开始面临西方的问题了。作为中国的马克思主义的一部分的毛泽东文艺思想,面临着一个资本、信息、全球化的时代,面临着新的挑战,也需要新的创造与发展,与西方文化思潮,特别是西方马克思主义的互相借鉴、参考、共同发展,是必然的趋势。全球化使工业化的一些问题、现象渗透到世界每一个角落,但全球化带来的文化多元和跨文化传递手段(网络、传真、电视等等)也使人们可以围绕一个问题和一个现象在各种文化体系中进行研究、对比和阐释,也使学者们不只属于一个地区或国家,而形成有共同兴趣的跨国学者群体。

在 20 世纪之末,苏联东欧的社会主义相继失败,资本渗透全球,有人说这是面临历史的终结,资本主义的最终胜利,也就是马克思主义的终结或死亡。然而正如詹姆逊所说,马克思主义首先是关于资本主义的学说,唯一一个把资本主义作为一个整体加以分析的科学体系,如果资本主义发展到最高的阶段,马克思主义就应该比以往任何时候更切合于我们的现实②。马克思主义所研究探讨和解决的问题依然存在,当代一些西方思潮,也仍然是从这些问题中生发出来的。而近年的东南亚金融风波、世界金融动荡也许证明了这一点。作为中国当代的马克思主义的使命,是继续融会马克思主义和中国传统文化,立足中国的实践,广泛吸收世界进步的新文化新思想,探索出具有现代品格的独特的中国模式、中国道路。

---

① 李泽厚:《世纪新梦》,安徽文艺出版社,1998 年版,第 222 页。
② 李泽厚:《世纪新梦》,安徽文艺出版社,1998 年版,第 219 页。

中西文化交汇中的鲁迅早期浪漫诗学

在中国近代文艺思想史上，如果说，梁启超从文学与群治的关系出发，主张文学为改良主义政治服务，表现出明确的文学政治功利观；王国维追求人的审美意识的独立，强调文学本体的作用，显示了与宗经载道的封建文学思想尖锐对立的非功利文学观；那么，鲁迅的美学文艺思想则不同于上述两种倾向，他既注重文学本身的特殊规律，又主张尊个性、张精神，强调文学"撄人心"——干预人的灵魂的独特作用，还把情感与想象提到首要地位，追求"崇高"美，由内而外地关注社会现实，进行思想启蒙，呈现出鲜明的浪漫诗学特征。所谓浪漫诗学，从其概念的内涵和外延来看，既要看到它在浪漫主义文艺观和创作方法上探讨个人至情至性自然流露的独特性的层面；又要看到它在人生哲学、人的理论上探讨个体与群体、精神和物质对立冲突中人的独特存在方式的层面。在十九世纪、二十世纪之交中西哲学文化、美学文艺思潮大冲撞、大交汇的背景下，鲁迅早期浪漫诗学既表现出向西方思潮大幅度开放的形态，又从本民族现实斗争和时代审美要求、传统文化精神出发进行择取、融合，呈现出现代化和民族化双向选择的特征。

鲁迅早期创作很少，他的浪漫诗学观主要可从他在 1907 年写的《摩罗诗力说》、《文化偏至论》，及 1908 年写的《破恶声论》、1913 年写的《拟播布美术意见书》等论文中看出来。

一、从"摩罗"诗派到"新神思宗"
——浪漫诗学主体的独特性和复杂性

重个人、重主观、重精神,把个人与群体、主观与客观、精神与物质对立起来,并意图以前者支配后者——这种基本态度决定了鲁迅早期注重心灵和情感的主观表现的浪漫主义文学本质观,也决定了他将情感、想象因素提到评价作品首要地位的诗学理论批评价值取向。

"掊物质而张灵明,任个人而排众数。"① 鲁迅在《文化偏至论》中提出的这个著名观点集中地概括了他的浪漫诗学的核心内容。这个重要命题与核心内容是在中国近代思想界面向世界思潮、中西文化大汇合大冲撞的背景下提出的。十九世纪、二十世纪之交的中国思想界,以康有为、谭嗣同、严复、梁启超等为代表的中国资产阶级思想家们,在向西方寻求真理的过程中,作为他们的哲学文化思想的参照系的,主要是十八世纪的启蒙主义,十九世纪中叶自然科学的三大发现和实证主义哲学思潮。他们把主张"生存竞争"求"变"的进化论观点与主张"人人平等",重视人的"类行为"的自然人性论、天赋人权论结合起来,提出"以群为体,以变为用"② 的观点,由生物进化推及社会进化、历史进化,把"变"的思想和群学(即社会学)问题提到中华民族在进化长途上救亡图存的高度上来认识。因此,他们在人的理论上不看重作为精神个体的"人",不看重个体存在的价值,而看重为种族、国家、群体而存在的"国民",个体、自我的独立性、现实性和创造性被淹没、消溶在"利群"的功利价值观中。在文学思想上,注重的也是让文学当作解决"国民"群体所关心的政治问题的手段,因而特别重视和追求文学直接为实际政治斗争服务的社会功利性。对于人的个体精神世界的丰富

---

① 鲁迅:《坟·文化偏至论》,《鲁迅全集》第1卷,人民文学出版社,1956年版。
② 梁启超:《新民说·说合群》,《梁启超选集》,上海人民出版社,1984年版。

性、复杂性以及文学本身的审美特性则探究甚少。他们也曾把德国古典唯心主义哲学与佛学、老庄哲学调和起来，高扬甚至夸大人的内在精神和主观意志的作用。然而，他们这样做，也是在当时中国近代工业和自然科学发展不足，缺乏广泛的社会基础和雄厚的物质力量的条件下，以此反对顽固的封建宗法制度及强大的黑暗势力，达到"救国"、"兴邦"的目的。因此，他们或者强调"不忍人之心"的"仁"（康有为），或者提倡"由心造"、"以心解"的"心力"（谭嗣同），或者宏扬"依自不依他"的民族精神（章太炎），或者看重"知觉灵明"的巨大作用（孙中山）等等。这一切主观精神因素的强调，都不是对个人自由、个体存在价值的肯定，不是主观意力的发扬和个体思维空间的拓展，而是意欲唤起国魂、反帝救国而产生的强大激情。

　　较之上述思想家们，鲁迅既对西方思想文化有广泛的涉猎，又有独特的择取方面。不仅十八世纪英国经验论、大陆唯理论以及法国唯物主义哲学、启蒙主义思潮在他的视野之内，十九世纪三大发现之一的进化论是他注目之所在，而且基于德国古典唯心主义哲学的浪漫主义思潮以及后来的新人本主义、新浪漫主义思潮，更是他特别瞩目的。我们知道，欧洲十九世纪初的浪漫主义运动是最先将个体、自我、心灵、精神放在首要地位上加以强调的。与启蒙主义时代不同，浪漫主义思潮在人的理论上，不是与封建制度、神权统治对立的人的"类"的要求、人的整体概念，不是把人的精神看作依附于现实的文明状态、受外在物质世界支配的一部分，而是强调个体与群体、精神与物质的对立的。十九世纪中叶以来的人本主义哲学思潮和新浪漫主义文学思潮（包含部分现代派文学）更在资本主义物质文明大发展的情况下，反对物的价值的增值、人的价值的贬值所造成的人的异化、精神的沦丧的现象。它们将人的个体存在提高到本体论的高度，突出"孤独的个体"的人，强调非理性的"自我意识"，夸大个体的意志、生命、情感、心理、直觉等非理性因素的作用，甚至把它们看作世界的本源，从而把人的个体与社会群体，人的内在世界与外在物质世界更尖锐地对立起来。鲁迅从推举浪漫主义"摩罗"诗派到赞颂新人本主义"神思新宗"，表明了他借鉴和吸取西方思潮的开阔视野和独特镜角。

正是在向西方近、现代浪漫派的广泛涉猎中，鲁迅在人的理论上获得了一些与西方浪漫派相同的思想特征。这就是，首先假定有一种"最理想的人性"①的人的自然状态存在，继而透过这种"最理想的人性"，看到文明、科技、大工业给人和人性带来的扭曲。所谓"托平等之名"以扼杀"个性之尊严"，"惟客观之物质世界是趋，而主观之内面精神，乃舍置不之一省"②的情形都是这种现象的表现。再则提出"非物质，重个人"③的观点，特别看重有着强烈自我意识和自主意识的"人"的觉醒，并把它与着眼于国民大层群体觉醒的启蒙主义思想和推翻清朝统治、反帝爱国的革命民主主义思想交融起来，以"人各有己，群之大觉近矣"④的自我开放形态，以期通过"致人性于全"⑤向理想人性复归的思路，达到"立人"、"立国"的目的。鲁迅这时期的美学文艺思想也在总体上具有浪漫诗学的特征：他把美本身看成是人的本质的一个重要方面，认为只有具备丰富感情、有着审美特质的人才称得上是全面的人。他在论及人类历史上自然科学的成就时，既赞颂"科学者，神圣之光，照世界者也"，又指出"犹有不可忽者，为当陷社会入于偏，日趋而之一极，精神渐失"⑥的弊端，认为人们之所以于需要牛顿、波义耳、康德、达尔文等自然科学家、社会科学家之外，尚需要莎士比亚、拉斐尔、贝多芬、卡莱尔等文学家、音乐家，一个重要原因，就是因为"美上之感情"，"明敏之思想"是"致人性于全，不使之偏倚"⑦的重

---

① 许寿裳：《亡友鲁迅印象记》，人民文学出版社，1955年版，第20页。
② 鲁迅：《坟·文化偏至论》，《鲁迅全集》第1卷，人民文学出版社，1956年版。
③ 鲁迅：《坟·文化偏至论》，《鲁迅全集》第1卷，人民文学出版社，1956年版。
④ 鲁迅：《集外集拾遗·破恶声论》，《鲁迅全集》第7卷，人民文学出版社，1956年版。
⑤ 鲁迅：《坟·科学史教篇》，《鲁迅全集》第1卷，人民文学出版社，1956年版。
⑥ 鲁迅：《坟·科学史教篇》，《鲁迅全集》第1卷，人民文学出版社，1956年版。
⑦ 鲁迅：《坟·科学史教篇》，《鲁迅全集》第1卷，人民文学出版社，1956年版。

要因素。这样,鲁迅便将资本主义带来的美感的丧失当作人的灵性的失落和道德的堕落的一个组成部分,而对它们进行了浪漫主义的批判;而且将情感因素、审美特质当作人性全面复归、造就理想的人性的浪漫主义的重要内涵来看待。

在接受西方浪漫主义思潮的影响时,鲁迅浪漫诗学的个人与众数、物质与灵明的矛盾命题中,还包含着中国近代历史现实和鲁迅思想的许多独特内容。鲁迅所说的"个人"是指"朕归于我"、"人各有己",主张自己主宰自己,尊重自我存在,并强调人格的"真"与"诚","至人性于全,不使之偏倚"。所谓"灵明"则是指发扬人的"心声"和"内曜"①。而鲁迅所要排击的"众数",既是指西方"平等自由之念,社会民主之思"发展到"以多数临天下而暴独特者"②的偏颇,又是指中国现实中"托言众治"的政客,如"竞言武事"的封建地主阶级"洋务派"和"制造商估立宪之说"③的资产阶级改良派。此外,还有在传统和时俗侵蚀下"宁蜷伏堕落而恶进取"的庸众,"意在保位,使子孙王千万世"④的封建王权代表人物等。鲁迅所要抨击的"物质",既是指资本主义社会人的精神物化这一"十九世纪大潮""曼衍入今"又一"偏至"的结果,又是指中国现实中洋务派、改良派"不作根本之图"的"干禄"的特征,还指封建的"子女玉帛"的"物蔽"和"实利之念"⑤。从这些概念、范畴的内涵和外延中可以看到,鲁迅那时不仅从人类文化史的角度看到东方文明古国学术文艺"灿烂于古,萧瑟于今"的事实和西方民主平等思潮及物质文明给人的精神、自我意识带来的扭曲;而且着眼于文化的现实意义和政治内涵,透过文化剖析中国的历史和现实,指出现实中中国传统文化因袭的负担、封建地主阶级洋务派和

---

① 鲁迅:《集外集拾遗·破恶声论》,《鲁迅全集》第7卷,人民文学出版社,1956年版。
② 鲁迅:《坟·文化偏至论》,《鲁迅全集》第1卷,人民文学出版社,1956年版。
③ 鲁迅:《坟·文化偏至论》,《鲁迅全集》第1卷,人民文学出版社,1956年版。
④ 鲁迅:《坟·文化偏至论》,《鲁迅全集》第1卷,人民文学出版社,1956年版。
⑤ 鲁迅:《坟·文化偏至论》,《鲁迅全集》第1卷,人民文学出版社,1956年版。

资产阶级改良派"所得既非新,又至偏而至伪"的"悲哀"。

正因为鲁迅立足现实,统摄古今,融合中外,具有居于时代理性高度的宏观视野和阔大气度,因此当他的浪漫诗学观主要以西方浪漫主义作为参照系时,他的视野中不仅有摩罗诗派"神思宗",还有新浪漫派"神思新宗"。前者介绍和评述的主要有拜伦、雪莱、普希金、莱蒙托夫、密茨凯维支、斯洛伐茨基、裴多菲等浪漫派诗人;后者主要有尼采、施蒂纳、叔本华、易卜生等浪漫主义思想家和文学家。在鲁迅看来,西方前后期浪漫派在诗学观和创作方法上有如下几个方面存在着既相同又有差别的特征。

其一,突出与客体相对立的主体,推重与封建传统及资本主义现实相对立的个体的精神力量。鲁迅认为,摩罗诗派是指那些"凡立意在反抗,指归在动作,而为世所不甚愉悦者"。他们"争天拒俗""无不刚健不挠,抱诚守真;不取媚于群,以随顺旧俗","其力如巨涛,直薄旧社会之柱石"[1]。称颂拜伦"所遇常抗,所向必动,贵力而尚强,尊己而好战……其平生,如狂涛,如厉风,举一切伪饰陋习,悉与荡涤"。对于不觉悟的群众"必衷悲而疾视,衷悲所以哀其不幸,疾视所以怒其不争"。论及雪莱,认为"修黎抗伪俗弊习以成诗,而诗亦即受伪俗弊习之夭阏"。莱蒙托夫"则奋战力拒,不稍退转。……所为诗,无不有强烈弗和与踔厉不平之响"。裴多菲亦"性恶压制而爱自由……所作率纵言自由,诞放激烈"。对于尼采等"新神思宗",则在阐述他们与摩罗诗人"以反动破坏充其精神,以获新生为其希望,专向旧有之文明,而加之掊击扫荡"的共同点之后,进一步指出他们在对"个体"的看法上有较大的发展变化。所谓"十九世纪末之重个人,则吊诡殊恒……入于自识,趣于我执,刚愎主己,于庸俗无所顾忌"[2]。意即更强调个体的"自我意识",在主体与客体,主观与客观的关系上更强调主体与主观的

---

[1] 鲁迅:《坟·摩罗诗力说》,《鲁迅全集》第1卷,人民文学出版社,1956年版。
[2] 鲁迅:《坟·文化偏至论》,《鲁迅全集》第1卷,人民文学出版社,1956年版。

作用。鲁迅指出，"有新神思宗徒出，或崇奉主观，或张皇意力，匡纠流俗，厉如电霆"。"知主观与意力主义之兴，功有伟于洪水之有方舟者焉。主观主义者，其趣凡二：一谓惟以主观为准则，用律诸物；一谓主观之心灵界，当较客观之物质界为尤尊。"① 如叔本华"以内省诸己，豁然贯通，因曰意力为世界之本体"。尼采"之所希冀，则意力绝世，几近神明之超人"②。这种作为新浪漫派、现代派之哲学基础的唯意志论的最大特点就是更加强调"反省于内面"的人、人的价值，在非理性主义的本能、下意识的基础上夸大意志、情感、心理、体验、直觉等因素的作用。当时尚未能接触唯物辩证法的鲁迅认识不到这种观点的唯心主义性质，还认为它"由内而外"，鲜明地体现了二十世纪的时代精神。他说："内部之生活强，则人生之意义亦逾邃，个人尊严之旨趣亦愈明，二十世纪之新精神，殆将立狂风怒浪之间恃意力以辟生路也。"③ 这样，便从个人、主体、精神的极为突出的地位上，使我们清楚地看到了个人与社会、主体与客体、理想世界与生活现实的矛盾这一浪漫诗学的核心内容。

其二，在强调精神主体的真诚袒露、自然流溢、自由表现的前提下，指出浪漫主义主张显示精神主体的复杂性、多样性，新浪漫派则具有"渊思冥想"、"自省抒情"的特征。"热力无量，涌吾灵台"，鲁迅所引德国诗人爱伦德的诗句，"奥古斯汀也，约翰卢骚也，伟哉自忏之书，心声之洋溢者也"④，鲁迅对西方两大著名忏悔录所作的赞誉，表明了鲁迅对浪漫主义的情感自然表现的特征的看重。对于这位鲁迅提到的、被人们称为浪漫主义之父的卢梭，恩斯特·卡西尔曾指出，他"反对所有古典主义和新古典主义传统的艺术理论"，是他最早地提出了"艺术并不是对经验世界的描绘或复写，而是情感和感情的流溢"的观点。卡

---

① 鲁迅：《坟·文化偏至论》，《鲁迅全集》第1卷，人民文学出版社，1956年版。
② 鲁迅：《坟·文化偏至论》，《鲁迅全集》第1卷，人民文学出版社，1956年版。
③ 鲁迅：《坟·文化偏至论》，《鲁迅全集》第1卷，人民文学出版社，1956年版。
④ 鲁迅：《集外集拾遗·破恶声论》，《鲁迅全集》第7卷，人民文学出版社，1956年版。

西尔认为这个后来为歌德所仿效的观点，是欧洲许多世纪的摹仿原则"让位于'独特的艺术'的标志，这是一个遍及整个欧洲文学的新原则的胜利"①。按照这种观点，诗是诗人整个内心世界的表现，是从诗人内心情感这个"灵源"中自然地涌溢出来的。它天生自在、主观自生，不是依赖客观实在"情以物迁"的。正是本着这种观点，鲁迅认为拜伦"超脱古范，直抒所信"，"率真行诚，无所讳掩"。说裴多菲"亦尝自言曰，吾琴一音，吾笔一下，不为利役也。居吾心者，爰有天神，使吾歌且吟。天神非他，即自由耳"。鲁迅还把"精神界之战士"概括为"作至诚之声，致吾人于善美刚健者"，"作温煦之声，援吾人出于荒寒者"。这些地方，都从情感的真诚、炽烈、自然、表现等方面显示出浪漫主义文艺观的主要特征。情感的真与诚必然涉及精神主体的复杂性、多样性。鲁迅引用拜伦对朋思的评价说："斯人也，心情反张，柔而刚，疏而密，精神而质，高尚而卑，有神圣者焉，有不净者焉，互和合也。"鲁迅认为，摩罗诗人，乃至一切伟人都具有这种美丑善恶杂陈的复杂人性，"即一切人，若去其面具，诚心以思，有纯禀世所谓善而无恶分者，果几何人？遍观众生，必几无有"。与古典主义把高尚优美与滑稽丑怪分割开来而只注重前者不同，浪漫诗学的原则是"丑就在美旁边，畸形靠近着优美，粗俗藏在崇高的背后，恶与善并存，黑暗与光明相共"②。鲁迅对矛盾分裂的人的概念的理解、对美丑对照的人物性格的把握正表明了他的文学观念和思维方式的浪漫主义特征。

对于"新神思宗"，鲁迅是从他们对资本主义异化现实的认识入手以揭示其主观表现的要求和特征的。鲁迅指出："近世人心，日进于自觉，知物质万能之说，且逸个人之情意，使独创之力，归于槁枯，故不得不以自悟者悟人，冀挽狂澜于方倒耳。"③ 于是在"劳劳独躯壳之事

---

① 恩斯特·卡西尔：《人论》，上海译文出版社，1985年版，第178页。
② 雨果：《雨果论文学》，上海译文出版社，1980年版，第30页。
③ 鲁迅：《坟·文化偏至论》，《鲁迅全集》第1卷，人民文学出版社，1956年版。

是图,而精神日就于荒落"的异化现实中提出"示主观倾向之极致"的新浪漫派的主观表现论:"其说出世,和者日多,于是思潮为之更张,骛外者渐转而趣内,渊思冥想之风作,自省抒情之意苏,去现实物质与自然之樊,以就其本有心灵之域。"① 不仅指出了十九世纪浪漫主义运动以来资本主义社会人的精神沦丧状况愈演愈烈的历史过程,展示出二十世纪哲学人文思潮"趣内"的发展趋势,而且指出了以人本主义"新神思宗"为哲学基础的新浪漫派在主观表现上"渊思冥想"、"自省抒情"的特征。

其三,把情感和想象提到艺术表现的首位的共同特征中,指出浪漫主义尚顾及情感精神"形现"的"构型过程",而新浪漫派则崇尚主体创造客体、扭曲客体而呈现出变形、怪诞的特征。卡西尔在高度评价卢梭的"艺术并不是对经验世界的描绘或复写,而是情感和感情的流溢"的浪漫主义观点之后,又强调说,在这个问题上"必须避免片面的解释"。这就是不要把过去"摹仿说"的"对物理对象的事物之复写",变成了"对我们的内部生活,对我们的感情和情绪的复写",而忽略了"作为创造和观照的艺术品"的"构型过程"②。这就是说,所谓情感的自然流泻作为文艺主体的艺术表现,是要通过对自我内在情感形态和本质的发现、创造、综合、探索,而以完整的外在形式表现出来。鲁迅在评价拜伦时引用了拜伦自己的话:"吾之握笔⋯⋯一字一辞,无不即其人呼吸精神之形现,中于人心,神弦立应。"这里说的不仅是丰富情感的自然流泻,整体人格的自由表现,而且指出了精神、情感还需借助外在艺术形象的客观化、对象化而得到体相兼备的表现。鲁迅称颂雪莱"品性之卓,出于云间,热诚勃然,无可阻遏,自趁其神思而奔神思之乡,比其为乡,则爱有美之本体",这更是指浪漫主义在自然流泻、艺术表现的同时,还应驰骋想象,描写和创造理想化的对象,并实现对现

---

① 鲁迅:《坟·文化偏至论》,《鲁迅全集》第1卷,人民文学出版社,1956年版。
② 恩斯特·卡西尔:《人论》,上海译文出版社,1985年版,第178页。

实人生的某种审美性超越。

如果说，十九世纪摩罗诗派浪漫主义在强调表现主观情感世界的同时，仍承认有模仿客体，即"呼吸精神之形现"的作用的话，那么，被鲁迅称为"新神思宗"的新浪漫派（或称现代派）在艺术表现上则更进一步，主张通过艺术形象创造客体、表现主体，客观形象往往以扭曲的形态呈现出来。鲁迅正是看到了新浪漫派这种特点的。他说，正因为新神思宗以"自有之主观世界为至高之标准"，"以是之故，则思虑动作，咸离外物，独往来于自心之天地，确信在是，满足亦在是，谓之渐自省其内曜之成果可也"①。完全离开外物，走向内心深处，新浪漫派这种艺术构思上的特点在这里说得非常明确。正是这样，情感与想象在"自心之天地"回旋、深化，"渊思冥想"、"自省抒情"，于是，变形怪诞，带象征性甚至神秘意味的形象联翩而至。鲁迅论及中国古代泛神论艺术时曾说："顾瞻百昌，审谛万物，若无不有灵觉妙义焉，此即诗歌也，即美妙也，今世冥通神閟之士所归也。"② 这所谓"今世冥通神閟之士"正是指受尼采、叔本华哲学思想影响的活跃于十九世纪末的象征派等现代主义文学家。鲁迅于1909年编辑出版的《域外小说集》中，便收有他早几年翻译的俄国象征派小说家安特莱夫的短篇小说——《默》和《谩》，并且在他所写的《杂识》（即"译后记"）中简要地介绍了安特莱夫的生平和作品，指出他的小说"神秘幽深，自成一家"③。从这些材料中可以看到，鲁迅认为象征派作家善于借助内心的错觉、幻想和联想使外部环境变形，并通过人物的潜意识心理活动把对现实的本质认识从总体上概括而深刻地暗示出来。外界事物与人的内心世界互相感应契合、息息相通甚至达到神秘的互相对应的程度：山水草木，"百昌"、"万物"均成了"象征的森林"，可以向人们发出信息，以暗示人的内心

---

① 鲁迅：《坟·文化偏至论》，《鲁迅全集》第1卷，人民文学出版社，1956年版。
② 鲁迅：《集外集拾遗·破恶声论》，《鲁迅全集》第7卷，人民文学出版社，1956年版。
③ 鲁迅：《坟·文化偏至论》，《鲁迅全集》第1卷，人民文学出版社，1956年版。

世界。这样，便抓住了"新神思宗"影响下象征派等现代主义文学流派在情感和想象上"冥通神闷"的特征。

二、"取令复古，别立新宗"
—— 浪漫诗学观的现代性与民族性双重内涵

从现代化和民族化的双向进程考察文学，既面向世界，收纳新潮，融合新机，又植根于民族历史和现实生活的土壤，从民族精神和民族艺术中吸取力量，与民族解放运动相结合，这是鲁迅早期浪漫诗学观的又一重要特征。因为鲁迅是中国近代思想史和文学史上系统地介绍、推荐西方"摩罗"诗派和"新神思宗"的第一人，所以很容易只看到鲁迅浪漫主义文艺思想接受西方思潮影响的一面，而相对地忽视了它具有民族精神的另一面。事实上，欧洲十八世纪末、十九世纪初的浪漫主义文学思潮本身就发生在法国资产阶级大革命之后欧洲民主运动和民族解放运动蓬勃发展的时期。那时欧洲各国的封建制度相继土崩瓦解，现代民族随着资产阶级革命席卷欧洲、打破封建割据局面逐渐形成；欧洲各国文学也在同风靡欧洲的古典主义教条统治的斗争中发展了各民族文学的特征，走上了独立发展的时期。罗素在谈到欧洲浪漫主义运动时说："在革命（指法国大革命）后的时代，他们（指欧洲各国的浪漫主义者）通过民族主义逐渐进到政治里：他们感觉到每个民族有一个团体魂，只要国家的疆界和民族的界限不一样，团体魂就不可能自由。在十九世纪上半期，民族主义是最有声势的革命原则，大部分浪漫主义者热烈支持它。"①而同时，这种发展了民族特征的文学又真正走向了世界，它们汇成了足以代表整整一个历史时代的浪漫主义文学的洪流。浪漫主义运动不仅席卷了欧洲，还波及其他洲的许多国家，产生了深远的影响。由此可见，

---

① 罗素：《西方哲学史》下卷，商务印书馆，1982年版，第216页。

鲁迅所介绍的欧洲十八、十九世纪的浪漫主义本身就既是民族的又是世界的。其中，在被压迫的弱小民族如波兰、匈牙利等国，浪漫主义文学的民族性更为强烈。据近几年学者们的考证①，鲁迅在撰写《摩罗诗力说》时，读过丹麦著名文学史家勃兰兑斯的《波兰》（又名《波兰印象记》）一书。在这本书中，"十九世纪波兰浪漫主义文学"是其中的一个重要部分。勃兰兑斯下面一段话鲁迅当时就曾阅读过，勃兰兑斯说："在波兰，民族性格和浪漫主义一拍即合，而共同的民族厄运更使人产生一种浪漫的倾向。因此浪漫主义并不使各人的心灵在利己主义（例如在德国）或者在狂放不羁的独立（例如在英国）中孤立起来，而是把这些心灵连接在一起，形成一种幻想的同胞情谊。……在这里，浪漫主义的狂热以一种比别处远为强大的力量扫除了一切障碍，在远为广大的范围内传播，比别处远为彻底地和现实的时世境遇契合和谐（因为波兰的民族命运人人关注，一切梦想都围绕着它）。"② 在二十世纪初的中国，西方浪漫主义思潮又一次经由鲁迅独特的诗学观而与中国民族性格相结合，呈现出现代化与民族化双向综合发展的特征。这种特征主要表现在以下三个方面：

首先，从横向联结看，个性主义、革命民主主义与民族主义、爱国主义的交融，使鲁迅植根于本民族生活和斗争土壤中的浪漫诗学观，在思想倾向上具有民族精神和爱国主义的开放形态，并由此开拓出对西方浪漫主义进行个性解放与民族解放双重观照的角度。

十九世纪末二十世纪初，当世界范围内的社会主义运动与民族解放运动两大潮流蓬勃兴起，古老的中华民族在激烈的民族、民主革命斗争中向现代民族转换和发展的时代条件下，如何看待民族主义与爱国主义思潮是一个十分复杂的问题。不触动清王朝统治的资产阶级改良派，将

---

① 如见周作人：《知堂回想录·七八翻译小说下》，三育图书文具公司，1980年版。北冈正子：《摩罗诗力说材源考》，北京师范大学出版社，1983年版，第116～117页。
② 勃兰兑斯：《十九世纪波兰浪漫主义文学》，人民文学出版社，1980年版，第11页。

改良主义政治意识渗进民族主义、爱国主义思潮中,他们以开明专制为权威杠杆,以传统文化为中介,形成内源为主、融合西方文化因素的发展机制,以期对于中国文化现代化进程起促进作用;资产阶级革命派在反对卖国守旧的清王朝的斗争中,将民权、民生主义与民族主义并提,赋予民族主义、爱国主义以革命民主主义的内涵,还提出过包括满族在内的"五族共和"的民族主义纲领,这种中国"从古所罕见"(孙中山语)的民族平等主张与反封建的民主民族革命斗争的内容交融在一起,对于多民族的中国向现代民族的转化起过重大的促进作用。但是,资产阶级革命派在民族主义、爱国主义问题上也存在着"排满"、"仇满"的狭隘的民族主义、复古的国粹主义和否定民族文化传统,激进地、全方位地引进西方政治制度和文化的倾向。与清末的民族主义、爱国主义思潮的总体趋势相一致,鲁迅具有作为中华儿女的"我以我血荐轩辕"①的强烈的爱国激情和"中国者,中国人之中国,可容外族之研究,不容外族之探险;可容外族之赞叹,不容外族之觊觎"②的反对帝国主义"兽性"爱国者的民族主义思想。但是,他在政治上坚定地站在资产阶级革命派一边,他的民族主义、爱国主义因为与资产阶级民主革命紧密相连而具有鲜明的革命民主主义精神。同时,他既不同于狭隘民族主义、民族复仇主义,又不同于无视民族传统、盲目地引进西方政治和文化的激进改革派。从积极浪漫主义的要求出发,在"立人"和"立国"的关系中,认为"立人"是根柢,在个体与群体、精神与物质的关系中,认为"张大个人的人格,又人生之第一义","精神现象实人类生活之极颠"③。"重个人"、张精神,方能"致人性于全";人既立,则"沙聚之邦,由是转为人国"。只有尊个性、张精神,只有立人,才能真正救亡图存,使中华民族在人类进化的长途上不致被淘汰而自立于民族之

---

① 鲁迅:《集外集·自题小像》,《鲁迅全集》第7卷,人民文学出版社,1958年版。
② 鲁迅:《集外集拾遗·中国地质略论》,《鲁迅全集》第7卷,人民文学出版社,1958年版。
③ 鲁迅:《坟·文化偏至论》,《鲁迅全集》第1卷,人民文学出版社,1956年版。

林。鲁迅一方面对西方民主思潮和物质文明之"偏至",即人性的沦丧和扭曲,人的个性和精神的湮没进行了抨击,对于"许自繇于鞭策羁縻之下"、"拘于无形之囹圄"、"不撄人心"的传统文化给予剖析和鞭笞;另一方面又大力推荐"摩罗"诗派和"新神思宗",对于"特别之发达"、"自具特异之光采"、"亦世稀有"之中华古文化充满民族自豪感。正是这样,将个性主义、革命民主主义与民族主义、爱国主义结合起来,鲁迅在推荐和审视摩罗诗人等西方诗学流派时,开辟了个性解放与民族解放的双重观照角度。他评价拜伦、雪莱,既赞美他们"重独立而爱自由"的傲岸不羁、尊己好战的一面,又高度评价他们悲愤于国民性的沉沦,为民族独立而奋起抗争的另一面。论及普希金,既肯定他"向祖国纯朴之民"以独创的民族文学使俄国"文界始独立"的功绩,又批评他与本国统治者"立言益务平和","力避""冲突"并赞颂沙皇侵略他国武功的"兽爱"的另一面。评述莱蒙托夫时,将他与普希金作比较,认为"普式庚终服帝力,入于平和,而来尔孟多夫则奋战力拒,不稍退转",对他为争自由而"有强烈弗和与踔厉不平之响"给予高度评价;同时又认为莱蒙托夫"亦甚爱国",却绝异于普希金对沙俄"兽爱"民族沙文主义的赞扬,在他来说,"凡所眷爱,乃在乡村大野,及村人之生活;且推其爱而及高加索土人"。对于波兰浪漫派诗人密克微支、斯洛伐支奇等的评价,更看到他们将个性自由融入反帝爱国的民族斗争之中的特征。对于密克威支,鲁迅既认为他"至崇拿破仑",将拿破仑在全欧推行的资产阶级革命誉为"盖在解放国民,因及世界",因而"其一生则为最高之诗";又认为密克威支"所为诗,有今昔国人之声,寄于是焉"。特别对于密克威支在《先人祭》中向俄帝复仇的情节和诗情给予了动人心魄的描述。关于匈牙利诗人裴多菲,也写他为自由不为利役而"歌且吟",同时诗的内容又"倾于政事",本人也在国事危急时,赴战场而"殁于军",因而被称颂为"为爱而歌,为国而死者"。从对上述摩罗诗人的评述中可以看到,鲁迅所呼唤的"精神界之战士"不仅具有将个体意识的独立觉醒与爱国救亡的英雄激情交融在一起的内涵，而且把个性自由和本民族以及其他民族的独立的、自由的发展看成是互相制约的。这正是一种破除了封闭、狭隘的民族主义眼界的开放形态的爱国主义精神，一种产生于二十世纪民族解放运动，经过个性解放、革命民主主义熔铸过的民族主义、爱国主义思想。

其次，从纵向发展上看，向民族生活与民族精神深处寻找有利于尊个性、张精神，与西方思潮的"偏至"和传统文化"堕落而之实利"的现象相对抗的因素，从而有助于对本民族文化传统进行浪漫主义的重新审视、评估和认可。

在对待本民族文化传统的问题上，鲁迅与近代主张彻底扫除旧传统，并迅速地、大幅度全方位地输入西方文化与价值的激进的改革派不同，他所持的基本态度是"取今复古、别立新宗"，认为传统的价值与文化在引导文化现代化内源性发展中仍然具有积极的中介作用，西方文化只有"去其偏颇，得其神明"，并"施于国中"，与中国传统文化"翕合无间"，方能达到"新者日新，而其古亦不死"的目的。同时，西方浪漫主义"回到自然"、"返回远古"、"人性复归"的思路也不能不在鲁迅推荐西方浪漫派时影响到他。这种影响的表现之一，就是鲁迅于辛亥革命前后在对时代人生、现实政治紧张关注的同时，也常常返顾中国往古时代的民族生活和民族精神，认为中国古代文化传统中有一种富于心声内曜、灵觉妙义的人的自然状态存在；相反，现实中工业文明、民主平等思潮带来的"偏至"现象和传统文化中不撄人心的"无邪"之说所造成的恶果却导致对人的片面理解。于是，鲁迅在对现实中人性的沦丧现象进行剖析和抨击的同时，还从民族生活和民族精神的深处寻求能够同现实世界的退化堕落相对抗的因素。在《破恶声论》中，鲁迅对中国传统文化从总体上的肯定、对中国古代具有泛神论色彩的哲学宗教思想的认可，对象征着民族精神的神话、神物的看重等，都与他的尊个性、张精神的浪漫诗学的核心内容相通。鲁迅从宗教哲学思想的角度看待中国传统文化，本着宗教"乃向上之民，欲离是有限相对之现世，以趣无限绝对之至上者"的观点，认为中国古代泛神论色彩的哲学文化思想具有某种宗教的特征。他说："顾吾中国，则夙以普崇万物为文化本根。敬天礼地，实与法式，发育张大，整然不紊。复载为之首，而次及于万汇，凡一切睿知义理与邦国家族之制，无不据为始基焉。效果所著，大莫可名，以是而不轻旧乡，以是而不生阶级；他若虽一卉木竹石，视之均函有神閟性灵，玄义在中，不同凡品，其所崇爱之溥博，世未见有其匹也。"① 这里，在渗透着古代文化思想内容的理想人性中，世界的一切，包括自然物，人伦生活及心物关系等都被赋予了人的"种性"、"性灵"等"趣无限绝对之至上"的精神因素，并体现出神的本质规定而与神合而为一。人的心灵、自然秩序和人伦世界，都是神作为道的自身展现。道在伦常日用之中，决不舍弃现实世界，否定日常生活和人伦情感，而去另外追求灵魂的超度、精神的慰安和理想的世界。鲁迅还将具有泛神论色彩的宗教文化观与西方将世俗与神明两个世界对立起来的宗教文化观进行比较，从而从宗教观的角度对中西文化的哲学基础进行了探讨。他说："设有人，谓中国人之所崇拜者，不在无形而在实体，不在一宰而在百昌，斯其信崇，即为迷妄，则敢问无形一主，何以独为正神？宗教由来，本向上之民所自建，纵对象有多一虚实之别，而足充人心向上之需要则同然。"② 这里，"实体百昌"和"无形一主"两种宗教观显示出中西文化哲学的某种重要区别。鲁迅正是通过中西文化哲学基础的比较，从总体上把握住了中国传统哲学的特征，是突出神与人性、神与现实秩序相统一的辩证主体观，以及由此衍生出来的在本质上是入世的文化思想体系。所以中国传统文化在人生观上也必然与西方的以抽象个体为本位的个人主义社会原则不同，而是表现为以整体化、社会化的个体为本位的非个人主义的社

---

① 鲁迅：《集外集拾遗·破恶声论》，《鲁迅全集》第7卷，人民文学出版社，1956年版。
② 鲁迅：《集外集拾遗·破恶声论》，《鲁迅全集》第7卷，人民文学出版社，1956年版。

会原则。鲁迅虽然赞颂西方"新神思宗",然而他所说的"尊个性而张精神"不是像西方现代文化那样陷于个人与社会、己与人、人心与人行的无法解脱的悲剧性冲突中。"人各有己,而群之大觉近矣!"他所强调的个体不是抽象的个体,而是整体社会关系或联系中的个体;他所强调的精神,是反对物质主义而不否定科学技术和物质文明的精神。这样,鲁迅的浪漫诗学便植根到了中国传统文化心理的深层结构中。西方的自由、主我、趣内、张皇意力等新的世界观、人生理论和情感心态,便与中国传统文化心理中的乐观进取、舍我其谁、"天下兴亡匹夫有责"的民族基本观念、情感、思想和手段交融在一起。在文艺与中国传统文化心理的关系上,鲁迅也认为我国古代带泛神论色彩的文化哲学思想非常适宜于诗歌寄寓微妙的情感:"顾瞻百昌,审谛万物,若无不有灵觉妙义焉,此即诗歌也,即美妙也。"他还将我国神话也看作是一种具有文化理念的价值观念,是人的有目的的内心生活的表现,即他所说:"神话之作,本于古民,睹天物之奇觚,则逞神思而施以人化,想出古异,淑诡可观……思想之术,赖是而庄严美妙者,不知几何……"至于体现我国文化传统特色的神物,例如海内外中华儿女所喜爱的、象征着我国民族奋进创造精神的神物——龙的形象,鲁迅也认为"本吾古民神思所创造",对之持肯定、赞颂的态度。还说:"龙为国徽"就如同"俄罗斯枳首之鹰,英吉利人立之兽"一样是无可非议的。他又指出某些人"借口科学,怀疑于中国古然之神龙者,按其由来,实在拾外人之余唾",是崇洋思想的结果;而某些外国人之所以"以动物学之定理,断神龙之必无",则出于"见中国式微,则虽一石一华,亦加轻薄"①的大国沙文主义的态度。还有,对农村赛会、民间迷信等现象是否当禁的问题,鲁迅所表达的也是对"气禀未失"的农民的辛苦生活的同情和淳朴的民俗、世态的认

---

① 鲁迅:《集外集拾遗·破恶声论》,《鲁迅全集》第7卷,人民文学出版社,1956年版。

可。这种观点与他的"不轻旧乡"的乡土观念有着密切的联系，还与他的"文明之朕，国孕于蛮荒"的对原始生命强力某种合理因素的崇信有关。这些观点融合在一起，可以看到浪漫主义文学思潮中返回自然、返回人的自然本性、崇尚人的自由、崇尚个体意志的观念、原则的某种表露。鲁迅从民族生活和民族精神的深处寻找这些物理性与精神性、自然性与社会性相统一的观念形态，正是针对现实中资本主义文化的偏至、封建主义文化的因袭传统以及其他种种重物质、轻精神，重群体、轻个人的流弊而发的。因此，这也是与他的尊个性、张精神的浪漫主义原则相一致的。

再次，从纵横交织的坐标系来看，在古今中外的关系上，把文学的当代性与历史主义结合起来，把对西方文化的择取、借鉴与对中国传统文化的批判继承结合起来，从而在继承民族传统使之现代化，接受外来影响使之民族化的双向进程中发挥浪漫诗学从当今时代出发的革新创造精神。

我们知道，近代浪漫主义较之于现实主义，是更早自觉地强调文学的当代性的一种文艺美学思潮。按照浪漫诗学的要求，虽然它注重文学的精神主体性，偏爱远古时代、历史陈迹、他乡异国和生疏风土，但正是通过情感、想象在特异题材领域里驰骋，或直接抒发、或对照反衬，与现实的时代范畴发生着鲜明而强烈的联系。浪漫思潮的当代性思想强调时代的变化，总是将文艺放在一定的历史条件下加以考虑，特别是在对古典主义的斗争中，鲜明地反映出资产阶级革命时代提出的新的美学与艺术要求，突出了用合乎时代精神的具有创造性的艺术方式把握文学与现实生活的审美关系的特征。早期曾经是浪漫主义者的司汤达说："一切伟大作家都是他们时代的浪漫主义者。"[1] 黑格尔从哲学和美学思想上对浪漫主义进行概括时说，浪漫主义的"绝对内在主体性在它的实

---

[1] 司汤达：《拉辛与莎士比亚》，上海译文出版社，1979年版，第63页。

际存在中既然表现为人，而人和整个世界又是联系在一起的，所以无论是在精神主体方面还是在精神所密切联系到的外在事物或材料方面，都是极其丰富多彩的"①。勃兰兑斯也认为浪漫主义者"几乎处处都有一个更成熟、更富有独创性的人生观"，他们"为时代的一切问题所感动，有时几乎为它们的重量所压倒，但他总是力求使它们符合他那个时代的意识"②。这些对浪漫主义的论述虽然有概念外延泛化的倾向，但浪漫诗学注重文学的当代性与历史地、具体地考察问题的历史主义观点两个不可分割的方面都得到了明确的阐发。由此也可见浪漫主义不同于古典主义，古典主义描写个体与国家义务，个人与名誉的抽象冲突，要求以永恒的、抽象不变的理想化道德观念规范来制约个人，使个人服从"天不变、道亦不变"的国家整体利益；与启蒙主义也有所不同，因为启蒙主义把资产阶级理性王国当作裁判一切的永恒的静止不变的教条，浪漫主义则在个性与诸多社会关系的联系和冲突中一方面由于个性返视自我，因而重视人格的本体建构，重视个体心灵世界的开掘；另一方面对外则注重社会历史环境对个性与个体情感的制约。这样，基于这种浪漫诗学观，在浪漫主义艺术里，人的精神主体的丰富多彩与历史及社会政治生活都波澜壮阔地进入了它的艺术表现的世界里。用进取的、向上发展的进化论宇宙观观察事物并具有激进的个性主义、民主主义和爱国主义思想的鲁迅，特别注重浪漫诗学的当代意识，他将文学的当代性与历史主义结合起来，把立足当代，统摄古今，融合中外，看成是推动文学的现代化和民族化双向进程的关键。在古今关系上，他既反对以今蔑古，又反对颂古非今；在中外关系上，既不同于封闭自守，又与全盘西化迥异。关于古今关系，一方面他反对"蔑古"的虚无主义和苛求古人的非历史主义观点，批评说："盖世之评一时代历史者，褒贬所加，辄不一致，以当时人文所现，合之现今，得其差池，因生不满。"主张将

---

① 黑格尔：《美学》第 2 卷，商务印书馆，1979 年版，第 278～279 页。
② 《十九世纪文学主流》第 2 分册，人民文学出版社，1981 年版，第 7 页。

事物提到特定历史条件下进行考察，说："若自设为古之一人，返其旧心，不思近世，平意求索，与之批评，则所论始云不妄。"又说："凡论往古人文，加之轩轾，必取他种人与是相当之时劫，相度其所能至而较量之，决论之出，斯近正耳。"① 另一方面，鲁迅在反对"蔑古"的同时，又反对颂古非今，他所批评的"张皇近世学说，无不本之古人，一切新声，胥为绍述"② 的"西学中源"的观点就起着颂古非今的作用，因为这种观点混同源流，阻碍人们对中学西学的正确理解，因此鲁迅认为这种观点"意之所执，与蔑古亦相同"③。在鲁迅看来，批判继承民族文化传统，必须充分体现时代要求，既遵循事物进化发展的法则，又充分发挥人的主体能动作用，从而立足当代，反思过去，面向未来。他说："进化如飞矢，非堕落不止，非著物不止，祈逆飞而归弦，为理势所无有。此人世所以可悲，而摩罗宗之至伟也。人得是力，乃以发生，乃以曼衍，乃以上征，乃至于人所能至之极点。"又说："夫国民发展，功虽有在于怀古，然其怀也，思想朗然，如鉴明镜，时时上征，时时反顾，时时进光明之长途，时时念辉煌之旧有，故其新者日新，而其古亦不死。"关于中外关系，鲁迅摒弃封闭自守的立场，面向世界，向世界先进文化学习开放的态度十分坚决，他说："意者欲扬宗邦之真大，首在审己，亦必知人，比较既周，爰生自觉。自觉之声发，每响必中于人心，清晰昭明，不同凡响。……故曰国民精神之发扬，与世界识见之广博有属。"同时，他又认为面向世界，向西方学习一定要从本国国情出发，立足当代。对西学与中学进行批判择取并把它融合起来。他说："明哲之士，必洞达世界之大势，权衡较量，去其偏颇，得其神明，施之国中，翕合无间。外之既不后于世界之思潮，内之仍弗失固有之血脉，取今复古，别立新宗，人生意义，致之深邃，则国人之自觉至，个

---

① 鲁迅：《坟·科学史教篇》，《鲁迅全集》第1卷，人民文学出版社，1956年版。
② 鲁迅：《坟·科学史教篇》，《鲁迅全集》第1卷，人民文学出版社，1956年版。
③ 鲁迅：《坟·科学史教篇》，《鲁迅全集》第1卷，人民文学出版社，1956年版。

性张,沙聚之邦,由是转为人国。"① 由上所述,可见从浪漫诗学强调文学的当代性观点来看,当代是古今中外文化、文学思潮的汇合点。只有立足当代,才能"思理朗然,如鉴明镜",从今天的时代高度回溯民族传统,创造性地继承和发展传统,不只是从传统中吸取营养,而且不断地扩展和更新传统,即所谓"时时上征,时时反顾,时时进光明之长途,时时念辉煌之旧有",从而使"新者日新,其古亦不死"。同时,也只有从国情出发,立足当代,才能对西方文化进行分析、择取和批判,"得其神明"并与民族传统"翕合无间",外来事物的民族化才会是一种有着新的生命创造的、深入到内质的民族化。这样,"外之既不后于世界思潮,内之仍弗失固有之血脉",才能"取今复古,别立新宗"。而这一切又离不开浪漫诗学的总的要求,即"国人之自觉至,个性张,沙聚之邦,由是转为人国",在人的主体意识觉醒的重大课题中,触及了个体自觉以及个性解放与民族解放、社会解放的关系等核心内容,从而在近代先进的中国知识分子向西方学习由器物到制度再到思想文化的历程中显示出独特的内涵和面貌。

三、文学的启蒙功能与艺术的独立品格
——浪漫诗学艺术价值观的矛盾结构

从艺术的价值观看,出于个性主义和浪漫主义的要求,从上述重视个体、内面、精神、情感的浪漫诗学的特征出发,鲁迅特别重视文学本身的特性,强调通过审美使文学起到"撄人心",即塑造人的灵魂并干预生活、干预社会的作用。但在论及文学的审美作用时表现出明显的超功利的文学观,而在阐释文学的社会作用时又有某种夸大文学社会使命的倾向。这种矛盾的态度也正是浪漫主义艺术价值观的突出表现。这不

---

① 鲁迅:《坟·文化偏至论》,《鲁迅全集》第1卷,人民文学出版社,1956年版。

仅在他论述摩罗诗人时是如此，在评价"新神思宗"的新浪漫派、现代派时也如此。只是鲁迅着重从文学、审美上阐述的是前者。

在鲁迅看来，文艺的特征在于"启人生之闷机，而直语其事实法则"，"文章亦然，虽缕判条分，理密不如学术，而人生诚理，直笼其辞句中"。"文学和学说不同，学说所以启人思，文学所以增人感"①。他认为艺术美有三个要素："一曰天物，二曰思理，三曰美化"，而"美术之目的者，……要以与人享乐为臬极"②。在论述文艺的形象性、情感性和直观性的基础上，鲁迅提出文学"不用之用"的命题："此其效力，有教示意；既为教示，斯益人生；而其教复非常教，自觉勇猛发扬精进。"这里，已经开始从美感的二重性来对文学进行考察。鲁迅还从审美心理的角度来揭示文学这种审美二重性的特征。他借用英国著名文学理论批评家道覃的话说："美术文章之杰出于世者，观诵而后，似无裨于人间者，往往有之。然吾人之乐于观诵，如游巨浸，前临渺茫，浮游波际，游泳既已，神质悉移。而彼之大海，实仅波起涛飞，绝无情愫，未始以一教训一格言相授。顾游者之元气体力，则为之陡增也。"这里，所揭示的审美感知心理状态是在进入美的境界后，完全抛弃"教训"、"格言"等是非得失的理性考虑，把感觉、知觉与理解，情感、想象与理性，主观、心灵与客观外在世界高度统一起来，从而产生一种忘怀一切的自由感，一种高度的精神喜悦和特殊的精神愉快。

这里，应该看到，鲁迅在阐述文艺的特征和美感的二重性的同时，还突出地表露出浪漫诗学观对文学的特殊要求。如前所述，浪漫主义者主张返回自然，崇尚人的自然状态的存在，他们还从此出发谴责资本主义工业文明给人性带来的扭曲和创伤。那么，怎样克服这种人性的异化现象而使人性恢复，回归到自然状态中呢？浪漫主义者回

---

① 许寿裳：《亡友鲁迅印象记》，人民文学出版社，1955年版，第27页。
② 鲁迅：《集外集拾遗·拟播布美术意见书》，《鲁迅全集》第7卷，人民文学出版社，1958年版。

答这个问题往往特别重视美和美的作用。也就是说，注重情感，把美、美感视为自由的最高境界，或在解释人性分裂的学说中引入审美经验，是浪漫主义思潮的重要特征。鲁迅追求"最理想的人性"，呼唤"精神界之战士"，谴责西方工业文明、民主平等思潮带来的"林林众生，物欲来蔽"的偏颇，批判中国传统文化中使"个人之性剥夺无余"的僵化机制，看到现实中将文学视为"益智"、"诚人"、"致富"的工具的情形，因此，也曾高扬美和美的作用，甚至表现出明显的超功利、纯艺术观点的思想成分。1907年，他说："由纯文学上言之，则以一切美术之本质，皆使观听之人，为之兴感怡悦。文章为美术之一，质当亦然，与人暨邦国之存，无所系属，实利离尽，究理弗存。"到1913年，他又说："主美者以为美术目的，即在美术，其于他事，更无关系。诚言目的，此其正解。……美术诚谛，固在发扬真美，以娱人情，此其见利致用，乃不期诚果。沾沾于用，甚嫌执持……"①应该看到，超功利和纯艺术的文学观在阐释文艺本身的特性上有其独特的长处。同时，它们在反对"沾沾于用"的狭隘功利观时，大多认为文学具有"不用之用"的功能。在西方，如被看作摩罗诗派浪漫主义理论基础的康德美学观中，就认为美具有无概念、非功利、无目的的合目的性的特征；美学家席勒认为，"正是因为通过美，人们才可以走到自由"，"只有审美的知觉方式才能造就完整的人"②。作为"新神思宗"哲学美学理论家的叔本华，如鲁迅所指出，他"以内省诸己，豁然贯通，因曰意力为世界之本体"③，因此，他将康德的超功利、无利害进一步论证为超动机、无意志，认为只有超越了动机，净化了情绪，才能在审美直观中将自我意识与整个对象世界融为一体，得到十足的怡悦。

---

① 鲁迅：《集外集拾遗·拟播布美术意见书》，《鲁迅全集》第7卷，人民文学出版社，1958年版。
② 《古典文艺理论译丛》编辑委员会：《古典文艺理论译丛》第5集，人民文学出版社，1964年版，第97页。
③ 鲁迅：《坟·文化偏至论》，《鲁迅全集》第1卷，人民文学出版社，1956年版。

至于尼采，也如鲁迅所指出，他"之所希冀，则意力绝世，几近神明之超人"①，因而认为意志生命本身就是诗，就是美。个体生命诗一般地沉醉升腾、勃发，与超个体的生命本体相交融，这本身就是诗。在中国，老庄道家美学思想中，老子基于"无为而无不为"的哲学思想而形成的"自然天成"、"大巧若拙"的美学观点，庄子认为美具有"无用"而又有"大用"的观点，也都着眼于人的精神的自由，从而有利于人的生命的发展。受康德、叔本华和老庄道家美学思想影响的王国维是明确地主张"美术之为物，欲者不观，观者不欲"的超功利、纯艺术的观点的。然而也正是他从"哲学的"、"宇宙的"、"文学的"角度考察《红楼梦》，展示出这部巨著打破传统意识和手法的开拓性的悲剧意义。在鲁迅所受到的超功利、纯艺术观点的影响中，正包含着他对文艺的特征和美感二重性的阐释在内。

但是，鲁迅在阐释文学的特征、美感的二重性并表现出超功利、纯艺术的观点的同时，又强调乃至夸大文学的社会作用。他不仅认为文学"能宣彼妙音，传其灵觉，以美善吾人之性情，崇大吾人之思理"，而且认为"人文之遗留后世者，最有力莫如心声"，把包括文学在内的文化的兴衰视为一个民族兴衰的象征，并引用英人卡莱尔的话说："得昭明之声，洋洋乎歌心意而生者，为国民之首义。"认为意大利因为有了但丁，因而形式上分裂而实则统一；沙皇俄国虽然政治上能统治广大地区，却因无声而支离破碎，也是出于这种对文学社会作用的强调，鲁迅推举欧洲摩罗诗派和"新神思宗"，把它提高到"别求新声于异邦"，为振兴中华民族，"立人"而"立国"的高度。这种既表现出超功利、纯艺术的倾向又强调乃至夸大文学的社会作用的矛盾态度，正是浪漫诗学价值观的一种表现。罗素在论及欧洲浪漫主义运动时，既认为"浪漫主义运动的特征总的说来是用审美的标准代替

---

① 鲁迅：《坟·文化偏至论》，《鲁迅全集》第 1 卷，人民文学出版社，1956 年版。

功利的标准……浪漫主义者的道德都有原本属于审美上的动机",又对浪漫主义进行政治上的划分,认为它"有的地方是反动的,有的地方是革命的……他们通过民族主义逐渐进到政治里……在十九世纪上半期,民族主义是最有声势的革命原则,大部分浪漫主义者热烈支持它"①。这就指出了浪漫主义思潮在价值观上的矛盾态度。从欧洲浪漫派和新浪漫派文学的实际情况来看,情形正是这样。当新旧浪漫派要捍卫文艺自身的独立价值和崇高精神,以破除传统文学规范对文艺的束缚,对抗资本主义金钱关系和异化现实对文艺的侵蚀的时候,他们大多以文艺的超功利、超动机和纯艺术、唯意志的观点为标榜;而当着他们要以文艺作为个性解放、张扬主观精神、掘发生命意志本体力量的武器,以击退封建主义重压并在资本主义异化现实中对抗资本主义制度对人的精神价值的摧残的时候,便要强调乃至夸大文艺作为精神武器的作用。由此可见,这两者都是浪漫派文学与封建主义传统及资本主义现实对立的产物,因此,它们之间的关系是有着内在联系而又互相补充的。鲁迅之所以在文学的价值观上表现出矛盾的态度,在强调乃至夸大文学的社会作用的同时,又流露出纯艺术、超功利的观点,其原因,首先也是因为在近代中国追求人的精神解放和政治上救亡图存的双重现实要求下,他既要以文艺作为精神界战士"立人"、"立国"的武器,又要出于尊个性、张精神的需要而捍卫文艺的独立性。这种矛盾的态度是近代中国浪漫诗学精神主体与封建主义文化传统及"偏至"的资本主义文化对立的产物,它们之间的关系也是对立而又联系、互补的。其次是直接受到欧洲摩罗诗派和新神思宗的影响。如为鲁迅所推重的雪莱一方面把诗人比喻为一只"用美妙的歌喉来慰藉自己的寂寞"的"夜莺",听众"觉得心旷神怡,深受感动,但是就不知道快感何来,何以如此";另一方面又认为诗能"燃起"人们"对自由和道德原则的热诚,对善的信念

---

① 罗素:《西方哲学史》下卷,商务印书馆,1982年版,第216页。

和希望",因而把诗人看作在民主革命斗争中"最为可靠的先驱、伙伴和追随者"①。又如也是为鲁迅所推崇的"新神思宗"诗哲尼采在把生命力本体本身看作就是诗,就是美的同时,又把浪漫派的审美的超验性、拒斥庸俗现存社会的超验性推向否弃陈腐的偶像和习俗,激励人们去自由地建树新的生活方式的斗争上去。再次,与中国近代改良主义文学运动的文学价值观的影响有关。如严复一方面认为"诗者,两间至无用之物"②,并"以得之者为至娱"③ 作为文学的目的;另一方面又把"说部"(小说)推举到"持""天下之人心风俗"④ 的工具的高度上去。又如以梁启超为代表的把文学视为推行改良主义政治决定因素的文学的功利观与王国维等人追求人的审美意识独立的非功利文学观,两者都同时影响和交融到鲁迅的浪漫诗学价值观中。

四、呼唤崇高与表现壮美
——浪漫诗学审美形态的复杂内涵

在美的类型和诗学风格上,鲁迅崇尚浪漫主义的崇高美。他的美学文艺思想中的崇高,是在中西文化和文论相互冲撞、汇合中出现的近代意义的崇高。与"掊物质而张灵明,任个人而排众数"的浪漫诗学核心相一致,主体与客体、个人与社会、情感与理性是包容在鲁迅关于崇高概念中的几组矛盾对立的基本范畴。在这崇高概念的矛盾结构中,鲁迅强调主体的精神力量,强调个性的真率不羁,强调情感的自由表现。这就不仅清楚地表明它与我国以儒家为主的主张"中和"美的美学文艺思想

---

① 刘若端:《为诗辩护》,《十九世纪英国诗人论诗》,人民文学出版社,1984年版,第127页。
② 严复:《诗庐说》,《严几道诗文钞》卷3,上海国华书局,1922年版。
③ 严复:《涵芬楼〈古今文钞〉序》,《严复集》第2册,中华书局,1986年版。
④ 见《本馆附印说部缘起》,1897年10月16日—18日《国闻报》,转引自郭绍虞、王文生:《中国历代文论选》第4册,上海古籍出版社,1979年版,第205页。

在总体上处于对立的地位，而且也与重再现、重思维、重理智的近代现实主义崇高范畴区别开来。例如，鲁迅在论及摩罗诗派在世界的影响时说："顾瞻人间，新声争起，无不以殊特雄丽之言，自振其精神而绍介其伟美于世界"；认为摩罗诗人"大都不为顺世和乐之音，动吭一呼，闻者兴起，争天拒俗，而精神复感后世人心，绵延至于无己。……若其生活两间，居天然之掌握，辗转而未得脱者，则使之闻之，固声之最雄杰伟美者矣"。他还说，好的诗"握拨一弹，心弦立应，其声澈于灵府，令有情皆举其首，如睹晓日，益为之美伟强力高尚发扬，而污浊之平和，以之将破"，"诗移人性情，使即于诚善美伟强力敢为之域"。这里，所谓"顺世和乐之音"主要是指为"无邪所蔽"、"不撄人心"的中国传统文化精神和美学观念，亦即"许自由于鞭策羁縻之下"、"持人性情"的"中和"美的类型和风格。与之相对立的，则是近代意义的崇高，即"争天拒俗"、"反抗挑战"、"美善吾人之性情，崇高吾人之思理"的强调对立、强调主体情感的矛盾结构，以及"最雄杰伟美"、"强力高尚"使人惊叹、仰慕的类型和风格。这里的"崇高"也不是"以不可见之泪痕悲色"，深入开掘、真实再现社会矛盾冲突的现实主义的崇高，而是"动吭一呼，闻者兴起"，"握拨一弹，心弦立应"，注重主体精神的表现和情感自然流露，并在语言形式上注重"殊特雄丽之言"的浪漫主义的崇高。至于被鲁迅推举为"二十世纪之新精神"的"新神思宗"，则无论是"以意力为世界之本体"的叔本华，或"欲自强，而并颂强者"的尼采，因为一个持彻底的悲观主义人生态度，一个将意志本体绝对化，把权力意志推向疯狂的极端，都根本谈不上美的类型上的崇高。然而，鲁迅从浪漫主义的角度去考察他们，也将他们视为"将立狂风怒浪之间，恃意力以辟生路"的"精神界之战士"，赋予他们以"挽狂澜于方倒"的崇高精神，这实在是一种误解。

还应该看到，鲁迅在西方摩罗诗派影响下，崇尚近代意义的崇高，但又与西方的崇高有所不同。他把近代意义的崇高与中国传统美学文艺思想中的"中和"美在总体上对立起来，但这种崇高又与传统浪漫主义的大美、壮美等范畴有一脉相通之处。西方近代意义的崇高，从博克到康德，从黑格尔到车尔尼雪夫斯基，都认为是主体受到无限力量的压迫，又在这压迫之中意识到了自身力量的结果。其中，往往伴随着恐怖、痛感和神秘意味的东西。例如，博克就说过："无论在哪种状况下，恐怖的确都是崇高的主要原则"，"由于一种对痛苦或死亡的担忧……可怕的对象，同时也就是崇高的对象"，"在所有危险中，茫茫无边的黑夜和对妖魔鬼怪的许多奇思异想都会增大我们的恐怖和畏惧"①。中国传统浪漫主义的大美、壮美与西方的崇高近似，但很少上述恐怖、痛感和神秘意味的东西。中国古典浪漫主义从"道法自然"的道家到呼唤个性解放、追求人世欢乐的明代浪漫洪流，他们的浪漫主义在反礼教、反权威、反专制的同时，又从破除狭小的宗法社会关系和封建思想规范的束缚中追求着人的解放，追求着一种符合自然又超越自然的自由的审美境界。加以他们的创作具有雄奇奔放、傲岸无羁、热情绚丽的风格，因而呈现出类似西方崇高的大美、壮美来。楚骚传统的浪漫主义虽然在思想基础上基本上属于儒家系统，但又明显地吸收了道家思想。作品中虽少见"反抗挑战"之声，但亦"放言无惮，为前人所不敢言"，珍视个体人格的独立自由，憎恨人世的丑恶黑暗，在美的类型和风格上呈现出"惊采绝艳"的壮美特征和带有浓郁的原始巫术文化和泛神自然性宗教的瑰丽奇幻色彩。从鲁迅的情况看，他介绍、阐述拜伦、雪莱等摩罗诗人的生平和创作，在揭示主体与客体、人与自然、个性与社会的不和谐、不均衡、不稳定、无序状态时，引进了与美相对立冲突的丑的概念，引进了美所遭受的不幸、苦难和死亡的悲剧性概念，这基本上属于近代崇高的范畴。但在他所有的论述中却看不到恐怖、痛感和神秘的宗教意味。所谓"如睹晓日"似的"雄杰伟美"、"美伟强力高尚发扬"、

---

① 朗吉努斯：《论崇高》，《美学论丛》第10期，文化艺术出版社，1989年版。

"殊特雄丽之言",这明显的是与中国传统的令人欢欣鼓舞、奋发昂扬并明显地肯定着人的自由和伟大的美相联系着的。鲁迅在《破恶声论》中认为,中国"夙以普崇万物为文化本根","中国人之所崇拜者,不在无形而在实体,不在一宰而在百昌",对中国古代泛神论色彩浓厚的哲学人文思想是从总体上予以肯定的。对于"顾瞻百昌,审谛万物,若无不有灵觉妙义"的泛神主义艺术也是赞扬的。在鲁迅对泛神主义艺术的肯定中包含着对东方式的崇高的肯定因素在内。黑格尔在论及崇高时说:"我们可以把泛神主义的艺术看作崇高的第一种肯定的掌握方式。"又说,东方泛神主义艺术"更强调的是在一切现象里观照太一实体和抛弃主体自我。主体通过抛弃自我,意识就伸展得最广阔……消融在一切高尚优美的事物中"。"诗人……忘去了他的自我,同时也体会到神性内在于他自己的被解放和扩张的内心世界;这就在他心里产生了东方人所特有的那种心情开朗,那种自由幸福,那种魂游大悦……"① 鲁迅对泛神论及泛神主义艺术的看法也包含着个体与自然、宇宙,人性与神性、本体相交融的特征的,但他绝非仅仅基于原始的泛神论自然性宗教而肯定这种东方式的崇高——大美、壮美,而是在区分人与自然、个体与社会、主体与客体并使之处于对立地位的前提下,通过强调个性主体情感的作用,以达到人与自然、个体与社会、主体与客体的统一。因此,这种东方型的泛神论色彩,东方型的大美、壮美又与西方强调个体、主体的崇高交融了起来。

最后,必须看到的是,鲁迅早期浪漫诗学在思想倾向上的局限性是明显的。如他追求"理想的人性",又以"致人性于全"为目的的人性复归的命题,是与向社会存在复归的唯物史观相背离的唯心史观的思路。虽然早期便具有革命民主主义与爱国主义思想的鲁迅,并非不关注"社会存在",然而他却夸大了个体主观精神的作用,以至将"超人"哲

---

① 黑格尔:《美学》第2卷,商务印书馆,1979年版,第80、85页。

学和唯意志论等非理性主义思潮也看成是"据地极固,函义甚深"的"二十世纪之新精神";再则,鲁迅在指出文明、科技和大工业给人的精神、价值带来"偏至"的同时,虽然未对它们作抽象的否定,然而又未能从工业、科技和文明的进步中看到它们对人的解放所造成的物质基础方面的准备,因而对资本主义的批判便只能从资产阶级思想的不同层次,而不能从唯物史观的角度来进行。到了"五四"时期,虽然鲁迅又发出了对类似于"理想的人性"的"真的人"① 的呼唤,提出了"解放个性"②、"最要紧的是改革国民性"③ 等向人性复归的新的命题,但却在新民主主义的革命实践中加大了"猛烈的攻击阶级统治"④ 的"向社会存在复归"的倾斜度。后期的鲁迅,认识到"性格感情等,都受'支配于经济'(也可以说根据于经济组织或依存于经济组织)"⑤;并且追根溯源,从人性的原始自然状态和艺术的起源上探究到了"最初的功利观点"先于"审美底观点","在一切人类所以为美的东西,就是于他有用——于为了生存而和自然以及别的社会人生的斗争上有着意义的东西"⑥ 这样的结论。只有在这时候,才从根本上转变到从具体的社会关系探讨人性、人的价值、人性的自由的唯物史观的立场上来。又如鲁迅早期诗学观中,既有对西方资本主义物质文明和社会政治制度的历史作用估计不足、缺乏辩证分析和科学评价的弊病,又有对中国传统文化缺乏总体批判和具体深入解剖的缺陷,这又与他在"五四"时期高举民主和科学的旗帜,对封建主义文化从总体到一系列具体问题上的深入剖析、猛烈抨击和否定、变动、创新的新的文化心理结构不同。到了后

---

① 鲁迅:《呐喊》《狂人日记》,《鲁迅全集》第1卷,人民文学出版社,1956年版。
② 鲁迅:《坟·坚壁清野主义》,《鲁迅全集》第1卷,人民文学出版社,1956年版。
③ 鲁迅:《两地书·1925年3月31日致许广平》,《鲁迅全集》第9卷,人民文学出版社,1956年版。
④ 瞿秋白:《鲁迅杂感选集序言》,《瞿秋白文集》第2卷,人民文学出版社,1953年版。
⑤ 鲁迅:《三闲集·文学的阶级性》,《鲁迅全集》第4卷,人民文学出版社,1957年版。
⑥ 鲁迅:《二心集·〈艺术论〉译本序》,《鲁迅全集》第4卷,人民文学出版社,1957年版。

期,对待中外文化遗产的"拿来主义"系统观点的形成更是批判继承、革新创造的科学态度的进一步建树。

然而,尽管鲁迅"五四"以后的世界观和美学文艺思想有着较大的变化和发展,但他早期浪漫诗学中的一些成分,如由于尊个性、张精神而特别强调的文学"撄人心"的独特作用和由内而外地呈示深层心灵、情感内涵的文学表现性特征,对于文学"不用之用"的艺术规律的探讨;"人各有己"的个性解放思想与"群之大觉"的群体意识相交融的启蒙精神;"外之既不后于世界之思潮,内之仍弗失固有之血脉"的继承借鉴中外文化遗产的基本框架和态度;呼唤"雄杰伟美"而又富于反抗破坏精神的崇高和壮美的美的类型和风格,这一切都为鲁迅后来的文艺观、诗学观以及创作实践所融合、吸取,而成为鲁迅独特的文学道路的重要组成部分,也成为中国新文学有独特价值的宝贵遗产。

(写于 1990—1991 年)

鲁迅后期文学意识形态观探源

后期鲁迅运用马克思主义的立场、观点、方法观察文艺现象，在美学及文艺思想上的一个重要贡献，是对文学作为一定经济和政治的能动反映的意识形态性质进行了深入阐释和辩证把握。一方面他批判了文艺超阶级、超时代的"人性论"、"文艺自由论"和"性灵说"等非意识形态化思潮，从文艺的功利性、阶级、政治倾向性及群众性等方面阐述了文学的意识形态性质；另一方面，又不同于文艺与经济、政治关系的机械论、庸俗社会学观点，对文学作为意识形态反作用于一定政治、经济的能动作用，对意识形态所反映的特定的政治、经济内涵——中国革命和中国文艺具体实际的正确理解，对社会心理、国民精神等文艺与政治、经济关系的中介环节的重视，以及对文艺本身的特殊规律的把握等方面，又阐述了文艺与经济、政治关系的辩证内涵。在20世纪20年代末、30年代初，在左翼文学领导人对梁实秋、胡秋原、苏汶、林语堂等人所掀起的非意识形态化思潮的批判中，鲁迅的揭露和批判之所以最为有力，在揭露和批判中对马克思主义文艺理论观点的阐释也最为精辟，一是因为鲁迅后期文艺观有着不同于"革命文学"倡导者们的较高、较全面的逻辑起点，这就是有着以美感二重性和美所体现的人的丰富性的理论基点；二是在对非意识形态化思潮进行剖析的整个过程中都是贯穿着辩证的观点，决不脱离文学艺术本身的特征作简单化、片面性的理解；三是鲁迅的文学意识形态观有着丰富复杂的理论渊源关系，现在本文仅就其理论渊源关系作一些探究，从而看出鲁迅的文学意识形态观的辩证内涵。

首先，左翼文学运动和马克思主义文艺理论的传播对鲁迅意识形态观形成的决定作用。这里应该看到鲁迅接受马克思主义文艺理论经历了怎样独特的道路。20世纪20年代苏俄文艺论战，在关于无产阶级文化建设问题的讨论中出现过各派文艺思想，鲁迅对它们进行了涉猎，并以它们为参照系，结合中国早期无产阶级革命文艺运动的实际进行辨析和吸取，从而促进了对马克思主义文艺理论真谛的探寻和理解，对文学的意识形态观的正确理解。早在俄国十月革命前后，苏联的无产阶级文化派鼓吹错误的"纯无产阶级文化"理论，否定一切过去时代的优秀文化，搞虚无主义。列宁在对他们的批判中一方面坚持文艺的阶级性和党派性，指出"艺术属于人民，它必须深深地扎根于广大劳动群众中间"，"无产阶级文学应当成为无产阶级的总的事业的一部分"。另一方面也看重文艺的特殊性，指出文艺创作"必须保证个人创造性，个人爱好的广大的空间"①。正是从美学的历史的批评原则出发，列宁看到了文学发展中的历史继承性，于是就有关于"两种文化"，关于"共产主义从全部人类知识中产生出来"的理论的提出，以及他对俄罗斯古典作家的一系列经典性批评论著的问世。

到了20世纪20年代，苏联转入恢复国民经济进行和平建设的历史阶段以后，又有受无产阶级文化派理论影响的"列夫派"和"拉普"的前身"岗位派"的出现。与他们处于对立地位而又趋于另一极端的则有瓦浪斯基、托洛斯基等人。这两派之间围绕着能否建设和如何建设无产阶级文化问题展开了激烈的论争。鲁迅于1925年推荐任国桢编辑的《苏俄文艺论战》一书，并为此写了"前记"。1930年，鲁迅又翻译了日本藏原惟人编辑的《文艺政策》一书。他说明翻译这本书"是使大家看看各种议论，可以和中国的新的批评家的批评和主张相比较"②。所

---

① 列宁：《党的组织与党的文学》，《列宁论文学》，人民文学出版社，1958年版。
② 鲁迅：《集外集·〈奔流〉编校后记（九）》，《鲁迅全集》第7卷，人民文学出版社，1981年版。

谓"各种议论",从这本书的原编译者藏原惟人的"序言"看,他曾将参加论战的人按照对无产阶级文化和党的政策的态度分为三派。鲁迅则在该书译后记中指出:"然而约减起来,也不过两派。即对于阶级文艺,一派偏重文艺,如瓦浪斯基等,一派偏重阶级,是'那巴斯图'(即岗位派)的人们。布哈林们自然也主张支持无产阶级作家的,但又以为最要紧的是要有创作。"① 鲁迅用"偏重阶级"和"偏重文艺"来点明两派的文艺倾向,各有正确和偏颇的一面。这种批判地择取对于形成鲁迅的文学的意识形态观有着重要意义。对于托洛斯基,鲁迅还在"革命文学"论争时期便阅读过他的《文学与革命》一书,并翻译了其中的部分章节,曾经称赞托洛斯基"是一个深解文艺的批评者"②,而对于托洛斯基的无产阶级文化否定论则持相反的态度,因为如前所述,鲁迅从文艺的阶级性、社会功利观出发,对无产阶级文学是给予充分肯定和支持的。在《文艺政策》一书中,鲁迅还从日文转译了1925年俄共(布)中央发表的《关于党在文学方面的政策》的决议。这个决议以列宁的文艺思想作为理论指导,对论争双方进行了总结,纠正了两方的偏颇,肯定了以无产阶级文学作为文艺运动的前进方向,而且在坚持无产阶级文学的党性原则和创作自由的关系上,在处理文化遗产的继承和新的艺术创造的关系上等等,都有辩证的理解和阐释。紧接着鲁迅又翻译了普列汉诺夫的《艺术论》。这部著作从艺术起源的辩证论入手,以美感的二重性观点阐释了文学的认识、教育和审美作用三者的统一,从而对艺术的本质,即遵循历史的、美学的规律对文学进行阐释的问题有了基于唯物史观的辩证理解。由此可见,鲁迅接受马克思主义文艺理论,在唯物史观指引下树立文学的意识形态观,辩证地把握文学这一意识形态的特殊内涵,是经历了一个复杂的寻找与确立的过程的。

---

① 鲁迅:《译文序跋集·〈文艺政策〉后记》,《鲁迅全集》第10卷,人民文学出版社,1981年版。

② 鲁迅:《集外集拾遗·〈十二个〉后记》,《鲁迅全集》第7卷,人民文学出版社,1981年版。

其次，在文学观念由古代向近现代转换变革的历史进程中，鲁迅后期意识形态观与近现代"为政治"，"为人生"，"为艺术"三种文学观念综合发展的历史密切相关，也与自己早期、前期的启蒙主义、革命民主主义的文艺思想有着直接的传承关系。20世纪中国文学观念的现代化，是以西方近现代文学观念为参照系，以"文以载道"等中国传统文学观念体系为批评对象，以呼唤现代文明，关注和改造现状，从而实现民族振兴、政治变革为内容。这个总体特征体现在三种文学观念的矛盾对立和互补综合的发展中。在近代，以梁启超为代表的"艺术政治功利化"的倾向，以开通民智、激发民情、廓清社会蒙昧为出发点。他在《论小说与群治之关系》中说，"欲新一国之民，不可不先新一国之小说"，把文学的工具和武器作用强调到政治的先导、核心和社会改革杠杆的地步，使文学直接体现国民群体意识和改良主义政治观。鲁迅、周作人等主张尊重个性，张扬灵明，强调文学塑造人的灵魂，促进人的精神解放的作用。鲁迅在《摩罗诗力说》、《文化偏至论》等论文中，周作人在《论文章之意义暨其使命因及中国近时论文之失》等论文中，文艺与政治关系的幅度因通过文艺呼唤"精神界之战士"（鲁迅语）"裁铸高义鸿文"、"阐释时代精神"（周作人语）而大为展开。文学的作用在于：使人"兴感怡悦"收到"不用之用"的功效（鲁迅语），义学"务在托意写诚而足以移人情"，它的作用"虽然实用，而有远功"（周作人语）。以王国维为代表的文学观念则以追求审美意识的独立，崇尚非功利的文学观为主要特征。"美术之为物，欲者不观，观者不欲"，王国维在说这些话的同时，主张张扬个性、开发性灵，因而在评价《红楼梦》、写《人间词话》时，才能与学究、腐儒、八股专家相对立显现出通脱的胸襟和独到的目光来。到了"五四"时期，如所周知，随着"五四"文学革命运动的开展，又有早期中国共产党人和"革命文学"倡导者们以阶级论为核心的政治功利观，"新青年"——文学研究会"为人生"的基本倾向，创造社、弥洒社、浅草——沉钟社为艺术而艺术而又与时代现实息息相关的文学观念。鲁迅在辛亥革命前后的早期和"五四"至大革命的前期,就曾在我国现代文学观念既互补综合又多元分途的发展中,避免了某些文学观念趋于极端的偏向,提出了富于辩证内涵的命题。这主要表现在两个方面:其一,在文学的意识形态内容上,避免了向阶级性、倾向性和真实性、整体性两个方向倾斜的简单化倾向。在早期,鲁迅提出了"人各有己,而群之大觉近矣"的命题,既主张"人各有己",即"尊个性""张灵明",又注目于"群之大觉",由对"内部生活""主观自觉之生活"的强调到自内而外,"抗争"、"破坏"、"进取",从而经由"立人"而达到"立国"的目的。也就是说,个性主义与民族民主意识的交融,丰富和加深了对"人"的概念的理解。在前期,进取的、战斗的人道主义精神,彻底的革命民主主义思想是鲁迅世界观的主导方面,然而对个体存在意义的追求,对改造国民性问题的探讨等思想仍然融合其间,因而看待文学与时代、文学与政治的关系,具有深远的历史高度和开阔的心灵幅度,对"人"的理解也显示出多层次多视角的复杂内涵,人性的真实、艺术的真实与思想倾向、政治倾向达到了较高程度的统一。其二,在文学的一般规律与特殊规律的关系上,鲁迅早期与前期也不同程度地避免了向文学的功利性、倾向性和非功利性,审美怡悦性两个极端倾斜的病。他早期认为文学的特殊社会作用在于"使观听之人,为之兴感怡悦","涵养吾人之神思",即他特别提到的文学"不用之用"的作用:"此其效力,有教示意;既为教示,斯益人生;而其教复非常教,自觉勇猛发扬精进。"[1] 这样,审美过程的直观性、怡悦性等带非功利色彩的心理特征便与塑造人的情感、意志的理性特征达到了统一,尽管鲁迅当时对这种统一的理解还是朴素的,表达这种理解的方式也还是直观的、粗疏的。"五四"以后,鲁迅上述美感二重性的观点得到了进一步明确。他这时期已对文艺的非功利性观点持明确的否定态

---

[1] 鲁迅:《坟·摩罗诗力说》,《鲁迅全集》第1卷,人民文学出版社,1981年版。

度，认为在"赏识美的事物"时，不可能有"无所为"的态度①。表示对于"发抒自己的意见，结果弄成带些宣传气味了的伊孛生等辈的作品"②，应给予肯定，但又再三强调"诗美"的作用，认为"文艺之所以为文艺，并不贵在教训，若把小说变成修身教科书，还说什么文艺"③。鲁迅后期的文学意识形态论之所以在坚持文学的阶级性、党派性和宣传工具作用的同时，既不将文学等同于阶级性，以致丧失文学内容上的完整性和丰富性；又不将文学等同于宣传，以致取消文学特有的艺术性和生命力，重要的原因是现代中国文学观念在思想倾向性、政治功利性、生活真实性以及艺术独创性等几个方面都有真正现代型的独到而深入的发展。在这种文学思潮的背景上，鲁迅既融合了各种观念之所长，又有着自己独特的创造和发展脉络，才逐步形成了真正切合中国革命实际和文艺实际的马克思主义的文艺意识形态观。

再次，从中国传统文化思想与现代文学观念的关系看，鲁迅的意识形态观，在深层文化心理和思维方式上，与中国的道家、儒家思想以及传统的思维方式，也有着内在联系。与老庄思想及其美学观的联系，从鲁迅对魏晋文章的重视上可以看出来。魏晋时期，老庄思想抬头，个性比较发展，是人的觉醒与文的自觉的时代。鲁迅曾把魏晋文章的特色概括为"清峻"和"通脱"。这就是指那个时代比较强调个性的真率，人格的遗世独立。这在美学思想上，便是承接了道家的"法贵天真"、"大美"、"无限美"的观点，表现出直觉超功利的美感特征。对于儒家思想，鲁迅固然进行了深入解剖、彻底批判，但从深层文化心理看，鲁迅的鲜明的爱憎与执着于现实战斗的精神，仍然融入了儒家积极入世的人格心态特征。因为从中西文化思想的总体比较看，西方在人生观上表现为以抽象个体为本位的个人主义社会原则。中国以儒家为核心的传统文

---

① 鲁迅：《集外集拾遗·诗歌之敌》，《鲁迅全集》第6卷，人民文学出版社，1981年版。
② 鲁迅：《三闲集·怎么写》，《鲁迅全集》第4卷，人民文学出版社，1981年版。
③ 鲁迅：《中国小说的历史的变迁》，《鲁迅全集》第9卷，人民文学出版社，1981年版。

化在人生观上则表现为以整体化、社会化了的个体为本位的非个人主义的社会原则。这种人生观中的个体，不是抽象的个体，而是在整体社会关系或联系中的个体。整体的制约性是个体本性的固有规定和必然要求，因而它复归于个体，从而使个体成为一个包含整体制约性的具体的个性。在民族矛盾和阶级斗争十分剧烈的时代环境中，鲁迅的现实战斗精神，他的作为民族魂的人格个性，正是与整体制约性中的个体这种中国民族文化传统心理有着深刻的内在关系的。鲁迅在论及嵇康、阮籍时说，"魏晋时代，崇奉礼教的看来似乎很不错，而实在是毁坏礼教，不信礼教"，因为他们信奉礼教是"用以自利，那崇奉也不过偶然崇奉"，而嵇、阮等"表面上毁坏礼教者，实则倒是承认礼教，太相信礼教"，是因为无计可施，才"激变而成不谈礼教，不信礼教，甚至于反对礼教"，"他们的本心，恐怕倒是相信礼教"①。鲁迅指出的嵇、阮二人这种心态，正是一种看似出世实则入世的人格心态。与儒家的上述人生观和文化心态相一致，他们的"成于乐"、"游于艺"以及以"中庸"为尺度的"兴"、"观"、"群"、"怨"的文学观念，是十分强调美感的理性功利性的。也就是说，他们把文艺看作陶冶人的思想情感，使社会伦理道德规范成为个体自觉的心理欲求的重要手段，他们正是从个体与社会统一这个根本出发点去体察文艺现象的。对于道家的强调文学感性审美特征和儒家的强调理性社会功利性两个趋于极端的方面，鲁迅都有所吸取，也有所摒弃，它们共同地成了鲁迅深层审美心理结构的重要因素。

在思维方式上，鲁迅的意识形态观也与我国传统思维方式有着某种重要的联系。我国传统思维方式有着不善逻辑分析、喜作模糊整体把握和不善科学实证喜作意会直觉两大特征。它们与中国实用理性的传统观念胶结在一起，其优点和缺点都在实用和理性、功利和非功利的混合同一。鲁迅的包括意识形态观在内的文艺思想，既吸取了西方的逻辑论理

---

① 鲁迅：《而已集·魏晋风度及文章与药及酒之关系》，《鲁迅全集》第3卷，人民文学出版社，1981年版。

和科学实证的思维方式的特征，又保留着中国传统文论注重整体把握和意会评点式的特征。他早期和前期的文艺观点的表达与传统有着更多的关系，后期则如他在评价普列汉诺夫的《艺术论》时所指出的，看到了"丰富的实证和严正的论理"的重要性。但由于鲁迅所处政治斗争、文化斗争激烈的环境，既未能充分展开纯理性的理论思辨，也缺少科学实验的手段和丰富的实证材料的收集，一些美学文艺观点的表述还带着浓厚的直观把握、现象描述和非思辨非实证的特征。如何从哲学思辨和科学实验两个方面充分发展从而实现更高程度的综合，至今仍然是更好地探讨文艺的意识形态观的重要课题。

人·泛神论·浪漫主义艺术
——郭沫若前期诗歌思想与艺术综论

郭沫若曾多次谈到过,他的泛神论思想受到斯宾诺莎的影响,也与我国古代以及印度的哲学思想有着精神上的联系。但是,作为一个浪漫主义诗人,他的泛神论思想之所以不同于过去时代的泛神论及其类似的思想,一个重要特点就是重视人的精神主体性原则,致力于人格本体建构,又通过精神主体"自内而外"的探求,"自我"与"神"、"本体"融合为一,从而把自我的内心要求和人的主观能动精神置于泛神论本体观和认识论的最突出的位置上。了解了这一特点,才能充分地揭示泛神论对他的浪漫主义创作的影响,反之,也才能从其浪漫主义形象本体结构中把住泛神论哲理所生发出的象征性意蕴。

一

突出"人"和"自我"的泛神论思想与浪漫主义艺术形象世界的交融、渗透,在郭沫若诗歌创作中首先的一个重要表现,就是大大展开了诗的抒写幅度,开拓了题材领域。

"泛神便是无神。一切的自然只是神的表现,我也只是神的表现,我既是神,一切自然都是我的表现。"[①] 这一段话最能代表郭沫若泛神

---

① 郭沫若:《〈少年维特之烦恼〉序引》,《创造》季刊,1922年创刊号。

论思想的特征。按照这种泛神论观点,一方面,"人"和"自我"由本体所派生,是客观物质世界的一部分,是感性存在,因而它们受制于自然关系和社会关系;另一方面,又强调"自我",人的能动性,强调人的精神主体性。他说:"哲学中的 Pantheism(泛神论),确是以理智为父以感情为母的宁馨儿。"① 这就把泛神论和人的精神主体交融在一起看待。在精神主体的"理智"和"感情"两个方面,感情又是他所要突出的主要方面。这样,郭沫若的"人"、"自我"在由本体、自然派生出来以后,又经过主观精神的扩张,达到了主体与客体交融,人与自然合一的境地。按照泛神论的本体观来看,本体、神既内在于一切个别事物,又超越于一切个别事物,因此,无穷尽、多种多样的世界现象,包括自然现象和社会现象都是神的表现,也是自我的表现。这样,当郭沫若把他的浪漫主义主体性原则、主情主义与本体的永恒、无限、绝对,与世界万物有生命、有感情的存在结合在一起的时候,其抒写的题材范围就大大扩展开来。黑格尔说,浪漫型艺术的"绝对的内在主体性在它的实际存在中既表现为人,而人和整个世界又是联系在一起的,所以无论在精神主体方面还是在精神所紧密联系到的外在事物或材料方面,都是极其丰富多采的"②。在文艺史上,近代积极浪漫主义文学由于注重精神主体的建构,把想象和情感提到首要地位,又"由内而外",广泛联系着社会生活,因此题材范围较之过去时代的艺术已经扩大了。"五四"时代,郭沫若的个性解放追求既向内探索自我,又向外探索个人与社会的联系,"自我"中凝聚了社会关系,反映了时代精神,加以泛神论思想提供了个体心灵和情感驰骋的广阔天地,因而诗的题材也大为扩展,变得丰富多采。

诗人冯至在谈到《女神》对他的影响时,就特别强调了他对题材的感受。他说:"《女神》出版了,我的面前展开了一个辽阔而丰富的新的

---

① 郭沫若、宗白华、田汉:《三叶集》,上海亚东图书馆,1920年版,第16页。
② 黑格尔:《美学》第2卷,商务印书馆,1979年版,第278、279页。

世界。""《女神》给我的影响,首先是使我看到诗的领域是这样宽广。"① 事实正是这样。通观郭沫若前期的诗歌创作,可以看到,诗人火山爆发式的内发情感,随着想象和幻想的翅翼飞腾,诗中"心理时间"的观念打破"物理时间"的限制。自焚后死而复生的凤凰,趁着永恒的恋歌的湘水女生,炼石补天的女娲,以至蹁跹起舞的嫦娥,斫树不止的张果老等古代神话传说;屈原、聂政、孤竹君之二子、苏武、大禹等历史人物、故事,既追溯往古,又返回现世、昂首未来。而当诗人向世界上一切崇高事物和人物祝贺"晨安",向一切中外"匪徒"三呼万岁,情思借炉中之煤萦绕在祖国"年青的女郎"身畔,又神驰于爱尔兰绝食的烈士马克思威尼的时候,他使"现在"成了连绵不断的"过去"的"现在"和"未来"的"现在"。由于"自我"与"本体",与作为"本体"的表相的自然万物交融在一起。于是,这个"自我"便在时间和空间交相渗透中向永恒、无限、绝对的本体伸展。这个"自我"气吞日月,志盖寰宇,"是全宇宙的能的总量",它俨然是"可与神祇比伍"的"雄伟的巨制","便是天上的太阳也在向我低头","我赞美这自我表现全宇宙的本体"。那些抒写和歌颂大自然的诗篇,泛神论的脉搏跳动得更为强烈、鲜明。郭沫若崇拜宇宙中一切"大"的事物,他歌唱大海,礼赞太阳,尊崇地球,神往星空,又讴歌宇宙间"不断的毁坏,不断的创造,不断的努力"的永恒不朽的过程,讴歌它的常动不息的伟力。然而,郭沫若肯定大自然生生不息的运动和伟力,不是出于人对大自然伟大灵性的宗教式的虔诚崇拜心理(如华兹华斯),也不是脱离或摒弃自然,完全用主观心灵去取代客观自然(如德国浪漫派中某些人),他所表现出来的是人与自然的合一,即人的自然化和自然的人化。这种观点很接近斯宾诺莎的泛神论观点,也与我国古代老庄具有泛神论色彩的天人合一观有相似之处,但它不是只承认必然,否定偶然,只强调要人去顺应、符合自然,忽视人的主观能动性,而是极大地强调了精神主

---

① 冯至:《我读〈女神〉的时候》,《诗刊》1959 年第 4 期。

题的主观意志和创造精神。这又不同于斯宾诺莎和法国唯物主义"自然人"的观点,以及道家纯任自然的"无为"之说。这里,应该充分估计到康德唯心主义哲学和十九世纪初浪漫主义思潮对郭沫若泛神论突出精神主体性的影响,注意到他对尼采、柏格森等人的现代哲学思潮以及西方现代派文学如表现主义、象征主义等流派有益成分的吸取。郭沫若正是以面向世界的开放眼光,立足于"五四"时代现实,为新世纪黎明期盼世界潮流所感召,使他从中西文化思想汇合的高度上对中外传统思想作了新的反思和回顾。着力于"人格的创造",追求一种理想人格。一个大写的"我"以汪洋浩瀚、常动不息的大自然作背景,挥洒在"五四"时代广阔的历史画面上。

郭沫若不仅从宏观上表现和歌颂大自然,也从微观上探索自然微妙的奥秘。在《春之胎动》中诗人把对春日到来时的独特而细腻的感受渗入了大自然景物的抒写中。《夕暮》一诗,诗人昂首望见天上的白云,荒秃的群山,白云成为"团团睡在天上"的"一群白色的绵羊","四围苍老的群山"则"好像疲狮一样",诗人自己因为和拟人化后的景物发生思想情感的交流而与之融成一片了。在《天上的市街》中,诗人这样想象牛郎织女的自由生活:"我想他们此刻,定在天街闲游,不信,请看那朵流星,那怕是他们提着灯笼在走。"牛郎织女神话传说本来就是人与自然融合在幻想中的表现,而这里,关于"流星"的想象更使这种融合变得生动感人了。勃兰兑斯曾把华兹华斯的抒写自然的诗歌称为"真诚的自然主义"作品,他在谈到这些诗歌时说:"就其实质内容而论,这种自然主义和古希腊的自然观十分近似……它是富有生气的,因为它浸透了业已在本世纪一切文学领域内复兴,在对待自然的感情方面已成为主导性因素的泛神论精神……其表现形式是,人在自我忘却和近乎无意识的状态下,作为宇宙伟大和声中的一个音符和自然融为一体。"① 郭沫若也曾通过翻译瓦特裴德的《文艺复兴·序论》赞赏过华

---

① 勃兰兑斯:《十九世纪文学主流》第 4 分册,人民文学出版社,1984 年版,第 43 页。

兹华斯诗歌中这种泛神论观点。如果去掉华兹华斯作品中对自然的宗教崇拜的内容，郭沫若上述诗歌如同华兹华斯一样，人的精神主体性作为自然的一部分，其丝丝入扣的密合程度确实如同宇宙伟大和声中的一个音符一样。

由于从人与自然合一的泛神论观点抒写和讴歌自然，郭沫若还表现出对最接近自然的小儿和原始人的生活的尊崇和歌颂。他的许多诗歌都通过这种题材的抒写流露出他的具有赤子之心的纯真感情。这种题材，明显地受到了十九世纪初欧洲浪漫主义"回到自然"的口号影响。但是，欧洲浪漫主义者"回到自然"的风尚是由于对资本主义社会的城市化和工业文明的厌恶而产生的。郭沫若则不同，他看到了资本主义制度的缺陷，但他把资本主义制度的腐朽同资产阶级工业文明是加以区分的。因此，在他的诗歌中又出现了一种特殊的题材，这就是对近代工业和科学的歌颂，或是在一些诗歌的抒写中，溶入了近代科学的成分。突出人和自我的泛神论思想中溶入近代科学的成分，使他的诗歌更具有了动的精神和蓬勃的生命力。应该注意的是，郭沫若还曾谈到二十世纪初由于相对论、量子论的出现所引起的以物理学革命为中心的科学新成就，这自然科学的革命赋予了郭沫若的自然观以新的因素，使他的泛神论观点更具二十世纪新的时代特征和现代意识，也使他的诗歌的艺术形象中出现了新的因素，新的浪漫主义艺术概括。这一点留待下面再作详细论述。

二

突出"人"和"自我"的泛神论思想还有助于郭沫若进行诗创作综合和概括，使他能创造出富有特色的浪漫主义艺术形象或典型来。

我们知道，现实主义和浪漫主义都要求典型性和典型化，但浪漫主义是按照愿望、理想以至幻想的形式来表现典型环境中的典型人物，它不注意外部行动、情节和环境的真实，而是注重人物心灵和内心体验的真实。关于浪漫主义典型化,雪莱曾经作过这样的阐述,他说:"雅典诗人所写的悲剧有如一面镜,观者在这镜中照见自己,仿佛置身于隐约假托的环境中,摆脱了一切,只剩下那美满的精神境界和美满的精神,人人都会感到,在自己所爱慕所愿意变成的一切事物中,这样的境界和精神就是其内在典型了。"① 在"隐约假托"的环境中,撇开生活的具体过程和细节,从生活的整体上表现"美满的境界和理想的精神",以创造注重心灵真实的"内在典型",十分恰切地说明了浪漫主义典型化的特征。郭沫若的突出自我的泛神论思想则更加强了这种特征,使作品的浪漫主义艺术概括更富于哲理意蕴。如前所述,郭沫若的泛神论思想,由神、本体派生的自我,经过能动地无限扩张,向本体复归,达到与本体并合为一,我即是神,于是一切自然都是我的表现。与本体合一的自我既在空间和时间上与本体一样向宏伟、永恒、无限伸展,又内在于一切个别物,使个别事物融合自我与本体。这样,人的主体性便在外在世界和内在心灵两方面突出了精神主体性因素,从而使浪漫主义艺术形象在个别与一般、具体与概括、有限与无限、形和神、象征物和象征义等一系列辩证关系上具有了新的特色。

事实正是这样。郭沫若诗歌中这种自我、本体既内在于一切个别事物,又超越于一切事物的特点,一方面,有助于作者的主观精神突入时代现实的核心,从而更有力地概括时代的特征,更鲜明地反映时代精神;另一方面,又使浪漫主义创作突破了自身经验的实感,甚至突破了时代、人生的局限,而进入一种开阔高远、意蕴无穷的本体界。例如,在《我是一个偶像崇拜者》一诗中,诗人所崇拜的"偶像",既不是超乎自然的绝对创造主,也不是纯客体的自然物,而是融合了自我和主观精神的宇宙万汇。对立的自然现象和精神现象经过诗人自我观照,互相超越。彼此转化,所以诗的最后归结为"我崇拜偶像破坏者,崇拜我!我又是个偶像破坏者哟!"这种破坏和创造的精神体现了"五四"时代

---

① 刘若瑞:《为诗辩护》,《十九世纪英国诗人论诗》,人民文学出版社,1984年版,第133页。

狂飙突进的特征，同时又揭示了宇宙万事万物对立统一辩证发展的内在规律，这里正说明了交融着自我和人的主观精神的泛神论思想的巨大力量。又如，《立在地球边上放号》一诗，那抒情主人公的形象，竟是一个立在地球边上，面对着北冰洋怒涌的白云和太平洋万顷波涛的巨人，他的目光遍及寰宇，激情奔腾澎湃。这首诗很有点像陈子昂的《登幽州台歌》。两首诗都境界高远，极目古今，苍茫辽阔，雄浑自然，都有"前不见古人，后不见来者"的非凡气度。但陈子昂把自我、人生从千古时空的历史长河中抽出、孤立起来，使短暂的自我、人生与永恒、无涯的时空对立，于是时间的对比和空间的对比便强烈地表现出宇宙永恒、人生有限的伤感情绪，发出了"念天地之悠悠，独怆然而涕下"的慨叹。而郭沫若则将自我、人生溶入怒涌的白云、无限的太平洋、滚滚的洪涛等壮阔的空间意象，和不断毁坏、不断创造、不断努力的永恒流逝的时间意象之中，于是一幅绚烂壮阔的宇宙时空的图景便与反抗破坏，自由创造的"五四"时代精神，与诗人激励奋发、积极乐观的精神交融在一起了。

过去一些评论者往往只看到郭沫若前期诗歌所反映的具体的时代生活内容，认为这些诗歌只是通过浪漫主义的激情倾吐，直接地赤裸裸地抒发"五四"时代精神，却相对地忽略了作品哲理概括的意蕴，忽略了诗歌较之于一般的形象与情感更高一级的审美范畴——意境的探讨，这种看法是片面的。当然，不容否认，郭沫若从登上"五四"新诗坛的时候起，就是最富于当代性，最鲜明地反映了时代精神的诗人。他继承了欧洲十九世纪初积极浪漫主义关注社会政治的优秀传统，又与我国古代以屈原为代表的楚骚浪漫主义积极入世的理性精神一脉相承，他的浪漫主义作品始终保持着对社会政治生活的尖锐而紧张的关注。他的浪漫主义在实现对"个性"的开拓时，离不开现实的社会政治的范围。但是，也应该看到，郭沫若是我国近现代对哲学，抽象思辨有兴趣，作过探讨的为数很少的思想家、文学家中的一个。他由庄子、王阳明被导引到老子、孔门哲学，印度哲学，以及近世初期欧洲大陆唯心派诸哲学家，从而"发现了一个八面玲珑的形而上的庄严世界"①。同时,他对抽象思辨的探讨也未离开个性解放的追求。五四运动的爆发,新世纪黎明期曙光的照耀,使他的个性解放要求和哲理思辨的探讨熔铸着新的时代精神。形而上的哲理思辨的探讨没有导致他对自我的分解和挖空,而是促使他在更高的层次上追求精神价值,肯定"自我",注重人格本体建构,并"由内而外",批判旧势力、旧传统,迎接新的世界。他的突出了"人"和"自我"的泛神论哲理就是这样在中西哲学、文化思想的汇合中逐渐形成的。还要看到的是,自然科学新成就所提出的哲学问题,也促使他的泛神论和与之相融合的个性主义思想具有新的特色。正如前面所提到的,郭沫若曾经谈到二十世纪初相对论、量子论所引起的以物理学革命为中心的科学新成就,肯定其中的"科学精神和进取主义"②。他认为现代物理学所揭示的宇观、微观世界是一个高能运动的、时空互相渗透、各部分相互联系的复杂网络。自然科学这种新成就、新特点促使人们的世界观(运动观、物质观、时空观)和思维方式发生变化,它的发展还具有人文倾向。因此,自然科学的变革刷新了郭沫若的自然观,使他的泛神论思想中原有的辩证法因素更为增强,泛神论的现代意识更加明显,人的精神主体性因素更加突出。我们看到,在郭沫若的诗歌中,由于这种影响,诗的意象的内蕴,表现出强烈的历史感和宇宙感,有着强烈的自主意识、创造意识和怀疑意识。在否定旧事物、旧世界时,对整个旧的社会秩序,思想规范和一切偶像都加以否定,甚至对整个人生、整个宇宙都发生怀疑;在追求自由新生,憧憬理想世界时,又向本体扩张,与一切美好事物交融,于是,自我化为本体的结果,便抛弃了自我,进入极度欢乐、无拘无束、徜徉自得的境界。

试再看《天狗》一诗,诗人笔下"自我"化身的"天狗",突入宇宙,"把月来吞了","把日来吞了","把一切星球来吞了","把全宇宙来吞了",于是,"自我"溶于万物,与宇宙本体合一,人的精神获得了

---

① 郭沫若:《伟大的精神生活者王阳明》,《文艺论集》,上海光华书局,1925年版。
② 郭沫若:《论中德文化书》,《创造周报》第5号。

等同于本体的力量，这"我"化为了"月底光"、"日底光"、"一切星球底光"、"X光线底光"，这"光"又转化为"能"，"我"便具有了"全宇宙能的总量"。这天狗不仅在宇宙中像天体、万物一样运动不息，奔驰不已，而且也在自身的物质的精神的微观世界里奔跑起来，它自噬其身，毁掉旧的形骸，"天狗"——"自我"便进一步发现了自己，"我便是我呀！我的我要爆了"。黑格尔认为："这种精神返回它本身的情况（即所谓'内在主体性原则'——朱光潜注）就形成了浪漫型艺术的基本原则。"① 又说："主体性就是精神的光，照耀着精神自己，照耀着前此是昏暗的地方（前此精神还没有达到自觉——朱注）；自然的光（即眼睛的光，目不能自见——朱注）只能照耀到一个对象，而精神的光却以它本身为对象或照耀的领域，使它认识到它本身。"② 郭沫若的"自我"就是这种能照见自己又不断地发现自己的"精神的光"，所谓"我便是我"，就是这种"精神与本身的统一"，"而且认识到自己"。精神返回自身的结果，既有了更鲜明的自我意识，又能更独特地概括时代，具有开阔丰厚的内容意蕴。

郭沫若笔下的浪漫主义形象大多是如同上述立在地球边上放号的巨人和驰骋于宇宙中心的天狗这一类既受泛神论影响又注重精神返回自身的"内在典型"。那许多忽古忽今在虚幻的境界中活动的"内在典型"的精神世界都是具有二十世纪现代意识的"人"。"五四"时代的民主和科学的精神灌注生气于这些形象，通过这些形象表现了反抗破坏、自由创造的精神，二十世纪"动"的精神，喊出了当时青年内心的"甜"和"辣"，"苦"和"哀"。如《凤凰涅槃》中凤凰的形象，它们面向时代和人生，在"茫茫宇宙"的辽阔背景上翱翔起舞。愤怒控诉旧世界的丑恶和不义，沉痛倾诉自身的屈辱和哀痴，还提出了一系列"宇宙为什么存在"的疑问。关于这最后一个内容，过去的评论不是忽略它，就是容易简单地把它看成是屈原"天问"式的诗句。然而实际上它不仅是诗人对

---

① 黑格尔：《美学》第2卷，商务印书馆，1979年版，第275页。
② 黑格尔：《美学》第2卷，商务印书馆，1979年版，第278页。

现实失望和愤慨情绪的曲折反映，而且体现了新的科学思想对诗人的推动和影响。在《波斯诗人莪默伽亚谟》一文中，郭沫若正是在运用相对论、量子论科学地探讨了宇观、微观世界之后，提出与"凤歌"类似的问题："……但是为什么会有这宇宙存在？宇宙的第一原因，假使是有时，究竟是什么？""……然而量子电子究竟为什么存在？他们的第一原因，假使是有时，究竟是什么？"这些问题在中国"五四"时代的历史条件下，正是人的意识觉醒的表现。现代科学的动的精神，强调偶然性和人的能动作用等因素都促使郭沫若的泛神论、个性主义思想更富于现代意识，也使他的浪漫主义艺术概括具有了新的内涵。在长诗《星空》中，诗人也把现代、古代的天文学的知识与"自我"，与泛神论思想融为一体，从而展现了一幅神妙的星空的美景，诗人陶醉于辽阔星空的"合抱"中，竟然与"古代的天才"、"中州的天才"一同"滔滔流泪"，哀哭我国古代已有科学精神的丧失（这一点，可参考《中国文化之传统精神》一文），并祷告"青春时代再来"，"自由时代再来"！这个"自我"神驰于宇宙天体之间，他任意调遣着星球，"要饮尽那天河中流荡着的酒浆，拼一长醉不醒"！在这个抒情主人公的形象中，当然包容着诗人于"五四"退潮期倾饮了人生的"苦味之杯"的时代情绪，但也应看到泛神论与现代自然科学交融后的影响，即可以看到诗人真率不羁、自由洒脱的胸襟。"要有出世的襟怀，方有入世的本领"①。这里，借助"自我"的融合，自然科学知识与老庄思想的影响奇妙地汇合在一起了。

总之，"五四"历史转折时期整个动荡的革命生活，都使诗人或者激动兴奋，或者怀疑探索。他把人们在动荡时代的复杂的精神世界的内在完整性充分地表现出来，而泛神论的影响又使这种表现上升到本体界富于哲理意蕴的境界，大大增强了诗的综合概括的能力，于是出现了巨人般非凡的人物，复活更新后的神话故事和历史人物，时间与空间的化身，显示人类创造力的象征，忽而大胆地对现存事物提出挑战，忽而被

---

① 郭沫若、宗白华、田汉：《三叶集》，上海亚东图书馆，1926年版，第145页。

怀疑折磨着，试图探索现代生活奥秘的惊人形象，等等。这些形象大多是象征性的、写意式的，然而却是有着丰富的历史内涵和哲理意蕴的浪漫主义形象。

三

强调精神主体性的泛神论思想对郭沫若浪漫主义诗歌的影响，还表现在他诗歌独特的美的形态——崇高或壮美的特征，和独特的艺术风格——雄浑奔放、开阔洒脱的特征上。

郭沫若前期诗歌的美的形态，在一些情况下表现为优美，但主要表现是崇高或壮美，风格上有清丽、缠绵的一面，但主导风格是粗犷奔放、开阔洒脱。他说："海涅底诗丽而不雄。惠特曼雄而不丽。两者我都喜欢。两者都还不足令我满足。"他所追求的是一种"雄丽的巨制"①。这种说法正是在突出美的形态和艺术风格的主导面的同时又兼顾到它们多样统一的特征。值得注意的是，关于美的形态和风格特征的问题，在追溯其艺术渊源关系时，应从东西文化思想的汇合上来加以考察。自然，西方文化思想的"动"的"创造"的精神，西方文艺的崇高美对郭沫若的影响是重要的，但东方文艺包括中国、印度文艺的壮美和开阔、洒脱的风格对他的影响也不能忽视。例如庄子所赞颂的"大美"，屈原所追求的鲜明强烈、色彩缤纷的美就都对郭沫若产生过影响。自庄子、屈原以后，我国一系列追求气势和力量之美的浪漫主义文艺都体现了这种"大美"即壮美的特征。这种"壮美"不同于西方美学所谓的"崇高"。后者是主体受到无限力量的压迫，但又在这压迫之中意识到了自身力量的结果。它产生出的审美愉快常常伴随有恐怖和痛感。庄子所赞颂的"大美"或"壮美"，是主体等同于无限的结果，它所产生的审美的愉快伴随着惊叹，但却没有恐怖和病感，也丝毫不带有"崇高"中

---

① 郭沫若、宗白华、田汉：《三叶集》，上海亚东图书馆，1920 年版，第 143、144 页。

常有的那种宗教神秘意味。这是一种令人欢欣鼓舞、奋发昂扬的美，是一种明朗地肯定着人的自由和伟大的美①。应该说，郭沫若是综合了西方美学思想的崇高和东方美学思想的壮美而形成了自己独特的浪漫主义美的形态和美学风格的。他的诗歌的崇高的特征中，看不到西方美学所谓"崇高"中常有的受到"无限"的压迫而带来的恐怖和痛感，而是主体与无限融合为一，主体等同于无限，因此是一种正面的崇高，一种自由洒脱、奔放不羁的美，一种"大美"、"壮美"。但这种崇高或大美又与中国古代强调人顺应、符合自然的天人合一的美学思想不完全相同，而是充分吸收了西方崇高美中特别强调人的主观精神的特征，因此，在正面的崇高中，又特别在无限的压迫面前激起主体情感和理性的高扬，强调心灵的众多理念和情感的灌注。

黑格尔在谈到崇高时说："我们可以把泛神主义的艺术看作对崇高的第一种肯定的掌握方式。"② "由于诗人要在一切事物中见出神性，而且也确实见到了，他也忘却了他的自我，同时也体会到神性内在于他自己的被解放和扩张的内心世界；这就在他心里产生了东方人所特有的那种心情开朗，那种游魂大悦；他从自己的特殊存在中解放出来，把自己沉没到永恒绝对里。"③ 他又说，东方泛神主义"更强调的是在一切现象里观照太一实体和抛舍主体自我。主体通过抛舍自我，意识就伸展得最广阔，通过摆脱尘世有限事物，就获得完全的自由，结果就达到自己消融在一切高尚优美事物中的福慧境界"④。这样，就不仅把泛神主义与崇高联系起来了，而且通过泛神论和自我的扩张、抛舍的论述，沟通了西方的崇高和东方的壮美的关系。那么，在郭沫若的诗歌中，他的泛神论思想同他的崇高或壮美，同他的独特的艺术风格的交融是怎样体现出来的呢？

---

① 参见李泽厚、刘纲纪：《中国美学史》第1卷，中国社会科学出版社，1984年版。
② 黑格尔：《美学》第2卷，商务印书馆1979年版，第80页。
③ 黑格尔：《美学》第2卷，商务印书馆1979年版，第85页。
④ 黑格尔：《美学》第2卷，商务印书馆1979年版，第90页。

首先，从那些抒写和讴歌自然的诗篇来看他的泛神论思想与诗歌的崇高特征的关系。在这一类诗篇中，表面上看，似乎是自然界的崇高和泛神论的关系，实际上仍然是交融着诗人主观情感的社会生活所表现出来的崇高，以及这种崇高与泛神论的关系。由于郭沫若把自我与神、自然融为一体，因此，他笔下的自然形象不仅有着异乎寻常的规模、面积、体积、威力，而且更重要的是，经过诗人想象的飞腾和感情的灌注，经过诗人以自己全部生命和人格进行艺术创造，自然形象便浸染着、渗透着诗人的主观感受，自然现象与诗人主体血肉交融，被赋予了生命和感情。于是，诗中雄奇、瑰丽的形象和澎湃的激情，便使人惊赞、仰慕，唤起人们对自身力量的自觉意识和对生活的巨大热情，激起人们以全部生命的力去努力创造，去追求光明，从而产生出一种积极进取的崇高和壮美的感受。例如在《太阳礼赞》一诗中，诗人写道："青沉沉的大海，波涛汹涌着，潮向东方。光芒万丈地，将要出现了哟——新生的太阳！天海中的云岛都已笑得象火一样地鲜明！我恨不得，把我眼前的障碍一概划平！……太阳哟！你请把我全部的生命照成道鲜红的血流！太阳哟！你请把我全部的诗歌照成些金色的浮沤！"这里，不仅是潮向东方的汹涌波涛和光芒万丈喷薄欲出的太阳这两个组接在一起的巨大画面所显示的气象万千的境界，而且在自然画面中灌注着涌溢的心灵内在的热情。你看：天上的云彩"已笑得象火一样地鲜明"，借助于"通感"现象，将人的听觉和视觉沟通，以诉之于听觉的"笑"声，和诉之于视觉的云彩的状貌，彼此相生，饱孕着阳光的朝霞就声态并作、真正人格化了。下面的诗句，诗人要求太阳把自己"照得个通明"，把自己"全部的生命照成道鲜红的血流"，把自己"全部的诗歌照成些金色的浮沤"。从泛神论的观点看，就是本体、自然进入自我，而自我也沉入到本体、自然中去；从崇高的特征来看，在象征着光明和新生的太阳这一伟大自然物面前，诗人震撼激荡，产生一种奋发向上的感情。他感到自己的灵魂尚有渺小、卑琐、平庸之处，因而自觉地、强烈地要求净化自己的灵魂，以学习、赶上和超越对象。这"通明"，这"鲜红的血流",这"金色的浮沤",就是辉煌的太阳的光焰本身,也是人格化了的太阳。诗人从太阳的"无限"里深味到本身的"无限"了。就这样,泛神论思想与崇高、壮美的审美感受通过诗的想象和激情被联结在一起了。

其次,再从那些高度概括了时代总特点、创造了鲜明的浪漫主义形象的诗篇来看泛神论思想与崇高的关系。如火中自焚的凤凰,炼石补天的女神,美妙、生动、有着神奇威力的地球,这些形象完全可以与歌德、雪莱、惠特曼等欧美诗人笔下受泛神论影响的浪漫主义形象媲美。这里,要特别指出的,是郭沫若诗歌中浪漫主义形象所受到的东方型泛神主义艺术的影响。在他所创造的浪漫主义形象中,关于自我与宇宙的创造力合一,从现实人生中去创造另一种人生,某种与现实融合又凌驾于现实人生之上的永恒的、超人的事物,甚至藐视一切人生变幻的内容,加以个性气质和风格特征上的自由洒脱、真率不羁等等,都表现出这种影响。黑格尔说,在东方泛神主义艺术中,"神内在于万物这个信仰就把尘世的自然和人类存在本身提高到本身独立的伟大庄严的地位。……在诗人主体方面……既然充满了这种被灌注生气的伟大庄严,心情就泰然自得,自由自在,宽弘开朗……和一切值得赞赏和喜爱的对象,一齐享受最幸福、最欢乐的徜徉自得的内心生活"①。黑格尔所说的这种东方泛神主义艺术的特点与我国道家的哲学、美学观点颇为接近。庄子主张"天地与我并生,万物与我为一",主张"道"的无限和自由,人的无限和自由;他的美学主张天地之大美、无限美、法贵天真等就与黑格尔所指出的观点有类似之处。当然,郭沫若的哲学、美学观点仍与老庄有很大的不同。庄子认为"天地"、"万物"与"我"本是一个混沌、齐备的整体,一切差别都可消泯,"人"要像"道"一样完全纯任自然。郭沫若则在区分主体与客体使之处于对立地位的前提下,通过强调主体的情感和理智的作用,以达到主客体的统一,这就不同于

---

① 黑格尔:《美学》第 2 卷,商务印书馆,1979 年版,第 86 页。

庄子而充分突出了人的作用。因此，他决不会把自然法则、人类命运看成是被因果链条支配而不可改变的。但是，上述东方型泛神论哲理的色彩，东方型的崇高和壮美的特色却仍然在郭沫若诗歌的浪漫主义形象中留下了明显的印记。在郭沫若笔下，为什么凤凰集香木自焚，对死亡抱着泰然自若、甚至欢迎的态度？这里，作为"五四"时代人们摧毁旧世界，换取新世界，毁掉旧我，以求新我的变革精神的体现当然要看到，但难道没有东方泛神主义那种把自己沉没在永恒里以求得自我解放的心理？难道没有庄子对死亡采取的审美性的超越（即一种自自然然的一死生、泯物我、超利害、同是非的对人生的审美态度）以获得自由和欢乐的态度？为什么从死灰中更生的凤凰与本体合一后并非厌弃人生，出世超脱，而是既出世又入世，享受着自我重生的大和谐、大欢乐，表现为一种乐观进取的人生态度和理想？这同东方泛神主义艺术那种抛舍自我以求得身心解放的哲理难道没有精神上的联系？与庄子的虽然出世超脱，却仍然珍爱生命以求人生的无限和自由难道没有精神上的联系？可见从中西文化思想、文艺思想的汇合上来看郭沫若的泛神论与崇高美的关系，看泛神论与他的独特艺术风格的关系，可以使我们更清楚地看到他的浪漫主义艺术形象世界是何等丰富多采。他不但开创性地综合了东西方的神话传说世界，而且把历史和现实、自然和社会、幻想世界和理想世界、人和生灵万物等联系在一起，通过无羁而又多义的浪漫意象，纷呈出"丰富华严"、"无穷无尽"的"灿烂形象"。这正是泛神论的诗意的体现，也正是崇高、壮美及与之相适应的独特艺术风格的诗意的体现。

　　当然，也应该看到，郭沫若前期的诗歌，并非总是将泛神论思想与崇高的美学特征融合得很好的。如果说诗集《女神》中二者的融合还是主导特征的话，那么到了诗集《星空》，则由于诗的美学特征较多地转向了"优美"、"感伤"，因此泛神论思想较少与崇高相联系，而是较多地表现出"优美"和"感伤"的特征了。而到了诗集《前茅》的写作时期，诗人批判了泛神论思想，也不太注重艺术家的创作个性，因此虽然并不缺少革命的呼喊和阶级斗争意识，然而却缺乏真挚的热情迸发和哲理思辨的色彩，也不易看到泛神论影响所带来的浪漫主义艺术特色了。

四

郭沫若因为强调"我即是神"，强调用自我的心情对宇宙万汇进行综合、创造以生出"有情的宇宙"，因此这种突出自我情感的泛神论思想，便促使他的诗歌通过想象或幻想的变形变意的规律，造成一系列美丽奇幻的意境，形成了他的诗歌所独有的特殊形态的意象群。

首先，泛神论的影响促使诗歌的意象大幅度、多义性地变形。"五四"开创期的许多新诗，虽然从内容、意境和形式上都带来一些新的东西，然而却使人感到平、实、浅，缺乏足够的思想、艺术魅力。造成这种情形的原因，对时代精神把握的程度，创作概括力的大小当然是重要的原因，但缺乏抒写个体内在心灵的活跃、大胆、自由的想象，缺乏绚丽多彩的诉之于情感和观照的审美意象也是一个重要原因。不能说当时许多新诗只是单纯情感的发泄或者仅仅是现实图景的白描。它们的作者也常运用中国诗论中常说的"比兴"手法，把情感对象化、客观化，通过外物、景象而抒发、寄托、表现情感、观念，但却常常缺乏炽烈的情感、无羁的想象，缺乏因自我的独特情感与生活真实双重特征的化合而产生的崭新形象，看不到变形的想象性意象，因此很难拓开新诗广阔的艺术天地。然而，郭沫若的诗歌在这方面则做出了开拓性的突出贡献。他的渗透着精神主体性的泛神论思想则有助于他获得这种成就。一方面，这种泛神论强调诗人"对于宇宙万汇……用心情去综合，去创造"；另一方面，却并不摒弃自然，否定客体，而是由自我又与神、自然万物水乳交融，达到物我同一的程度。这样，被神内在于其间的"我"的心灵的热情、内在的情绪无限扩张，经过想象的综合、再造，诗人笔下的自然物便呈现出不同幅度、不同形态的变形，形成富有特色的意象群。

郭诗中有一类意象群变形幅度不大，基本上运用传统的"比兴"手法，但已脱出了单纯用譬喻来说明某一概念的形态，而是出现了一系列诉之于情感和观照的审美意象。如在《炉中煤》中，诗人既将祖国拟人化，比喻为"年青的女郎"，又将自己拟物化，比喻为"炉中煤"，再将"炉中煤"拟人化，比喻为"黑奴"，复杂而巧妙的借喻、隐喻结构，将多种有物质实感的形象叠加和组合起来，形成了富于立体感的总体形象。又如《瓶》第六首："星向天边坠了，石向海底沉了，信向芳心殒了。春雨洒上流沙，轻烟散入云霞，沙弥赞美菩萨。是蔷薇尚未抽芽？是青梅已被叶遮？是幽兰自赏芳华？"对姑娘回信的怠慢，由失望到揣测，又由盼信到怕信，复杂多变、曲折入微的感情，既通过略去了本体和比喻词的借喻，增加了设譬的含蓄和韵味，又通过博喻方式展示多种形象的特征，进行多种形象的类比，因而又显得设色繁丽，富于表现力。

另一类意象群变形幅度大，在西方浪漫主义、表现主义等创作方法的基础上大大改造和发展了我国传统的"比兴"手法，完全脱出了单纯比喻的质朴状态，个体内心情感的波涛展现出深层的奇丽幻美的形象，有强烈的艺术感染力。这类意象群受泛神论影响甚为明显，也最能代表郭沫若诗歌独特的艺术风格。如诗人把自我想象为"天狗"，天狗又吞噬宇宙各天体，以至于自身化为全宇宙的能的总量，它不仅驰骋于宇宙的宏观世界，而且奔跑于自我的微观世界。诗人把自我想象为"凤凰"，这凤凰又一雌一雄把"自我"分化为二，凤之歌表现了阳刚的一面，有着男性的凌厉、粗犷、豪放；凰之歌表现了阴柔的一面，凝聚着女性的委婉、缠绵、忧伤。凤倾向于对外在世界的探寻、诅咒、追求；凰倾向于自我内心的袒露、诉说、倾吐。凤凰采香木举火自焚后又打破了原故事死亡、再生、死亡的轮回观念，死后的凤凰鲜美异常不再死，在大和谐、大欢乐中获得了永生。作为"夫子自道"的屈原既融合了儒家积极入世的理性精神，又有着道家无为不羁的情怀，还倾泻着"五四"时代人们追求个性解放、呼唤自由创造的激情。这一类意象群，主观色彩强烈，联想奇特，境界开阔，"宇宙主体"确实被"从新看作个有生命有活动性的有机体"①，时间变成了心理时间，空间变成了心理空间，通常物理学的时空关系中那种不可逾越的界限被打破，心理时空成了人的精神主体任意驰骋的广阔天地。因此，从艺术表现上看，主客体的关系不是一般的移情于物，因为在这里不只是让物的某种特点染上感情色彩，以表现人的一时一地的感情，而是客体成了主体，成为特定的人格化身。在《太阳礼赞》中，当诗人写到太阳初升的情景时呼喊道：

    出现了哟，出现了哟！耿晶晶地白灼的圆光！从我两眸中有无限道的金丝向着太阳飞放。

  阳光和诗人的眼光物我感交的结果产生了奇特的形象。用"耿晶晶地白灼的"来形容"阳光"，用"无限道的金丝"来形容"眼光"，于是"阳光"和"眼光"有了形体，本来诉诸视觉的东西变得诉之触觉了，有着似乎可以捉摸得到的物质实感。从物这方面说，太阳的光之所以具有"耿晶晶地白灼"的物质实感，是因为诗人主观感情的灌注、眼光注视的结果；而从诗人主观方面看，他的眼光之所以含有"无限道的金丝飞放"，又是阳光照射诗人、自然溶入自我主体的结果。这种物我感通、物我同一造成的特殊艺术效果，正清楚地说明了泛神论思想对郭沫若诗歌艺术表现力的重大影响。

  其次，泛神论的影响还促使意象在变形的同时变意，从而赋予意象以不能穷尽的象征性意蕴，进入不可言说的本体界。我们知道，郭沫若曾经从接受"新思潮"的角度受到过西方现代派文学的影响。他的创作方法除了中国传统的古典浪漫主义和西方近代浪漫主义以外，还从西方象征主义、表现主义和意识流文学中吸取了创作概括和艺术表现上的有益成分。他曾从弗洛伊德精神分析说谈到梦境的表现方法，并称他那写了梦境的《残春》为表现"潜在意识的一种流动"的小说，由此又谈到

---

① 郭沫若、宗白华、田汉：《三叶集》，上海亚东图书馆，1920年版。

梦境的象征意义,并得出结论说:"真正的文艺是极丰富的生活由纯粹的精神作用所升华过的一个象征世界。"① 他对于盛行于二十世纪初以德国为中心的表现主义思潮和创作方法更是极为推崇,专门写了《自然与艺术》、《印象与表现》两篇论述表现主义的论文。表现主义因为强调要在无限扩张的激情的前提下,通过事物的深层幻象以揭露事物的实质,所以也常用象征性的形式和方法。郭沫若因为在浪漫主义的激情倾吐和形象概括中常融合着表现主义、象征主义的表现形式和方法,所以更和泛神论思想发生了一种特殊的联系。从泛神论的观点来看,融合了"自我"的神、本体既内在于万物,又超越于万物,这样,当诗人对宇宙万象用主观心情去进行综合、创造的时候,便往往以外在某种具体事物为象征物,用双关、暗示等手法创造出能唤起读者的想象的暗示性形象和意境,使其情思的延伸和意象的推移指向太一、本体,从而揭示出无尽的内容意蕴,并将作者内心的感受深刻地暗示出来。郭沫若在选取外在的象征物时,不像现实主义作家运用象征的方法那样,按照现实生活本来的样子来刻画象征物以揭示象征义,而是在选取象征物后使其大幅度变形,并把变形和变意结合起来,使象征物起到言在此而意在彼的作用。

例如在《地球,我的母亲》中,地球这大自然的形象,不仅经过诗人想象的变形,成了一位有着丰富情感和博大胸怀的母亲;而且由变形而变意,具体的母亲的形象生发出一种指向无限的暗示性观念,她成了"五四"时代爱和美的理想的象征,成了无限创造力和不断变革、蓬勃进取的时代精神的象征。特别值得注意的是《湘累》,评论者往往忽略了这个诗剧由于想象变形变意而造成的暗示、象征性意境。诗中的娥皇、女英,不仅经过诗人想象的综合、再造,成了两位唱着痴情恋歌的富于现代情调的女性,而且她们歌唱的内容既是对爱情的歌唱,又是通过对恋人的痴情的怀念和盼望,向一切思乡怀土、眷念祖国的人们奏出

---

① 郭沫若:《批评与梦》,《创造》季刊,1923年第2卷第1期。

的一曲"招魂曲"。这湘灵所歌唱、怀念的对象，没有具体的外在形象，它只有一个名称（"爱人"），一个代名词（"他"），甚至只是一种精神，一种情绪。但是由于这水上歌声写得哀婉动人，与千古时空的慨叹溶合在一起，造成绵绵不尽的情思，加以被放逐中的屈原又听清和感受到了其中盼归的内蕴，于是在特定剧情的条件下，湘灵和屈原的关系便造成了一种似隐似现、含蓄不尽的境界和氛围。这种贯穿全剧的总体构思和情境便具有了审美上的随意性，显示出多层意蕴和复杂感情，构成了一种特殊的、诗的神韵美，从而容易引起人们的联想、探索和寻味。人们会想到，这种境界是郭沫若这位海外赤子眷念祖国的炽烈情怀的暗示和反映，还会想到，似乎湘灵所召唤的，"不是屈原，也不是任何人，在苦难重重的日子里，这是一首伟大民族的招魂曲"①。

由上所述，可见郭沫若诗歌中的象征性意蕴，是他基于个体内在心灵的揭示，通过意象的变形变意而生发出的一种对时代对人生的高度哲理概括，这种哲理就是本体、神既内在于一切个别事物又超越于一切个别事物的泛神论观点。由于自我精神主体进入本体界，从自然和社会的总体上体会到那涵盖一切的宇宙间事物的发展规律，如生命辩证发展过程——出生、成长、死亡以及从死亡中再生的精神上的不死鸟式的过程，如不断改造、不断毁坏、不断努力的宇宙间新陈代谢、除旧布新、破旧立新的辩证发展规律等。在这种情况下，诗人对时代对人生的感受便上升到哲理的高度，而使诗歌具有了一种可以无限领略的内在生命。

上面在"人、泛神论、浪漫主义"这个总题下从四个方面揭示了郭沫若的泛神论思想与他的浪漫主义诗歌艺术形象之间的内在联系。最后应该强调的是，由于郭沫若特别重视人的精神主体性在创作中的作用，重视人的感情的真诚、袒露和主观意志的发挥，又不忽略艺术的独特审美规律，所以他前期的诗歌从总体看，既具有强烈的当代性，反映了鲜明的时代精神，又不拘限于狭隘实用的功利框架。既具有泛神论式的思

---

① 唐弢：《诗人，卓越的无产阶级文化战士》，《诗刊》1978年8月号。

辨的特色，使诗歌具有象征性意蕴；又不流于所谓"席勒式"的纯哲理思辨，它总是伴随着浪漫不羁的意象群，构成象征，具有非概念所能穷尽的审美特征，因而能激发读者自己的哲理思辨潜能，引起读者联想的大舒张、大飞跃。我们在强调文学的当代性，强调文学反映壮阔的时代和时代精神时，怎样注意文学的意向性和思辨性的特征，注意文学独特的审美观照的特征，这正是从郭沫若前期诗歌的深入探讨中所应获得的效益。

1985年6月初稿，1986年1月修改。
（原载文化艺术出版社《郭沫若研究》第5辑）

《女神》创作灵感试论

郭沫若在《女神》许多诗篇的创作过程中,经常出现一种特别强烈的灵感爆发状态,这是大家知道的,他自己也明确地肯定过。他说,创作灵感"在我看来是有的,而且也很需要"。他称这种灵感的爆发为"神经性的发作"。他说:"每每有诗的发作袭来就好象生了热病一样,使我作寒作冷,使我提起笔来战颤着有时候写不成字。"① 他还通过《凤凰涅槃》、《地球,我的母亲》等著名诗篇的创作过程,对这种创作灵感的爆发作了具体的说明。显然,强烈的灵感爆发状态是《女神》浪漫主义形象思维过程中一个显著的特征,如实地承认这种灵感爆发现象,探讨它的特征和作用,分析它产生的原因,这对于理解郭沫若的创作个性和艺术风格的特色是很有意义的。

我们知道,大凡成功的文艺作品,在它的创作过程中,往往出现创作冲动强烈、创作欲望旺盛的"兴会"、"感兴"之类的心理现象,这种才情焕发、豁然贯通、文思喷发的特征正是一种"灵感"袭来的标志。郭沫若在《女神》创作中的灵感爆发状态有着一般创作灵感的共同特点,也有它自身的特殊性。关于这种特殊性,郭沫若自己曾作过十分清楚的表述,他说:"这种现象并不是什么灵鬼附了体,或是所谓'神来',而是一种新鲜的观念突然使意识强度集中了,或者先有强度的意

---

① 郭沫若:《创造十年·学生时代》,《沫若文集》第 7 卷,人民文学出版社,1958 年版,第 59 页。

识集中因而获得了一种新鲜观念而又累积地增强着意识的集中度的那种现象。这如不十分强烈的时候,普通所谓诗兴,便是这种东西。如特别强烈可以使人作寒作冷,牙关发颤,观念的流如狂涛怒涌,应接不暇。"① 这后一种情形正是最能显示《女神》创作灵感的特征的。这就是说,从诗的一般创作过程看,现实主义诗人也有"诗兴"和"灵感",这种"诗兴"和"灵感"也能对独特形象的产生起触发的作用,并且它们作为一种推动创作活动、促使作家想象特别活跃的心理机能,也能使形象趋于完美。但是,在现实主义诗人的创作过程中,这种灵感对艺术构思的推动作用一般不如浪漫主义强烈,构思过程显得比较迟缓,诗人沉郁顿挫、盘旋缭绕的感情,通过入微传神的形象刻画从容地凝聚在含蓄、蕴藉的艺术形象之中。即使是浪漫主义诗人,也有像华兹华斯那样经历着热—冷—热的间歇的构思过程;还有像李贺那样"字字皆雕锼"、"五脏应为愁"的构思的艰苦历程。而郭沫若式的灵感爆发,构思迅疾,则如"狂涛怒涌,应接不暇"。与一般的"诗兴"、"灵感"不同,火山爆发式的内发感情一旦喷涌,诗人"便和扶着乩笔的人一样","有时连写也写不赢",诗的构思在感情的强烈爆发、想象和幻想瞬息千里、变化莫测的情形下迅速完成。这种灵感爆发、诗思敏捷的特征,不仅在那些被郭沫若自称为"即兴诗"的抒情短诗的创作中是如此,即使在结构比较复杂的长篇叙事诗、剧诗的创作中也是如此。《凤凰涅槃》于上半天听课时在抄本上写成了前半,晚上行将就寝时伏在枕上写成了后半;《地球,我的母亲》也只是经过半天构思在短暂的时间内完成的。《女神》中许多诗因为灵感强烈,看来似乎没有构思过程,然而即使题材相同的诗篇也很少有构思雷同之处;而且,似乎篇篇都经过周密思考,仔细推敲。郭沫若谈到《女神》等诗集的创作时曾说:"有时是情兴来时立即挥成,情感来时觉得发热发冷的时候也有;有时虽有情兴,而搁了数年数月方始写成的也有。大概立即挥成的东西是比较动人的,而后来

---

① 郭沫若:《诗歌的创作》,《郭沫若论创作》,上海文艺出版社,1983年版,第276~277页。

方始写成的偏于技巧。"① 可见最能体现《女神》诗歌创作特色的是那些灵感骤发、迅即完篇的诗章。

这些看来似乎没有然而实际上却仍有构思过程的作品，其构思的特色意味着什么呢？从认识论上看，诗的构思从形象的萌生、孕育到完成的全过程都似乎是在灵感的强烈迸发中同时完成的；从心理学的角度看，构思中以想象为中心环节的感觉、知觉、记忆等综合地再造表象和形象的心理活动的全过程，也几乎是伴随着灵感的发生而同时进行的；从作品构成上看，诗人对现实美的特殊感受、认识所形成的作品的独特内容和与之相适应的独特的表现形态和方法，也几乎是同时完成的。黑格尔对于这种不仅表现为"高度的熟练"，而且表现为"很轻巧地完成作品的潜能"的艺术创造力曾经给予了高度的评价。他说："真正的艺术家都有一种天生自然的推动力，一种直接的需要，非把自己的情感思想马上表现为艺术形象不可。"在这种"真正的艺术家"的创作活动中，"按照艺术的概念，这两方面——心里的构思与作品的完成（或传达）是携手并进的"②。《女神》创作中那种由于灵感爆发而呈现出来的艺术创造力极为旺盛的状态，表明郭沫若正是这样一种艺术天才。

《女神》的创作实践表明，不承认灵感的存在，或是看不到灵感这种心理现象在艺术创造活动中的地位和作用是不符合文艺创作的客观规律的。因为事实上任何一个有鲜明创作个性的作家，从捕捉现实美的特殊的敏感性，到在神思飞扬中使形象臻于完美的整个构思过程，都与创作灵感息息相关；任何一个优秀作品，都离不开灵感所标志的形象思维由量变到质变的飞跃，都离不开这最富于生命活力的艺术创造。布莱克说："一个人如自问心中并无灵感，就不该妄想当艺术家。"③ 他的话道出了作家、艺术家们在灵感袭来、文思喷发时所深味和领略到的创作的

---

① 郭沫若：《诗作谈》，《郭沫若论创作》，上海文艺出版社，1983年版，第216页。
② 黑格尔：《美学》第1卷，朱光潜译，人民文学出版社，1979年版，第362~363页。
③ 中国社会科学院外国文学研究所：《〈雷洪治论艺术〉一书批注》，《欧美古典作家论现实主义和浪漫主义》，中国社会科学出版社，1980年版，第253页。

喜悦。一些著名美学家也都承认灵感这种心理现象，并把它当作艺术家创造活动中的一种重要特征来研究。自然，对创作灵感的承认和看重，必须与对灵感的科学阐释，与探讨灵感产生的原因联系在一起。如果把灵感看成与理性对立的纯粹直觉的感性活动，或是看作与必然性相对立的纯粹偶然性和突发性的东西，便会不自觉地陷入"神灵凭附"一类神秘的唯心主义臆造中去，从而给创作带来危害。俄国著名画家列宾说，所谓灵感不过是"顽强地劳动获得的奖赏"，车尔尼雪夫斯基也指出，灵感"是一个不喜欢拜访懒汉的客人"。黑格尔对灵感的产生和灵感的科学含义更作了精辟的论述，他说："最伟大的艺术作品也往往是应外在的机缘而创造出来的。""艺术家应该从外来材料中抓到真正有艺术意义的东西，并且使对象在他心里变成有生命的东西。在这种情形之下，天才的灵感就会不招自来了。一个真正的有生命的艺术家就会从这种生命里找到无数的激发活动和灵感的机缘。"黑格尔不仅论述了灵感的产生是因为外力的推动，外在"机缘"的"击发"，而且对灵感的含义作了科学的阐释，他说："艺术的灵感究竟是什么？我们可以说，它不是别的，就是完全沉浸在主题里，不到把它表现为完满的艺术形象时决不肯罢休的那种情况。"① 他对灵感含义的这一高度概括明确地提出了创作灵感贯穿于艺术构思全过程的重要作用。我在上文所引用的郭沫若关于灵感的看法也与黑格尔的论述相似。郭沫若所说的"突然使意识强度集中"的"新鲜的观念"，也就是黑格尔所说的"从外来材料中抓到真正有艺术意义的"在艺术家"心里变成有生命的东西"。因此郭沫若说："我并不想一味骂斥灵感。我无宁认为诗人的努力倒应该是怎样来诱发伟大的灵感吧。"② 下面，为了进一步理解《女神》创作灵感的特征和作用，破除灵感论的神秘观念，我们对《女神》中一些诗进行剖析，对它们的创作灵感的诱发和产生过程作一些具体的探讨：

---

① 黑格尔：《美学》第1卷，朱光潜译，人民文学出版社，1979年版，第365页。
② 郭沫若：《诗歌的创作》，《郭沫若论创作》，上海文艺出版社，1983年版，第277页。

首先,《女神》的创作灵感是在诗人对"五四"时代的总的特点的深切把握和敏锐感受的基础上产生的。从《女神》的诞生可以看到,其中诗篇的强烈激情和巨大灵感来自时代生活的土壤,来自诗人对时代的总的特点的深切把握和敏锐感受。诗人说"民七民八之交,将近三四个月的期间差不多每天都有诗兴来猛袭",正是时代的召唤,人民的心声使他产生了要通过《女神》"去寻那与我的振动数相同的人","去寻那与我的燃烧点相等的人","去在我可爱的青年的兄弟姊妹胸中,把他们的心弦拨动,把他们的智光点燃"的强烈欲望。在《女神》中,凤凰自焚、在烈火中永生的壮举发生在除旧迎新、万象更新的"除夕"将近时分;"地之子"由"知识未开的婴孩"到"发现"了自己,也"发现"了地球——"母亲"的爱重恩深、无穷威力,正好是"天已黎明"的时刻;那"日出"前"环天都是火云"的瑰丽景象,"无数的白云正在空中怒涌"的"好一幅壮丽的北冰洋的情景";那"天狗"成为"全宇宙的能的总量"的时刻,"屈原"听到水中湘灵呼唤而更加激起爱国热情的时刻,都发生在"千载一时"的历史转折时期。这个转折时期就是十月革命和五四运动发生后中华民族开始觉醒,我国旧民主主义革命向新民主主义革命转变的重要历史关头。这时候,郭沫若虽然远在日本的博多湾上,却强烈地感受到"五四"革命浪潮的冲激。五四运动前夕,他在异国"念的是西洋书,受的是东洋气",又眼看"有国等于零,日见干戈扰"的国内现实。帝国主义的欺凌,异民族的歧视和国内政治的混乱、现实的黑暗,使他心头郁积着个人的悲愤和民族的苦难。他深感个性受到严重压抑和束缚的痛苦,慨叹着:"我不是个'人',我是破坏了的人",而个性的压抑和民族的苦难交融在一起,更使他发出了"万恨摧肺肝,泪流达宵晓","欲飞无羽翼,欲死心如瘫"的伤痛的呼声。是十月革命后新世纪的曙光和五四运动的爆发消融、粉碎了他心头的冰块,在这位敏感的哲人和诗人面前拓开了前所未有的新的境界。在中华民族的伟大觉醒和人民群众的新的斗争生活的激发下,他感到了理性的胜利、人的觉醒，充分意识到了人的尊严、人的力量。欧洲个性解放思潮由于融合到"五四"时代彻底反帝反封建的革命精神之中而焕发着新的时代光彩，而泛神论的我即神、神即自然的观点的影响，又使自然万物在诗人眼里都充溢着内在的常动不息的力量，这种思想影响与个性解放思想的结合，使郭沫若对人的力量的自信和歌颂有着更为广阔的胸怀和更为磅礴的气势。总之，是时代精神的感召，革命浪潮的激荡和融合了泛神论、个性解放思想的革命民主主义思想的指引，使诗人的思想带着哲理思考的特色并产生了涌溢的诗情。正因为诗人站在时代的制高点上，历史转折时期的历史风云激荡着他的心胸，这样，第一等襟抱产生第一等真诗，在这个时候才出现了诗的创作爆发期。不平凡的立意和强烈的创作冲动正为"诱发"他的创作灵感准备了充分的前提条件。郭沫若说："忠于一种正确的思想即真理，以这为生活的指标，而养成自己的极端犀利的正义感，因而能够极端真挚地憎与爱，这便是诱发灵感的源泉。你的生活范围愈大，你的灵感的强度也就愈大。"① 又说："作一诗时，须要有个前无古人后无来者的心理，要使自家的诗之生命是一个新鲜鲜的产物，具有永恒的不朽性。这么便是'创造'。"② 这些话都说明，对于时代的总的特点的深切把握和对于时代精神的强烈、敏锐的感受是创作灵感爆发的基础。离开了这个基础，把灵感理解为"神灵凭附"时的"迷狂"状态，以为在离群独居或放诞不经的生活中抓住一些离奇古怪、想入非非的念头就可以产生出诗的"灵感"，这不过是一种空想。黑格尔早就对这种空想进行过尖锐的讽刺，他说："单靠心血来潮并不济事，香槟酒产生不出诗来；例如马蒙特尔说过，他坐在地窖里面对着六千瓶香槟酒，可是没有丝毫的诗意冲上他脑里来。同理，最大的天才尽管朝朝暮暮躺在青草地上，让微风吹来，眼望着天空，温柔的

---

① 郭沫若：《诗歌的创作》，《郭沫若论创作》，上海文艺出版社，1983年版，第277页。
② 郭沫若：《致元弟》，《四川文艺》1978年第8期。

灵感也始终不光顾他。"①《女神》的创作也说明,并非任何外界事物都能引起诗人的灵感,只有"为自己的民族和时代而创造"的激情才是巨大灵感产生的基础。

其次,从外界事物的"机缘"中抓住有真正艺术意义的东西,捕捉到不落常套的艺术构思是《女神》创作灵感得以"诱发"的直接原因。应该看到,由对时代的总的特点的把握和对时代精神的敏锐感受而形成的创作冲动、写作欲望还只是灵感产生的基础。没有这个基础,灵感无由产生,然而仅有这个基础却也不能导致一首诗的创作灵感的直接"诱发"。每一首优秀诗篇固然要有强烈的创作要求和不平凡的立意,但要真正变为艺术成果则需要有由具体的创作灵感的激发而产生的独特的艺术构思。这里,直接诱发创作灵感,使作者的强烈的写作愿望变为艺术成果的具体现实的关键,就是黑格尔所说的,"艺术家应该从外来材料中抓到真正有艺术意义的东西,并且使对象在他心里变成有生命的东西",也就是郭沫若所说的"新鲜的观念"。这种"真正有艺术意义的东西"、"新鲜的观念"可以是"通过一种外缘,一个事件,或是像莎士比亚那样,通过古老的民歌、故事和史传"而获得。有了这种东西,才会"有强度的意识集中","变成有生命的东西",从而"灵感也就不招自来了"。以《凤凰涅槃》的创作为例,那时,诗人在"五四"时代精神感召下,清楚地看到了社会上正在加速进行的除旧布新、破旧立新的转换、斗争,这种现实的感受和哲理的思考,不仅使他在一般生命辩证发展过程中注入了革命内容,使诗人根据时代的要求、自身的情怀拓以新境,立以新意;而且使他在强烈的创作冲动下去进行艺术发现,去捕捉现实中具体感性而又有潜在容量的、有美感意义的事物。只有当他抓取到了这真正有艺术意义的东西的时候,才可能触发创作灵感,产生独特的形象,开始独特的构思。在这首长诗中,直接"诱发"诗人创作灵感

---

① 黑格尔:《美学》第 1 卷,朱光潜译,人民文学出版社,1979 年版,364 页。

的就是"菲尼克司"（即我国传说中所谓的"凤凰"）"满五百岁后，集香木自焚，复从死灰中更生，鲜美异常，不再死"的传说故事。十分有趣的是，黑格尔从美学研究的角度，郭沫若从诗歌创作原型的角度，两人都不约而同地利用了这个故事，敏锐而深刻地看到了这个故事的艺术意义和思想容量。黑格尔在谈到埃及象征艺术把"长生鸟"作为象征物的重要意义时，说："我们可以把长生鸟（原文为 phoenix）这个形象放在最高的地位，作为一个带有普遍意义的象征，来说明这个阶段（指真正象征阶段）的观点。长生鸟把自己烧死，但是又从火焰和灰烬中跳出来，不但回生，而且还童了。"① 黑格尔将这个长生鸟故事说成是最能揭示"一般的生命辩证过程，即出生、成长、死亡以及从死亡中再生"②的哲理的、美学的内涵的。郭沫若立足于"五四"革命现实的基础上，敏锐地发现凭借这个故事可以创造出鲜明奇特的象征性形象用以揭示反抗的、破坏的、创造的"五四"时代精神，因此，正是这个故事激发了他的创作灵感，变成了"他心里有生命的东西"，从而确定了贯穿全诗的独特的艺术构思。从这首长诗发表前两天郭沫若给友人的一封信中，可以看到郭沫若创作这首诗的灵感的由来。这封信引用了诗人三年前写的一首旧诗，抒发了"有国等于零，日见干戈扰，有家归未得，亲病年已老。……悠悠我心忧，万死终难了"的民族积愤和个人积愤；与此同时，他又向友人倾诉自己的现实感受，写道："我不是个'人'，我是破坏了的人，我是不配你'敬服'的人，我现在很想能如 phoenix 一般，采集些香木来，把我现有的形骸烧毁了去，唱着哀哀切切的挽歌把他烧毁了去，从那冷静的灰里再生出个'我'来！"③ 写这封信后的第三天，郭沫若便爆发了创作这首诗的灵感。他说："上半天在学校的课堂里听讲的时候，突然有诗意袭来，便在抄本上东鳞西爪地写出了那

---

① 黑格尔：《美学》第2卷，朱光潜译，人民文学出版社，1979年版，第67页。
② 黑格尔：《美学》第2卷，朱光潜译，人民文学出版社，1979年版，第64页。
③ 郭沫若、宗白华、田汉：《三叶集》，上海亚东图书馆，1920年版，第11页。

诗的前半。在晚上行将就寝的时候，诗的后半的意趣又袭来了，伏在枕上用着铅笔只是火速地写，全身都有点作寒作冷，连牙关都在打战。就那样把那首奇怪的诗也写了出来。"① 显然，创作这首诗的"灵感"的爆发，是诗人获得"phoenix"集香自焚，复从死灰中更生的构思直接引起的。这一构思，奇幻、独特、鲜明，又具有揭示一般生命辩证发展过程的哲理内涵，它与诗人在"五四"高潮时期的哲理思考和感情状态合拍，所以形成了一种能够特别强烈地"击发"诗人想象和幻想的、潜在容量很大的核心意象。这种核心意象一经获得，它就像磁石吸引铁屑一样，情思的延伸和意象的推移过程迅疾进行，"凤歌"、"凰歌"、"群鸟歌"、"凤凰更生歌"等诗节中激情澎湃，形象绚丽的诗句附丽于总的构思，赋予核心意象以丰满的血肉，于是一个经过生发、补充、更新、再造的总体象征性形象便得以形成。

《女神之再生》的构思也有类似的情形。应该说，与这首诗有关的炼石补天，共工、颛顼争帝等素材已经在诗人的脑海里储积了许久，如他在1919年游日本栗林公园紫云山写的一首旧体诗中，就曾登山望远，对着国内封建割据、生民涂炭的政局发出"秭米太仓中，蛮触争未了"的慨叹，用共工、颛顼争帝的传说故事来隐喻南北军阀的混战；还用了"长啸一声遥，狂歌入云杪"的诗句来抒发自己爱国救民的抱负和理想。在剧诗写作过程中，郁达夫赠给他的诗——《百无聊赖者之歌》，也直接引起了他对女神最后合唱的构思②。但是，在这许多素材中，诗剧《浮士德》结尾的几句诗："一切无常者，只是一虚影，不可企及者，在此事已成；不可名状者，在此已实有；永恒之女性，领导我们走"，所提供的"永恒之女性"的形象才是触发这个剧诗的独特构思的核心意象。这女神的形象是民主和平的化身，是自由创造精神的化身，也是诗人心目中"美的中国"的理想的体现者。诗人之所以能够捕捉住这个核

---

① 郭沫若：《我的作诗经过》，《郭沫若论创作》，上海文艺出版社，1983年版，第205页。
② 郭沫若：《女神之再生·书后》，《民铎》1921年第2卷第5号。

心意象，是与他在"五四"高潮时期诀别了虚无、失望的情绪，内心感到圆满、充实的乐观精神分不开的，也与他具有丰富的中外文学的修养有密切的关系。在获得了这个核心意象之后，他脑海中储存的有关材料因为这种构思的"契机"，一下子被照亮了，调动了，从而使这些素材在与核心意象的融汇中被赋予了新的意义。

正因为郭沫若在《女神》的创作中经常遇到这种诗的意趣袭来，灵感爆发的状态，因此他常常称自己为"即兴诗人"，歌德也曾称自己的"全部诗都是应景即兴的诗"，他还解释说，所谓"即兴"就是"来自现实生活、从现实生活中获得坚实的基础"的意思。本来，"即兴"的原文是"趁时机"，意思就是"从现实出发"。对于积极浪漫主义诗人来说，这所谓"从现实出发"，一方面意味着艺术形象的创造是在本质上符合于现实生活的发展倾向的；另一方面也是把从现象转化来的"新鲜观念"作为构思的出发点和归宿的意思。在郭沫若和歌德那里，提供诗的机缘和诗的材料的，则大多是神话传说、历史故事、自然景物或现实的城市生活、科学文明等领域的特殊具体事物。除了上述《凤凰涅槃》和《女神之再生》两首长诗以外，又例如，郭沫若因为他在日本房州海湾上有过"披襟临海立，相对扇峰高"的实际感触，这种感知过的事物形成记忆表象，经过对这记忆表象的改造、组合，才会有《立在地球边上放号》一诗中那样囊括宇宙、气吞山河的巨大形象出现；在《电火光中》，无论是想象中的非实体对象苏武的形象，还是眼前出现的"牧羊少女"的画像、贝多芬的肖像等实体对象，这些客观存在的个别特殊事物在诗人头脑里转化为感觉印象，这些感觉印象经过诗人的感情、想象、幻想有目的地按照一定逻辑去改造、组合，才会由此创造出暗示着诗人思想情绪的总体性形象来。郭沫若还曾从日本房州海湾内"海上布艨艟"的现实图景，生发出"地形同渤海，心事系辽东"的联想；与此相类似，面对着博多湾海岸上的俄罗斯巨炮，则产生出托尔斯泰和列宁同时在梦境中出现的奇特构思。

由上所述，可见在《女神》中，那种特别强烈的灵感爆发状态总是与诗人获得独特的核心意象，以及由此生发出来的独创的艺术构思密切相关的。我们常说郭沫若以《女神》为代表的早期诗歌创作的最大特点是真情的抒写，用诗人自己的话来说，就是"诗意诗境的自然流泻"、"真情流露"、"情绪之纯真的表现"、"自发其心花"等；然而，我们还要进一步看到，郭沫若早期诗歌之所以会具有这种真情抒写的特点，一个重要原因，是由于诗人对个别特殊事物有独具慧眼的发现。正是这种触发独特构思的"契机"，使得他的特别强烈的"灵感"得以直接诱发，诗人富于"赤子之心"的纯真感情才得以自然流泻，诗人"心中的诗意诗境"才能"体相兼备"地再现出来。如果认为浪漫主义形象的创造，既然不必像现实主义那样熟悉现实生活的具体过程和细节，就认为诗人只要掌握生活的总的特点，具有对时代的敏锐感受，或者甚至于只要凭抽象的概念、哲理、原则就可以写出好诗来，这种看法将创造浪漫主义形象的特殊规律与诗歌创作的一般规律割裂并对立起来，很容易导致对浪漫主义的错误理解。在谈到诗歌创作的灵感的时候，何其芳曾经说："过去说写诗要有灵感。其实所谓灵感，就是诗人在想象中捕捉住了动人的不落常套的构思。"① 这个见解之所以颇为精辟，就因为它在诗歌理论中阐述和表明了"艺术的真正生命正在于对个别特殊事物的掌握和描写"②。这一观点的重要性。郭沫若在以《女神》为代表的早期诗歌之所以其中大多数篇章都富于艺术的生命力，很重要的一个原因，就在于这些诗歌不仅没有违背在艺术中把握和描写个别这条重要规律，而且还通过他的创作个性和艺术风格使这种规律得到了创造性的运用和体现。

再次，《女神》创作灵感的产生还与作者"完全沉浸在主题里"，于顷刻间创造出艺术形象的构思特色分不开。这里，应该看到的是，《女

---

① 何其芳：《诗歌欣赏》，《何其芳文集》第5卷，人民文学出版社，1983年版，第395页。
② 歌德：《歌德谈话录》，朱光潜译，人民文学出版社，1980年版，第10页。

神》中许多诗篇的创作，不仅说明了灵感的产生是由于作者从外来材料中抓到了真正有艺术意义的东西，逮住了不落常套的艺术构思，而且还十分有力地表明了创作灵感是促使诗人"完全沉浸在主题里"，使艺术形象臻于完美的重要心理机能。理解了这一点，才能更清楚地看到创作灵感在创造独特而完整的艺术形象上的重要作用。我在本文的前面谈到过，郭沫若具有这样一种诗的天才，即在他的创作思维过程中，一旦灵感爆发，诗人心里的构思与作品的完成是同时在顷刻间进行的。自然，在这种灵感强烈爆发状态中，感情激荡是其显著的特征，但是，这种感情激荡的特征并不是与理性对立的，因而也并不排斥和否定他的创作灵感的思维的性质。《女神》中许多优秀诗篇的创作实践表明，灵感爆发状态并不是像某些唯心主义美学家所说的那样，仅仅具有情绪的特征，仅仅是诗人的主观情绪对意象的任意直觉式的把握。他们这样看，势必将灵感看成是一种浅薄、空洞、混乱的感情，看成纯粹的内心活动而使之神秘化。然而我们看到，《女神》中那些优秀诗篇尽管是诗人在灵感爆发中顷刻完成的，却决不是单纯的感情激荡，而是确实做到了溶理于情，溶理于物，使情合乎理，形造乎神，从而创造出形、神、情、理兼备的意境浑成的诗的形象来。以《地球，我的母亲》为例，对于地球这个概括的大自然的形象，诗人以兴托、象征、写意的手法勾勒其外部形态，并着重揭示其内在的精神品格。在这"形"、"神"统一的过程中，诗人的主观通过诗中的"我"——"地之子"渗透其间，而诗人的主观又包含着感情的灌注和蕴情于理两个方面，他的革命民主主义理想、个性解放的要求和泛神论的哲理，一句话，诗人的人格、诗人的全部生命都通过浓郁的感情的灌注而溶化在地球这个大自然的形象之中。正因如此，诗中所创造的地球——母亲的形象，实际上正是爱和美的象征，自我意识觉醒的象征，无限创造力的象征。通过对地球——母亲的抒写和歌颂，有力地揭示出"五四"时代"地之子"执着现实，热爱生活，破除偶像崇拜，追求个性解放的激越情怀和美好品格。在这种独特的内容之中，还融合着劳工神圣、劳动神圣的思想影响，表现出诗人基于泛神论观点的哲理思考的特色。

这里，还要看到的是，如果按照黑格尔的理解，灵感"是完全沉浸在主题里，不到把它表现为完满的艺术形象时决不肯罢休的那种情况"，那么，《女神》的创作灵感作为一种强烈的、有理性内容的"情感"，其形象思维的特质，还突出地表现在艺术形象的构造和表现的特色上。我们看到，《女神》中诗篇的创作，一旦灵感袭来，便如天风海涛，汹涌澎湃，不可遏止，但每篇都似乎经过周密思考，仔细推敲，可见到谋篇、布局的功力。意象的推移和情思的延伸，既自然真切又脉络清晰。而这些使形象臻于完美的艺术传达上的努力，又都是在灵感爆发的顷刻间迅疾完成的。例如，要论形象的奇特、情感的喷发以及节奏的急骤，气氛的紧张，在《女神》中最甚的莫过于《天狗》一诗了。然而，在诗的形象的发展中，由"天狗"突入宇宙，溶入万物，与宇宙本体合一；到获得光和热、获得无尽的能量；再到它"飞奔"、"狂叫"、"燃烧"，始而奔驰于外界，继而自啮其身，幻想境界中形象的发展是层层深入，秩序井然的。正是借助这种既奇特突兀又真切自然的特有逻辑，"天狗"——这个气吞日月星辰，囊括宇宙万物的"我"的形象便被推到了宇宙的中心，这个"我"拥有冲决封建罗网、破除偶像崇拜的万钧之力，这个"我"有着向自己精神世界的阴暗面进行解剖和斗争的清醒敏锐的自我意识，这个"我"以大写的"我"字挥写在广阔无垠的宇宙的背景上，唱出了激越的光和热的赞歌，唱出了自我力量和狂飙突进的时代精神的赞歌。又如《凤凰涅槃》，由"序曲"、"凤歌"、"凰歌"、"凤凰同歌"、"群鸟歌"和"凤凰更生歌"组成通盘布局，各章之间开阖自如，既有内在联系，又将描写和抒情幅度充分展示开来。"序曲"在富于悲壮气氛的象征性背景上突现出凤凰举火自焚的核心意象，先立主干。接着"凤歌"、"凰歌"两章"因枝振叶"，展开抒写幅度，凤和凰的歌唱，感情是那样炽烈奔放，一泻千里；想象是那样了无羁绊，瞬息万变：它们时而南北东西对整个旧世界喷射出火一样愤怒的激情；时而对于宇宙万汇发出"天问"式的质问和抗争；时而痛不欲生地倾吐个人和民族的郁积；时而抢天呼地追寻着人生的道路。就这样，这两章既由凤凰自焚的核心意象辐射出涌溢的诗情和联翩的意象，这种诗情和意象又反过来加强了凤凰自焚行为的动机，使全诗的核心意象得到发展。这样，在下一章"凤凰同歌"中，当诗人以凝练、雍容的笔墨表现凤凰自焚前与旧世界、旧我毅然诀别的英雄气概时，从整体布局上又一次回到了全诗的主干，这在新的基础上又一次突出诗的主干的感情的"升华"，进一步拓开了全诗的开阔高远的境界。接下去，诗情和意象本可以顺着主干和核心意象发展，直接写凤凰从死灰中更生的情景，但是诗的抒写幅度又一次展开来，与第一章"一群的凡鸟，自天外飞来观葬"相呼应，穿插了"群鸟歌"一章，在凤凰从容自焚所燃起的漫天大火旁，这群凡鸟的种种丑恶滑稽的表演所达到的艺术效果，正如雨果所说的"丑就在美的旁边，畸形靠近着优美，粗俗藏在崇高的背后，恶与善并存，黑暗与光明相共"[①]。在鲜明的对照下，"凡鸟"的滑稽丑怪的形象有力地衬托了凤凰自焚的悲壮和崇高。经过结构布局上的这一番开阖腾挪，核心意象不断的更新、再造，终于导致了"凤凰更生歌"中鲜美异常、不再死的凤凰的出现，诗的境界向永恒和空阔伸展，永生的凤凰在这一片大和谐、大欢乐的景象中翱翔翱翔、欢唱欢唱。这样，长诗便最终完成了它的象征性的富于哲理意味的高度概括。像长诗这样宏伟而精密的构思竟然是在灵感骤然闪现的耀目的光芒照耀下迅疾完篇的。这样的艺术天才，除了天生的资禀以外，没有经过广泛的学习，坚持不懈的努力所得来的丰厚精湛的艺术修养以及多方面地从训练得来的高度的技巧、技能的熟练是不可能做到的。

  写到这里，我禁不住这样设想，或许是因为对郭沫若常说的灵感爆

---

① 雨果：《雨果论文学》，上海译文出版社，1980年版，第30页。

发状态以及他所主张的诗歌形式"绝端的自由,绝端的自主"等观点缺乏正确的理解吧,或许是被他诗歌的激情的迸发、形象的绚丽所吸引吧,我们至今很少看到有人对《女神》中上述一类优秀诗篇在构思和谋篇布局上所显出的功力作认真的剖析、细密的鉴赏。然而,这些优秀诗篇的艺术成果表明,在诗人创作灵感爆发时,诗的构思确实是大胆奇幻而又缜密真切的。我们不要忘记郭沫若在主张灵感爆发、形式的自由时还说过另一些话,那就是"表现要力求真切,不许有一毫走碾"①。对于艺术创造中这种"自由"与"秩序"的关系,许多美学家的言论都可以在理论上为郭沫若声援。雨果说:"一个普通人只能作出规规矩矩的东西,只有非凡的天才才能驾驭创作。创作者居高临下,驾驭一切;模仿者就近观察,事事循规蹈矩,前者按照他本性的法律创造,后者遵循他流派的规则行事。艺术之于前者,是一种灵感,而于后者,仅仅是一种科学。"他把艺术独创性是实实在在地看作是灵感的产物的,然而他又说:"当然,自由不是混乱;独创性在任何情况下都不能当作荒谬的借口。在文学作品里,构思愈是大胆,创作愈应无懈可击。"② 他又是对构思的大胆、独创与刻意求工作了辩证的理解的。关于浪漫主义的虚幻构思和奇特形象,布莱克这样说过:"神灵和幻景并不像现代哲学所设想的那样朦胧一团,或者空无一物;与一切短暂的、无常的自然的产物相比,它们更有组织,更精雕细刻。……一切幻景比他肉眼所见完美得多、组织细密得多。神灵就是组织起来的人。"③ 这些话强调了幻想世界也有它特有的形象发展的内在逻辑,因此,浪漫主义的独创性决不是"一堆谵语"似的怪诞的独创性。只有在内容与形式、主体与对象统一情况下的独具风格的完整的艺术作品才能表现出艺术家真实的自我,才具有真正的艺术的独创性。

---

① 郭沫若:《致元弟》,《四川文艺》1978年第8期。
② 雨果:《雨果论文学》,上海译文出版社,1980年版,第89~90页。
③ 布莱克:《布莱克画展简介》,《欧美古典作家论现实主义和浪漫主义》(一),中国社会科学出版社,1981年版,第254页。

综上所述，通过《女神》创作灵感的探讨，可以看到，对创作灵感应该有科学的阐释和正确的理解，它是作家思维活动中精神状态由量变到质变的飞跃。作为一种进行艺术创造的重要心理现象，它是作家在长期生活实践和艺术实践中出现的创作欲望旺盛、创作冲动强烈的鲜明体现，具有顷刻间才情焕发、豁然贯通、文思喷发的明显特征。一个创作个性鲜明、艺术风格独特的作家、艺术家，在创造形、神、情、理兼备的艺术形象的时候，从捕捉现实的特殊美到使形象臻于完美的整个构思过程，都与灵感的爆发密切相关。真正的艺术独创性总是离不开创作灵感的，优秀的浪漫主义诗歌的创作更是如此。因此，如实地承认灵感的美学价值，研究它的特征、内涵和独特作用，特别是探讨它形成和诱发的过程，这对于研究像《女神》一类"开山"之作的艺术独创性显然是必不可少的一环。

（原载《文艺论丛》第 20 辑，上海文艺出版社，1984 年版）

闻一多文化诗学论

闻一多诗学既有广阔的文化视野，又有独特的审美诗性品格。这种文化与诗学的交融，首先，表现在理性与感性、思与诗的结合上，其理性精神——个体主体性、公共文化精神与创造民族国家想象的互渗互动，构成了他的冷静地、科学地把握世界、理解人生的方式；其诗性把握——生命狂欢、宗教的形而上追求以及"兽性"、"野性"之类民族强力的提倡等，则形成了他诗意地、动情地体验、沉醉于世界人生的方式，二者的结合体现了理性转向与诗性转向的世界文化思潮。其次，表现在一方面他的诗歌及其他文本、话语历史化、文化化，笔底凸显一个"文化中国"；另一方面他对历史与文化的关怀与研究又渗透着诗性和艺术的形上精神，因而历史与文化又被文本化、话语化乃至审美化了。再次，从20世纪文化的整体语境，特别是欧战后重物质、轻精神的世界潮流和中国现代诗学的发展中，闻一多诗学显示出其文化的整体性、开放性的特点，而他的诗学的一些独创性命题如"纯形"、"三美"、"浑括"、"审丑"等又是在这种文化整体语境中被激活并显示出其独特性的。

在中国现代诗学史上，闻一多诗学一方面有广阔的文化视野，另一方面又有独特的审美品格，其诗其文，文化阐释与审美阐释，文化人格精神与诗性审美把握，两方面并非二元对立，而是在两个极点之间展示出无限丰富的组合级次和实际形态，而且二者往往融会贯通又互相映衬，达到了很好的结合，成就了其诗学特别的风姿。本文对这种文化诗学的特征进行探讨，对文学的文化研究和现代文论话语的创建是有意义的。

一、理性转向与诗性转向

闻一多文化诗学中的文化意识和文化探究与一般的社会政治文化研究不同，也与新时期从西方传来的后现代种种文化思潮有异，他的文化思想也有鲜明的现代性，这在理性转向与诗性转向的结合上表现得最为突出。

闻一多诗学有一个显性特征，就是对中华文化的推崇和呼唤。20 世纪 20 年代，已从美国留学归来，受到现代西方文化洗礼的闻一多说过，"现在的新诗中有的是'德谟克拉西'，有的是'泰果尔'、亚坡罗，有的是'心弦'、'洗礼'等洋名词"，"但是，我们的中国在哪里？我们四千年的华胄在哪里？哪里是我们的大江，黄河，昆仑，泰山，洞庭，西子？又哪里是我们的《三百篇》，《楚骚》，李，杜，苏，陆"①？同时，他对这种热爱又进行了自己独特的阐释："我爱中国固因他是我的祖国，而尤因他是有他那种可敬爱的文化的国家……爱祖国是情绪底事，爱文化是理智底事。"② 正是在这里，闻一多显示出了他在对待传统文化态度上的现代理性精神。这种理性表现为既不情绪性地歌颂传统文化，美化东方、中国的一切，形成自负而封闭的文化心理；也没有情绪性地批判东方、中国的一切，导致对本民族文化的虚无主义态度。这里，闻一多的新的复杂思维特征表明，他的现代理性突破了传统社会自在自发的经验结构，促使个体主体性与自我意识在理性的光照下得以生成并走向

---

① 闻一多：《〈女神〉之地方色彩》，《闻一多全集》第 2 卷，湖北人民出版社，1994 年版，第 119 页
② 闻一多：《〈女神〉之地方色彩》，《闻一多全集》第 2 卷，湖北人民出版社，1994 年版，第 121 页。

自觉。进一步看，闻一多的这种理性精神所体现出的个体主体性与自我意识又不是单纯的自我拘囚和个性扩张，而是将个体融入群体，个体本身又具有鲜明的反思性特征。他说："人类生活的鹄的，到了现代，应从延长个人的生命而变成延长社会的生命；人类的职业，应从单独的事业变成集合的事业……每个人，将其本能贡献人类一切的组织，以凑成其集合的实力，这才是'适合生存'的正当结果……现在艺术和理想底情感是社会的需要。"① 这种由最大化的自由个体形成的合理合法的共同体，正是以平等、契约、信用等为核心的人本化的、理性化的公共文化精神。正是在这种文化精神下，他提出了"人类的价值在能忏悔，能革新……忏悔是美德中最美的，他是一切的光明的源头"②。在这样的反思、忏悔和质疑中，他才可能写下这样的诗句："可是还有一个我，你怕不怕？——苍蝇似的思想，垃圾桶里爬。"③ 正是在这样的理性反思精神烛照下，他才能对自我如此坦率深刻地解剖，打破传统的"统一性"而看到主体的自我分裂。这种反思是由近代西方哲学以"我思"为起点的反思哲学催生壮大的，它渗透了现代人对自身存在处境和人类未来命运的深入思考。反思的过程，正是一个自主立法的现代人依照自身的理智组建和重新安排世界秩序的过程，即理性化的过程。再进一步看，闻一多诗学的理性精神不仅表现为个体的主体意识和一般的公众社会文化精神，它还进一步整合为一种关于历史的演进、社会的发展前景的总体性的文化精神或社会价值，或者说，整合为一种系统化的、自觉的意识形态，以及相应的世界观和历史观。闻一多不是一般地具有群体意识，而是关注民族国家命运，进行着创造民族宏大叙事的想象和努力。他由"五四"时期奉行文化国家主义、文化民族主义到20世纪40

---

① 闻一多：《征求艺术专门的同业者底呼声》，《闻一多全集》第2卷，湖北人民出版社，1994年版，第18～19页。
② 闻一多：《〈女神〉之时代精神》，《闻一多全集》第2卷，湖北人民出版社，1994年版，第116～117页。
③ 闻一多：《口供》，《闻一多全集》第1卷，湖北人民出版社，1994年版，第126页。

年代批判国民党的"国家至上"、"民族至上",认同于"土地和主权都属于人民",提倡"人民至上",这就使他一贯的民族主义爱国主义思想在纲领性理性模式下有了更为丰富的历史内容和现实内容。

应该看到,闻一多的理性转向又是与诗性转向结合在一起的。西方自启蒙主义运动在思想文化领域发生理性转向以后,于19世纪末20世纪初又发生了诗性转向。从根本上说,闻一多的文化思想也正是诗意的把握,诗学的回归。我们之所以将闻一多的诗学称为文化诗学,而不是文论、诗论、文评、诗评,不只是为了措辞的新颖,而是有着原本、本原、本体的意思,如马克思提出的像古希腊艺术中那样回到人类童年的天真,尼采的"艺术拯救人生"、"酒神精神"的诗意沉醉,维柯的"原始人的诗的本性",海德格尔的"诗意地栖居大地"等,都是诗学的原始语境的本体意义的表达。闻一多也一再强调文艺的情感、想象的意义,强调感性此岸、审美之维,特别是强调生命的强力。他说:"诗家的主人是情绪","文学的殿堂必须建在生命度基石上"[①],作家要借助"象征"与"提示"表现出自己的"个性"和"理想",甚至于要求"官觉的美",认为艺术可以导致对生命狂欢境界的追求,比如他这样评说作为习俗的节日的意义:"'节期'是人类流泄其最高情感底时候……这时人类中男女、长幼、富贵贫贱各种界限,同各种礼教的约束都无形消灭了,所以是自由平等底最高水涨标。"[②]"当一个节期的时候,即快乐膨胀最高底时候……假若我们社会底设备能时时刻刻和过节期一样,我们的心境便也时时刻刻和过节期一样,我们便时时刻刻在美育之中,我们的生命便到了极轨。"[③] 这种生命臻于"极轨"的狂欢的境界正是一

---

① 闻一多:《泰果尔批评》,《闻一多全集》第2卷,湖北人民出版社,1994年版,第126页。

② 闻一多:《对于双十祝典的感想》,《闻一多全集》第2卷,湖北人民出版社,1994年版,第21~22页。

③ 闻一多:《对于双十祝典的感想》,《闻一多全集》第2卷,湖北人民出版社,1994年版,第22页。

种诗性的境界。

与这种狂欢观念中的诗性相一致的是闻一多宗教观念的诗性把握。他认同于蔡元培的"以美育代宗教"的学说，但他更强调宗教的生命意识和情感性、诗性。闻一多曾经是基督教徒，后来他的基督教的信仰已失，但他仍然认为"那基督教的精神还在我的心里烧着。我要替人们consciously尽点力"①。"五四"一代知识分子积极接受基督教文化影响是普遍现象，也是正常现象。其一，基督教是西方文化的一部分，又是西方文化的总背景，要了解西方文化，必须了解基督教文化；其二，接受的不是基督教形式，而是基督教文化，是知识分子人格自我完善的一种方式；其三，多看重宗教精神凝聚人心的理论意义。到了20世纪40年代，闻一多愈益鲜明地呈现出来的"义所当为，毅然为之"的铁骨铮铮人格，显然也融合着一种宗教精神。闻一多认为，一种健全的民族精神必然与宗教精神分不开，而中华民族的衰败正在于缺乏一种真正的宗教精神。他说："你没有灵魂，没有上帝的国度，你是没有国家观念的一盘散沙，一群不知什么是爱的天阉（因此也不知什么是恨），你没有同情，也没有真理观念。"② 显然，闻一多这里所说中国人宗教精神的缺乏，是指民族凝聚力的缺乏，真善美意识的缺乏，崇高信仰与向上意志的缺乏。关于对宗教的看法，闻一多从"五四"到40年代有一个一致的观点，这就是他所强调的，"没有宗教的形式不要紧，只要有产生宗教的那股永不屈服，永远向上追求的精神，换言之，就是那铁的生命意志"③。他着重揭示，在与神的交往中人身上才显示出精神因素，显示出寓于人体的不朽灵魂。闻一多也认为，人是肉体与灵魂的交融。不

---

① 闻一多：《致梁实秋》，《闻一多全集》第12卷，湖北人民出版社，1994年版，第159页。
② 闻一多：《从宗教论中西风格》，《闻一多全集》第2卷，湖北人民出版社，1994年版，第365页。
③ 闻一多：《从宗教论中西风格》，《闻一多全集》第2卷，湖北人民出版社，1994年版，第365页。

过所不同的是，首先，他不是渴望尘世肉体向灵魂神性的飞升，达到一种个人的灵修，而是将唤醒的灵魂神性找回到尘境肉体中来，达到一种神性的人格，这是闻一多宗教意识的独特与崇高之处。其次，他获得一种灵魂——神性并非是在崇拜、皈依、祈祷之中，而是在一种艺术氛围与诗境中。他说："现实的生活时时刻刻把我从诗境拉到尘境来。我看诗的时候可以认定上帝——全人类之父，无论我到何处，总与我同在……"① 对此，朱维之说："诗人的心境曾经达到宗教家的心境了，这种艺术上的'崇高美'决不是奢侈的。"② 那么这种诗人的心境与宗教家的心境相通点在何处呢？在于人的心灵塑造的"神圣形象"，在于人孜孜以求的充满理想的境界。他的诗中对祖国的深爱之情，对苦难人民的同情与关切，还有所表现出的那种纯正而率真的人性、坦荡而诚恳的心灵，都无不在向我们展示诗与宗教结合的艺术"崇高美"的境界。

正是这样，近代以来西方文化思想史上理性转向与诗性转向两个相互衔接而又有着重大发展的历史进程，两种相互渗透而又有着质的不同的内涵与成果，在闻一多这里实现了新的综合。理性与感性、思与诗、文化与诗学、科学与诗性，闻一多在思想文化、文艺学术领域里迈开大步，张树起两个极点，在其间广阔的领域中往复回旋，并上升到哲理境界，将冷静地科学地把握世界、理解人生的方式，与动情地诗意地体验、介入、沉醉于世界人生的方式结合起来。闻一多能达到这种境界当然首先是时代使然。西方思与诗，科学与诗性两种对立而又互渗的现代思想传入中国时，正值"五四"前后，中国社会的现代转型与文化变迁已发展到由器物到制度再到思想文化的阶段；以后虽然又有因政治经济先行思想文化后变的实践导致的精神缺失的遗憾，但许多思想者、作家、学者却在响应时代召唤的同时，迅速以对"五四"启蒙精神的继承

---

① 闻一多：《致吴景超》，《闻一多全集》第 12 卷，湖北人民出版社，1994 年版，第 77~78 页。

② 朱维之：《文艺宗教论集》，青年协会书局，1951 年版，第 12 页。

与自身个体化的诗性实践不断地弥补着这种遗憾。闻一多从认同于文化意味浓郁、讲究艺术形式美的精英化诗人品格,到提倡民间桀骜不驯的"兽性"(如《〈西南采风录〉序》),充溢着原始生命强力的"野性"(《说舞》),再到在古代文化史、文学史研究中发掘古今相通的人心、文心、人性、诗性,都表明了这一点。此外,在闻一多那里,思与诗、理性与感性、科学与诗性的沟通,除现实的因素以外,还有古代多种人格因素的承传在起作用:他的人格内涵中既有着儒家的关心时事、执著入世,修身、齐家、治国、平天下的人格理想追求,也有道家的真率不羁、狂放洒脱的个性的张扬,还有屈骚传统的深沉火炽、高洁磊落的胸怀襟抱。在与中国文化的关联上,闻一多的人格中特别潜藏着楚骚文化的基因。楚骚文化以其儒道精神融合为特征,充分体现了南方文化的兼容性、开放性和蓄积力,特别是渗透着屈原的品芳志高的人格修养,真心灵性的浪漫气质,"虽九死其犹未悔"的自守人格,以死抗争的浩然正气。他的作为诗人、学者、战士的人生道路正是这种种人格魅力在新的历史条件下的综合呈现。

二、诗中的历史与历史中的诗

闻一多说:"历史与诗应该携手。"[①] 一方面,他认为诗人、作家应该立足于"我们的'今时'同我们的'此地'"[②],写中国的悠久历史,写中国的传统文化,写中国的地方色彩,写新的时代精神,也就是他所说的"诗这个东西,不当专门以油头粉面,娇声媚态去逢迎人,她也应该有点骨格,这骨格便是人类生活的经验,便是作者所谓'境遇'"[③];另

[①] 闻一多:《邓以蛰〈诗与历史〉附识》,《闻一多全集》第2卷,湖北人民出版社,1994年版,第136页。
[②] 闻一多:《邓以蛰〈诗与历史〉附识》,《闻一多全集》第2卷,湖北人民出版社,1994年版,第119页。
[③] 闻一多:《邓以蛰〈诗与历史〉附识》,《闻一多全集》第2卷,湖北人民出版社,1994年版,第136页。

一方面,他又主张"在历史中吟诗",即"历史身上要注射些感情的血液进去,否则历史家便是发墓的偷儿,历史便是出土的僵尸"①。

先看诗歌及其他文本中的历史和文化。这就是所谓文本、话语的历史化和文化化。闻一多的诗歌文本与文论、诗评等文本作为一种话语形态常常满注着中国的历史和文化的内涵。他笔下常有一个"文化的中国",一个渗透着诗性意蕴的、洋溢着诗学品格的"文化的中国"。仅以诗歌论,这个文化中国的内涵十分丰富与多层次,但这种对中国文化的爱不仅是理智的,而且调动了感知、理智、情感、想象等多种审美心理功能,如对中国有品位的花木是"赞美我祖国的花,赞美我如花的祖国"②!对祖国的名山大川是"泰山的石雷还滴着忍耐,大江黄河又流着和谐"③,预言中国的伟大复兴则用"火山的缄默"与"火山忍不住了沉默"来比喻,用"是祸"、"点得着火"、"铁树开花"来从正面、反面烘托,最后"青天里一个霹雳,爆一声:'咱们的中国!'"④ 至于用"隽永的神秘"、"美丽的谎"、"一道金光"、"一股火"以及"飘渺的呼声"、"绚缦的长虹"来形容祖国"横蛮"而又"美丽"的历史⑤,来抒写对祖国五千年的记忆,则调动了象征、暗示、变形和荒诞等手法,将中国的历史,将诗人对祖国历史记忆的复杂而矛盾的情感心理,从意识与无意识、理性与非理性等多种层面上立体地凸显出来。由此可见,这种诗歌文本的历史化、文化化不是历史、文化遮蔽、否定诗性和审美,而是让诗性和审美渗透到历史与文化之中,以达到闻一多所企求的人生的艺术化和艺术化的人生的目的。

再看历史和文化中的诗与诗性。这就是所谓历史与文化的文本化、

---

① 闻一多:《邓以蛰〈诗与历史〉附识》,《闻一多全集》第2卷,湖北人民出版社,1994年版,第136页。
② 闻一多:《忆菊》,《闻一多全集》第1卷,湖北人民出版社,1994年版,第97页。
③ 闻一多:《祈祷》,《闻一多全集》第1卷,湖北人民出版社,1994年版,第154页。
④ 闻一多:《一句话》,《闻一多全集》第1卷,湖北人民出版社,1994年版,第155~156页。
⑤ 闻一多:《一个观念》,《闻一多全集》第1卷,湖北人民出版社,1994年版,第152~153页。

话语化。闻一多诗学中的中国历史与中国传统文化内涵之所以能做到文本化、话语化并由此更进入诗的范畴,进行诗性的把握,与他对历史和文化进行现代阐释的现实需要分不开。这种现实需要最强烈的就是他所抱的文化爱国主义和后来的以人民为本位的民族主义。这表现在他前期诗歌的文化内涵上,更表现在他中后期对中国古代文化和文学的研究上。这正如朱自清所说,闻一多瞩目于中国古代文化是"为了探求'这民族、这文化'的源头,而这原始的文化是集体的力,也是集体的诗,他也许要借这原始的集体的力给后代的散漫和萎靡开个对症下药吧"①。在闻一多看来,一个作家"不是掇拾一两个旧诗词的语句来妆点门面便可了事……要的是对本国历史与文化的普遍而深刻的认识,与由这种认识而生的一种热烈的追怀……一个作家非有这种情怀,决不足为他的文化的代言者,而一个人除非是他的文化的代言者,又不足称为一个作家"②,但贯穿他的古代文化和文学研究的观念和方法,又不是复古。固然他运用了从汉学到宋学、特别是清乾嘉学派的许多观点和方法,但他是20世纪中国社会现代转型期中面向世界、接受了"五四"新思潮洗礼的新型学者,他对汉代以来注经传统的弊端洞若观火,而在他看来这种弊端的集中表现就是用政治意识形态和单纯的考证来封杀与窒息古今贯通的普通人性与诗性。例如关于《诗经》的研究,他说:

> 汉人功利观念太深,把《三百篇》做了政治课本;宋人稍好点,又拉着道学不放手——一股头巾气;清人较为客观,但训诂学不是诗;近人囊中满是科学方法,真厉害。无奈可是——唯物史观的与非唯物史观的,离诗还是很远。明明一部歌谣集,为什么没人认真的把它当文艺看呢!③

---

① 朱自清:《闻一多全集》序,《闻一多全集》第12卷,湖北人民出版社,1994年版,第446页。
② 闻一多:《悼玮德》,《闻一多全集》第2卷,湖北人民出版社,1994年版,第186页。
③ 闻一多:《匡斋尺牍》,《闻一多全集》第3卷,湖北人民出版社,1994年版,第214页。

他还明确地否定"圣人们"对《诗经》的"点化",说:"在今天,我们要的恐怕是真,不是神圣。(真中自有它的神圣在!)我们不稀罕那一分点化,虽然是圣人的。读诗时,我们要了解的是诗人,不是圣人。"① 当然,像《诗经》这样的文学经典要为今人所理解,实现古今人性、诗性的沟通,不是自然达到的。由于年代久远不易了解作品的时代背景与作者情况,加以语言文字的障碍、作品传本的讹误,闻一多为自己规定了说明背景、诠释词义、校正文字等三项任务,进行了大量创造性的考据和校勘工作;但闻一多在古籍研究上最富于独创性的工作是透过背景、词义、文字对于人的心灵以及蕴涵其间的诗意进行发掘,即不仅将"名"看成"实"的标签,还把它看成"义"的符号,进行"课名责实"与"顾名思义"② 两个方面的工作。他对《诗经》的研究既注意于它是"经",又注意到它是"诗",他冲破以封建意识解诗的窠臼,视《诗经》为社会史料和文化史料,提出用完全赤裸的眼光考察《诗经》,这是过去未曾有也不敢有的读法。他的《诗经》研究是直面本文的新诗学,全面提高了当时学术界《诗经》研究的水平,在中国现代诗经学上做出了奠基性的贡献。他不仅从文学、考古学、历史学的角度,而且用社会学、文化人类学、语言学、文艺发生学、心理分析学等现代理论和科学方法,从最新的角度研究《诗经》,"将《诗经》移至读者的时代","带读者到《诗经》的时代",让读者了解《诗经》的真面貌。

  这里,以《芣苢》一诗为例,让我们像闻一多对这首诗进行细读一样,对闻一多的细读也进行一番剖析。《毛传》说芣苢是车前,据说在先民看来,车前可使妇女怀孕,但诗的内在人性与诗意是什么呢?闻一多首先运用植物学、音韵学的观点考证出先民时代古语"芣苢"二字与"胚胎"相像,这就使诗中先民妇女采芣苢与结婚生子的关系较之车前

---

① 闻一多:《匡斋尺牍》,《闻一多全集》第 3 卷,湖北人民出版社,1994 年版,第 199 页。
② 闻一多:《匡斋尺牍》,《闻一多全集》第 3 卷,湖北人民出版社,1994 年版,第 204 页。

药用的传说凸显得更鲜明。试想，当时妇女采摘芣苢这种植物的种子时，不仅想着一个传说，而且就面对着自己肉身中决定女性之为女性、有着繁衍后代功能的最重要的器官——胚胎的象征符号，而且自己就明确地意识到这个象征符号的特定含义，这时，她们的心情是何等激动、复杂，劳动的场面和脱口而出的歌声是何等的生动、热烈，是可想而知的。正是以这种考据为基础，接着闻一多便用生物学的观点顺理成章地得出"芣苢既是生命的仁子，那么采芣苢的习俗，便是性本能的演出，而《芣苢》这首诗便是那种本能的呐喊了"①的推断，他还发出"这是何等神秘"的慨叹，发掘出蕴涵在"这无名的迫切，杳茫的敕令"的神秘氛围中"母性本能的最赤裸最响亮的呼声"②。不仅如此，论者还以社会学的观点指出宗法制度下妇女如果没有这种以"胚胎"为符号的繁衍后代的生理功能，将受到女伴的贱视、丈夫的诅咒甚至驱逐、神——祖宗的谴责，这样，本能与环境的综合作用便更加强了"妇人在做妻以后，做母以前的憧憬与恐怖"③。关于这首诗中妇女采摘芣苢的劳动场面，过去已有人描绘过，如方玉润在《诗经原始》中就写道："读者试平心静气涵咏此诗，恍听田家妇女，三三五五，于平原绣野、风和日丽中，群歌互答，余音袅袅，若远若近，忽断忽续，不知其情之何以移，而神之何以旷，则此诗不必细绎而自得其妙焉。"闻一多也描绘了"一个夏天，芣苢都结子了，满山谷是采芣苢的妇女，满山谷响着歌声"的场面，但与过去不同的是：一，不是描绘一般的热烈美好的场景，而是突出了采芣苢的场面，凸显了采芣苢的涵义，即因采捻那"希望的玑珠"而带来"真实的新生的种子"、"真正灵验的种子"，揭示出热烈场

---

① 闻一多：《匡斋尺牍》，《闻一多全集》第3卷，湖北人民出版社，1994年版，第205页。
② 闻一多：《匡斋尺牍》，《闻一多全集》第3卷，湖北人民出版社，1994年版，第205页。
③ 闻一多：《匡斋尺牍》，《闻一多全集》第3卷，湖北人民出版社，1994年版，第206页。

面的内在动因；二，在这特殊景象中还构思想象出一位少妇、一位中年妇女两个人物，通过这两个人物揭示出妇女们在采摘芣苡时羞涩、希冀、焦虑乃至恐怖的复杂心理，将"一片不知名的欣慰，没遮拦的狂欢"与"失望的悲哀和失依的恐怖"① 交织在一起，这更展示出一种生命喷发涌流、激情勃发回荡的特殊景象。闻一多曾再三谈到要"在历史里吟咏诗情"，说"不能想象一个人不能在历史（现代也在内，因为它是历史的延长）里看出诗来，而还能懂诗"②。不仅如此，关于《芣苡》的诗情的描绘还体现了他对于诗的一种新的观点，他曾主张"在一个小说戏剧的时代，诗得尽量采取小说戏剧的态度，利用小说戏剧的技巧，才能获得广大的读者"③。他解释《芣苡》时通过两个人物揭示诗情的深刻性、丰富性和复杂性就显示出在诗情的抒写中利用小说戏剧技巧的长处。

除《诗经》以外，闻一多对《楚辞·九歌》的研究也有上述特点。他将《九歌》看成一种文化现象，从"历史的九歌"、"宗教的九歌"、"戏剧的九歌"、"文学的九歌"、"神话的九歌"等方面进行多学科的文化探讨，而且在此基础上，主张"拟定九歌剧本"，复原《九歌》真正的面目（甚至于最后还写了研究著作《九歌古歌舞剧悬解》）。这里可以看出，他对《九歌》的研究和诗情的揭示，不仅已经将文化与诗学结合在一起，而且有着将诗情与戏剧糅合在一起的愿望。此外，闻一多对《庄子》、对《春江花月夜》的研究和诗情、诗意的揭示，都有这个特点。

如上所述，可见在闻一多那里，正是从诗、话语中展示出历史和文

---

① 闻一多：《匡斋尺牍》，《闻一多全集》第3卷，湖北人民出版社，1994年版，第208页。
② 闻一多：《致臧克家》，《闻一多全集》第12卷，湖北人民出版社，1994年版，第380页。
③ 闻一多：《文学的历史动向》，《闻一多全集》第10卷，湖北人民出版社，1994年版，第20页。

化，又从历史与文化中凸显出其诗与话语的特征，而无论是诗、话语的历史化、文化化，或是历史、文化的诗化、话语化，其核心都是古今人性、人心相通，文心、诗心相通。今天的诗、话语，或是历史上文化、文学，都不是一种简单的客观存在的反映，它们不是凝固的现实存在或已经死亡的遗产。它们是人类丰富多彩世界和生命本真状态的展示，是文化生命信息的传递以及它们与古今人生之间的意义联系，其间不仅可能让生命在场，能动地显身存在，蕴蓄、跃动着鲜活丰满的生命；而且以生成着、行动着的"在场时域"将过去、现在和未来的生命吸纳于当下。闻一多笔下的文化中国之所以既是现代的又与古代文化、文学资源相沟通，且具有丰富的文化的人性的诗性的内涵，被赋予了历史的、超越的品格，这种现代性的时间意识与生命观是十分重要的。

三、文化整体格局中的审美、诗性命题

理性与诗性的统一、历史与诗的统一，都是文化与诗学的统一。闻一多文化诗学中的"文化"是一种整体文化，是主导倾向鲜明而又多维度、多侧面展开的文化思维，是铸入人格精神、回归诗意本真状态的文化思维；"诗学"是回到文化、文论原初语境，回到本原、本体的注重感性、生命、灵性的文学思维。在20世纪以来全球化语境中，闻一多文化诗学正是在整体性文化格局中显示出诗学、审美命题独具的特征。

闻一多文化诗学是植根于20世纪文化整体语境中的诗学。闻一多指出："欧战以后，世界底潮流趋重精神方面，菲薄物质方面"，这可以说是相当敏锐地把握到了当代世界思潮的总体趋势。他还在当时的中国知识界尚处于科学崇拜之中的情况下，深刻揭示了这种状态的危害性："现在我们对于科学那样热衷，而对于艺术这样冷淡，将来势必将社会变成一副机器，他的物质的运动当然是灵敏万分，但是理想底感情，完全缺乏。啊！我们如果不愿把中国变成一疯人院，再蹈欧洲底覆辙，演

成世界第二次军事惨剧,我们就应当注意艺术,赶急注重艺术。"① 他又说:"在现代这个 20 世纪的时代——科学进步、美术发达的时代,都不应该甘心享受那种陋劣的,没有美术观念的生活,因为人之所以为人,全在有这点美术的观念。"② 这就可见,闻一多的诗学出发点是从 20 世纪的文化现实中孕育出来的,体现了崭新的文化内涵与精神。

当然,具有世界眼光的闻一多不只是从全球化局势中看到外国文化带给中国的弊害,还看到中国文化在世界文化总体格局中受世界思潮(包括最新思潮)影响后的新生,看到中国与世界文化发展的共同规律。前者最著名的例证是在《女神之时代精神》中从动的精神、反抗精神、科学意识、大同观念以及自省态度等五个方面对 20 世纪时代精神的概括,这也是"五四"后新诗之所以"新"的审美概括。闻一多面向世界文化的开放意识是十分自觉的。他不仅在开放意识很强的"五四"时期强调"20 世纪文学尤当含有世界的气息","新诗径直是新的……要尽量的吸收外洋诗的长处",即使在 40 年代注重民族文化本位、政治文化领域复古空气很浓时,他仍然强调要勇于接受外国文化,即他所说的,不仅要"勇于'予'","不太怯于'受'",而且要"真正勇于'受'",并将"受"看作"我们能否继续自己文化的主人的测验"③。最能体现闻一多的世界眼光与博大胸襟的是他关于文化史、文学史的看法。他关于世界四大古典文明——中国、印度、以色列、希腊在公元前一千年至一千五百年左右,差不多都"同时猛抬头"、"同时迸出歌声"的论断,与德国哲学家雅斯贝尔斯认为世界文化史存在着所谓"轴心时代"的观念是一致的。不同的是,闻一多不仅谈文化而且谈诗学,从诗学的角度

---

① 闻一多:《征求艺术专门的同业者底呼声》,《闻一多全集》第 2 卷,湖北人民出版社,1991 年版,第 16 页。
② 闻一多:《建设的美术》,《闻一多全集》第 2 卷,湖北人民出版社,1994 年版,第 3 页。
③ 闻一多:《文学的历史动向》,《闻一多全集》第 10 卷,湖北人民出版社,1994 年版,第 21 页。

论述轴心时代的文化对于现代思想文化潮流诗学转向的理解很有启发。再则,闻一多还对世界四大文明的发展进行了比较,指出除中国文明之外的其他三大文明因只勇于"予"而怯于"受",结果文明都"转了手","有的转给近亲,有的转给外人,主人自己却都没落了"。中国则因既勇于"予"又不怯于"受",所以在接受印度文化和欧洲文化的传入和影响以后,自身的文化又得到大的发展。他还从这种发展中总结规律,现代中国文化和文学要在勇于"受"中实现中西融合以求更大的发展。

正因如此,闻一多文化诗学呈现出整体文化特征:他的诗学不是一种仅局限于文化批评或审美批评的视角和方法。它超越了方法的局限,具有整体文化的根本性质。一方面这种诗学和审美不是孤立隔绝地封闭于文本本身的审美,不是仅与文化中的某一方面(如政治意识形态)发生关系并为之服务的审美,也不是仅保持中国古典艺术精神而无任何创新的审美,而是在整体文化现代转型过程中展开的;另一方面这种审美又不是为文化(包括传统文化、外国文化和中国现代文化)所遮蔽,不是为某种政治功利和商业功利所控制的审美,而是对文化、对功利具有穿透力和超越性的审美。他还为感性正名,以艺术代宗教,赋予艺术以解救的宗教功能。在这方面,他肯定王国维、蔡元培又有所发展。

这里,可以看到,闻一多文化诗学又呈现出鲜明的审美现代性特征。这就是说,他的文化诗学既不同于中国古典美学诗话、词话式的感悟、印象、风格批评,又不同于西方古典美学,如德国古典美学的体系性(作为哲学体系的一部分)研究。闻一多诗学这种审美现代性具体表现为:一方面,审美诗性走向自律、自主,肯定审美诗性的主体性、合理性,认定文学、审美的崇高地位,他的诗学论著将逻辑性、解析性、精确性与感受性、体验性、顿悟性结合起来,从大处着眼,从整体文化的视野进行观照,从而确定、把握其思想艺术的价值和意义;另一方面又回到具体,面向现象,关注那些活生生的审美现象,进入由个别的审美对象所筑成的审美世界，看到文学、审美的多元性、不确定性，随时代发展从不同视角、迥异的个性把握审美诗性变化的内涵和形式。这样，他的诗学便处于体系性与非体系性，本质主义与非本质主义的张力场中。正是如此，他的文论、诗评的社会性、对话性和多声部成为他的文化思想传达的特点。他的文化视野非常广阔，涉及历史、政治、宗教、哲学；文艺方面又涉及诗歌、戏剧、电视、绘画、音乐；学术上更是古今贯通，中西互衬。他的文化探讨往往很有现实针对性，富有批判性，但是是对话性的，不是捧杀或骂杀的绝对化思维方式。如《〈冬夜〉评论》，对俞平伯的这部诗作有肯定更有中肯的尖锐的批评；对当时颇负盛名的郭沫若的诗集《女神》，也是既有肯定，也有批评。肯定是充满热情又富有时代感受，很有见地的肯定，批评则是尖锐地提出问题并作出诗歌艺术发展方向的高屋建瓴的中肯分析。对郭沫若的波斯诗人莪默·伽亚谟的诗歌翻译也是采取这种充分肯定与尖锐批评的态度。他的文化探讨还是多声部的，如作者对文化的态度，作品表现的文化内涵，时代对文化提出的要求，读者的文化处境与接受的文化心理都考虑到了（如对《女神》、《冬夜》的评论）。

　　闻一多的一些著名的诗学命题与美学观点也不是西方的成套移植，或是中国古代文论、诗论的不加转换的搬用，而是"时时不忘我们的'今时'同我们的'此地'"，以"自创力"创造出"既不同于今日以前的旧艺术，又不同于中国以外的洋艺术"的新的诗学和审美命题。例如他曾经提倡"纯形"，认为"艺术最高的目的，是要达到'纯形（pure form）'的境地"①，但这要放在当时的具体语境中来看，它针对的是种种非文学命题对文学的过分粘连，从而导致文学审美特性的丧失。他尽管重视格律，但是又说："诗底真精神其实并不在音节上……偏是可以分析比量的东西，是最不值得分析比量的。幻想、情感——诗底其余的

---

① 闻一多：《戏剧的歧途》，《闻一多全集》第2卷，湖北人民出版社，1994年版，第148页。

两个更重要的素质——最有分析比量底价值的两部分，倒不容分析比量了。"① 在闻一多看来，"诗是被热烈的情感蒸发了的水气之凝结"②，这里的"凝结"可比附为形式，但如果没有前面的"蒸发"，也即情感、幻想的宣泄，也即对当下体验的深刻挖掘和对时代精神的高度张扬，那么这"凝结"又从何说起呢？闻一多认为新诗的格律和律诗不同，其不同之处正在于前者包含了精神主体根据自我体验和表达的需要而进行的"随时构造"，从而能够产生"层出不穷"的格式。也正是在这里，形式问题化为了人的诗意栖居的表达问题。又例如，关于"音乐美、绘画美、建筑美"的提出，其核心更涉及对作为诗歌艺术传达媒介——汉字的独特理解，在《诗的格律》中他指出："文学本是占时间又占空间的一种艺术"③，这是他对中国汉字和中国文学的深层把握，因为西方文学不具空间意义只能属于时间艺术，把中国文学作为空间艺术来看，就使他的纯形观念得到了本土文化的有力支撑。在中国古典诗学中，"意境"说经由王国维的推崇，已经获得了至高无上的地位，但是究其根源，"意境"说乃随佛学东渐而来，与中国文化源头隔了一层。闻一多从空间形式入手对中国文学特质所作的把握，明显地突破了古典诗学的意境范畴，从而把他的诗学构建推进到新的历史阶段。闻一多认为中国文学有两大特质，"均齐"和"浑括"，这来源于文化源头的《易经》，"易理不独是整齐，而且是有变异的整齐"，八卦排列所体现出来的美就是"均齐的美"，而"律诗正是这个均齐底观点的造型"。"浑括"则是指一种多样的统一，属"变化的美"。这些论述把人类艺术同感觉器官而不是思维器官联系了起来，应该说，这正是一种具有中国特色的注重

---

① 闻一多：《〈冬夜〉评论》，《闻一多全集》第 2 卷，湖北人民出版社，1994 年版，第 76 页。

② 闻一多：《〈冬夜〉评论》，《闻一多全集》第 2 卷，湖北人民出版社，1994 年版，第 64 页。

③ 闻一多：《诗的格律》，《闻一多全集》第 2 卷，湖北人民出版社，1994 年版，第 141 页。

形式美的观点。再者，关于审丑问题，闻一多认为，应该直面人生之丑，因为丑是"人生的半面"，或者说丑就是人生之真，《死水》里充满了对丑的观照，有的论者认为这是化丑为美，表达了诗人对美的憧憬。这种看法从社会学的角度看是正确的，但是从人类学角度则又未必。因为在生命本体论的意义上美与丑是交织在一起的。在《闻一多先生的书桌》最后一节中他说："一切的众生应当各安其位。我何曾有意的糟踏你们，秩序不是在我的能力之内。"这里所展示的众生生活相就是美丑交织的原生态本真状貌。

再从中国现代诗学发展来看闻一多的文化诗学，更可以看出其文化诗学与"五四"后的新文化思潮和文学思潮的密切联系。中国 20 世纪现代诗学有两条路径的发展。一条路径是审美服膺于族群、民族、阶级、国家的生存发展，重建文化精神的同一性。从革命文学、左翼文学、救亡文学、工农兵文学到社会主义文学都是走的这条路径。另一条路径是审美独立品格的执守、个体精神的张扬，以本真丰满的心灵，感应世界精神图式、宇宙的生命本体。这一路径贯穿着浪漫主义、象征主义、唯美主义、表现主义、形式主义、心理分析、人性论、天才论等。闻一多不主张狭隘的艺术政治功利主义，但也将政治作为整体文化的一个组成部分来肯定的，另一方面他注目于唯美主义、形式主义、心理分析的成果。正是在对这两条路径的张力的把握中，他的诗学作出了富有原创性的贡献。在这种对张力的把握中，中国现代诗学除了鲁迅以外，闻一多就是最杰出的代表。在文化与诗学、功利与审美之间，闻一多不仅在两方面都有精彩的见解和阐述，而且使二者达到了很好的结合。这种两个方面相结合的特征在 20 世纪的整个文学与文论背景中是有其特殊意义的。20 世纪，不论是西方文学还是中国文学，文艺创作与思想中的一个突出特点就是所谓文学的"内部"与"外部"的分离。所谓文学的"内部"，即文学的审美、形式等方面的使文学之所以为文学的规定性因素；所谓"外部"，即文化、历史、环境等诸多影响文学风貌的外部因素。文学批评与创作或以"外部"研究、表现为重点,或以"内部"研究、表现为重点,形成了不同的流派,在取得各自成绩的同时,也暴露出各自片面的局限。而闻一多诗学却将文学的"内部"、"外部"共置于他的言说体系中,不是将这两者作为不相容的一组二元对立,而是把它们视为言说的两极,从而在这两极所形成的张力场中变化出文化诗学丰富独特的风景线,成就了其诗学特别的风姿。

(原载《东岳论丛》2006年第2期)

胡风与"七月派"的现代性重读

胡风与"七月派"的现代性何以成为问题？

要说现代性，无论从"七月派"的主要成员胡风、路翎等人来看，或是"七月派"作为一个流派现象来看，都是够"现代"的了。从流派成员看，他们执守启蒙主义，主张以科学、民主精神改造国民性，提倡以主观战斗精神为核心的现实主义，主张弘扬五四文学传统和国际革命文学经验以转换与获取文学新的民族形式等等；从流派现象看，"七月派"在理论批评、诗歌和小说创作上所显示的多方面开拓性成就，它置身于文学主流又反拨主流偏向的思潮特点，它的既体现时代特殊要求和时代风尚又坚持文学精神、艺术个性的丰富多彩的风格样貌，它在流派构成上作家个性与流派共性的对立统一的特征，流派存在形式上既集中又开放的特征，乃至它在流派和个体成员上盛衰沉浮的坎坷命运，等等，都使它在中国20世纪文学发展的转折时期——40年代，继往开来，上承"五四"传统下接当代文学，成为20世纪中国文学的一个重要部分，一个关键环节。它在20世纪中国文学现代化进程中所具有的典型性、开拓性价值，全局性、未来性意义，又使它对于20世纪中国文学现代性的整体观照有着贯穿性的方法论意义。

然而，就是这具有鲜明的现代意识的胡风和"七月派"，在20世纪

40年代被认为是不合时宜的；到了新时期，20世纪80年代的大半时间，胡风文艺思想仍属政治上的敏感区，不可触动；而整个90年代特别是后几年，则似乎遭遇到另一种不合时宜的命运。40年代胡风曾产生但丁似的忧伤，他引用《神曲·净界》中的话，慨叹自己不仅无法向高处攀登，而且跑进"沼泽"，"跌倒"后"血在地上流成了一个湖"①。50年代陷入冤案后又曾愤慨地说自己的文艺思想是个"死结"。新时期胡风集团政治上获得平反是1980年，而胡风文艺思想可以自由讨论则是在1988年中央另一个文件下达后才开始。也就是说，松动和解开胡风文艺思想这个"死结"，破除政治对胡风文艺思想的钳制，是在所谓胡风反革命集团平反整整八年之后才开始的。而这时候，胡风已经去世三周年，怪不得胡风写于1984年的长文《胡风评论集·后记》，在评论自己的文艺思想的时候，不仅在整体上没有将它提到应有的高度，而且对于一些与政治关系较密切的文艺学术问题，还像是在作检讨。20世纪80年代中后期，在现代意识光照下，现实主义回归、启蒙价值重现、文学主体性被强调，不仅启蒙主义和现实主义成为审视胡风和"七月派"特定的视角；而且，这个强调"主观战斗精神"的现实主义流派，又在文学主体性的讨论中被研究界很热过一阵子。但往后，到了90年代，随着外来的现代主义、后现代主义思潮传入中国并迅速"热"起来，传统的启蒙主义、现实主义似乎已经过时，中国现代文学研究界最热门的话题是现代主义：现代主义诸流派（如小说方面的"新感觉派"，诗歌方面的"现代诗派"、"九叶诗派"），现代主义整体思潮（如现代主义诗歌史、诗潮史，现代主义文学史、文学论），"五四"以来的现实主义、浪漫主义甚至也被概括到现代主义中去而似乎刷新了面貌，提高了档次。至于意欲超越时代精神，消解宏大叙事，反本质主义，反理想主义的后现代主义文学思潮，对于与时代和人民心搏相连，充溢着现实参

---

① 胡风：《论现实主义的路》，《胡风全集》第3卷，湖北人民出版社，1999年版，第472页。

与激情，宏扬崇高和悲剧审美精神的"七月派"来说，更是要在解构之列，不在话下了。正是在这种情势中，"七月派"的研究便相对地趋于冷落。在这一段时间中，包括去年纪念胡风诞辰一百周年之际，关于这一文学群体的研究，大多止于胡风本人的理论贡献和胡风集团的悲剧遭遇上；他们的创作除个别作家（如路翎）受到重视以外，其他作家的诗歌、小说、戏剧和理论批评等门类的作品很少有人提到；而更重要的是，"七月派"作为中国20世纪文学史上最富有流派特征的文学群体，还没有能够从整体上对其外在关系、内部构成和动态发展上进行客观、科学的系统研究和把握。

胡风和"七月派"之所以不是遭到灭顶之灾，就是显得不合时宜，其光耀照人的现代性特征之所以往往受到质疑、反对，或受到冷落、苛求，其中原因，我想主要有以下几点：

一是启蒙主义文化遭遇的困境。这里是说，胡风与"七月派"所代表的启蒙主义受到多种文化思想的制约，是在体现了不同现代性的现代文化思想冲突中艰难发展的。如周扬、郭沫若、何其芳等人所贯彻的是毛泽东文艺思想，这一思想所体现和代表的是以唯物史观为基础的政治文化。这种政治文化在中国特定情况下也从某些重要方面体现了现代性。但这种政治文化渗进了亚细亚封建残余，渗进了以小农经济为基础的民粹主义的文化思想，容易产生阶级、党派的狭隘的功利主义、无个性活力的集体主义、唯意志论等思想弊端。它们与胡风等人的具有前卫性、超前性的启蒙主义，总是处于对立地位并时时产生矛盾冲突。然而，这种政治文化和政治文学思想却随着政治上的胜利而获得了"胜利"。在20世纪90年代，使胡风和"七月派"的现代性成为问题的，则主要是西方后现代主义冲击下中国大陆出现的"重估现代性思潮"。胡风与"七月派"，一旦被置身于多元、歧义、常变、运动、反"逻各斯"中心、反本质主义的后现代文化语境中，其现代性就要遭到质疑或冷落。他们重铸民族灵魂的启蒙理想，对人民的"精神奴役的创伤"的正视，坚持现实主义，强调作家的主观精神和心理因素的主体性思想，必然会与消解主体、消解深度模式的后现代主义发生矛盾；他们的革新"五四"文学传统、吸纳外国革命文学经验的继承借鉴思想，也会与后现代"凝冻的现在"，"符号链条的断裂"，告别传统、历史连续性的时间观发生矛盾而受到质疑和重新评价。应该看到，启蒙主义、文学上的主体性原则等，是贯穿中国现代文学始终的最典型的、具有强烈的时代精神、也饱和着新文学作家生命血肉的现代观念和现代意识。胡风、"七月派"正是这种现代观念和现代意识的最出色的代表者之一。因此，在 20 世纪 90 年代重估现代性的思潮中，胡风和"七月派"的现代性之成为问题，是触及了胡风和这个流派的安身立命之处，也是有关中国现代文学学科发展的一个整体性问题。

二是学术独立品格的丧失。从胡风和"七月派"的研究来看，最突出的问题是在学术与政治的关系上，政治对学术的干扰和侵犯。我们知道，学术自律，坚持学术的独立品格是学术现代性的最重要的特征。中国传统学术是在儒学内在结构——体、用、文三个部分混同不分的格局中产生的。也就是说，文化体系中的价值系统、意识形态系统和知识系统，不是独立自由发展的。是近、现代西方科学、道德和艺术（真、善、美）各自分殊发展的格局影响到中国，使中国从清末民初到"五四"时期，在价值系统、意识形态系统、知识系统（还有融于三者之中的审美系统）分殊化的基础上诞生了真正现代意义的学术。但是，由于时代原因和传统思维方式的潜在影响，大约从"五四"后期起，几乎贯穿整个 20 世纪，政治意识形态与惟科学主义结合在一起，形成大一统态势：意识形态干扰价值系统使之失去精神性和超越性，干扰知识系统使之失去独立性和学理性。在这种情况下，现代学术的自律性和独立、超越品格便很难坚持。胡风和"七月派"从开始形成流派到整个发展过程，在 20 世纪 80—90 年代以前，很少有对它的公正的评价，更谈不上对它的学理研究，有的多是思想的批判和政治上的挞伐。资产阶级、小资产阶级文艺思想,主观唯心论,还是思想上的判决;胡风被称为红衣教主,其他"七月派"成员被称为胡风分子,也即暗藏的反革命分子,反革命分子还是暗藏的,可见其反革命恶毒的程度。而在新时期,所谓胡风集团在政治上得到平反以后,其文艺思想被获准可以讨论竟延迟了八年之久,可见学术争鸣和研究受政治影响之深到何等程度。

三是"了解之同情"历史意识的缺乏。现代性不是一个可以将任何"现代"的东西都塞进去的大框架,它是政治、经济、社会、文化现代转型中历史复杂运动的过程本身。从文学上看,它是文学现代转型中复杂的文学历史运动的过程本身,是现代性文学发生、发展和变化的复杂现象和具体细节本身。与对古代文学史一样,对现代文学史上的复杂过程、现象和细节,如果不抱"了解之同情"的态度,不与历史人物和现象"处于同一之境界"①,所谓现代性,也是会落空的。20世纪80—90年代的胡风与"七月派"研究,有非此即彼,简单否定或简单肯定的二元对立思维方式的影响,有单纯为"七月派"的悲剧命运抗争、为它平反昭雪的情绪性感受;但更多的则是缺乏回到胡风和"七月派"历史上原初语境的"在场"意识和"了解之同情"的态度。当然,任何"回到"都不是不要历史视域的整合,不要当下的现代性言说,不要返本开新。但是,这种当下言说不能是观念先行的、演绎思辨的目的论研究思路,将胡风和"七月派"与当下社会文学思潮相契合的一些观点抽取出来,将它们非历史地原理化。在这种情况下,在这些观点上进行历史和现实的对话便会是表层的、简单的。例如现实中重提反封建,启蒙主义成为热潮,或者,现实主义回归形成热潮,便从这些角度切入论述其成就和贡献,而当现实中启蒙主义、现实主义被认为"过时",这种对启蒙主义、现实主义的研究便受到冷落,或者对其近政治、崇理性、求本质,独尊现实主义、否定现代主义的问题,进行批判。这些论述有许多

---

① 陈寅恪:《冯友兰〈中国哲学史〉审查报告》,《国故新知论》,中国广播电视出版社,1995年版,第432页。

精辟之处，但其学理研究的问题在于，其中存在着某种原理化的非历史性、非反思性的言说方式。因为我们知道，如胡风和"七月派"这样的现代文学现象，其历史文本的形成不是毫无异质性的线性发展过程，而是作者在历史本身的时间与空间结构中，而且是在与他们同时代人的碰撞与交锋中陆续形成的。胡风与"七月派"的启蒙主义和现实主义的基本观点，是在20世纪30年代中期的"两个口号"的论争、20世纪40年代初"民族形式问题"的论争以及40年代末"主观论"的论争这三次主要论争中形成和发展起来的。其间有一以贯之的线索，但也有明显的异质性的发展阶段；而抗战现实的需求，"五四"新文学传统的把握，西方思潮特别是国际革命文学经验的吸纳，又是胡风与"七月派"的基本观点和流派形成的更大的背景和动因。因此，应该摈弃那种理念先行印证某种政治观念或学术论点的思辨演绎式的研究方法，吸取注重思考发现、平等对话的分析体验式研究方法的长处，力求研究方法的开放多元、互补综合。这里，所谓"了解的同情"的态度，注重原初语境的历史"在场"意识，就应该是以理性的节制，客观的把握和冷静审视的态度，经由现实主体和历史主体的深层"对话"，赋予研究探讨以学理审视的眼光与科学公允的评价。我想，现代学术应该在这方面作出努力。

反思性：胡风与"七月派"的根本精神动因

作为现代性精神品格核心的反思性是胡风文艺思想和"七月派"形成的根本精神动因，也是这个流派的整体性基本特征。自从笛卡尔提出"我思故我在"以后，反思性获得了真正现代性内涵，人的精神主体对思的反思成为现代化进程中最核心的精神品格；在文学艺术上，则表现为对社会现代性进行反思的审美现代性特征，如对人的精神异化的心灵的诗性救赎，对囿于政治或商业功利主义的艺术平庸堕落的拒绝，对多元歧异的艺术品格多样化的宽容，等等。这些，都表现出对现代社会容易出现的同一性的反思和批判。这种反思性可以从胡风文艺思想和"七月派"作为一个流派的两个方面来看。

（一）先看胡风文艺思想。这里，很重要的一个问题，是要看到作为反思对象的胡风文艺思想的历史文本，它的理论的原初语境。我以为，从胡风所生活和战斗的20世纪30—40年代的时代环境来看，从胡风本人作为左翼革命作家的历史定位来看，特别是从胡风的创作和著作的大量文本本身来看，胡风文艺思想的历史文本和原初语境，应该是努力争取马克思主义思想指导的革命文学、左翼文学的理论与实践，特别是对于"人"的理解的独特的理论和实践。处于这种历史文本和原初语境，胡风的反思，呈现出如下几个特点：

一是反思的精神性。这里是说，胡风对战争及战后中国命运的反思，对"五四"以来新文学的反思，是从历史逻辑和精神逻辑两个方面错综交织地展开而又偏重于后者的。同属于无产阶级革命和民族战争的营垒，同属于革命文学、救亡文学的范畴，同属于注重现实价值关怀的政治文化反思，胡风文艺思想却不同于20世纪40年代同时期形成的毛泽东文艺思想。毛泽东是从革命家、政治家的立场，围绕革命和战争的成败，着重从文学与政治的关系进行反思，有很强的革命功利主义目的意识，看似文学反思，实为政治反思。胡风作为文艺理论家和美学思想家，则在关注现实政治的同时，着力于启蒙主义的思想价值的追求和现代知识学理的审视，因此是一种偏于精神、学理的反思。

可以看到，一方面，胡风反对从"一般原则"进行演绎主张从"具体历史或现实问题"[①] 出发。他的反思直面战争、统一战线、人民大众的要求、思想革命、民主斗争等课题。从现代解释学的观点看，这是胡风作为理解主体的前理解结构中的现实存在因素。在胡风的前理解结构中还有着历史传统的因素，这主要就是"五四"以来以鲁迅为代表的启

---

① 胡风：《论现实主义的路》，《胡风全集》第3卷，湖北人民出版社，1999年版，第474页。

蒙主义和现实主义传统，国际革命文学中以高尔基为代表的人道主义和现实主义传统。理解前结构中这种现实存在因素与历史传统因素交融在一起，为胡风的反思理解提供了先在的立场、方向、视角。但胡风所处的革命和战争的环境突出地呈现出现代社会急剧、广阔而且具有非延续性断裂似特征的变动，因此从另一方面看，胡风的反思，便要不断地分析、质疑于先在的实践、知识、经验，用超越性的精神视野看问题。如在提出民族解放的同时，提出民族进步的观念；在注目于民主斗争的同时，倡导新的思想革命。而更重要的是从整体上提出了对"人"的理解的反思核心命题。与"五四"时期"人的发现"、"人的文学"一脉相承，又以国际上文学的人道主义思潮为参照，胡风着重从人的理论上进行了探讨。他认为"人"既不是在"左"的政治性掩盖下唯主观意志的观念的人，又不是游离于社会关系之外的"只有个人的血肉"（如仅知道"性爱和友情"）的抽象的、生物学的人。他认为应该根据马克思的观点，将人作为"感性的活动"来把握。也就是说，他认同于马克思关于人的存在的实践观点和深刻的文化精神，认为人的活动本身即对象化的实践活动，具有超越性的、开放性的、自由自觉的人的本性。人为社会关系所制约并由人结成了社会关系，但社会关系也创造了人，丰富了人。因此，在胡风看来，人既是"历史的人，具体的人"，又有"从现实来的主观要求"，是具有"实践性的真实的思想"和"热情的实践态度"①的人。这种既强调主观精神，又主张主客观化合的对于人的理解，是胡风作为反思理解主体对于理解对象的选择。它为胡风强调作家主体性，主张发掘现实主义的主观战斗精神，和在作品对象上主张写人的精神奴役的创伤等独创性的理论，奠下了哲理基础。

二是反思的批判性。在现代性的反思活动中，批判性是为现代性开辟道路并使现代性不断具有活力的突出特征。如上所述，胡风所理解的

---

① 胡风：《论现实主义的路》，《胡风全集》第3卷，湖北人民出版社，1999年版，第522页。

人既然是一种具有超越性、开放性的人的对象化的实践活动本身,那么,在胡风的思想和理论活动中,就不会简单地认同于具体的、给定的理论体系和结论,而必然是超越性的开放性的理性反思和批判活动,必然是富于创新性的思想和理论活动。胡风文艺思想的一些主要内容如启蒙主义、现实主义正是在革命政治文化和革命文学的原初语境中,在革命文学和救亡文学的急剧历史变动和多次论战中,通过批判性的反思活动而得到独创性地发展的。20世纪30年代前半期,在"民族革命战争的大众文学"与"国防文学"两个口号的论争中,胡风的启蒙主义思想,虽然看到了启蒙对象——人民大众在封建主义和复古主义影响下的"亚细亚的麻木"①,但主要却肯定和高扬了他们在抗日救亡运动和统一战线中的主导作用,他的改造国民性的思想并未得到展开。在同左翼文学运动中"拉普"的唯物辩证法创作方法的影响的斗争中,胡风的现实主义文艺思想,虽然多次谈到感受、情感、想象等主体审美心理功能因素的作用,但主要论及的是"文艺从生活产生"、"文艺反映生活"、"文艺比生活更高"②,作家要写自己"手触的生活"等注重生活真实性的观点。这样做很大程度上是为了驳斥唯物辩证法创作方法以世界观代替作家生活和创作方法的庸俗社会学观点。20世纪40年代初,在关于民族形式问题的论争中,胡风对国统区、解放区进步、革命文学阵营中不加分析地肯定民间形式、容忍封建思想和小农经济封闭落后意识的倾向进行了反思和批判,主张在深入复杂的民族矛盾与阶级矛盾的现实基础上,继承和发扬"五四"以来文学的启蒙主义和现实主义传统,移植外来形式,借鉴国际革命文学的经验,将"化大众"与"大众化"结合起来,使"大众"与"现实生活""用着使想象吃惊的、多彩的、活生生的形象,用着他们的表现感情的方式,表现思维的方式,认识生活的方

---

① 胡风:《人民大众向文学要求什么?》,《胡风全集》第2卷,湖北人民出版社,1999年版,第408页。
② 胡风:《文艺与生活》,《胡风全集》第2卷,湖北人民出版社,1999年版,第284~315页。

式(所谓'中国作风与中国气派')不断地迎来。"① 胡风的启蒙主义与现实主义文艺思想获得更大的发展是在20世纪40年代末关于"主观论"的论战中。如他的启蒙主义与现实主义的最精彩的观点,即关于作家主体中"主观战斗精神"的观点,作品主体中人民的"精神奴役的创伤"的理论等,都是这个时期在对革命文学中的主观公式主义与客观主义的反思和批判中形成和凸现出来的。在他看来,主观公式主义者把自己当成思想的工具,又将作品人物当作工具来说明思想,因而不能通过主客观的化合把握住客观对象的真实性,只能得到一些虚浮的乃至虚伪的"思想";而客观主义者则将自己看成是客观对象的工具,只要客观的观察、熟悉,不须主观精神的作用,客观对象就可进入他自己这个工具里而被反映出来,然而这只能是对象的局部的表面的投影,人物也只能是被歪曲和虚伪化了的。正是通过对这两种倾向的剖析和批判,胡风从作者、作品和读者三方面对文学的主观战斗精神进行了论述:

首先,从作家——创作的人来说,胡风说:"作家是一个'感性的活动',不能是让客观对象自流式地装进来的'一个工具',一个'唯物'的死的容器。"②"从对于客观对象的感受出发,作家得凭着他的战斗要求突进客观对象,和客观对象经过相生相克的搏斗,体验到客观对象的活的本质的内容,这样才能够'把客观对象变成自己的东西'而表现出来。"③

其次,从形象——创作对象的人来说,胡风认为作家应该写"活的人,活人的心理状态,活人的精神斗争"④,将这种创作对象变成创作

---

① 胡风:《论民族形式问题》,《胡风全集》第2卷,湖北人民出版社,1999年版,第724页。
② 胡风:《论现实主义的路》,《胡风全集》第3卷,湖北人民出版社,1999年版,第522页。
③ 胡风:《论现实主义的路》,《胡风全集》第3卷,湖北人民出版社,1999年版,第523页。
④ 胡风:《论现实主义的路》,《胡风全集》第3卷,湖北人民出版社,1999年版,第533页。

中的人物以后，人物就能够成为"一代的心理动态"①。

再次，从读者——接受创作的人来说，胡风认为作品人物就不仅"只使读者看到人物做了、做着、将要做什么"，还"能使读者深入甚至变成这'对象的活动'本身，和人物一道感受到做了、做着，一定要做什么或一定不要做什么的内在体验的甚至是冲激的力量。这个力量就正是内容上的真假问题和艺术上的生死问题"②。

关于这读者——接受的一点是笔者根据胡风的论述概括的，胡风只从作家——创作的人和形象——创作对象的人两个方面来概括。这里的第三个方面胡风是作为第二个方面来论述的。一般论者也多认为在文学主体性的论述上，胡风只看到了前两个方面，没有涉及后一方面。然而，仅就这里所引，胡风关于这个方面的论述虽然不多，却很有分量。这里，很重要的一点是，胡风论述的读者作为接受者不是被动的而是主动的。也就是说，读者变成了人物本身，与人物一道感受，共同着深层的内心体验，共同感受着艺术的神秘的冲击力量。这样，读者作为接受者在作品中实现了自我并成为审美创造者。胡风的看法与现代接受美学虽然还有距离，但与作家主体、作品对象主体并立的读者接受主体的文学主体性的地位是确立了的。胡风还以读者主体的论述为主将文学的主体性提到"内容上的真假问题和艺术上的生死问题"来看，可见他对于这个问题认识的自觉性。

应该看到，胡风关于阿Q在法庭上画圆圈的一段著名论述③正好说明了上述三个主体在同一个凝聚点上的燃烧。阿Q在即将结束自己生命的"新"政府法庭上立志要将判决书上的圆圈画得很圆，结果因失败

---

① 胡风：《论现实主义的路》，《胡风全集》第3卷，湖北人民出版社，1999年版，第533页。
② 胡风：《论现实主义的路》，《胡风全集》第3卷，湖北人民出版社，1999年版，第534页。
③ 胡风：《论现实主义的路》，《胡风全集》第3卷，湖北人民出版社，1999年版，第555~556页。

而羞愧。胡风认为这是精神奴役的创伤的活生生的一鳞波动，它是封建主义旧中国将其全部重量压在阿Q身上的一个力点。阿Q立志、羞愧是作品人物主体心灵的燃烧。与阿Q一样也承受着旧中国压力的作家鲁迅，则通过阿Q形象的创造向旧中国发出了痛烈的控诉，表达出他的烈火焚心的战斗要求，这是作家主体的燃烧。作为对胡风上述论述的补充，笔者认为，胡风本人的论述，那种具有穿透力的理性剖析，拥抱作家和人物、憎恶旧势力的爱爱仇仇的情感态度，以及深刻锋利、气势磅礴的文风，也正是他作为批评家、研究家的读者主体的燃烧。正是这三个主体的燃烧，胡风写下了这一段话：

> "主观的战斗要求是唯心论"，就是这么一个"唯"法，"精神重于一切的道路"，就是这么一个"重"法，"把艺术创作过程神秘化的倾向"，就是这么一个"化"法的。别的任何东西都可以而且应该"无条件地"抛弃，但这一点"唯"或者叫做"重"或者叫做"化"的，却是无论冒什么"危险"也都非保留不可。①

从这一段话可以看到，胡风的深入到旧中国政治黑暗、思想黑暗深处，深入到狭隘的政治功利主义、僵死的教条主义思想深处的启蒙主义思想，他的在作者、作品、读者三度空间中燃烧着审美激情和艺术魅力，冲决文学上主观公式主义和客观主义罗网的以主观战斗精神为核心的现实主义精神和方法，正是在长期复杂、反复多面的批判性反思中形成和发展的。不可设想，如果不是回到左翼文学、革命文学、救亡文学的原初语境中，不是回到它们的历史和现实、内部和外部的复杂关系和深刻变动中，任何外来思想和方法如启蒙主义、现实主义，还包括马克思主义，不和它们相结合并发挥新的创造，是不可能像胡风思想理论这

---

① 胡风：《论现实主义的路》，《胡风全集》第3卷，湖北人民出版社，1999年版，第556页。

样获得独创卓著的成果的。

三是反思的多元性。胡风对人的理解既然从人的生命活动本身,从人的对象化的实践活动本身获得超越性的、开放的、自由自觉活动的特征,那么,他的现代性反思便必然是多元的。关于反思性,胡风说:

> 人是活的人,行动着的人,被赋予着意识的人,凭着各自被各种各样的杠杆所规定的反省和情热,向着一定的目的经营着生活的人,各自的反省和情热在各种各样的路径上和历史的冲动力联系着,各种各样地被历史所造成,又各种各样地对历史起着作用的、创造历史的人。这就叫做"感性的活动"。①

由此可以清楚地看出胡风文艺思想反思性的多元特征。这个特征应从两个层面加以探讨。首先,"七月派"内部成员都有着自己的艺术个性,有"各自的反省和情热"所构成的"感性的活动",从而形成了其流派内部多元的丰富性。对此我将在后面具体论述。其次,将胡风的反思置于20世纪40年代整个民族文化大反思的背景之下,我们可以看到,当时既有左翼文学、工农兵文学的社会政治反思,也有京派作家的文化道德反思,更有中国新诗派(即"九叶派")接近西方生命哲学的生命存在反思。而胡风的反思一方面连接着左翼文学的社会政治批判,一方面又深入到人的生命存在深处的扭曲与搏斗,处在左翼文学与中国新诗派的连接点上,为20世纪40年代民族文化大反思的整体多元格局的形成做出了独特的贡献。

(二)再说作为一个文学流派的"七月派"。"七月派"的流派特征之所以如此强烈,如此集中,如此不同于中国古典文学的流派和现代文学的其他流派,乃是因为其形成于三方面因素所造成的张力场中。中国

---

① 胡风:《论现实主义的路》,《胡风全集》第3卷,湖北人民出版社,1999年版,第544~545页。

古典文学流派主要是在不断地纵向复古中形成的，如明朝的前后七子和"公安派"、"竟陵派"；而中国现代文学的其他流派又多源于横向的移植，如文学研究会之于写实主义、实证主义；创造社之于浪漫主义、唯美主义。"七月派"的形成，则一方面是源之于纵向地对五四以来形成的新文学传统，特别是左翼文学传统的反思；一方面源之于马克思早期注重人反抗异化，作为自由自觉活动的复杂精神个体的思想的影响；通过这纵横两方面的作用，"七月派"充分吸取了其他不同流派的思想和艺术因素，如中国诗歌会对力量的崇尚、戴望舒等现代派诗人，甚至还包括新感觉派敏锐的艺术触觉以及对具象感官冲击的重视。而当下激烈的文艺论争则对"七月派"的最终形成和发展起到了直接推动作用。正是通过这些直接联系中国社会与文艺现实的论争，"七月派"将纵向的传统因素和横向的外来因素熔为一炉，化为自己的艺术创造，避免了简单化的套用。比如路翎笔下的蒋纯祖，虽然受约翰·克里斯多夫和中国现代文学知识分子形象系列的影响，却并非后者的影子，而是一个立足于中国自己的土地上，背负着中国自己的文化传统，感受着中国自己的当下现实，有着自身独特"感性世界"的人物形象，足以成为一个民族特定时代的标志。经过了"两个口号"的论争、民族文艺形式的论争、主观论的论争，"七月派"的理论特征和艺术特征一步步地得到展开，得到发展，得到成熟。

在三方合力构成的张力场综合作用下的"七月派"，自然就获得了较之于主要由单方力量作用下的中国古典文学流派和中国现代文学其他流派更为鲜明的流派特征。且这种鲜明，又不是单一的某方面的特出，而是由其成员的各具特征的艺术探索表现出的丰厚内涵。此即作为个性鲜明的艺术流派，"七月派"和时代，和其他流派之间的关系，不是简单的通过某个特征加以区别的，而是表现为"梯状"的隶属和突破关系。在这个"梯状"关系的底层，是对时代要求的呼应和民族命运的关注。在这一层上，"七月派"和整个时代文学是一种同构关系。再进一层，则可看出"七月派"的呼应与关注有自己的流派特征，和其他流派思潮共同参与创造多元反思的文艺格局。在这个"梯状"关系的顶层则是"七月派"的组成个体在流派共同性下各异的艺术追求，在个体化的艺术创造中超越时代也超越流派的一般共同特征，从而使整个流派显现出勃勃的生机和不断发展的开放性。比如艾青在坚持民族化大众化的潮流中融合了明显的现代派艺术特征，使之与现实主义的写实特征和谐共存，创造出独具面貌的象征与写实相交融的散文化自由诗的新诗形式，与当时很多急功近利的形式变革有了层次上的区别。而田间在自己的精神成长历程中发展出了民族忧患背景烘托下的悲壮美。其长诗《给战斗者》总体呈现出慷慨悲壮的崇高美境界，又有别于艾青悲剧式的深厚与广博。至于阿垅，他的诗最突出之处就在于力度和哲理的贯通，既有长久压抑后猛烈的爆发力，又充溢着猛烈的爆发背后内在深层的体悟、反省与超越。在他的《纤夫》和爱情诗中，我们可以感受到灵魂的挣扎与搏斗。路翎的小说则创造了具有"原始强力"这种特殊气质的流浪者形象，灵魂撕裂，内外分裂，无理性地挥发着他们的原始精神能量，体现出"心灵复调"的特征。有着三方合力的综合作用，有着流派内外间的梯状关系，更有着其成员在注重发掘人作为自由自觉活动的复杂精神个体的各异的审美世界，"七月派"当之无愧地成为中国现代文学中最为成熟的现代意义上的文学流派。

延异性：胡风与"七月派"的矛盾存在形态

讨论胡风与"七月派"的原初语境与历史发展，胡风文艺思想的理论贡献和"七月派"的独特地位，乃至它们的浮沉坎坷的命运和它们的当代价值和意义等问题时，从思维方式与思维格局的现代性特征来说，应该摈弃非此即彼、二元对立的思维逻辑，采取多元共生、互补交融、分殊发展的立体网络式的思维方式。这里，我用西方后现代大师德里达的延异性的概念来表达这种思维方式。德里达这个概念是和西方当代著名思想家福科就笛卡儿的唯理论展开的讨论中提出的。福科指出，笛卡儿虽然提出了"我思故我在"的著名命题，但却开了理性主义和本质主义的先河，如以理性抑制和排斥疯癫就是一种表现。福科试图撰写疯癫史，以使疯癫摆脱理性的控制。德里达则认为福科书写疯癫史，也必须借助理性语言的逻辑和结构，因此理性和疯癫仍然是一种二元对立模式。他认为这个关系不是对抗关系，而是应该看成在一个无止境的差异链条系统内的同质性的、相反相成、相克相生的关系。也就是一种传统与创新，返回与出走回环往复的延异关系。

结合胡风与"七月派"，我以为延异性作为胡风与七月派的存在形态和研究它们的思维方式，有如下几个特点：

（一）"重振源头激情"：延异性的回归特征。我以为，胡风文艺思想与毛泽东文艺思想不仅是在五四以来的新文学，特别是在左翼文学、革命文学、救亡文学和后来的社会主义文学历史语境中形成的，而且它们都是马克思主义与中国实际相结合并在中国新文学实践中产生过重大影响的思想。从现在研究的角度看，它们与马克思主义的关系都是对马克思思想的回归，但是不同角度、不同层面、不同侧重点的回归。如前所述，胡风文艺思想的哲学基础是马克思主义关于人的存在的学说，他对此进行了本源性的探讨，并创造性地运用于自己的和本流派的文艺美学理论与创作实践中。他用马克思、恩格斯的著作和言论对黑格尔、费尔巴哈关于"人"的观念进行了分析，指出黑格尔将人看作"绝对理念"的"工具"，这种不以人的经验作基础的"人"，不是人而是"鬼"；费尔巴哈虽然从"鬼"走到了"人"，但他只是把人看成是没有任何"人对人的""人的关系"的"有着个人的血肉的人"，也就是只将人当作"感性对象"来把握；而马克思的观点则是，人不仅是"感性对象"，而且应该将它当作主观的"感性活动"来把握。这种"感性活动"就是既要看到人所处的"社会关联"和"生活诸条件"，又要看到这人所结成的"社会关联"和所创造的"社会诸条件"又创造了人,丰富了人。所以,胡风说:"人创造了感性的世界,这感性的世界又是活在人的'活的感性的全活动'里面的。这样,人就成了具体的人,成了人的'感性的活动'。"① 最后,他引用马克思的话说:

> 所谓意识,是意识的存在,绝对不能是这以外的任何东西。因而,所谓人的存在,是他们的现实的生活过程。②

这是胡风探讨和运用马克思主义理论所达到的一个很重要的结论。新时期以来,特别是上个世纪和这个世纪之交,中国大陆一些哲学家对马克思主义理论进行了新的探讨。如有的学者将马克思的思想,分为表层、中层和深层三个层次。属于表层的是一些具有操作性的实践性理论结论,如武装斗争、暴力革命、无产阶级政党特定策略的设想、市民社会、意识形态、东方的亚细亚生产方式等;属于中层的是以经典唯物史观为表述形态的社会历史理论,如生产力与生产关系、经济基础与上层建筑的矛盾运动的理论等;属于深层的则为关于人的存在方式、人的发展的理论,如关于人的存在的实践的观点,即从人的活动本身或对象化的实践活动来确定人的本质和历史内涵,关于人的存在的深刻的文化精神,即人的生命活动本身是开放的、批判的、反思的过程。不仅这一位学者,还有人认为中国哲学界"回到马克思"有本体论、认识论和人类学三种思维范式,它们在不同历史时期出现,展示了不断开拓的视野③。有的学者还认为,马克思的深层的思想主要体现在马克思的《1844年经济学哲学手稿》、《关于费尔巴哈的提纲》、《德意志意识形

---

① 胡风:《论现实主义的路》,《胡风全集》第3卷,湖北人民出版社,1999年版,第521页。

② 胡风:《论现实主义的路》,《胡风全集》第3卷,湖北人民出版社,1999年版,第521页。

③ 赵天成:《对复归与走近马克思的考辨》,《新华文摘》2003年第8期。

态》等早期著作中，但它们到后来更加成熟并深层隐在地贯穿在他以后的全部著作中成为他整体思想的灵魂。这个整体思想因为带有总体方法论的性质而在今后具有长远的意义。

胡风不是马克思主义的专门研究家，不可能对马克思的思想有全面系统的研究。但胡风对于马克思的思想绝不是只接受了他的意识形态、市民社会、封建的亚细亚生产方式等具体观点，而是从整体上接受了马克思的有关人的存在的实践观点，人的发展观点以及开放的反思的深刻的文化精神。胡风说："作为'感性的活动'的人，他的存在内容，从那客观性说，人是历史的人、具体的人；从那主观性说，人是阶级的人实践的人。"① 这"实践的人"就是胡风所引的马克思的话——"人的存在，是他们的现实的生活过程"的意思。胡风对马克思这个整体观念和根本精神，在他的最重要的著作《论现实主义的路》中用较多的篇幅进行了集中论述，可见他是自觉地意识到它们的重要性的。还应该引起注意的是，胡风对于马克思的人的存在的观点的引用与论证，几乎都是出自马克思的早期著作。除《1844年经济学哲学手稿》当时尚未公开发表、胡风尚未见到以外，胡风的引证大多出自《关于费尔巴哈的提纲》与《德意志意识形态》。

毛泽东作为革命家、政治家，他所关注的马克思思想的侧重点与胡风显然不同。在革命、战争和冷战的时代环境里产生和发展的毛泽东文艺思想也主要是以唯物史观指导下的意识形态、武装斗争和无产阶级政党的理论作基础的。在马克思主义中国化的过程中，毛泽东对能动的反映论的阐释特别突出了作为经济的集中表现的政治的作用，以至他特别注重文艺与政治的关系，产生出一系列强调文艺的革命化、政治化、大众化、作家的世界观改造、获取无产阶级世界观等关于文艺的外部关系的观点；加以某些中国共产党的文艺方针政策的贯彻执行者所犯下的"左"的错误，特别是将文艺学术问题政治化以及封建"亚细亚"残余

---

① 胡风：《论现实主义的路》，《胡风全集》第3卷，湖北人民出版社，1999年版，第521页。

带来的专制主义的错误，于是，胡风和"七月派"遭到批判和政治打击便是必然的了。然而，从胡风的思想来看，他并不否定唯物史观与意识形态等观点，而且对某些观点如文艺与政治的关系的观点还相当强调。但因为他重点关注的是马克思思想的人的存在的实践的观点和人的自由自觉的发展的观点，因此以这种人的理论为基础，他不仅在文学的启蒙主义、现实主义等问题上深入到文学内部关系上有着突出的新的创建，而且即使在强调文艺与政治的关系时也与"左"的观点明显不同。因此，胡风在一定程度上深层次地回到了马克思，才能更好地结合实际，发挥新的创造，在文艺美学领域里取得重要成就。

（二）书写"疯癫史"：延异性的创新特征。胡风与"七月派"疏离革命权力话语中心而进行的创新和突破，反抗和出走，类似"理性和疯癫"二元对立结构中被理性压制和排斥的疯癫概念。"七月派"的以"主观战斗精神"为核心的文学主体性原则，其独特的现代性内涵，在于它是在主体和客体，情感和思想，感性和理性诸关系中强调的是主体、情感和感性。应该看到，胡风不仅是接受马克思主义关于人的理论和文艺思想的影响，而且理论视野开阔，曾接受别林斯基的"情志说"创作主体论、卢卡契的现实主义真实论的影响，又通过《苦闷的象征》等著作接受过现代生命哲学、人本主义美学和现代主义文学的影响。正因为这多种影响与中国革命文艺实际的结合并化为胡风理论个性的血肉，因而他的以"主观战斗精神"为核心的一系列观点便必然会突破现代中国文艺特有的"同一性"——过于理性化、政治化，并导致化的现实主义理论的种种禁锢，从而使胡风的现实主义成为开放的、多元的、本体的，具有艺术调节机制的、更符合艺术创作规律的现实主义，成为具有现代性特征的现实主义。这种现实主义的诞生必然与将政治、客体、理性、思想以及崇众、尚用等价值观念放到压倒一切位置上的革命中心话语大相径庭，甚至是水火不相容。因为革命中心话语中的理性主义和本质主义，从理念、目的、意识、真理、理性等霸权式词语出发，铺设下陈规、定论、公理的逻辑的轨道，没有质疑，缺乏欲望，没有感性的位置，罕见意外的火花。在这种思维定式下，文艺主流政治话语只能容忍屈从与某种程度的疏离，不能容许反抗和疯癫，如理论上只能容许对它的诠释，不能容许对它的质疑；创作上只能循着它设定的最高规范奉命写作，不能有越轨的情思和文思。

还有一点很能够见出胡风和"七月派""疯癫"的现代性独特内涵的，是它们疏离并反抗中心权力话语的话语方式和艺术风格。胡风和"七月派"那一套基于个体感性生命主体的"主观战斗精神"的理论体系和创作实践，与他们那种感性的显示出生活的生动性与生命的搏击力的独特的语言系统，包括文论上的概念、术语、范畴以及创作上的个性化的艺术风格，二者是协调一致的。这里可以看出，语言不仅是工具，语言即是思想本体。胡风与"七月派"由语言与思想的一致所构成的话语体系是那样独特，它们突兀、惊世骇俗，富于原创性而且具有超越品格：理论上从胡风到阿垅，从吕荧到路翎，他们惯用的概念、范畴如"相生相克"、"血肉追求"、"自我扩张"、"人的花朵"、"拥合"、"突入"、"肉搏"、"原始强力"、"非肉身的空响"等，都是人本性的有着浓烈情感色彩与强烈生命意识的语言表达。作家的创作，诗人如艾青，他注目于苦难，忧郁而激愤的情感，因坚持现实主义、浪漫主义，又吸纳象征主义和意象派观念和手法，而呈现出深沉美和繁复美。其他诗人如胡风、阿垅、绿原、牛汉、冀访、曾卓、化铁、天蓝、彭燕郊、孙钿、芦甸、邹狄帆、鲁煤等，大多显示出深情强劲、凄厉狂放的男子汉的血性刚性，表现出沉郁、浓重、悲愤、激昂的独特风格。特别是胡风最为推重、被称为"七月派"的经典文本的路翎的小说，只要看过他的中篇小说《饥饿的郭素娥》、《罗大斗的一牛》和长篇小说《财主的儿女们》的人，都会强烈地感受到那"原始强力"的震撼力和冲击力。他笔下的人物，无论是农民还是知识分子，最突出的形象是流浪者、漂泊者的形象；这些形象性格中最突出之点是挣扎、欲望、追求，是灵魂的撕裂或野性的变态。而他们常用的手法除了写实、夸张以外，还有渲染、变形、荒诞和"复调"。这些话语形态与周扬等人提倡文学政治化、大众化、民族化，又理性十足、貌似平正公允的中心权力话语比较起来，显得十分怪异而突兀。于是，他们的话语形态或者被说成是以晦涩的文风表现唯心论的阴暗的思想，或者被目为以咄咄逼人的文风表现出痉挛的近似疯狂的思想，似乎他们的话语成了"语言的暴力"。然而事实上胡风和"七月派"只是在很大程度上疏离中心权力话语，表现出对其压制的疏离和反抗，并未从根本上"离经叛道"，用后现代话语理论的术语来说，就是对中心权力话语还有某种"屈从"；而相反，随着与胡风和七月派的关系由讨论而批判，由文艺思想的批判到政治的迫害，中心权力话语"语言暴力"的面貌倒是暴露无遗了。

（三）多元"歧异"：延异性的开放特征。这是胡风的人的存在的实践特征和人的自由自觉活动的结果，也是多元共生，互补交融，竞相发展的现代思维方式所致。首先，在不同的时代环境里，从不同的角度出发，可以回到马克思思想的不同层面，不同侧重点。问题是要回到真正的马克思。无论是"表层"、"中层"，还是本体论、认识论，也无论是"深层"，还是人类学观点，只有真正地回到马克思，才能更好结合实际与时俱进。应该避免一谈到马克思思想的深层的人的存在维度，就回避马克思思想表层、中层的政治社会意识形态维度；也要避免一谈到马克思表层、中层的政治社会意识形态就抹杀其深层的人的存在维度。必须对马克思有全面的理解，全面地把握其思想的各个层面，必须看到其思想的各个层面之间是互动兼容、互相开放的关系。即使在有所侧重的时候，也要看到其思想的另一层面仍然以隐蔽的方式存在着。胡风的人的存在的实践的观点，人的自由自觉活动的观点，实际上是和马克思主义的政治意识形态论相结合的。他在文学上的主观战斗精神也离不开主客体化合的框架。他的启蒙理性也是情感生命主体和思想理性主体的融合。

其次，回到革命文学、左翼文学、社会主义文学的原初语境和历史变动本身，回到马克思主义文艺美学思想本身，除了其内部不同层面的互相开放外，还要在人文学术思想、美学文艺思想和创作上向其他种种科学主义和人本主义的思潮，向种种现代主义思潮开放，向本民族传统开放，对它们选择、吸纳、创造、转换。我们之所以说马克思主义美学思想具有普遍性，之所以说胡风"七月派"文艺思想虽有一定的狭隘性，但仍然显示着无法遮蔽的现代性特征和超越性特征，就来源于这种开放，从而使得处于不同语境下的人都可以从自己传统的，或科学主义的，或人本主义的，或现代主义的语境出发，对其作出自己的理解和阐释，实现其和多元语境的相互吸纳与融合。

再次，胡风与"七月派"文艺思想有一个很大的优点就是非常重视理论与创作的密切互动关系，胡风与"七月派"之间的关系就是最明显的例证。要回到文学本身，首先就是要回到创作。中国现代历来是理论先行，创作再跟上，我们应该努力改变这种状况。也因此，从某种角度看，较之于胡风，"七月派"的创作更具有超越性，更显示出开放性特征。

我们都说文学研究要回到历史的原初语境，不要用西方的理论机械切入，而本文又引入福科和德里达的思想来观照胡风"七月派"文艺思想，乃是因为他们的思想和马克思的思想在致思方向上具有一致性，都是要打破僵化的结论和体系，以批判性和超越性的精神不断将人类的精神物质生活推向前进，不断地向着未来开放。我在本文前面谈到反本质主义、反理性主义的后现代思潮会起到消解胡风和"七月派"的启蒙理念和主体精神的作用，但如果能够很好地理解胡风与"七月派"关于人的存在的超越性与开放性观点，是会看到当下多元、歧异、常变、运动的环境也是可以向有利于胡风和"七月派"研究的方面转变的。我希望对胡风和"七月派"文艺思想的研究会是这样一个不断开放、不断超越的过程。

［原载《华中师范大学学报（人文社会科学版）》2003年第5期］

论沙汀小说艺术再现的特征

一

沙汀的小说一贯以鲜明的现实主义特色著称。作为一位杰出的小说艺术家，他的现实主义创作的一个重要特点，是他有一种主动直接地感受和复呈事物的艺术直觉能力，一种处于积极定式效应中的能够充分调动主体关于对象的全部经验和情绪，关于自身全部丰富艺术积累，以至将自己整个身心、艺术个性投入创作劳动的艺术感受和艺术知觉能力。他的艺术再现特征是在长期生活积累的基础上，在主体需要和动机的推动下，在某种媒介的触发中，往昔的心理定式经过思维主体的作用而在创作过程中产生的定式效应，一种由感知、想象、理解、情感等多种心理因素的动力综合所造成的艺术再现特征，一种对世界的现实主义艺术把握方式。

在形成沙汀现实主义艺术再现心理定式的诸多因素中，首先要看到的是他的童年、少年时代的情绪记忆和长期烂熟于心的生活积累。在半个多世纪的创作活动中，他一直保持着"在一个狭小范围内看得深一点，更久一点"[①] 的生活方式，因此他曾被认为是"农民诗人"，具有

[①] 沙汀：《这三年来我的创作活动》，黄曼君、马光裕编：《沙汀研究资料》，中国社会科学出版社，1988年版。

"恋乡情绪"的"原乡人"。他童年、少年时代的生活环境——四围皆山的安县古镇，以茶馆为中心的乡镇文化环境，由舅父引导他进入的川西北整整一个袍哥世界，还有，他跟随舅父到处赶码头、浪迹江湖的"跑滩"生活，等等，都成为他后来创作的重要准备。特别是四川地方封建性割据的中世纪式黑暗统治，社会上人与人搏斗的情景，反动基层政权、封建地主势力与袍哥世界三位一体所展示的四川社会错综复杂的政治、经济和人际关系的网络，一个十足的强力社会，这个强力社会变动的内幕及种种病态，等等，更以丰富多彩的生活图景映入他的心灵里，深藏在他情绪记忆的库藏中，成为哺育他日后的创作个性、感情积累，触发他创作构思、艺术共鸣的基地。沙汀曾说他对乡土生活的熟悉达到了连本地人"打一个喷嚏，都能猜到它是啥子意思"[①] 的程度，这正表明了作家情绪记忆所独具的特征。其次，作家主体的政治文化观念和文学价值观念对于作家心理定式的形成也有着制约作用。沙汀在"五四"新思潮影响下所接受的新的世界观、人生理论和情感心态，以及在此基础上所发生的美学文艺观念的重大变革，使他终生都既抱着对时代"应有的助力和贡献"[②] 的明确的文学目的性和功利价值观，同时又极其重视文学的自由品格，重视文学本身的特殊规律，重视独特的艺术个性和创作道路的选择。他专注于写自己熟悉的生活和特定的题材领域，专注于艺术独特风格的探索和创造，专注于小说长、中、短篇体裁和技巧、语言独特文体的经营和构造，为中国现代小说的发展作出了自己独有的贡献。再次，文学素养、审美趣味对于造成沙汀现实主义艺术再现的心理定式更有着直接影响。这里最主要的是"五四"文学传统对沙汀的影响，他在受到以鲁迅、茅盾为代表的现实主义思潮影响的同时，也受到浪漫主义和自然主义的影响。沙汀曾多次谈到郭沫若的诗集《女神》如何"吸引住"他，开阔了他的艺术视野。无论是现实主义的客观再现、浪漫主义的主观表现，还是二者的交错互补作用，都重视人的灵魂的改

[①] 吴福辉：《沙汀传》，北京十月文艺出版社，1990年版。
[②] 鲁迅：《关于小说题材的通信》。

造，要求打破我国传统文艺"瞒和骗"的格局，在真实地再现社会现实的矛盾冲突或真实地揭示内心隐秘和灵魂的搏斗中体现现代意义的悲剧和崇高精神。这对于沙汀敢于直面人生，揭示现实矛盾冲突，追求艺术再现的个性化、典型化和重视人物心灵隐秘性的开掘等问题有着根本性的重要影响。关于具有某种主观表现特征的作家作品，沙汀还多次提到废名、沈从文。他们那种以散文式笔致传达的省净凝练的诗画境界和跳跃、空白、阻隔、省略、人事景的诗化等文体特征，对沙汀含蓄、凝练、拙朴、苦涩风格特征的形成也有重要影响。在外国作家中，除人们熟知的俄国作家果戈理、契诃夫对沙汀现实主义艺术再现的影响以外，沙汀还曾提到俄国的普希金、法国的梅里美和日本的芥川龙之介。普希金、梅里美常喜以浪漫主义笔触揭示人物与环境的关系，以突出人物的主要性格特征；芥川氏则常以冷峻的笔调、富于传奇性的情节构造哲理意蕴丰厚的人生图画，并善于剖析"反常"的人物心理活动的特殊规律。这些作家都不是现实主义作家，然而却从另一些角度影响和丰富着沙汀小说的文体。至于受自然主义影响的问题，由于沙汀开始创作的30年代初，现实主义已经在同自然主义的剥离中逐步独立出来，并且从左翼作家的范围看已经处于马克思主义的指导下与马克思主义文艺思想同步发展。沙汀在承接"五四"现实主义传统时，受到交融于现实主义之中的某些自然主义因素的影响。如在创作题材的选择、讽刺喜剧类型的偏爱以及艺术风格特征等方面就保留着自然主义的某些因素，而对于自然主义将人降低到纯动物性、生理本能的令人恶心的描写、繁琐笨重的刻画以及照相式地冷漠无动于衷的客观主义态度和手法则被沙汀摒弃掉。上面从生活、思想和艺术三个方面对沙汀创作心理定式进行了分析和把握。正是这种创作心理定式的多层次的、立体的丰富内涵，使沙汀的现实主义艺术再现出属于作家的独特而完整的"这一个"的特异色彩，产生出不同凡响的持久的定式效应。

美国艺术理论家鲁道夫·阿恩海姆在《艺术与视知觉》一书中，在探究艺术与生活的关系时强调："无论是艺术家的视觉组织，还是艺术家的整个心灵,都不是某种机械地复制现实的装置,更不能把艺术家对客观事物的再现看做是对这些事物偶然性表象所进行的照相式录制(或抄写)",因为格式塔心理学试验揭示了"视觉形象永远不是对于感性材料的机械复制,而是对现实的一种创造性把握,它把握到的形象是含有丰富的想象性、创造性、敏锐性的美的形象"①。这里,可以看到艺术创造主体的情绪、心胸、人格、才能在艺术创造过程中的能动作用,可以看到艺术生命孕育、诞生过程中的人性的科学的内在根据。这对于理解沙汀小说现实主义艺术再现的特征是具有启发意义的。沙汀小说的现实主义之所以是真正的艺术再现,而不是单纯的模仿,就是说,既不是对生活的"镜子"式的僵死的复制,又不是单靠思想的正确、高深和技巧的精妙、娴熟。他强调的是吃透生活,借助全身心的感受、体验而发自心灵深处的生活的灌注。沙汀说:"我常常这样想,技巧诚然是了不得,它可能帮助你准确适当地处理你的材料……可是,如果和生活脱了节,你就只有架空,至少,你会觉得事半功倍。但自然、思想更重要,不过思想也必需以生活作养料,它才不致枯死,不致仅仅教会你装腔作势。"② 他不仅在技巧、生活和思想三者中,把生活放在了首位,而且强调作家头脑和心胸在生活和创作过程中的能动作用。他说:"作家不能把头脑当作生活的仓库,而要看成像蜜蜂酿蜜一样的蜂房。"③ 因此,他在指出作家要用增进自己的思想修养来"加强'感性'"④,以避免纯客观描写的同时,又反对"单用一些情节,一个故事来表现一种题旨"⑤,以避免图解政治的公式化、概念化倾向。以沙汀40年代创作鼎

---

① 鲁道夫·阿恩海姆:《艺术与视知觉》,中国社会科学出版社,1984年版,第7页。
② 沙汀:《〈兽道〉题记》,黄曼君、马光裕编:《沙汀研究资料》,中国社会科学出版社,1988年版。
③ 沙汀:《漫谈小说创作中的一些问题》,黄曼君、马光裕编:《沙汀研究资料》,中国社会科学出版社,1988年版。
④ 沙汀:《向生活学习》,黄曼君、马光裕编:《沙汀研究资料》,中国社会科学出版社,1988年版。
⑤ 沙汀:《这三年来我的创作活动》,黄曼君、马光裕编:《沙汀研究资料》,中国社会科学出版社,1988年版。

盛时期的小说为例，他这个时期所显示的艺术再现特征，之所以决没有单纯模仿的弊病，或单纯地以思想主题和技巧匠心取胜，关键在于他在创作中像"母体怀胎"、"蜜蜂酿蜜"一样将自己生命的汁液——主观的情绪、情感、情性、情志、情趣全部倾注入生活素材之中，融合成生气灌注的心血的结晶，创造出富有生气和活力，具有光泽和风韵的艺术品。例如，他的小说中经常出现的"生活相"——民俗风物如茶馆、烟馆，民俗节日如春节、元宵，民俗生产方式如采金、盐井等，按照现代心理学的观点（如荣格的集体无意识观点、格式塔心理学观点），它们本身就不像日月山川等自然风光的描写那样，必须有主体精神的移入灌注方能产生效应和意义。它们是一种"有意味的形式"，本身便具有某种客观自在的、能动的价值和作用，其间凝聚了一定时代文化心理以至审美习尚等固定的指向。同时，更重要的是，沙汀依据心理定式，将自己主观的情感、态度倾注到这些民俗"生活相"中，发挥它们客观自在、能动自主的价值和作用，将它们与渗透着作家情感血肉的现实的人的活动融合起来，借助人与民俗之间的纠葛、较量，展示矛盾冲突，灌注生气于人与人、人与民俗环境的关联、纠葛中，从而影响作品民俗化倾向的整体结构，深入地揭示民俗文化的深层结构、社会生活的底蕴，触及重大政治时弊，表现了千百万群众所关心的时代课题。例如《在其香居茶馆里》就以茶馆文化为基础写了一台有声有色的"讲茶"。这台"讲茶"不仅通过茶馆氛围和各色人等民俗群体的勾勒，生动妙肖地显示出战时四川"堪察加"的现实人生图景；而且经过作家苦心经营、生气灌注，提炼出一明一暗两条线索使它们交织集中在这台"讲茶"之中。明线是"火炮性子"的邢幺吵吵碰上了绰号"软硬人"的方治国，二人为各自的利害互不相让，一台"讲茶"成了他们互相揭露对方丑闻的最好场所。而邢幺吵吵的大哥、舅子因营救被抓壮丁而与新县长的往来、勾结，则以暗线被置于"讲茶"之后又时时在"讲茶"中透出信息，最后与明线交织，这台"讲茶"终于成了一幕暴露国民党基层政权兵役问题的内幕，使镇上许多头面人物当众现丑的喜剧。又以春节、元宵的民俗来说，这两个民俗节日在《淘金记》中表现出来时，除传统的家人团聚、吃团年饭、请春酒、闹花灯以外，又着意渲染了川西北反动统治下惯有的聚赌、招娼、烧灯、借节日发展袍哥组织等陋俗；更重要的是通过现实关系的揭露和政治时弊的触及，展现出抗战中后方五光十色的"时尚"、"风气"。如，经过白酱丹的建议而为龙哥所采纳的把狮子玩绣球的娱乐改为"麒麟张口吞太阳"的宣传活动，就是对地方统治者在抗战幌子下肆意玩乐、借机巧取豪夺的嘴脸的独特而深刻的揭露。又如为了"维持后方的治安"，在节日中入流的哥老会中特意收纳了一批知识分子，"新添了斯文人"，于是出现了一群"穿着山峡布制服的青年""沾沾自喜"地"在那里叩头打拱"的奇特场面。从作品的整体艺术形象看，这是一些细节，然而正如黑格尔所指出的，真正的艺术家，应该给艺术作品每一个细节都灌注进生气和灵魂，使其成为一个能够独立自足的整体；而这每一个细节又都是植根于一个统一的意蕴和精神之中的。这样所做到的"具体的统一"才能构成一个像活生生的"人体"那样的"有机的整体"，一个像生活本身那样丰满的艺术世界。

二

　　既对个别特殊事物有丰富深刻的内心体验，又发挥艺术的想象力和整合力，运用从个别特殊出发，又使个别特殊更为鲜明、完整，从而造成既单一又完整、既特殊又普遍的"单整性"艺术形象的典型化方法，是沙汀小说现实主义艺术再现的又一重要特征。这一特征，从他对生活素材的收集、题材的选择到人物的塑造和主题的深化各个创作环节上都得到体现。

　　首先，在生活素材的收集上，沙汀被现实中某种人物的性格、命运吸引住的时候，便严格按照生活本来的样子，对生活进行精细的观察，从事物的活的状态中捕捉它们在特定情境中的本质特征和具体状貌，像画家做练习的草图一样，勾勒出事物种种活的姿态，把它们细致地、有选择地记载下来。沙汀说他对于人物不满足于得到"一般的概念"，而是要了解"他们原来怎样？其间经历过如何的过程？"直到被生活中的"性格""迷惑住"。在这种熟悉生活和孕育人物的基础上，他主张"观察和收集材料"。具体的做法是，他认为生活的"单位不该庞大"，"时间上该尽量长一点"，以便"认识它的一切细微的情节，它的所有组织成分的个别特征"①。在这个过程中，他主张写人物要有现实生活中的原型作依据。他说："我作品中的人物大多都有原型，不过都经过改造而已。"② 例如，"《防空》的题材，它的人物和故事，我还得罪过两三个熟人，招来一些大不愉快的烦言"③。"《淘金记》中白酱丹的原型是我的一个亲戚。"《困兽记》中的人物，可以说大都是熟人，同乡中知识界和我同辈的人多能指出孰是孰来。"④《红石滩》中人物，不仅"太熟悉"，而且"其中一个人物身上"还"具备有"某位"豪绅的习性"⑤。对于这些生活中的人物他总是进行细致的观察和揣摩，在他看来，"一个作家的灵感是太有限了"，而"根据脑力所能保留的印象……而且极有限的"。因此，不同于这种"自然发生的才子派头"，他在与现实中人物的接触中"总当场摘录若干认为必要的要点，一个细微的动作，一句情绪饱满的断句，一段经历的大意；然后在分手后根据概要如实地写下我的印象"⑥。这种真实地描摹生活中的原型，以此作为构思和创作素材的基础的方法，从其他一些杰出的现实主义作家、艺术家的

---

① 沙汀：《这三年来我的创作活动》，黄曼君、马光裕编：《沙汀研究资料》，中国社会科学出版社，1988年版。
② 沙汀1981年2月5日给笔者的来信，黄曼君、马光裕编：《沙汀研究资料》，中国社会科学出版社，1988年版。
③ 沙汀：《这三年来我的创作活动》，黄曼君、马光裕编：《沙汀研究资料》，中国社会科学出版社，1988年版。
④ 沙汀1981年2月5日给笔者的来信，黄曼君、马光裕编：《沙汀研究资料》，中国社会科学出版社，1988年版。
⑤ 沙汀：《〈红石滩〉题记》，《红石滩》，湖南文艺出版社，1987年版。
⑥ 沙汀：《这三年来我的创作活动》，黄曼君、马光裕编：《沙汀研究资料》，中国社会科学出版社，1988年版。

创作过程中也可以看到。例如，罗丹便将自己说成是"真实的追求者，生命的窥伺者"，他说："我服从'自然'，从来不想命令'自然'，我把观察到的活生生的运动当时捉住，而不是去硬做出这些运动。"① 据葛赛尔的记述，在罗丹的工作室里，与一般雕塑家全凭自己的意思吩咐模特儿摆出这样那样的姿态来进行工作不同，他让模特儿自己自由地活动，自己则通过观察和欣赏抓住一种有美感意义的姿态，然后很快将它塑造出来。葛赛尔写道："他的眼睛追踪着他的模特儿——他默不作声细味着在他们身上的生命的美，他赞美这一个少妇的动人的柔软的腰肢——当她俯身去拾雕塑刀的时候；他赞美另一个细腻优美——当她舒展双臂托起头上金发的时候；他赞美一个走动着的男子的生气勃勃。而当他或她做出一种使他喜欢的动作时，他要求保持着这个姿态，于是他迅速拿起黏土……一个模型立刻就完成了；然后，他用同样的敏捷，同样的方法塑造另外的一个。"② 综上所述，可见只有将感受力与理解力结合起来，才能从生活中摄取大量的生活素材，才能将丰富生动的客观生活化为作家的主观创作财富。这些复现在作家记忆库存中的形象素材，才会不同于一般人所收集的材料，而且有特殊的价值。沙汀这种特有的收集生活素材、积累生活的方法对于形成他细密精当的艺术风格起了重要作用。

其次，关于题材的选取，沙汀往往在生活中发现某种个性形态鲜明而又具有潜在容量的典型事物，在它们的强烈触动下聚集生活素材，从而逐步形成一个具体作品的特殊题材。以《在其香居茶馆里》的创作为例，本来，在沙汀头脑中，四川农村、小城镇中保甲长、土豪劣绅为非作歹的事实储积了很多，他们在抗战中为发国难财而造成的兵役等问题上的弊端也见过许多，也有将它们表现出来加以暴露的愿望。但是，促使他这种愿望变得强烈的是这样一件事：1940年，他在重庆主持一次

---

① 罗丹：《罗丹艺术论》，人民美术出版社，1987年版。
② 罗丹：《罗丹艺术论》，人民美术出版社，1987年版。

以"文抗"总会名义召开的"小说座谈会"的时候,有听众递条子说,现在乡下拉壮丁,闹得乌烟瘴气,作家为什么不揭发?这张字条集中地反映了国统区广大人民群众的民主要求,表达了他们对国民党反动派在兵役等问题上的弊政的愤怒和反抗。但是,怎么写呢?许多人已写过这一类题材,"不能老说重皮子话"。正在这个时候,生活中一件饶有趣味而又颇能发人深思的事情使他发生了特殊兴趣:有一次在"跑警报"时,他与重庆南岸铜圆局裕华农场的一位姓陈的农艺师碰在一起了。在闲谈中,他告诉沙汀,他的侄儿被抓了壮丁,但是经过他的"活动"已经释放了。问他怎么释放的?这个技师满不在乎地回答:"晚上集合起来排队报数时,那娃故意把数目报错了。队长就说,他这样笨配打'国仗'?快把军衣脱下来,滚!这不是就放啦?"这个小故事,一般人听了笑一笑也就算了,可是却引起了沙汀的思索,触发了他对一个具体作品的构思①。这时候,这个典型事件以它形象的独特性在他脑海中植根,促使他们的形象思维活跃起来,原来分散的人物和事件,零碎的思想和印象如同铁屑被磁石吸引一样,聚集在这个事件的周围。他所熟悉的小城镇里的"头面人物"及他们的种种劣迹便围绕这个故事浮上脑际,这样便逐步形成了作品特有的题材。至于长篇小说,作为作品人和事的原型虽不像短篇小说那样单纯,但从生活中择取基本情节的"核心"和从这个"核心"悟出作品的独特思想,对于长篇题材的形成则仍然是必须的。例如关于《淘金记》的写作就是如此,沙汀在"八一三"事件后,从上海回家乡不久就开始酝酿这部作品了。那时候,他家乡曾两度挖过金子的矿山又在"抗战建国"的口实下复活了。不久,他碰到一位从上海返川的有水平的科技人员,也看热了这桩发财致富的捷径,他当时竟也搁下了专业,甚至卖掉了专业所必需的器械,筹集资金挖金去了。沙汀对这事很有感触。待他1940年春从敌后、延安返川时,利用国难发

---

① 沙汀:《漫谈小说创作中的一些问题》、《生活是创作的源泉》,黄曼君、马光裕编:《沙汀研究资料》,中国社会科学出版社,1988年版。

财致富，更成为一般上层人士主要关心的事业，那时国民党政府的要员们坐飞机大搞黄金走私的传闻，对他震动很大，这时他才清楚地看到了那位科技人员搁下专业挖金的故事，竟然有这样大的潜在容量。这样，他便以他从小就熟悉的故乡的淘金事业为背景，形成了争夺笤箕背金矿开采权的基本情节和题材①。由上面创作过程的剖析可以看出，沙汀在生活中对作品情节"核心"的发现，是与对生活的理解逐步加深同时进行的。他在总结自己这方面的经验时说："生活中常常会有这种并非成块的东西，看来不能一下子写成一篇作品，但它却能起到触发的作用，引起你对已经熟悉的生活的联想和深思，甚至使你的全部经历、记忆活跃起来。有时候，我手边的材料已经不少，但总像还缺少一个串连它们、使它们互相通气的东西。好比一盏煤气灯，气打足了，还要将火点燃，或者用引针透它一下，于是喷的一声，这才亮了。"② 这里，他生动而又深刻地说明了一个作家在生活中发现情节"核心"对于形成作品题材的重大作用。

再次，从情节的提炼和主题的深化看，沙汀的创作是将个性化和概括化交融起来达到典型概括的。沙汀说："我作品中的人物大多都有原型，不过都曾经过改造"，"至于故事，虚构成分更多"，"我自传性的作品极少"③。这里，将沙汀抓取的某些作品的题材的"核心"与这些作品最终形成的典型的生活图景作一个比较，看看他是怎样提炼情节、选择安排人物，从而恰切地表达主题、深化主题，是很有意义的。先看《在其香居茶馆里》，当沙汀得到了那位姓陈的技师的侄儿被抓丁又放出来的情节"核心"后，他对这个情节"核心"进行了改造和生发。在人

---

① 根据沙汀1980年2月8日给笔者的来信及《〈淘金记〉重版书后》，黄曼君、马光裕编：《沙汀研究资料》，中国社会科学出版社，1988年版。
② 《漫谈小说创作中的一些问题》，黄曼君、马光裕编：《沙汀研究资料》，中国社会科学出版社，1988年版。
③ 沙汀1981年2月5日给笔者的信，黄曼君、马光裕编：《沙汀研究资料》，中国社会科学出版社，1988年版。

物的选择和安排上,就是将故事的主要人物由自由职业者改变为农村豪绅地主和反动政权的县、保长。不仅如此,为了使这偶然性的"个别"事件能够深刻地揭示事物必然性的"一般"规律,作者还充分利用了壮丁抓而又放这一事件,从它概括生活的内在容量上对它进行了深入的发掘。作者艺术概括的触角沿着事情发生的原因(邢幺吵吵的儿子为什么被抓)、后果(壮丁被抓后造成的影响)的线索伸展开去,构思出旧县长因兵役问题被撤职,而新县长上任后扬言要整顿兵役这一故事发生的特定环境;又根据这个特定环境所展示的生活的必然逻辑,增写了邢幺吵吵与方治国之间的一场公开争吵;而最后,作者所着意铺写的重点又使得结尾突现主题的一笔显得深刻有力、意味深长。这一情节的提炼和改造深刻有力地暴露了国民党反动派在兵役问题上的弊政,充分地揭示了国统区政治制度的腐朽和反动,从而更好地突出和加深了作品的主题。作为一部长篇小说,《淘金记》在生活原型的基础上所进行的虚构和加工则是更为明显的,这部作品的生活原型当然不只是那位抛弃专业转而淘金的技术人员的故事和形形色色人物的原型,但是,长篇小说中对各色土豪、恶霸、流氓、官吏为发国难财而疯狂争夺的构思,对于他们迷恋黄金的丑恶心理的深入刻画,对于国民党政府在抗战中出台一系列政策法令的虚伪性、腐朽性和反动性的深刻揭露,以及对于四川农村和小城镇上流社会世态讽刺图和社会风俗画的描绘,都是与作者进行深刻的艺术概括所付出的艰巨劳动分不开的。作者谈到,《淘金记》酝酿构思的时间,前后延续了3年之久,从生活中受到具体、典型的素材的触发,到终于发现"所看见的并不是一时一地的偶然现象",这个认识逐步"广阔起来,深刻起来"的过程,就是典型概括的过程①。长篇小说《红石滩》的写作,沙汀曾说他已"蓄意四十年",早在40年代末,"人民解放军进入川西平原前夕,重庆已经获得解放的时候",就有了写

---

① 根据沙汀给以群的信所写,载《文坛》第5期。

作这部作品的意图，此后，题材屡经深化，到了80年代，才在"情绪饱满"的创作心态中"水到渠成"地完成了这部作品①，从这么长的构思过程也可以想见作者典型概括的功夫。

由于沙汀在艺术再现过程中将要表现的客观对象从外在原色到内在精神都渗透在自己的心灵中，并遵循着从个别特殊出发又使个别特殊更为鲜明完整的典型化方法，因此，创造出一个个活生生的像生活本身那样的"具体统一"的艺术世界。这种艺术效应从人物形象来说是写出了许多个性鲜明而又有深刻概括意义的形象。例如，同是联保主任和乡长，有操浑水袍哥靠打劫起家、性情刚愎粗野的龙哥；有团总出身、打着"尽瘁乡梓"幌子实则很有谋略的"软硬人"方治国；有承袭父职、阴狠强横、在消遣中任意勒索山民的彭瘃；有在"应变"中进攻、不甘心退出历史舞台，奸猾善变的胖爷。同是乡约、甲长，有浑身充满趣味，连小孩都要戏弄他，却逼得小粮户上吊而自身也美梦破产的丁乡约；有霸占被抓壮丁之妻、伶牙俐齿、浑身光棍气的"赶山狗"徐荣成。同是土豪劣绅，有外表斯文迟缓、内心阴沉狠毒，家里败落得揭不开锅，却不愁吃喝，"到处下烂药"，仍然是当权者的"智囊和神经"的白酱丹；有刁钻无赖却沦为"在野派"的林幺长子；有粗鄙下流的"火炮性子"邢幺吵吵，等等。与既单一又完整、既特殊又普遍的人物典型的刻画相一致，在艺术表现上也着力于表现个别，为"具体统一"的"单整性"艺术形象服务，艺术风格呈现出严谨、洗练、含蓄、深沉的特征。沙汀的短篇小说，无论是生活横断面或是生活纵切面，都能围绕情节"核心"精心构思、组成画面，讲究在有限的篇幅里直接"切入"，通过大中取小、小中见大的提炼概括，真正做到选材精严、剪裁得当，使艺术形象既单纯集中、新颖独特，又深刻细腻、鲜明完整，对生气灌注的特定题材从细节到本质上起到了有力的"显相"作用。他的长篇小

---

① 沙汀：《〈红石滩〉题记》，《红石滩》，湖南文艺出版社，1987年版。

说如《淘金记》、《还乡记》和《红石滩》等,吸取了古代长篇小说单线式结构的长处,又辅以网式的结构方法,在概括和表现复杂的生活时单纯、朴素、凝练的特色非常显著。《淘金记》在北斗镇各派势力为发国难财而引起的角逐争夺中,《还乡记》在拉壮丁、霸妻、打笋子问题上而引起的贫苦山民与"地头蛇"、"赶山狗"们的激烈斗争中,《红石滩》在"应变"和反"应变"的过程中所引起的错综复杂的矛盾冲突中,作者都能够准确有力地把握住人物和情节描写的焦点(或者称为情节的"磁力线"或情节的"弹簧"),以它为中心展开线索,造成悬念。每一个偶然性情节的利用,每一个悬念的造成,都将人物和情节紧紧地吸住,人物性格在"扣子"造成的特殊环境中得到了鲜明的突现和着力的刻画;情节也因为"扣子"的作用而波澜迭起,更集中本题;故事的发展环环紧扣而又疏密相间。整个作品像一出戏剧严格地遵循着舞台时间那样惜墨如金,也像一出戏那样,充分运用"戏"常用的扣子和悬念的手段,而造成作品情节的生动性和趣味性。加以沙汀小说的语言精细、贴切、简洁、生动,善于从形象发展的细微曲折之处构思出特定情势下的个性化语言,不仅做到什么人说什么话,而且做到什么时候说什么话。小说句、段、篇的构成又常有不规则的跳跃、空白与分隔,造成行文的非连续性和人、景、事的诗化,时时给人留下咀嚼、想象的空间。其中时或也有"过"与"僻"的地方,但确实造成了一种卓然独步、不同凡响的文体。卞之琳在评价《淘金记》的艺术成就时说:"他这本小说也似乎比别的任何小说都能屏绝旁骛,而集中本题,以及针线缜密,一字不苟,洵属形式与勾心斗角,花样百出的内容,恰如一致的一出完整的戏剧。"[①] 这也可以说是沙汀小说文本上的共同特点。而这种特点的形成是与他那主动的、直接的艺术知觉能力,与他那从个别出发又使个别更为鲜明完整的典型化方法以及"单整性"艺术形象的造成密不可分的。

---

① 卞之琳:《沙汀的〈淘金记〉》,黄曼君、马光裕编:《沙汀研究资料》,中国社会科学出版社,1988年版。

三

沙汀小说现实主义艺术再现的另一个特征，是他的许多作品，尤其是著名的作品，都是以写反面事物为主的。在美的类型选择上则鲜明地表现为审丑和讽刺喜剧性特征。他的许多小说充分地展示丑，揭示与美对立的本质意义上的丑。但他不是歌颂丑，而是将审美理想寄寓在现实的审美感受之中，对丑进行揶揄、嘲弄，将生活中的丑转化为艺术中的美。特别是当生活中的丑不是以丑的面目出现，而是把丑恶扮为美好，残忍装成人道时，他善于烛照美丑，明辨是非，通过对丑的无情否定，将其可憎、可笑、可鄙之处发掘、揭示出来。这一特征在他抗战时期的小说中体现得最为明显。

关于写什么的问题，即现实主义特别是革命现实主义文学能否以写反面事物为主？以写反面事物为主要内容的作品是否一定没有美的理想，并表现出自然主义倾向？关于这个问题，沙汀是这样回答的："当然，我也考虑到，我这样写下去，是否会陷入旧的现实主义的狭路，只有批判，而不加一点什么新的东西？关于这一点我的意见是这样的：创作上的方法，是因描写的对象而异的，因人而异的。他的是否正当，我们应当从具体的作品和具体的民族需要入手，而不应固执一种一定的尺度。我常常想，我们的社会发展是太不平衡了，它的趋向虽然一致，但工作却是多方面的。并且我以为，现实主义的所谓跨过现实一步，并且给与新的成分，这不仅限于肯定的一面，在否定的一面，也可作如是观的。"① 这就是说，对待以反映否定性事物为中心内容的作品，必须从现实生活出发，密切联系社会情势和具体环境，联系作家独特的生活经验和艺术个性，并考虑到文艺为时代服务的多样广阔的途径，从而肯定

---

① 沙汀：《这三年来我的创作活动》，黄曼君、马光裕编：《沙汀研究资料》，中国社会科学出版社，1988年版。

这种题材作品的独特的艺术价值和社会作用。况且,沙汀在作品中暴露黑暗,刻画丑恶事物,并不等于他的心目中没有光明和美的理想。就在写《在其香居茶馆里》和《淘金记》等作品的同一个时期,他写了反映敌后抗日根据地人民斗争生活的《敌后琐记》和《闯关》等作品,写了以国统区青年知识分子向往和奔赴延安为题材的短篇小说《磁力》等。他在谈到这些作品的创作时曾经明确地说过,他在川西北山村,虽然在极其恶劣的政治环境下,行动受到"限制",而"心思所能活动的范围""却是极广的",他"总情不自禁地缅想……那广袤浩瀚的河北平原,那些任性的驰骋和那些有声有色的生活片断"①。这里,关键在于沙汀作为一个严肃的现实主义者,当他向往光明的时候,并没有背离现实主义真实性的原则,离开国统区的特定环境,生硬地去写人民群众与国民党政权的矛盾斗争,或者是离开活生生的艺术形象,将历史的未来加以虚拟,硬塞给读者;而是通过光明与黑暗、美好与丑恶的对照更有力地去剖析抗战痼疾、抨击黑暗现实。这正是他和抗战初期被国统区某些现象模糊了视野而写出一些廉价乐观作品的作家的不同之处。正因为沙汀从国统区的实际出发,主要通过对国统区黑暗的深入开掘和艺术描画,从反面表达自己的美学理想,所以他的作品给国统区的读者的,就不是无补于实际的慰藉,而是起到使他们惊醒和感奋的作用。卞之琳在谈到他读《淘金记》的感触时说:"《淘金记》到临了也未尝不令人有出路之感,有如悲剧在叫人流了眼泪以后或者喜剧叫人笑出眼泪以后所给的明净、轻松、健康、明白。"又说:"沙汀居然制出了这样一面照妖镜来,像 X 光似的照出了我们皮肉底下的牛鬼蛇神,牛鬼蛇神底下的人性,居然从这样的腐朽里变出或提炼出了神奇。不是炫奇的把戏,而是有意义的艺术品,倒反而使我更爱我们这个民族,也更不致对他绝望了。"②

---

① 沙汀:《〈闯关〉题记》,黄曼君、马光裕编:《沙汀研究资料》,中国社会科学出版社,1988年版。
② 卞之琳:《沙汀的〈淘金记〉》,黄曼君、马光裕编:《沙汀研究资料》,中国社会科学出版社,1988年版。

沙汀暴露讽刺作品这种对读者的惊醒、感奋的特殊作用，正是与"标语口号式"和将人物个性"消融到原则里去"的公式主义创作倾向相对立的。

　　另一个问题是，在同是以写反面事物为主要对象的作品中，怎样将现实主义和自然主义、客观主义区别开来？怎样将丑恶事物的展览欣赏的态度和现实主义客观描绘所必需的趣味性和娱乐性区别开来？应该看到，在现实主义文学中，专门鞭挞反面事物的讽刺作品是可以成为人们的审美对象、引起欣赏者的审美感情的。在这里，这种特殊的美感作用能否产生，美感意义的大小强弱，关键在作者是否创造了个性形态鲜明而又有深刻概括意义的反面讽刺典型，通过性格的刻画，将普遍的丑恶现象加以概括集中，表现出典型化的真实、本质化的真实来。现实主义艺术大师罗丹说："在自然中一般人所谓'丑'，在艺术中能变成非常的美。"但是，从生活中的丑转化为艺术中的美，有一个很重要的条件，这就是"在艺术中有'性格'的作品，才算是美的"，"因为性格就是外部真实所表现于内在的真实，就是人的面目、姿势和动作，天空的色调和地平线，所表现的灵魂、感情和思想"。这里，就提出了在对反面事物的刻画中同样必须塑造具有独特"性格"的艺术典型的要求。只有这样，对反面事物的刻画才能产生艺术的美感作用。与此相反，他说："在艺术中，只是那些没有性格的，就是说毫不显示外部和内在的真实的作品，才是丑的。""在艺术中所谓丑的，就是那些虚假的，做作的东西，不重表现，但求浮华、纤柔的矫饰，无故的笑脸，装模作样，傲慢自负——一切没有灵魂、没有道理，只是为了炫耀的说谎的东西。"①与罗丹的论述相一致，沙汀的小说正是创造了个性鲜明而又概括了一定社会历史本质的反面典型；而且，不同于对庸俗丑恶事物的拼凑展览和津津有味的欣赏态度，他的小说的特色就在于是通过不露声色、含蓄深

---

① 罗丹：《罗丹艺术论》，人民美术出版社，1987年版。

沉的客观描绘，将一组趣味盎然而又有讽刺意义的形象不加粉饰地提到读者面前。很难设想，在沙汀的小说中，没有作品即景生情、绘声绘色的真实的客观描绘，读者会有这样身临其境的体验，进入反面人物所生活的特定环境及其内心世界，会这样深切地了解到反面人物精神上的丑恶及其表现形态的多样性，从而发挥讽刺作品特有的认识价值和美感教育作用。因此，沙汀小说中对反面事物这种深入细致的描绘，是由于对反面人物的高度憎恨鄙视、冷静剖析刻画所显示的形象的客观性，而不是爱憎不明，甚至冷漠麻木的客观主义态度；是在反面事物的讽刺、揭露过程中所必然产生的趣味性和娱乐性，而不是对污秽和丑恶作津津有味欣赏的低级趣味。可以看出，在这里沙汀小说的艺术再现也是与公式主义、教条主义对立的。与公式主义、教条主义对待反面事物描写的丑化、漫画化相反，沙汀在创造人物时，决不是"爱之欲其生，恶之欲其死"，为了突出人物好的或坏的品质，将人物神化或丑化，用主观随意性来损害人物的真实性。他笔下的反面人物大都能从丰富复杂的生活实际出发，按照人物自身性格和心灵的逻辑，写成具有独立个性，具有自主意识和自身价值的活生生的人，其阶级性是通过鲜明、独特的个性体现出来的，而在写阶级性时又不忘掉反面人物身上与个性、阶级性交融在一起的共同的人性，如血统观念、个性气质、共同美感、饥餐渴饮、欢乐痛苦、语言思维、劳动能力等。沙汀如实地而又生气灌注地刻画这些人的自然性和社会性中的非阶级性部分，大大增加了人物作为"自足的主体"的特征。

还要看到，沙汀小说从生活的全部复杂性、多样性上创造反面事物的另一重要表现，是他能够将笔触深入到民俗风习、民俗群体复杂的历史和现实的形态之中，将对反动政治、反动人物的揭露、批判与对民俗群体传统惰性力量和民俗文化意识糟粕的剖析、批判交融在一起。他的小说继承和发扬了"五四"以来以鲁迅为代表的将启蒙主义与清醒的现实战斗精神相结合的革命现实主义传统，敢于直面现实人生，直面民俗传统惰性力和民俗群体的现实形态，敢于触及政治时弊。他的现实主义艺术再现的"镜头"常常对准混沌一片的民俗群体和民俗意识，并且在这个背景上一方面剖析和批判民俗心理病态，一方面对于造成这种民俗群体和病态心理的反动统治、腐朽制度和因袭传统进行了深入探究和尖锐抨击。《在其香居茶馆里》、《淘金记》等小说就是以揭露反动制度下强权即公理的强盗逻辑和剖析溃烂在社会上人们习以为常而又极其荒谬的陋俗态生活为作品艺术构思的中心轴的。在前一个短篇中，作者写道："这镇上是流行着这样一种风气的，凡是照规矩纳税的，那就是一般人，重要人物都是站在一切规矩之外的。"在后一个长篇中，也有这样的话："北斗镇是有一种特别的风习的、凡是依照常规支付款项的，却与自贬身价无异。因此，一切有着身份的人，不但不必分担任何应该分担的公共费用，便是私人商业性质的来往，也有较大的伸缩性。"沙汀小说正是抓住了这种种奇特的"身份"和"规矩"，反常的"公理"和"风习"，又经过精心构思，使那些有"身份"的"体面"人物落在特殊的境遇里，让他们通过自身的纠葛、争斗，使他藏在体面外表下的种种罪恶和丑态暴露出来，揭示出他们颠倒黑白、混淆是非的反常的精神现象和思想规律，将其可憎、可笑、可鄙之处开掘出来，以造成浓郁的喜剧性，收到讽刺的效果。

以上通过三个方面的论述，可以看到，沙汀小说所展示的客观的、冷静的甚至不露声色的人生画幅中，不仅隐含着深刻的、历史的、现实的内容和多种文化意识历史整合的丰富形态，而且深藏着作家"这一个"植根于丰厚生活土壤和经验库藏之中的心理定式、心灵世界和创作个性。正是这种物质和意识、主观和客观、本质和现象、共性和个性统一的创作主体和艺术世界，使沙汀现实主义艺术再现的文本在中国现代文学史上闪耀着独特的、无可替代的光芒。

（原载《文学评论》1993年第3期）

余光中现代诗学品格论

余光中提倡现代诗，时间跨度将近半个世纪，空间幅度涉及中外多种文学思潮。正如他的文学品格近似"圆球型"而非"扁平型"一样，他的现代诗学也呈多元丰厚、矛盾发展形态。他的现代诗学探索，不仅在诗歌创作实践上，诗风不断出新乃至前后期发生巨大的变化，他还针对不同时期诗歌创作的不良倾向，针对自己诗歌创作的进展，进行剖析、批评、概括、总结，并上升到理论高度，提出建设性见解。他的探索从局部到整体，从单向到多向，从分析到综合，从浅层到深层，从而在诗学创建上，不仅显示了突出的创作实绩，而且呈现出鲜明的现代诗学品格特征。这种品格特征大致表现在如下三个方面。

一、开放性：反对狭窄单一，主张"海纳百川"、包举融通

余光中多次说过，艺术最忌视野不广、襟抱狭小、来源稀少、表现一律。与这种弊病相反，贯穿他整个创作和理论的是开放性与包容性。他的诗学发展之所以前后期各有丰富复杂的特征，之所以前后期诗学经历了巨大变化，其诗学开放性与包容性特征的作用是一个重要原因。我们知道，余光中现代诗学前后期的变化，大约从20世纪60年代中期开始，经过70年代，可说大致完成。论者对这一转变的具体时间看法不一，但这一转变的存在却意见比较一致，也为诗人自己所肯定。这里的

问题是,一些论者往往将诗人前后期的变化绝对化地对立起来,其中那些站在守旧立场上攻击现代诗的人不是将前期的余光中说成是"崇洋"的全盘西化论者,就是将后期的他说成是迷古的"复辟"派;而另一些对现代诗并无恶感的论者则往往缺乏客观公正、辩证发展的历史眼光,不仅将他前期混同于一般的现代主义诗人,将其后期目为简单地回到古典,无视其前后期诗学各自具有的丰富性和多样性,无视其诗学在一贯性发展的基础上螺旋式上升的独特道路。

这里,先让我们看看余光中诗学发展的前期:在 20 世纪 50 年代中期,台湾新诗现代化运动处于全盛时期,当他开始提倡并写作现代诗的时候,一方面,对于当时来自旧营垒的"象印第安人的战鼓一般响亮"①的反对现代诗的声浪,他坚决反击,充分肯定现代诗"打倒偶像"、"反叛传统"的精神和"反理性"特征中符合"人性"的内容;另一方面,他又明确指出现代诗不是要与传统"脱节",不是不要理性②,认为所谓现代诗不是专指从西方输入的现代主义诗歌,西方现代主义诗歌确有抛弃传统,全盘反文化、反理性乃至反明朗、反含蓄的"虚无"、"晦涩"的弊病。从那时候起,在他的现代诗学视域中便不仅有现代主义的特征,还容纳着新古典主义、浪漫主义的观念和方法。如他当时介绍了英国大诗人、文学批评大师艾略特,对艾的"主知"的理性精神、对待传统的态度等观点都给予了肯定,特别是后者,对他的影响更大。艾略特在阐释他的"历史意识"时认为这"历史意识","含有一种领悟,不但要理解过去的过去性,而且要理解过去的现在性"。这就是说,传统是"活"的,不能将传统与现代决然对立起来,所以艾略特又说"过去因现在而改变正如现在为过去所指引"③。试比较余光中对传统的看法,还在 1962 年,余就这样说过:"反叛传统不如利用传统。狭窄的现代诗

---

① 余光中:《余光中散文选集》(第 1 辑),时代文艺出版社,1997 年版,第 275 页。
② 余光中:《余光中散文选集》(第 1 辑),时代文艺出版社,1997 年版,第 224~229 页。
③ 艾略特:《传统与个人才能》,《20 世纪文学评论》(上册),上海译文出版社,1987 年版。

人但见传统与现在之异,不见两者之同,但见两者之分,不见两者之合。对于传统,一位真正的现代诗人应该知道如何入而复出,出而复入,以至自由出入。"① 又认为,坚持守旧立场的"孝子"与全盘西化的"浪子"的"共同错误在于两者都以为传统是死的堆积,不是活的生长。死守传统非但不能超越传统,抑且会致传统的死命。相反地,彻底抛弃传统,无异自绝于民族想象的背景,割断同情的媒介"②。这些论述明显地受到艾略特等人的新古典主义思潮的影响。

对于浪漫主义,余光中与新古典主义一样对其滥情、感伤、直露、倾泻等特点是持否定态度的。但对浪漫主义的"诚实"、"重情"、生命的"燃烧"等特征则是肯定的,这从他对英国浪漫主义大诗人康明思"至精至纯的抒情性"的充分肯定不难看出。他还说:"抒情,而不流于纵情,不流于涕泗滂沱,应该是任何诗人,尤其是青年诗人的基本权利。"③ 应该看到,20世纪西方的新古典主义在反对浪漫主义的同时又充分吸收了浪漫主义的某些成果,美国文学批评史家雷纳·韦勒克就认为,当今世界勃起的新古典主义现代批评所要求于现代诗的"有机"构成成分——具象、想象、比喻、象征等特征正是从浪漫主义那里吸取来的,因此他说:"现代批评已将古典主义和浪漫主义的观念奇妙地混为一体。"④ 我们看到,余光中曾多次被人称为新古典主义者,他自己不仅不否定反而表示欢迎并加以阐述。因为,他认为这种新古典主义不仅向传统开放而且对近、现代多种文学思潮特别是诗歌思潮也都是持开放态度的。

到了70至80年代,乃至90年代,从总体上说,余光中的诗学与整个台湾现代诗一道,确曾经历了由西而中、由现代而传统的转变。但

---

① 余光中:《余光中散文选集》(第1辑),时代文艺出版社,1997年版,第281页。
② 余光中:《余光中散文选集》(第1辑),时代文艺出版社,1997年版,第291页。
③ 余光中:《余光中散文选集》(第2辑),时代文艺出版社,1997年版,第132页。
④ 雷纳·韦勒克:《近代文学批评史》(第1卷),上海译文出版社,1987年版,第6页。

正如论其前期诗学不能仅用西化和现代化来概括一样，探讨其后期诗学也不能仅用回归民族、回到古典来作笼统的论述。其实，从余光中个人来说，早在60年代后期他便自觉地认识到回到中国传统和古典诗学的重要，诗学观念已如上述；而诗学的创作实践则有整部诗集《五陵少年》和《莲的联想》的上半部可资证明，尤其是《等你，在雨中》一篇更是他回到古典、化用古典的著名代表作。然而，从70年代起，再仅仅用回到古典来概括余光中的诗学就远远不够了。还在1968年，余光中就在《放下这面镜子》一文中批评了自己十年前主张现代诗"纯粹化"的弊端，认为这不是"纯粹化"而是"狭隘化"①，可见他70年代诗学的进一步开放完全是自觉的追求。应该看到，他这时期回到古典仍然是相当重要的，这从他所写的《白玉苦瓜》、《唐马》、《寻李白》等一系列抒写历史文化的著名诗篇中可以看出来。当然，这抒写不是复古而是反思，是现实与历史的对话、史物与幻想的交织、主观与客观的融合。而对历史的这种现代性观照和阐释又是得益于他的愈益开放的胸怀的。他这时候曾注目于美国的"洋溢着同情和活力"②的、有着"慷慨明快的乐曲"和"现代生活的节奏感"③的摇滚乐，重视那些在"工业时代，对于田园的生活，古老的家乡，纯真的友情与爱情，无不深深向往"④的台湾新民歌。他将流行歌曲也归属于现代民歌，还主张诗人自己创作新民歌，他的九首诗经谱曲以《中国现代民歌集》为名制成唱片发行。他看重西方摇滚乐、台湾新民歌与唱片、电台、电视、电影等现代传媒、现代科技的密切关系，看重它们获得听众和观众的前所未有的广泛性。对于自己这一由洋到土、由贵族到民间的倾向他说过："相对于'洋腔洋调'，我宁取'土头土脑'。此地所谓'土'，是指中国感，不是秀逸高雅的古典中国感，而是实实在在纯纯真真甚至带点稚拙的民

---

① 余光中：《余光中散文选集》（第2辑），时代文艺出版社，1997年版，第260页。
② 余光中：《余光中散文选集》（第2辑），时代文艺出版社，1997年版，第338页。
③ 余光中：《余光中散文选集》（第3辑），时代文艺出版社，1997年版，第88页。
④ 余光中：《余光中散文选集》（第3辑），时代文艺出版社，1997年版，第86页。

间中国感。……我近年很喜欢民歌和摇滚乐,也无非是欣赏那一股土气。"① 还要看到,余光中这个时期在回到古典、特别是回到民间的同时,也还未忘记那当初在激烈地反传统中"也确曾为中国的传统增加一些瑰奇新丽的东西"②的现代主义诗歌。这些诗歌长于表现内在心理现实、利于解放想象力等特点他一直是持肯定态度的,而现在他还希望有人能继续写这种诗,以便使现代诗更好地丰富和发展起来③。正因如此,他后期诗歌既有邈远悠长的古典诗的韵味,又有富有冲击力的来自大野的雄强风格,还有发自生命深层的心灵的丰富多彩。他这时候对现代诗的运用可说是达到了左右逢源、得心应手的地步。

二、主体性:弃绝趋时媚俗,关注生命燃烧、"火浴"中蜕变

无论对余光中作何种评价,是崇尚古典和理性的新古典主义者也好,最具有积极入世精神的儒家传人也好,或是"回头的浪子"、"艺术上的多妻主义",或是用奥登的大诗人的五个条件:数量、广度、深度、技巧、变化来衡量他,等等,都可以有其合理性。但是,我认为,不论怎样复杂,如何多变,作为一个现代大诗人,身心的投入、生命的燃烧,应该是最为重要的,对于余光中也是如此。他的生活与艺术的多方面的丰富经验,他的巍峨瑰丽的诗歌艺术大厦,都离不开这种生命的深层体验和真诚感受。余光中在谈到他写诗的"现代"是如何开始的时候,曾认为他对《凡高传》的翻译对他的影响至为重大。他说他"深深受到凡高那种为艺术殉道且热爱生命、勇于生命的精神的感召",认为凡高的作品"是诚实的,洋溢着生命力的,沉重而庞大得几乎等于现实

---

① 余光中:《余光中散文选集》(第2辑),时代文艺出版社,1997年版,第498~499页。
② 余光中:《余光中散文选集》(第2辑),时代文艺出版社,1997年版,第355页。
③ 余光中:《余光中散文选集》(第2辑),时代文艺出版社,1997年版,第356页。

全部的压力"①。这里，所谓生命力的"诚实"和"洋溢"决不仅是情感的投入和燃烧，而且是与"沉重而庞大"的"现实全部"相结合而迸发出来的。从诗歌创作的心理功能来说，则应该是感知、理解、想象、情感的动态综合作用才能对它进行把握的。然而，正如余光中所说，这样经由多种美感心理功能的综合而揭示出人生与人性的全部复杂性与多样性的作品，初看时似乎是"低级"、"拙劣"甚至是"丑恶"的，但他终于由拒绝而接受。在他看来，这是现代诗和现代艺术的一种"深刻而含蓄"的新的"美感视域"与"美感经验"。正是它们促使他的"美学观念起了重大的变化"②而开始了真正属于"现代"的现代诗的写作。

以后，关于诗歌创作的生命意识的观点得到发展。他将他在散文《逍遥游》中的话，"敢在时间里自焚，必在永恒里结晶"③，运用在诗歌评论上。他在评价英国大诗人叶慈时引用了这句话，并称颂叶慈是"一个敢在时间里纵火自焚的愤怒的老年"。这就是说，每一个具体的生命离不开每一个历史的具体的时空，个体的生命只有在具体的历史时空中燃烧，发出光和热，才能具有超越的永恒的品格。这对于艺术生命来说也是如此。因此余光中说："这是一场永不熄灭的美丽的火灾。"④ 他用这种以"火焰"为核心意象的生命创造意识来评价叶慈时还说："无论他怎么谈玄，怎么招魂，怎么寻求超越与解脱，叶慈仍然是一个人，一个元气淋漓心肠鼎沸的人。"在谈到叶慈诗歌前后期的重大变化的时候，他也指出："叶慈的洋溢的生命力，使他的作品永远在寻求，永远在变，使30岁的他和70岁的他前后判若两人，而后者比前者对生活更为执着，更为热爱。"⑤ 这里，已经涉及"火焰"的意象对于促进诗人和诗歌创作如何发生变化的问题。为了凸现和阐释这一问题，余光中在

---

① 余光中：《余光中散文选集》（第1辑），时代文艺出版社，1997年版，第274页。
② 余光中：《余光中散文选集》（第1辑），时代文艺出版社，1997年版，第274页。
③ 余光中：《余光中散文选集》（第1辑），时代文艺出版社，1997年版，第430页。
④ 余光中：《余光中散文选集》（第2辑），时代文艺出版社，1997年版，第88～92页。
⑤ 余光中：《余光中散文选集》（第2辑），时代文艺出版社，1997年版，第88～92页。

"火焰"这个核心意象的基础上创造了"火浴"的重要意象。1967年,余光中写了一首诗,题名就叫《火浴》。这首诗以凤凰在烈火中自焚、复从死灰中更生的故事作为基本线索进行构思,表达诗人自我在自焚中蜕变、在蜕变中获得永生的主题。诗中写道:

> 从火中来的仍回到火中
> 一步一个火种,蹈着烈焰
> 烧死鸦族,烧不死凤雏
> 一羽太阳在颤动的永恒里上升①

大家都知道,郭沫若写过一首著名长诗《凤凰涅槃》,也是以凤凰"集香木自焚,复从死中更生,鲜美异常,不再死"② 的故事作骨架而写成的。余光中谈到他在年轻时(大约是40年代末)曾受到过收集了此诗的诗集《凤凰》(郭沫若于1944年曾将他早期的诗集《女神》、《星空》、《瓶》等编成合集以《凤凰》为书名出版)的影响。但是,比较一下,这两首诗却有很大的不同。首先是意象与主题内涵的不同:郭诗"向外",着力于表现社会、民族、时代、世界,也有自我,但主要是经由自我扩张而依附、交融于前者的"大我"。这从"凤歌"、"凰歌"的揭露、控诉的内容上可以看出来,也从凤凰从容地集木自焚、义无反顾地毅然投身火海的决绝态度和凤凰更生后万物大和谐大欢乐的局面上可以看出来。而余诗则"向内",着力于抒写自我在"冰浴"与"火浴"间进行选择的过程,着力于表现自我在自焚净化中身心所遭受的磨难与痛苦。也有对家国与时政的关注和思考,但都融合在自我的体验、剖析之中。该诗写选择的艰难:"有一种向往,要水,也要火/一种欲望,要

---

① 余光中:《余光中精品文集》,安徽人民出版社,1999年版。
② 郭沫若:《凤凰涅槃》,《郭沫若全集》(文学编:第1卷),人民文学出版社,1982年版,第34页。

洗濯,也需要焚烧/……/或浴于冰或浴于火都是完成/都是可羡的完成/"……而关于自焚和自焚后的新生,诗中则用这样的诗句来抒写:"张扬燃烧的双臂,似闻远方/时间的飓风在啸呼我的翅膀/毛发悲泣,骨骸呻吟,用自己的血液/煎熬自己,飞,凤雏,你的新生!"从"远方,时间的飓风在啸呼"的诗句中,可以隐约领略到诗人感时忧世的情怀。1967年,与《火浴》同年写成的《自塑》一诗中也有将时间比喻为"旋风"的诗句。该诗写道:"如何你立在旋风的中心/看疯狂的中国在风中疾转","如何在旋风的中心,你立着/立成一尊独立的塑像","如何让中国像疯狂的石匠/奋锤敲凿你切身的痛楚/敲落虚荣,敲落怯懦/敲落一鳞鳞多余的肌肤/露出瘦瘦的灵魂和净骨"。当年大陆"文革"开始发生,"疯狂的中国"即指"文革",这也是诗人自己认可的[①]。诗中如何在时间的"旋风"中重塑自我的精神与《火浴》颇为一致。在60年代中期,诗人其他一些诗如《如果远方有战争》、《在冷战的年代》、《读脸的人》等都有类似的特点,即透过自我艰苦、痛楚的探索,映现着祖国现实与世界大势的风风雨雨。由此可见,诗人的所谓"时间"决不是抽象空洞的个性意识与宇宙感,而是与社会、民族、时代密切相关的具体的历史的时间观。自我在这种"时间"中燃烧,才能体验、反省、自察,出现"火浴"中的蜕变。因此,在这里,诗人的精神又是与中国传统的积极入世、经世致用的精神,与"五四"以来追求民主与科学的现代人文精神息息相通的。以上是从精神内涵上比较郭诗和余诗的异同。其次,从艺术表现和创作方法上看,郭诗是激情倾吐与总体象征相叠合,奇幻的构思、袒露的胸襟、急骤的节奏,烘托出一种雄浑豪放宏朗的壮美;余诗则是对比剖析与深情思索的交融,冷峻的笔耕、意象的联结、气氛的营造,展示出一派冷中有热、沉郁中显高亢、痛楚中见骨力的崇高美来。

---

① 诗人与笔者在 2000 年 9 月底电话中所谈。

论述到这里，应该强调指出的是，余光中注目于生命的燃烧、真诚的熔铸、自我的"火浴"，但他绝非只是"重情"。事实上，他是将"主知"与"重情"两大艺术传统结合起来，或者如他所说，他主张的是官能、情感、思想、灵魂四种艺术经验的综合。这与大陆在美学探讨中所提出的感知、理解、想象、情感四种美感心理的综合较为一致。我们说余光中的诗学品格是现代的，很重要的一点，就是他能从上述美感心理的综合上，使诗人的艺术个性与全部复杂沉重的人生、人性碰撞而产生出奔放的生命力，结晶出多棱面的、闪耀着奇谲光辉的现代艺术生命来。如果不是这样去理解余光中的诗，特别是60年代以后的诗，便往往不是陷入困境，无法进入其堂奥，就是片面理解，甚至进行歪曲、否定。如《双人床》、《如果远方有战争》等诗，有人便将它们说成是色情诗。对于这样的诗句应该怎样看？如用"你长长的斜坡"、"你弹性的斜坡"来隐喻爱人的身体，用"跌进你低低的盆地"、"卷入你四肢美丽的漩涡"（《双人床》）来隐喻做爱；或者直陈"听你爱情的喘息"，明说"在床上"、"做爱"、"你的裸体在臂中"等（《如果远方有战争》），然而，应该看到，这些诗句在诗中的作用不是孤立的，它不是仅仅以感知的心理机能来展示官能刺激，而是通过感知与理解、想象、情感多种心理机能的综合和交融，使这些诗句在诗的整体形象中发挥着有机的作用。这就是说，从诗的整体形象看，此诗是将群体与个体、动乱与安全、战争与情欲、死亡与新生等，在叠合中进行对照，在对峙中达到互动，从而揭示出人类社会和个体身心，在二律背反的复杂行程中艰难行进的历史。总之，余光中的现代诗学品格是丰厚璀璨、复杂多变的，但这是生命在时间中燃烧后的丰厚璀璨，是个体在痛楚"火浴"中的复杂多变。

三、独创性：跨越既成模式，创建宏阔多面的现代诗学体系

（一）诗学建构：中国化现代诗的创建

余光中的总体设计是"于中国诗的现代化之后，进入现代诗的中国

化，而共同促成中国的文艺复兴"①。他提倡的现代诗不是指从西方移植的现代主义的狭义的现代诗，也与"五四"以来中国包括白话诗、自由诗、现代格律诗在内的新诗有很大的不同。他主张在中西、古今的交合点上，立足于当代，注目于创新，建立中国化的现代诗。这种现代诗，在空间上强调民族性，要面向世界勇于吸纳，对西方的多介绍、多翻译，并用西方的视角看中国诗，进行比较。但西化不是目的，最终目的是中国化的现代诗。这种诗是中国的，现代诗要再认识中国古典传统，但志在役古，不在复古，要在中国诗的现代化之后，进入现代诗的中国化，要拿出中国自己的东西。这样，才能承先启后，既有传统与现代维度上纵向的历史感，又有世界与民族维度上横向的空间感，而更重要的则是在纵横交织中凸现出来中国新诗的现代感。这样的现代诗才是十分丰富、富有弹性，真正的中国化的现代诗。它在精神内涵上主张人与自然、个体与群体、自我与宇宙、感性与理性、灵视与价值的统一；在境界上主张意境、意象与典型三者的融合，达到艺术的至境；在体式上主张保持格律与自由之间的弹性与张力，建立一种有规律、有约束的半格律、半自由的诗歌体式；在语言上基于"心灵"书写的诗学语言观，主张发挥文言的生命力，以文言入诗，适当吸取欧化语言，以白话为主，但必须是对口语进行提炼，并融合文言欧化语言的精粹白话。

（二）诗学内涵：致人性于全，致人生于全

在诗学内涵上，余光中主张全面地理解和表现人性，表现人生。具体说，就是要认清和处理好人与自然、小我与大我、感性与理性、心灵与价值诸多关系，把握好它们之间的张力，表现它们之间的矛盾互补、对立交融的复杂形态。在这个问题上，余光中对于西方现代主义剖析最力，用力最勤。他认为西方现代主义如超现实主义等，以混乱芜杂的心志表现混乱动荡的社会，破坏人与自然的关系，自然成为人的对立物，

---

① 余光中：《余光中散文选集》（第1辑），时代文艺出版社，1997年版，第299页。

被混乱心态的人任意涂抹、污染,并宰割成支离破碎的东西;他们热衷于"自我之发掘",走向内心深处,心灵封闭于狭小的自我,或将狭小自我联系于人类、宇宙,广泛到抽象的地步;他们还认为人的存在是荒谬、混乱、无意义的,宗教、社会、道德、美学,甚至整个文化都是毫无价值的。与此相应的,他们否定知性和理性,强调非理性和潜意识的作用,认为创作不应受任何理性羁绊,从而导致表现上的繁多、芜杂、晦涩、混乱。余光中并非不注重自我,不注重人的感性和灵性,他的《从灵视主义出发》一文,注重内在的心灵的观照,强调"对于通常感觉所不及的事物之感受力",就表明他是从深层次上重视诗人对"自我"的把握;他也并非不重视诗人自我与人类、与自然、与宇宙的沟通与感悟,他认为美国诗人惠特曼就是一位既强调自我,又关注全人类的大诗人,认为我国唐代诗人李贺将"至小的自我"与"神话的、宇宙的""至大时空"相联结正是其诗歌的一种特色。他还多次指出现代主义诸流派那种表现内在的现实和解放想象力是有助于诗歌创作的,对于台湾的一些现代派诗作出了一定积极的评价。他自己的诗歌创作也吸纳了许多现代派的手法,但他所着重强调的是诗人要通过小我表现大我,创作要既注重感性,也要注重理性,强调诗歌表现人性、人生的价值和意义。他认为诗人只写自我,封闭于自我,或仅将自我与人类、宇宙相沟通,会将诗弄得玄而又玄,他强调不能忘记自我与人类、宇宙之间的社会、民族、国家,认为"人生的批评"仍极重要,在他看来,诗人、作家不仅要走在时代之中,而且要走在时代前面,他说:"诗人不但走在时代的中间,知道时代潮流的冷暖,他还要走在前面一点,才能把时代的轮廓看得更清楚一点。……诗人是一个有高度自觉的人,他应该超越时代,而不以反映时代自囿。……人莫不受时代影响,但请勿忘记,也只有人能影响时代。尤其在混乱的时代,我们更需要清醒的声音。"[①]

---

① 余光中:《余光中散文选集》(第1辑),时代文艺出版社,1997年版,第154页。

为此，他认为个性、人性与民族性并不矛盾，人类性、永恒性与时代性并不矛盾，理性、知性与感性也并不矛盾。所以他认为："伟大的作品必然正视全面的人生，且处理全面的人性，任何过分强调人性一部分而压抑人性另一部分的倾向，都是危险的。"① 他自己的诗歌正是基于人性、自我、感性、灵视而对人生、人性进行综合观察和整体把握的。

（三）诗学境界：意境、意象与典型的交融

中外诗歌传统，概括起来有三个方面，即抒情传统、表意传统、诗史传统，它们分别适应于人的精神需要的三个方面：情、意、知，在诗歌类型上则有抒情型、象征型、写实型，在诗歌的艺术境界上则有意境、意象与典型三者之分②。我以为，余光中在诗歌境界的创造上将这三个方面交融，达到了相当的高度，在理论上也进行了相应的概括。我们知道，诗的意境是情景交融、物我浑融的一种境界，意象则不同，按朱光潜的说法，它是某种"理性观念的最完满的感性显现"，是一种表达理性观念的，"暗示超感性境界的示意图"；而典型则是具有高度概括力的个性化的艺术形象。它是带有一般性、共同性或共相的个别形象，这个"个别"既包含它自身，又包含许多一般的东西，因此，它具有双重意义。余光中在诗歌境界上的创造是，将意境、意象、典型三种美学范畴融合起来，达到一种艺术的至境。他说："在艺术创造的过程中，恒有三个相互作用的因素——我、物、道。我要透过物去握道。道要透过物才能展示给我。而物就是我与道交感的媒介。……一件成功的艺术品，往往藉物以见我，同时也藉物以见道，事实上也因我证道，因道证我。我的深厚和道的深厚成正比例。"③ 在创作上，他的诗确实具有了诗魂三魄，即他创造了一种情感灌注富于冲撞力的凝聚着丰厚生活、物质实感的，又有着超拔空灵的哲学意蕴的诗歌艺术境界。论意境，他的

---

① 余光中：《余光中散文选集》（第1辑），时代文艺出版社，1997年版，第301页。
② 顾祖钊：《诗魂三魄论》，《文学评论》1998年第2期。
③ 余光中：《余光中散文选集》（第1辑），时代文艺出版社，1997年版，第391页。

诗歌渗透了诗人主体的情感，既有"无我之境"的优美，又有"有我之境"的壮美；说意象，他注重理性，然而是感性完满显现中的理性，是一种超感性的暗示系统，有不尽的象征意蕴；说典型，他特别注重生活的实感，注重对个别、独特事物的发现，通过个性化的形象进行艺术概括，这艺术概括中包含着历史时代的真实，他的诗反映了在时间跨度中台、港地区的文化变迁、文化特征和文化心态，具有诗史的气度和诗史的特征。

（四）诗学体式："于整齐中求变化，在约束中争自由"

这个问题主要是建立在"五四"以来现代自由诗和现代格律诗的反思和总结的基础之上的。余光中认为"五四"后的自由诗是一种"没有诗体的诗体"，它的特质都是消极的。不要韵，要音律，不讲究行与节的多寡与长短，它只是击毁了"格律诗"，所以，自由诗只是从"格律诗"到"现代诗"的一个过渡。余光中对这个问题的看法是辩证的。一方面，他认为，"艺术之中没有自由的，诗人不能只是破坏格律，而必须在解除了前人的形式之后，创造出一种新的形式约束，让人们，至少让自己遵循"[①]，所以他认为，"五四"以来闻一多及新月派创造现代格律诗完全是必要的，他自己在三四年间都走的是如新月派那样的格律诗的路子；但另一方面，他又认为现代格律诗存在着它的弊病，他认为徐志摩的诗体句法匀称自然。到了闻一多，主张写韵律铿锵、句法工整的豆腐干体，主张建筑美、音乐美、绘画美，尚属必要，但久之新月派这种共存的格律逐渐发展为新的桎梏：句子等长，勉强凑字；逢双押韵，又扭曲文法，颠倒词汇；节奏都以二字尺、三字尺为单位，失之单调破碎；末尾多"的""了"，无法圆融简洁。余光中对我国古典诗歌进行了辩证地反思，对于古代近体诗他一方面盛赞它们在诗歌形式发展上的贡献，以杜甫、李白、李贺等人为代表的唐代诗人就主要是以律诗绝句而

[①] 余光中：《余光中散文选集》（第2辑），时代文艺出版社，1997年版，第127页。

名世的，因为近体诗平仄协调，句法整齐，韵脚固定，而在大师或大家手中，运用起来可以达到相当的高度。他又认为，仅有近体还不够，他又盛赞古体诗，它们句法参差，平仄不拘，段落杂错，换韵自由，除了韵脚之外，可说是古典诗中的"自由诗"，但又不是完全自由，而是与正统的"诗化句"相辅相成，工拙对照，因而不同于通篇流利柔顺的七言，反而更显得古朴苍劲。根据以上对"五四"后诗歌"近传统"和古典诗歌"远传统"的反思，余光中认为"一面要克服自由诗的散漫，一面又要解除格律诗的刻板，在自由与格律之间走一条折中而有弹性的路子"①。他说他写新诗"开始是走新月派格律诗的路子，五六年后便觉其刻板无趣，改写半自由体半格律而韵脚不拘的一种诗体"，他还说："目前我较长的诗篇，在句法和节奏上可以说是用一种提炼过的白话诗来写古风，复以西方无韵体的大开大阖，一句横跨数行，甚至十数行，来相调剂。"②"在整齐之中求变化，在约束之间争自由"，这正是一位大诗人应有的态度。

（五）诗学语言：充分重视文言表现力的"心灵独语"

余光中认为"五四"以来的新诗又一重大缺陷是不讲究文学语言的表达，不讲究诗学语言的铸造。他的基本观点是，现在已由大众化时代进入艺术化的时代，白话已完成大众化的任务，应该向文学看齐。白话、大众语，更极端地用方言来写文学，将中文拉丁化，这条路走不通。"如何向其他类型的语文汲取营养，以壮大白话的生命，正是我们这一代作家的任务。"他主张充分地吸纳文言，适当地运用典故，认为许多古典诗的语言"免于繁琐的动词变化，省去主词的交代，减除前置词的羁绊"③，既纯美简洁，又不失朦胧迷离之美。现代诗当然以白话为主，但文言的表现力不可忽视。余光中的上述观点建立在多元的语言

---

① 余光中：《余光中散文选集》（第3辑），时代文艺出版社，1997年版，第230页。
② 余光中：《余光中散文选集》（第3辑），时代文艺出版社，1997年版，第231页。
③ 余光中：《余光中散文选集》（第1辑），时代文艺出版社，1997年版，第348页。

观的基础上,这就是,文学语言尤其是诗的语言,不仅是工具,而且是思想本身,用他的话来说:是内在的独语,不是外在的对话。"文学应该表现思想,而不是记录语言","手应该听命于心灵,而不是记录语言"①。正是在这种新的语言观的基础上建筑起了他的诗学语言的大厦。如上所述,可以看到,余光中的现代诗学品格既开放包容,在求新求变中不断地扩大其内涵的容量,又主体抉择极严、自律极严,敢于"犯众怒",敢于"火浴"、"自焚"。他的独创性不仅表现在一些具体观点和方法上,而且更重要的是表现在宏观思考和总体建构上,因此他的诗学既博大精深又复杂多变。正是在这一根本点上把握住他的诗学的现代性,应该是本文可以得到的结论。

[原载《华中师范大学学报(人文社会科学版)》2001 年第 2 期]

---

① 余光中:《余光中散文选集》(第 1 辑),时代文艺出版社,1997 年版,第 352 页。

名篇解读

暴露抗战痼疾的讽刺艺术精品
——《在其香居茶馆里》等短篇小说

沙汀在抗战时期的小说创作，最能体现他的艺术风格特征的，是那些从国民党基层统治集团内部的反动、腐朽和农村、小城镇生活的停滞、糜烂上，暴露国统区农村政治黑暗和揭示腐蚀抗战的毒素的作品。

沙汀本时期的作品在揭露战时种种新旧痼疾时，将矛头指向国民党反动政府机构，指向了他们所推行的一系列反动政策和法令，表现了这些政策法令在社会生活中的恶劣影响，从而对国统区黑暗、丑恶现象的政治根源进行了本质的揭露。沙汀这些小说针砭现实的范围较广，有的揭露地方绅士利用"防空"事业互相争夺（《防空——在堪察加的一角》），有的写地方官吏在摊派救国公债上任意鱼肉人民（《联保主任的消遣》），有的暴露地方官吏在兵役问题上的丑恶（《在其香居茶馆里》、《替身》），有的剔发贪污军粮的黑幕（《模范县长》）和揭发侵吞前方战士的优待谷、阵亡将士的抚恤金的罪恶行为（《公道》），还有揭露在抗战幌子下利用电影宣传进行投机、散播封建迷信思想的丑行（《和合乡的第一场电影》）。值得注意的是，沙汀这些密切配合现实斗争、揭露反动的政策、法令在社会生活中的影响的作品，并未产生概念化地图解某种题旨的缺点。相反，这些作品在艺术概括上的重要特点，恰好是将尖锐的政治揭露与对生活的真实描绘紧密结合起来，倾向性和真实性在作品中达到较好的统一。作者之所以能做到这一点，从作品所反映的对象——客观生活来看，国民党政府在抗战时期的一系列方针、政策、法令都是违背历史潮流、对抗战起着阻挠和破坏作用的，人民群众对这些政策法令的不满、愤恨和反对也是抗战现实中客观存在的内容，因此，揭露这些反动的方针、政策、法令符合广大人民的愿望，符合客观历史的过程；从作者主观方面来看，他看出了这些阴暗的东西的不合理，在现实中激起了要揭发它们的感情和愿望，同时，更重要的是，作者不是从概念出发去图解政策，而是从生活的具体感受出发，聚集形象的素材，生发、改造和更新形象，从而形成题材，明确主题。因此，这些作品在揭露和抨击黑暗统治时既不是堆砌丑闻，作不近情理的夸张的揭露，又不是发一些空洞激愤的言词作枯燥乏味的说教，而是有选择、有提炼取舍地向读者提供了一组趣味性与思想性融合在一起的认识对象，从而在本质和外部现象的真实上对现实政治的黑暗进行了揭露，赋予了讽刺以艺术的生命力。

这里，反映生活真实，坚持现实主义真实性的关键在于对事物要善于作个别分析。一个作家的艺术风格正是通过创作构思各个环节和作品构成各个方面的特殊性表现出来的。列宁说："在艺术作品中……全部关键在于个别的环境，在于对一定典型的性格和心理的分析。"歌德说："艺术的真正生命在于对个别特殊事物的掌握和描述。""到了描述个别特殊这个阶段，人们称为'写作'的工作也就开始了。"① 屠格涅夫说："是的，重要的是自己的声音。重要的是生动的、特殊的自己个人所有的音调。"② 罗丹说："所谓大师，就是这样的人：他们用自己的眼睛去看别人见过的东西。在别人司空见惯的东西上能够看出美来。""拙劣的艺术家永远戴别人的眼镜。"③ 由此可见，作家只有经过深思熟虑，获

---

① 爱克曼：《歌德谈话录》，人民文学出版社，1978年版。
② 梅拉赫：《俄国作家论文学创作》，转引自米·赫拉普钦科的《作家的创作个性和文学的发展》。
③ 罗丹口述，葛赛尔记：《罗丹艺术论》，沈琪译，吴作人校，人民美术出版社，1978年版。

得伴随着活生生的人物的极为珍贵的那种素材,经过长期对艺术表达手段和艺术形式的锤炼,将自己的个性、气质、思想和艺术素养熔铸其间,才能掌握描述个别特殊的奥秘,发出自己的声音,显示出自己独特的风格。卞之琳赞扬沙汀:"专注意于艺术创造"的一个重要表现,就是说他的作品与那些"只填公式,只描定型","囿于一般性而忽略特殊性"的作品不同,在他的创作中,通过独特的多样的创作活动"给了我们以一片真切的人生"①。如果沙汀不掌握个别特殊性这个艺术创造的关键,是不能真切、深刻地反映现实,坚持现实主义的真实性的。

当然,沙汀写出最能代表他的独特风格的作品,并非一蹴而就,而是随着对抗战现实的逐步深入的观察,随着他对自己最熟悉的生活积累的逐步调动和适应这种内容的表达形式的择取而获得的。武汉失守前夕,沙汀从上海回到四川不久写的《防空——在堪察加的一角》就是这种艺术追求过程中的作品。这篇作品表现了四川某县城的上层分子为争夺防空协会主任的头衔而演出的一场丑剧。参加这场争夺的,有进过政治学校和防空训练班的"防空专家"——一个年青的绅士愚生先生,他在利用战争的影响当上了防空协会主任,捞到了一笔干薪之后,仍然每天"吃茶打麻将"。有人跟他开玩笑,在防空协会会址门前搁上一枚炸弹,他竟然吓得不敢上班。与他争夺的是一个绸缎铺的小老板,他"用钱漂亮"、"喜欢川戏",在夺得防空协会主任之后,便将协会当成练嗓子的场所,别人开玩笑说:"单凭他那副喉咙就会把敌机吓跑的。"而那位决定人员任用的县长本人之所以"热心防空事业",也是因为这样做可以飞黄腾达捞取一个"专员录用的资格"。神圣的民族战争的展开,对于四川这个"堪察加"的影响,就是这样造成了一批你争我夺的饭碗,成就了一批投机钻营的寄生虫。这篇小说在《文艺阵地》上发表后,杂志主编茅盾曾在《编后记》上说,这是作者"慎重生产下的惊人

---

① 卞之琳:《沙汀的〈淘金记〉》,《文哨》第一卷第二期,1945年7月。

的收获",它"寓沉痛于幽默","愈咀嚼其味愈苦"①。这篇作品在抗战开始时充满乐观气息的文学作品流行的情况下,是以创作态度严肃、敢于正视现实和具有讽刺特点而别开生面的。

但是,在艺术创造上认识和抓住个别,最重要的是掌握人物的独立个性,以及为刻画人物而具有的独特的构思和布局。而《防空》在这方面却缺少特色。这篇作品在人物创造上缺乏鲜明的个性,还没有能够通过符合生活真实的巧妙的故事情节和布局来刻画人物。比较起来,作者1940年写的著名的短篇小说《在其香居茶馆里》就在这方面要出色得多。

《在其香居茶馆里》是以抗战时国统区兵役问题的黑暗内幕作为素材的。作者从当时农村上流社会中人们习以为常的借兵役问题贪污行贿、大发国难财的平常生活中截取了一个表现力很强的生活片段。为了通过这个生活片段达到揭露国民党基层政权的腐朽和农村豪绅集团的丑恶面目的目的,作者在艺术构思上是颇费匠心的。

首先,作品周密地构思了人物的特定环境,并借助这个环境中各个不同性格的人物间的烘托、对比和冲突,形成真实自然而又引人入胜的情节,从而造成小说的波澜,突出描写重点,充分表现作品的主题。当前任县长被撤职、县里兵役问题积弊重重的时刻,新上任的县长放出要整顿兵役的空气。人们一时摸不清这位县长的脾气。他似乎"难说话",要"认真干一下"。作品就是在这个一反常情的特殊环境里让各种人物登台表演了。联保主任方治国为了掩盖自己兵役问题上昭彰的劣迹,维护已得的利益,一变素来考虑问题周密的习性,来不及顾及事情的后果,匆忙向县里兵役科告密,致使邢幺吵吵的已经缓役了四次的第二儿子被抓了壮丁。而邢幺吵吵恰好又是镇上很有势力的头面人物,但这一次在儿子的命运上却似乎已经完全无望,因为连他在县里当财政委员的

---

① 茅盾:《编后记》,《文艺阵地》第一卷第五期,1938年6月16日。

舅父也说"情形险恶",他的"在全县极有威望的耆宿"的大哥的多方活动也还未见效果,眼看他就要在镇上失去体面而且要遭到实际上的损失了。于是在这种情况下,方、邢二人之间为了各自切身的利害而发生了尖锐的矛盾并演成了在茶馆里的一场公开的争吵。要看到的是,作者在这里不仅构思了一个特殊环境,而且让有特殊的对立性格的人置身在这个环境里。邢幺吵吵不仅有政治靠山、权势大,而且又是一个说话不忌生冷,行为不顾后果的"火炮性子",平时在镇上他便飞扬跋扈、横行无忌,这一次要拼个你死我活的横蛮劲更通过他特有的"火炮性子"充分表达出来。而与邢幺吵吵的性格相对立的方治国则狡诈阴狠,有一种"弄得顽强的敌手哭笑不得"的"软硬人"的本领。试想,如果"火炮性子"碰到"火炮性子",那么这场争吵势必如同干柴碰到烈火,一阵猛火就烧完了;如果是"软硬人"碰到"软硬人",争吵也不容易激烈起来。事情恰好是,切身利害的矛盾使他们互不相让,争吵只能愈演愈烈,而"火炮性子"碰到"软硬人",又使整个争吵过程于激烈之中几经周折,波澜起伏。再进一层,我们还可以看到,作品不仅将具有对立性格的人放在规定的境遇中,展开特殊的矛盾冲突,而且充分利用自己已有的布局和构思,在特定环境中着力刻画人物性格的独特性,从而笔酣墨饱、淋漓尽致地将矛盾尽情地揭示出来。我们看到,方、邢二人的争吵经过几个回合之后,当过十年团总、十年哥老会头目的陈新老爷出面调解不能解决问题,茶客们也以为事情虽然已成僵局,但争吵双方这样有体面的人物决不至于动武,然而作品通过展示人物在规定处境中的性格,真实自然地展开性格冲突,偏偏让二人当场出彩,打得鼻青眼肿。这里,矛盾愈是激烈,最后新县长终于接受贿赂放出邢幺吵吵的儿子这一结果就愈显得意味深长,就愈能深刻有力地揭示出暴露国民党政权在兵役问题上的弊政的这一主题。

其次,作者摒弃了某些喜剧性作品中专门注重表面效果的小趣味、小噱头等庸俗倾向,从现实生活和人物性格的真实中构思巧妙的喜剧冲突，从事物发展的必然性中寻找偶然性的因素，从而通过偶然性因素使生活本身产生魅力，保持和加强情节进展的紧张频率，终于在结尾的闪光的一笔中造成令人惊愕的喜剧效果。作品一开始，就以极为朴素、经济的笔墨和大胆、单纯的处理提出了喜剧矛盾。我们看到，即使是许多优秀的短篇小说，开始也要用不少笔墨描绘作品的具体环境，介绍人物，展开情节，然而沙汀这个短篇的开头，只用了一句话："坐在其香居茶馆里的联保主任方治国，当他看见从东头走来，嘴里照例扰嚷不休的邢幺吵吵，他简直立刻冷了半截，觉得身子快要坐不稳了。"只一句话，就显示了作品的特殊情势，预示了矛盾的端倪，两个处于相互对立地位中的主要人物在动的状态中出了场。这个开头把一系列问题在读者面前提了出来：已经缓役四次的邢幺吵吵的儿子这一次被抓丁后会不会放出来？这个横行乡里的体面人物能否保得住"面子"？处于似乎无法解决的矛盾中的两个镇上的头面人物这一次怎样下台？新县长扬言整顿兵役是真是假？这一系列问题造成了强烈的悬念，紧张而又饶有兴味地吸引住读者。而张三监爷和陈新老爷的先后出面调解以及方、邢二人的性格冲突，又使这种悬念的紧张程度在起伏有致的节奏感中不断加强。在这一过程中，作者从生活本身的逻辑和人物性格的真实中发掘出大量喜剧性因素，造成了严肃的、毁灭性的笑。这种笑紧紧抓住读者，使读者一刻也不减弱对喜剧因素的快感。然而，作者还不满足于此，作品喜剧色彩的加浓，紧张频率的加速，都是为了集中到作品最后突然转折的喜剧结局上。这个结局不仅在沙汀的短篇小说中，即使在中国现代文学史的短篇作品中也是不多见的、杰出的艺术手段。让我们再来欣赏一遍这个短篇结尾的独到处理吧：众所周知，这个结局是在茶馆里闹得沸反盈天，方、邢二位镇上的体面人物不顾体面打得不可开交的时候发生的。这里，是两条线索交互作用的结果。一条是众目睽睽之下一台热闹"讲茶"中方、邢二人的矛盾纠葛及其发展，另一条是邢幺吵吵的大哥、舅子因营救被抓壮丁而与新县长的往来、勾结。前者在"台前"，后者为"暗场"。一明一暗，一实一虚，相辅相成，交互作用，而最后虚化为实，真相大白：新县长终于接受了贿赂，放出了邢幺吵吵的儿子。作品让进城打听消息的米贩子突然挤进人丛中报告了消息："人已经出来了。"理由是别致而充满滑稽意味的："昨天夜里点名，报数报错了。队长说不够资格打国仗就开革了，打了一百军棍。"还用几句话将事情的内幕说得透亮："起初都讲新县长厉害，其实很好说话，前天大老爷请客，一个人早就到了，戴他妈副黑眼镜子……"这里，喜剧迅速地、突然地带着惊人的真实性一下子被推向紧张的高度。作者又一次运用既在情理之中，又出人意料之外的偶发事件，使整个作品的形象突然被尖锐的思想力量和鲜明的艺术概括所照亮，好像一下子就揭穿了日常生活的一切覆蔽似的。"当真的呀！"随着茶客们的一声惊叫，读者也在惊愕中被吸引住。作品这画龙点睛的一笔不仅使镇上的体面人物失去了体面，而且也使煞有介事的新县长露了老底，国统区社会制度的腐朽至此便暴露无遗了。在这情节突然推向高潮的瞬息间，作者轻轻一笔作了收场。神情呆板、反应迟钝、绰号蒋门神的米贩子在大大咧咧地报告了消息之后，才"忽然一眼注意到了邢幺吵吵和联保主任"，他吃惊地问道："你们是怎样搞的？你牙齿痛吗？你的眼睛怎么肿啦？……"对方治国、邢幺吵吵之流投以最后一次揶揄和嘲弄，作品寓庄于谐、深刻中的，在轻松幽默的笑声中，使作品有一个含蓄、深刻、耐人寻味的结尾。在这里，尽管从事物发展的必然性上去分析，在蒋管区，这样的县长决不会认真地将一个有权势的土豪的儿子抓去做壮丁的，他接受贿赂、放人出来是生活的必然，细心的读者，一看作品的开头就会清楚地了解这一点。然而，作者高度忠实于生活，对千姿万态生活形态的细微曲折之处的把捉和反映，却会得出这样令人想象不到的结果。我们将这篇小说与那些反映生活内容既不能做到在"情理之中"，而情节的发展又缺乏"出人意料之外"的公式化概念化作品比较，更可以清楚地看到这个著名短篇小说忠实地反映生活的程度和作者艺术表现上的独创性。

由于坚持从生活出发进行艺术构思，来自生活的各个人物性格迥异，作品的选材角度不同，结构和布局也别开生面，所以沙汀本时期的许多短篇小说虽然同是揭露国民党反动派在抗战中的弊政的，但题材和主题却很少互相雷同的。例如，同是以四川农村兵役问题做创作对象的短篇小说，在内容和构思上作为《在其香居茶馆里》的补充的是短篇小说《替身》。作者在前一篇小说里，通过艺术形象提出了一个问题：邢么吵吵们的子女亲戚既被免役，那么，壮丁由什么人去顶替呢？《替身》在揭示生活的这一方面的内容时，从另一个角度暴露了兵役制的内幕。作品的特定环境是，这一天保长李天心破例地"不太痛快"，因为他一时凑不足最后一名壮丁，而"紧急抽丁的限期已满，……乡长拍案大骂，限他明天一早补足欠额"，于是作品在这个颇为紧张的局面下展开了情节，一个壮丁的数目虽少，但保长却为此而焦急，因为"没有一个好下手！他们不是他的亲戚，就是他亲戚的亲戚，有的还同那些地位比他高得多的人有瓜葛"。他在一个又一个的打算落了空以后，不得不兴师动众到小旅舍去抓过往的客商，结果一个不合壮丁条件的老盐商竟被胡里胡涂地充作了壮丁。这篇作品的构思是以这个老盐商的无辜被抓为情节的核心而生发出来的。当这个被"铲去头发胡子"却"显得来更苍老"的老盐客被保长们围绕着"观摩"，而这位老盐客的不服，使保长"因失望而愤怒"暴跳如雷的时候，人们又一次看到一幅绝妙的讽刺画：口口声声嚷着"打国仗"的基层官吏们在冠冕堂皇的幌子下所干的却是这样可鄙、可笑的勾当。这种事情在当时的四川农村司空见惯。然而，经过作者的勾勒、描画，鲜明地反映了这种兵役问题上的弊端决不是个别官吏所为，而是整个打着抗战招牌实际上却破坏抗战的腐朽的社会制度。这样以笑为武器撕掉当权者的伪装，揭示出他们表里不一的矛盾，便收到了强烈的讽刺效果。

　　《联保主任的消遣》在写联保主任彭疯在摊派救国公债问题上为非作歹时，不是让他像方治国、李天心那样落在紧张的环境里，也不是正面去写他为私利而苦心经营、运筹谋略，而是选取了他在坐酒馆、逛公园谈笑游乐中任意处理公事的几个片段。然而，这位联保主任在平常的消遣生活中处理不平常的公事，正是作者为这个人物所设置的特殊环境。在这位主任手中，像救国公债这样的大事，他可以凭个人的爱憎好恶任意加以处置：唐酥元因为供他任意开玩笑并清唱京剧娱乐他，就可以免除本应摊派的公债；而幺跨子夫妇则因触怒了他，就不仅要承受不合理的摊派，还要被任意关押起来。这位在省城"住过三四家中级学校"，又在抗战后"去成都受过三个月训"，因而被"尽先录用"的"地方行政专家"，竟然在坐酒馆吃牛肉过饱的叹息声中，在"四合工尺上四合"的"悠扬"的胡琴声中随意处理有关抗战的大事，而且干得这样"镇静""自信"，视同儿戏。作者在这里十分有力地揭露了这些抗战蠹虫任意鱼肉人民腐蚀抗战的罪恶行径！

概括起来说，沙汀本时期这一类暴露讽刺短篇的特点是：从创作概括上看，他对抗战现实有清醒的认识和独特的艺术发现，善于从人们习焉不察的生活中看出常中之异，确切地把握人物的内在特征，准确地把握住人物在规定情景中各种特有的极为细微的反应；同时从生活真实出发，抓住生活中的偶然性因素进行巧妙的构思布局，充分利用这种构思布局刻画人物，表达主题，从而以特有的创作概括去揭示快要灭亡的腐朽事物的深刻本质和社会意义。从表现手法看，他采用了对象化的艺术手法，即作者不是直接表露自己的看法和感情，而是将它们寄寓到作品的形象中，通过情节的提炼与典型化，把反面现象本身的矛盾与荒谬集中地显示出来，让形象说话，让那些放射着生活的独特光彩的形象按照生活本身的逻辑活动。恩格斯所说的"倾向应当从场面和情节中自然而然地流露出来，而不应该特别把它指点出来"，又说："作者的见解愈隐蔽，对艺术作品来说就愈好。"沙汀的作品正是这样。他作品中的"场面"和"情节"不是用空洞的概念和说教拼凑起来的，也不是一般具体感性的形象的画面，而是独特新颖又有深刻概括意义的艺术典型。由于作者的"见解"是"隐蔽"在这样的形象里，作品的倾向是从这样的画面中"自然而然地流露出来"的，因而具有强烈的艺术感染力。从细节描写和语言表达上看，作者从烂熟于心的生活中选取和发现了许多独特典型而又保持着生活的本来面目的细节，使得作品的独特构思和人物性格变得血肉丰满，在语言的运用上，不仅注意了人物语言的个性化，而且特别注重在规定情境中富于变化地运用特殊的语言结构（如谚语、倒装句甚至断句），讲究语气、语势；加以活生生的四川农村口语的运用，作品显得乡土气息浓郁，形象的画面更加逼真，使人如临其境。李长之在谈到读沙汀小说的感受时说："假若许我卤莽地比方，我们仿佛是被带入了果戈理的世界中了，虽然在幽默以及故意刻画上（那是果戈理的特色）还略觉不似。可是也许因此，他比果戈理的写实精神更纯粹些呢。"[1] 这是深知沙汀小说特色的很有见地的看法。自然，写实手腕有各种不同的手法和风格，并非沙汀的写实精神比果戈理更"纯粹"，而是在写实手腕上表现了不同的特点。果戈理善于运用色彩鲜明的语言表现从生活中提炼的不平凡的细节，使得形象突出而夸张。沙汀的作品没有果戈理作品的幽默感，他的作品有的只是冷峻的剖析和无情的抨击，细节的运用也更多地保持着生活本来面目，因而显得朴素、含蓄和深沉。从作品的特殊的美感作用和社会效果上看，由于沙汀小说的尖锐的政治揭露和讽刺是通过具有独特的个性形态而又概括了事物的某些本质方面的艺术形象表现出来的，因而倾向性与真实性达到了较好的统一，这种讽刺完全符合鲁迅所指出的讽刺就是对于生活的真实的描写的观点。正因为沙汀的这类暴露讽刺作品从现象到本质的真实性上塑造了"丑"的形象，因而能使读者更加深刻地了解它们，认识到它们的必然灭亡的命运，并且坚决唾弃它们。按照对立统一的辩证法，这就是赞扬和肯定了丑的反面，即生活的美和美的理想。这样，用现实主义典型化的方法表现反面事物就能引起欣赏者的美感，成为人们的审美对象，从而发挥这一类作品的特殊的社会作用和美学效果。

---

[1] 李长之：《淘金记》、《奇异的旅程》，载《时与潮文艺》第四卷第二期。

《创业史》的长篇结构和人物描写

读过《创业史》的人，都会有这样共同的感觉：作品虽然只写了一个互助组由巩固到转社的过程，而且在这一过程中又只写了活跃借贷、买稻种和进山等几件大事，但却能够那样深刻地揭示出我国农村合作化初期的错综复杂的矛盾和历史发展的动向，那样鲜明地塑造出众多的各个不同阶级、不同阶层人们的典型形象，使作品情节虽多而不乱，描写幅度虽广而不浅。我想，究其原因，作家的生活经验、思想水平以及由此达到的典型化的能力当然是最主要的。但是，与这一切相适应，作家的丰富的艺术经验，如在长篇结构和人物描写上所发挥的独创性，也不能不说是其中的重要原因之一。

作品的结构是安排情节，塑造人物，形象地再现现实的重要手段。长期以来，我国古典小说逐步形成了为广大群众所喜闻乐见的结构方法。那就是在描写人物、叙述故事的时候，既要求有头有尾，有始有终，分章节、成段落；又要求人物的关系重叠错综，故事发展跌宕交叉，各有重点的各章错综相间，使整个作品波谲云幻，变化多端。当然，这种结构特点在作品中并不是千篇一律的。作品的结构必须依据作品所反映的现实生活的规律性，按照作家对生活和人物性格的理解而组织起来。《水浒传》是通过众起义英雄一个个被逼上梁山的过程来反映农民阶级和大官僚大地主阶级之间的尖锐斗争的，因此，与此相适应，便出现了"武十回"、"林七回"这样许多人物故事衔接出现的结构方法。而在《红楼梦》中,则由于作品对于腐朽的封建社会的揭露是通过一个大家庭由盛到衰的过程来表现的,因而众多的人物便被组织在网式的结构中,通过千头万绪、纷繁多姿而又百面贯通、清晰明朗的日常生活事件来反复刻画人物性格。《三国演义》主要通过白热化的军事斗争来描写当时政治舞台上的风云变幻,因此作品的构思主要表现在作者善于组织一次又一次的丰富多彩、波澜壮阔的战争画面,使众多的人物在紧张、惊险、复杂微妙的军事斗争中借助夸张和对比的手法,得到色彩鲜明的刻画。当然,不能像在地图上找地名一样地指《创业史》采取了某种结构手法,也应该把作者所受到的外国文学的影响估计进去,但是,当作者从作品的内容出发安排作品的结构时,上述种种我国古典长篇小说的结构方法是会对作者起潜移默化的作用的。作者曾经说过:"我曾多次读过《三国演义》《水浒传》和《儒林外史》。……我觉得我从它们得到了好处,但我自信读者不能指责我从哪一本书里割来一块贴到我自己书里。生活使我们向人生和社会深入一步,也使我们能向别人的作品深入一步,进去了还出得来。"因此,应该着重从作品的内容和主题出发,看看《创业史》是如何借助结构这一艺术手段来展开情节、描绘个性的。

正如许多评论者所指出的,《创业史》对于合作化初期我国农村中社会主义和资本主义两条道路斗争的反映,有其独到的深度。作者一方面有力地揭示了这场斗争的错综复杂和广泛深入(这里,有贫雇农、下中农与反动富农之间的敌我斗争,有社会主义与富裕中农之间的两种不同创业道路的斗争,也有中农、缺乏觉悟的贫雇农与社会主义道路之间的矛盾);另一方面又透过错综复杂的矛盾,洞察历史发展的动向,鲜明地突出了矛盾的主要方面,表现了社会主义这个新生事物在艰巨斗争中的成长壮大。《创业史》在长篇结构上的杰出成就正在于:作者依据这种对生活的辩证发展过程的理解,比较全面地融化、吸取了传统小说在结构方法上的长处,将两条道路斗争中的尖锐、复杂而微妙的矛盾冲突辩证地组织起来,既采取网式的结构,让众多的人物在矛盾冲突的漩涡中显示出各自不同的性格,又通过人物专章描写集中力量将人物一个一个地写好。对于社会主义和资本主义这两个矛盾方面的处理,既突出了前者,又不忽略后者,同时还表现出它们之间在不断斗争中的推移和转化。这样,便使作品形成波澜迭起、既有曲折又有辽阔的局面,从而为众多的人物构成了能充分展示性格特色的真实、典型的活动环境。

在我国古典长篇小说中,常常可以看到一种以结构作为人物塑造手段的大手笔、大章法,那就是以一个大场面或一个大事件为中心,将错综复杂的矛盾冲突组织起来,让众多的人物在这种网结式的结构中行动,从而通过各个人物对同一事件的不同的情绪反应和思想看法表现出各自的性格特征。这样,经过粗重的几笔勾勒,就可以使大大小小的人物栩栩如生,跃然纸上。《三国演义》中的"火烧赤壁"和《红楼梦》中的"抄检大观园"就是突出的例子。《创业史》也是成功地运用了这种结构方法的。一开始,作品正是通过富裕中农郭世富家"架梁"喜庆的热闹场面,一下子便将我们带到了土改后阶级分化剧烈的时代环境中。随着那"一阵辟辟叭叭的鞭炮声",作品的许多主要人物都登了场,而且准确地勾勒出他们的思想性格的第一笔。在土改期间,因为害怕被划成富农而尽量向贫雇农讨好的富裕中农郭世富现在成为一个有势力的人物了,他家的"架梁"喜庆就吸引了许多有自发思想的农民。蛤蟆滩上的一对死对头——富农姚士杰和村代表主任郭振山都同时成了郭世富家这场喜事的座上客。那"傲然地挺着胸脯站在那里的"姚士杰,闪着一双嘲笑的眼睛,将这场喜事看作是对共产党和贫雇农的报复。而共产党员郭振山也居然"像仙鹤站在小水鸟中间一样"、毫不感到难堪地成为这场喜事的客人,流露出他对富裕中农生活的向往。在那"一大片统统地仰天看着这楼房架"的脑袋中,还有着贫农梁三老汉的"戴破毡帽的头"。这位一大早就起来拾粪的勤劳的老汉,当他听到郭世富家"架梁"喜庆的鞭炮声时，很快就被吸引住了。贫雇农的敏锐的阶级嗅觉使他一眼就看透了姚士杰的狠毒的心思。然而，个人发家致富的私有观念却使他迷恋郭世富和郭振山家的好光景，再加上人们对他的任意嘲笑，更激起了他对坚决走社会主义道路的儿子的不满。就这样，借助这个热闹场面，经过几笔勾勒，贯串全书的两条道路、两种思想以及敌我之间的种种矛盾便开始显露出来。而这种强烈的时代脉搏和浓厚的政治气氛反映到人物性格之中，便使人物性格的某些特征通过第一笔就透露出魅人的光彩。

如果说，"架梁"喜庆所展示的矛盾还只是一场激烈斗争即将来临的预兆，那么，通过"活跃借贷"这个概括性极强的情节，便使我们和作品中的人物一道卷入到这场尖锐剧烈的斗争漩涡之中。以两次活跃借贷会议为中心，作品大胆地展开了矛盾：在活跃借贷的代表会议上，富裕中农郭世富公然无视政府政策。他当着村代表主任和贫雇农代表的面，在地上画着线条，盘算着如何为他新盖的楼房安排马房和草房的门。接着又以讨回旧债作借口企图堵死活跃借贷的门路。富农姚士杰不仅不出借余粮，反而向村外偷运粮食，以加紧发放高利贷的活动来破坏活跃借贷的政策。对于贫雇农来说，活跃借贷的失败不仅给他们带来了生活上的困难，而且其中某些人还因此受到了新的压抑。但是，他们中间的绝大多数却没有向困难低头，表现出对党和政府的最大的信任。高增福就是这些贫农的代表人物。正是在活跃借贷失败后的困难处境中，我们看到了他的可宝贵的硬骨头性格。他穿着一件开花棉袄参加代表会议。妻子死了，怀里还得抱着一个四岁的孩子，贫困使他眼看便无法度过即将到来的春荒。然而，活跃借贷的失败并没有使他灰心丧气。"既不是责任感，也不是好奇心，而是一种强烈的阶级感情"促使他那样警惕地监视着富农的破坏活动，又那样义正词严地在群众中揭发捣乱活跃借贷的二流子白占魁。活跃借贷问题上所展开的斗争还在党内鲜明地反映出来。一心发家致富的村代表主任郭振山，由于失去了贫农的阶级感情，对合作化抱着冷淡的态度，因此他无法应付自发势力和阶级敌人的进攻，只能眼看活跃借贷遭受失败而束手无策；不仅如此，他还在党的路线上找毛病，认为国家不该过早地宣布结束土改。与郭振山相反，梁生宝却紧紧依靠着党的领导，满怀信心地竭力促使互助组这一社会主义新生事物的成长。当蛤蟆滩贫雇农因活跃借贷失败而陷入困境时，他买回了新稻种，准备实现稻麦两熟计划，而且还毅然担起了组织群众进山的重担。他的这种行动沉重地打击了资本主义势力。正是这场斗争中通过和郭振山的性格的鲜明对比，我们十分清楚地看到这位青年农民的英气勃勃的革命的胆略和气魄。

就这样，一个"架梁喜庆"的热闹场面，一个"活跃借贷"的典型事件，作品便气势雄浑地展开了错综复杂的矛盾，充分写出了这个时期农村中的风云变幻，而各个不同阶级、不同阶层的人物便在矛盾冲突的漩涡中通过行动显示出各自的基本的性格特征。

为了更宽广地展开作品的描写幅度，更深刻细致地揭示人物性格的丰富内容，《创业史》作者除了借助网结式的结构勾勒出众多人物的基本性格特征以外，还采取了传统小说中那种集中在一章或连续几章中着重描写某一个人物的经验。《水浒传》中"林七回"、"武十回"的写法就是这种传统手法的范例。正是通过武松、林冲等各有重点、自成局面的人物故事，《水浒传》作者为我们塑造出许多家喻户晓、流传久远的典型形象。而这些可以独立成篇的人物故事又从各个不同的方面恰切地表现了"逼上梁山"的尖锐的阶级斗争的主题，而成为整个作品的有机结构的组成部分。自然，由于这种传统手法还残留着"说话"阶段的特色，因而作品的结构常呈直线式的发展，人物性格在专章描写后便不能通过多方面的矛盾关系得到更深刻的刻画。同时，有的人物故事由于没有扣紧作品的中心情节，因而既不能写好了人物，又使这些部分成为整个作品有机结构的赘瘤。《创业史》作者在运用这种传统手法时，虽然也有值得商榷的地方，如在集中描写改霞的篇章中，由于这个人物的种种行为和内心活动往往游离于整个农业合作化的斗争之外，因而人物不能站立起来，而其中某些篇章也和整个作品的有机结构不甚协调。但是，一般说来，《创业史》作者却很成功地、创造性地运用了这种传统手法。如第五章和第二十二章对生宝的描写，第十一章对姚士杰的描写，第十三章对郭振山的描写以及第二十章对郭世富的描写，就是比较成功的例子。在这些篇章中，作品以农村社会主义革命为中心，往往在情节进展关键性的时刻，抓住矛盾冲突中的一个主要事件或一段重要情节，以富有特色的工笔画，着重刻画一二人物，从多方面细腻地揭示出错综复杂的斗争在人物心灵深处所引起的感情变化；或用回叙方式从历史的纵深里挖掘出形成人物性格的历史因素，从而更充分地展示人物的完整的性格。同时，也只有当各个矛盾方面的人物通过专章描写得到了鲜明生动的刻画时，作品才能在真实的性格冲突中更深刻有力地展开矛盾斗争。这样，便形成了作品的波澜，产生出动人心魄的艺术魅力。如买稻种以实现稻麦两熟计划的行动是蛤蟆滩社会主义力量对资本主义进攻的第一次有力的反击，作品第五章中便借助这一重大事件着力刻画了梁生宝的英雄性格，将社会主义这条线有力地拉了出来。梁生宝的实干奋进的雄姿和高昂的理想，党的亲切关怀和互助组员的有力支持，都突出地表现了互助组这一社会主义新事物锐不可当的气势。第十章中通过姚士杰收买二流子白占魁、向贫农高增荣发放高利贷以及与郭世富合谋买"百日黄"稻种企图比垮互助组等情节，有力地揭露了这个富农的阴险毒辣的残酷本性和他的剥削者的人生哲学。这是继活跃借贷失败后，蛤蟆滩反社会主义势力发动的又一次猖狂进攻。第十三章则着重通过对郭振山的剧烈而复杂的内心矛盾的分析，进一步揭示了党内的斗争。上述两个人物专章描写不仅成功地提供了一个农村剥削者和一个蜕化变质的共产党员的典型，而且还将贯穿全书的两条道路的斗争推到了一个新的阶段。蛤蟆滩社会主义力量对资本主义进攻的另一次声势浩大、坚决有效的反击，是贫雇农进军终南山的重大事件。这是在资本主义猖狂进攻、小农经济汪洋大海的历史背景上的一曲响彻云霄的社会主义集体劳动的赞歌，也是蛤蟆滩社会主义力量在两条道路斗争中取得第一个回合胜利的关键性的事件。通过这两章，高大的贫农的集体英雄形象被创造出来了；而且，作者更以饱满酣畅的笔墨进一步塑造了梁生宝和高增福这两个有着不同性格特征的英雄人物。在领导肩扫寻队伍的工作中，高增福的贫农的硬骨头性格在劳动和斗争中迸射出多么瑰丽多彩的光芒。而身负领导群众进山重任的梁山宝，他的革命的胆略和气魄，他的深思熟虑、实事求是的工作作风，都突出地显示出这个十分成熟的农村基层领导干部的优秀品质。在第二十五章中，通过郭世富在黑市上那段富有戏剧性的情节，多么鲜明地突出了这个富裕中农上层分子的性格特征。然而正是从他的性格的内在逻辑出发，他在国家工业化、粮食需要量增多的新形势下，便不愿再卖粮买肥料来和互助组竞赛，这样，他和富农姚士杰企图比垮互助组的美梦便注定了破灭的命运，蛤蟆滩社会主义力量对资本主义势力斗争的第一个回合的胜利在这里便成了定局。《创业史》的人物专章描写就这样既集中力量写好人物，展开了作品的描写幅度；又扣紧了作品的中心，注意了作品的通篇结构。而其间，两个不同矛盾方面的人物专章描写错综相间，并结合着网式的结构方法，便使整个作品的情节发展波澜迭起、曲折迂回，因而，虽无传奇性的情节，却仍能收到引人入胜、耐人寻味的效果。

　　与作品的上述结构相适应，《创业史》在人物塑造手法上将粗线条的勾勒和工笔的细描结合起来，这也是对民族形式的一种创造性的探索。具体说，一方面，作品通过一系列概括性极强的情节，使人物处于一个又一个错综复杂的矛盾斗争的尖端，随着情节的进展，矛盾的深化，以雄浑的笔墨鲜明地勾勒出人物在斗争中的地位；另一方面，在这种情节进展的关键性时刻，又不惜篇幅、不惜笔墨，将人物的富有特征意义的行动和作者的简洁细致的心理分析、爱憎分明的抒情议论糅合起来，这样来深刻细腻地刻画人物性格，有力地揭示出斗争的风暴在人物心灵深处所激起的感情的浪涛，从而使人物不仅骨力遒劲，而且血肉丰满、栩栩如生。

在《创业史》中，虽然较多地运用了一些心理分析和抒情描写，但是，我国古典小说中那种情节性强，让人物在矛盾冲突中通过行动展示性格的特点仍然极其显著。即使在"题叙"中对历史往事的概述、在其他章节中以回叙的方式表现人物性格的发展时，也很少静态的笔墨去介绍。"题叙"通过梁三老汉一家三代在旧社会艰难创业的动人故事，对于蛤蟆滩穷苦庄稼人的生活历史作了鲜明生动的概括。而第十一章对于土改斗争中的高增福的回叙，更以强烈的行动鲜明地突出了他的爱憎分明的硬骨头性格。当然，更为明显的，作品中许多性格鲜明的人物都是在两条道路斗争的正面描写中通过一系列行动表现出来的。梁生宝的敢于斗争、善于斗争的农村基层领导干部的性格，正是在买稻种、组织群众进山等烙印着他的性格特点的行动中得到了鲜明的表现。而富农姚士杰的一系列"水银落地、无孔不入"的破坏活动则突出了这个阶级敌人阴险、狠毒的性格特征。至于新富裕中农郭振山，他的极为矛盾的性格也通过他在处理种种问题上的似是而非的言论和行动，得到了一定程度的揭示。同时，即使是同一阶级的许多人物，他们的烙印着各自性格特征的行动也是不能互相掉换的。为了严密地监视富农的破坏活动，高增福可以自动地独自蹲上一整天，甚至连夜里睡觉也不踏实。这是这个有着强烈阶级爱憎的贫农所可能采取的特有的斗争方式。而作为党的干部的梁生宝，虽然同是出于对阶级敌人的仇恨和社会主义事业的热爱，却采取买稻种、组织群众进山的方式进行了更为坚决有效的斗争。冯有万对私有观念的痛恨和对互助组的耿耿忠心，往往表现在他的暴躁、粗鲁的举动中。而梁生宝的激情则和他的高度的政策观念熔铸在一起，通过深思熟虑、稳扎稳打的具体行动表现出来。当然，还应该看到，《创业史》在揭示人物性格和内心活动时，还结合着人物的行动，采取了多种多样的艺术手法。不能设想，如果没有那些鞭辟入里的心理分析和诗情洋溢的抒情议论，梁生宝在艰巨斗争中的壮美的情怀和高昂的理想会被表现得那样激动人心和富于诗意；富农姚士杰的剥削者的人生哲学会被刻画得那样入木三分；郭振山的掩盖在冠冕堂皇、似是而非的言行下的复杂矛盾的性格会被揭示得那样淋漓尽致……

然而，这里的一个重要问题就在于，心理分析和抒情描写的运用是否使《创业史》远离了人物塑造的民族形式呢？有的同志由于看到了《创业史》较多地运用了这些手法，便责难作品不够民族化的要求，或将它和我国当代的其他优秀作品作比较，认为它较之《红旗谱》、《山乡巨变》等作品来说，在民族化上要逊色得多。当然，应该看到，柳青在人物塑造手法上，受过欧洲现实主义文学的很大影响，从他的一些早期作品中，甚至于在《种谷记》中，都可以看出较为明显的欧化的痕迹。但是在《创业史》中，这种影响一经改造和融化，便化为作家自己的血肉，具有鲜明的民族色彩了。况且，在我国极为发达的民族文学中，由于人民生活的丰富性和多样性，加之作家艺术地认识现实，又永远是通过其创作个性的特点来完成的，因此，和民族形式的其他因素一样，我国古典小说的人物塑造手法也是无限丰富多彩的。一般说来，让人们通过行动展示自己的性格固然是我国传统文学在人物塑造手法上的基本特征，但同时，富有特色的心理分析和抒情议论也是屡见不鲜的。如在《红楼梦》中，伴随着人物的行动，就常出现简洁扼要的、细腻的心理描写。而夹叙夹议的抒情议论，从以《史记》为代表的传记文学到评书家的口头艺术里，都运用得极为广泛。今天的作家大可以继承我国古典作品中这种写人的技巧而发展之，为什么一提到心理分析和抒情议论，就一定是外国的呢？明白了这些问题，便可以看到《创业史》在人物刻画上还是比较全面地继承了传统文学的艺术经验，并溶化、吸收了外国文学的有益的养分而发挥了新的创造的。

和外国小说中常见的情形不同，《创业史》在人物刻画上很少出现冗长、孤立的心理分析和抒情描写。它们与整个作品的矛盾斗争和引人入胜的情节交织在一起，而且总是伴随着人物的富有特征意义的行动细节出现的。例如，梁生宝以买稻种、准备实现稻麦两熟计划的行动向蛤蟆滩的资本主义势力发动第一次反击时，作者便抓住这一情节进展的关键时刻，以富有特色的"工笔画"有力地揭示了人物优美的内心世界。在梁生宝买稻种的旅途中，有这样两个富有特征意义的行动细节：一是生宝下火车后不住旅馆而去住火车站的票房，一是吃不花钱的面汤和特有的带钱方式。梁生宝为什么会这样做呢？这难道仅仅是个人的一种节俭吗？不是。作者以细致的心理分析进一步打开了人物心灵的窗扉："他那茁壮的身体站在这异乡的陌生的车站小街上，他的心这时却回到渭河下游终南山的稻地里去了。钱对于那里的贫雇农多么困难啊！人们恨不得把一分钱掰成两半使唤……"接着，他想到了组内中农不肯借钱的刁难，想到了区委王书记的希望和信赖的眼光……他那种为堂倌所嘲笑的带钱方式，也为的是怕出差错，"办不好事情，会失党的威信呢"。这之后，作者便直抒胸臆，唱出了对人物的激情的赞歌：

> 他胸中燃烧着熊熊的热火——不是恋爱的热火，而是理想的热火。年轻的庄稼人啊！一旦燃起了这种内心的热火，他们就成为不顾一切的入迷人物。除了他们的理想，他们觉得人类的其他的生活简直没有趣味。为了理想，他们忘记吃饭，没有瞌睡……甚至生命本身，也不是那么值得吝惜的了。

这样，通过心理分析和抒情议论，作者便透过人物活动的表面，一下子抓住人物的精神的美，而且将它提高，从而使人从中获得更深切的感受和更高、更新鲜的思想。

再如，在第十二章中对于富农姚士杰的刻画，作品不仅通过他收买二流子白占魁和拉拢贫农高增荣的行动表现他的狠毒、狡诈的性格，而且还通过作者直接出面的心理分析，剖开了这个富农的丑恶的灵魂：他

"希望有更多的困难户来找他,他从缺粮人愁楚的脸上感到快乐,他把和告债人的谈话,当做世界上最有意思的享受……从前,每逢春荒时节是他最快乐的日子,现在,时轮又转得来了。……"这里,不仅一针见血地揭露出一切剥削者所共有的人生哲学,而且还突出地刻画了土改后这个特定历史环境中的反动富农的典型心理。

从上面的例子可以看到,作品不是孤立地、静止地去分析人物心理,而是作为人物行动的补充和说明来表现内心的活动。正是这种紧密联系,在作品中找不出对于人物内心世界的千篇一律的描写,而是在丰富的错综复杂的行动描写中,随着人物性格发展的不同时间、环境,富于变化地刻画了人物的心理状态。作者的抒情和议论也是在极富表现力的行动和入情入理的心理分析之后出现的,它和描写对象达到了巧妙而恰当的结合,因而不仅不会破坏人物形象的完整,相反,这种从生活中得来的诗情洋溢的概括,却像在眼前腾起的一道一道的耀眼的闪光,使我们更清楚地看到了人物性格的思想的核心。

《创业史》在全面、深入地学习传统,并通过鲜明的艺术个性创造性地发展传统方面,是能给人深刻的启发的。让我们认真借鉴柳青在这方面的宝贵的艺术经验,创作出更多的为群众所喜闻乐见的作品来。

(《〈创业史〉评论集》,陕西人民出版社,1980 年版,原载华中师范学院《科学研究论文集》1963 年第 1 期,收入该集时,作者作了修改)

现代民族文化品格的弘扬与铸造
——赵淑侠海外华人题材小说论

赵淑侠女士是海内外著名的华文文学作家，她生于大陆，长在台湾，留学欧洲，定居瑞士，长时期活跃在世界华人文化圈内。她的作品既具有强烈的民族意识和爱国情怀，又富于现代意识和世界眼光。她著作宏富，取得了多方面的卓越成就。本文仅就她以民族精神为本位的海外华人生活题材的小说进行一些见仁见智的探讨。

一、富于民族文化意义的浪漫诗学主题

民族主义与爱国主义是赵淑侠海外华人题材小说创作始终如一的聚焦点与主旋律，这是海内外亿万中华儿女所普遍关心的具有世界意义的主题。在 20 世纪的后半叶，每个中国人魂牵梦萦、无法摆脱的是这样的历史现实：一方面，当世界上绝大多数国家都以完整的独立的现代民族国家姿态活跃在世界舞台上的时候，中国却是唯一的尚未实现完全统一的大国；帝国主义殖民统治所造成的大分裂、大动乱的历史虽然已经过去，但苦难的往事仍像梦魇一样缠绕着人们。而现实中，香港、澳门尚未回归祖国，海峡两岸对峙分裂的局面依然存在；同时，祖国还不富强、文化复兴远未实现。台湾虽然实现了经济腾飞，但随之而来的是物质文明和精神文明、现代文化与民族文化的失重、错位乃至相互牴牾与

矛盾、冲突，精神文明和民族文化失落的情形十分严重。大陆则由于"左"倾路线干扰，经济发展缓慢，像"文化大革命"这样的历史事件，更使自己与世界潮流完全隔绝，并且对中华文化传统，包括"五四"后的近传统和有史以来的远传统进行了大破坏，造成了大倒退，当然，这只是中华文化遭受毁弃和失落的一面。另一方面要看到的是，在世界范围内，东方文化尤其是中华文化正日益升值。这种升值首先是因为百多年来我国文化先驱数代知识精英同帝国主义、封建主义文化反复较量从而对中国传统文化进行创造性转换的结果；再则西方在二战后看到自身文化的弊病及危机，转而向东方文化特别是中国传统文化寻找精神上的出路，因而注目于东方文化与中华文化；更主要的是，改革开放大大促进了东西方文化的交汇、融合，使中华传统文化得到重新阐释、评估从而焕发出新的生机与活力。在这世纪之交，大陆对于中国传统文化的弘扬更掀起了新的浪潮。两次孔子学术讨论会在北京召开，都有我国政府主要领导人参加，并发表了重要讲话。较之大陆，台、港、澳地区由于特殊的历史与地域背景历来对中国传统文化比较重视，70年代以来，台湾及台湾的海外留学生与文化界经历以"保钓"事件为起始的一系列政治浪潮与外交挫折，人民痛自反省，一度迷失低落的民族意识得以觉醒回升，文学上现代派的没落和乡土文学的崛起也正是这种民族意识加强的表现。现在，许多海内外著名学者，乃至政治家、企业家都预言未来世纪是东方文化的世纪，他们中间大多数人都抱着要将东方文化发扬光大以有利于人类文明的良好愿望，但也有极少数人因东方文化影响日增而感到不安、不甘。如1993年夏，美国政府国际战略高级智囊、知名政治学家塞缪尔·亨廷顿在国际战略杂志《外交事务》上发表了《文明的冲突》[①]一文，他认为未来世纪人类的分歧和冲突主要不在经济和意识形态，而在于文化的差异和冲突，具体说，是东西方文化的冲突，

---

① 塞缪尔·亨廷顿：《外交事务》1993年夏季号，译文载《二十一世纪》第19期。

他危言耸听地提出儒教文化、伊斯兰教文化及两者的联合正愈来愈大地威胁着西方文化,因而建议美国政府要认真对待,并提出离间儒教文化和伊斯兰教文化的策略。关于他的文章引起了广泛的反响和讨论,究竟今后的世纪是东西方文化的冲突还是东西方文化的交融,东方文化的发展、升值会不会威胁西方文化,这里暂且不论,但从亨廷顿的言论中却可从又一侧面看到,东方文化特别是中国传统文化正在世界人民面前全面增值。

赵淑侠作为一位充满爱心和责任感、与时代呼吸与共脉搏相通、感触敏锐的作家,她以自己的作品,特别是海外华人题材小说创作,对上述这一转型期大时代的苦难和希望、中华文化的失落与增值进行了高屋建瓴的有力度有气势的艺术概括和深沉细致的艺术描写。她的小说既有写实主义精神,又富有浪漫诗学品格,既有丰富的历史现实内涵,又有哲学人文层次上的浪漫思潮特征,她的民族主义、爱国主义主旋律是在富有民族文化精神的浪漫曲中鸣奏的。概括起来,她的作品能体现这种特征的内容有以下几个方面:

(1)"无根一代"的浪子悲歌。她早期一些短篇如《王博士的巴黎假期》、《流浪人的歌》、《午夜的月光》、《赌城豪客》主要写的这种内容,在《我们的歌》、《赛纳河畔》等长篇中也融合有这种成分。这里面有无边的乡愁、无根的悲哀,也有寻根的痛苦和民族意识觉醒的艰难。总之,这里坦露出海外游子的赤子之心,弥漫着天涯何处是归途的感伤情怀。

(2)人的精神扭曲和民族文化失落的描写。这方面的内容主要体现在长篇《我们的歌》、《春江》、《赛纳河畔》中,这里,有对台湾经济腾飞中精神文化沦丧和民族文化失落的深刻思考,有对大陆"文革"对人、对文化摧残的沉痛揭示,还有对祖国近百年来社会历史动乱、历史文化变迁的深沉追溯。其中,特别是作品中经常表现的物质文明与人的精神困惑、经济现代化与民族文化的错位、失重,更揭示出人类文明,尤其是第三世界文明历史进程中二律背反的悲剧性矛盾，正是在这种具有普遍深远意义的矛盾中，引发出作品深厚的哲理思考和无尽的浪漫情怀。

（3）祖国共同体的认同感。这是高于生活、高于历史的富丽动人的理想主义、浪漫主义精神的闪耀。赵淑侠的作品表现和赞扬了超越海峡两岸暨港澳分裂的民族统一意识，作者的"根"意识已经超越了暂时的分裂现实，往往站在中华民族的整体利益立场考虑问题，这种认同感既回溯历史，从中华传统文化和民族性质的探寻中去激发海外游子的爱国情操；又指向未来，坚定地寄希望于海峡两岸暨港澳跨世纪的青年一代毫无历史成见的契合与团结，作者的这种认识不仅在作品的一些具体言论中有所流露，而且体现在整体构思之中。如《赛纳河畔》写了柳少征对海峡两岸都心存怨艾却割舍不下的关切与矛盾，写了范则刚"扇着翅膀两边飞"的洒脱与愉快；还精心设计了大陆青年与台湾少女在海外遇合爱恋的情节，他们虽然暂时分离，却以古人诗句"两情若是长久时，又岂在朝朝暮暮"自勉，相约相守，坚信"浓雾后面就是黎明"，这是牵动全书的重要构思，它突出地体现了作品在理想主义光照下的浪漫诗学结构。

（4）"民族魂"的追寻。赵淑侠表现海外游子思想生活已经不仅仅是无根的悲哀和寻根的痛苦，而是进一步写出了主人公对民族之根的强烈认同感，对"中国心"和"民族魂"的充满自信和自豪的执着寻求，乃至浩气凛然地表现为为民族复兴而献身的闪光精神。当然，这种强烈的认同感、"民族魂"和"中国心"的形成离不开她对中国优秀传统文化一贯的肯定和自信，在《赛纳河畔》中，作者直接让中华文化的人物化身夏慧兰现场说法，宣讲《儒家道德与现代生活》，倡导和张扬以儒家思想在内的中华传统文化源远流长历久弥新，至今给予弊病丛生的人类生活以丰富的智慧启迪。应该说，这正是赵淑侠作品整体形象蕴蓄着"民族魂"、跳动着"中国心"的民族文化基石。因此，她的一些小说整体构思的焦点或轴心，都不是失根的痛苦和浪迹异乡的迷茫，而是身处异域心系祖国，对民族复兴充满信心。如有的评论者指出，《我们的歌》中"三个主要人物，尽管起点不同，性格各异，但他们最终都回归到为祖国尽力这一大目标。……在小说中，无论是江啸风以生命谱写我们的歌，还是余织云用笔抒写的歌词，以至于何绍祥最后剖白心灵的长信，都回荡着民族浩然正气，表现了民族主义精神的张扬"①。《赛纳河畔》后半部更是以大起大落的结构通过青年一代统一祖国的坚定愿望表达了追寻"民族魂"的执着精神。

综上所述，"浪子悲歌"、精神扭曲和文化失落，统一祖国的认同感以及"民族魂"的追寻四个方面的内容，像音乐中的四重奏一样奏响了赵淑侠海外华人题材小说民族主义和爱国主义的主旋律，表达了富有民族文化意义的浪漫诗学主题。我们之所以认为赵淑侠的作品具有浪漫诗学的特点和她的作品爱国主义、民族主义与浪漫主义水乳交融，这一方面是从文学思想和创作方法上说她的作品充满着溢于言表，推动情节进展、渗透于人物性格之中的至情至性的自然流露和乐观主义、理想主义精神，具有浪漫的写实的特点；另一方面还应从哲学人文层次上看到她的作品中涵有探讨个体与群体、精神与物质、经济现代化与民族文化发展等许多关系中人的独特存在的方式的层面，也就是说她的作品中隐含着一种浪漫哲学的思路和浪漫诗学的审美观照。从对理想人性、民族性的追求，到看到工业文明、经济腾飞中人性的扭曲、个性的沦丧、民族性的失落，再到理想人性和民族性的复归，这种哲学人文层次的浪漫思路与她在文学上浪漫的写实的艺术观照交相融汇，成为她表达民族主义、爱国主义主题的重要凭借。

二、回归、超越中的民族人物形象

早期留学生文学属于大陆新文学范畴，基本形成两种类型：一类着

---

① 陈贤茂：《赵淑侠小说创作论》，《华文文学》1992年第2期。

重抒发弱国子民的屈辱与悲怆的爱国情怀,以前期创造社为代表;另一类则集中批判数典忘祖的洋奴意识,可举许地山的《二博士》和老舍的《文博士》为例。40年代钱锺书别开生面,在《围城》中刻画了方鸿渐这个边缘人格的多余人形象。第二代留学生文学发端于60年代的台湾,於黎华是集大成者。她的《又见棕榈,又见棕榈》在探索"无根一代"寂寞的悲歌与多愁的心曲中堪称代表,而小说主人公牟天磊则为无根一代的典范形象。赵淑侠与此不同,她是在浪子悲歌的抒发、异化现实的思考和民族复兴理想的追求中,浓墨重彩地多方面地塑造民族人物形象的,这对以往的留学生文学无疑是可喜的突破与崭新的发展,甚至对当今大陆文学正面人物形象的塑造也不无借鉴与启示。过去的大陆文学多从尖锐激烈的阶级斗争和生死存亡的民族战争背景上来塑造民族人物形象特别是民族英雄人物形象,赵淑侠这样从民族文化的题材角度进行刻画却十分罕见。无论是文学的"文化寻根"又无论是新写实小说虽然或者有将人物放入大而远的文化传统里予以描写的功绩,或者还原生活不避琐细提升了真实感,拉近了文学与生活的距离,但又都存在这样那样的毛病;它们或者在文化寻根中只注目于原始和蛮荒,陶醉于奇风异俗的文学展览,时代感不足;或者描写普通表现平凡,同时也躲避崇高抛舍理想,使读者在灰色沉闷的铺陈中难得呼吸到阳刚之气。并且,新时期"文化型"小说所写的众多富于文化意蕴的形象也少从民族意识、民族精神角度来细细勾勒和具体刻画,赵淑侠作品对于弥补和克服这些不足是有价值和意义的。

赵淑侠表现民族精神内容的小说人物塑造,主要有两种类型:一种类型如《我们的歌》中的江啸风和《赛纳河之王》中的王南强,这是以"写实的浪漫"即浪漫主义手法为主塑造成形的,这种手法的最大特点是抓住人物性格能体现民族精神、民族理想的突出特征加以强调刻画。

《我们的歌》是一曲弘扬民族精神与礼赞爱国情感的交响,江啸风就是其中响亮的音符。他身上最鲜明的就是极其敏感的民族自尊心和接近狂热的理想家气质。出国前已痛心于岛内民族精神的日趋式微和音乐文化及一般社会心理的恶性西化，出来后更有感于留学生群体普遍缺乏责任感，于是，他以强烈的巨大的忧患意识自觉负起现代知识分子的启蒙使命，决心学成归国，献身理想，创作和推广"我们的歌"，以唤醒沉睡的民众之心，找回失落的文化之根，让沉默喑哑的民族发出自己的声音。鲁迅曾将有确信不自欺埋头苦干拼命硬干的人誉为"中国的脊梁"①。江啸风大概当得起此语，他以平凡成就崇高，用苦干实现理想，并且，期望从传统开创未来，如同凌云对他的评价："他的生命不是世俗生命的意义包容得了的。……他只是形体消逝了，化做一股精神，活在千千万万人的心里——"江啸风的浩然正气促成了余织云后来的转变，也感召了过去一班留学同学和朋友同心努力，虽然概观作品对江啸风这种超越世俗价值的民族精神赋形、造血、生肌均不够充分而影响了形象的饱满与亲切，但一派正气却也感人。

短篇《赛纳河之王》忧愤深广，王南强的形象力透纸背。这个穷困潦倒落拓不羁的画家拥有一个宏大惊人的志愿：将中国画打进世界，让世人了解中国艺术精神，为此，他几乎可以忍受一切直至个人的尊严与体面，但决不出卖和放弃艺术理想，宠辱不惊淡泊明志，呕心沥血焚膏继晷，如果说无目标的忍辱是苟且，那么有抱负的忍让则为坚韧，王南强也像江啸风一样，最终用生命殉了理想。

赵淑侠海外华人作品人物形象的另一种类型是柳少征、夏慧兰等，对这类形象的塑造，作家已经深入到了人物独特的文化心理层面，注意把握和表现人物人性精神世界的错综性、复杂性和丰富多彩，有浓郁的中国气质和中国韵味，比较而言，可恰切地称之为"浪漫的写实"。

可以说，柳少征的形象放入中国新文学历史与众多典型并列而毫无愧色。作品中，他的性格有来自生活、符合逻辑的较大幅度的展开与发

---

① 鲁迅：《且介亭杂文·中国人失掉自信力了吗？》，《鲁迅全集》第6卷，人民文学出版社，1958年版。

展，不仅具有稳定主导的一面，还拥有变化跃动的一面，不是共时的单面的，而是历时的复杂多样的。从纵向发展看，人物性格的根须深植在海峡两岸人民的苦难时代和深重忧患的历史变迁之中，使形象成为苦难和忧患的化身，他那种心灵相通血肉相连的家国之思、民族之情隐秘含蓄，被表现得曲折动人；从横向联结看，人物处于错综复杂的多种社会现实和个人生活的关系网中，小说不是仅仅体现理性的"应该如何如何"而是着力表现这一丰富的精神个体在情感上"只能怎样怎样"，展示了一幅充满矛盾痛苦的心灵图谱和一份灵性贯注的智慧人生，令人信服更让人感佩。

夏慧兰是作家有意作为中华文化的某种典范来创造的，她自西而东的学术转向具有指点迷津的意味，也使她以本民族文化的传承者自励自许，小说从不少侧面来渲染和烘托她源自传统文化的人格力量与伦理风范：端丽高雅的东方淑女风仪魅力四射，令人倾倒；渊博睿智的儒学修养让异邦人士感到"仰之弥高，玄奥无比"；宽厚仁爱身体力行的人格力量如春风化雨，温润人心。在小说描述中，她成了某种化身、象征以及润明一帮青年学生甚至林蕾、柳少征的人生指路明灯；同时，为了形象的丰满，小说也对这个人物的独特遭遇和情感领域进行了揭示。虽然她以儒家道德救治西方科学主义膨胀物质主义盛行的时代病症的新儒家方案我们可以不完全赞同，虽然她完美得毫无瑕疵的性格造型稍嫌理想化理念化反不如柳少征亲切平易，但却不能不承认，作为艺术形象，这是海内外华文文学不多见的回归超越中的民族文化精灵。

作家曾在散文中讨论过"现代人"的标准及表现，认为"真正有资格称'现代人'的人，是最正视现实，知道怎样适应现代趋势，而又不为环境所左右，对现时代具有高度责任感的人"，去国又归乡的正明、润明或许可以算作赵淑侠首肯的"现代人"的雏形。四年过去"不管是正明还是润明，都显得成熟、智慧、果敢而自信"，他们从苦难的小草温室的花朵经风沐雨，业已成长为乔木栋梁——能决断有能力的青年，拘谨本分的正明变得开朗而老成，单纯任性的润明变得热情又沉着。仔细体味作家的创作期待，这些跨世纪的一代抑或就是她"从传统开创未来"的现代民族脊梁。

三、寻找民族艺术的精神家园

与主题和人物的民族主义精神、爱国主义思想相一致，赵淑侠小说在艺术上也努力寻找民族艺术的精神家园，在文学的民族化问题上取得了卓著的成就。赵淑侠在她一生的创作历程中，都在努力构筑小说艺术面向世界文学、融入世界潮流的民族基点，她注重文学艺术的民族化，但却是在现代化与民族化双向选择中的民族化。她创作中现代化和民族化交相融合的特点突出地表现在以下方面：

从文学观看，赵淑侠主张通过审美、通过塑造人的灵魂赋予文学以使命感和社会责任感，起到干预生活、干预社会的作用。她一方面认为文学创作必须"我笔写我心"、"要……画出自己的灵魂"，另一方面又强调"艺术离不开生活，离不开自己的文化"，要表现"悲苦的时代，……和泰山般重的忧患"，作家对社会"有反哺报答的责任"，要以"读者为知音"，要以自己的艺术品"参与"社会生活，注重文艺的社会效应、社会价值。应该看到，赵淑侠的这种文学观有着与中国传统文艺观很深的渊源关系，又融合了世界潮流的新精神。我国传统文艺观主张美与善统一、情与理统一、人与自然统一，由道德走向审美，有着主情、重情的传统。换句话说，传统文学观既重视文学的社会功利性，强调文学为伦理道德服务，又关注文学的情感审美体验，显然，这种文艺观从具体内容到思维方式都与赵淑侠的作品相通。但是，赵淑侠的文艺观又是经过现代精神洗礼的，她在作品中对人与自然、个性与社会、感性与理性的揭示，对人与外部世界、人与自身内部世界的矛盾冲突的揭示，对文学的审美价值、情感体验独立性和独特性的揭示，充分地体现了西方近现代文艺观念的影响,那种"就算是一场火,也任他燃烧一次"和用血抹进作品的生命的深刻情感体验,纯然是现代的,即使是对社会生活矛盾和人的内心矛盾的反映,也是现代式的,与古代的"文以载道","诗言志"的"道"、"志"内涵绝不相同。因此,若说赵淑侠的作品和她的文艺观有着中国文化的"和谐",那也是一种在分裂、对峙前提下近现代意义上的更高层次的和谐。

从文学思潮和创作方法上看,众所公认的赵淑侠作品的"浪漫写实"特征也与中国传统的文学思潮和创作方法密切联系。在我国古代,既有以儒家思想为基础、以"救济人病、裨补时阙"关注社会人生的"美刺"或"讽喻"为特征的现实主义传统,有以老庄思想为基础、放眼宇宙、遨游鬼神、放浪山水世界的以出世不羁为特征的浪漫主义传统,还有将儒道思想熔为一炉、将现实功利特征与激越情感、浪漫想象融为一体的屈骚的浪漫主义。我以为,赵淑侠的"浪漫写实"创作方法特征与屈骚浪漫主义传统有更多的内在联系。屈骚浪漫主义绝少道家出世、玩世的思想,对所谓"不谴是非以与世俗处"的人生态度是强烈反对的,它始终坚持着儒家积极入世的精神,而且它还将这种入世主义转化为对真美善的诚挚热爱,转化为对伪丑恶的强烈憎恨,转化为对美的善的事物"九死其犹未悔"执着追求的韧性献身精神,这些特征都是赵淑侠的作品所具有的;那种因中国的贫弱、落后以及动乱的生活而引发的浓重的忧患意识,那种对祖国共同体强烈的认同感,那种对故国家园根深蒂固的怀恋情结,那种对庸俗的痛恨、对市侩的憎恶,那种为民族复兴执着追索的精神,都融合着中国传统的现实主义和屈骚浪漫主义精神。但是,屈骚浪漫主义又融进了以老庄道家思想为基础的浪漫主义的某些特征,那种对个体人格独立自由的珍视,对内在情感的真率不羁的坦露,那种既宏阔磅礴又丰富细腻的艺术构思和艺术描写,都与远眺世界、放眼宇宙、主张"法天贵真",追求"大美"和"无限美"的老庄浪漫主义相通。我以为,赵淑侠的作品也是很好地融合了这种浪漫主义的，而且在这一点上又与近代西方的浪漫主义相接近。赵淑侠作品特别是长篇构思宏阔高远、气势磅礴，人物塑造不仅有将抒情、描写、叙事与议论熔为一炉的写实，而且往往在格调上浓墨重彩、大悲大喜、大起大落，对人物性格最为突出之点加以强调性刻画，显现出浪漫主义的神采风韵。如一些长篇都有性格鲜明显豁的几个人物的强烈对照，《我们的歌》中的江啸风、余织云、何绍祥的对照便是高于生活、翱翔于生活之上的浪漫主义手法。

再从美的类型和诗学品格来看，与"浪漫的写实"的艺术方法相一致，赵淑侠小说的主导美学风格类型也是在民族化与现代化双向选择中将东方的壮美与西方的崇高综合交融。许多评论者都认为赵淑侠作品中的"共同灵魂"是："中华民族自产于世界民族之林的阳刚之气与进取精神"，公认她的一些作品是"惊涛拍岸，卷起千堆雪"、"巾帼不让须眉"的"豪放之作"，并认为"正是这种浩气"，赵淑侠的几部长篇小说在我国台湾、新加坡、美国、法国巴黎的华文报纸连载时，"掀起了读者心域中的'赵淑侠旋风'"，"浩气凝固成有强烈'民族主义'信仰的'乐山大佛'"[①]，"时时发出金石之声，达到令人叹服的程度"[②]。如《赛纳河之王》所表现的感情的强烈、观念的奇特和行为的怪诞，那种脱出俗流、痛恨庸俗、憎恶市侩的彻悟状态；都使其达到了一种异乎寻常的精神境界。当然，这只是赵淑侠作品的主导风格，而这种主导风格近乎西方的崇高，同时更与中国传统浪漫主义特有的大美、壮美和阳刚之美有相近之处，正如清代姚鼐所论："其得于阳与刚之美者，则其文如霆，如电，如长风之出谷，如崇山峻崖，如决大川，如奔骐骥；其光也，如杲日，如火……"[③] 西方近代意义的崇高，从博克到康德，从黑格尔到车尔尼雪夫斯基，他们对这一美的类型的阐释，都认为是主体受到无限

---

① 祖慰：《文学女人的精神微雕——读赵淑侠"文学女人"散文系列》，赵淑侠：《文学女人的情关》，台北九歌出版社，1992年版。
② 白少帆等主编：《现代台湾文学史》，辽宁大学出版社，1987年版。
③ 姚鼐：《惜抱轩文集卷四·海愚诗钞序》。

力量的压迫，又在这压迫之中意识到了自身力量渺小的结果，其中往往伴随着恐怖、畏惧和神秘意味的体验。如博克说："无论在哪种状态下，恐怖的确都是崇高的主要原则"，"由于一种对痛苦或死亡的担忧……可怕的对象，同时也就是崇高的对象"，"在所有危险中，茫茫无边的黑夜和对妖魔鬼怪的许多奇思异想都会增大我们的恐怖和畏惧"①。中国传统浪漫主义的大美、壮美与西方的崇高近似，但很少上述恐怖、痛感和神秘意味的东西。中国古典浪漫主义，从"道法自然"的道家到呼唤个性解放、追求现世欢乐的明代浪漫洪流，他们寻求着符合自然又超越自然的自由审美境界，在此基础上形成了雄奇奔放、傲岸不羁、热情绚丽的壮美风格。楚骚传统的浪漫主义，"放言无惮，为前人所不敢言"，珍视个体人格的独立自由，憎恨人世的丑恶黑暗，在美的类型和风格上呈现出"惊采绝艳"的壮美特色。赵淑侠的小说在揭示主体与客体、人与自然、个性与社会的不和谐、不均衡、不稳定、无序状态时，引进了与美相对立的丑的概念，引进了美所遭受的不幸，苦难和死亡、悲剧的概念，揭示了人与外界、人与自身的矛盾冲突，因此基本上属于近代崇高的范畴，但她所有的作品中却看不到恐怖、畏惧与神秘的宗教意味，她作品的刚阳之气豪放风格明显地与中国传统的那种奋发昂扬并明朗地肯定着人的自由和伟大的美相联系。当然，这里必须再一次提到，崇高与壮美的交融只是赵淑侠作品的主导倾向，并不是她诗学风格的全体，正因为她在艺术方法上是"浪漫的写实"，因此在美的类型和艺术个性上，她的作品是崇高与悲剧、阳刚与阴柔胶结在一起的。也如有的评论家指出，她的作品洋溢着女作家特有的青春美和朴素美，怨而不怒、漫婉徐缓、典雅清新的另一种风格与磅礴的阳刚之气、浓情泼墨的大手笔交融在一起，赋予她的作品以立体感的美。

总之，本文是从赵淑侠小说在中西文化交汇中民族精神内涵民族艺

---

① 博克：《论崇高》，《美学论丛》第 10 期，文化艺术出版社，1989 年版。

术特色的角度来立论展开的，赵淑侠作为一位孜孜于创作、有着丰富人生阅历、渊博学识和精湛的艺术修养的海内外著名作家，她在传统与现代、外来文化与本土文化纵横交错的关系上，都是从立足当代现实的本民族的特色情形出发，从作家艺术创造个性出发，将古今中外熔为一炉，正如鲁迅早在20世纪初叶期望并指出的："外之既不后于世界之思潮，内之仍弗失固有之血脉，取今复古，别立新宗"，"人生意义"方能"致之深邃"，赵淑侠的小说创作也正是在中西方文化大潮激荡、交汇的背景下，经过民族化和现代化双向交织发展的进程而建构起自己的现代民族文化品格的。

[原载《华中师范大学学报（哲学社会科学版）》1995年第1期]

文化溯源与历史重构
——评杨书案三部长篇历史小说新作

在当今东西方两大文化体系的空前撞击和交汇中，西方文化在重评自身的传统时，将眼光投向东方，特别是中国的传统文化。而遍布世界的中华儿女又热心于以西方传统的和现代的两种不同时空的文化作为参照系，以更新了的现代意识重新审视、评估、弘扬中华文化传统，从而使中华文化传统呈现出新的活力与价值。这时候，杨书案将众所公认的中华文化始祖及古代文化哲人置于古今联结点上，既对他们代表的中华文化进行溯源、重构，又将他们还原于日常生活，具体地塑形写人，在"道"与"人"的统一上发挥艺术创造，其成就必将引起海内外广大读者注目。

一

在构思立意上，书案的三部小说《炎黄》、《孔子》和《老子》，为了给炎黄始祖、孔老哲人塑形赋神，弘扬中华文化的优秀传统，在从原始社会到奴隶社会的漫长的时空背景上，揭示出中华文化发源时期复杂的历史面貌和悲剧性矛盾，从中体现历史主体意识，凸现崇高，从而揭示出人物和作品整体形象的有普遍旨趣的本质意蕴。

黑格尔在论及历史剧的悲剧观念时，曾从艺术哲学的高度，既反对过分看重历史客观外在方面的表现,又反对过分注重现代主观需要的表现,并在反对两个极端的基础上,提出了艺术要表现最高旨趣的要求,认为艺术作品应该表现的"最主要的东西都是人类的一些普遍的旨趣"①,应该"揭示心灵和意志的较高远的旨趣"②,能够"见出本质的东西"。由于书案三部作品是关于中华文化溯源的题材,不仅源远流长,而且在海内外影响广泛,因此,借助这种题材更应该揭示出融合了作家创作个性、具有中华文化特征的人类普遍性的"高远的旨趣"。

从杨书案本人的历史创作道路看,他的历史小说如《九月菊》、《长安恨》和《忆秦娥》、《半江瑟瑟半江红》等作品,或者通过黄巢起义,或者借助秦始皇、隋炀帝的政绩,写他们的成败得失,借此展示悲剧性矛盾,塑造悲剧性格,以表现一种普遍性的旨趣。然而,这些作品大多再现政治舞台的风云变幻,从农民起义或最高统治者的暴政等政治斗争的角度来写悲剧的时代、悲剧的人物。而书案的三部长篇历史小说新作,则不仅因为着重从思想文化的角度再现历史而不同于他过去的历史小说,还因为对炎黄文化和对孔、老文化的深入研究和始祖、先哲们在特定时期性格命运的塑造而开阔了以叙事小说形式对中华文化源头进行艺术观照的新路子。

《炎黄》所写炎黄时期是由野蛮到文明的开发期,也是中华文明的第一个高峰期。对于作为中国文明的母体和民族精神生长点的炎黄文化,作者从其原生形态与现代意义的结合点上生发艺术构思,着重从它所具有的器物—制度—精神三个层次及它们的融合上组织情节、刻绘画面、塑造人物、渲染氛围。关于器物的层次,作品写炎帝教民稼穑,播种五谷,创制农具,"日中为市",设立原始集市,并遍尝百草,始作医药;黄帝发明舟车弓箭,建造宫室,制作衣裳、陶器、乐器,令官员造文字、制历算、造律吕、作甲子等等。作品中这一类描写是运用古人作

---

① 黑格尔:《美学》第1卷,朱光潜译,商务印书馆,1979年版,第348页。
② 黑格尔:《美学》第1卷,朱光潜译,商务印书馆,1979年版,第354页。

为农耕民族、习惯形成的一种经验理性的思维方式，将"无名氏"的劳绩归结到"文化英雄"身上的结果。再一个文化层次，是作品表现了作为物质文化与精神文化结合体的制度文化。这种制度文化在炎黄时期还只是萌芽。它不是诉诸文字的典制，而是以神话传说为外显形式，以部落战争、军事活动为主要表现形态的一种原始制度文化。作为制度文化一个组成部分的家庭制度，以宗亲关系为纽带的"别男女、异雌雄、明上下、等贵贱"的家族血缘结构已经形成。对这种制度文化的把握和勾画几乎构成了《炎黄》的基本框架：炎黄两部族开辟中原，与南方九黎部族首领蚩尤大战，炎黄之间争夺中原的战争，炎帝族退走江南、开辟江南，以及炎黄二帝初具规模的宫廷生活等描写都是这种框架的基本内容。与上述两个层次文化交融在一起的是精神文化层次，如多种文化冲撞、融合的文化源头多元性特征就是炎黄精神文化的一个重要特点。正如作品所写，最后以长江流域和南方地区为活动基地的炎黄部族代表着南方文化，其最高成就是后来的楚文化；黄帝部族则以北方为基地，代表着北方文化，其最高成就是后来的周文化。即使与炎黄二帝在涿鹿大战的以蚩尤为首的南方九黎族文化也是中华文化源头的组成部分，作品许多地方都描绘了上述各部族文化在交往和战争中相互竞争和融合的复杂现象，黄帝和炎黄多次表现出来的"天下一家"、"合和万国"的态度就是这种文化源头多元融合精神的体现，这种文化精神构成了中国传统文化强调整体、强调和谐，对事物多样性取兼容并包的宽宏态度的特征，成为中华民族具有强烈的凝聚力的一个极其重要的文化因素。又如作品通过炎帝、黄帝、累祖、耒妃、仓颉及初民群体所表现出的创造开拓、自强不息、真诚奉献、勤恳实干的精神是炎黄文化精神的又一特征，这也是炎黄文化长期发展中具有强大生命力的、有现实意义的思想精华。作品对上述炎黄文化精神的发掘揭示了沉潜于全民族性格、心理、意识深层的思想情结，是永葆民族生命力的潜在因素。

与对器物、制度、精神三位一体文化的揭示交织在一起，《炎黄》

还进一步揭示出炎黄时代富有悲壮美和悲剧精神的深层文化内涵。如小说通过炎帝文化与黄帝文化的比较，对炎帝神农的悲剧命运作了揭示。古书曾云："神农，教而不诛；黄帝、尧、舜，诛而不怒。"（《商君书·更法》）"神农之世，公耕而食，妇织而衣，刑政不用而治，甲兵不起而王。神农既没，以强胜弱，以众暴寡，故黄帝作。"（《商君书·书策》）就是说，炎帝神农不看重刑法甲兵，不懂得运用强权，而黄帝则振兵修武，懂得国家权力"强"和"暴"的意义。正因如此，炎帝虽创医药、农耕，辟原始集市，爱民利民，生产力发展，但生产关系上却落后于黄帝而不免被动挨打。这种不同文化的比较在小说的艺术形象中也有表现。如炎帝虽曾深受蚩尤和九黎人之害，但当蚩尤及其南方部族即将被战败时，他不愿杀害蚩尤，还主张在制伏蚩尤之后与他们和睦相处，以仁厚豁达的态度对待蚩尤；后来他甚至娶了一位蚩尤麾下母系小部族女首领作自己的妃子。黄帝则不同，是他命令围歼并杀死蚩尤，彻底歼灭其部族，不仅如此，还将与他联合的炎帝部族也赶往南方，以完成他统一中原的大业。主张"仁厚"的炎帝惨遭失败，而施展"强"、"暴"的黄帝则取得胜利，两方都有合理性。这里所揭示的就是历史发展的二律背反的悲剧性矛盾。《炎黄》一书称颂了黄帝的政绩、武功和统一天下的功业，如实地写出"阪原之野"一战黄帝、炎帝的胜利和蚩尤的失败，然而却一反陈说，歌颂失败的英雄。作品中的蚩尤不仅具有文化意识，善于带兵，舍己为群，为自己的部族壮烈牺牲，引起后人敬仰；而且在他看来，征战中原是同黄、炎部族一样为了争夺中原这块适于生存之地。"山河本无主，谁来谁居处，自古到今，从来如此"，"大家完全可以在这里和睦相处，共辟蒙茸"。作品还在蚩尤死后通过战俘、婚姻、衣食文化的交流等充分写出南方诸部族与炎黄部族、特别是炎部族的融合过程。这些描写都表明作者是充分看到了中华文化源头的多元性，并将这种多元性与文化发展的统一性历史地辩证地统一起来的。

《炎黄》、《孔子》、《老子》作为"中华文化溯源"三部曲，三部作品在精神意蕴与文化内涵的相通之处在于：《孔子》、《老子》所写孔、老及其所代表的儒、道两家正是炎黄文化的承传者；而且，从承传内容的侧重面看，孔子、儒家偏于黄帝族文化，老子、道家则偏于炎帝族文化。作者写孔子十多年间行数万里，奔走列国，都是为了在政治上"使天子得治天下，诸侯得治本国"，经济上维护原有贫富均衡现状，这都是为了要"复周礼、兴周道"，返回到周文化的"礼治"秩序中去。周文化是由尧、舜、禹文化直接发展而来，它属于北方理性文化，追溯其最初的源头则主要是黄帝族文化。孔子、儒家对于原始氏族社会的"仁爱"是肯定的，但又不像老子那样主张回到原始氏族社会去。作者笔下的老子追求较之孔子更为古远的"小国寡民"原始氏族理想社会，从他的"绝圣弃智"、"绝仁弃义"、"绝巧弃利"、"使民复结绳而用之"、"民至老死不相往来"的主张出发，所描画的正是初民社会的原始状态。老子作为与南方楚文化密切相关的文化代表者，它与炎帝族文化在精神内涵上更为接近。同时，他对直接由尧、舜、禹文化发展而来的周文化是持批判态度的。如老子在同孔子见面时，指出孔子所遵循的那些"礼乐之言"都是些"空话"，批评孔子"多年孜孜以求"的礼，是促成他"骄气和多欲"、"恣肆和太盛的有所为之志"的"无益的"东西。但他对黄帝也是尊崇的，如他十分看重洛阳后稷庙黄帝自撰的铭文，并要向他求教的孔子去观览，就是一个证明。总之，将炎黄文化作为一个整体加以继承发展又形成了新的思想文化体系的，是孔老的儒道两家文化。从作品形象中可以看到，一方面，炎黄文化中大公无私、仁爱智慧、爱民利民、勤劳创新、合和万国的优秀传统借助孔、老的性格命运、言论行动得到表现和阐发，通过孔、老独创的思想体系有力地伸展到未来的历史中去；另一方面，《炎黄》中对炎黄时代悲剧精神的揭示在《孔子》、《老子》两部作品中被赋予了新的时代精神，有着悲剧意识的新的发掘和悲剧构思的新的创造。正是这两个方面的结合，使三部作品既具有浓郁的悲剧意味，又从悲剧矛盾的发掘中深刻地体现出中华文化的崇高。

关于悲剧与崇高的美学概念，席勒曾说："悲剧性的冲突是具有潜在自由的目的性与反目的性的冲突。"① 恩格斯也指出是"历史的必然要求和这个要求实际上不可能实现之间"的冲突。席勒将悲剧性与崇高联系起来当作同类的范畴来使用，认为悲剧艺术就是表现崇高的艺术②。马克思主义经典作家虽然没有关于崇高美学范畴的直接表述，但他们关于人类历史是一个不断地从必然王国向自由王国飞跃的过程的论述，则对于我们理解悲剧与崇高以及二者的关系有重要启示作用。将席勒与马克思主义经典作家关于悲剧与崇高的看法结合起来，可以使我们深入到在历史上行动着的人的心理的表层和深层，从社会历史的、美学的、心理学的诸角度对悲剧和崇高的本质进行全面把握。特别是，由于自由是美（包括悲剧性和崇高在内的广义美）的本质属性，因而这些论述还抓住了从美学的角度理解悲剧性与崇高的关键。这样，就不仅能解释合乎历史必然要求又暂时不能实现这要求的英雄人物的悲剧和崇高，还能解释某些逆乎历史潮流然而却有着潜在的自由内涵的伟大人物的悲剧和崇高。书案所写孔子与老子所体现的悲剧和崇高就属于后一种。梦想克己复礼的孔子和妄图恢复远古小国寡民政治的老子，他们作为早期奴隶制崩溃、氏族统治体系彻底瓦解时期的氏族贵族的代表，要想抵抗新兴奴隶主阶级以财富为实力、建立君主集权的"法治"争夺和兼并天下的历史潮流，是必然会遭到失败的。但他们反对、抨击赤裸裸的剥削压迫，反对日益扩大的兼并战争，幻想恢复剥削压迫较轻、相对温和宽厚的统治体系，又具有民主性和人民性。特别是这种民主性和人民性，经过理论的概括和升华，形成了他们各自独立又相互补充的富有生命力的思想体系，这种思想体系由于在塑造民族文化心理、建构中华文化传

---

① 席勒：《论悲剧题材产生快感的原因》，《古典文艺理论译丛》1962年第6期。
② 席勒：《关于各种审美对象的断想》，《席勒全集》德文版第22卷下册，魏玛出版。转引自张玉能：《论悲剧艺术》，《古典文艺理论译丛》1962年第6期。

统上起着长远的重要作用，因而又具有符合历史规律性的目的性。这样，在悲剧性二律背反的历史行进中，民族文化心理得以建构、中华文化传统得以形成；虽然作为中华文化向前发展的一种预制，它们都交融着优点和问题、精华和糟粕、辉煌和沉重，却显出一种悲剧性的崇高来。

二

从人物形象看，三部小说对于炎黄始祖和孔老哲人，既将他们作为体现着古代历史意识和人文理想的民族智慧的代表来写，又将他们作为具有精神个体和生命欲求的普通人来描绘，从而为我们提供了凝结着民族智慧、饱和着情感血肉、又充分体现着历史生活本真状态的人物形象。

从历史发展上看，炎帝、黄帝及其所代表的初民生活世界，经历过神话时代，传说时代，然后才进入信史时代。据古书记载，炎帝"人身牛首"（《帝王世系》），"黄帝四面"（《太平御览》），这里所记载的是神话中的神；"炎帝号曰大庭氏，传八世，合五百二十岁。黄帝，一曰帝轩辕，传十世，二千五百二十岁"（《礼记·祭法正义》，引《春秋命历序》）这里记载的是传说中的人；"厉山氏，炎帝也，起于厉山，或曰有烈山氏"（郑玄注《礼记·祭法》），烈山就是刀耕火种，即"烈山泽而焚之"（《孟子·滕文公上》）。"黄帝取合己者四人，使治四方，不计而耦，不约而成，此之谓四面"（《太平御览》卷七九引《尸子》），这才是信史中的人。这些材料虽然大多支离破碎、渺茫难解，内容上存在不少矛盾和怪诞错谬之处，但并非全然荒诞的谎言，其中蕴藏着炎、黄始祖作为原始初民社会两大部族首领的真实面貌。这里，就有一个从"人"出发，探索初民原始生活和"他们最内在最深刻的内心生活"（黑格尔语）的问题。

历来被封为"文宣王"、"至圣文宣王"、"大成至圣文宣王"的孔子，不仅是圣人，而且被供进"孔庙"、"文庙"，由圣人变成了神人。老子虽未被称"圣"，历来却作为道教教主而仙化为遗世独立的神人。与尊孔崇老相反，非孔贬老之议也历来不息。然而无论是尊孔、崇老，还是批孔贬老，大多离不开将孔、老看作正反面道德教师，看作"道"本身，少有将他们作为有着生命个体而又凝聚着民族智慧的"这一个"具体的人来看待的。民族智慧结晶被僵死的"道"的教条肢解，"这一个"具体的人被"道"的阴影所淹没。

书案的小说以人性闪光和情志、情趣充溢的笔触，灌注生气于史实和性格命运，赋予古人以艺术生命，从而创造出气韵生动而又具体真实的历史人物形象来。

对于炎黄及其生活世界，书案小说透过神话、传说，遵循信史记载，取近代社会学观点，将炎黄看作我们原始初民社会两个最强大的氏族部落的首领，又基于人类学和"文学是人学"的观点，将目光集中在对"人"的关注和艺术处理上，通过独特的艺术创造，使炎、黄始祖从神话、传说和象征性存在的迷雾中走出来，成为具有生命构成和文化构成的艺术形象。人类文化学家恩斯特·卡西尔在谈到原始初民生活时，一方面否定了原始人类生活在一个神秘主义与理性浑沌不分、真伪搅成一团的世界里的观点，认为"原始生活存在着一套由各种习惯的或法定的规则构成的世俗传统"，"原始人绝不缺乏把握事物的经验区别能力"，他们的"整个生存很大程度上都依赖于他的观察和辨别的天资"，甚至认为在这种把握事物经验区别的能力方面，"原始人类常常证明要比现代人更占优势，他对许多未被我们注意的特别的方面非常敏感。"他还批评了"在原始社会生活的条件下，谈不上什么个人的能动性"的"流行观点"。在他看来，原始生活并非总是无意识地服从传统和"带有一种刻板一律而又无情的机械性质"，认为"即使在非常低的人类文化水平上，也存在着其他力量的明显痕迹"，存在着"从自身出发"的"创造性的活力"。但另一方面卡西尔又认为必须看到支配原始生活和原始人创造性的原始思维特征，他说，原始思维和思维方式"既不是纯理论的，也不是纯实践的，而是交感的"，它以一种"情感统一性"与"生命一体化"的神话思维的特征出现，"一种基本的不可磨灭的生命一体化沟通了多种多样形形色色的个别生命形式"①。这些论述有助于我们理解小说《炎黄》从"人"的角度表现原始初民生活，塑造初民人物形象的特征。作品正是基于对原始人的生命欲求、生存竞争能力和原始思维特征的理解，既冲破混沌不分的神话传说的神秘氛围，描绘了初民社会的原始世俗生活，又充分利用神话传说的材料，并注重原始神话思维的特征，构思了绚烂多彩，引人入胜的情节，给人物造血、生肌、赋形，塑造了炎黄二位民族始祖、文化始祖以及蚩尤、仓颉，刑天等一系列人们熟知的原始初民人物形象。作品往往透过部族战争、融合和文化创造的表层，将笔触深入到炎、黄及初民们作为"人"的深层生命个体、内心世界和思维特征中去。黄帝由木头顺坡下滚想到车轮的滚动，终于制造出木轮车；炎帝通过烧曲木条的观察得出弯木造犁的创意；仓颉只有在黄帝赐予的"合宫"新居中，才从豁亮窗户看到清晨太阳从地平线上升起，从而创造了"旦"这样既象形又表意的字。这些地方都写出原始人对最微小的生活细节的敏锐感触、经验把捉能力，显露出创造性的智慧的光芒。黄帝与仓庚、伶伦之间的情爱的纠葛、炎帝与九黎族女子（后来的末妃）由敌视到结合的关系，蚩尤部下那一对青年男女由群婚到偶婚所衍化的一场原始形态悲壮剧，都呈示出以"爱欲"和"激情"为核心的生命深度构成、内在动能，并在生命本位的基础上揭示出原始人自发地冲击传统、从生命本能喷发出的活力。但这一切描写又未脱离对原始人思维特征的把握。作品中原始生命的各别形式被融入统一的感情，生命一体化之中，人们蔑视死亡，认为人死后生命仍在延续，

---

① 恩斯特·卡西尔：《人论》，上海译文出版社，1985年版，第103、105、104、113、118页。

如通过精卫填海的故事作品写道："……精卫之死……重要的是精魂要有所依托，化为树，化为石，化为鸟，化为兽，化为风，化为云……那便是生命的另外一种形式的延续，那便是精魂不死。"还有图腾崇拜，炎帝族崇拜火、牛，黄帝族崇拜太阳、熊，都是将火、牛、太阳、熊当作了有生命、有情感的活生生的存在。整个作品，几乎所有的原始文化创造都与神话色彩交融在一起，如黄河中龙驹驮图、牝牡相交与伏羲八卦记事的发现，仓颉造字引来天雨粟、鬼夜哭，"阪原"之战中交战双方或驱赶山精水怪，或有神龙雷师助战，乃至各种巫术性质的礼仪等等，都表明了原始人类的综合的、一体化的生命观和神话思维的情感基质。正是由于作者对原始社会"人"的深层理解，并在此基础上发挥了艺术创造，因此写出了黄、炎等人物精神个体的多面性和丰富性，如黄帝的刚毅、威重和睿智，炎帝的朴实、宽厚和善良，仓颉的倔强正直、刑天的忠烈义勇，蚩尤的骁勇英烈，这些性格特征作为原始初民特定历史生活情境中的产物，都被赋予了"人"的个体生命的血肉。

《孔子》、《老子》对孔老形象的创造也是一方面将他们写成了古代知识分子、复杂的有生命情感个体的"人"，另一方面又通过他们各自的思想性格和文化哲理的创造，将他们当作民族智慧的代表来写。作品中的道与人、理与情、文化积淀与生命本体所构成的双向选择关系，使他们的形象既个性形态鲜明又有较强的概括意义。从"道"对"人"的选择看，在悲喜剧交融的二律背反的历史行程中，他们思想体系中的落后、保守与民主性、人民性的杂糅，共同构成文化传统中精华与糟粕、辉煌与沉重的交织，这对于促成他们思想性格的矛盾性和复杂性有重要作用；他们的或者实用理性，或者冷静的理智态度的共同的理性精神，或者孜孜于仕途，热衷于政治，或者隐忍避世却又珍爱生命、崇尚无为而治的共同的价值观念，又促使他们思想性格中肯定人生世事、讲求内在人格完成和圆满的特征的形成，从而具有与中国知识分子传统品格相通的现实性和目的性；他们的天人合一、体用不二，"体道"即在伦常日用、经验生活中的哲理，也是形成他们思想性格的平凡性和世俗性的重要原因；他们或者入世尚刚、自强进取，或者遗世贵柔、无为守雌，构成中国传统智慧的两个不同侧面，这对于他们相互区别而有各自特征的鲜明性格的形成又起着重要作用。从"人"对"道"的选择关系看，则有如下两层内涵。其一是将孔、老还原为普通人、常人，又写他们从常人生活中悟出深刻的"道"，从而向不同于普通人、常人的特殊境界升华。在作者笔下，孔、老被从圣坛请到人间，他们的"圣迹"经过社会化、生活化，赋予他们以凡人的情感、行为和需要，既让他们同书中的其他人物如帝王将相、好友弟子，乃至车夫仆役推心置腹，坐而论道，又让他们有着常人方面复杂的人格，不避讳他们思想和性格的弱点、失误，也不避讳他们有着饮食男女的生存需求和情欲本能，乃至揭示出他们内心世界的潜意识、下意识的最为隐秘之处。前者如孔子两次见南子所暴露出来的矛盾惶遽心态，老子事事退让则连史官也做不成，往往陷入自己心造的幻影之中；后者如刚成年的孔子初次接触漂亮女性后那一夜春情流溢的梦境，老子居留郑国期间美丽而善解人意的陈女所带来的"愉悦感"与"非分"的欲望。这两者都写出他们并非无过之圣人、神人，并非终日论道或遗世独立的抽象存在，而都显示出他们是有血有肉的生命个体。但书中的孔、老又确有他们不同于常人的非凡之处。普普通通的事物，只要在他们脑子里打一个转，便能以敏捷跳跃的思维，升华出理性化的"圣迹"，或者悟出深刻的"道"理。如写孔子，渔夫送给他及其弟子们一篓卖不出去的鱼，他可以从中"拎出""务必把余财剩物施赠出去"的"圣人"的"理性原则"；弟子们关于他好心不得好报的几句议论，引出他"穷困也乐，通达也乐，乐的不是行时或背时，乐的是道"的高深人生哲理；著名相士姑布子卿说他"像一只丧家狗，一生祸福难说"，几句话也会由他引申出"一心以天下为己任的人，求索闯荡，不但一生祸福难定，千百年后毁誉也难定"的圣哲的预言。再看作品中的老子，整日苦思冥想、潜心探究的不是别的，而是

"道"。他的所作所为,言谈举止,莫不契合于"道",他弈棋见"道",观草木明"道",洞房花烛夜也阐"道",走路也能悟"道"……作品中的孔、老,正是借助这种特有的行为方式、思维方式和情感选择方式,激发出潜藏的创造性活力,进入自我意识的彻悟状态,使他们的思想行为往往冲破已有的意识框架,显出某种怪诞和不入俗流的特征。正是这样,他们才能从平凡的生活中体悟、提升出"圣迹",修炼、追求至"道体",终于达到了如常人所无法达到的境界。其二,作品还着力刻画和表现孔、老作为古代知识分子形象"这一个"的个性特征,并使其在对中国知识分子性格命运与生存状态的概括上,具有贯通古今的意义。作者笔下的孔、老形象的个性特征十分鲜明,这不仅因为他们作为儒家、道家的创始者,各有不同的思想体系,而且更重要的在于作者通过与古人的神交,超越时空的对话,用自己的思想、激情,直抒心中的历史,探求了古人丰富多彩的内心世界。孔子"非礼而生"的冥冥感应、逆反追求;老子一生缠绵其中的磨镜人父亲带来的楚文化的情结基因。孔子不违背既定社会结构孜孜不倦的个人奋斗;老子"挂冠"退让而又时时迸发出维护"小国寡民"的政治激情。孔子自诩"为人发愤忘食,乐以忘忧,不知老之将至",却在奔波十四年后不能不发出"生不逢时"的慨叹,充满不堪回首的悲凉气氛;老子力主无欲、虚让、静笃,凡事"随机随缘",然而对妻儿、仆役却充满爱心,能入情入理、体贴入微,他不羁洒脱,虽年过古稀还充满生命活力,乃至最后西出流沙而不减乐观自守的精神。总之,作品对孔老形象的塑造,以其性格命运显示了中国传统知识分子两种不同类型。虽然两千多年来,随着文化的积累和融汇、衰减和增益,这两种类型在过去和未来的联结点上,被赋予了不断变化的新的内容,但这两类人物各自在思想内涵、生存状态、行为方式、情感选择方式乃至思维结构上,都古今一脉相承、息息相通,从他们身上可以窥见中国传统文化一些共同的重要方面:他们都富有理性精神,都重视和珍爱人生,都对内注重提高人的精神修养、培养关心人的胸怀，对外则在于使国家太平，百姓乐业。作品这样在文化溯源和历史重构中塑形写人，其具有借古鉴今的作用是必然的。

三

在创作方法和艺术手法上，以现实主义为主，又将现实主义的艺术再现与浪漫主义、现代主义的艺术表现结合起来，从而源于史实、高于史实，形神兼备、体相一如地塑形写人，以求得人物形象和整个小说的丰满真实。这是书案三部新作的又一重要特征。

卢卡契在其著名论著《历史小说》中指出：真正伟大的历史作品，虽然描绘历史是"明确地联系现在"，然而"这种联系在于活生生地表现过去，使过去成为现在的前期的历史，使经历了漫长的进化过程而造成我们所知道的今天生活的那些历史、社会和人性的力量得到诗意的体现"。又说："只有在历史小说的行动着的人的思想与感情，想象与经历有机地从时代的具体的生存条件中发展出来的情况下，才能避免将人物现代化。"如果历史小说中所写的"只是今日问题在历史中的历史反射"，只是现代在考虑的"那些问题的一种抽象的来历"，也就是说，不是尊重历史的真实，表现历史的"具体"特性，而是为现实功利观念的需要而"抽象"地显示历史，必然造成历史文学的现代化。卢卡契在这里固然是从历史文学与历史、历史文学与现实的关系的角度来探讨历史小说的一般特征，但同时也体现了现实主义对历史小说的要求。书案的小说正是既遵循着历史文学的创作原则，又运用了现实主义的创作方法的。也就是说，他博考文献，使小说的基本框架和大体面目构筑在坚实的史实的基础上。当然，作家在将历史转化为艺术时充分地发挥了主观能动性，但无论是如实描绘历史事件，还是对史料进行大剪裁，艺术地再现历史，乃至对史无所载的生活细节进行完全的艺术虚构等，都遵循着过去时代的客观形态。

但是，正如作者所说，三部作品所采取的现实主义方法是开放形态的，其间溶入了浪漫主义或现代主义的某些原则和方法。作者说："强调小说的反映功能，称它为生活的镜子的，我认为主要是现实主义各流派。强调小说的表现功能，认为它本质是情绪、体验，对生活的阐释，我认为主要是现代主义各种流派。作为艺术手段，反映和表现（阐述）我认为不是水火不容，相反，二者可以互为所用，互相补充。"① 这里要指出的是，所谓艺术表现不仅指现代主义各流派，也应该包括浪漫主义流派。事实上，在作品中，有现代主义的艺术表现，也有浪漫主义的艺术表现，或者二者交融，或艺术表现和艺术再现也是相融的。

浪漫主义的艺术表现虽然和现代主义艺术表现都强调表现主观世界，但浪漫主义仍承认客体的作用，即主张内在情感要从客观自然的人的生命和本性中引发出来，而这种情感的引发又非自然发泄和自然表现，是将情感给予某种程度的客观化、对象化，从而以形象为依托成为艺术的表现。现代主义文艺观则漠视客体，更强调主体，客观世界只起提供素材的作用，它主张通过艺术想象和主观阐释改造客体，表现主体，主体的情感，想象，阐释的巨大综合、升华作用可以超越自然，创造真理。从这种分析看，书案的小说确有大量的既不同于现实主义反映，又与现代主义表现、阐释区别开来的浪漫主义艺术表现方面的描写。作者基于独到的见解和丰厚的历史文化知识涵养，以丰富的艺术想象力和跃动的艺术思维，将自我内在情感形态的发现、认识和探索，与对外在历史人、事的追溯、体验和理解结合起来，在对史料、生活组织、演绎的基础上进行虚构、创造。虽然艺术想象在史料与生活、史料与人物心灵之间回旋，然而却大大地加强了以形象为依托、与现实情境相叠合而进行的生发、缀合的广度和综合开掘的深度。如"黄帝之史仓颉……初造书契"本为传说，《炎黄》据此铺写开来，仓颉在概括群体

---

① 杨书案：《历史小说创作回顾》，《文学评论》1994年第2期。

的经验、造出象形字之后,又与黄帝研讨,如何既避免伏羲八卦符号意思含糊的缺点,摹画物的形,又吸取其优点,像八卦符号一样能抓住物的神,从而创造出象形、指事、会意相融合的字来。在这个过程中,有人物心灵的交往,有不同画面的组接、转化,情感的意象化衍生出一套客观关系(或结构),从而使原始文化景观和初民人物心灵世界以较为完整形态显示出来。又如《孔子》根据《论语》中"子在齐闻韶,三月不知肉味"的话,铺写出仲尼游齐,与齐大夫高昭子交往,听齐太师奏《韶》乐,昭子以麑子野味美食请仲尼品尝,而仲尼仍沉浸予韶乐之中的情节和画面。再如《老子》,以老子陈国相邑人生于李下、耳长七寸的史料为依托,想象出老子出生、磨镜人父亲、楚地的乡情乃至成为贯穿他整个学术生涯和私生活的解脱不开的情结。上述这些基于史料而展开的描写,正如著名的浪漫主义作家雨果在谈到历史小说时所说,它们似乎"给一切都穿上既有诗意而又自然的外衣。并且赋予它们以产生幻想的、真实和活力的生命"①。

与浪漫主义艺术表现交织在一起,作品还往往出现重现代阐释、重间离效果的现代主义艺术表现方法和手法。布莱希特曾经解释间离效果说:"简而言之,就是一种使所要表现的人与人之间的事物带有令人触目惊心的,引人寻求解释、不是想当然的和不简单自然的特点。"②因为,"在一切都'不言而喻、自然而然'的时候,人们就会完全放弃理解"③。为了造成间离效果. 他自己的剧作作为"史诗戏剧"就注重将现实的事件和人物当成历史来表演,加强现实与历史的联系,让读者跳出作品的特定情境,处于观察者、鉴赏者、评判者的地位,从单向观察角度转向全方位考察历史传统和现实人生,从而实现从感动到惊醒、从惊醒到思索、从思索到理解的心理转化过程。过去,对炎、黄、孔、老

---

① 雨果:《雨果论文学》,上海译文出版社,1980年版,第12页。
② 布莱希特:《街景》,《戏剧理论译文集》第9辑,中国戏剧出版社,1963年版。
③ 布莱希特:《娱乐剧还是教育剧》,《外国文艺》1981年第2期。

的评价，往往陷入神化、圣化的习惯和固有的思维定式中，书案小说一反这种带古典主义或公式主义特征的审美观念和原则，将他们复原为平凡而又不平凡的人，并使这些人物在性格命运上贯通古今，如远古时代炎、黄从生命本体和文化创造上争生存、求发展的欲求和愿望；进入文明时代孔老等所具有的中国知识分子的传统品格、人性、生存状态等，古今相通之处使现实与历史时空交错，都能使人跳出作品的具体历史情境，开拓读者的思考的眼界，打破历史的封闭的思想体系，起到让历史现实化的作用。在具体艺术手段上，作者主要将人物对话、多种描写方式与作者的叙述阐释和评论融合在一起，叙述视角和人物变化多样，打破传统叙事方式的拖沓、琐碎、沉闷的格局，语言上，又避免因袭明清以来讲史小说、历史演义的程式化的语言，除了一些有生命力的古代语言以外，大量运用当代生动活泼的语言（但又不给人以现代化的感觉）。正是基于这种让历史现实化的主体意识和艺术手段，作品运用意识流手法，让思绪在历史与现实之间，人物、作者与读者之间，人物与人物，人物的潜意识和显意识之间流动回旋，变化多端，无可名状。用内心独白，则将似教诲、若自勉、像论世、如议人的孔子的独白或正话像反话、实话像癫话的老子独白与现代阐释、读者感知相融合。而蒙太奇、快速组合、拼贴等技巧现代主义手法也因传达作者主观感知和评判而在作品中有着存在的理由和价值。正是这样，三部作品通过作者富有特色的叙述，以一种更新颖更富表现力的艺术形式来传达自己对历史和现实的明敏感知和深刻思索，在历史重构中塑形写人，从而将历史的心灵和当代人的心灵更好地沟通起来。

（原载《文学评论》1994 年第 4 期）

母亲文化：深沉、激越的"寻根"浩歌

——评岳恒寿①的中篇小说《跪乳》

无疑，在20世纪90年代异彩纷呈、众声喧哗的文坛上，岳恒寿的中篇小说新作《跪乳》的问世，是极其醒目的"亮色"，是撼人心魄的"强音"。

一、在文化"寻根"中奏响民族正气歌

摆在我们面前的是一个催人泪下的文本。是这样一部作品，它以深沉、激越的悲壮风格，饱和着情感血肉的诚挚笔墨和对人性的深刻洞察，塑造了一位凝聚着泥土气息、坚忍气质的平凡而又崇高的母亲形象，展示了中华母亲文化的久远传统及其在现实中的再造和升华。带点神秘气息的古老文化、一方水土的独具氛围与老区民族革命传统以及当代鲜活的时代精神是如此水乳交融地汇合在一起，使20世纪中华新文明现代意识的光辉照亮了北方苦难深重而又满溢生命热情的大地，照亮了太行黄土高坡闭塞、荒凉而又充溢着坚忍炽烈之情的地理环境和方域文化，照亮了探寻华夏民族母亲文化之根的道路。要说这是"寻根文学"，这也是

---

① 岳恒寿，湖北作家协会专业作家，已发表的著名作品有短篇小说《共处》，中篇小说《归骚》、《跪乳》及长篇小说《娲魂》等。

别具一格的熔铸着民族精魂与时代主旋律的新的寻根文学力作。

作者说:"当人们还没有开始寻根的时候,我已经在寻根了,当'寻根热'轰轰烈烈的时候,我仍然在寻根,当'寻根热'悄然熄灭之后,我还在寻根。"是的,作为出生于太行老区,"扎根黄土,呼吸着弥漫硝烟,吃小米包谷土豆,喝羊奶娘娘喝井水长成"的人民子弟兵的一员,岳恒寿在他数十年的军旅和创作生涯中,魂牵梦萦的正是太行那一方哺育他成长的水土。《跪乳》作为一部寻根意识很强的作品,一方面吸纳和融合了80年代寻根文学的一些长处和经验,如对传统文化从批判和肯定两个方面进行的反思,对民族灵魂的发现和重铸,对民族文化生命内核的挖掘和张扬,乃至具有历史哲学、文化人类学意识的新的"象征型"艺术特征等;另一方面他的作品又明显地避开了许多寻根文学作品的弱点,并在总结寻根文学正负面因素的基础上发挥了新的创造。他的寻根作品既不是对远古时代或边远地区原始蛮俗形态的猎异搜奇,不是对民俗风情、历史文物的罗列、把玩,又不是对儒家正统以及老庄佛禅文化的诚服迷恋,更不是远离时代精神和现实感受而生发的思古之幽情。他的小说将具有古风古俗特征的孩羔共乳、人兽一体的原型放置在抗日民族革命战争的历史背景上来透视,这古风古俗便融进了太行子弟的黄土情、使命感中。对于中国文化传统,作品主要不是从儒道禅文人文化的角度,而是从更贴近黄土地的农民民俗文化的角度来观照和把握,这就使平凡劳动者成为作品的主人公。其中母亲的形象作为一个家庭的主持者、母亲文化的体现者和乡土、祖国的象征者,她在作品中所处的中心地位,不仅对于儒家传统三纲五常、三从四德观念是一个明显的否定,而是对于从古至今的男性中心主义也是一个大胆的叛逆。作品也绝非单纯地发思古之幽情,而是将历史与现实的画面组接起来,让历史和现实在作者的激情中相互交织和融合。这历史有"远传统":不仅远古原始遗风在作品中有着更新的呈现,而且有着渗透到民间的儒道佛诸观念和思维方式的表现。在作品主人公身上对国家民族的强烈责任感和使命感,为大义为爱心舍我其谁执着追求积极入世的精神,加以真率不羁、淡泊名利的开阔胸襟等文化因素交相融合,洋溢在作品的艺术世界中;有"近传统":近百年来中国民族革命战争的传统、革命老区人民战争时期不畏强敌、崛起抗争的传统,和平时期清贫自守、无私奉献的传统。作品通过历史与现实的对话,将远近传统与现实的时代精神联结起来,青年军人夫妇为边疆自卫反击正义战争奔忙,新时期人与自然和谐互补的现代文化意识与战火硝烟、黄土深情连成一片,为小孩断奶两次返乡与40年前孩羔共乳等画面联结起来,大大展开了作品的历史跨度和描写幅度,扩充了作品的容量,显出了厚重的历史感和现实感。再则,世纪之交市场经济的兴起,作者对它的正负社会效应有鲜明强烈的感受,痛感人性异化、情感沦丧,物质与精神、历史与道德的错位、失重,长期陪伴着"我"的"羊皮褥子"的遗失就是这种感受的象征。

  与作品容量丰厚、大气磅礴直接相关的是作者生活底子的厚实,对所写生活"烂熟于心"的透彻把握,是作品艺术世界的丰腴坚实。80年代寻根文学由于担负着从哲学、伦理、民俗、历史、政治、心理等方面进行"文化反思"的重任,这种以形象的力量解决庞杂文化课题的"超负荷运转"使作品被赋予很强的主观理念色彩,人物形象符号化,而艺术作品所必须具备的灵性、血肉、情感和生命力则被减弱或被抑制,因此那时候的许多寻根文学作品往往有着认识价值大于审美价值的弊端。与这些弊端相反,岳恒寿小说的最大特点是形象血肉丰满、细节独特新颖。构成作品情节的事件并不算多,仅仅是返家、寄子、枪声惊奶、孩羔共乳、婴孩断奶、"神话"镇敌、羊皮伴侣以及母亲的去世等几件,但却有着大量沉甸甸、毛茸茸、带着生活原汁原味的细节,如关于母亲奶子"碗碗奶"、"布袋奶"的刻画,羊羔拱吸人奶的特殊感受、对羊羔呵气口中取刺的手法,祖母对孙子撒尿信号的敏感等,真实新鲜,简直使人拍案叫绝。不是手触实感的生活体验、绵密细腻的观察、深沉炽烈的情感灌注是不可能写出这么丰富贴切的细节的。这些细节不仅给作品形象和人物赋形、造血、生肌,而且能起到点染灵性、活现性格、升华理想的作用。

二、在"黄土情"中崛起中华脊梁式的母亲形象

作品最大的成就当然首推母亲这一人物形象的塑造。这一人物的塑造,一方面吸取了新文学传统小说注重历史背景和时代精神、历史叙事的理性态度以及重视平凡人物正面美好品格的塑造等特征,不像前几年某些新潮小说那样消解历史背景、解构宏大叙事、淡化情节人物乃至挖掘人本性的恶和渲染食色性的描写;另一方面又吸取融合了新潮小说某些优点和特点,如在人类文化的大背景下,从文化的视角、生命本体的视角去透视、分析历史生活,重在写平凡人物的习惯与感情,向人性人情逼近开掘,注重事件动因的混沌揭示,注意对历史的寓言、神话式书写等,在这些方面他是突破了传统小说的某些观念、体式和方法的。正因为有了上述辨析和吸纳,所以我们看到,这篇作品有着抗日战争与新中国成立后边疆自卫反击战争两个重大历史事件构成的宏阔的时空维度和历史背景。作者笔锋未离开时代生活的土壤,并遵循传统的对于这些历史事件的叙事观点。作品在正义与非正义、个人家庭与国家民族、进步与反动等大是大非问题上通过母亲蔑视和鄙视日本侵略者、拯救八路军战士、送儿参军、支持儿媳赴边疆前线等事件写出了她作为革命老区人民和军属应有的是非分明的基本品格和峥峥风骨。这与那些消解特定时代背景、营造历史迷宫,在背离客观历史时代性、民族性情形下仅仅突出人物生命原始本能和丑恶卑琐欲望的作品是大相径庭的。但是,作者所塑造的母亲形象又不同于传统作品中众多的革命母亲的英雄形象,他最为关心的,是凸现母亲形象的人性和文化的内涵。作品中的重要情节是母亲以奶哺育失母的羊羔,演成孩羔共乳的奇观。这个情节说明:母亲文化之根伸延得那么长,以致在她的潜意识中还存在着古老黄河文

化人与动植万物"情感统一性"与"生命一体化"的原始神话思维特征，储存着丰厚的生命意识与自然人性的矿藏。同时也表明，正是长期黄土地中的劳作，与自然抗争博取生命存在的经历培养了她与羊这种朝夕相处的动物的亲密情感。而更重要的是，通过人物与特定时代更内在、深层的情感结构，通过对历史生活的独特领悟和认识，以及当代人因历史而引发的现实感触与激情，使母亲形象的人性和文化内涵得以鲜明完整的显现。我们看到，是母亲的儿、媳——一对青年军人夫妇心系太行、两次返乡的线索，对黄土地里激情推涌的情感浪潮，以及对乡土人物和事物的绵密细腻的体察刻绘，才凸现出环绕母亲形象、充溢着黄土情的地域文化环境，刻画出母亲的温厚而刚烈、坚忍而博大、质朴而灵慧、情感而理性的母亲文化性格特征。先看父亲形象。父亲那如移山愚公一样整天默默泡在黄土地里劳动，为儿子赴边疆打仗求神拜佛时那"木犁般身形和木俑般头颅"的古老拙朴的形象，以及这形象所呈示的"祖先辈们与日月神灵及黄土息息相关的沉重灵魂"，与母亲乳羊济人、在极艰苦沉重劳动中哺养儿孙两代又无私地支援国家的形象正是相互映衬的。还有那唱着古老苦涩民歌、像夸父逐日似的"眼睛里像噙着两颗明亮的太阳"追逐着爱情的羊倌，也衬托出母亲既情深意长又以理节情的北方阳刚之气和实用精神的果断性格和伦理观念。由此可知，正是由浓郁的黄土情织成的人物关系的网络，勾勒烘托出母亲形象的各个侧面；而母亲性格中突出之点，那仁慈而又严厉的真挚深厚的母爱，那与家乡山、水、人、物水乳交融的热烈广博的爱心又反过来赋予了整个作品炽烈深沉的黄土情以飞动的神韵。还有，母亲形象之所以如同黄土大地一样自然、丰厚、灵动，还与作品能充分揭示出人物行为动因的丰富多样性有关。如孩羔共乳这一奇特景观的出现至少有以下三个原因：人与动植物"生命一体化"的远古原始意象的遗留；母爱的延伸——对失母羊羔的怜悯和爱心；再就是对日军抢走母羊烧杀村庄和乡民的仇恨。至于当日军逼近时母亲从容为孩羔共乳并对敌人凛然一笑驱走敌人的"神话"，作者对这个"神话"的产生也作了充分的描叙,一则这是"由母亲本性所决定的一次绝望的爱抚";再则在敌人方面,正如"后记"所写,是因为那几名日本士兵中带头的军官,曾经带领士兵在母亲家门口抢走了母羊,因此他霎时间明白了这孩羔共乳的伟大母爱的内涵,从而为这"登峰造极的文明和人道的力量"所震慑;此外,作者还安排了村民们种种猜测更增加了这"神话"的神秘气氛。尽管作了这许多解释,作者还留下了"这个故事还将有更神秘的想象、更多的解释"的伏笔。这样,便通过人物行为动因的多向度揭示,充分显示出生活的丰富多样性,显示出混沌、模糊的象征意蕴,从而将历史生活的奇幻色彩端到读者面前。

总之,作品中这位母亲形象既不同于高尔基笔下的母亲,我国社会主义 17 年及新时期众多的革命母亲形象,又不同于 90 年代一些消解了良知、理想和崇高的是非不分、浑浑沌沌的母亲形象,这位母亲是一位平凡而又崇高,既具自然生命意识、人性母爱博大情怀,又在国家观念、伦理道德观念上是非分明,在人际关系上持重自尊律己极严的母亲。这个形象还是一种象征:古老黄河文化的象征、多灾多难而又崛起奋进的华夏民族的象征。

三、在返本纳新中焕发现实主义的生命力

这里,所谓"返本"是向现实主义的回归,"纳新"则是指对新潮观念和艺术方法的吸纳和融合。在创作方法上,这篇作品主要是现实主义,但是一种具有开放形态的现实主义。以现实主义为主导,作品还交融着主观性强的将情感灌注放在突出地位的浪漫主义,以及具有神话—原型思维特征和意识流心理分析特征的现代主义。

《跪乳》的作者以极为严肃认真的态度坚持现实主义的创作原则。现在有一些作家似乎不需熟悉"吃透"生活,也不愿从纷繁的生活素材中严格选材,更缺乏对题材的深入开掘,总想仅仅抓住某种西方的或传

统的哲学人文观念，凭想象驰骋，加以情感化、形象化，就可以写出各式各样的新潮小说来。岳恒寿的创作很不同于这种才子式的派头。首先，他抉择极严，严格地从纷繁素材中披沙拣金发现和选取那些个性形态鲜明而又具有潜在容量的典型事物，在它们的强烈触动下聚集生活素材，逐步形成一个具体作品的特殊题材。这个作品酝酿和写作的时间较长，作者于1993年就完成了初稿，人们要他发表，刊物也同意发表，但他认为作品还不成熟，坚持暂不发表，直到今年才在酝酿成熟的情况下重写定稿。如他所说，他写《跪乳》，"想了很多很多的事，想了很多很多的人，但觉得都是一些枝枝叶叶，果果穗穗，不是根"。后来他由家乡"娲皇庙"关于女娲的传说想到了母亲是中国文化的总根，想要写这个"根"，但还只是一个意图，写母亲的作品很多，怎么写，不能走老路子。直到他在自己记忆库藏中寻求和现实中多次返乡采访，才找到几件奇谲生动而又发人深思的事情时，使他获得了这篇作品的"核心"题材。这就是他记起了伯母流着泪为失去母羊的羊羔哺乳的事，想起了抗战时期他所在的村子突遭日军袭来母亲无法脱逃于绝望中毅然坐在街门口给它和哥哥同时喂奶而日兵竟然走掉的事。这两件事融合在一起便以其典型事件的形象独特性而在他脑海中植根，促使他的形象思维活跃起来，原来分散的人物和事件，零碎的思想和印象如同铁屑被磁石吸引一样，聚集在这个事件的周围，形成作品基本情节的"核心"，并从这个"核心"悟出作品的独特思想。其次，作者还极重视作品情节的提炼和主题的深化。岳恒寿得到了"孩羔共乳"的情节核心之后，他对这个情节"核心"进行了改造和生发。原来是"孩羔共乳"的事件发生在他伯母身上，现移在作为典型形象的母亲身上；原来是恶狼叼走母羊而遗下羊羔，现将这一事件放在抗日战争的背景下透视，将恶狼换成日寇，人还是不同于狼，还有一点未泯灭的人性，所以能在伟大母爱的感召下"失衡"愧走。作者又从这一情节"核心"出发进一步伸展主题的触角，后来曾"共乳"的孩羔同时长大，成为相互关照的"兄弟"，新中国成立后长大的羊不幸遇难，又以一张羊皮伴着"哥哥"参军、提干。边疆自卫反击战争发生后，母亲的儿子儿媳主动参加战斗不得不返回老家给婴孩断奶，孙子又在祖母照料下受到母羊的哺育。在这一过程中，个性化与概括化交融起来达到典型化，母亲拿着羊皮送儿参军，寄走羊皮伴儿在部队里成长，后又担负起抚养孙子的责任消除儿子媳妇上边疆前线的后顾之忧，最后母亲伴随羊伙伴去世。母亲形象的内涵逐渐升华，然而总是与丰富的生活细节紧紧胶结在一起。这种现实主义要说是"革命的"，但绝不是"自外而内"地将一些抽象的思想性原则强加到现实主义之上，而是"自内而外"地从现实主义艺术本身的规律出发去体现为时代、为人民服务的特殊思想内涵。

作品对于母亲形象的塑造，特别是发生在母亲身上的"孩羔共乳"的核心情节，如果运用神话—原型观念来看，更可以看到这篇作品的母亲文化之根在华夏文化传统中是植根既深且长的，也可以由此看到作品的现实主义已与过去为政治服务、镶嵌到政治功利、主观意志实践之中的革命现实主义、社会主义现实主义大不相同，作品中的现实主义不仅交融着强烈的浪漫抒情格调，而更重要的是与神话原型象征型艺术构思密切交织叠合在一起，而带有某种"魔幻现实主义"的色彩。我们知道，每一个民族从远古神话时代以来，就存在着一种作为种族记忆或集体无意识结构形式的原始意象或原型，它潜藏在每个人心底的深处，主要由那些被抑制和被遗忘的心理素材所构成；但它同时又是超个人的、带着集体无意识特性的可经验、可实证的实体。这种原始意象或原型作为文化信息的载体形式，流传于神话故事、风俗习尚之中，乃至在个人的梦和幻想中出现。文艺家回溯这些原型，将它们从无意识中凸现出来，赋以意识的价值，通过作品中的意象、象征、母题、人物、结构等因素表现出来，使之贯穿在作品的整体艺术构思之中。《跪乳》所写母亲形象、母亲文化以及发生在母亲身上的"孩羔共乳"情节就是这种原始意象或原型的艺术表现。关于母亲形象和母亲文化的原型，据荣格的论述，在远古各民族都出现过对世界和人类产生作过相当贡献的母亲原型，中国也不例外。中国远古，开天辟地之后抟土作人又炼石补天的女娲氏就是中国母亲文化的原型。女娲神话在古代神话类型中属"化生型"神话。屈原《天问》中有"女娲有体，孰制匠之？"的提问。东汉应劭《风俗通义》中说女娲抟土作人；许慎《说文》中说"娲，古神圣女，化万物者也"，而且古代娲与娃、蛙相通，女娲神本身也是史前蛙图腾演化而来，这就回答了屈原的提问，表明女娲由自身能变化的蛙类动物而来同时她又是化生变形创造万物的女造物主。相传女娲创造人类不久又发生了天塌地裂的灾难，她又极其艰辛地炼石补天。在这一次大灾难以后，"恶禽猛兽死的早已经死了，不死的也渐渐变得性情驯善，可以和人类做朋友了。人类快乐地生活着，浑浑噩噩，无忧无虑，一会儿以为自己是马，一会儿又以为自己是牛"①。而女娲自己则在乘龙驾云上天、禀告天帝后"就在天廷里静悄悄地住着，象隐士般的，从不表彰她的功劳，也不炫耀她的声誉。她把这功劳和声誉都归之于大自然，她觉得她自己只不过顺应着自然的趋势，为人类做了一点点微不足道的努力罢了"②。《跪乳》作者在母亲文化寻根中是自觉地意识到了这种女娲的原型的。只要将女娲这个原型与作品中那位"秉领太行黄土的苦汁而来，满含着对天地万物生灵的厚爱而去"的母亲形象作一比较，就可以看到母亲文化与女娲原型的承接和在新的时代条件下创造性转换的关系。关于在母亲文化寻根母题中起着关键作用的"孩羔共乳"情节，也有能充分体现中国古老文化特征的远古原型可循。著名人类文化学家恩斯特·卡西尔在《人论》中说原始人的生命观"是综合的，不是分析的"，"自然成了一个巨大的社会——生命的社会"，他们"关于自然与生命的概念中……有一种基本的不可磨灭的生命一体化沟通了多种多样形形色色的个别生命形式"。"人与动物，动物与植物全部处在同一层次上"③。在中国远古，那种化生创世和异体合构的野性原始思维特征也表明了"生命一体化"原始意象的多样化存在。据《山海经》记载：

---

① 袁珂：《中国神话传说》（上），中国民间文艺出版社，1984年版，第106页。
② 袁珂：《中国神话传说》（上），中国民间文艺出版社，1984年版，第106页。
③ 卡西尔：《人论》，上海译文出版社，1985年版，第109、105、106页。

"黄帝生苗龙，苗龙生融吾，融吾生弄明，弄明生白犬，白犬生牝牡，是为犬戎"，"黄帝生骆明，骆明生白马，白马是为鲧"。人的嗣续谱系中出现了白犬、白马的异类分支。同时《山海经》还记载，在远古，人、神、兽在形体上也错综组接，这种形式容纳了人性、神性和兽性。加以前面女娲神话中所说，女娲炼石补天之后有一个人兽陶然共处的乐园，都可知我国远古人与包括动植物在内的自然万物相亲和谐的原始意象是何等丰富了。从《跪乳》作者的《创作谈》和作品本身都可以看到，母亲奶羊在太行山一带并非个别的事，作品中还有将枣树也看做神圣之物驱走日寇的故事。当作品写到母亲第一次奶羊时，曾发出这样的议论："试着把一个奶头送进羊羔的嘴里。这一举动看似一个仅在一指之隔、一瞬之间的跨越，但却是惊人而惶恐得仿佛倒回到几十亿年前蛮荒时代，消灭了人类与畜类间彼此高下的距离。"从这一段话可以看到作者对原始意象的认识是自觉的，由以上引证分析，可见《跪乳》确实存在着一条贯穿整个作品艺术构思的以神话—原型观念为基础的象征型艺术的线索。这条线索与作品的现实主义叠合交融，不仅使作品具有丰厚的现实的历史的内涵，而且以超越性的哲理象征意蕴而贯通人类的过去、现在和未来。在这世纪之交多元共生、多向发展的文化语境中，作品所显示的具有普泛性的母爱以及人与自然和合相亲的观念，对于市场经济、都市文明迅猛发展下物质与精神、历史与道德的错位、失重和二律背反的矛盾冲突，它可以起到弥补精神缺失、阻遏人性异化、再造华夏文化性格、重视人类生态环境的积极作用。作品最后写到母亲的儿子媳妇——青年军人夫妇痛失"羊皮褥子"一事，这是母亲后代为自己敲起的警钟，是不堪平庸、不堪沉沦、不甘异化的血性证明，也是中华优秀文化传统中母亲精神必须弘扬的反证。

（原载《江汉大学学报》1997 年第 1 期）

教学探索

中国新文论学科性质问题

在我国，中国文学理论批评史是一门日益发展和逐步完善的独立学科。在过去较长一段时间里，中国文学理论批评史的著述大多以古代为主，近代部分一般只是作为古代的依附和尾声而存在，现代和当代部分，包括文学思潮史在内，都属少见。然而，应该看到的是，文学理论批评近代品格的确立，文学理论批评由古代向近代的转型以及它的现代化历程，在整个文学理论批评史的学科发展上却有着特殊重要的意义。在西方，文学理论批评近代品格的确立，是从18世纪中叶新古典主义理论批评体系解体、浪漫主义文学运动兴起时开始的。此后一百多年来，又经过文学观念和文学理论批评观念的不断更新，批评功能和目的更趋自觉，理论倾向和批评模式纷繁多姿的多元化发展，以至于到20世纪进入所谓"批评的时代"。西方一些重要的文学理论批评史著作就是从近代开始，或是以近代以后的部分作为重点编写对象的。雷纳·韦勒克花费了30年功夫撰写的4卷本《近代文学批评史》就是其中最著名的一部。他曾经谈到他择取这样的时间范围，一方面是为了从近二百年西方文学理论批评史本身的"复杂性和多样性以及它本身的价值来探本寻源"①，另一方面也是为了通过理论批评规律的总结和诸多理论批评问题在不同历史发展阶段的争鸣、探讨以"明确地提出我们现今依然

---

① 雷纳·韦勒克：《近代文学批评史》第1卷"导论"，上海译文出版社，1987年版，第6～7页。

尚未解决的批评上所有基本问题"①，并用以"阐明和解释我们的文学现状"②。这种文学理论批评史的历史主义和当代阐释相结合的方法论主旨与西方学者重视文学理论批评近代品格和现代化历程的观点是一致的。而这种情形的出现又与近代西方科学主义与人本主义两大哲学人文思潮分不开。重理性、重实性、重逻辑方法的科学主义与以人为目的、重视人的价值、人的个性发展和自由意识的人本主义，两大哲学人文思潮的交替影响不断地更新着文学观念和文学理论、文学批评观念。它们向历史学和文学理论、文学批评学的渗透，使文学理论批评史在"史"和"论"的结合上既具有科学实证精神，又被赋予了充分的自由意识，从而从与其他意识形态和人文学科的混沌状态中解脱出来，也从对文学现象、文学理论批评现象的依附状态中解脱出来，从而获得本身独立发展的地位。

　　在中国，文学理论批评由古代向现代的转型和现代品格的确立，是与西学东渐后近代思想启蒙运动的开展有着密切关系的。明末清初，作为中国早期个性主义、民主主义思潮的一个组成部分，具有资本主义意识形态性质的文艺启蒙和文学理论批评观念的变革已经开始出现，但旋即因为大一统的清帝国封建思想的禁锢和闭关锁国政策的加剧而遭到严酷遏制。鸦片战争前后，龚自珍、魏源等人在西学东渐的初步阶段发出了思想启蒙和文艺启蒙的先声，但随之又被没在桐城派和宋诗派的宗经复古的声浪中。中国文艺启蒙的艰难历程发展到甲午战争失败、维新改良文学运动兴起之后进入一个新的阶段。这时候，西学东渐进程加速，中国近代思想启蒙经过由器物到制度再到思想文化的重大变化，西方近代哲学人文思想、自然科学观念以及现代科学主义和人本主义的种种学说大量输入中国。科学精神、自由意识经由中国思想文化界的初步选

---

　　① 雷纳·韦勒克：《近代文学批评史》第1卷"导论"，上海译文出版社，1987年版，第1页。

　　② 雷纳·韦勒克：《近代文学批评史》第1卷"前言"，上海译文出版社，1987年版，第1页。

择，开始向各个观念形态领域中渗透。哲学、伦理学等思想观念和文艺美学观念的剧变导致文学创作意识和文学理论批评意识的变革。这一变革以戊戌维新时期的文学改良运动为新的起点。而在"五四"文学革命运动中，随着以"科学"和"民主"为旗帜的思想启蒙运动的大发展，中国文坛对外国文化、外国文学全方位开放，在新旧文学发生全面深刻断裂的情况下对旧的思想文化体系和文学思想实行了创造性的转换，体现了科学精神和民主自由的文学要求的现代化文学观念和文学理论批评观念多层次地显现，从而促使中国文学理论批评现代品格得以进一步确立。五四运动以后，无产阶级与中国共产党发扬了科学与民主的反封建思想启蒙精神，将思想启蒙与反帝反封建的政治救亡运动结合起来，赋予了科学精神与自由意识以新的阶级内容，并将其置于马克思主义唯物史观的指导之下。在新民主主义革命深入发展过程中，启蒙与救亡相互促进，也使文学观念和批评观念发生了由文学革命到革命文学的重要转变。在30年代，马克思主义文艺美学思想的传播和发展，使文学的意识形态论、美学的历史的批评原则和现实主义文艺思想开始与中国革命文艺实际结合起来，获得了多方面的创造性的探索，并在总体上发挥着文学理论批评的主导作用。与此同时，由于中外文化、文学观念在纵向继承和横向联结中有着多层次多角度的交融和变异，因此，文学理论批评观念、类型和方法也有着多元的发展。40年代毛泽东文艺思想的形成是中国化的马克思主义文学理论体系建设创造性探索的重大成果。50年代，经过文学理论批评多样化和一体化趋势的相互转化和消长，到社会主义新时期，在对"文革"十年文论的拨乱反正之后，改革开放的局面促成了对外国思潮多向度的选择和对中国传统文化、文学思潮的择取、融合，逐步呈现出从单一到多样，从单向到多向，从外在到内在，从局部单一到整体综合研究的繁荣局面。总之，直到现在仍在继续的文学理论批评这一现代化的历史进程是在20世纪东西方外延最宽广、内涵最丰富的两大文化体系空前交汇的历史背景上凸现出来的，它既植根于近百年来中国社会生活和文艺实际的深厚土壤中,又是中国源远流长的传统文艺思想、文学理论批评的重要的一环,并汇入到世界文学理论批评的总体格局中。因此,它便在历史纵向发展和横向联结交叉的坐标点上鲜明地显现出自身独立的现代品格。

由于文学理论批评史是以文学理论批评为对象,并从过去和将来的角度对它的历史过程进行研究的学科,所以着眼于中国近百年文学理论批评史的全过程,对它的性质进行考察,必须首先对文学理论批评是什么的问题,即对其本体特征有一个正确的认识。这里,一方面,要看到文学理论批评是一种在特定文学观念指引下的文学活动,它包括对文学本质规律的反思、文学发展经验的总结和对作家作品及其他文学现象的阐释、评价和规范活动,对于文学理论批评的主体来说,要求批评家与文学对象之间建立一种以情感交流为基础的审美体验关系,把文学作为审美的物化形态来考察;另一方面,文学理论批评又是一种具有理论形态的人文科学,对于文学实践形态来说,它具有超越性应该纳入科学体系性的理论思维框架之中,因此,它必然与文学以外的学科——哲学、社会学、语言学、心理学、文化人类学、神话学等门类发生联系。这些学科的影响和渗透,使文学理论批评较之文学、文学观念更具有科学理论体系性质,从而显出本身的独立价值和意义。从这两个方面的属性又可以看到,文学理论批评还不可避免地具有意识形态性。从前者的属性来看,无论是文学理论批评的阐释、评价功能,还是规范文学创作和文学发展的观念体系,都体现出批评家的立场、世界观和具体的文艺观,体现出文学理论批评的倾向性和时代审美特征,从而往往使文学理论批评以一种特殊的意识形态参加到意识形态领域的斗争中去。从后者的属性看,与文学理论批评发生关系的其他人文科学,其中一些门类,如哲学、社会学等,本身就属于意识形态范畴,因而在它们的影响和渗透下,文学理论批评的意识形态性质更加鲜明。正因为文学理论批评是上述两种属性的综合,因而它又是一种特殊的意识形态,这不仅表现在它的意识形态内部诸多层次中，是与宗教、哲学、文艺等"更高地悬浮于空中"的一种意识形态，它与经济基础的关系是经由各种"中介"、"中间环节"，如政治、哲学、宗教、艺术以及社会心理、国民精神、民族性格、风尚习俗等而联系在一起的；而且就它研究的对象——文学来说，离不开"文学是人学"这一重要命题。"人学"所蕴含的人的精神世界的复杂性、多样性，包括人的个性、人类性等非意识形态的因素，又具一种总体文化的性质。从这个意义上看，以文学作为内在对象文学理论批评也是一种文化活动，它的活动过程涵盖着整体文化，而不只是作为文化的一个部分或一个方面而存在；它又是一种艺术活动，理论批评家必须从文学作品中获得审美体验和情感，并把握住作家独特的审美心理结构和感受方式，从而激发自己内心的创造力，通过艺术内形式的中介作用融合非审美的社会文化环境以及各种意识形态等外在因素，进入作品中文化或意识形态的整体内涵。

　　文学理论批评的本性特征和基本性质既如上述，那么，对于以特定阶段的文学理论批评观念、批评家、批评类型、批评流派的历史发展为研究对象的文学理论批评史，要确定它的性质和本体特征便必须综合地考虑如下各种因素：在它和文学创作的关系上，既看到文学创作对文学理论批评发展的推动作用，又看到文学理论批评超越文学的动力来源和自身规律的制约性；基于文学理论批评的学科独立性和时代特征，从中外文学思潮、文学理论批评冲撞、交会的坐标系上看文学理论批评接受外来文化和文学思想使之民族化，承继本土传统文化和文学思想使之现代化的双向选择特征；从其他学科（主要是人文学科，也有自然科学学科）、特别是每个时代"带头"学科的发展来看它们向文学理论批评渗透、移植的外在影响；基于对文学、文学理论批评的意识形态性的理解来看包括政治在内的诸意识形态的发展对文学理论批评发展的综合促进作用；从根本上看，还要看到社会生活、经济基础的变动对文学理论批评发展的决定作用和根本制约性。如上所述，概括地说，就是在政治制度、经济形态起根本作用的前提下,从文学理论批评的内在对象(文学的特征和独立性)与外在因素(其他学科以及意识形态诸因素)相交融的整体发展的观点进行考察,可以看到文学理论批评史的本体特征和基本性质,这就是,将文学理论批评发展的历史过程作为考察、研究的对象,以人类基本生存环境和生存方式为终极动力,着眼于文化和意识形态整体,具有科学论理性和审美心理结构内形式,因而呈现出一种科学的、审美的意识形态化历史的总体特征。用上述观点来看中国近百年文学理论批评史,则必须看到如下诸因素:它是与近代、现代、当代新文学实践相一致的;它通过对中外哲学人文思潮、自然科学思想、文学理论批评成果的继承和借鉴,在民族化和现代化的双向进程中,有着不断革新的丰富复杂的内涵;以社会政治学、社会历史学为"带头"学科给诸多文学理论、观念、类型、方法以重大影响而往往形成主导倾向;中国特有的思想启蒙与政治救亡紧密结合的文化思想特征使文学理论批评较之西方和我国古代更具有鲜明的意识形态性,并往往借助文学运动、文学思想斗争等与政治形态、革命运动紧密联系并从中体现和展开文学理论批评课题;上述几个方面的综合而呈现出来的整体发展的特征,归根结底,又与中国近百年来社会内部从经济形态到政治制度发生历史性转折、变动、发展的条件分不开。概括地说,中国 20 世纪文学理论批评史的本体特征和基本性质,是在中国近百年来社会内部发生历史性转折、变动的条件下,在与世界文学潮流相一致的、具有真正现代意义的新文学实践的基础上,广泛地接受了外国哲学人文思潮、文艺美学思潮、文学理论批评的影响,在宏大的传统的和外国的,历史的和现实的参照系之中所形成的。社会学、美学的文学理论批评是主导倾向,但在观念、类型、流派、方法上呈现出多元发展的面貌。它既具有意识形态性,又有自身的科学性和审美特性。

上述对于中国 20 世纪文学理论批评史的本体特征和基本性质的认识,是与理解这门学科的研究对象、范围和材料筛选原则紧密联系在一起的。下面，仍以对本学科特征和性质的了解为引导，对于研究的对象、范围等作进一步探讨，以期对这些问题有更确切的规定和更深入的阐发。首先，关于文学理论批评史既是历史学科又是文学理论、文学批评学学科的关系问题。现代西方，传统文学理论批评形态分类的界限逐步被打破，文学理论、文学评论和文学史三个门类出现了自觉地互补、融合的趋势。近百年的中国，是新的理性觉醒的时代，从科学实证的思潮和方法、社会学价值论的理论批评观念到马克思主义理论、马列文论的传播和运用，这些思想理论观点向"诗"和"史"的领域渗透，文学理论、文学评论和文学史三个门类互补、融合的趋势也逐步加强。与一般的文学理论批评史一样，中国20世纪文学理论批评史也有着既属史学又属文学理论、文学批评学学科的特殊性质，只是在思、诗、史三者的关系上有着较之过去的文学理论批评史更为密切的联系。中国20世纪文学理论批评史是文学理论批评在一系列具体的历史形态中的表现和展开。它以有代表性的文学理论观点、批评见解的文学理论家和文学批评家（包括部分作家）为主要对象，同时又兼顾文学理论批评的观念和思潮、类型、流派和倾向。既要从历史的角度着眼于特定历史时期文学理论批评的总体面貌，研究文学理论批评家（或作家）和文学理论批评类型、流派的结构特征、来龙去脉，了解它们的历史地位和作用；又要深入解剖主要代表人物的独到而深刻的观点、方法，了解文学理论批评在具体历史形态中所达到的深度。既要从历史事实出发，把文学理论批评发展的生动丰富的历史进程展示出来，又要融合历史的分析与逻辑的分析，从历史上具体的文学理论批评的矛盾运动中去发现其概念、范畴演化发展的逻辑进程和理论上前后连贯的诸环节，因此，文学理论批评史是在文学理论批评的具体历史形态中对其历史的逻辑的进程进行系列考察的科学研究活动。这里，所涉及的史和论、历史主义和当代阐释、历史形态和逻辑进程的关系，是以学术思想史上思、诗、史的关系为背景的。西方从柏拉图直至近代，几乎绵延到整个19世纪思想史上主要是"思"与科学、宗教（非原宗教的上帝，而是科学理性所制造的死的上帝）的对话，少有思与诗、思与史的对话，"思"愈来愈"纯粹理性"化、哲学化。在思与诗的关系上，"思"与"诗"被割裂开来，诗之"思性"和思之"诗性"都被遮蔽起来；在思与史的关系上，"史"被划入非思的范畴，"思"也被划入非史的范畴。"没有史料就没有史学"，重视因果规律，避免价值判断和意义阐释，主张如实直书的叙事体史学。滥觞于康德，从19世纪末到20世纪，宗教没落，科学式微，"纯粹理性"受到扬弃。西方现代思想开始了向"诗"和"史"的转向，思的对话由科学、宗教转而为"诗"，诗学成了一种重建价值、重新解释人生的新的文明、新的生存方式、新的文化。而作为诗学这种自由意志产物的复写品的历史学，也不是过去仅凭史料和因果规律起作用的领域，而是进入有着自由意志的精神科学的领域。新史学主张以"结构的历史"代替"事件的历史"，重视理论分析，认为历史知识考虑任何事件都要参照价值体系，提出"没有理论就没有史学"（"年鉴派"的口号），历史是对客观历史的具有理论负荷和价值负荷的重构。从思、诗、史三者关系演变的背景来看，文学理论、文学评论和文学史三个文学批评门类，由三个概念的分化、独立，到彼此间的互补、交融，不是一种单纯的批评门类的演变，而且也是一种新的文化、新的文明现象的出现。这种演变在一些著名文学史家笔下显示得非常清楚。例如，19世纪的勃兰兑斯就认为，一件文艺作品、一种文艺现象，它们的每一成果"如果从历史的观点看，尽管……是一件完美、完整的艺术品，它却只是从无边无际的一张网上剪下来的一小块"。而这种"从历史的角度考虑……却透露了作者的思想特点，就象'果'反映了"因'一样，……而要了解作者的思想特点，又必须对影响他发展的知识界和他周围的气氛有所了解"[①]。20世纪的雷纳·韦勒克和沃伦则说："在文学史中，简

[①] 勃兰兑斯：《十九世纪文学主流》第1分册，人民文学出版社，1986年版，第2页。

直就没有完全属于中性'事实'的材料。材料的取舍，更显示对价值的判断；初步简单地从一般著作中选出文学作品，分配不同的篇幅去讨论这个或那个作家，都是一种取舍和判断。甚至在确定一个年份或一个书名时都表现了某种已经形成的判断，这就是在千百万本书或事件之中何以要选取这一本书或这一事件来论述的判断。"① 前者强调历史过程，后者强调价值判断，但二者并不矛盾。前者史中有论，后者论中有史，决不是以论代史或以论带史，用先在的理论观点揭示因果联系。然而将文学理论批评家、文学理论批评现象当作一种历史过程进行叙述时，只有在史的整体格局中具有丰富的参照对象和价值论、意义论的阐释，使思与史有机地结合起来，在史的叙述中具有科学性和明确性的理论范畴和原则，具有当今历史时代思想和理论的高度，才能使文学理论批评史成为一种选择体系，一种具有理论负荷和价值负荷的阐释的文学理论批评史。

在我国古代，诗、思、史的关系由于不注重思想理论而使三者分离的现象很突出。中国虽然诗和史的传统都辉煌而悠久，文学理论批评和史学都很发达，但"诗"中缺乏"思"，文学理论批评偏于具体感悟和政教目的，史学也少有从"论世"出发的总结历史发展规律的价值判断。因此，几乎没有出现经过思想理论而将"诗"和"史"熔铸在一起的诗史、文学史、文学理论批评史。近现代，西方科学主义、人本主义两大思潮的传入中国，出现了基于进化论思想的重视客观因果律的科学实证方法的史学观和受新康德主义影响的、将历史科学视为精神科学、注重探求历史事件的价值和意义的史学观。这两种贯穿着新的思想和理论的史学观，用之于考察文学，便开始出现了从宏阔的历史视界大处着眼并从严密的逻辑结构形式把握文学作品的文学理论批评论著，如梁启超、王国维、鲁迅等的文艺美学观和文学理论批评论著就表现出这一特

---

① 雷纳·韦勒克、沃伦：《文学理论》，生活·读书·新知三联书店，1984年版，第32页。

点。"五四"以后，在唯物史观、马列文论指引下逐步形成了马克思主义文学史观。由于这一文学史观将文艺视为意识形态上层建筑，确立了社会经济基础与上层建筑的基本出发点，把文学发展与社会变革、阶级斗争结合起来加以考察，并倾向于提倡现实主义等几个特点，因而在历史主义和当代阐释、史与论、历史的方法与逻辑的方法等关系上得到了更为科学的处理。思与史的关系，既是把史中隐含的规律、价值、意义揭示出来，又是以历史意识去复苏史中活的灵魂；思与诗的关系，也是思与诗之史的关系，即将处于史的发展中的文学作品、文学理论批评转化为诗史——文学史、文学理论批评史，并以后者为依据观照、体悟、分析、阐释文学作品、文学理论批评现象。这样，诗、思、史关系处理上的科学化，便使文学史既属历史学科、又属文学学科，文学理论批评史既是历史学、又是文学理论、文学批评学的学科特征得到了鲜明而突出的显现。由上所述，可见中国 20 世纪文学理论批评史在研究对象、范围和选材上，从史的方面说，既要从纵向发展上着眼于近百年文学理论批评由古代向近现代嬗变、发展和现代化的历史全过程和整体性概念的考察，又要在横向联结上看到各个历史时期文学理论批评的观念、形态、类型、流派、方法的主导倾向和多元格局，看到各个历史时期中外文化、文学思潮、文学理论批评互相交流、影响和交融的特征面貌。这种横向联结是文学理论批评发展纵向突破的重要原因；同时，文学理论批评发展的历史传统又是文学理论批评横向联结引发创新机制的基础。由于历史发展与横向联结的双重内容，师承与创新交织在一起，整个文学理论批评史的发展包含着时间的延伸，也包含着空间的扩展，而形成不断丰富自己、自身前后持续发展的生命系统。在论的方面，重要的是要把文学理论批评史写成阐释的而不只是描述的文学理论批评史，就是说，要把文学理论、文学批评观点与历史过程相交融从而凸现一个意义的世界。意义的取得需要思想、理论，思想、理论把沉淀在叙述中的意义表现出来，通过历史叙述揭示广泛的前后左右的联系，从而构成一个有系统思想的文学理论批评的意义世界。再者，由于文学理论批评不只是在内在对象上与文学、文学史相联系，而且在外在因素上具有意识形态性和多学科渗透的开放性特点，因此，沉淀在叙述中的意义世界又是多层次的，其中包括政治、哲学、社会、生命、心理、伦理等各方面理论和思想观点所呈现的意义。上述史、论两方面所有的完整的、动态的意义世界都应该是文学理论批评史研究的对象、范围，材料的筛选也因而必须具有宏阔的视界和综合的眼光。

作为阐释的文学理论批评史，正因为它具有历史学科与文学理论、文学批评学学科相交融的特点，因此，它不仅与以"论"为主的文学理论、文学批评学不同，而且与虽然是"史"而在研究对象上侧重于理论性、抽象概括的美学史、文艺思潮史、文艺思想史有所不同，也与侧重于考察某一方面的批评见解和具体规律的诸种创作方法史、体裁史、方法技巧史有所区别。它与这两种类型的"史"的关系是既有联系又有区别的。既不能混合与这两类"史"的差别又不能将它截然分开并对立起来。雷纳·韦勒克在写作《近代文学批评史》时关于上述区分和联系的意见是有启示意义的。他说："'批评'这一术语我将广泛地用来解释以下几个方面：它指的不仅是对个别作品和作者的评价，'明断的'批评，实用批评，文学趣味的征象，而且主要是指迄今为止有关文学的原理和理论，文学的本质、创作、功能、影响，文学与人类其他活动的关系，文学的种类、手段、技巧，文学的起源和历史这些方面的思想。在纯美学——'高高在上的美学'，即对于美的本质以及一般艺术的思辨——与单纯的印象主义的趣味言论，即不能持之有故言之成理的见解这二者之间，我将尽可能采用折中的办法。对于抽象美学和具体趣味的历史，多少将有所涉及……文学批评史显然不可能跟它们完全分家。"① 可以看到，他所理解的文学理论批评不仅有美学观点的阐释，有对文学本体

---

① 雷纳·韦勒克：《近代文学批评史》第1卷"前言"，上海译文出版社，1987年版，第1～2页。

特征——原理、理论和思想的阐释，而且兼顾了文学理论批评的类型、功能、方法等具体问题。中国近百年文学理论批评史既然注重诗、思、史的交融，注重历史过程的丰富面貌和逻辑观点演进的统一，在研究对象、范围上就必须注重兼顾理论性与实用性、观念的阐释与批评的具体实践两个方面。

其次，关于文学理论批评与政治意识形态，文学理论批评史与政治史、革命史的关系，这是中国近百年文学理论批评史的一个突出问题。怎样既从文学理论批评、文学理论批评史的意识形态性看到它们与政治意识形态、社会革命史的必然联系，又从它们本身的独立性、多样性上看到它们超越于政治、超越于社会革命史的科学性和审美性等学科本身的特征，这就涉及对研究对象、范围和材料的筛选问题。从前一方面看，文学理论批评的发展本来就与意识形态乃至上层建筑的要求分不开，而中国近百年来民族独立、政治救亡又是历史赋予的头等重要的课题，反封建的思想启蒙与反帝的政治救亡往往同时并举并紧密地联系在一起，因此，在中国，本来就具有意识形态性的文学理论批评和文学理论批评史便不仅与一般的意识形态发生联系，而且特别与政治意识形态关系密切。不充分估计这个特点，就会在文学理论批评史的研究对象、范围和选材上出现偏向，如对于与各阶段民族解放、人民革命运动紧相联结的文学运动、文学思想斗争，就不会看到贯穿其间的文学理论批评问题并给予应有的重视；不易看到在历史转折时代为自觉的社会责任感和强烈的当代精神所渗透的文学理论批评现象；对于社会史的环境还原批评或作为斗争手段、工具的价值论批评这些与社会学紧相联系的文学理论批评类型、流派和方法不给予足够的重视；对于一些提出或解决了文艺美学根本问题而同时又是思想家、政治家的文学理论批评家（如梁启超、瞿秋白、鲁迅、毛泽东、邓小平等）的文学理论批评活动就有可能不被看重。凡此种种，如果不注重对这些文学理论批评现象的选取和研究，便会与历史事实不相符合并导致对中国20世纪文学理论批评的主流或主导倾向的削弱和贬低。然而，从后一方面看，如果不重视文学理论批评，文学理论批评史本身的独特性、多样性，看不到它们不为政治所规范的学科本身的科学性、审美性特征，则会导致对文学理论批评、文学理论批评史在研究对象、范围和选材上的狭隘、简单和一体化的倾向。在中国近百年各个历史时期，文学理论批评不仅要适应意识形态的要求，而且除社会学、政治学之外，还往往受到哲学、心理学、伦理学、语言学、人类学乃至自然科学理论移植的影响。虽然这种影响不像西方现代文学理论批评那样发展成具有"深刻的片面性"的众多流派，但各种批评类型、方法乃至流派还是存在着，社会学批评还与各种类型、方法发生融合现象；再则，对文学审美特质的不同程度的重视，与上述多种批评类型的不同程度的结合，也使文学理论批评呈现出复杂多彩的面貌。上述文学理论批评在主导倾向鲜明情况下的多样化现象在各个历史阶段都存在着，它们都包含着对文学本体构成某一方面合规律的认识，从而从自己的角度不同程度地丰富和发展了文学理论批评史。只有对中国近百年文学理论批评史进行全方位的多种角度多种层次的审视，才会写出文学理论批评丰富多彩的面貌，特别是发掘出那些不为人们所重视的文学理论批评现象，真正呈现出"百川归海，其容乃大"的局面。我们不完全按照政治史、革命史分期，将近、现、当代的格局打破拉通，也是为了将这一长时期理论批评史中包括政治意识形态在内各条线索的内在联系发掘出来，从而有利于写出全方位整体发展的文学理论批评史来。

再次，关于文学理论批评史和文学史的关系，它们之间的区别和联系，也有加以辨析的必要。文学史和文学理论批评史两者都要对文学运动、文学思潮、流派、倾向以及作家的理论批评观点、方法进行探讨。但文学史的主要对象是文学创作，所涉及的文学思潮、理论批评观点等，只是从与文学创作的关系的角度加以阐发。在文学史上，文学理论批评的发展没有严格的体系。而文学理论批评史则主要是在作为内在对象的文学活动和作为外在因素的人文科学及意识形态之间，阐述文学理论批评的历史的逻辑的发展。由于文学理论批评常为创作的发展起到开拓的作用，而文学创作中又引申出文学批评，因此，为了说明某个时期的文学理论批评概貌，必然涉及某些文学创作现象，为了说明某个作家的理论批评特征，也必然涉及他的创作情况；但文学理论批评不仅是文学创作实践形态的自然延伸，它处于中外文化、文学思想继承借鉴的纵横交叉的坐标点上，本身具有学科的独特性，又是与其他人文科学及意识形态有着广泛联系的开放体系，因此，它的本体构成的多层次特征便决定了它与创作实践形态之间往往存着矛盾和分歧；有时候，创作向前发展了，理论批评还是旧有的一套，新的文学实践不能在理论批评上有所概括；有时候，进行了新的理论批评探索，作出了理论贡献，而适应这种理论概括的创作实践却跟不上来。从具体作家来说，则存在着世界观、文艺观、理论批评观点与创作实践的矛盾，这也是众所周知的事实。正因如此，为了从完整性和连贯性保证文学理论批评史自身的历史的逻辑的独立发展，应该一般较少涉及文学创作的实践形态，对于文学理论家、批评家和作家，主要阐述他们有代表性的文艺观点和理论批评特征，对他们的作品则一般不去涉及。

新文学"以美引真臻于善"教学体系刍议

一、把教学观念和思维方式的变革放在首位
——体系的建构及切入点

在改革开放的时代里,如何使教学观念和思维方式发生"面向现代化,面向世界,面向未来"的变革,通过教学加强对学生作为现代人的科学文化素质的培养,是我多年来在教学中感到十分尖锐突出的问题。一方面,在世界哲学、人文科学新潮流的挑战、人类知识结构大变动和社会日益信息化的新情况下,我所从事的中国现代文学学科本身在经过"观念革新"和"方法革新"之后,已经获得重大发展;另一方面,处于现代信息社会中的大学生,他们作为现代化建设的专门人才的后备军,正通过多种渠道,思想观念和思维方式也在发生变化。因此,无论从更新知识结构,使教师在本门学科迅速处于领先地位的要求来看,或是从学生科学文化素质的培养必须符合时代和社会的要求来看,教师的教学观念和思维方法的变革都应放在首位。

许多年米,为提高教学质量,我致力于知识结构的更新和教学改革的探索,逐步摸索到一条教改的路子。这条路子,从建构的体系上看,可以称作"以美引真臻于善"的教学体系。

虽然我是从事文学教学的，但我所说的"美"不仅指文学作品的艺术分析，也不仅指艺术教育。根据马克思的人类"按照美的规律来塑造物体"的总体思想，美应该是自由运用客观规律（真）以保证实现培养目标、教育目的（善）的中介结构形式。如果说，古今中外的各种知识体系，作为人对客观世界的认识和把握，是属于认识规律，即"真"的范畴，那么，在教学过程中所展示的一系列目的性活动则属于"善"的范畴。由于各种知识体系是彼时彼地人们对客观世界固有规律的概括和总结，是前人心智的外化物，而所要培育的学生主体则是此时此地学生主观和客观世界交融的产物，因此要把各种知识体系传授给学生，学生要接受、融合各种知识体系以丰富和更新自身的主体，在传授知识、揭示客观规律与培养学生，造福社会、适应"三个面向"的需要之间，即在"真"与"善"之间就会产生种种矛盾冲突。而"美"则是协调"真"与"善"的关系使它们和谐地结为一体的中介结构形式。这里的"美"，我取的是主客观统一的说法，就是把美看成是各种知识体系理论形式上的美和逻辑的自洽性以及各种理论变换中的不变性的交融。教师就是要按照这种美的规律来塑造物体，把握美这种复杂的中介结构形式，通过"美"来调和"真"与"善"的冲突，达到"以美引真臻于善"的目的。

在教学中，教师常感到自己与学生之间存在着所谓"代沟"，这对像我这样50岁左右的中老年教师更有着这方面的苦恼。这个问题从代意识、代文化、代际关系看，是可以理解的。中老年教师，如果说是20世纪五六十年代第一、二代人的话，那么，他面对的学生就大多数是第三、四代人，即"文化大革命"前后充满着矛盾的"边缘人"和80年代追求人的本体存在意义，热衷于返视自我、设计自我的新一代。这几代人在行为选择、思维方式和情感方式上确实存在着很大的差距，甚至彼此间发生矛盾冲突。作为第一、二代人的教师，所掌握的文化科学知识也大多是传统的，有自身的规律和价值体系，反映了彼时彼地人们特有的价值观念、思维方式和行为取向。而面对的作为第三或第四代人的各层次学生（包括本科学生、研究生、进修生）又有为自身代文化意识所制约的种种特点，二者之间存在着很大的差距。这样，教师与学生之间存在着差距和矛盾，学生与文化传统以及教师与文化传统之间也存在着差距和矛盾。但是教师并非对文化传统知识或学生主体作完全的认同，而是基于对今天改革、开放这特定时空范围内现代意识的把握，致力于教学观念、思维方式的改变，从而在文化传统知识和学生主体两个方面进行重新组合。对于传统文化知识，既尊重其本身固有的系统性、科学性，尊重它们所揭示的历史规律，又能从新的角度重新思考、重新构建和重新评估。对于学生主体也是既"入乎其内"，深入了解和把握他们特有的思维方式、情感方式和行为选择特征，又"出乎其外"，在上述了解学生精神个体特征的基础上以最优方式使他们很好地接受传统文化知识，并引导他们向代表时代主潮和历史发展方向的轨道上前进。

过去，我们在教学中有这样两种情况，或者虽然对本门学科的知识系统有深入的钻研和系统地把握，但却不能使它们"活起来"，学生不能做到既学会、又会学、乐于学；或者虽然也讲究教学方法，采取课堂讨论、问答法、多做作业，教师授课时也"生动丰富"，语言优美且采取大量新术语，但也不能很好地调动学生的学习的积极性。我认为这里最关键的问题就是教师没有从根本上改变教学观念和思维方式。观念、思维方式是构建新的知识体系的前提。否则，很难引起课程设置、教学内容、教学方法、教学作风等一系列的变化，很难适应新一代人精神主体的迫切需要。

总之，把教学观念和思维方式的现代化放在首位，着眼于人才结构的总体优化，把文化传递与社会需要、人生需要结合起来，一方面要破除与僵化的计划体制和产品经济相适应的模式化的人才观念；另一方面要注意与商品相适应的具有竞争意识的、多样化人才的培养。这样，把

"真"（知识体系所体现的客观规律）与"善"（学生精神主体塑造中所体现的培养目标与教育目的）借助"美"（从形式上和情感上被升华为一种价值观念的社会文化理想）的中介协调统一起来，以发生"以美引真臻于善"的效应。我正是基于这种体系意识和总体构思来进行教学各个环节的改革的。

二、开拓思维空间，优化教学总体设计
—— 课题设置与教材建设

我所从事的虽然只是中国现代文学一门专业课的教学，但是在这一门类中，又有一个多样化的课程设置和教材建设系列。为适应不同层次学生的需要，基础课可以从不同的方面开设，选修课更应是多种课题。这里重要的是要有新观念和新思维，以便从时代要求的高度出发优化教学总体设计，为达到这一要求，我从以下三个方面进行了努力。

1. 把知识传授与能力培养结合起来，以能力为主线设计课程体系

能力的培养离不开知识的积累，但也不是说有了知识的积累就自然地具备了能力。基础课是在大学新的条件下的基础课，这对于从中学上来的低年级大学生来说是具有专门业务知识的课程，因此，注意基础训练，系统有效地传授基础知识是十分必要的。由于"中国现代文学史"包容量大、课时紧，不可能讲析许多具体作品，而全面理解作品，对于学习现代文学史又有不可忽视的意义，因此，我在讲文学史课程的同时，还单独开设了作品分析专题，特别对于较难理解的作品，如鲁迅的《狂人日记》、《论"费厄泼赖"应该缓行》、《野草》等，进行字词句、篇章结构的分析，以补充文学史的教学。但也要看到，大学生在整个大学期间毕竟不是处于社会独立工作者的阶段，而大学的基础课理论色彩浓、方法论的意义大，为促进学生由传习向认识过渡，在低年级基础课

的教学就必须辅以方法论和信息传递的课题。为达到这一目的，我常开设学习方法辅导课、论文写作辅导课等。

如果说对低年级学生是以知识传授为主，那么，对高年级学生或研究生则应该以做学问、搞研究在方向和方法上进行指导为主，选修课的开设就是适应这种需要的。这里，重要的是开拓思维空间，在选修课中不断地更新旧课题，开拓新课题。例如，对我国20世纪30年代左翼作家沙汀的研究，我曾经应邀赴北京大学开过一次专题课和一门选修课，后来在我校中文系本科生和现代文学助教进修班中又各开设过一个学期的选修课，这时，我将原来"沙汀的创作道路"的课题拓展为"沙汀与30年代文学"。我按照人类文化学的标准、社会政治标准和审美标准，把30年代的作家分成几个大的群体，扼要地阐述各个作家群体的特色，并把沙汀放在当时文学各流派的背景中加以比较分析。过去，只把沙汀与其他左翼作家如艾芜、张天翼作比较，现在则把沙汀与30年代"京派"作家群以及新感觉派作家群进行比较。这样，既可使学生视野更开阔，对整个30年代文学有一个宏观的了解，又能更突出沙汀作为一位左翼现实主义作家所独具的思想、艺术特征。而且，30年代这几个作家群体的剖析对于我国新时期文学种种流派如寻根文学、现代派文学以及现实主义文学的理解，也可以通过比较而具有借鉴的意义。由于整个课程的构架意在拓新中进行重建，因此，较之于原来"沙汀的创作道路"的课程，已经是一种新的课题了。又如关于郭沫若研究的课，也有"郭沫若作品选讲"和"郭沫若创作思想、艺术综论"两种不同的课程，它们在内容和结构上都不相同。这种课题的不断更新，可以使它们容纳更多的学术信息，运用更多的新的研究方法，从而在教学的总体设计上保证了内容的拓新。

2. 从本专业课程与整个中文系乃至文史哲大文科课程的关系着眼，注重边缘课题和交叉课题的开设

例如关于浪漫主义文学的研究，把中国现代文学中的浪漫主义与我国古典浪漫主义以及西方文学的浪漫主义联系起来，开设出"世界浪漫主义文学的发展与中国现代文学"的课程，这是国内各大学文科极少开设的课题，科研上也是空白。我把欧洲浪漫主义的发展史分为"希腊文学和中世纪基督教浪漫主义"、"近代浪漫主义的形成和主要特征"以及"浪漫主义在现代的变异与发展"三个阶段，把中国浪漫主义文学的历史发展分为"以主情、重情传统艺术观为基础的古典浪漫主义"，"具有资本主义因素的以'童心'、'真心'为基础的明代浪漫主义洪流"和"在中西美学文艺思想交汇中的浪漫主义"三个阶段，着重阐述"五四"的浪漫抒情时代，突出郭沫若、郁达夫等中国现代作家对世界浪漫主义文学的贡献。这一课程是古代文学、现代文学和外国文学的交叉课程。此外，还开设了"中国近百年文学理论批评史"的课程。从中国 20 世纪文学理论批评的总体特征着眼，在近一个世纪的时间跨度上进行讲授，也是近代文学、现代文学和当代文学的交叉。上述两项课程的开设是着眼于中文系课程的总体考虑的。

我在主持中国现代文学助教进修班期间，更从文史哲大文科的课程设计进行全面规划，为综合培养进修教师，全面提高素质，开设了门类众多的跨学科、跨系的必修课和选修课，如美学、中国古代文论、西方文论、文艺创作心理学、比较文学、文艺批评方法论、西方哲学史、中国古代思想史等，既扎根于本专业，又跳出本专业，注重打基础，拓新内容，开阔视野。学员经过一年半的学习取得了很好的成果，在省级和全国性学术刊物或学报上发表了大量论文。这个班是中文系第一届助教进修班，课程设置的这种改革在中文系教学课程设置上是有开拓意义的。

3. 把科研与教学结合起来，进行与教学相配套的教材建设

在基础课方面，我是全国高校文科教材，唐弢（中国社科院研究员）、严家炎（北京大学教授）主编的《中国现代文学史》（人民文学出版社出版）的主要编写人员之一。该书为本专业在全国以至世界许多国

家最有权威性，影响最大的教材。在20世纪60年代初，是由当时中宣部副部长周扬亲自抓的两部教材之一，直到1979年后完稿，曾获全国教材优秀成果一等奖。我还是另一部《中国现代文学史》教材（华中师大出版社出版）的两名主编之一。这部教材在体例构架和内容拓新上也有新的建树。我还参加了中国人民大学林志浩教授主编的《中国现代文学史》书稿的审订工作，这次审订工作是由教育部组织的。此外，我还参加了也是由教育部组织的《中国现代文学史参考资料》的审订工作，这套资料分五种共二十卷，是本专业基础课教学全面通用的最主要的教学资料。多年来长期从事有权威性的基础课教材以及教学资料的编写、审订工作，使得我能对本学科基础专业知识的掌握牢固和较为宽广，这是更新基础课程门类，提高教学质量的重要基础。

在选修课方面，与"沙汀的创作道路"、"沙汀与30年代文学"的课程配套，我撰写并出版了《论沙汀的现实主义创作》的专著，（23万字，长江文艺出版社出版）这部书由北大教授王瑶作序，已故作家茅盾题书名。书出版后获广泛好评，《中国社会科学》、《文学评论》以及香港《大公报》都曾刊载专文进行评价推荐。该书曾获湖北省社会科学优秀成果二等奖、华中师大科研成果特别奖，并被载入1983年《中国文学研究年鉴》。书出版前后，在北京大学、华中师大都开过选修课。与"郭沫若作品选讲"、"郭沫若创作思想、艺术综论"等课程配套，我写了《郭沫若作品欣赏》一书（26万字，广西人民出版社出版）和一系列关于郭沫若研究的论文（大多发表在中央级学术刊物上）。这些论文是我即将完成的《人·泛神论·浪漫主义艺术》一书的部分章节，其中一组获省社科优秀成果三等奖，华中师大优秀成果二等奖。《郭沫若作品欣赏》亦获好评，该书与这一套丛书一道获全国教育系统图书一等奖。台湾海风出版社也已重印了此书。与"中国二十世纪文学理论批评的总体特征"的课程配套，我正在主编一部大规模的《中国近百年文学理论批评史》（约80万字，拟由文化艺术出版社出版），这部书是国家教委"七五"规划项目。这些业已完成和正在进行的教材编写或科研项目都是我的课程开设和教学内容的基础，它们保证了教学质量和教学内容的科学性和创新度。

三、创新思维能力的培养与情感感染力并重
——教学内容与教学方法

教学观念和思维方式的转变最重要的是人才观念的转变。为要从培养"知识型"人才转为培养具有个性、具有创新进取精神的"开拓型"人才，必须做到以学为主体，以导为主线，把培养能力、开发智力放在重要位置上。在文学教学中，只有既注重创造思维能力的培养，又注重情感的灌注和艺术感染力，才能把握住主客体相交融的美的特征，使教师不仅成为传授知识的载体，又成为点燃学生智光、拨动学生心弦的媒介。我将这方面的体会分成三项论列如下：

1. 既进行知识的传授，又注重方法论的指导和学术信息的传播

首先，在知识的传授中，注重知识体系背后的思维方式、运思方法，揭示知识的发展过程，领悟发现者的思路和方法。例如，鲁迅、老舍和赵树理是中国现代文学史上都具有改造国民性思想的作家。这是过去文学史研究工作者所得出的结论。在进行现代文学的教学时，不仅要从前人研究的结论上，讲清这三位作家改造国民性思想的表现、异同，更重要的还要讲这种改造国民性思想的结论是怎样发现和提炼出来的；后来在"左"的政治意识形态的干扰和机械论、教条主义学术思想影响下，这个结论怎样被贬抑和否定；又怎样从人性和人道主义观点的角度恢复了这个结论，并深化了原来的思想；这种改造国民性的思想对今天人的现代化和精神文明的建设有什么意义等。这样，不仅可以领会到发展这一结论的思路和方法，而且能深入地揭示出这一类知识的特有的思维方式以及它的动态变化过程，这对于培养学生独立思考的能力便会起

到很大的作用。

其次,在知识传授的同时,注重学术信息的传播,培养学生选择信息、理解信息、整理信息及创造信息的能力。例如讲授"五四"新文化运动和文学革命运动的内容,我不仅把"五四"新文化本体作为一个多元开放,有着多层次、多侧面复杂内涵的系统进行阐释,而且运用接受理论,从不同时代、不同层次的读者、研究者的角度对于"五四"新文化处于不断发现、阐释和再创造的动态过程进行了评述。我在讲授时将"五四"后半个多世纪以来人们对"五四"新文化的阐释,从纵向发展上归纳成四种不同的"五四"观:一是主要从政治和政治意识形态的角度去评价"五四"的,如瞿秋白、毛泽东、周扬等人;二是侧重于从思想启蒙、人的解放的角度来评价"五四"的,从鲁迅到胡风等属此类代表;三是力图超越政治又超越启蒙,着重从人的本体存在意义的角度去评价"五四"的,如现代哲学思潮,现代主义文学思潮中某些人以及新时期年轻一代某些研究者;四是"现代新儒家"从崇儒立场出发认为"五四"造成了传统文化断裂和全盘西化的,如梁漱溟、冯友兰以及近几年来港台学者,美籍华人杜维明、林毓生等。讲授时还指出,这四种"五四"观的参照系各不相同:第一种主要是苏联30年代政治文化并追溯到俄国的别、车、杜;第二种主要是西方18世纪的启蒙主义;第三种多与20世纪西方现代思潮发生横向联系;第四种则重在揭示与中国传统文化的纵向承传关系。这样拉开时间的跨度和横向的幅度进行讲授,既有较严密的逻辑关系,又能挥洒开来,通过"五四"文化精神之面面观,给学生以关于"五四"文化、文学的评价以及现代思想史、文学思潮史上的大量学术信息。借助对"五四"观的不同形态的梳理和辨析,还有利于学生理解、整理信息,并从新时期改革、开放的新现实出发对"五四"精神进行反思和整合,致力于促进"五四"精神影响下文化心态现代化的历史进程。

再次,在知识传授中发展求异思维,把学术民主引入教学领域,同时处理好教学内容的稳定性和求异性的关系。如讲授马克思主义理论时，首先要看到它在"五四"后大量涌入中国的西方思潮中是最先进的。一方面，它不像西方现代哲学和现代主义文学思潮那样背弃人文主义、启蒙主义传统。它不否定人的个体价值和个性自由的意义，不否定人的精神主体对客体的能动和超越作用，相信有创造意识和超越意识的人改变着时代和社会面貌正是它的基本观点；另一方面它不像人文主义、启蒙主义那样对人盲目自信，不像德国古典哲学和浪漫主义文学那样扩张和夸大自我的作用。它强调人的主体能动性的现实性质活动，不脱离历史具体的人类物质生产的客观规定性，因而人的主体性不是随心所欲的唯意志论，而要受到客观历史条件的制约，这样便还人以本来面目。其次，要讲清楚在无产阶级夺取政权的斗争中，马克思主义的基本主题是阶级斗争和无产阶级专政。中国从"五四"时期开始对马克思主义的理解和接受主要也是从这个角度进行的，马克思主义实践品格借助苏联十月革命推翻沙皇专制制度的政治胜利而得到证实，更非常符合处于反帝反封建斗争中的中国人民救亡图存的需要。再次，要讲清楚在当代世界和中国，马克思理论在注重阶级斗争、无产阶级专政理论的同时，又注重和平与发展的理论。最后，当代西方资产阶级人本主义、科学主义思潮在研究人的本体和客观世界的某些重要领域有自己的独特之处。马克思主义理论必须对之批判地吸取，进行创造性的融合，从而在新的时代赋予马克思主义以新的理论形态。要用新的资料，从新的角度对马克思主义在中国的传播和实践作令人信服的分析。这样在师生的共同探讨中，通过学才民主、学术自由，使学生真正领会马克思主义理论的丰富内涵和重要意义。

2. 教学过程是教者人格创造、生命燃烧的过程

教学中应该讲究真知、真情、真体验。教学要饱和着教者的真知灼见和情感血肉，真正起到拨动学生心弦、点燃学生智光的作用。首先，要从当代文化精神和意识形态出发"吃透两头"：对于传统的文化知识

体系，必须通过今天和昨天的对话，用当代意识进行观照；对于学生，也必须从时代精神和文化心态中找到共鸣的契合点。这样才不至于冷漠地对待传统文化知识，也不至于冷漠地对待学生，把教学变成照本宣科的空洞说教。其次，在具体的教学问题上必须对难点、疑点钻深钻透，既要在转变观念和思维方式的基础上有新的立意和角度，又要具体而微，作细致的分析。只有有了真正透彻的理解，才能在理解的前提下出现真知，迸发真情，改变课堂上言不由衷的现象，例如教师只有深刻地把握一个作家或一部作品的独特性，真正抓住个别、认识个别、把握个别，并基于对这种独特性的认识，搜集和积累大量材料，特别是选择出一些贴切地说明问题的生动有趣的资料，从多方面深刻地论证这个作家的独特性。只有在把握作家作品内容的深刻和丰富性的基础上，才能充分利用作品本身的形象和语言。教师要通过自己对作品的理解，从独特的角度，采取叙述、描绘和评议相结合的方法来复述作品的内容。好的复述，可以引导学生熟悉作品，进入作品形象的境界，用作品本身的艺术力量感染学生。同时，教者站在更高处分析、阐释、评估作家作品时，也要适当地运用形象的描绘、准确地把握和表现出讲授内容的情感色彩。如我在关于鲁迅生平和思想发展的讲授中，在讲到鲁迅逝世时，抓住他在"冷"的外表下坚韧、深沉热烈的性格特色，着重讲述他在逝世后人们对这一特有性格的怀念以及由此产生的巨大悲痛，引导学生进一步理解他的坚韧性格是与中国革命斗争的长期性、复杂性和艰苦性分不开的。鲁迅在逝世前不久脑海里总是转动着这样的念头："赶快做！"还说："与其不工作而多活几年，不如赶快工作而少活几年。"又常说："我喝的是水，挤出的是奶和血。"他这种在艰巨斗争中不怕牺牲、一搏再搏的精神，这种面对不可弥补的损失而力争挽回、付出一切的气概，正是中华民族在巨大失败后坚韧奋起的光辉形象的缩影。因此，在他逝世而引起的举国哀痛中，显示出一种悲剧性的崇高美来。

3. 重视组织应用知识的实践，改革考试方法

考试不仅要检验学生储备与再现知识的能力，更重要的是要检验其

创造性地应用知识，重组和发展知识的能力。我在组织应用知识的实践上，对本科学生，有课堂讨论、学生课外研究小组活动、组织研究生与高年级学生进行学习经验交流等。对进修生、研究生则除课堂讨论外还经常进行小型文化座谈会。座谈内容以某一学术课题为中心，旁及文艺界、学术文化界的形势，交流学术研究心得，交换学术研究信息。参加者有青年教师、研究生和进修生。学生对于老师的意见既可同意，也可以不同意。意见相左时可以商榷、质疑，平等讨论，共同探求，择善从之。会上还经常交流写文章的体会：抓什么题目，怎样写，从内容到构思都共同商讨。考试无论是平时的小考或是期终、毕业的大考，都注意把知识面的考核与能力的检验结合起来而以后者为主；把闭卷和开卷结合起来而以开卷为主。根据文科的特点，在开卷考试中更多地采用了写文章和写论文的方法。写文章和论文的方法是从观念到思维方式，从内容到语言形式表达了上述全面地考核学生的良好方法。在我执教的年级，学生发表过一批有关现代文学的论文。在现代文学助教进修班，仅以学员发表的关于郭沫若的研究论文，就有12篇。这些论文大多刊登在各大学学报上，有的还发表在全国性学术刊物上。我带的六届12名研究生，在毕业前后以硕士论文或以硕士论文为基础出版的著作有两部。硕士论文在《中国社会科学》、《文学评论》、《中国现代文学研究丛刊》上发表多篇。另外在其他学术刊物和学报上发表了更多的论文。我的研究生中现已有三名提升了副教授。由于我鼓励学生的求异思维，重视组织他们创造性地应用知识、发展知识的能力，所以发现了一些人才。如本科一位学生，他在大学二年级学习时就写了不少现代文学的读书笔记和文章。我在本科三年级开沙汀研究选修课时，他常主动来参加课堂讨论，而且发表了一些颇有见地的看法。我要他将这些看法写成文章在三年级全年级作重点发言，获得了好评。他考上我的研究生以后，不仅从事现代文学的学习和研究，而且写了好几篇关于经济改革的论文，这些论文打印出来后在北京和武汉的经济学界均得到了肯定的评价。

四、在思维方式多元化格局中更新"教书育人"观念
——重视教学在人才结构总体优化中的作用

整个教学过程是对学生进行思想教育的重要途径，在改革开放不断深入的今天，特别是在开放意识与封闭意识的交锋，开放意识中两种不同的思想导向的交锋日益剧烈的形势下，如何对待教学中的思想教育问题更是一个能体现教学观念和思维方式变革的重要课题。我认为在新的形势下做到"教书育人"，必须注意以下三个方面：

1. 重视学生作为现代意识体现者的丰富、复杂的精神个体的特征

教学要达到培养目标、教学目的在思想教育方面的要求，这是首先要予以特别重视的。我们知道，开放的社会有着丰富的社会需要，而社会主义初级阶段经济基础的多元性，又决定了上层建筑领域中社会观念、道德准则、心理状态以及思维方式的多元格局。这一切必然反映凝聚到作为新一代的大学生的精神主体中。所以，在这里，在马克思主义理论指导下的正确的思想理论导向显得特别重要。新一代的大学生注重自我设计、自我实现。在他们看来，人生的意义和价值必须由自己去探索、去定义、去创造，只有全面展现自己的潜能和个性，才能实现自己的最大价值；同时，他们在社会选择上，不满足于单向的一维的选择，重视多维的全方位的选择，较之过去几代人，他们的思维方式更开放，需要更丰富，价值取向也更多样，甚至于常常发生逆向选择的思想和行为。教师必须看到并承认大学生这种丰富、复杂的精神个体存在的必然性，绝不能仅用单向、一维的思维方式、运思方法去作空洞的说教。教师应该做的，也正如整个社会应该做和可能做的一样，是要加强马克思主义理论的指导对他们的精神个体和价值选择进行引导和调节，要让他们逐步建立起个体生命活动的目标机制，使他们认识到离开外部对象便谈不上自我价值的实现，个人只有通过赋予外部对象以价值的方式才能

实现自我的价值。自我设计、自我实现并不是随心所欲的，如果时代没有为他们准备自我设计的现实条件，就有可能被时代的选择所淘汰。

　　在我从事的中国现代文学教学内容中，"五四"新文化精神，很重要的一点就是当时的先进知识分子既珍视个体生命、高扬个人价值，向内探索自我，又有强烈的民族危机感和历史使命感，向外探索社会、时代、人生。他们有着丰富复杂的精神主体，然而又始终在民主、科学精神指导下向前发展，表现出革命民主主义——社会主义的主导倾向。我在讲授鲁迅、郭沫若等作家时，就是既把他们看作民族优秀精神的集合体，又把他们看作是有自己独特的性格、情感、心理素质和思维方式的精神个体，人类中普通的一员。他们有人类普通一员的矛盾、焦躁、激愤和痛苦，而这种普通人的情感心态又是世界的、人类的，他们是探索人类真理的代表。他们的文学作品都反映或表现了"五四"壮阔的时代精神，但由于各自精神主体的丰富性和复杂性，因此作品中出现了乐观意识和忧患意识交织融合的状况，形成了人的解放与民族解放、个体存在价值与群体意识叠合的双重内涵，过去讲鲁迅、仅把他看作民族英雄、革命家、思想家，有神化、圣化的倾向，讲郭沫若，则往往把他说成是天才，容易把他的作品抽象化、理想化，现在我在教学中，把他们当作是一个多层次、多侧面、充满着深刻矛盾又体现了时代先进思想水平的精神个体和伟大人物来对待，这样既能更好地还他们以历史的本来面目，又能使学生领略复杂的人生，通过探索现代作家丰富的心灵世界来观照现实中人们的文化心态和情感世界，从而在实现自我价值的同时赋予外部对象的价值。这样的课有历史感也有现实感，原有的知识体系"活"起来，使学生既获得现代文学的系统知识，又从中得到关于人的存在意义的深刻启迪。

　　2. 不回避学生所关注的热点——无论是学术文化、现实政治还是人生价值取向上的"热点"，关键是教师应该在正确的思想指导下加以引导

　　从大的方面说，新时期十年来关于人的价值和异化的"思想热"，有探讨汉民族文化心理结构，着力于人的文化心态的现代化的"文化热"。从小的"热点"看，有"琼瑶热"、"俗文学热"等。对这些学生关注"热点"，教师不仅不应鄙视，认为它们不足以登上教学的大雅之堂，相反，应该了解他们，甚至进行一定的研究。在本门课程的系统教学中，涉及这一类问题，应该联系现状进行辨析。学生就这些"热点"提出问题，可以组织讨论，进行引导。学生听课，既要得到文化知识，又要丰富人生阅历，使他们的精神世界变得更加丰富多彩，也更加高尚。我们在现代文学的教学中必然在许多时候涉及人的意识的现代化问题，讲到这些问题的时候适当地联系实际是很自然的。也是学生乐于接受的。

3. 平等地切磋交流、贯彻自主精神，是通过教学进行思想教育的又一值得注意之点

这里，应该指出的是，传统的教学方式，即教师单方面的传道、授业、解惑是远远不够的。必须真正把自己放在青年学生的位置上，真正成为青年学生的良师益友。青年思想活跃，敢于提出问题，要多采取讨论问题的方式。关于这一点，我在本文的上一部分已作了介绍。这里不再多写。

总之，要在课程开设、教学内容、教学方法等方面进行系统的教学改革，关键在于要转变人才观念，全面提高学生素质现代化的程度。雨果说过：比陆地更广阔的是海洋，比海洋广阔的是天空，比天空更广阔的是人心。只有着眼于人的素质的现代化，才能拓开新路，使教学变得富有生机、富有情趣，这样的知识的传授、能力的培养、智力的开发，才有利于教学目标和教育目的的实现，从而取得"以美引真臻于善"的效果。

（原载《中国现代文学研究丛刊》1990年第4期）

文学教学改革的跨世纪建构
——"20世纪中国文学"教学体系的阐发与运作

迄今为止,中国现当代文学是以20世纪中国文学发生、发展为研究对象的一门学科。从学科性质上看,它本应是一个完整的系统。然而,长期以来,我国高校文科教学却总是将它分为两个教学段进而构成了两门"学科",即"现代文学"(1919—1949年)与"当代文学"(1949—),且将1919年以前本世纪初的文学归之于"近代文学"。这一教学体系完全以社会历史变革分期为界,难以体现涵盖文学自身发生、发展的内在规律和系统特质,不利于教学者从总体上把握中国新文学的历史渊源、文化承传和它的内蕴的极为丰富的创造性、风格流派及其审美意向等等,从而亦难以为即将来临的新世纪提供中国文学历久弥新的变革与发展的较为完备的参照系。因而,我们中国现当代文学教研室决定对原有的教学体系进行一次整体性的改革,要打破现行的条块分割教学体系及其模式,而以"20世纪中国文学"的学术范畴为基点,构建一种面向21世纪的更为科学、新颖且丰富的中国新文学教学体系。它既能从理论上廓清"20世纪中国文学"的时代特征与本体规律,又能直接有效地将本学科科研的历史积累与最新成果转化为教学内容,使之具备学术上的前沿性乃至超前性价值,从而为中国现当代文学的教学、研究乃至创作提供新的思路与借鉴。这一教学研究课题于1994年获准列入湖北省高校教学研究立项。

两年多来,"20世纪中国文学"教学体系在1993级本科生、连续两届硕士、博士研究生以及硕士学位班付诸实施以来,经过师生共同努力,除了在教学、科研、教材等方面获得了诸多成果以外,还在这一教学体系的总体概念、框架、观念、规律上进行了教改理论的探讨,在教学实践中获得了较大的反响和显著效果。以下仅从这一体系建构的鲜明的当代性、深远的历史感及其不断发展的基本品格三个方面谈一些粗浅的体会。

一、世纪之交时代精神的鲜活把握

把握住当今世界和平与发展的时代精神,从求同存异、多元发展的认同意识、开放意识出发,以宏观视野对中国20世纪文学进行反思,是这一整体概念和教学体系得以产生的"当下"现实基础,是它们所蕴含的鲜明当代精神,也是对学生进行跨世纪人才素质教育的重要出发点。我们认为,对学生素质的培养,很重要的一点就是赋予他们以新的鲜活的现代意识及其相应的知识结构,这样才能使他们辩证地认识和总结20世纪文学发展的历程,并在观念上指向未来,迎接新世纪在文化、文学等各方面的挑战。过去,中国文学在古代文学之外,实行近代、现代、当代文学三段式的分期法,并确定了近代文学是旧民主主义的文学,现代文学是新民主主义的文学,当代文学是社会主义文学的"基本性质"。这种基于政治意识形态的文学分期法是正确的,但也有它的片面性。其片面性最重要的表现是只看到或只强调各阶段各时期文学在思想上和艺术上的矛盾对立的一面,而很少看到或重视它们之间共同互补的一面。如以"五四"为发端的新民主主义文学,就只强调它作为无产阶级领导的彻底反帝反封建的特征,把它与资产阶级领导的以维新改良文学为发端的旧民主主义文学对立起来,而很少看到或重视新旧民主主义文学在民主主义这一点上的共同性;又如对新中国成立后社会主义的文学只强调它与资产阶级文学乃至新民主主义文学在政治上、意识形态上对立的一面，而很少看到它们在现代化内涵及文化继承性上共同性的一面。在艺术上也是强调现实主义与革命的现实主义或社会主义现实主义质的区别和矛盾对立的一面。北大教授、著名文学史家王瑶先生所著《中国新文学史稿》以毛泽东在《新民主主义论》中为现代文化所确定的新民主主义思想为纲来撰写现代文学史，曾在50年代初受到批判，就因为时代已到了社会主义，而《中国新文学史稿》仍坚持新民主主义观点，所谓"身首异处"而受到严厉批判。不仅论及旧民主主义、新民主主义、社会主义几个大的文学阶段时是如此，就是在论述各个小的时期的文学时也是如此。如强调左翼文学与"五四"文学对立的一面，当时左翼文学某些倡导者就要彻底否定"五四"文学，如说"五四"的娘家在"洋场"，"五四"文学是非驴非马的骡子文学，说"五四"的重要作家是"反革命作家"等。后来的新文学史研究者虽然看问题客观些，但也往往强调左翼无产阶级文学与"五四"小资产阶级文学的对立；又如延安时期的工农兵文学运动，不仅对"五四"启蒙主义文学持严厉批判态度，而且对来自上海"亭子间"的左翼文学作家也强调揭示批判他们的小资产阶级灵魂和艺术，这也主要是强调对立的一面。

以经济建设为中心的社会主义新时期，对外开放，与世界潮流接轨，中国也进入和平与发展的时期。在这个现实环境里，以马克思主义为指导的，多种社会文化、美学文艺思潮多向分途又互补交融地发展着，其中有着重从政治和政治文化方面着眼的，有坚持启蒙和文化批判话语的，有以存在论的人本主义思想为基础的现代主义观念，也有重在消除现代性的"偏颇"的后现代思想等等。在这种共建华夏文明的文化品格和文化策略的新的时代环境里，反观20世纪中国的文化和文学，一则应该更多地看到各历史阶段文化文学的共同性、继承性、稳定性的一面；再则在对世纪文化和文学的反思中既应看到政治意识形态的重要性，又要从整体现代化的历史进程着眼，看到人的现代化的各个方面。

在世纪之交培养跨世纪的人才,很重要的一点就是要让学生掌握当今的时代精神,特别是在社会主义市场经济的正负效应中明辨是非,培养新的文化品格。这就需要他们从新的文化视角对中国20世纪文化和文学进行宏观的审视和考察,从而获取跨世纪人才素质培养的参照系。例如,在这一新的教育体系的实践过程中,一位本科学生所拟的论文题目就是《中国20世纪文学的多维文化研究》,他从作家们所受西方多元文化的影响以及他们与中国传统文化相结合所产生的多种文学形态角度展开论述,又从中国20世纪文学主题的丰富多彩(包括人类永恒的主题、改造"国民性"的主题、生命意识的主题等)进行论述,更从精神文化、地域文化、代际文化多种文化视角作出论述。这种学习成果,便较好地体现出了对中国20世纪文学的宏观考察,说明一些学生已经把握住当今时代多元并存的开放与认同意识,从而为学生们今后以开阔视野和总体把握的新的框架和意向研究20世纪中国文学打下了坚实基础。

二、跨世纪文学现代化规律的学理审视

将当代性与历史感、主体性与客观性统一起来,以冷静的学理眼光和历史意识,对新文学由古代向现代的转型及其现代化的规律和经验进行概括和总结,这也是建构"20世纪中国文学"这一整体概念和教学体系的重要目的,是通过这一整体概念和教学体系培养学生的历史意识、学术品格,从而对学生进行素质教育的又一重要方面。应该看到,以近代、现代、当代三段式的分期进行教学和科研,分期的时程短,一些带全局性的规律不易显现出来,加以人们对它们的看法,主观情绪性的成分太多,也不易对这些规律进行概括和总结。

中国文化和文学的现代化历程,开始于世纪初的维新变法、改良主义文学运动,经过"五四"时期的勃兴,马克思主义与中国实际结合产生的革命文化与革命文学,延安时期的工农兵文化、文学运动,再到新

时期在改革开放观念指导下建设有中国特色的社会主义文化、文学运动，这是一个现代化的全过程。不着眼于这个全过程，仅取其中某一段便很难看出文学现代化发展的规律，特别是螺旋式向前发展的规律。如仅从近代着眼，只讲维新改良时期注重思想文化、国民性改造到辛亥革命时期的注重政治革命、民国初年复古主义潮流泛滥，则思想启蒙、精神解放这一课题在近代就得不到回应；仅从现代看，"五四"时期思想解放、个体启蒙、文学思潮和流派创作都自由开放，但到三四十年代乃至建国，阶级斗争激烈、革命运动频繁，思想精神层面的东西也很难得到回应；仅从当代看，文化与文学也是先封闭后开放，很难看出回环式的发展轨迹。如果放眼于整个 20 世纪，从维新改良时期注重思想文化到"五四"时期注重思想启蒙，再到社会主义新时期向思想精神更高层次的回归，其间思想启蒙与政治革命如何交织互渗，如何对立互动，作为人的现代化、文学的现代化在其间所引出的经验教训等等，均可以得到清晰的观照。从各种文学体裁看，放眼于 20 世纪，也有共同的现代化规律可循。以小说论，在政治功利性与艺术的独立价值的关系、雅和俗的关系乃至歌颂与暴露的关系等方面，如何向两个极端倾斜并把握住其间的张力，这种小说发展的规律在整个 20 世纪都是贯穿始终的。

之所以着眼于整个 20 世纪的文化和文学，对它的发展规律和经验教训进行概括和总结，是因为 20 世纪即将过去，它的客观面貌及其间蕴藏的实质与规律已经在历史的沉淀中作为一种经典性存在而逐渐显露出来。对于这种经验的总结和规律的概括仅仅依靠情绪性的感受、现实需要的激情和主体性的强调是远远不够的，它还需要理性的节制、客观的把握和冷静审视的平常心态。在世纪之交更需要反顾整个 20 世纪并高瞻远瞩地展望下个世纪乃至更远的未来的时候，我们面对 21 世纪的挑战，建构中国 20 世纪文学教学体系，正是考虑到要培养学生具有这种学术眼光和史学品格。无论是本科生还是研究生，他们在大学所学文学研究课程均包括文学理论、文学史和文学评论等几个系统的重要内容，而怎样将这几个系统结合起来，做到"论"与"史"结合，"现实"与"历史"结合，从它们的互动关系上进行较好的把握，中国20世纪文学整体概念及其教学体系的建构便起着十分重要的作用。它可以将学生平时单纯的"史"的观念和实践或单纯的"论"的观念与实践有机地融合起来，因此这一教学体系的意义不仅是知识体系的梳理和建构，而且更具有方法论启迪和运作的意义。例如，在教学实践中我们注意到一些本科学生能以冷静的学理眼光，立足于世纪之交的高度纵观中国文学的古和今、现实和未来，在充分肯定中国20世纪文学"是20世纪世界文学中的一种个性鲜明的文学，是中国文学发展到20世纪的一种崭新的文学"之后，又提出从19世纪到21世纪的观念来看，"20世纪文学艺术是走向高潮之前的一个低谷"，它"缺乏巨人"，而且"20世纪文学浪子和先驱者以生命和鲜血为代价换来的东西，将有很大一部分被宣布为浪费"，进而认为"文艺并未因此而衰亡，它仍富有生命力。正因为它病过，所以它将有更大的免疫力，而且可以预期，将会有比19世纪高大的巨人，托起更加耀眼的太阳照耀21世纪的宇宙"。我们之所以说这种分析是冷静的学理审视，是因为作者摆脱了自己作为20世纪一员与这个世纪文学密切相关的一些情绪化的东西，而以历史的眼光、理性的节制和客观的精神将中国20世纪文学纳入学术规范中进行考察的缘故。1994—1995届硕士学位班的学员们在学习"中国20世纪文学理论批评"这门课程的时候，其中一些人用《中国20世纪文学理论批评群体四类型简述》、《"语言学转向"对现代批评的影响》、《艾氏的四维空间图式与社会批评之比较》等论题，通过中国20世纪文论与西方近现代文论的比较研究来凸现前者的总体特征。学员们谈到，艾布拉姆斯的"作家、作品、读者、世界"四维空间的批评类型理论是对西方现代"批评时代"各流派文论的恰切概括，中国20世纪文论在受这一理论影响之前就有类似的四个维度的批评出现，而在受它影响之后更有自觉地追求四种批评思路的文论建构出现，但中国20世纪的文化有自己重要的特点，那就是它在自己时代的中心课题——思想启蒙和反帝救亡的现代特殊条件下出现的审美的社会价值论观念，特别注重文艺作为特殊的意识形态的功利主义价值基准，正是这种中心观念的贯穿，中国20世纪文论的批评类型理论是具有自身特点的四维。这种比较与分析的目光显然已进入不同的大文化视域和更为开阔的历史文化背景之中，因而呈现出较为深厚的历史感和浓重的学术氛围。

三、20世纪文学基本品格的动态阐释

力图从思想精神、创作方法、审美特征及语言形式等方面概括与总结中国20世纪文学的现代品格，并随着文学现代化历史进程在动态阐释中对这种品格进行不断丰富和重构，这是对"20世纪中国文学"的性质和特征的界定，也是建构这一教学体系的重要指导思想。无论是对世纪之交时代精神的鲜活把握，或是对20世纪中国文学现代化规律的学理审视，其目的始终离不开这样两个方面：一方面是要对中国20世纪文学有一个总体认识，只有有了这个总体认识，才能把握住它的稳定性的具有长久生命力的品格特征，从而不仅在当今市场经济影响下文学形态急剧变化的情势下，而且在未来的世纪中，承接和发展本世纪文学的宝贵传统，以便继往开来。另一方面，又要在解释、接受视野中看到中国20世纪文学的基本品格的消解、重构，看到它不断被重写、被再塑的新的特征，看到它在动态中多向发展的态势和新世纪来到的必然变异，从而为新世纪文学的发展不断开拓创新之路。

教师在这一教学体系的课程教学中，既分别从小说、诗歌、戏剧、散文、文学理论批评等体裁文类的角度对中国20世纪文学进行了回顾和反思，对21世纪新文学的发展作了预测和展望，又从总体上对面向新世纪的中国20世纪文学的现代品格进行了概括和阐发，其基本内涵与特征体现在以下几个方面：

（1）人文精神与思想内涵：中国20世纪文学以爱国主义、民主主义和社会主义为旗帜，注重文学内涵的功利性和意识形态性。文学的基本主题以科学与民主的结合，个性解放与社会解放、民族解放的并重，人性、人道主义与阶级性、党派性的交叉互补为主要内涵。

（2）文学思潮与创作方法：中国20世纪文学以现实主义为主导，以现实主义、浪漫主义、现代主义、后现代主义的多元并存、交融发展为基本特色。

（3）审美特征：中国20世纪文学以崇高、悲凉、焦灼、和谐的多重色调、多向格局而不同于以前的文学，审美特征具有多变性、多向性。这在相当一部分作家的创作中也显得十分突出。

（4）语言形式：20世纪是白话文运动取得了决定性成就的百年。同时，多种文体的实验与话语体系的并存也构成了白话文运动充满活力的基本动因。

按照解释—接受理论的观念，上述现代品格的基本内涵与特征不是固定的、确定的，而是变化的、流动的，它于不确定性中见出确定性，由主体对对象的释义性要求抵达主客体的同一性。中国20世纪文学的上述基本品格在整个20世纪不断被创造、被发现、被丰富、被阐释，即使到了下个世纪，它也会具有重新创造的多维性。因此本教学体系正是在以下两个方面获得了新的阐释和创造：

（1）在中、西文化的冲撞与交汇、传统与现代的传承和变异中，以"言志"和"载道"为基本特质的精英文学和以"宣传"与"消遣"为基本功能的大众文学都在特定的历史条件下得到了充分的发展。

（2）在多种文学观念的冲撞与交融中，功利价值观念与审美独立价值观念的对立与互补，歌颂与暴露立场的对立与互补，现代化与民族化的对立与互补，雅文学观与俗文学观的对立与互补都得到了极大的发展，并在不同文化氛围与历史机遇中发挥了各自特有的、彼此不可替代的功能。

为了让学生从"历史"与"现实"、"历史文本"与"当代阐释"的互动互渗关系中把握20世纪文学的基本品格，并将它作为面向21世纪的最新文学来对待，赋予它以最新的观念、方法论和知识结构，我们请了当下敏锐地体现了时代精神的作家与理论批评家来为学员作报告，阐发他们对世纪之交价值重构与文化选择的看法、体验，我们还举行了"中国20世纪文化、文学与世纪之交的价值重构、文化选择"的学术讨论会，充分探讨了这个世纪之交，20世纪文化、文学的基本品格是在怎样的新的文化背景中获得阐释的，包括我们在内的各种社会力量是从什么角度来参与这种重构和选择的，在这种参与建构中，各种视角、思路、观点、力量是怎样既矛盾冲撞又互补交融的，等等。通过以课堂教学为主的多种多样的学术活动，各个不同层次的学员已经能用新的观念、方法论和知识结构来理解中国20世纪文学的基本品格并阐释一些重要的文学现象、作家作品。如一些学生在分析评价20世纪中国文学的作家作品时有了新的视角、新的见解。如一位1993级学生在一篇关于鲁迅的文章中写道："鲁迅在文学发展的横轴上有一个重要的位置，而在精神的纵轴上也描下了相当的一个高度。他做到了不朽，和他的阿Q、祥林嫂、和他的一身傲骨、一身正气，长存史册"，"鲁迅是伟人，但他不是圣人，不是完人。他是一个活生生有血有肉的人，必然有缺点、有不足。也正因为如此，他才是真实的，在我们身边，我们可以实实在在地感受到他的存在"，"鲁迅崇高的人格美正体现于他那希望与绝望、自信与自卑、坚强与软弱……共同交织构成的矛盾的一生中"。鲁迅研究到目前可谓汗牛充栋，但作为一个大学生，能有这样新颖的见解，实属难能可贵。重视普通平凡人的精神个性，重视一位平凡而伟大人物的复杂真实的人生，是20世纪的现代意识和时代精神的鲜明表现。

长期以来，在文化选择上有两种极端的倾向：一是全盘西化，不加选择地移植西方的人文哲学和文艺美学成果；一是回归传统、食古不化，往往容易忽视与当今人们血肉相连的20世纪中国文化自身的传统。

我们建构面向 21 世纪的本世纪文化和文学的传统，建构这一新的教学体系，正是为了求得对这一传统的正确认识，从而为华夏文明建构新的跨世纪的文化品格和文化策略，以促进神州大地真正全面现代化的早日到来。

［原载《华中师范大学学报（哲学社会科学版）》1996 年第 5 期］

后　　记

黄曼君先生是我的硕士生、博士生导师。先生遗著入选学校 120 周年大庆"华大经典文库",作为"二进宫"的学生,承担编选任务自是义不容辞,编选过程则是"悲欣交集":欣慰的是,先生已化作桂子山上熠熠生辉的星辰,与诸多先贤并列"仙班";悲痛的是先生离开热爱他的亲人、学生、朋友整整 12 年了——犹记得当年告别仪式上,我对师母陈菊先老师说的话:从此以后,我们是没有导师的学生。

我与先生性情几乎"南辕北辙",但先生对我始终信任、扶持。有些关爱偶涉私密,只能铭记不宜公开。因为先生,诗人余光中与桂子山一见如故,留下《桂子山问月》的诗稿;在先生 70 华诞时与先生再见倾心,特意题词:"率性而行,风神何让魏晋;从心所欲,议论不拘古今。"如今,先生的学术成果被许多学者含英咀华,发布在一再新版的煌煌著述之中;先生的人格风神源远流长,传颂于敬爱先生的亲人、学生和朋友之间。

其实,岂止是我不愿承认——根本上是大家就不相信先生离我们远行:先生讲授新文学的纵情任性、朗诵自创诗作的绘声绘色、与弟子交谈时的低语高声,甚至最后两年被"不明病症"折腾的烦恼诉说……一切都历历在目,尤其桂子山上那一抹浪漫背影,分明时刻陪伴着我们。

本集的入选及顺利进行,一是得到学校和学院的支持,二是得到师母陈菊先老师的信任,三是得到硕士生张韶玥的协助,在此一并致谢。

至于编选工作可能的疏漏、差错，自然责任在我。

17 年前，历届学生欢聚一堂，祝贺先生 70 华诞，我代表学科撰写"贺辞"。现附录于后，权作另类的记忆吧。

特意选定这一天来写作"后记"，正是为了表达对先生逝世 12 周年的纪念。

2022 年 11 月 22 日

"老去的是时间"
——贺黄曼君先生 70 寿辰暨执教 50 周年

此时此刻，我们的心情或许可以借用诗人何其芳 50 年前的一首题为《回答》的诗来"回答"：

> 从什么地方吹来的奇异的风，/吹得我的船帆不停地颤动：/我的心就是这样被鼓动着，/它感到甜蜜，又有一些惊恐。/轻一点吹呵，让我在我的河流里/勇敢的航行，借着你的帮助，/不要猛烈得把我的桅杆吹断，/吹得我在波涛中迷失了道路。

我们的心就是这样被鼓动着，它感到甜蜜，是因为今天我们在这里纪念黄曼君先生 70 寿辰暨执教 50 周年，是我们与敬爱的老师同喜同庆的日子；又有一些惊恐，是因为这一篇单薄的文字怎能穷尽黄曼君先生学术人生"山的高峻"、"海的广阔"与"诗的丰富"。

湖湘的种子开花在桂子山上

1935 年 5 月 30 日，湖南酃县，一个普通的日子，一个普通的家庭，一个普通的黄姓婴儿诞生了，唯一的不平凡之处是父母为他取名曼君。如果心理学和艺术理论认为女性和文学在情绪记忆、形象感知方面具有同构性的说法成立，那么，这个颇有点女性色彩的姓名两方面的意义以后都一一应验了。在从成长到成熟的未来岁月，黄曼君先生既屡屡发生过性别混淆的有趣笑话，更以持之以恒的精神演绎了70年多姿多彩的诗性人生。

黄曼君先生中小学就读于保留着沈从文笔下的《边城》风光和《长河》景象的湘西。还在中学阶段，黄曼君先生就大量阅读新文学作品，尤其喜爱鲁迅的创作，这或许部分要归功于一位好老师的引导和影响。语文老师向培良是"五四"时期狂飙社成员、鲁迅的学生。由此说来，通过向培良的纽带作用，少年黄曼君成为鲁迅的再传弟子，想必当年师生间的谈话少不了鲁迅和文学，这是黄曼君先生与中国现代文学结缘的发端。在湘西青山绿水的滋润下，在与鲁迅等新文学作家的亲密接触中，黄曼君先生诗意地感知人生和艺术地审视生活的文学天性被激发出来了，他投稿《湘西日报》、《新湖南报》，发表了数十篇诗文和分析祥林嫂形象以及纪念鲁迅的评论文章，留下了心智开启和精神发育的文学印迹。

1952年，黄曼君先生从楚文化的渊薮湖南来到了楚文化的发源地湖北，求学于华中高等师范学校。黄曼君先生的大学生活经历了昙华林、桂子山两个时期。昙华林校区的曲径通幽和古色古香，摇撼过莘莘学子的心灵，见证了学校历史的渊源久远、底蕴深厚；而从荒芜的山岗到草长莺飞的园林式学校，黄曼君先生他们正是桂子山校区的第一批建设者。在日新月异的校园里，知识随苗木一起成长；在20世纪50年代火热的生活中，理想随小鸟一起放飞；在苦读和深思的日子里，智慧随花蕾一起绽放。1956年由于成绩优异，黄曼君先生毕业留校，从此，他将50年人生定格在了中国现代文学的教学和研究中；同时，季节轮换，在学术精进渐入佳境的过程中，收获了爱情的甜蜜和家庭的幸福。

黄曼君先生在半个多世纪里，读书研究，教书育人，成果丰硕，桃李天下。1978年升副教授并成为首批硕士生导师，1986年升教授，1993年率领学科团队成功申报，成为学校第5个、文学院第1个博士点，也是全国第9/10个中国现当代文学博士点。出版个人专著4部，主编教材、著作十余种，发表文章200余篇，主持国家和教育部项目4项，荣获国家、省部级奖项十余次。至于接受过他教育的各类学生实在难以计数，仅亲自培养的研究生就有：博士后3名，博士生29名，硕士生36名。

50多年前，共和国的暖风将一颗奇异的种子从湖湘山水吹落荆楚大地，黄曼君先生从此驻足九省通衢，沐浴八方风雨，扎根华师沃土，开花在桂子山上。

学术是怎么炼成的

"惟楚有才，于斯为盛。"现代湖南，钟灵毓秀，人杰地灵；百年华师，卧虎藏龙，流光溢彩。黄曼君先生携三湘豪气，融楚天空灵，其学术人生无疑是这句古语的当代注释。

一、英华早发、向晚愈明的学术进阶

中学时代的诗文创作和评论写作已经显示了黄曼君先生的聪睿早慧，但从一个不免稚嫩的文学幼苗成长为一棵根深叶茂的学术常青树，则还要经历数十年的风雨试炼。

1959年为纪念五四运动四十周年，黄曼君先生在《长江文艺》发表关于《女神》诗集的研究论文，稍后又在学报和其他文艺期刊陆续发表分析小说《创业史》和《烈火金刚》的评论，开始在文学研究界崭露头角。

1961年至1964年对于黄曼君先生而言十分关键。他赴京参加唐弢先生主编的文科教材《中国现代文学史》的编写，编写班子可用"群贤毕至，少长咸集"来形容，汇合了多所名校的两代优秀学者。黄曼君先生在这三年内亲炙现代文学学科奠基人唐弢、王瑶、刘绶松等先生的教

导，随后与杨占升、樊骏、严家炎、万平近诸先生迅速成长为第二代学者的中坚力量，共同将现代文学研究推向新的境界。而当年，黄曼君先生的年龄偏低、华中师范学院的名气偏小，入围更证明其个人实力不一般。即使是在"文化大革命"期间，黄曼君先生也利用一切条件钻研业务、勤读鲁迅，以至今天，鲁迅仍是他最喜爱的作家，《鲁迅全集》是他引述最频繁的文献，鲁迅的思想精神和人格力量是他最重要的依托。

黄曼君先生主要的学术成就是在新时期取得的。1983年《论沙汀的现实主义创作》出版，茅盾抱病题写书名，王瑶慷慨赠予长序。此一专题研究突破作家作品论的狭小格局，探讨现实主义文学的现代中国命运，使论题具备更宽广的视域和更深厚的理论意义。在庸俗化社会学余威尚存的时代，本书突破阶级政治的单一维度，被王瑶评价为"不囿成说，把历史的分析和美学的评价结合起来"，"带有一定的开创性质"。1986年《郭沫若作品欣赏》出版，虽然是一部普及型学术著作，但是对郭沫若作品总体特色的准确把握，对具体文本的精细解读，加上严密的思辨和灵动的行文，使每篇鉴析文字在学术水准上都够得上独立的研究论文。1992年出版的《中国现代文坛的"双子星座"——鲁迅、郭沫若与新文学主潮》是"厚重之作"，"全书贯穿一个中心主题：通过对鲁迅、郭沫若的研究体现新文学主潮的某些重要方面，又通过对各时期文学的面貌、特征的阐释和概括展示主潮的发展规律和丰富面貌"。这部论文集表明，黄曼君先生借助对新文学主流作家和重要现象的研究，始终使自己处于学科研究的前沿与中心，在学术快速转型的年代，保持与学术界积极对话的自信与能力。至于在鲁迅、郭沫若研究中展现出来的理论视野的宽阔、跨学科新锐知识掌握的宏富及论证的虎虎有生气，一再得到第三代学者的称赞。

之后推出的《中国近百年文学理论批评史》、《毛泽东文艺思想与中国文艺实践》分别是教育部"七五"和国家"八五"社科规划重大项目的成果。对前者，钱中文先生在会议发言中视为国内第一部以近百万字写百年史的文论通史，王岳川教授在书评中认为"这部书具有一个参与并共享了二十世纪文学理论发展进程中的快乐和痛苦、困境和超越的视角，因此它写出了二十世纪的文学知识分子在理论思维方面的心路历程"，揭示出这部"思之思"史著深入、贴切的特色与意义。后者同样是百年梳理、全景观照，在二十世纪的特定时空下，系统阐述毛泽东文艺思想和中国文艺的诞生、延传及二者之间的互动关系。其实，从前者到后者，黄曼君先生有一个很新鲜、很重要也很尖锐的思路贯穿着，即认为在现代中国，革命化和政治化是现代化的题中之义，是现代性的独特样态。这一观点对于破解狭隘地界定现代化和现代性、将革命与政治视为现代化和现代性对立因素并从中排斥出去的片面性，显现出重大的理论意义，对于考察和评述现代中国文学的复杂面貌与特殊形态也具备强大的阐释力。黄曼君先生不仅鲜明地提出了上述观点，而且在长篇序言和相关章节作了有说服力的论析，充分体现了慎思明辨、独立运思的学术精神。

90年代中期以来，黄曼君先生的学术研究集中于中国新文学的现代性和经典化问题。其成果大多收集在刚刚出版的50万字的《新文学传统与经典阐释》中。年近古稀的2004年是他的第二次学术喷发期，同时有3篇万字长文在权威期刊《中国社会科学》、《文学评论》、《文艺研究》发表，另外一篇2万余字的"导论"是近年关于文学现代性思考的集大成，随《现代中国文学史》出版。其中刊于2004年第3期《中国社会科学》的《中国现代文学经典的诞生与延传》一文被《新华文摘》、《中国现代、当代文学研究》等5家杂志转载，并入选《中国学术年鉴》2004年卷，表现出他长盛不衰、蒸蒸日上的学术影响力和老而弥坚、向晚愈明的学术创造力。

二、稳健开拓、与时俱进的学术品格

黄曼君先生从跨入学术界的那一天，逐渐成长为眼光敏锐、学风扎实、目标远大、功力深厚、成就突出的优秀学者，在一些具体的学术领域，更是有影响力的学术重镇。他提出的观点，可以被超越而不能被忽视，同时代的学者只能选择与他对话而无法淹没其独立、清醒的声音。这一成就与地位的获致在很大程度上源于他独特的研究策略、研究风格与研究境界。

"阵地"推进，步步为"赢"的学术策略　打个比方，黄曼君先生在学术研究中，很少采用打一枪换一个地方、主要靠偷袭得手的游击战术，也几乎不从事大规模长途奔袭的运动作战，因为运动战的机遇与难度、风险一样大；他的常规战略是"阵地"战：稳扎稳打，"阵地"推进，步步为营，拾级而上，比拼的是实力与耐性。黄曼君先生的学术论题多次转换，但他总是把握一条原则：在既有研究的充分准备与积累的前提下作相应的挪移。比如：从作家作品论到社团流派的研究，这是研究范围的空间拓展；从现代文学的分析到当代文学的评说，这是研究时段的自然延伸；从鲁迅、郭沫若早期浪漫诗学的探讨到百年理论批评史清理，这是由点及面至线的绵延；从文学史考察到文学现代性、经典化的理论探究，这是文学史与文学理论的跨学科研究的融通、融合、融汇……从中大可寻绎到彼此的联结关系，而这种相关性往往不是跳跃性的。

诗、思、史交融的研究风格　黄曼君先生文如其人，诗性浓郁。这里的诗，既指学者在研究文学时要有情感的充分投入和生命的深入体验，也指研究者要激发或挖掘出文学作品中的艺术特质；思，既指研究者广博而坚实的理论修养，也指研究者运用这些理论知识有效穿越文学作品的幽昧，达致符合实际的逻辑结论，实现研究过程的情理交融和出入自如。一方面维护文学阅读者的喜爱、热情与好奇，贴近作品；另一方面保持研究者的理智、清醒与自觉，少受感情影响，排除态度框束，以保障论证过程的公开透明和思想观点的客观公正，既进得去又出得来。史，指文学史研究追求理论的问题化、问题的历史化，即要有充足详实的史实、史料，要有折返现场、同情理解的历史感和逼近真相的历史精神。史是基础，诗是本质，思是目标，黄曼君先生的代表性论著是以此为学术理想的。

稳健开拓、与时俱进的学术境界　黄曼君先生的学术观点没有左右摇摆，也无大起大落，而是在稳健中有所开拓。尊重学术传统，忠于个人立场，谨慎而坚定地显示自己的研究个性和表达学术新见：如学术处女作以郭沫若《女神》为研究对象，用反抗、破坏的主题来阐发狂飙突进的"五四"精神，以诗性体验来解读郭沫若浪漫主义艺术，可谓选题适切、论说精当。初期的一批论文和20世纪80年代初的《论沙汀的现实主义创作》分别在受到限制的条件下，尽量彰显艺术审美的独立价值，体现出不同流俗的学术追求。黄曼君先生精于审美分析也擅长理论思辨，在不同时期常能扬长避短、开拓创新。

中国现代文学的学科研究史只有半个多世纪的时间，大概可区分为三个阶段，黄曼君先生经历了所有时期。在50年代到70年代末的第一阶段，他已不自觉地对简单化的阶级分析方法、庸俗化的社会学倾向、极端化的意识形态判断有所疏离；在80年代的概念名词和理论方法大换班的第二阶段，他主动实现了知识结构的转换，登上了新的学术高度；虽然在90年代中期以来的学术论题与规范转型的第三阶段中，黄曼君先生尚未完全适应并自如驾驭，但那种永不放弃、与时俱进的精神难能可贵，也正因此，他才能继续屹立在学术的潮头，成为学术界的常青树和老顽童。

以诗歌祝福先生

这篇发言已经费时不少，请允许我在结束之前以诗歌朗诵的形式来祝福黄曼君先生。

黄老师，如果您觉得疲劳，请您走进青青校园，听桂子山的花儿为您轻轻吟诵穆旦的诗《春》：

绿色的火焰在草上摇曳，/他渴求着拥抱你，花朵。/反抗着土地，花朵伸出来，/当暖风吹来烦恼，或者欢乐。/如果你是醒了，推开窗子，/看这满园的欲望多么美丽。

黄老师，如果您感到寂寞，请您来到人群中间，听年长和年青的学生为您柔声歌唱叶芝的诗《在学童中间》：

我询问着，从长长的教室走过；/戴白头巾的和蔼的老修女作答解释；/孩子们学习算术、学习唱歌，/学习阅读语文课本和历史故事，/学习剪裁和缝纫，一切都干净利落，/以最佳的现代风格——孩子们时不时/带着好奇的神情，凝眸注目/一位七十岁的含笑的有名人物。

黄老师，如果您想到老之将至，请您和爱您的人在一起，听我们大声对您喊出陈敬容的诗《老去的是时间》：

怎能说我们就已经/老去？老去的/是时间，不是我们！/我们本该是时间的主人。

深重的灾难，曾经/像黄连般苦，墨一般浓——/凄厉的，漫长的寒冬！

枯尽了，遍野的草，/新生的丛林一望青葱，/高岩上挺立着苍松。

亿万颗年轻的心/冲出层冰，/阳光下欣欣颤动。/让我们，和你们，/手臂连接像长龙，/去敲响黎明的钟，/召唤那清新的风！

我们祝愿您像风荷，节节高举；似劲柳，丝丝弄碧；如伟桐，层层铺萃，迎来学术人生的"第二个童年与海"。

华中师范大学中国现当代文学学科点（张岩泉执笔）
2005 年 6 月 16 日